prépaBAC

W0183408

Toute la Tle ST2S

SCIENCES ET TECHNIQUES SANITAIRES ET SOCIALES
Nadège Malardé-Fournier
Bousso N'Diaye

CHIMIE, BIOLOGIE ET PHYSIOPATHOLOGIE HUMAINES
Walter Vassiaux
Renaud Burrowes

MATHÉMATIQUES
Bernard Verlant

PHILOSOPHIE
Audrey Bebert-Mion

HISTOIRE-GÉOGRAPHIE
Stéphane Leteuré

ANGLAIS
Frédérique Le Graverend
Annie Goulvent

GRAND ORAL
Stéphane Leteuré

Les ressources numériques

Au fil des pages, des QR codes à flasher vous renvoient à de nombreuses ressources : quiz, corrigés, schémas, presse, documents, vidéos, cartes, exercices…

Mode d'emploi

foucherconnect.fr

Votre Prépabac Foucher s'enrichit de ressources numériques

Lorsque je rencontre un pictogramme ressource au fil des pages :

 # doc
La loi de modernisation du système de santé
foucherconnect.fr/ 23terst2s38

1. Je vais sur **www.foucherconnect.fr**
J'enregistre cette page dans mes favoris pour les prochaines fois.
2. Je saisis **le code de la ressource** indiqué dans le pictogramme.
3. **Je visualise** ma ressource.

Des FLASHCODES permettent aussi d'accéder aux ressources depuis un smartphone

À la fin de chaque section de cours, un QR code vous permet de tester vos connaissances de manière interactive. Bonnes révisions !

 # quiz
Des questions pour réviser
foucherconnect.fr/ 23terst2s29

Maquette intérieure : Frédéric Jély
Mise en page, infographies et cartographie : STDI
Illustrations (Biologie) : Florence Ollé

ISBN 978-2-216-16998-6

SOMMAIRE

SCIENCES ET TECHNIQUES SANITAIRES ET SOCIALES

L'évaluation des Sciences et techniques sanitaires et sociales au bac 6

COURS 7

PÔLE THÉMATIQUE

POLITIQUE DE SANTÉ ET GOUVERNANCE DU SYSTÈME DE SANTÉ 7

DU SYSTÈME DE SANTÉ AU SYSTÈME DE SOINS 20

DES POLITIQUES SOCIALES VERS L'ACTION SOCIALE 30

ÉTUDE DE DISPOSITIFS S'INSCRIVANT DANS UNE POLITIQUE SOCIALE 38

PÔLE MÉTHODIQUE

ENTRAINEMENT 51

CHIMIE, BIOLOGIE ET PHYSIOPATHOLOGIE HUMAINES

L'évaluation de la Chimie, Biologie et physiopathologie humaines au bac.......... 61

CHIMIE

COURS 63

PRÉVENIR ET SÉCURISER.................. 63

ANALYSER ET DIAGNOSTIQUER............. 87

FAIRE DES CHOIX AUTONOMES ET RESPONSABLES 109

ENTRAINEMENT 133

BIOLOGIE ET PHYSIOPATHOLOGIE HUMAINES

COURS 143

MILIEU INTÉRIEUR ET HOMÉOSTASIE 143

SYSTÈME IMMUNITAIRE ET DÉFENSE DE L'ORGANISME 156

APPAREIL REPRODUCTEUR ET TRANSMISSION DE LA VIE.................................. 173

GÈNES ET TRANSMISSION DE L'INFORMATION GÉNÉTIQUE.................................. 188

ENTRAINEMENT 202

MATHÉMATIQUES

L'évaluation des Mathématiques au bac 212

COURS 213

ENTRAINEMENT 246

PHILOSOPHIE

L'évaluation de la Philosophie au bac 262

COURS 263

ENTRAINEMENT 302

HISTOIRE-GÉOGRAPHIE

L'évaluation de l'Histoire-Géographie au bac .. 308

HISTOIRE

COURS 309

TOTALITARISMES ET SECONDE GUERRE MONDIALE 309

DU MONDE BIPOLAIRE AU MONDE MULTIPOLAIRE 318

LA FRANCE DE 1945 À NOS JOURS : UNE DÉMOCRATIE 329

GÉOGRAPHIE

COURS 338

MERS ET OCÉANS : AU CŒUR DE LA MONDIALISATION 338

DES TERRITOIRES INÉGALEMENT INTÉGRÉS DANS LA MONDIALISATION 344

LA FRANCE ET SES RÉGIONS DANS L'UNION EUROPÉENNE ET DANS LA MONDIALISATION . 353

ENTRAINEMENT 361

ANGLAIS

L'évaluation de l'Anglais au bac 368

COURS 373

ENTRAINEMENT 401

GRAND ORAL

Présentation de l'épreuve du Grand oral 416

SCIENCES ET TECHNIQUES SANITAIRES ET SOCIALES

SCIENCES ET TECHNIQUES SANITAIRES ET SOCIALES

L'évaluation des Sciences et techniques sanitaires et sociales au bac 6

PÔLE THÉMATIQUE

POLITIQUE DE SANTÉ ET GOUVERNANCE DU SYSTÈME DE SANTÉ

1 L'évolution de la politique de santé et les objectifs de santé 7
2 L'élaboration de la politique de santé aux différents échelons territoriaux .. 9
3 Les composantes du système de santé 14
4 La gouvernance et le financement du système de santé 17

DU SYSTÈME DE SANTÉ AU SYSTÈME DE SOINS

5 Les dispositifs et actions en santé sur un territoire 20
6 Le système de soins 24
7 La place de la personne dans le système de soins 27

DES POLITIQUES SOCIALES VERS L'ACTION SOCIALE

8 L'évolution des politiques sociales 30
9 De l'identification d'un problème social à l'élaboration d'une politique sociale .. 33
10 L'action sociale 36

ÉTUDE DE DISPOSITIFS S'INSCRIVANT DANS UNE POLITIQUE SOCIALE

11 Le périmètre d'intervention d'une politique sociale 38
12 Les modalités d'intervention auprès des publics 40
13 Les acteurs de la politique sociale 42
14 Le cadre institutionnel et le financement des politiques sociales 44

PÔLE MÉTHODOLOGIQUE

15 Le contexte d'un projet dans le secteur sanitaire et social 46
16 Les différentes phases de la démarche de projet 48
17 Les acteurs du projet 50

ENTRAÎNEMENT À L'ÉPREUVE FINALE 51

L'évaluation des Sciences et techniques sanitaires et sociales au bac

Cette discipline, faisant l'objet d'une épreuve finale en classe de Terminale, permet d'analyser, dans leur complexité, des situations d'actualité sanitaire et sociale et d'en comprendre les enjeux. Les élèves identifient et analysent les besoins de santé, les besoins des individus et des groupes sociaux, ainsi que leurs déterminants. Ils examinent ensuite les réponses apportées par les politiques publiques, les dispositifs et les institutions sanitaires et sociales.

1 L'épreuve écrite

- L'épreuve évalue les capacités exigibles du pôle thématique, ainsi que les compétences transversales suivantes : mobiliser les connaissances du programme ; analyser, argumenter et synthétiser ; exploiter les documents avec pertinence (en particulier : sélectionner, trier et hiérarchiser les informations) ; rédiger avec clarté et rigueur.

- D'une durée de 3 heures et d'un coefficient 16, elle comprend deux parties qui portent chacune sur tout ou partie du pôle thématique développé dans les programmes de la classe de Première et de la classe de Terminale.

- La première partie, « mobilisation des connaissances », est notée sur 6 points. Elle est composée d'une à deux questions, sans document, portant sur des thèmes différents des programmes, nécessitant la mobilisation réfléchie de connaissances en lien avec les capacités exigibles.

- La deuxième partie, « développement s'appuyant sur un dossier documentaire », est notée sur 14 points. Cette partie prend appui sur un questionnement relatif aux thèmes des programmes. Le dossier documentaire est composé de textes, de graphiques, de tableaux statistiques, etc. Il comporte au maximum cinq documents. Il est demandé au candidat de traiter le sujet en exploitant les documents du dossier, en adoptant une démarche méthodologie rigoureuse, en faisant appel à ses connaissances et en développant une analyse, une argumentation ou une synthèse.

2 L'oral de rattrapage

- Il consiste en un entretien entre le candidat et l'examinateur, d'une durée de 30 minutes, avec un temps de préparation de 30 minutes également. Il poursuit les mêmes objectifs que l'épreuve écrite et porte sur le même programme.

- Au début de la préparation, l'examinateur soumet deux questions au candidat. Ces questions sont relatives à deux parties différentes du programme et l'une des deux s'appuie sur l'exploitation d'un ou plusieurs documents.

1 L'évolution de la politique de santé et les objectifs de santé

Au cours des siècles, le rapport à la santé a évolué sans cesse dans un souci d'amélioration du bien-être. Parallèlement, les politiques de santé publique se sont transformées afin d'être plus pertinentes et plus efficientes dans la prise en charge de la population.

1 Les évolutions de la politique et des objectifs de santé publique

Les objectifs de santé publique ont évolué avec le temps parallèlement à la représentation du concept de santé.

A L'hygiène publique

De l'Antiquité à la Renaissance, les épidémies sont considérées comme des punitions divines. Elles sont par conséquent subies. À cette époque, la toilette corporelle et les thermes sont les **principaux moyens de lutte contre les maladies**. C'est l'hygiène publique qui permet de se maintenir en bonne santé.

B La promotion de la santé

- Sa prise en compte débute avec la forte épidémie de tuberculose qui sévit au début du XXe siècle et **la première loi de santé publique** promulguée en **1902**. Toutefois, dès le XVIIIe siècle, les découvertes médicales ont permis une prise de conscience de l'importance de l'hygiène. La prévention est au cœur des préoccupations.
- Le XIXe siècle est marqué par les découvertes de Pasteur sur les microbes et les vaccins.
- En 1920, le premier ministère de la Santé publique est créé.
- En 1946, la Constitution pose le droit à la santé comme un **droit fondamental** : « Toute personne a le droit d'avoir accès à la santé, d'obtenir le meilleur état de santé possible. »

C La gestion des risques sanitaires collectifs

Dans les années 1980, de grandes crises apparaissent : le sida, l'affaire du sang contaminé, la vache folle... On s'aperçoit d'une part qu'il n'y a pas de moyens de soigner les personnes qui en sont atteintes et d'autre part, que les actions des pouvoirs publics sont remises en cause. De ce fait, un **système de gestion des risques sanitaires** est créé avec la formation des **agences sanitaires**.

2 Les objectifs et les stratégies de santé : du préventif au curatif

A La prévention

■ Sa mise en œuvre débute dès l'Antiquité et prend fin avec l'épidémie de tuberculose de 1914 qui se caractérise par une **mortalité très élevée**. La prévention se manifeste par l'hygiène corporelle, souvent publique (bains, thermes, douches, premières vaccinations...).

■ La loi de santé publique du **15 janvier 1902** relative à la santé publique réaffirme le rôle du maire en cas d'épidémie et précise quelles sont les précautions à prendre pour prévenir la contagion.

B La prépondérance du soin (curatif)

■ Les stratégies curatives sont privilégiées dans le courant du XXe siècle entre les fléaux sanitaires relatifs à la propagation de maladies non maîtrisées (tuberculose 1914) et les crises sanitaires des années 1980.

■ En effet, la prévention n'a pas suffi à éradiquer la tuberculose. On s'aperçoit de l'utilité des découvertes de Pasteur (pénicilline et antibiotiques). C'est une période où l'on soigne toutes les maladies après coup ; la prévention n'a à cette époque que très peu de place.

C Le retour à la prévention

■ Dans les années 1980, le sida apparaît. Cette maladie se caractérise par un virus qui mute et les chercheurs ne parviennent pas à guérir les personnes contaminées. Le seul moyen de ne pas décéder du sida reste de ne pas être contaminé par le virus. La prévention occupe de nouveau une place privilégiée. Par ailleurs, d'autres crises ébranlent les pouvoirs publics (la vache folle, le sang contaminé) et remettent en cause **le manque de prévention**.

■ **La loi du 9 août 2004** est la deuxième loi de santé publique relative à la politique de santé publique. Elle met l'accent sur la **surveillance de l'état de santé de la population**, sur la lutte contre les épidémies, sur l'information et l'éducation à la santé. En outre, elle s'attache également à la **réduction des inégalités de santé**. De plus, elle propose 100 objectifs de santé publique à atteindre.

■ **La loi du 26 janvier 2016** est la troisième loi de santé publique. Elle modifie profondément le système des agences sanitaires qui avaient été mis en place. On l'appelle aussi « **loi de modernisation du système de santé** ». Elle crée **l'agence santé publique** chargée de gérer toute la prévention, l'éducation à la santé mais également la sécurité sanitaire.

 # quiz
Des questions pour réviser
foucherconnect.fr/23terst2s29

2 L'élaboration de la politique de santé aux différents échelons territoriaux

La loi du 9 août 2004 relative à la politique de santé publique définit le cadre d'élaboration des politiques de santé publique. Elle fixe également des priorités pour la politique nationale et met en place un double niveau d'action : national et régional. Cette loi a été complétée par la loi du 2 juillet 2009 portant réforme de l'hôpital et relative aux patients, à la santé et aux territoires (HPST) et qui a réorganisé l'élaboration des politiques au niveau régionales.

1 L'organisation et les acteurs de la politique de santé publique au niveau national

Différents acteurs tentent de répondre aux **objectifs de santé publique** :
- **réduire au plus bas niveau possible les risques sanitaires** (protection de la santé) ;
- **garantir la meilleure qualité possible des soins**, en termes d'efficacité médicale évaluée et validée (qualité) ;
- **assurer la plus grande égalité possible** vis-à-vis de la santé (égalité).

A Le rôle central du ministère de la Santé

■ Le gouvernement, et plus particulièrement le ministre chargé de la Santé (Olivier Véran nommé en février 2020), propose les **priorités et les objectifs de santé publique**. Le ministère de la Santé est donc le **pilote des politiques de santé publique**.

■ Au sein du ministère, la **Direction générale de la santé (DGS)** est chargée de la mise en place de ces politiques pour une durée de cinq années.

■ Le ministère de la Santé intervient pour **piloter une politique de santé**. Il s'appuie surtout sur la **Direction générale de la santé** pour élaborer la **politique de santé publique**. Il a pour rôles :
- de mesurer l'état de santé de la population ;
- d'analyser les données et de faire apparaître les priorités ;
- d'élaborer des plans de santé pluriannuels (5 ans) pour traiter les problèmes mis en évidence.

B Les instances d'appui au niveau national

■ Il existe des instances d'expertise, de concertation, de coordination qui donnent leur avis au ministère et font des propositions pour le guider dans ses choix, comme le **Haut Conseil de la santé publique (HCSP)**, qui réalise un rapport d'analyse, le **Comité national de santé publique (CNSP)** et la **conférence nationale de santé (CNS)**.

■ Des instances sont chargées de mettre en œuvre la politique comme l'agence **Santé Publique France depuis 2016** (anciennement INPES, INVES et EPRUS).

■ L'État s'appuie aussi sur de nombreux instituts (publics ou privés) ayant des missions particulières dans un domaine : l'Institut national de la santé et de la recherche médicale (INSERM), l'institut national du cancer (INC), l'EFS (établissement français du sang), etc.

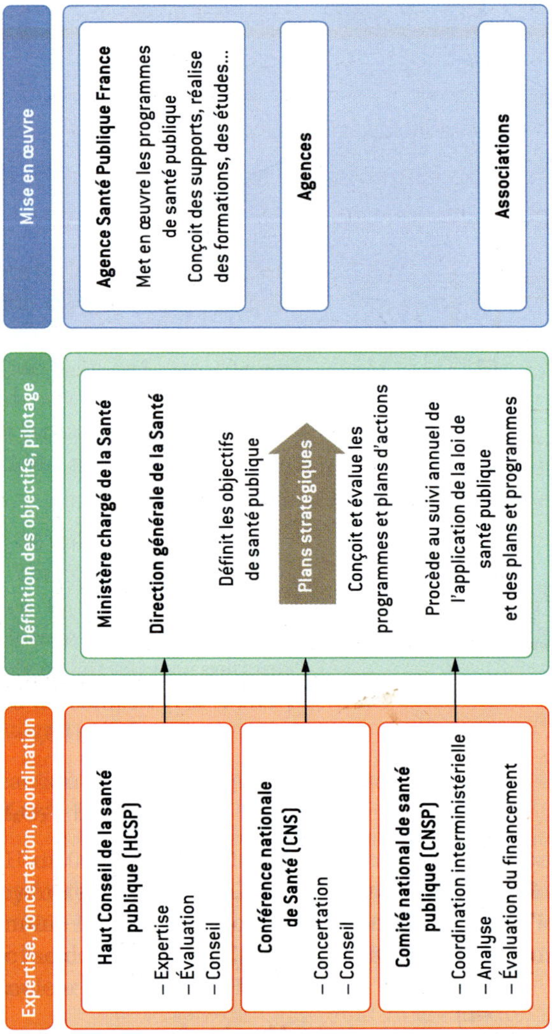

L'organisation de la politique de santé publique au niveau national

2 L'organisation de la politique de santé publique au niveau régional

■ La **loi du 21 juillet 2009 (HPST)** a pour objectif la **modernisation du système de santé** avec notamment la création des agences régionales de santé (ARS) pour décliner au niveau local les objectifs de la politique de santé publique.

■ La **loi de modernisation du système de santé, promulguée le 28 janvier 2016**, a modifié le plan régional de santé. Cette loi s'est construite autour de 3 objectifs : renforcement de la prévention, réorganisation autour des soins de proximité à partir du médecin généraliste, développement des droits des patients.

A La région : un échelon pertinent pour une politique de santé

■ Les **lois du 9 août 2004 et du 21 juillet 2009** ont reconnu la région comme échelon le plus adapté pour programmer et coordonner les politiques de santé publique. En effet, chaque région est suffisamment vaste pour avoir ses spécificités : une politique propre aux conditions de vie dans la région et aux caractéristiques de la population et du territoire est nécessaire.

■ Le **conseil national de pilotage (CNP)** des **agences régionales de santé (ARS)** a pour mission d'orienter et de coordonner les politiques et les actions des ARS.

■ La déconcentration puis la réorganisation des services de l'État en matière de santé ont abouti à la **loi HPST** portant **création des ARS**. Les ARS sont chargées de **fixer la politique régionale de santé** dans le cadre du **projet régional de santé (PRS)** et d'organiser une réponse globale aux besoins spécifiques des populations tout en respectant les **orientations de la politique nationale**.

B Les instances régionales et leur rôle

Les **ARS** sont sous la tutelle du **ministère de la Santé** (voir schéma page suivante). Pour parvenir à fixer les objectifs de la politique régionale, elles s'appuient sur des **instances de conseil** : la Conférence régionale de la santé et de l'autonomie (CRSA) et 2 commissions de coordination. Ces instances évaluent les besoins de santé et les actions mises en œuvre pour guider les membres de l'ARS dans l'élaboration du **plan stratégique régional de santé**. Le préfet de région est chargé de **contrôler** l'action des ARS par l'intermédiaire d'un **conseil de surveillance** regroupant différents membres. Il peut aussi émettre un avis sur le **projet régional de santé (PRS)**. Le conseil régional peut aussi participer à l'élaboration d'une politique.

L'organisation régionale de la politique de santé

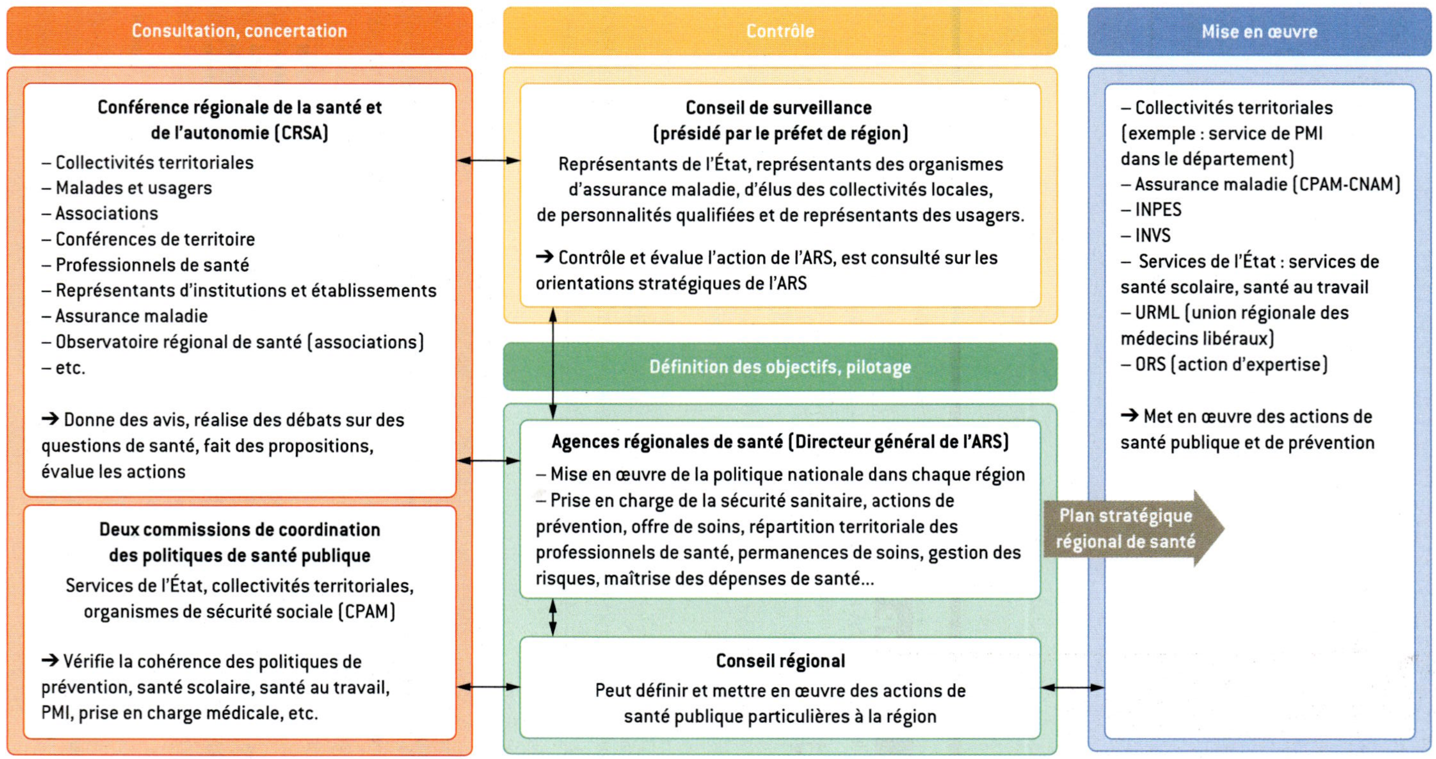

3 Le niveau local

Les départements et les communes participent également à la politique de santé par le biais des services sanitaires et sociaux.

4 La politique européenne

A L'UE omniprésente dans les politiques de santé publique

- Le domaine de la protection de la santé publique relève avant tout de la **compétence nationale.** L'action de l'Union européenne complète les politiques nationales en la matière mais ne les remplace pas. On dit que les politiques sanitaires de l'Union européenne ont un **caractère subsidiaire** : c'est-à-dire qu'elles complètent les politiques nationales.

- Les gouvernements nationaux sont donc libres d'organiser et de fournir les services de santé comme ils le souhaitent selon leurs politiques internes.

- Des traités ont été mis en place afin de faciliter la **coopération et la construction d'actions communes** en cas de problèmes ou de crises sanitaires que les États n'ont pas la capacité de gérer. Les traités sont des textes contraignants qui peuvent être adoptés par la communauté européenne.

EXEMPLE

La réglementation du tabac provient d'une norme communautaire qui impose une limitation de la teneur en goudron et nicotine, et rend obligatoire l'inscription sur les paquets de cigarettes d'un avertissement dissuasif.

B Les compétences et les actions de l'UE

- L'UE est compétente en matière de sécurité sanitaire ou lorsque la coordination au niveau européen constitue la meilleure réponse.

- Les domaines d'actions de l'UE sont les suivants : lutter contre les grands fléaux, promouvoir l'éducation en matière de santé, surveiller des menaces transfrontalières, alerter, lutter contre la drogue, garantir la qualité et sécurité des médicaments...

5 La place de l'Organisation mondiale de la Santé (OMS)

- L'OMS est la structure chargée des affaires sanitaires au sein de l'ONU. Elle siège à Genève et se compose de 194 États membres. Elle a pour mission d'amener tous les peuples au **meilleur niveau de santé possible**.

- Elle assure dans ce but de **multiples fonctions** : fixer des priorités de recherche, assurer une veille sanitaire internationale, proposer des politiques de santé, piloter les actions sanitaires mondiales, fournir un appui technique aux États et fixer des normes et des critères de santé au niveau mondial.

 # quiz
Des questions pour réviser
foucherconnect.fr/23terst2s29

3 Les composantes du système de santé

La santé publique se préoccupe de l'amélioration de la santé de la population dans tous ses aspects : préventif, éducatif, curatif, social, environnemental. Elle s'appuie sur le système de santé définit par l'OMS comme l'ensemble des organisations, institutions et ressources consacrées à la production d'actions visant principalement à améliorer, maintenir ou restaurer la santé.

1 Le système de santé et ses acteurs

A Le système de santé

■ Le système de santé regroupe l'ensemble des moyens et activités mis en œuvre pour la production de la santé :
– **curative** : restaurer la santé ;
– **préventive** : prévenir l'apparition des maladies ou réduire les conséquences de celles-ci si on n'a pas pu empêcher la maladie ;
– **éducative** : faire en sorte que chaque personne puisse acquérir, tout au long de sa vie, les compétences et les moyens qui lui permettront de promouvoir sa santé et sa qualité de vie.

À SAVOIR
Le système de soins fait référence au dispositif mis en place pour la prise en charge de la maladie. Il s'inscrit dans le système de santé.

■ En France, la mise en place de la politique de santé publique nécessite l'engagement de différents acteurs : décideurs, financeurs, acteurs de la mise en œuvre et implication de la population. L'État joue le rôle principal.

B Le rôle de l'État

■ Le gouvernement organise, impulse et pilote les **actions de santé publique** tout en veillant à la **place de l'usager au sein du système de santé** : respect de la loi… C'est dans cette optique qu'ont été promulguées les lois suivantes :
– la **loi de modernisation du système de santé du 26 janvier 2016** : création de l'Agence Santé Publique France ;
– la **loi de financement de la Sécurité sociale de 2015** (article 49) : création de la protection universelle maladie (PUMa).

 # doc
La loi de modernisation du système de santé
foucherconnect.fr/23terst2s38

■ La **loi du 9 août 2004** relative à la politique de santé publique affirme que l'État est garant de la protection de la santé de la population et responsable de la cohérence des initiatives. À ce titre, il doit faire des choix, établir des priorités qui portent sur :
– la réduction de la mortalité et la morbidité évitables (avant 60 ans) ;
– la lutte contre les inégalités de santé ;
– l'amélioration de la qualité de vie des personnes en situation de handicap ou de perte d'autonomie ;
– la prise en compte les déterminants de santé dans leur globalité.

■ La **loi du 4 mars 2002 relative aux droits des malades et à la qualité du système de santé** place le malade au cœur du système plutôt que le traitement de la maladie. Il a des droits et des libertés et est considéré comme un usager. Il est acteur au sein du système de santé puisqu'on lui donne les moyens de faire des choix pour sa propre santé et la possibilité de participer à l'élaboration des politiques de santé en agissant dans des instances consultatives.

■ L'État est chargé d'impulser la politique de santé publique et de réguler sa mise en œuvre. Pour cela, il s'appuie sur divers acteurs.

2 Une diversité d'acteurs

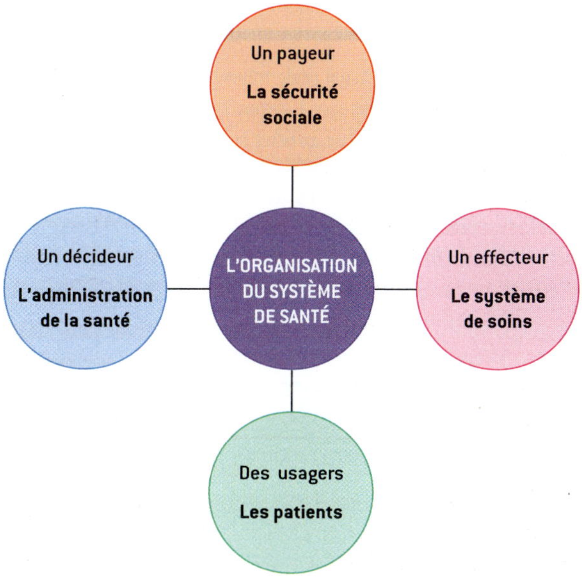

L'organisation du système de santé en France

■ Le terme « acteur de santé » désigne les personnes dont les activités, professionnelles ou non, ont un retentissement sur la santé des autres.

■ L'État doit collaborer avec de nombreux acteurs pour mettre en œuvre la politique : les professionnels de santé, les collectivités territoriales, les associations, l'assurance maladie, les complémentaires, les usagers eux-mêmes vont participer à l'élaboration de santé publique.

A Les acteurs « décideurs »

Les pouvoirs publics fixent la politique de santé et les priorités de santé publique. Ils agissent pour **améliorer l'état de santé de la population** et fixent les règles relatives à l'organisation générales des soins et à leur remboursement.

B Les acteurs effecteurs ou fonctionnels

Les professionnels de santé (médecins libéraux et hospitaliers, infirmières, laboratoires d'analyse, ambulancier, etc.) soignent les malades. Les collectivités territoriales, les établissements et institutions sanitaires, sociaux et médico-sociaux contribuent **aux actions de santé publique**. Des associations, qui développent des activités, notamment de prévention, et soutiennent les malades, gèrent des structures sociales et médico-sociales.

C Les acteurs financeurs

Les caisses d'assurance maladie obligatoire remboursent la majeure partie des soins et contribuent à l'organisation du système de soins. Les assurances maladies complémentaires complètent le remboursement des soins. Les acteurs économiques (entreprises et salariés) **financent le système d'assurance maladie**.

D L'acteur bénéficiaire

L'acteur bénéficiaire du système est l'**usager**. La loi relative aux droits des malades et à la qualité du système de santé, adoptée le 4 mars 2002, s'inscrit dans la politique de santé tendant à la démocratisation du fonctionnement du système de santé et à l'amélioration de sa qualité. Elle introduit dans son titre II la notion de **démocratie sanitaire**.

 # quiz
Des questions pour réviser
foucherconnect.fr/23terst2s29

4 La gouvernance et le financement du système de santé

La santé est devenue un marché économique très important. L'évolution de notre société nous amène à devenir des consommateurs de biens et de services de santé. Les avancées technologiques permettant d'améliorer la qualité des soins, les équipements et la prise en charge plus adaptée font émerger des besoins de santé et des demandes de santé. Il est donc nécessaire d'identifier nos dépenses et nos recettes pour évaluer et réguler ce marché. Car l'expression « la santé n'a pas de prix » peut désormais être complétée par « mais elle a un coût en perpétuelle évolution ».

1 Les dépenses de la santé

La **dépense courante de santé** correspond au **coût total de la prise en charge** en y incluant la couverture sociale et la prévention. Elle concerne également les frais du système de soins ainsi que les frais administratifs.

A Les dépenses pour les malades et la prévention

La dépense courante de santé est composée de la **consommation médicale totale** (CMT) qui représente l'ensemble des dépenses médicales. Elle correspond à la **consommation des soins et des biens médicaux** (CSBM) et à la **consommation des services de médecine préventive** (CSMP). Elle permet d'avoir une estimation de la consommation globale du curatif et du préventif.

a Les dépenses pour les malades

Les dépenses pour les malades comprennent :
- les **dépenses de soins pour les particuliers** (soins de ville, hôpital, transports sanitaires) ;
- les **dépenses de biens médicaux** (médicaments, prothèses, lunettes, consommés en dehors de l'hôpital) ;
- les **soins de longue durée** (personnes âgées, handicapées) ;
- les **indemnités journalières**.

b Les dépenses de prévention

Les dépenses de prévention incluent :
- la **médecine de santé préventive** (interventions individuelles par la médecine du travail, la PMI, etc.) ;
- la **prévention collective** et le **contrôle sanitaire**.

DÉFINITION
PMI : Protection maternelle et infantile.

B Les autres dépenses

■ Les **dépenses en faveur du système de soins** sont représentées sous forme de subventions mais également de dépenses de formations, de recherches médicales et pharmaceutiques.

■ Le **coût de gestion du système de santé** représente l'ensemble des coûts des organismes qui interviennent dans le système de santé (Assurance maladie, ARS, mutuelles, instituts de prévoyance...).

2 Le financement du système de santé

■ **Plusieurs acteurs financent les dépenses de santé** : la Sécurité sociale, l'État, les collectivités locales, les organismes de protection complémentaire (mutuelles, sociétés d'assurances, institutions de prévoyance) et les ménages.

■ **La part de chacun d'entre eux n'est cependant pas identique**. Par exemple, la Sécurité sociale prend à elle seule les trois quarts du financement de la consommation de soins et biens médicaux (CSBM). Surtout, **ils n'interviennent pas dans le même périmètre** selon que l'on se place dans le cadre de la dépense courante de santé (DCS) ou dans celui de la consommation des soins et biens médicaux (CSBM).

■ Globalement, l'**État** est surtout financeur de la part de la DCS portant sur la **prévention**, la **formation** et la **recherche médicale** mais également dans la **prise en charge des soins des plus précaires**, *via* la couverture maladie universelle complémentaire (CMU-C) ou l'aide médicale d'État (AME).

■ Les autres financeurs interviennent majoritairement dans le cadre de la CSBM. Au sein de celle-ci, le financement est partagé entre :
- la **prise en charge du « gros risque »**, c'est-à-dire des risques les plus coûteux (hospitalisation, affection longue durée, etc.), par la **Sécurité sociale** ;
- celle du « **petit risque** » (optique, dentaire, audioprothèses) par les **organismes complémentaires** ;
- les **ménages** qui voient leur part fluctuer au gré de l'évolution du montant des **restes à charge**.

■ Les **usagers** participent également en consommant des biens et des services médicaux, lorsque les frais ne sont pas pris en charge totalement par leur couverture sociale.

3 La régulation des dépenses de santé

La régulation des dépenses de santé est depuis plusieurs années au centre de débats. Plusieurs réformes ont été engagées pour responsabiliser davantage les acteurs de la santé.

A Le financement de la Sécurité sociale

■ Chaque année, le vote de la **loi de financement de la Sécurité sociale** (LFSS) fixe le **budget annuel valable du 1er janvier au 31 décembre**. Elle détermine l'**ONDAM**, objectif national des dépenses de l'Assurance maladie. Le but est d'établir une prévision annuelle du montant des dépenses à réaliser. Cette référence sert ensuite de seuil à ne pas dépasser pour favoriser la maîtrise du budget.

■ Afin de respecter cet objectif, il est nécessaire de réguler le marché de la santé.

B La régulation de la demande

- La mise en place du **parcours de soins coordonnés** implique le choix d'un médecin traitant servant de régulateur, notamment pour orienter vers un médecin spécialiste. En parallèle, une modulation des taux de remboursement est instaurée, en fonction du respect ou du non-respect de ce parcours de soins (par exemple, s'adresser directement à un spécialiste, sans passer par son médecin traitant entraîne un moindre remboursement).

- Les **franchises médicales** (part du prix qui ne peut pas faire l'objet d'un remboursement et reste donc à la charge du patient) sur les médicaments (50 centimes par boîte), les actes paramédicaux (50 centimes par acte) ou les transports sanitaires (2 euros).

- Les **participations forfaitaires** de 1 euro sur les consultations de médecins, les forfaits hospitaliers (18 euros par jour en hôpital ou en clinique).

C La régulation de l'offre

- La régulation de l'offre de santé porte sur les producteurs de soins (professionnels de santé, établissements de soins, etc.). Elle actionne plusieurs leviers.

- Il peut s'agir tout d'abord de **maîtriser le volume des actes réalisés**. Comme mesures de limitation, on peut citer le nombre maximal d'actes de kinésithérapie remboursé par professionnel, ou encore la durée minimale de temps dévolu par acte infirmier.

- C'est cette même philosophie que l'on retrouve, par exemple, dans les dispositifs d'ouverture d'officines pharmaceutiques ou de lits en milieu hospitalier, soumise à l'**autorisation des agences régionales de santé** (ARS).

- La régulation de l'offre passe également par la **fixation du prix des actes ou des produits de santé**. L'État ou les caisses d'assurance maladie ont le pouvoir d'infléchir les prix des actes à la hausse ou à la baisse.

> **EXEMPLE**
> Le prix d'une consultation chez un médecin généraliste est passé, par étapes successives, de 17,50 € en 2002 à 25 € en 2017.

- De la même manière, depuis 2004, par le biais du mécanisme de **tarification à l'activité** (T2A), le prix de toutes les activités en médecine, chirurgie et obstétrique (MCO) réalisées en secteur hospitalier public ou privé est fixé chaque année par le ministre en charge de la santé.

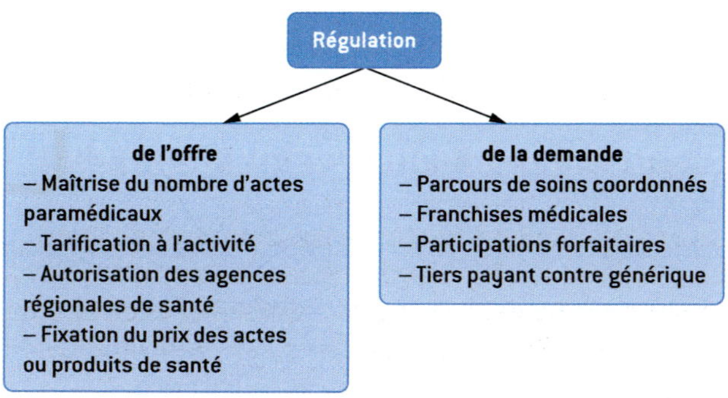

La régulation des dépenses de santé

 # quiz
Des questions pour réviser
foucherconnect.fr/23terst2s29

5 Les dispositifs et actions en santé sur un territoire

L'objectif des politiques de santé publique est d'améliorer le niveau de santé de la population en élaborant des réponses aux besoins de santé : des actions pour prévenir des maladies, prolonger la vie, améliorer la santé et l'équilibre physique et mental des individus. L'État doit ainsi organiser des actions collectives concertées pour identifier les besoins et les prioriser : cela s'inscrit dans une démarche de planification.

1 Les priorités sanitaires

A Les priorités de santé publique

a La notion de priorité de santé publique

■ Cette notion relève d'un **choix politique**. Elle consiste à considérer qu'un problème de santé publique est suffisamment grave ou qu'il constitue un enjeu suffisamment important pour la société pour qu'il fasse l'objet de **mesures et d'actions planifiées dans le cadre politique**. Les priorités de santé publiques sont fixées par l'État car elles ont une dimension **collective**.

■ Les problèmes de santé publique peuvent être une morbidité forte, une mortalité élevée, un coût social important… Ces problèmes sont reconnus par les pouvoirs publics qui élaborent des **plans** ; ils deviennent alors une priorité de santé.

b Les principales priorités de santé

■ L'objectif des plans de santé doit systématiquement prendre en compte les populations les plus vulnérables pour **lutter contre les inégalités de santé**.

■ Une priorité peut porter sur un ou plusieurs éléments.

EXEMPLE

La loi de santé publique du 9 août 2004 a fixé deux objectifs prioritaires : réduire la mortalité, la morbidité et réduire les inégalités de santé. Ces objectifs se retrouvent dans des plans stratégiques de lutte contre le cancer, contre les maladies rares, contre les maladies chroniques. Cette loi a des limites, car elle fixe 100 objectifs qui ne sont pas tous atteignables, voire utopiques.

c L'efficience du système de santé

■ L'efficience est le **recours à un minimum de moyens pour atteindre les objectifs fixés**.

■ Les demandes croissantes en santé et la limitation des moyens financiers et humains font de la recherche de l'efficience un enjeu dans la préservation du modèle de santé français fondé sur l'égalité et la solidarité.

B Définir les priorités de santé

- Dans un premier temps, il faut **identifier les problèmes de santé de la population** : c'est le rôle du **diagnostic épidémiologique**. Il permet l'identification des problèmes de santé qui affectent la population et qui ont une incidence sociale, par l'interprétation des signes extérieurs. Il permet aussi d'évaluer l'importance et la gravité des problèmes de santé, d'analyser les facteurs de cause et de dégager les besoins de santé correspondant.

- Puis, il est nécessaire de **déterminer les priorités de santé**, en évaluant les différents besoins de façon hiérarchique jusqu'à la qualification en priorité de santé publique.

- Il faut ensuite **fixer les objectifs à atteindre** : ils sont qualifiés et servent de référence pour mesurer l'efficacité des actions mises en œuvre.

- Il faut **prévoir les ressources nécessaires** : elles sont d'ordre financier, humain et matériel.

- Ensuite, on **détermine des actions pour mettre en œuvre un plan opérationnel** : les actions sont menées conjointement au niveau national, régional, local et sont listées dans un plan opérationnel. C'est la **planification**.

- Enfin, on procède au **suivi** et à l'**évaluation** : le suivi permet d'évaluer à mi-parcours l'état d'avancement du plan et d'analyser les difficultés et formuler des réajustements.

ATTENTION

Définir les priorités de santé a ses limites, car si elles sont fixées par l'État, il existe toutefois d'autres problèmes de santé majeurs non reconnus.

C Les acteurs contribuant à déterminer des priorités

- Le **Haut Conseil de la santé publique** (HCSP) identifie les besoins de santé et reconnaît les priorités. Il rédige un rapport à partir des études réalisées par les organismes de recueil de données, d'analyse et de veille des problèmes de santé.

- La **Conférence nationale de santé** (CNS) est un organisme consultatif placé auprès du ministre chargé de la Santé. Sa mission est de formuler des avis sur l'amélioration du système de santé, en se prononçant notamment sur la stratégie de la politique nationale de santé, les projets de loi et les programmes de santé.

- Le **Parlement** fixe, à partir de rapports, les priorités et les objectifs de la politique nationale de santé dans la loi de santé publique. Il demande l'avis de la conférence nationale en amont.

- Le **Gouvernement** élabore les dispositifs sous forme de programmes ou plans d'actions de santé.

- L'**Agence régionale de santé** (ARS) fixe aussi des priorités de santé pour une réponse adaptée aux besoins spécifiques des populations.

2 La planification en santé

DÉFINITION

La **planification en santé** est ce processus qui met en place des actions organisées pour répondre aux priorités de santé à travers des plans et des programmes nationaux, régionaux et locaux.

A Construire les plans de santé publique

a L'origine de la planification

– Mise en œuvre dans les campagnes de vaccinations
– Planification appliquée à l'équipement

→ **Loi du 31 décembre 1970** : loi portant réforme hospitalière pour garantir un égal accès à la santé pour tous sur tous les territoires

Planification transposée dans le domaine de la prévention, aux niveaux national et régional

→ **Loi du 9 août 2004** : loi relative à la politique de santé publique

Planification affinée par la loi

→ **Loi du 21 juillet 2009** : loi portant réforme de l'hôpital et relative aux patients, à la santé et aux territoires (HPST)

Planification réorganisée par la loi de modernisation du système de santé (LMSS) du 26 janvier 2016

b La démarche de planification

La planification est **pluriannuelle**, elle a une durée de 5 ans pour les plans stratégiques. Elle consiste à **prévoir les actions et moyens à mettre en œuvre pour atteindre les objectifs**. Elle fixe des **objectifs quantifiables et réalisables**, associés à des indicateurs permettant la mesure des progrès obtenus, l'évaluation politique, le suivi des actions.

c Les différents niveaux de planification

- **À l'échelle nationale**, les plans de santé publique s'inscrivent dans les objectifs de la loi relative à la politique de santé publique (plan national).

- **À l'échelle régionale**, les ARS fixent un **projet régional de santé** (PRS) comprenant :
– **le cadre d'orientation stratégique (COS),** qui détermine les objectifs généraux et les résultats attendus à l'horizon de **10 ans** ;
– **le schéma régional de santé (SRS) établi pour 5 ans**, sur la base d'une évaluation des besoins sanitaires, sociaux et médico-sociaux ;
– le **programme régional relatif à l'accès à la prévention et aux soins des personnes les plus démunies (PRAPS).**

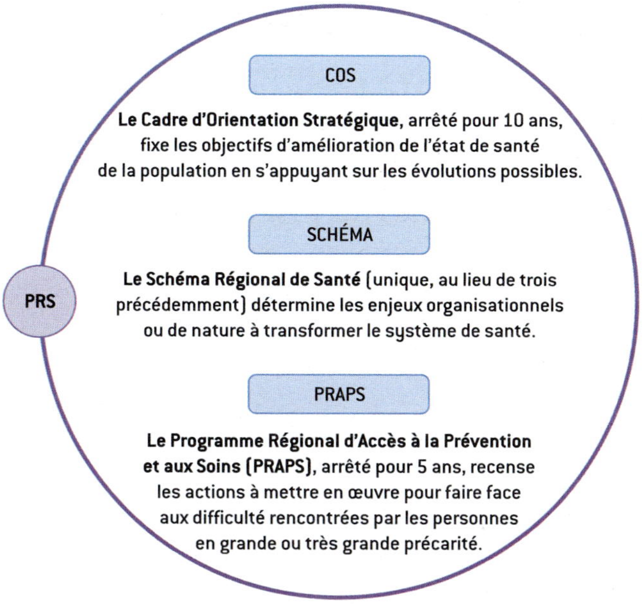

Le projet régional de santé

B Les domaines de la planification sanitaire

La planification est organisée de façon sectorielle, dans plusieurs domaines :
- **soins** ;
- **prévention** ;
- **secteur médico-social**.

C Le rôle de l'évaluation

L'évaluation dans la planification joue un rôle central :
- **en amont** : lors de l'élaboration du plan ;
- **pendant** : pour mesurer l'efficience du plan dans la mise en œuvre et réajuster les actions ;
- **après** : pour mesurer l'efficacité et l'impact (réalisé par le HCSP).

RAPPEL
HCSP : Haut Conseil de la santé publique.

 # quiz
Des questions pour réviser
foucherconnect.fr/23terst2s29

6 Le système de soins

Les producteurs de soins sont multiples : médecine ambulatoire, établissements de santé et services de santé extra hospitaliers. Tous participent à un système de soins coordonnés et doivent, à ce titre, assurer l'accès continu aux soins de l'ensemble du territoire. Par ailleurs, ils doivent également en garantir la qualité. Comment s'organise la production de soins au regard des exigences de la permanence de soins, du service public et de l'accès à des soins de qualité ?

1 Les producteurs de soins

A Les acteurs favorisant l'accès aux soins de premier recours

■ Les **médecins généralistes**, acteurs au plus près des patients, dispensent des soins et des actes de prévention, de dépistage et de traitement des problèmes de santé. À ce titre, ils sont chargés de gérer le **parcours de soins coordonnés du patient**. Ils orientent ce dernier vers des médecins spécialistes, des professionnels paramédicaux ou encore des établissements de santé adaptés.

À SAVOIR

Le parcours de soins coordonnés consiste à confier au médecin traitant la coordination des soins pour le suivi médical du patient. Le parcours de soins garantit une meilleure prise en charge des dépenses de santé.

■ Les **médecins spécialistes** complètent la prise en charge du patient. Ils participent à l'élaboration du diagnostic, à la prise en charge thérapeutique, à la prévention et à l'éducation pour la santé.

■ Les professions de santé sont constituées de celles réglementées par le **Code de la santé publique** (médecins, chirurgiens-dentistes, pharmaciens, sages-femmes) auxquelles s'ajoutent les professions paramédicales : aide-soignant, ambulancier, ergothérapeute, ostéopathe, opticien, préparateur en pharmacie, puériculteur…

 # info
Les professions paramédicales
foucherconnect.fr/23terst2s39

■ Ces professionnels sont encouragés par la LMSS (loi de modernisation du système de santé) du 26 janvier 2016 à se regrouper au sein de **communautés professionnelles territoriales de santé** (CPTS). En outre, sur de nombreux territoires, l'installation au sein de maisons de santé pluridisciplinaires d'un centre de santé ou d'un pôle santé est encouragée par les ARS et les élus afin de lutter contre les **déserts médicaux**.

DÉFINITION

Un **désert médical** est une zone en sous-effectif de médecins. Ce problème s'explique notamment à cause du manque d'accessibilité ou d'attractivité de certains lieux, généralement ruraux.

B L'organisation des établissements de santé

■ Les **établissements publics de santé** (EPS) sont des établissements publics d'État. Ce sont des centres hospitaliers. Certains, plus spécialisés, sont des **centres hospitaliers régionaux** (CHR). Les établissements ayant une vocation **universitaire** sont des **centres hospitaliers universitaires** (CHU). Ils sont dotés d'un conseil de surveillance et sont dirigés par un directeur assisté d'un directoire. Le document de cadrage de la politique des EPS est le **projet d'établissement**, élaboré par le directoire pour une durée de 5 ans. Il doit être validé par l'ARS. Par ailleurs, cette dernière encourage le regroupement de moyens entre établissements (IRM...).

■ Les établissements de santé privés se composent d'une part d'**établissements de santé d'intérêt collectif** (ESPIC). Ils sont à but non lucratif et appartiennent à des mutuelles, à des congrégations religieuses ou à des associations (ex. : les centres de lutte contre le cancer). D'autre part, ils comportent des **établissements privés à but lucratif** qui ont un statut de société civile professionnelle ou commerciale.

■ Chaque établissement de santé dispose de **pôles de soins et/ou d'activité** regroupant un certain nombre de spécialités médicales. Chaque pôle est divisé en services chargés d'accueillir les usagers. Le médecin directeur du pôle veille à l'élaboration et à la mise en œuvre des projets médicaux et des projets infirmiers qui sont intégrés au projet d'établissement. L'ARS vérifie que ce dernier est en lien avec le projet régional de santé.

■ Les missions générales des établissements de santé sont le **diagnostic**, la **surveillance des soins** et le **traitement des maladies**.

■ La loi de modernisation de notre système de santé de 2016 précise les critères pour assurer des missions de services public hospitalier : accueil adapté, permanence des soins, égal accès à la prévention et à des soins de qualité, non facturation de dépassement d'honoraire.

2 Les producteurs de soins entre qualité et efficience

A Assurer la permanence des soins sur un territoire

a La permanence de soins en établissements de santé (PDSES)

■ La permanence de soins en établissements de santé (PDSES) est organisée par les **agences régionales de santé** en fonction des besoins des territoires.

■ Elle se définit comme **l'accueil et la prise en charge de nouveaux patients**, au sein d'une structure de soins d'un établissement de santé.

■ Elle a lieu en aval et/ou dans le cadre des réseaux de médecine d'urgence, la nuit (à partir de 20 heures et jusqu'à 8 heures du matin) et le week-end (à partir du samedi midi) et les jours fériés.

■ La PDSES concerne le seul champ de la **médecine**, **chirurgie** et **obstétrique** (MCO).

b La permanence des soins ambulatoires (PDSA)

L'ARS organise sur les territoires un **égal accès aux soins ambulatoires pour tous, à tout moment et à un coût acceptable**. Un cahier des charges régional a été conçu pour organiser la PDSA. La région y est découpée en territoires qui constituent les périmètres géographiques des différentes gardes assurées par les professionnels de santé.

DÉFINITION

La définition que donnent les ARS de la **démocratie sanitaire** est la suivante : « La démocratie sanitaire est une démarche qui vise à associer l'ensemble des acteurs du système de santé dans l'élaboration et la mise en œuvre de la politique de santé, dans un esprit de dialogue et de concertation. »

■ La **loi LMSS du 26 janvier 2016,** dite loi de modernisation du système de santé, renforce la démocratie sanitaire et les droits des usagers *via* des actions collectives.

■ La **loi du 2 février 2016** donne droit à une fin de vie digne et apaisée.

B À quels niveaux s'exerce la démocratie en santé ?

■ Les citoyens usagers sont régulièrement consultés de façon collective, notamment au cours des **états généraux de la santé**.

■ Les associations d'usagers sont présentes :
- dans de nombreuses **structures nationales**, comme le Conseil national de santé publique ;
- dans des **structures au niveau local** : conférence régionale de santé, ARS, établissements de santé ;
- dans la **commission des usagers** (CDU), qui contribue à améliorer et à sécuriser les services de santé en s'associant à la construction de parcours de santé.

■ Ces associations participent par :
- l'identification des besoins de la population ;
- la proposition des priorités ;
- l'élaboration des politiques et dispositifs de santé à différents niveaux.

2 La place de l'usager dans le système de santé

La démocratie en santé suppose la **reconnaissance des droits individuels et collectifs** pour favoriser la détermination des choix de la société en matière sanitaire et la reconnaissance des droits fondamentaux dans le domaine de la santé.

A Les droits collectifs des usagers et leurs modalités d'exercice

■ La **forme associative** constitue le principal mode d'expression de la démocratie sanitaire. L'usager exerce son droit collectif *via* les associations d'usagers.

■ Ces associations doivent obtenir l'**agrément des pouvoirs publics** pour représenter les usagers et siéger au sein des structures sanitaire nationales et locales. L'agrément est donné par la Commission nationale des agréments. Les conditions sont :
- une **activité régulière** d'au moins 3 ans en vue de la défense des droits des personnes malades et des usagers du système de santé ;
- la **représentativité** de l'association ;
- les **actions de formation et d'information** réalisées ;
- l'**indépendance** dans la gestion de l'association.

- La LMSS a **renforcé la présence des associations dans le système de santé** avec la création de l'Union nationale des associations agréées des usagers du système de santé. Le droit collectif des usagers peut être exercé dans le cadre des associations agréées.

- De manière générale, le renforcement des usagers dans les institutions de santé permet d'assurer une **plus grande transparence** dans le système.

- Par ailleurs, les associations peuvent enclencher une action de groupe en matière de santé pour permettre aux victimes d'un même préjudice d'obtenir réparation *via* une seule procédure.

B Les droits individuels et le devoir de l'usager

a Les droits individuels

Le Code de la santé publique (CSP) distingue parmi les droits individuels :
- les **droits fondamentaux** (d'origine constitutionnelle), visant la protection de la personne : droit à la protection de la santé, droit à la dignité, droit au respect de la vie privée, droit à l'égal accès aux soins ;
- les **droits du patient en qualité d'utilisateur des services de santé** : droit au libre choix du praticien, droit à la qualité et la continuité des soins, droit à l'information, droit au partage de la décision médicale, droit d'accès au dossier médical.

b La responsabilité accrue de l'usager

L'article L1111-1 du CSP dispose : « Les droits reconnus aux usagers s'accompagnent des responsabilités de nature à garantir la pérennité du système de santé et des principes sur lesquels il repose ». Le comportement responsable des patients-usagers devient ainsi le gage de la pérennité du système de santé.

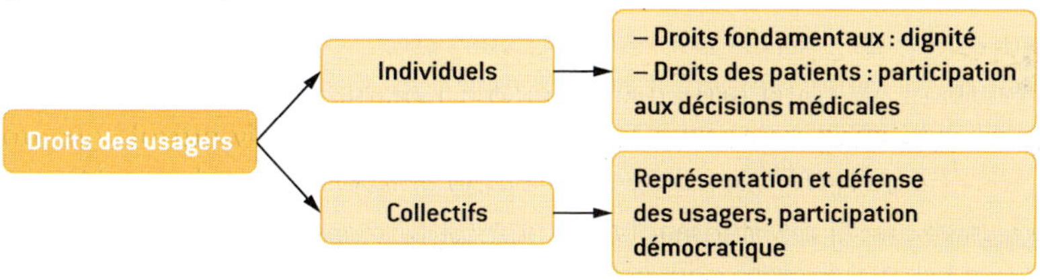

Les droits des usagers du système de santé

 # quiz
Des questions pour réviser
foucherconnect.fr/23terst2s29

8 L'évolution des politiques sociales

La notion de politique sociale résulte d'une lente évolution à travers les siècles. Aujourd'hui, on peut la définir comme l'ensemble des normes explicites, dispositifs, mesures et actions destinés à favoriser la cohésion sociale et à préserver le bien-être des individus.

1 Les prémices de la politique sociale

A De la charité à la solidarité

■ Au **Moyen Âge**, le phénomène de la pauvreté touche de nombreuses personnes. Les plus démunis ne peuvent compter que sur le soutien de la famille ou des amis qui, bien souvent, se trouvent dans une situation similaire. Seules les **instances religieuses** se préoccupent de ce problème en faisant acte de charité. À cette époque, la solidarité n'est pas organisée et l'aide des religieux n'est pas stable. Elle dépend de la volonté, de la capacité et de la régularité des donateurs. Par ailleurs, l'objectif n'était pas de lutter contre la pauvreté mais de réaliser une bonne action dans le cadre de sa croyance.

■ Peu à peu, les pauvres ne supportent plus leurs conditions de vie et le font savoir à travers de nombreuses manifestations. Cette démarche inquiétant la noblesse, des **mesures strictes** sont prises : à partir du XVIIe siècle, on interdit le vagabondage et on enferme les mendiants et orphelins.

■ En 1656, le roi fait basculer l'Hôtel-Dieu situé à Paris dans le domaine public : les malades les plus pauvres seront désormais pris en charge par la monarchie, toujours dans le contexte de l'enfermement. Cette solidarité, totalement laïque et organisée par les autorités, se concrétise avec la création d'un impôt : le **droit des pauvres**. On assiste au **développement de la solidarité**, sans que celle-ci ne soit dictée par un principe religieux.

DÉFINITION

Solidarité : entraide représentée par la distribution de richesse des plus riches vers les plus pauvres.

B Les apports de la Révolution française

■ En 1789, la Révolution française marque un tournant pour la nation. La monarchie disparaît pour faire place à la **démocratie**, qui s'installe progressivement. Le peuple peut désormais s'exprimer et décide que la pauvreté ne peut et ne doit plus être une fatalité mais doit relever de la responsabilité de l'État. Il est donc impératif que chacun puisse jouir des mêmes droits en ayant la capacité d'évoluer socialement par le biais du travail, de la propriété de terrains agricoles, etc.

À SAVOIR

Le 26 août 1789, la **Déclaration des droits de l'homme et du citoyen** instaure les droits fondamentaux qui sont aujourd'hui encore immuables et inamovibles.

En 1793, l'Assemblée nationale reconnaît la responsabilité de l'État vis-à-vis des pauvres. Le premier véritable symbole de la lutte contre la pauvreté apparaît en 1796 avec la création des **bureaux de bienfaisance**, mis en place pour porter secours aux plus démunis à domicile. Ces services sont placés sous l'autorité du préfet et administrés par la commune. Dans un premier temps, leurs rôles sont mal définis et dans certains secteurs géographiques, la population n'y voit pas toujours d'utilité. Ils font place aux bureaux communaux à partir de 1820, qui deviennent, après la Seconde Guerre mondiale, les **centres communaux d'action sociale** (CCAS).

C Le travail comme outil de lutte contre la pauvreté

Au XIXe siècle, le travail devient l'un des piliers de la lutte contre la pauvreté. À partir de 1864, les premières lois qui réglementent les conditions de travail ainsi que les relations employeurs-employés sont votées. C'est à cette période qu'émergent les **représentants des salariés** pour exprimer de manière plus structurée leurs revendications.

Les différents corps professionnels s'organisent en collectifs pour mettre en place une couverture sociale en cas de survenue d'un risque tel que la maladie, le décès, la perte d'emploi. On assiste progressivement à la concrétisation de la **notion d'assurance**. Les autorités publiques ne participent pas à l'organisation où à la gestion de ces dispositifs : ce n'est que plus tard que cette solidarité est institutionnalisée.

2 Les apports de la Constitution de 1958

A De nouveaux droits

L'évolution de la politique sociale a été progressive et s'est enrichie des différents contextes politiques et faits historiques pour œuvrer en faveur du bien-être et de la cohésion sociale.

> **EXEMPLE**
> L'ordonnance législative créant la **Sécurité sociale** en 1945 répondait à la volonté d'apporter une couverture sociale à tous.

Dans la **Constitution du 4 octobre 1958**, qui est celle de la Cinquième République, les droits naturels institués par la Déclaration des droits de l'homme et du citoyen de 1789 ont été complétés par de nouveaux droits, appelés **droits sociaux**. En effet, le droit à la vie, l'égalité des citoyens ou encore la liberté d'expression ne suffisent pas pour permettre à l'individu d'avoir les moyens de sa subsistance. C'est pourquoi les droits sociaux (droit à l'emploi, à l'éducation, à la culture, au logement, etc.) ont constitué un complément réaliste à ces droits, souvent perçus de manière idéaliste.

> **# doc**
> La Constitution du 4 octobre 1958
> foucherconnect.fr/23terst2s28

La constitution de la Cinquième République énonce également que la nation garantit à ses citoyens un **niveau de vie suffisant**. Dans ce contexte, on parle d'**État-providence**, car il intervient pour permettre aux citoyens d'avoir les moyens de subvenir à leurs besoins.

B Les principes et objectifs de la politique sociale

■ La politique sociale s'est organisée autour de trois principes :
- l'**assistance** : la couverture des risques sociaux des plus démunis, sans contrepartie ;
- l'**assurance** : la couverture des risques sociaux en contrepartie d'une participation financière, appelé cotisation ;
- la **solidarité**, organisée par la nation.

■ La politique sociale a pour objectif d'apporter des réponses aux besoins de la population, en instaurant un **cadre réglementaire et législatif** destiné à délimiter l'action des collectivités publiques et en incitant les structures privées à s'impliquer en faveur du bien-être collectif.

■ La politique sociale place l'usager au centre de son développement en respectant deux modes d'interventions :
- l'**accompagnement social** : la prise en charge par le suivi d'un individu dans le cadre de son insertion, en collaboration avec un travailleur social ;
- le **développement social** : la mobilisation des acteurs du territoire et la mutualisation des moyens d'action pour favoriser l'amélioration des conditions de vie sur un territoire. La proximité devient un atout pour favoriser la cohésion. Ainsi, le développement social local s'intensifie.

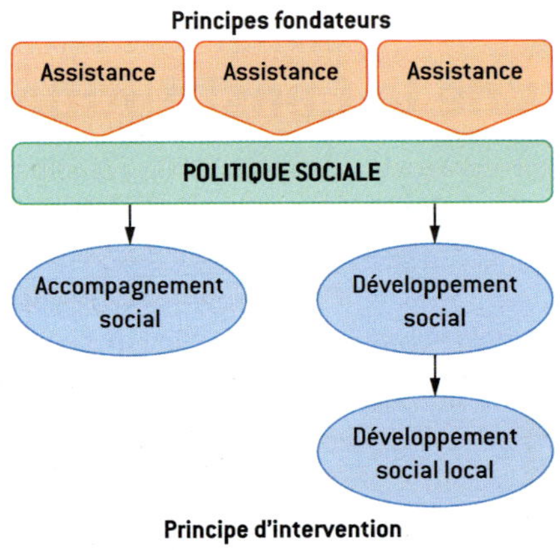

Politique sociale : valeurs et principes d'intervention

quiz
Des questions pour réviser
foucherconnect.fr/23terst2s29

9 De l'identification d'un problème social à l'élaboration d'une politique sociale

La politique sociale permet d'apporter des réponses aux besoins constatés de la population. Il est donc important de pouvoir identifier les problèmes auxquels sont confrontés les citoyens, pour ensuite les hiérarchiser et déterminer les priorités sociales.

1 Le diagnostic territorial

A Une démarche de proximité

■ La **décentralisation** de **1982** a fait émerger **l'importance du territoire** pour identifier les difficultés sociales des populations. La proximité permise par la décentralisation est l'argument principal pour identifier et penser les priorités, mais également mobiliser les citoyens dans divers projets.

 # vidéo
L'histoire de la décentralisation en France
foucherconnect.fr/23terst2s30

DÉFINITION
Décentralisation : transfert du pouvoir central de l'État vers les collectivités territoriales et locales.

■ La définition des besoins doit faire l'objet d'une démarche rigoureuse destinée à éclairer les autorités sur la situation de la population sur un territoire donné. Il s'agit d'une démarche d'étude à grande échelle sollicitant l'utilisation des **indicateurs** et des **déterminants**. Les modalités du recueil de données et informations doivent favoriser l'efficience de celles-ci : plus les informations seront fiables, plus la stratégie mise en œuvre pour apporter des solutions, sera adaptée.

DÉFINITIONS
Déterminants : outils qualitatifs de mesure de la santé et du bien-être social d'une population.
Indicateurs : outils quantitatifs de mesure de la santé et du bien-être social d'une population.

B Une obligation légale

■ Le diagnostic des besoins sociaux constitue la synthèse des besoins et problèmes sur le territoire. Il s'agit d'une **obligation légale depuis 1995**, qui a fait l'objet d'une adaptation en 2016. Chaque commune doit justifier d'au moins une analyse des besoins sociaux sur une période de 6 ans. Cette étude est laissée à la charge des centres communaux d'action sociale ou des centres intercommunaux d'action sociale.

■ Ce diagnostic n'est pas un outil isolé pour les collectivités : il peut être partagé avec tous les acteurs ayant participé à la démarche (institutions, entreprises, associations et public) et favoriser les partenariats, l'implication des usagers et, dans certains cas, l'intercommunalité.

■ Le principe d'une démarche consistant à faire l'état des lieux d'un territoire est audacieux et attractif. Cependant, en réalité, cela nécessite d'importants moyens et toutes les communes ne peuvent pas se le permettre.

■ La **loi du 2 janvier 2002** relative à la rénovation de l'action sociale et médico-sociale réaffirme l'importance d'une évaluation continue des besoins.

 # doc
La loi 2002-2 rénovant l'action sociale et médicosociale
foucherconnect.fr/23terst2s31

2 La détermination des priorités sociales

■ La mise en œuvre du diagnostic permet de faire émerger les **besoins sociaux**. Lorsque le constat de l'ensemble des besoins est fait, il apparaît que tous n'ont pas la même valeur et que certains sont interdépendants. Il convient donc de les **hiérarchiser** pour distinguer ceux ayant les conséquences les plus graves des autres. Pour établir cette hiérarchie, il faut étudier les caractéristiques (nombre de personnes, gravité, urgence, impacts individuel et collectif, coût pour la société, etc.), puis classer l'ensemble des problèmes en fonction de leur importance.

■ L'identification et la détermination des priorités permettent par la suite de donner les **grandes orientations** de la politique à mener. En effet, chaque besoin défini comme une priorité fait l'objet d'une **reconnaissance officielle**, qui se manifeste par la mise en place d'un dispositif ou d'un ensemble de mesures spécifiques à ce besoin. De plus, un **budget** particulier correspondant à une dépense publique lui est attribué. Chaque priorité est donc subordonnée à la mise à disposition de moyens matériels, humains et surtout financiers.

3 La place du territoire dans l'élaboration de la politique sociale

A À l'échelle européenne

■ L'Union européenne fixe stratégiquement des **objectifs à atteindre** à l'ensemble de ses États membres pour une période quinquennale. Le but étant de mettre en œuvre une **politique de manière concertée**, chaque État doit ensuite s'y conformer en transposant les directives européennes en droit national.

■ Les priorités établies à l'échelle européenne doivent refléter l'émergence des besoins sur l'ensemble de l'Europe. Lorsque la priorité a fait l'objet d'une reconnaissance officielle européenne, l'État membre dispose d'un délai pour adapter la norme européenne en interne, soit à l'échelon national.

B À l'échelle nationale

■ Dans le cadre de sa souveraineté, l'État joue un rôle central quant à l'élaboration de la politique sociale. Au sein du gouvernement, les ministères suivants ont la charge de la politique sociale à mener :
- ministère des Solidarités et de la Santé ;
- ministère du Travail ;
- ministère de la Cohésion des territoires et des Relations avec les collectivités territoriales

■ Ces ministères pilotent la politique sociale après concertation avec des organismes qui leur sont rattachés (exemple : la Direction générale de la cohésion sociale, rattachée au ministère des Solidarités et de la Santé).

■ Lorsque la loi est votée, elle est dite d'application nationale exception faite des cas particuliers prévus dans son texte. Le pouvoir central décide donc des grandes orientations à suivre.

C À l'échelle régionale

■ Au niveau déconcentré, la région **adapte** la loi, sans la dévoyer, aux besoins spécifiques de son territoire.

■ L'agence régionale de santé, le directeur régional de la Jeunesse, des Sports et de la Cohésion sociale ainsi que le préfet et les maires évaluent les besoins et élaborent ensemble un **projet social** à mener sur le territoire, correspondant à leurs besoins particuliers et conforme à la loi.

■ L'importance du territoire résulte donc, d'une part, de la **proximité** avec le citoyen pour l'évaluation des besoins et, d'autre part, de sa capacité d'**autonomie** quant au suivi de la politique nationale.

Échelons	Objectifs	Supports/Outils
Européen	Harmoniser la politique des États membres en fixant des priorités communes	Directives/Règlements européens
National	Organiser la politique à mener sur le territoire national	Lois/plans et programmes nationaux
Régional	Adapter la politique nationale aux besoins spécifiques du territoire	Plans régionaux de santé publique et annexes
Local	Appliquer les décisions régionales et réaliser une évaluation des besoins.	Programme locaux/outils de la politique de la ville

Les différents échelons de décision de la politique sociale

 # quiz
Des questions pour réviser
foucherconnect.fr/23terst2s29

10 L'action sociale

La loi du 2 janvier 2002 rénovant l'action sociale et médico-sociale réaffirme l'importance de l'action sociale. Cette dernière, héritée des principes d'assistance, d'assurance et de solidarité, cherche à se détacher depuis plusieurs années de cette image d'assistanat.

1 Les principes et objectifs de l'action sociale

A À quoi sert l'action sociale ?

■ L'objectif principal de l'action sociale est la **lutte contre les inégalités sociales**. Elle vise à prévenir et lutter contre les exclusions sociales et à promouvoir la cohésion sociale. Elle fait partie intégrante de la protection sociale, mais ne doit pas être confondue avec les attributions de la Sécurité sociale.

■ L'action sociale comprend donc **l'ensemble des moyens mis en œuvre pour favoriser et préserver la cohésion sociale** Elle se définit également comme une aide pouvant constituer un complément à la Sécurité sociale et à l'aide sociale.

■ Elle concerne les **personnes vulnérables** en situation de difficulté économique, en rupture avec leur famille ou leur communauté, mais également en incapacité physique ou mentale liée à un handicap.

B Comment se manifeste-t-elle ?

■ L'action sociale est principalement à la charge des **collectivités locales publiques**, mais peut aussi être instituée par des acteurs privés tels que ceux issus du milieu associatif. Ces derniers apportent un complément à l'action publique.

■ On distingue l'aide légale et extralégale de l'aide facultative. L'aide légale représente les prestations des assurances sociales gérées par le département (exemple : RSA). L'aide extralégale relève du pouvoir discrétionnaire du maire qui peut décider de l'attribuer sans qu'elle ait été prévue dans le cadre de la loi. Enfin, l'aide facultative est exceptionnelle, donc ponctuelle, et ne relève que de la commune.

■ L'action sociale se concrétise par des prestations :
- en nature :
  - organisation des services à l'enfance ou à la personne ;
  - mise en place d'actions d'accompagnement social ;
- en espèce :
  - versement d'allocation ;
  - prise en charge financière de services.

2 L'organisation de l'action sociale

La **commune** représente l'échelon de compétence de la mise en œuvre de l'action sociale. Les **centres communaux d'action sociale** recensent et identifient les personnes vulnérables afin de les accompagner vers la connaissance de leurs droits ou l'attribution des prestations en fonction de certaines conditions. Ils ont en charge de domicilier les demandeurs d'aides.

 # vidéo
Exemple : une nouvelle ambition politique pour la solidarité
foucherconnect.fr/23terst2s32

Cette mission relève d'une **délégation de compétence** du département, qui permet aux communes de travailler soit de manière isolée, soit en intercommunalité pour mettre en place des dispositifs spécifiques en mutualisant les moyens.

Le **département** reste néanmoins le responsable du **pilotage** de l'action sociale. Il collabore avec les différents acteurs et partenaires du territoire et coordonne la politique locale en faveur de la protection de l'enfance, de la famille, de la personne en situation de handicap, de la personne âgée, de l'insertion professionnelle, etc.

L'**État** n'est pas exempt de responsabilité puisqu'il assume la charge des aides destinés aux personnes sans domicile fixe et de l'aide médicale d'État, ainsi que des établissements et services d'aide par le travail pour les personnes en situation de handicap.

3 Les limites de l'action sociale

Depuis des décennies, malgré les diverses politiques relatives à la lutte contre la pauvreté, **les inégalités se sont accrues**. Il y a donc beaucoup plus de demandeurs d'aides qu'auparavant, alors que les finances publiques ont diminué. Malgré la volonté d'assistance, l'État, même déconcentré, n'a plus les moyens de prendre en charge la totalité de ces problématiques.

 # vidéo
Les inégalités en France
foucherconnect.fr/23terst2s33

Pour ces raisons, on assiste à une **réduction progressive des budgets** de l'action sociale et à une volonté grandissante d'impliquer davantage le citoyen dans son évolution en le rendant **acteur** de sa situation. L'assistanat doit rester exceptionnel.

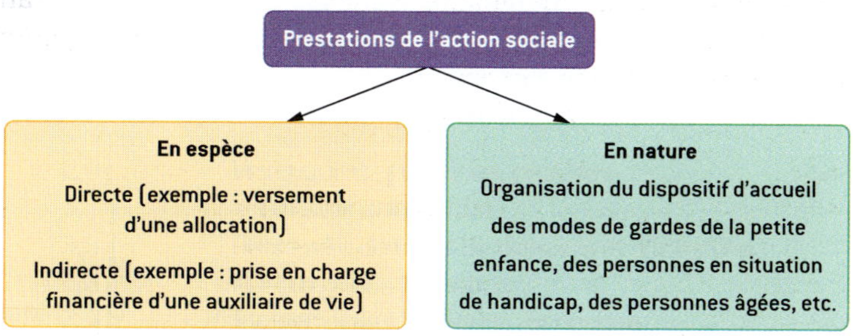

Les types de prestations de l'action sociale

 # quiz
Des questions pour réviser
foucherconnect.fr/23terst2s29

11 Le périmètre d'intervention d'une politique sociale

Les politiques sociales ont pour objectif d'améliorer les conditions de vie des individus. Elles s'adressent à tous et peuvent concerner différents thèmes ou domaines. Au fil du temps, différentes approches de la politique sociale ont permis d'apporter des réponses aux divers problèmes identifiés. Cependant, la société ayant changé, il convient de faire évoluer ces approches pour mieux identifier les besoins et mieux y répondre.

1 De la politique sociale catégorielle à la politique sociale transversale

- Différentes approches ont été menées pour résoudre les problèmes constatés sur les territoires. Le choix de la stratégie utilisée est subordonné à la **spécificité** du besoin identifié.

- La **politique sociale catégorielle** s'intéresse à un **public** identifié selon des caractéristiques précises pour apporter une réponse spécifique à un besoin. On considère que le problème est propre au **groupe** qui dispose de ces caractéristiques communes : personnes en situation de handicap, femmes, demandeurs d'emploi, personnes âgées, etc. Les personnes ne correspondant pas à ces critères ne sont pas censées être concernées.

- Lorsque le problème relève plutôt d'un champ particulier, on parle de **politique sociale sectorielle**, car elle permet d'intervenir dans un **domaine** précis : emploi, logement, accès aux soins, etc.

- Pour l'une et l'autre de ces approches, le **manque de recul** a bien souvent contribué à générer des **contradictions** ou des **vides juridiques**. En effet, deux domaines peuvent s'entrecroiser et désigner un public cible avec des caractéristiques très précises, ce qui limite de manière trop rigide les bénéficiaires de ces droits.

- Il était donc nécessaire d'introduire une vision plus globale : la **politique sociale transversale** a ainsi permis d'avoir une approche plus réaliste, en favorisant une **vue d'ensemble** d'une situation donnée. Un individu pouvant souffrir de différents problèmes faisant chacun l'objet de mesures propres, l'approche transversale permet de prendre en compte sa situation dans son ensemble. Cette approche considère donc l'individu dans sa globalité, en faisant jouer la **complémentarité** des politiques catégorielles et sectorielles.

EXEMPLE

Le plan priorité jeunesse datant de 2013 s'adresse à un public ciblé, les jeunes, et cherche à apporter des solutions dans divers domaines tels que l'accès au logement, à la formation et à l'emploi par le biais d'un parcours sécurisé, mais également à développer la culture numérique, l'accès au sport et aux arts, à promouvoir et valoriser l'engagement citoyen, etc. Il s'agit donc d'une approche globale de la situation des jeunes.

 # doc
Le plan priorité jeunesse
foucherconnect.fr/23terst2s34

2 La contractualisation progressive de la collectivité

■ Les approches sectorielles, catégorielles et transversales ont montré de nombreuses **limites**. Les modes de vie des individus ont évolué et il ne suffit de pas de remplacer une approche par une autre pour répondre au mieux aux besoins des citoyens. Il a donc fallu poursuivre l'**évolution des politiques** et inventer de nouvelles approches. Ainsi, plutôt que d'élaborer une politique de manière isolée, les institutions se tournent vers les autres acteurs du territoire tels que les entreprises et associations. L'objectif est de s'engager dans un **cadre partenarial** (sous contrat) pour favoriser le développement économique, social, culturel, etc. en privilégiant la proximité, soit le contexte local.

■ De nombreuses communes élaborent et concluent des **contrats de ville**. Ces documents engagent l'État (de manière déconcentrée : région, département et commune) et des partenaires à **mettre en œuvre des projets** éducatifs, sanitaires, sociaux, etc.

■ Dans le cadre de ces contrats, les collectivités invitent les partenaires pertinents à contribuer à l'**amélioration des conditions de vie et de la cohésion sociale** en fonction des besoins qu'elles ont identifiés sur le territoire.

■ Les principaux partenaires sont généralement les bailleurs sociaux, Pôle emploi, les associations et les entreprises installées sur le secteur. Un partenaire est considéré comme toute personne morale ou physique pouvant contribuer à l'évolution de la communauté.

■ Au sein des quartiers prioritaires, ces contrats constituent un bon moyen de **restaurer les liens** entre les individus, les entreprises et les associations, ainsi que les institutions et autorités publiques. L'objectif visé est le **développement économique, social et culturel**.

■ Le contrat local (autre nom du contrat de ville) est un outil qui porte, entre autres, sur les équipements et l'aménagement du territoire pour favoriser la cohésion sociale. Dans le cadre de son volet social, son objectif est de lutter contre les inégalités sociales par la promotion de l'accès aux droits.

Politique catégorielle

Elle vise un groupe d'individus identifié, avec des caractéristiques communes et ayant un besoin précis.

Exemples : femmes, enfants, personnes en situation de handicap, chômeurs, etc.

Politique sectorielle

Elle concerne un domaine particulier.

Exemples : logement, emploi, retraite, etc.

↓

Politique transversale

Elle permet d'avoir une approche globale. La complémentarité des approches sectorielle et catégorielle offre une vision d'ensemble des besoins et aide à apporter une réponse plus adaptée.

Exemple : la politique de lutte contre la pauvreté.

Les approches de la politique sociale

 # quiz
Des questions pour réviser
foucherconnect.fr/23terst2s29

12 Les modalités d'intervention auprès des publics

L'assistance se définit comme une aide pouvant être attribuée sous diverses formes, qui ne requiert pas de contrepartie. Elle permet de soutenir les individus sans leur demander d'agir ou de réagir. Cette conception, longtemps critiquée, a évolué vers l'accompagnement social, qui suppose que l'individu s'implique et devienne acteur de son insertion sociale.

1 L'accompagnement social

■ L'accompagnement social concerne les personnes les plus vulnérables et consiste à suivre un individu pour l'amener à être plus **autonome** et à devenir progressivement **acteur de son évolution**. Dans ce but, ses objectifs sont :
- d'appliquer la **législation** des politiques sociales ;
- d'améliorer les **conditions de vie** des individus ;
- de développer les **liens sociaux** ;
- d'apprendre aux individus à **s'adapter à leur milieu**.

■ L'accompagnement social est réalisé par les **travailleurs sociaux**. Ce sont eux qui permettent aux individus en situation de fragilité d'accéder à des droits peu ou mal connus.

■ Il nécessite des moyens humains et financiers très importants, car il doit être précoce, individualisé et continu pour conforter l'évolution vers l'autonomie.

■ Il s'inscrit dans le cadre d'un **engagement réciproque contractualisé** entre l'individu et un professionnel habilité. Selon la situation particulière de l'individu, l'accompagnement social peut être :
- dédié à la formation et à l'emploi ;
- imposé par les autorités administratives ou judiciaires (tutelle, curatelle) ;
- destiné à l'accès au logement et à l'obtention du dispositif du revenu de solidarité actif (RSA).

2 Le développement social

■ Le **processus individuel** qu'est l'accompagnement social peut évoluer vers le collectif par la participation et l'investissement dans la vie de quartier, au sein d'une association. En effet, plus un individu est inséré, plus il lui est possible de s'engager pour son quartier ou sa ville.

■ La capacité des usagers à créer des liens encourage la cohésion sociale et le bien-vivre ensemble, en luttant contre les exclusions sociales. Il suffit de voir l'impact des fêtes de voisins ou de quartiers pour comprendre à quel point la proximité favorise le contact et permet, dans certains cas d'éviter l'isolement total de personnes en situation de rupture avec leur famille. Lorsque ces liens per-

 # vidéo
Le développement social
foucherconnect.fr/23terst2s35

 # vidéo
L'exemple de la Nièvre
foucherconnect.fr/23terst2s36

mettent de favoriser le dynamisme économique (installation d'entreprises et d'artisans), l'embauche des personnes vivant sur le territoire, l'accès à la culture, etc., on parle de **développement social**.

- Dans le développement social, il s'agit essentiellement de **prendre en considération le territoire**. La qualité de vie au sein d'un secteur géographique est en effet considérée comme un facteur potentiellement favorable au bien-être de sa population. Il est dit **local** car il est effectif dans un contexte de proximité (quartier, ville...).

- L'intérêt du développement social est donc de partir des **réalités du territoire** afin de dynamiser les partenariats entre la collectivité, les entreprises et les associations. Lors de la réalisation du diagnostic par le centre communal d'action sociale, les informations et données recueillies auprès des usagers dans le cadre des diverses assemblées permettent de mieux cerner les besoins réels des habitants. Le diagnostic permet aux citoyens, aux associations, aux travailleurs sociaux, aux entreprises ainsi qu'à la mairie et au département de mieux comprendre les rôles et l'engagement des acteurs publics et privés locaux.

- En invitant les usagers à la participation aux assemblées de quartier, le développement social apporte aussi une dimension de **solidarité**. Cette participation permet également de lutter contre le risque d'exclusion sociale.

- Les centres sociaux, les centres culturels, les associations et les entreprises développent des liens en s'engageant dans des projets de coopération et d'entraide avec les citoyens et les représentants de la collectivité locale ou territoriale.

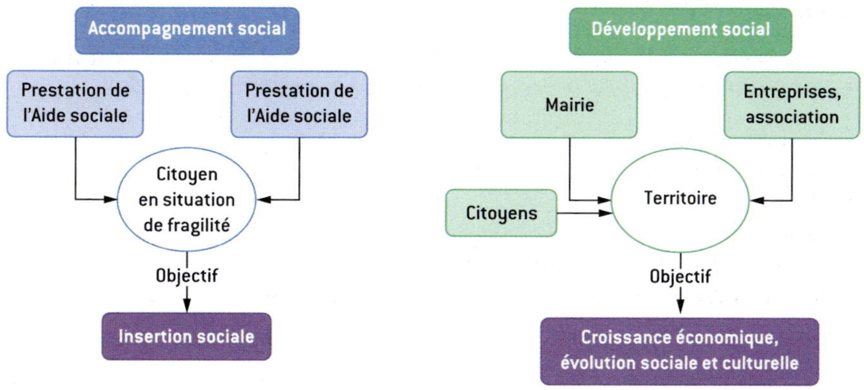

Fonctionnement et objectifs de l'accompagnement social et du développement social

 # quiz
Des questions pour réviser
foucherconnect.fr/23terst2s29

13 Les acteurs de la politique sociale

Les acteurs de la politique sociale représentent toutes les personnes physiques ou morales qui interviennent pour élaborer, réaliser ou évaluer les mesures mises en place dans le cadre de la législation.

1 Les acteurs institutionnels de la politique sociale

■ La **décentralisation de 1982** a eu un impact très important sur l'organisation de la politique sociale. Elle a modifié le rôle et la place de certains acteurs pour en impliquer et en responsabiliser d'autres davantage. En effet, cette réorganisation du pouvoir a été entreprise à partir du constat de l'incapacité du pouvoir central à diriger et en même temps à analyser les besoins pour chaque territoire. De ce fait, les acteurs institutionnels de la région ont pu faire valoir leurs compétences liées à la connaissance de leur secteur géographique, tant pour identifier et mesurer les besoins de la population que pour évaluer la politique en vigueur.

■ Du pouvoir central à l'échelon le plus local, chaque niveau dispose d'attributions et de pouvoirs lui permettant d'accomplir sa mission. La collaboration et la coopération de tous les acteurs sont essentielles.

■ Les ministères et directions régionales et départementales de la Cohésion sociale des territoires et des Affaires sanitaires et sociales, ainsi que la direction de la Protection judiciaire de la jeunesse, pilotent la politique sociale en vigueur. Ils collaborent activement avec l'ensemble des organismes de la Sécurité sociale pour appliquer la réglementation.

■ Selon les publics ciblés, il existe également des organismes et services dédiés, tels que :
- le **centre communal d'action sociale** et le **centre social**, qui accueillent les personnes potentiellement en situation de précarité, de pauvreté et d'exclusion sociale ;
- l'**aide sociale à l'enfance**, qui veille au bien-être et à la protection de l'enfance ;
- la **protection maternelle et infantile**, qui assure le suivi et la prévention des grossesses, de la maternité et de l'évolution des enfants de la naissance jusqu'à l'âge de 6 ans ;
- la **mission locale**, qui est un espace dédié aux jeunes de 16 à 25 dans le cadre de l'accompagnement à l'insertion professionnelle.

2 Les structures privées

■ L'ambition actuelle relative au développement social local est de consolider les partenariats entre autorités publiques et structures privées, en travaillant conjointement avec des établissements sociaux et médico-sociaux, des associations et des entreprises. Les besoins étant grandissants, il est en effet fondamental d'organiser la **coopération entre le public et le privé**.

■ Par exemple, les **établissements médico-sociaux** accompagnant les personnes en situation de handicap ou prenant en charge de manière plus globale la dépendance, ainsi que ceux permettant la prise en charge des personnes sans domicile fixe, sont essentiels à la cohésion sociale. Ils permettent de ne laisser aucun individu en marge de la société.

■ De même, les **associations** interviennent lorsque l'on constate que l'autorité publique devient impuissante et compensent bien souvent les manques de l'État. On peut ainsi citer l'exemple d'associations caritatives comme les Restos du cœur, la Croix rouge, Emmaüs, etc. Il peut également s'agir d'associations intervenant pour protéger des personnes présumées victimes d'un délit ou d'un crime (exemple : les femmes battues).

■ Dans le cadre de leurs missions, les centres de formation et entreprises d'insertion mènent des actions afin que l'individu s'inscrive dans un processus d'insertion sociale en devenant acteur de son parcourt d'évolution.

3 Le rôle central des travailleurs sociaux

Les travailleurs sociaux sont les acteurs principaux de la mise en œuvre des politiques sociales. Dans le cadre de leurs missions rattachées à l'intervention étatique, ils conseillent et accompagnent le citoyen en situation de vulnérabilité. Ils doivent s'adapter à chaque situation pour construire avec l'individu un projet s'inscrivant dans un processus de réinsertion visant l'autonomie, le bien-être et la capacité à subvenir à ses besoins.

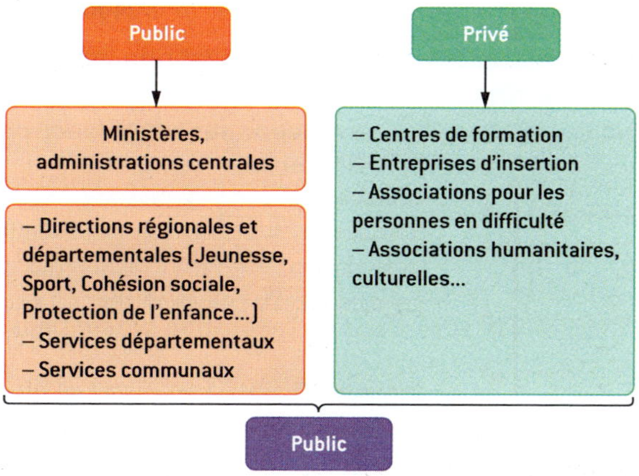

Les acteurs de l'intervention sociale

 # quiz
Des questions pour réviser
foucherconnect.fr/23terst2s29

14 Le cadre institutionnel et le financement des politiques sociales

Chaque année, des sommes d'argent importantes sont investies pour mettre en œuvre la politique sociale. Cependant, l'émergence de nouveaux besoins impose la nécessité d'identifier les recettes afin de mieux évaluer les capacités d'investissement. Le principe d'égalité, universel, impersonnel et général, tend à disparaître et les règles s'appliquent davantage de manière différenciée en fonction des situations personnelles pour une meilleure maîtrise des dépenses. La nature des dépenses est fixée chaque année par la loi de finances.

1 Les recettes

- Les recettes des politiques sociales proviennent principalement des **impôts locaux** prélevés directement auprès des contribuables : taxe d'habitation sur la résidence secondaire (depuis le 1er janvier 2023, la taxe d'habitation sur la résidence principale a été supprimée), taxe sur le foncier bâti et taxe professionnelle.

- D'autres ressources interviennent également :
  - la dotation globale de fonctionnement : décidée par l'État, elle est transmise par la **Caisse nationale de solidarité pour l'autonomie** afin d'assurer la gestion des personnes âgées dépendantes, ainsi que le versement de l'allocation personnalisée d'autonomie et l'allocation compensatrice du handicap ;
  - la dotation issue des conseils départementaux destinée à supporter la charge du revenu de solidarité active (RSA) ;
  - la dotation globale de décentralisation.

- Les **collectivités locales** assument en grande partie le coût financier de la politique sociale : ce sont donc elles qui reçoivent des dotations du pouvoir central et prélèvent certains impôts tels que la taxe foncière et la taxe d'habitation pour mettre en œuvre cette politique.

2 Les dépenses

- En 2018, les dépenses sociales se sont élevées à **31,2 % du produit intérieur brut** en France.

- Ces dépenses correspondent aux **prestations en espèces**, **aux biens et aux services** fournis directement (prestations en nature), ainsi qu'aux **avantages fiscaux** destinés aux personnes en situation de précarité, de pauvreté ou d'exclusion sociale.

■ Ces dépenses représentent la **redistribution des ressources** issues des ménages et des structures privées, c'est-à-dire les entreprises et les associations. Cette richesse relève d'une participation obligatoire gérée en partie par les collectivités publiques locales, ainsi que par la Sécurité sociale.

DÉFINITION

Ménage : ensemble des personnes vivant au sein du même logement.

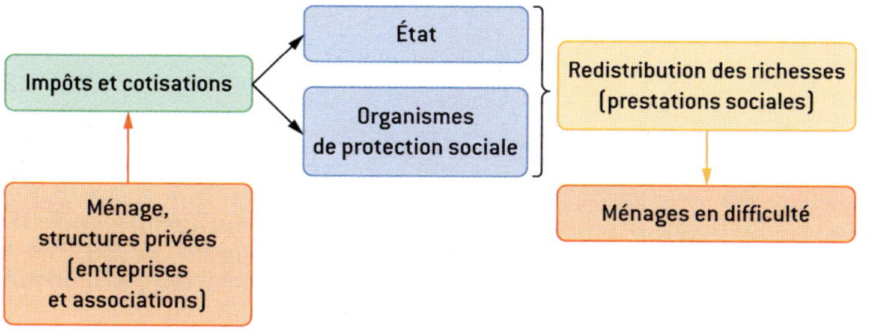

Le principe de la redistribution des ressources

 # quiz
Des questions pour réviser
foucherconnect.fr/23terst2s29

15 Le contexte d'un projet dans le secteur sanitaire et social

Tout projet s'inscrit dans un contexte donné. Une connaissance approfondie de ce contexte est indispensable lors de la conception. En effet, de ce contexte dépendent de nombreux paramètres qui peuvent avoir une influence sur les choix effectués par les acteurs du projet ainsi que sur sa réalisation.

1 Qu'est-ce qu'un projet ?

- Selon l'AFNOR, un projet se définit comme une **démarche spécifique qui permet de structurer méthodiquement une réalité à venir**. Cette démarche, individuelle ou collective, est soigneusement planifiée et destinée à atteindre un objectif particulier.

- Un projet est défini et mis en œuvre pour élaborer la **réponse au besoin** d'un utilisateur, d'un client ou d'une clientèle et implique un objectif et des actions à entreprendre avec des ressources données.

- La démarche de projet est l'ensemble des actions menées par une équipe de travail pendant une période prédéfinie pour mettre en place un projet.

2 Les niveaux territoriaux du contexte institutionnel

- Les projets sanitaires et sociaux s'inscrivent dans un **contexte institutionnel**, c'est-à-dire un ensemble de lois, de plans ou de schémas, de dispositifs ou d'organisations qui structurent l'offre en matière de santé publique, de politique sociale ou de protection sociale. Ce cadre permet de maintenir une cohésion entre toutes les actions locales mises en place.

- L'**échelon national** est celui de la définition des priorités et des grandes orientations. On peut citer :
  - la loi Handicap du 11 février 2005, dont le but est d'assurer l'accessibilité des personnes en situation de handicap dans les lieux publics ;
  - la loi de santé publique du 26 janvier 2016 et le Programme national nutrition santé (PNNS, qui ont pour objectif de réduire la prévalence des pathologies nutritionnelles telles que l'obésité.

- L'**échelon régional ou départemental** est celui où on effectue l'analyse des besoins et la définition des objectifs. Par exemple :
  - la Maison départementale des personnes handicapées (MDPH) du département X analyse les besoins sur son territoire et définit les objectifs relatifs à l'accueil et au transport des personnes en situation de handicap moteur lors de l'euro 2016 ;
  - la conférence régionale de santé analyse les besoins, identifie les structures ressources sur le territoire et décline les objectifs relatifs à la prévention nutritionnelle.

■ Enfin, l'**échelon local** est celui où le projet est mis en œuvre. Ainsi :
- l'association VW met en œuvre un projet afin de faciliter le transport des personnes en situation de handicap moteur lors de l'Euro 2016 ;
- l'atelier santé-ville du centre communal d'action sociale (CCAS) de la commune YZ met en œuvre un projet afin de sensibiliser la population à l'alimentation équilibrée.

3 Les contextes du projet dans le secteur sanitaire et social

■ Les projets dans le domaine sanitaire et social ont des spécificités du fait qu'ils touchent souvent un public fragilisé, traitent de problèmes et peuvent influer sur la vie privée des personnes. Des précautions sont donc à prendre, en plus du secret professionnel. Les actions dans le domaine sanitaire et social doivent s'inscrire dans un **cadre éthique et déontologique**.

EXEMPLES
- Le Code de déontologie des infirmières.
- La loi du 2 janvier 2002 rénovant l'action sociale et médico-sociale.
- La loi du 4 mars 2002 dite loi Kouchner, qui est l'équivalent de la loi précédente dans le domaine de la santé.

■ La définition des priorités et des objectifs et la conception du projet doivent tenir compte du cadre institutionnel mais également de l'**ensemble des contextes**. Des recherches ou des études pourront être menées concernant des aspects politiques, sociologiques, économiques, épidémiologiques, démographiques, psychologiques, environnementaux.

■ Il est également nécessaire de déterminer en réponse à quel besoin et dans quel but la démarche de projet va être élaborée. L'objectif peut-être :
- l'innovation, afin d'apporter des nouveautés dans la structure (exemple : projet d'accueil des nouveaux adhérents dans une association) ;
- la modernisation, afin d'actualiser le fonctionnement d'une structure (exemple : projet de rénovation d'un service hospitalier) ;
- la gestion, afin de diriger une structure (exemple : projet de restructuration des services d'un hôpital) ;
- le management du personnel, afin de gérer un groupe pour atteindre un objectif déterminé (exemple : projet de répartition des tâches dans une équipe) ;
- l'amélioration de la qualité pour les usagers, afin de faire le lien entre le service rendu et la satisfaction d'un besoin (exemple : la démarche qualité obligatoire dans les établissements sanitaires et sociaux depuis les ordonnances du 24 avril 1996) ;
- la sensibilisation, afin de faire prendre conscience à un large public de comportements à risques (exemple : projet de spots publicitaire sur la prévention routière) ;
- l'incitation d'un public à modifier un comportement (exemple : plan santé pour arrêter de fumer).

quiz
Des questions pour réviser
foucherconnect.fr/23terst2s29

mination liés aux transports en commun, tout en évitant la saturation des réseaux routiers et autoroutiers.

Le ministère de l'Économie et des Finances peut mettre en place une surveillance des prix et de la disponibilité des produits dans les lieux de distribution, afin de détecter *« des hausses de prix injustifiées sur des produits de première nécessité ou essentiels en cas de crise ou des ruptures d'approvisionnement »*. Cela a été fait sur les gels hydroalcooliques, dont les prix s'étaient envolés avant d'être plafonnés par les autorités. Une filière est prioritaire pour la fourniture d'eau et d'énergie (électricité, gaz, fuel) : celle des exploitations agricoles, des industries agroalimentaires, des fabricants de produits industriels, des transporteurs notamment routiers. Les experts considèrent que *« l'absentéisme dans les exploitations ou les entreprises et le manque de disponibilité du transport routier de marchandises représentent les principaux risques pour le fonctionnement des filières agroalimentaires »*.

[...]

L'hôpital et la médecine de ville doivent se préparer à absorber l'onde de choc. La prise en charge des patients suspectés ou confirmés d'infection au Covid-19 change en phase 3. D'abord, il n'est plus question de faire des prélèvements sur tous les cas suspects. *« On ne teste que ceux qui présentent des signes de gravité »*, expliquait vendredi le Dr Marc Noizet, chef du SAMU 68, *« la recherche des cas de transmissions possibles n'est plus réalisable »*.

Un malade présentant un syndrome grippal compatible avec le diagnostic est présumé atteint du Covid-19. *« Ça veut dire bien sûr que localement les chiffres ne seront plus totalement vrais, mais on doit se concentrer sur les gens qui ont des critères de gravité pour les soigner »*, ajoutait le médecin.

DOCUMENT 2

2ᴱ ENTRAÎNEMENT À L'ÉPREUVE FINALE

PARTIE 1 : MOBILISATION DES CONNAISSANCES

Expliquer en quoi le diagnostic des besoins sociaux constitue un outil essentiel à l'élaboration des politiques sociales.

PARTIE 2 : DÉVELOPPEMENT S'APPUYANT SUR UN DOSSIER DOCUMENTAIRE

La précarité alimentaire

1. Expliquer pourquoi la précarité alimentaire des étudiants relève d'un problème multifactoriel.

2. Montrer comment différents acteurs participent à la lutte contre la précarité alimentaire des étudiants.

ANNEXE 1

Précarité étudiante : « 56 % des étudiants avouent ne pas manger à leur faim »

Après deux années de pandémie mondiale, la rentrée 2022 était synonyme de retour à la normale pour la majorité des étudiants. Toutefois, aujourd'hui deux sur trois sont en situation d'extrême précarité et l'inflation actuelle n'améliore pas leur situation. Entre coûts alimentaires, de logement ou encore de santé, les postes de dépenses sont nombreux pour les élèves de l'enseignement supérieur. Ainsi, la précarité étudiante croît de nouveau cette année, et les mesures prises par le gouvernement sont jugées insuffisantes par les acteurs concernés. Explications.

Augmentation des loyers, restauration universitaire plus onéreuse, revalorisation insuffisante des bourses et retards de celles-ci... Le coût de la vie étudiante augmente considérablement en cette rentrée 2022, de 6,47 % en plus par rapport à la rentrée 2021 selon l'Union nationale des étudiants de France (UNEF) et de 7,38 % pour la Fédération des associations générales étudiantes (FAGE). En cause bien sûr : l'inflation.

En effet, alors que la hausse des prix à la consommation en France s'est élevée à 5,6 % sur un an selon les données provisoires publiées le 30 septembre par l'Insee, les étudiants sont en première ligne face à cette augmentation globale des prix. Selon l'édition 2022 de l'étude « Précarités étudiantes : deux ans après rien n'a changé » publiée par l'association de lutte contre le gaspillage alimentaire Linkee, deux étudiants sur trois sont en situation d'extrême précarité car une fois toutes leurs factures payées (logement, charges, abonnement de transport, internet et téléphonie), il leur reste moins de 50 euros pour subvenir à leurs besoins.

Un étudiant sur trois fait face à des conditions de logement précaires

Selon l'Observatoire de la vie étudiante, le logement constitue le principal poste de dépense d'un étudiant (57 % du budget en 2022). Même si l'inflation actuelle touche moins les logements que les autres postes de dépenses, elle entraîne néanmoins une explosion du prix des loyers (+ 1,37 % à l'échelle nationale selon l'UNEF, soit un loyer moyen de 563,40 euros pour une surface étudiante). « Nous constatons que, depuis la rentrée, un nombre croissant de nos étudiants sont sans logement, ils nous sollicitent parce qu'ils sont à la rue », regrette Emmanuelle Jourdan-Chartier, vice-présidente Vie étudiante et de campus à l'Université de Lille, avant d'ajouter que « l'université est très démunie car elle n'a pas d'hébergement d'urgence ». Face à cette augmentation des prix, certains étudiants bénéficient néanmoins de places en résidences universitaires du Centre régional des œuvres universitaires et scolaires (CROUS). « Moins de 6 % des étudiants peuvent bénéficier d'un logement CROUS », déplore à *La Tribune* *Félix* Sosso, porte-parole de la FAGE.

En effet, si l'Hexagone compte près de trois millions d'étudiants en cette rentrée 2022 et plus de 700 000 élèves boursiers, seulement 235 000 logements à caractère social sont disponibles en France (175 000 gérés par les CROUS et 60 000 places dans des logements sociaux gérés par les organismes d'HLM ou des associations comme Fac Habitat et l'ARPEJ). Ainsi, tandis que le gouvernement avait annoncé un plan de construction de 60 000 logements en résidences universitaires avant la fin du premier quinquennat d'Emmanuel Macron, le Centre national des œuvres universitaires et scolaires (CNOUS), dans son rapport d'activité 2021, déclarait ne compter que 10 723 nouveaux logements, construits entre 2017 et 2021. De nombreux étudiants n'ont donc pas accès à ces logements universitaires à prix réduits. Et quand ils en ont l'accès, la qualité des logements est loin d'être toujours au rendez-vous.

Mauvaise isolation, meubles cassés, infestation de cafards... Les équipes de ***66 minutes*** ont mis en lumière le quotidien d'une étudiante en master de génie civil qui se dit « *traumatisée* » par son expérience en résidence du CROUS. Au total, c'est aujourd'hui un étudiant sur trois qui fait face à des conditions de logement précaires selon Linkee, et la hausse du coût de l'énergie ne va rien arranger cet hiver quand « certains logements » en résidences universitaires, et d'autres logements privés, sont des « passoires thermiques », selon le porte-parole de la FAGE. Même si, sur un mois, les prix à la consommation de l'énergie se replient de 0,5 % en septembre selon l'Insee, la progression sur un an est de 17,8 %. Ainsi, chauffer ces logements universitaires coûtera de plus en plus cher aux étudiants et beaucoup vont rogner sur d'autres postes de dépenses.

« 56 % des étudiants avouent ne pas manger à leur faim »

La flambée des prix de l'alimentation s'accélère en septembre 2022, augmentant de 9,9 % par rapport au mois d'août. Ainsi, nombreux sont les étudiants qui ne peuvent plus se permettre le même panier quotidien qu'auparavant, notamment quand les prix de certains produits tels que les pâtes, l'huile ou encore la viande surgelée ont augmenté de 15 %. « L'alimentation est devenue la première variable d'ajustement pour boucler les fins de mois », selon l'association Linkee, qui assure que 97 % des étudiants se restreignent sur la quantité et la qualité de leur alimentation.

« Chaque semaine, nous recensons entre 100 et 200 étudiants aux distributions alimentaires organisées sur les campus par le Secours Populaire, les Restos du Cœur ou encore la Croix-Rouge » explique Emmanuelle Jourdan-Chartier, ajoutant que « les épiceries solidaires proposées par certaines associations sont désormais au nombre de cinq alors qu'il n'y en avait que deux auparavant ». Une tendance qui traduit la hausse du nombre d'étudiants ayant recours à des aides alimentaires est en pleine croissance. De plus, l'association Co'p1-Solidarités étudiantes, créée pendant la pandémie, estime dans son édition 2022 publiée le 3 octobre que 73 % des étudiants bénéficiaires de ces aides alimentaires sont non-boursiers, une surreprésentation venant du fait que les 27 % restants bénéficient de tarifs préférentiels dans les restaurants universitaires.

Durant la pandémie, les CROUS ont mis en vigueur le fameux « repas à un euro » pour tous les étudiants, une mesure qui perdure mais uniquement pour les boursiers et les étudiants en situation de précarité qui en font la demande. L'UNEF déplore cette réforme car, à ce jour, les « 73 % d'étudiants non-boursiers » n'y ont pas accès et sont pourtant, eux aussi, « touchés de plein fouet par une hausse drastique des prix ».

Les soins médicaux, une dépense sur laquelle rognent les étudiants

« Beaucoup d'étudiants rognent sur les postes de dépenses régaliens, et notamment sur la santé », indique à *La Tribune Félix* Sosso, avant de préciser que « de nombreux étudiants font principalement l'impasse sur leur santé mentale ». Tandis que 83 % des étudiants déclarent avoir été affectés au niveau psychologique, affectif ou physique depuis le début de la crise sanitaire en mars 2020, la FAGE indique qu'ils sont 40 % à avoir renoncé à des soins (43 % d'entre eux pour des raisons financières).

Une tendance particulièrement due à la hausse du coût des complémentaires santé et à la suppression du régime étudiant de sécurité sociale en 2018 rendant ainsi l'accès aux soins et les coûts associés beaucoup plus importants selon le porte-parole de la FAGE. L'Université de Lille a ainsi mis en place des centres de santé au sein des campus, permettant d'assurer un soutien psychologique pour les élèves et ce à moindre coût car aucune avance n'est demandée aux étudiants, une carte vitale étant suffisante.

Les études des élèves en péril

Pour pallier ces multiples dépenses, les étudiants cherchent alors du travail et certains acceptent des postes de 35 heures ou doivent jongler entre plusieurs postes, une solution qui n'est pas viable pour beaucoup car met en péril leurs études. Au micro du *Monde*, Imen Kara, 20 ans, explique qu'en 2021, elle avait dû trouver un travail de quinze heures par semaine dans un laser game, cumulé à un poste d'entraîneuse de handball. « C'est sûrement la raison qui fait que je retape ma L2 », regrette l'étudiante. Le journal rapporte également les propos d'Antoine (prénom modifié), étudiant de 23 ans qui, en 2021, est passé à un travail de 35 heures hebdomadaires en janvier afin de faire face au coût de la vie. Toutefois, il a redoublé sa dernière année de licence car il ne pouvait pas convenablement suivre ses cours en parallèle.

Pour soutenir les étudiants les plus précaires, les plafonds des aides sociales proposées par l'Université de Lille ont été rehaussés : jusqu'à 1 800 euros pour un cycle de trois ans et 1 200 euros pour deux ans. En 2021, plus de 1 600 étudiants en grande difficulté ont ainsi bénéficié de ce Fonds de Solidarité et de Développement des Initiatives Étudiantes (FSDIE). « Parallèlement, nous avons mis en œuvre un plan de solidarité aidant les nouveaux arrivants en situation économique fragile » déclare Emmanuelle Jourdan-Chartier à *La Tribune* et « 3 000 étudiants ont donc bénéficié d'un chèque de 250 euros à la rentrée ».

Les études des élèves en péril

Augmentation des bourses sur critères sociaux de 4 %, revalorisation de 3,5 % des APL, bourse exceptionnelle de rentrée de 100 euros, gel des droits d'inscription à l'université et des loyers dans les résidences universitaires… Nombreuses sont les initiatives mises en œuvre par l'État en cette rentrée 2022. « Il faut regarder les choses en face, l'action du gouvernement n'est pas suffisante du tout » déclare toutefois le porte-parole de la FAGE, association pour laquelle une majoration des bourses de 4 % ne va pas aider les étudiants à lutter contre l'inflation aujourd'hui proche des 6 %.

Cet été, la ministre de l'Enseignement supérieur et de la recherche Sylvie Retailleau avait annoncé une bourse exceptionnelle de 100 euros versée le 15 septembre aux étudiants boursiers, bénéficiaires de l'aide exceptionnelle du CROUS ou de l'APL pour faire face à l'inflation. « J'attends la bourse, les 100 euros de l'inflation, l'aide à la mobilité, le remboursement du CVEC » regrettait cependant un étudiant sur Twitter le 22 septembre tandis qu'un autre déclarait « Ils abusent le CROUS, j'ai toujours pas ma bourse de septembre ni même les 100 euros de l'aide inflation @Crous_Bordeaux » le 2 octobre.

Contacté, le CNOUS a expliqué à *La Tribune* que l'annonce de la ministre « concernait en réalité les premiers paiements effectués par la CAF » et que « la prime exceptionnelle a été mise en paiement le vendredi 30 septembre », particularité qui n'avait pas été communiquée aux étudiants jusqu'alors.

Ainsi, les syndicats étudiants dénoncent une insuffisance de l'État pour lutter contre la précarité étudiante. En effet, tandis que depuis 2017, les multiples gouvernements ont vanté leurs politiques sociales en faveur des étudiants, l'UNEF dénonce qu' « Emmanuel Macron est le président qui a le moins investi en aides directes ces quinze dernières années ». L'UNEF et la FAGE réclament donc une refonte totale du système de bourse, qui ne s'appuie plus sur les revenus des parents mais sur ceux des étudiants car tous ne sont pas aidés financièrement. « Il faut aussi territorialiser l'aide car elle s'adapte aux situations de vie, les coûts ne sont pas les mêmes dans une grande ville ou en province » indique Félix Sosso, proposition qui devrait être au programme de la concertation débutant en octobre afin de penser la réforme du système des bourses. « L'atterrissage de la réforme aura lieu à la rentrée 2024 ou 2025 », a indiqué Sylvie Retailleau, promettant des débats houleux dans les mois et années à venir.

La Tribune, Flavie Camilotto, 05 octobre 2022

ANNEXE 2

Première étape de la réforme des bourses sur critères sociaux : aider plus, aider mieux, dès la rentrée 2023

Conscient que des évolutions de ce système de bourses sur critères sociaux sont attendues par les étudiantes et étudiants de notre pays, le président de la République a inscrit dans la feuille de route du second quinquennat une réforme du système de bourses afin que le coût de la vie ne soit jamais une barrière aux études. Dès la rentrée universitaire 2022, la Première ministre a ainsi demandé à la ministre de l'Enseignement supérieur et de la Recherche Sylvie Retailleau d'engager une concertation sur la vie étudiante avec l'ensemble des organisations représentatives étudiantes.

Les premières mesures issues de cette concertation sont présentées aujourd'hui. Elles apportent plus de 500 millions d'euros d'améliorations au système de bourses sur critères sociaux, à l'accès à la restauration et au logement, dès la rentrée 2023.

Dès cette année, le Gouvernement va ainsi :

• **Aider plus d'étudiants en augmentant le nombre de boursiers.**

– 35 000 étudiants, issus des classes moyennes, vont devenir boursiers, alors qu'ils n'auraient pas bénéficié de cet accompagnement si les paramètres demeuraient inchangés : concrètement, un enfant de deux employés au salaire moyen (1 801 € nets mensuels chacun) sera désormais éligible au premier échelon de bourse (0bis).

– Pour tous ces nouveaux entrants, le gain annuel sera de 1 450 € de bourse (versée sur 10 mois), accompagné des avantages associés (exonération des frais d'inscription et de la CVEC, repas à 1 €, priorité pour un logement CROUS).

• **Aider plus d'étudiants en augmentant le nombre de boursiers.**

– Tous les étudiants boursiers sont revalorisés. Nous augmentons le montant des bourses pour tous les échelons de 37 €/mois (soit 370 €/an). Cela correspond à une augmentation de 34 % pour le premier échelon et à une augmentation à hauteur de l'inflation pour l'échelon le plus élevé. (...)

– Nous permettons à 140 000 boursiers actuels (environ 20 % du nombre total de boursiers) de basculer à un échelon de bourse supérieur, en tenant mieux compte de leur situation familiale. Cela représente pour eux une augmentation de leur montant de bourse allant de 66 €/mois à 127 €/mois. C'est plus de boursiers reclassés que lors de toutes les précédentes réformes.

• **Limiter les coûts de la restauration et du logement.** Dès maintenant, nous actons pour l'année universitaire 2023-2024 :

– La pérennisation d'une tarification très sociale des repas pour les boursiers et précaires.

– Le gel de la tarification des repas pour la rentrée (tarif très social à 1 € et tarif social à 3,30 € pour les autres étudiants).

– Le gel des loyers dans les résidences CROUS.

– L'ensemble de ces mesures sont détaillées dans le dossier de presse accessible en bas de page.

Parallèlement à ces premières annonces effectives dès la rentrée, la concertation se poursuit jusqu'à l'été afin de continuer à construire les évolutions structurelles de notre système de bourses. Elle s'inscrit ainsi dans la feuille de route gouvernementale du Conseil national de la refondation (CNR) pour la jeunesse, piloté par la Première ministre dans le cadre des « Rencontres jeunesse de Matignon ».

ANNEXE 3

Aide alimentaire pour les étudiant·e·s

Besoin d'un coup de pouce à la rentrée mais aussi tout au long de l'année ? La Ville de Paris et plusieurs associations de solidarité proposent des dispositifs d'aide alimentaire gratuits pour tou·te·s les étudiant.e.s.

Plusieurs dispositifs entièrement gratuits autour de l'aide alimentaire pour les étudiant·e·s (mais pas seulement) existent ou vont être mis en place tout au long de l'année, pour tous les étudiant·e·s, boursiers·ières ou non ! Si vous avez des difficultés n'hésitez pas !

Le Secours populaire : Les aides du Secours populaire sont accessibles pour tou·te·s les étudiant·e·s quel que soit leur statut (bousiers·ières, ou non). Pour y accéder il faut prendre rendez-vous dans une des antennes étudiantes. Un bénévole vous recevra et en fonction de votre situation et de vos besoins pourra vous donner accès à un ou plusieurs de ces dispositifs.

Ouverture d'une épicerie sociale, du Secours Populaire en partenariat avec le CROUS, centre régional des œuvres universitaires et scolaires (de Paris et le soutien de la Ville de Paris le **12 janvier 2021**. À disposition, des produits secs, fruits, légumes et produits d'hygiène. Chaque passage est fixé à 2 €, à raison d'un passage toutes les 3 semaines maximum (...).

Epicerie solidaire de crimée : Il s'agit d'un dispositif d'aide alimentaire situé dans le 19e arrondissement (bassin de la Villette), dont l'objectif est que les bénéficiaires restent acteurs et responsables de leurs achats, de leur budget et de leur santé. Cette épicerie est ouverte aux familles, aux jeunes, aux actifs en situation ponctuelle ou durable de précarité, aux étudiants, aux personnes âgées, en situation ponctuelle ou durable de précarité. Des produits alimentaires frais et variés ainsi que des produits d'entretien, d'hygiène, bébé ou autres entre 10 et 30 % de leur valeur marchande, vous seront proposés.

Linkee Paris : L'association Linkee, soutenue par la Ville de Paris, propose un dispositif d'aide alimentaire équilibrée et durable à destination de tous les étudiants et étudiantes qui en ont besoin, sans conditions préalables.

Chaque jour, des paniers composés de fruits et légumes frais (bio, circuits courts), de laitages, de féculents et de petits plats préparés par des Chef.fe.s sont distribués **gratuitement** aux étudiants qui en ont besoin, sur la base d'une préinscription par mail. Linkee distribue en même temps des kits d'hygiène et propose divers services complémentaires en même temps. Différents lieux de distributions sont proposés à Paris : **Distributions régulières et Distributions itinérantes** : il suffit de se rapprocher de son université pour obtenir les informations sur les distributions qui ont lieu généralement dans les campus.

Co'p1 – Solidarités Étudiantes : L'association Co'p1 – Solidarités Étudiantes investit les locaux de la MIE Bastille pendant le confinement pour organiser des distributions de paniers alimentaires gratuits au bénéfice des étudiant·e·s en situation difficile. Ces distributions sont ouvertes à tou·te·s les étudiant·e·s en ayant besoin, sans condition de ressource ! Bien que leur contenu varie souvent, les paniers peuvent être composés de fruits et légumes, de conserves, de denrées non périssables comme du riz ou des pâtes de pâtisseries, de miel, de pain...

Vous pourrez également récupérer des masques, des protections périodiques réutilisables, des flacons de gel hydroalcoolique ainsi que des produits d'hygiène (dentifrice, brosse à dents, savon...).

BIOLOGIE ET PHYSIOPATHOLOGIE HUMAINES

MILIEU INTÉRIEUR ET HOMÉOSTASIE

1 Le milieu intérieur et sa compartimentation 143
2 Le rôle du rein dans la régulation du milieu intérieur 145
3 Le rôle du pancréas dans la régulation de la glycémie 148
4 Exemples de pathologies : les diabètes de type 1 et de type 2 151
5 Les xénobiotiques, un facteur de perturbation du milieu intérieur 153

SYSTÈME IMMUNITAIRE ET DÉFENSE DE L'ORGANISME

6 Les maladies infectieuses 156
7 La résistance aux antibiotiques 159
8 Le soi, le non-soi, les organes et les cellules de l'immunité 161
9 La réponse immunitaire spécifique à médiation humorale 163
10 La réponse immunitaire spécifique à médiation cellulaire 165
11 La coopération cellulaire 167
12 Les techniques d'exploration et de prévention des maladies 169
13 La grippe : réponse immunitaire et vaccination 171

APPAREIL REPRODUCTEUR ET TRANSMISSION DE LA VIE

14 L'anatomie des appareils reproducteurs 173
15 La physiologie des appareils reproducteurs 175
16 La fécondation, la nidation et la grossesse 178
17 Le suivi de la grossesse 180
18 La régulation de la fonction de reproduction chez l'homme 181
19 La régulation de la fonction de reproduction chez la femme 183
20 La contraception et la contragestion 185
21 L'infertilité et la PMA 187

GÈNES ET TRANSMISSION DE L'INFORMATION GÉNÉTIQUE

22 La cellule et l'information génétique 188
23 Du gène à la protéine 191
24 La transmission des caractères héréditaires 195
25 Le cancer, une conséquence des mutations génétiques 199
ENTRAÎNEMENT À L'ÉPREUVE FINALE 202

L'évaluation de la Chimie, Biologie et physiopathologie humaines au bac

L'épreuve de Chimie, Biologie et physiopathologie humaines se déroule à l'écrit et dure 4 heures : 1 heure pour la Chimie, dotée d'un coefficient 3, et 3 heures pour la Biologie et physiopathologie humaines, dotée d'un coefficient 13. Chaque partie est notée sur 20. L'usage de la calculatrice est autorisé

1 L'évaluation de la Chimie

A Objectifs

L'épreuve permet d'évaluer :
- **les compétences de la démarche scientifique**, notamment en termes d'analyse, d'argumentation et d'esprit critique en confrontant le modèle et l'expérience, en éprouvant les ordres de grandeurs et maîtrisant les mesures et les unités ;
- **les compétences de communication écrite** à partir de supports variés (texte, schéma, graphe, photo, tableau) en utilisant une syntaxe correcte et un langage scientifique approprié ;
- **l'acquisition d'une culture citoyenne et individuelle responsable** dans le contexte du programme autour des questions de santé et leurs connexions avec l'environnement, l'alimentation ou les produits courants de consommation.

B Structure

L'épreuve comporte **deux exercices indépendants**, dans lesquels le candidat est amené à :
- mobiliser les notions et contenus du programme incluant le champ de l'expérience ;
- s'approprier un document (texte, schéma, graphe, photo, tableau) pour répondre à une demande d'analyse, d'interprétation et d'argumentation ;
- proposer ou interpréter un protocole ou un résultat expérimental, incluant des mesures et une analyse simple de l'incertitude sur ces mesures ;
- utiliser ou proposer à bon escient un modèle ou une loi physico-chimique et reconnaître les grandeurs physico-chimiques ;
- effectuer un calcul simple, commenter un ordre de grandeur, maîtriser l'usage des unités ;
- rédiger une synthèse ou une analyse prospective dans un langage clair et approprié ;
- maîtriser les représentations scientifiques simples : graphes, tableaux, schémas (incluant les représentations chimiques).

2 L'évaluation de la Biologie et physiopathologie humaines

A Objectifs

■ L'évaluation porte sur les programmes de Première et de Terminale. Le sujet porte sur au moins 2 chapitres de ces programmes. Les 3 chapitres du programme de la classe de Terminale sur lesquels porte cette partie de l'épreuve sont :
– **les années paires :** milieu intérieur et homéostasie, système immunitaire et défense de l'organisme, gènes et transmission de l'information génétique ;
– **les années impaires :** milieu intérieur et homéostasie, appareil reproducteur et transmission de la vie, gènes et transmission de l'information génétique.

■ L'épreuve permet d'évaluer les compétences suivantes :
– mobiliser les connaissances du programme et le vocabulaire scientifique et médical ;
– analyser des documents et interpréter des expériences ;
– argumenter scientifiquement et faire preuve d'esprit critique ;
– établir la relation structure-fonction aux différents niveaux : cellules, tissus, organes et appareils ;
– à partir d'un cas clinique, identifier une pathologie majeure, expliquer le principe de son diagnostic et présenter ses traitements.

B Structure

■ Le sujet comprend des questions liées ou indépendantes pouvant s'appuyer sur des documents (clichés d'imagerie médicale, photos, schémas, textes scientifiques, tableaux ou graphiques, etc.).

■ Les questions appellent des réponses rédigées, structurées et argumentées, qui intègrent la restitution des connaissances dans une démarche de réflexion. Les questions peuvent nécessiter des applications numériques, la réalisation et l'exploitation de tableaux, de graphiques et/ou de schémas.

3 L'oral de rattrapage

■ L'épreuve dure 30 minutes, avec un temps de préparation de 30 minutes également. Le candidat tire au sort un sujet composé de deux questions. Au moins une des deux questions est relative au programme de Terminale.

■ Que ce soit en Biologie et physiopathologie humaines ou en Chimie, des documents (clichés, résultats expérimentaux, texte, schéma, graphique, tableaux, etc.) peuvent être mis à la disposition des candidats.

■ L'épreuve débute par un exposé du candidat, d'une durée de 15 minutes maximum, qui traite les deux questions préparées. Cet exposé est suivi d'un entretien le reste du temps avec les deux examinateurs, un professeur de chimie et un professeur de biologie et physiopathologies humaines.

1 La sécurité routière

Un airbag ou coussin gonflable est un élément de sécurité essentiel dans un véhicule : il se gonfle en raison du gaz produit par une réaction chimique très rapide. Un éthylotest permet de déterminer, grâce à une autre réaction, si un conducteur est au-dessus de l'alcoolémie autorisée.

1 Le gonflage d'un airbag grâce à une transformation chimique

Une transformation chimique peut produire différentes espèces et en particulier des **gaz**.

A La mesure d'un volume de gaz produit lors d'une transformation chimique

■ La réaction entre l'ion oxonium H_3O^+ de l'acide chlorhydrique et l'ion hydrogénocarbonate HCO_3^- produit du **dioxyde de carbone (CO_2) gazeux** selon l'équation ajustée :

$H_3O^+ + HCO_3^- \rightarrow CO_2 + 2\,H_2O$

■ La réaction se réalise progressivement et on observe la formation de **bulles** dans le mélange. Il est possible de **mesurer** le volume de dioxyde de carbone formé à l'aide du montage ci-dessous appelé montage par « déplacement de l'eau ».

■ Le tube à essais gradué est initialement rempli d'eau ; un tuyau souple (passant dans un bouchon) issu de l'erlenmeyer où a lieu la réaction permet d'amener le gaz jusqu'au tube à essais.

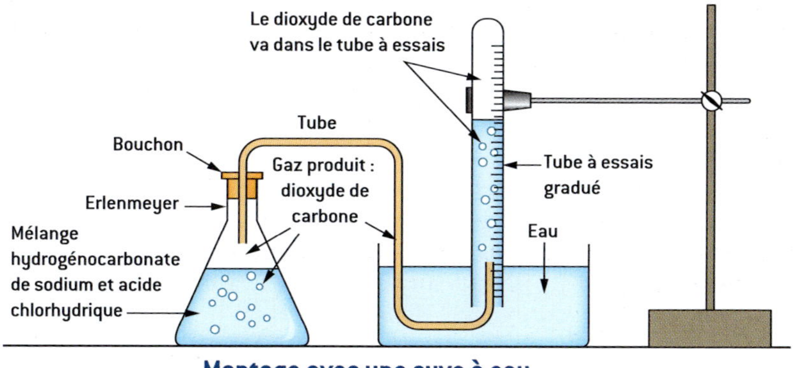

Montage avec une cuve à eau

REMARQUE
Il faut bien éliminer tout l'air du tube à essais avant l'expérience.

B Le bilan de matière

a Le volume molaire V_m

À une pression donnée voisine de la pression atmosphérique et une température donnée, une mole de gaz occupe un même volume : c'est le **volume molaire V_m**. Ainsi, sous un bar et à 0 °C, le volume molaire vaut $V_m = 22{,}4$ L.mol^{-1} et à 25 °C, il vaut $V_m = 24{,}0$ L.mol^{-1}.

b Le calcul de la quantité de matière n

■ La **quantité de matière n_X** d'une espèce gazeuse X est obtenue à partir de son volume V_X et de son volume molaire V_m :

$$n_x = \frac{V_x}{V_m}$$

n en mole (mol)

V en mètre cube (m^3) ou litre (L)

V_m en mètre cube par mol (m^3.mol^{-1}.) ou litre par mol (L.mol^{-1})

■ L'**azoture de sodium NaN_3** est utilisé dans les coussins gonflables de sécurité (« airbags ») des voitures, car il se décompose très rapidement en diazote gazeux N_2 et sodium solide Na pour gonfler l'airbag. La réaction de décomposition est : $2\ NaN_3 \rightarrow 2\ Na + 3\ N_2$.

■ La masse molaire de l'azoture de sodium est $M(NaN_3) = 23{,}1 + 3 \times 14{,}0 = 65{,}1$ g.mol^{-1}.

■ Si on introduit une mole d'azoture de sodium, soit une masse $m = 65{,}1$ g, on formera 1,5 mol de diazote gazeux (en utilisant la proportionnalité des coefficients stœchiométriques), ce qui correspond sous un bar et à 25 °C à un volume $V = n \times V_m = 1{,}5 \times 24{,}0 = 36$ L.

C Le fonctionnement d'un coussin gonflable

■ Un système d'airbag est un élément complexe de sécurité d'un véhicule qui a équipé les véhicules haut de gamme au milieu des années 1970. L'airbag passager a été introduit à la fin des années 1980, suivi d'autres versions comme l'airbag protège-tête et l'airbag latéral. Aujourd'hui, les systèmes d'airbag font partie de **l'équipement standard** des véhicules.

 # info
Comment fonctionne l'airbag ?
foucherconnect.fr/23terst2s01

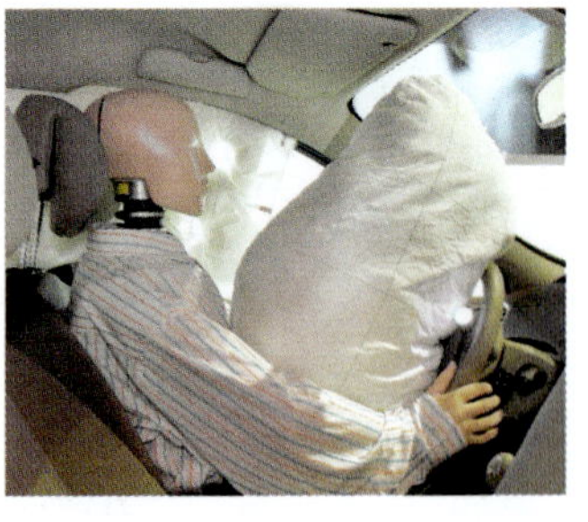

■ Le **calculateur**, installé au centre du véhicule, est le cœur du système d'airbag. Il permet la détection des accidents, la détection en temps utile des signaux fournis par les capteurs et le déclenchement des circuits d'allumage concernés. Il enregistre les défauts survenus (par exemple, une chauffe excessive du moteur) dans la mémoire des défauts.

■ Les calculateurs modernes ont dans leur mémoire des informations obtenues au cours de divers crash tests. Elles permettent de classifier un accident en fonction de la « **gravité du choc** ». On distingue ainsi :
- **gravité du choc 0** = accident léger, aucun airbag n'est déclenché ;
- **gravité du choc 1** = accident moyen, il est possible que des airbags soient déclenchés ;
- **gravité du choc 2** = accident grave, des airbags sont déclenchés ;
- **gravité du choc 3** = accident très grave, des airbags sont déclenchés.

■ Selon le système d'airbag et le nombre d'airbags, les **capteurs de choc** ou d'accélération sont montés directement dans le calculateur ou installés, à l'avant ou sur le côté du véhicule. Ils se déclenchent lorsque la force vient d'une certaine direction avec une intensité suffisante pour fermer un contact électrique du calculateur. Ces capteurs sont utilisés pour transmettre des informations aussi rapidement que possible au calculateur en cas de collision latérale.

■ L'airbag situé au niveau du volant se compose d'un **sac d'air** d'un volume d'environ 67 L, d'un **support** pour le sac, d'un **générateur** sur le support de générateur et d'un **cache** (cache du volant). En cas d'accident, le calculateur amorce le générateur. Un courant d'allumage chauffe un fin fil métallique qui amorce la pastille explosive.

■ Il se produit alors non pas une explosion, mais une **combustion de la charge pyrotechnique**, composée d'azoture de sodium. Le gaz produit par la combustion se détend et réagit avec l'oxydant en formant du diazote presque pur qui gonfle le sac. L'agent propulseur se présente généralement sous la forme d'une pastille dans un emballage étanche à l'air dans la chambre de combustion.

■ **L'agent propulseur** utilisé dépend de la taille du sac d'air et de la vitesse d'ouverture requise. Une température de 700 °C est produite dans la chambre de combustion par la réaction chimique qui suit l'amorçage. Le gaz est produit sous une pression d'environ 120 bars, puis refroidi à une température inférieure à 80 °C afin d'exclure une mise en danger des occupants du véhicule. Le bruit généré est comparable à celui d'un coup de fusil. Il faut environ **30 ms** pour que le sac d'air soit entièrement gonflé.

2 La détection de la présence d'alcool et de substances illicites dans l'organisme

A Rappel : la réaction d'oxydoréduction

■ Une réaction d'oxydoréduction se produit entre l'oxydant Ox_1 d'un couple et le réducteur d'un autre couple $Réd_2$. Il y a **transfert d'électrons** :
- le réducteur $Réd_2$ cède des électrons et est oxydé en oxydant Ox_2 ;
- l'oxydant Ox_1 capte les électrons cédés et est réduit en réducteur $Réd_1$.

■ Le nombre d'électrons cédés par le réducteur 2 est **égal** au nombre d'électrons captés par l'oxydant 1, car les électrons ne peuvent pas exister à l'état libre en solution aqueuse.

$$\begin{array}{lll} Ox_1/Réd_1 & Ox_1 + n_1 e^- = Réd_1 & (\times n_2) \\ Ox_2/Réd_2 & Réd_2 = Ox_2 + n_2 e^- & (\times n_1) \\ \hline & n_2\,Ox_1 + n_1\,Réd_2 \rightarrow n_2\,Réd_1 + n_1\,Ox_2 & \end{array}$$

B Le cas de l'éthylotest

■ Afin de réduire le nombre d'accidents sur les routes, les conducteurs doivent limiter leur consommation de boissons contenant de l'alcool.

■ L'**alcoolémie maximale** est fixée à 0,5 $g.L^{-1}$ d'alcool par litre de sang, soit la limite légale de concentration de 0,25 $mg.L^{-1}$ d'air expiré pour un conducteur (0,2 g par litre de sang pour les conducteurs ayant un permis en phase probatoire).

■ Des **éthylotests jetables** peuvent être achetés dans les stations-service, en pharmacie, en grandes surfaces. Ils sont constitués d'un sachet gonflable de capacité 1,0 L et d'un tube en verre contenant des cristaux jaunes de dichromate de potassium en milieu acide. Ceux-ci se **colorent en vert** au contact de l'alcool en se transformant en ion chrome Cr^{3+}. L'automobiliste souffle dans le ballon et fait passer l'air à travers le tube. Si la coloration verte dépasse le trait témoin sur le tube, le seuil toléré des 0,5 g.L^{-1} est dépassé. La réaction mise en jeu dans l'éthylotest est l'oxydation de l'éthanol CH_3CH_2OH par les ions dichromates $Cr_2O_7^{2-}$.

REMARQUE
Les éthylomètres électroniques, contrairement à l'éthylotest à usage unique, sont réutilisables.

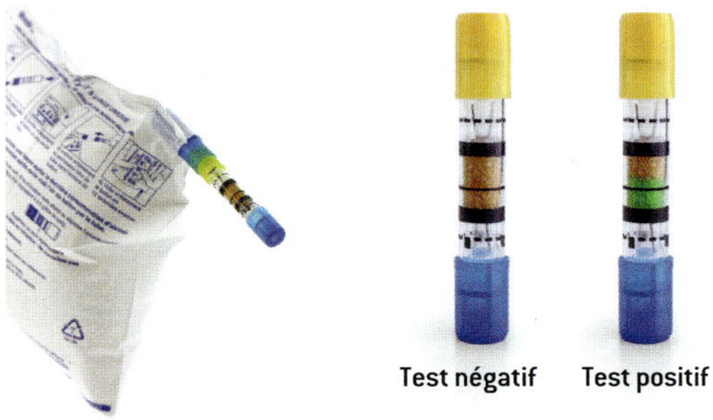

Modèle d'éthylotest jetable

C La détection de substances illicites

■ De nombreuses substances sont illicites (drogues) ou doivent être prescrites de manière appropriée (antidépresseurs, méthadone, barbituriques, etc.). Leur consommation a des conséquences sur la conduite d'un véhicule ou le comportement sur la voie publique, mettant en danger la personne concernée ou d'autres usagers.

■ Il est nécessaire de pouvoir vérifier, soit dans un cadre médico-légal soit dans un cadre policier, l'absence de consommation de ces substances. La détection est réalisée directement à partir d'un échantillon de salive par les forces de police, soit à partir d'urine ou idéalement de sang dans un hôpital.

Substances/famille de substances	Limites de décision (µg.L^{-1})	Durée de mise en évidence de la consommation de la substance mère
Amphétamines	500-1 000	~ 2-3 jours
Antidépresseurs tricycliques	750	~ 3-6 jours
Barbituriques	200-300	De quelques jours à 1 semaine
Benzodiazépines	100-300	De quelques heures à quelques semaines
Cannabis	50 µg	De quelques jours à plusieurs semaines selon la consommation
Cocaïne	200-300	~ 2-3 jours
LSD	0,5	~ 1-2 jours
Méthadone	300	~ 1 semaine
Opiacés	300-2 000	~ 2-3 jours
MAM (métabolite de l'héroïne)	10	~ 8-24 heures

Des tests mettent en évidence la présence de substances étrangères à l'organisme. Afin de les identifier, il existe plusieurs méthodes dont la **spectrométrie de masse**, qui est particulièrement efficace.

Pour cela, les molécules sont ionisées, puis elles sont déviées avec un champ magnétique vers une cible. Les points d'impact dépendent de la masse molaire de la molécule.

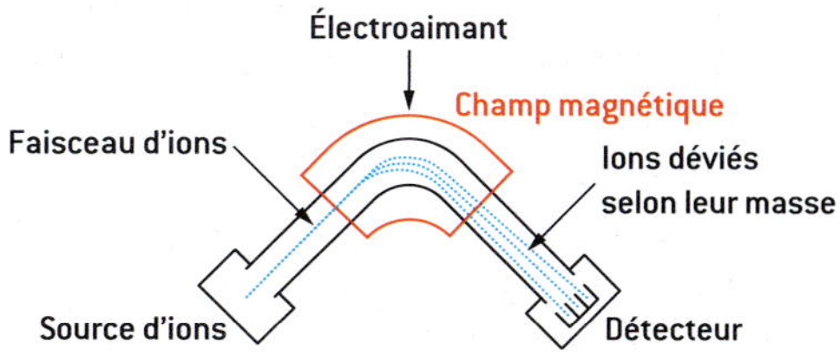

On obtient alors un spectrogramme de masse avec des pics correspondants aux masses molaires des espèces présentes et aux décompositions de ces espèces en fragments. On ne représente ici que les pics des 4 molécules non fragmentées ayant pour masses molaires 90, 180, 240 et 340 g.mol^{-1}.

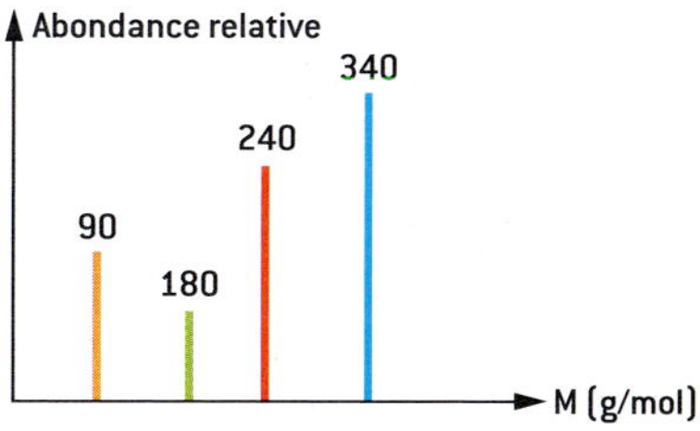

CHIMIE

 # quiz
Des questions pour réviser
foucherconnect.fr/23terst2s02

3 Je mémorise autrement

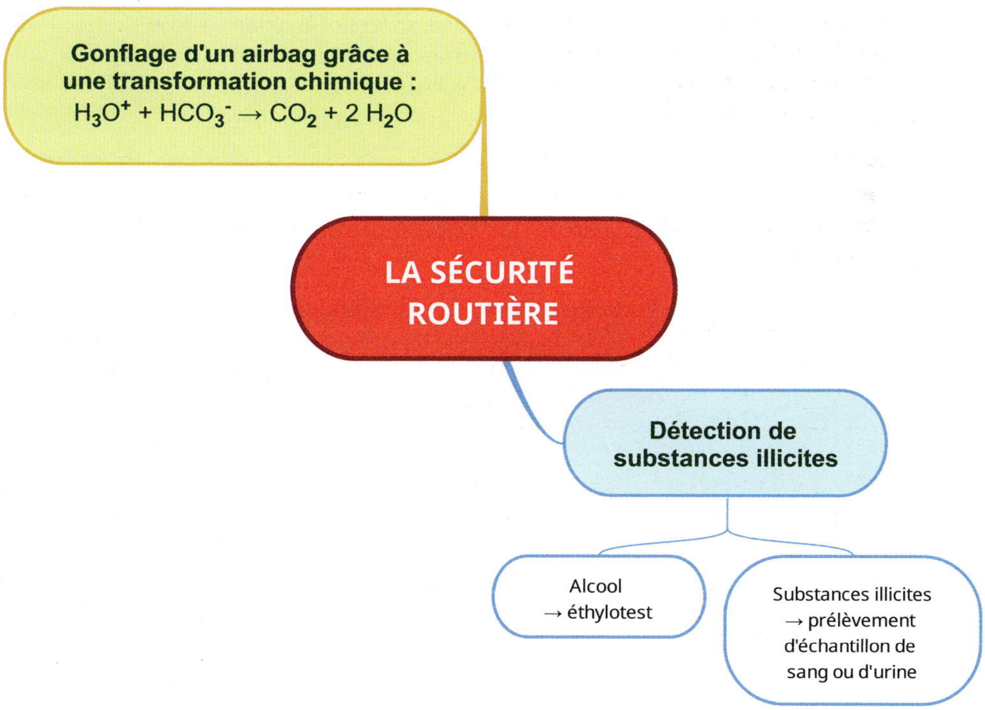

2 La sécurité physico-chimique des aliments

La connaissance et la technologie permettent désormais de conserver efficacement des aliments en utilisant des conditions appropriées lors de leur fabrication, de leur transport ou du stockage. Cependant, il faut veiller à leur qualité nutritionnelle et à ce que la présence éventuelle de substances potentiellement dangereuses reste en dessous de seuils fixés.

1 La dégradation et la conservation des aliments

Les fruits et légumes frais se **dégradent** plus ou moins vite selon les conditions dans lesquelles ils sont placés. Lorsqu'une pomme est coupée ou a subi une meurtrissure, elle brunit. Le beurre ou l'huile peuvent aussi subir les méfaits du temps.

vidéo
La dégradation des aliments
foucherconnect.fr/23terst2s03

A Les paramètres influençant la dégradation

■ Le **brunissement enzymatique** est un processus naturel altérant la nourriture. C'est un processus chimique, mettant en œuvre des **polyphénoloxydases** (tyrosinase, catéchol-oxydase et d'autres enzymes) qui créent des **mélanines** et des **benzoquinones**, donnant une couleur brune. Il nécessite une exposition à l'oxygène. Il est indésirable dans le cas d'une pomme coupée, d'un avocat, d'une pomme de terre.

Brunissement enzymatique sur une pomme coupée

■ Le beurre peut **rancir** et l'huile peut devenir **acide** sous l'effet de l'oxydation avec le dioxygène de l'air. La présence de lumière accélère le phénomène.

■ Les aliments frais ou les boîtes ouvertes vont rapidement conduire à une **prolifération microbienne** se manifestant par la présence de moisissures.

■ La présence de dioxygène, de lumière, de certains micro-organismes ou d'ions, ainsi qu'une température plus élevée, favorisent la dégradation des aliments.

B La prévention

■ Différentes techniques permettent de **limiter la dégradation** en exploitant un aspect du processus biochimique. Elles peuvent être **d'ordre chimique** :
- l'ajout de jus de citron ou d'acide citrique abaisse le pH et limite le fonctionnement des enzymes responsables en éliminant le cuivre cofacteur nécessaire ;
- la vitamine C, les citrates et les sulfites sont des antioxydants. Ils captent le dioxygène et évitent ainsi l'oxydation ;
- un gaz inerte tel que le diazote ou une atmosphère contrôlée empêche le dioxygène nécessaire de réagir.

■ Elles peuvent être **d'ordre physique** :
- l'abaissement de la température dans des réfrigérateurs ou congélateurs réduit la vitesse de dégradation ;
- la cuisson et/ou la pasteurisation suivies de la mise en pots stériles fermés de manière étanche permet une conservation prolongée ;
- l'utilisation de rayonnement élimine les microbes.

■ Il est possible de mesurer la **quantité d'acide gras libre** présent dans une huile, une graisse ou un beurre afin d'analyser leur qualité alimentaire.

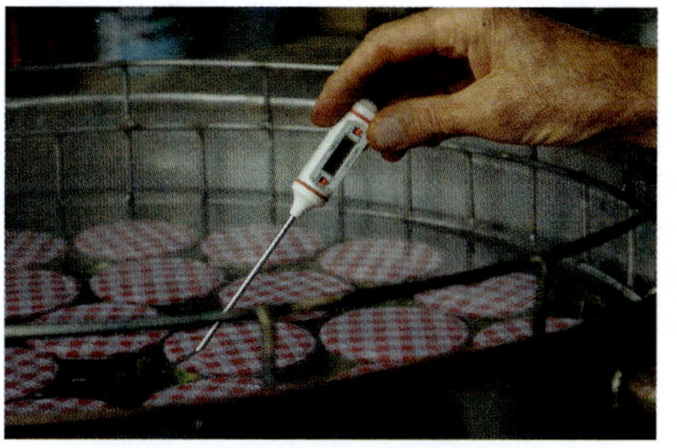
Vérification de la température lors d'une pasteurisation

C Les applications industrielles

a Lors de la fabrication

■ La fabrication doit mettre en œuvre des **ingrédients de qualité** afin de limiter ensuite les additifs et d'éviter dès le départ la présence de substances potentiellement nocives.

■ La préparation doit être réalisée dans des **locaux adaptés**, éventuellement sous atmosphère contrôlée avec des récipients et du matériel stériles, répondant à des normes draconiennes d'hygiène.

■ La cuisson, la pasteurisation, l'emballage ayant une innocuité vis-à-vis de l'aliment et sous vide d'air (paramètres physiques), ainsi que la présence d'antioxydants, d'acidifiants naturels ou de gaz inerte (paramètres chimiques) permettent d'obtenir un aliment disposant dès le départ de **conditions optimales**. L'aliment peut aussi être déshydraté, éventuellement réfrigéré, voire congelé.

REMARQUE
Les produits laitiers frais sont stockés sur le site de production pendant un certain temps malgré toutes les précautions prises lors de la production, afin de garantir au consommateur l'absence de risque bactériologique.

b Lors du transport

Les **conditions de transport** sont importantes pour la conservation : les emballages ne doivent pas être détériorés, ni être soumis à des écarts de température ou d'humidité importants. Les produits frais ou congelés doivent respecter la chaîne du froid ; dans le cas contraire, ils peuvent rapidement être avariés.

c Lors du stockage

Le **stockage** est essentiel à la bonne conservation des aliments : ils doivent être placés dans des endroits propres, à la bonne température, avec une humidité adaptée, en évitant la présence d'animaux ou de contamination bactérienne. L'ouverture des palettes de conditionnement ou des cartons doit être réalisée avec précaution pour ne pas détériorer les emballages.

 # vidéo
La conservation alimentaire
foucherconnect.fr/23terst2s04

REMARQUE

Le consommateur est l'acteur final. Il doit utiliser de préférence un sac isotherme et limiter au maximum le temps de transport entre le moment de l'achat et l'arrivée au domicile, où les denrées seront rapidement rangées dans le réfrigérateur ou le congélateur. Par ailleurs, une fois chez lui, il doit ranger les produits à la bonne place dans le réfrigérateur.
Les températures maximales indiquées sur les étiquetages des denrées préemballées doivent être respectées : elles conditionnent la date limite de consommation de l'aliment.

2 La qualité chimique des aliments

A La détermination de la fraîcheur d'un lait

■ Le lait est un aliment liquide, très légèrement acide (pH voisin de 6,6). L'état de fraîcheur d'un lait peut être déterminé par son acidité ; en effet, il ne contient pas d'acide lactique $C_3H_6O_3$ au départ mais, au cours du temps, une partie du lactose se transforme en cet acide : ainsi, l'acidité augmente quand le lait est moins frais.

■ Pour vérifier l'état de fraîcheur d'un lait, on détermine donc la concentration massique de l'acide lactique en le faisant réagir avec une base. C'est un dosage pH-métrique d'un volume Va = 20,0 ml de ce lait par une solution aqueuse d'hydroxyde de sodium ($Na^+ + HO^-$) de concentration $C_B = 5{,}00 \times 10^{-2}$ mol.L^{-1}.

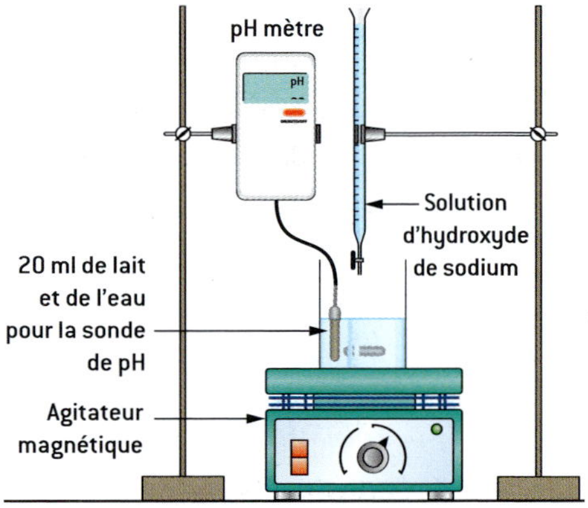

Dosage Dornic du lait

■ L'équation de la réaction servant de support à ce titrage est :
$C_3H_6O_3 + HO^- \rightarrow C_3H_6O_3^- + H_2O$.

■ Le suivi avec le pH-mètre permet de tracer une courbe pH en fonction du volume de solution aqueuse d'hydroxyde de sodium. On peut aussi réaliser un dosage avec un indicateur coloré. On détermine l'équivalence, qui correspond à l'apport d'ion hydroxyde nécessaire pour réagir avec l'acide lactique. $n(C_3H_6O_3) = n(HO^-)$. On peut aussi utiliser un indicateur coloré, dont la couleur dépend du pH.

■ On obtient dans ce cas une courbe de pH montante dont la forme est caractéristique :

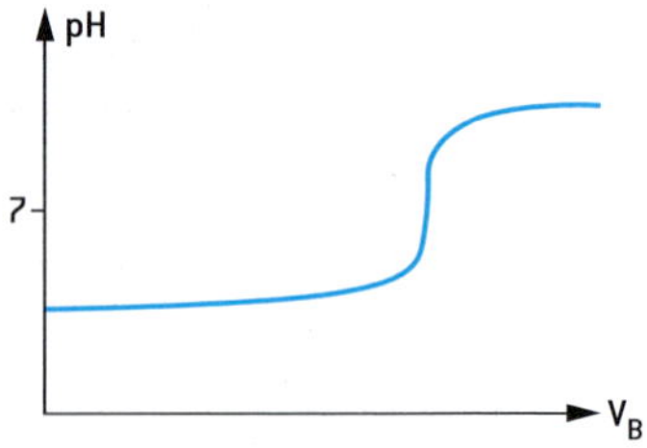

■ On en déduit la concentration molaire C_A et la concentration massique. Si la concentration massique dépasse 1,8 g.L^{-1} d'acide lactique, alors le lait n'est pas frais.

APPLICATION

Lors du dosage d'un volume $V_A = 20{,}0$ ml de lait, il faut verser un volume $V_{Be} = 12{,}0$ ml de solution aqueuse d'hydroxyde de sodium de concentration $C_B = 5{,}00 \times 10^{-2}$ mol.L^{-1}.
On montre qu'il faut apporter une quantité $n(C_3H_6O_3) = n(HO^-)$ soit : $C_A.V_A = C_B.V_{Be}$ d'ions hydroxyde pour réagir avec la quantité d'acide lactique présente.
1. En déduire que la concentration molaire en acide lactique dans le lait est égale à : $C_A = 0{,}030$ mol.L^{-1}.
2. Déterminer la masse d'acide lactique présente dans un litre de lait sachant que la masse molaire de l'acide lactique est $M(C_3H_6O_3) = 90$ g.mol^{-1}.
3. Ce lait est-il frais ? Justifier.

Solution

1. D'après la relation $C_A.V_A = C_B.V_{Be}$, on trouve $C_A = C_B.V_{Be}/V_A = 5{,}00 \times 10^{-2} \times 12{,}0/20{,}0 = 0{,}030$ mol.L^{-1}. Dans ce calcul, les volumes peuvent rester en millilitres car il y a un rapport de volumes, il suffit de les exprimer avec la même unité.
2. La concentration massique C_m peut être déduite de la concentration molaire C_A : $C_m = C_A \times M = 0{,}030 \times 90 = 2{,}7$ g.L^{-1}. Ainsi, un litre de lait contient 2,7 g d'acide lactique.
3. Ce lait n'est pas frais puisqu'il dépasse la norme de 1,8 g.L^{-1} : il comporte trop d'acide.

B Les doses toxicologiques de référence

a Les additifs alimentaires

■ Les **additifs alimentaires** sont des substances ajoutées pour préserver ou améliorer l'innocuité, la fraîcheur, le goût, la texture ou l'aspect des aliments. Certains sont utilisés depuis des siècles pour la conservation, comme le sel (pour conserver des viandes telles que le bacon ou les poissons séchés), le sucre (pour la confiture) ou le dioxyde de soufre (pour le vin).

■ De nombreux autres sont plus récents ; ils peuvent avoir une origine **naturelle**, **synthétique** (reproduction d'un additif naturel par synthèse) ou même **artificielle** (création d'un additif n'existant pas dans la nature). Il est nécessaire de valider leur innocuité en fixant des doses maximales de consommation.

b La dose journalière admissible (DJA) ou dose journalière tolérable (DJT)

■ Certaines molécules organiques employées dans l'alimentation présentent des **effets secondaires** mis en évidence scientifiquement. Il faut alors en limiter la consommation quotidienne.

■ La **dose journalière admissible** (DJA) donne une indication de la masse de substance pouvant être ingérée chaque jour sans préjudice pour la santé du consommateur. Elle s'exprime en **milligramme de substance par kilogramme du consommateur**. Ainsi, un individu plus lourd pourra consommer une masse plus importante tout en respectant la DJA. En général, les DJA sont fixées pour qu'il n'y ait aucun danger en respectant cette dose.

EXEMPLE

Une personne de masse $m = 75$ kg ne doit pas consommer plus de $40 \times 75 = 3\,000$ mg $= 3{,}0$ g chaque jour si la DJA d'une substance vaut 40 mg.kg^{-1}.

■ Ces valeurs sont établies pour les additifs alimentaires et les résidus de pesticides dont la présence dans les aliments répond à des besoins techniques ou qui sont nécessaires pour la protection des plantes (OMS).

■ La **dose journalière tolérable** (DJT) est une notion proche de la DJA : elle concerne les contaminants (métaux lourds, radionocléides). C'est l'estimation de la masse d'une substance présente dans les aliments ou l'eau de boisson, exprimée en fonction du poids corporel (mg/kg ou µg/kg de poids corporel), qui peut être ingérée quotidiennement pendant toute la vie sans risque appréciable pour la santé.

EXEMPLE

Quelques valeurs de DJA pour des édulcorants en milligramme par kilogramme de poids corporel :
- saccharine : 5
- cyclamate : 7
- acésulfame potassium : 15
- aspartame : 40

 # quiz
Des questions pour réviser
foucherconnect.fr/23terst2s02

3 Je mémorise autrement

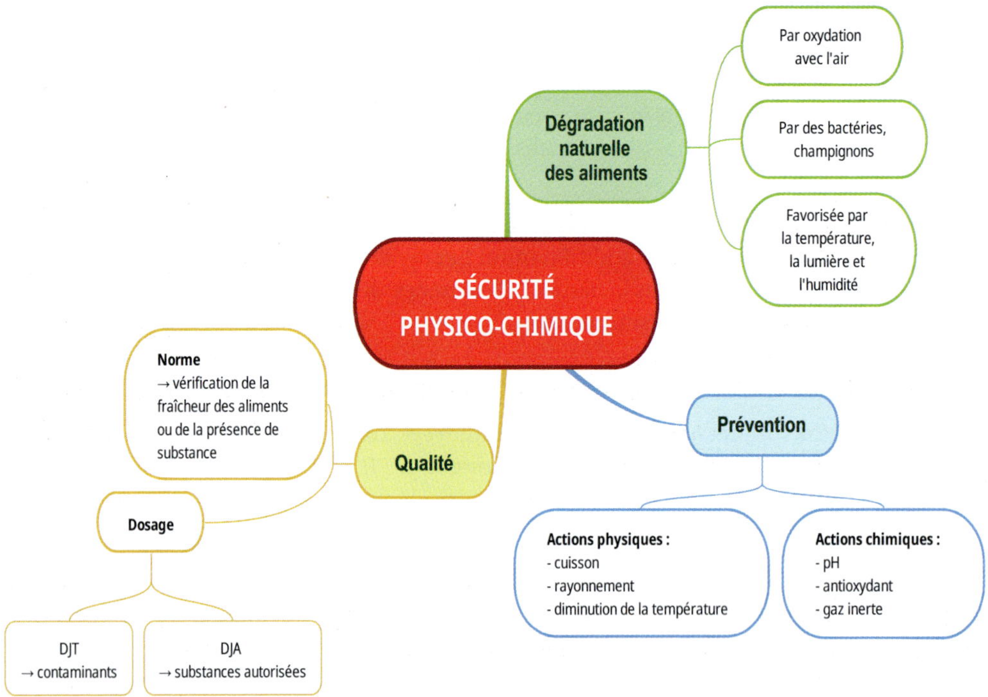

3 Le contrôle de la qualité de l'eau

L'eau présente sur la Terre permet la vie que nous connaissons. Nous sommes essentiellement constitués de ce liquide et nous avons la responsabilité de maintenir une bonne qualité de l'eau que nous consommons, mais aussi que nous rejetons dans l'environnement.

1 La solubilité des substances ioniques dans l'eau

A L'électronégativité

■ **L'électronégativité** d'un atome est sa capacité à attirer à lui le doublet d'électrons engagé dans une liaison de covalence : **plus son électronégativité est forte, plus il est attracteur**. Dans le tableau ci-dessous, on trouve la valeur de l'électronégativité de Pauling de quelques éléments.

Éléments	H	C	N	O	Na	S	Cl
Électronégativité	2,2	2,6	3,0	3,4	0,90	2,6	3,2

INFO

Linus Pauling (1901-1994) est un chimiste et physicien américain. Lauréat du prix Nobel de chimie en 1954 pour ses travaux décrivant la nature de la liaison chimique, il a introduit la notion d'électronégativité en 1932.

■ Dans le cas d'une liaison entre deux éléments A et B, on calcule la différence d'électronégativité entre les deux :
– si la différence est **inférieure ou égale à 0,4**, la liaison est **apolaire**. Le doublet d'électrons est équitablement réparti : A—B ;
– si la différence est **comprise entre 0,5 et 2**, la liaison est **polaire**. La probabilité de présence du doublet d'électrons est plus grande vers B, l'élément le plus électronégatif : $A^{\delta+}$—$B^{\delta-}$. A porte alors une charge partielle positive δ+ et B porte alors une charge partielle négative δ– ;
– si la différence est **supérieure à 2**, la liaison est **ionique**. B, l'élément le plus électronégatif, porte une charge négative entière – et A une charge positive entière + : $A^+ + B^-$.

B L'eau, molécule et solvant polaires

■ Lorsqu'une molécule comporte une ou plusieurs liaisons polarisées, alors le centre de masse des charges partielles positives et le centre de masse des charges partielles négatives ne sont pas forcément au même endroit : la molécule est alors **polaire**.

■ L'eau comporte deux liaisons OH polarisées qui se répartissent dans un plan : le centre de masse des charges positives se place **au milieu des deux éléments hydrogène**, ce qui ne coïncide pas avec le centre de masse des charges négatives, qui est l'**élément oxygène**.

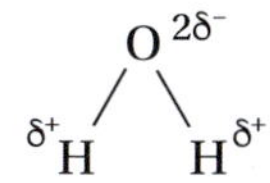

Molécule d'eau

■ L'eau est une molécule polaire, elle constitue donc un **solvant polaire**, efficace pour dissoudre des molécules petites et polaires, ainsi que les ions, qui sont des espèces chargées électriquement.

C La dissolution des composés ioniques dans l'eau

■ Une solution aqueuse est obtenue par dissolution d'un solide ionique ou moléculaire dans l'eau. Une solution électrolytique est une solution contenant des ions. Elle **conduit le courant**, mais est **électriquement neutre** (compensation globale des charges électriques). Les ions, chargés électriquement, sont facilement solvatés (hydratés) par l'eau.

■ Le chlorure de sodium NaCl (sel de table) est un **cristal ionique** : c'est un assemblage ordonné de cations sodium Na^+ et d'anions chlorure Cl^-. Chaque ion est entouré d'ions porteurs d'une charge opposée afin de stabiliser le cristal.

■ Les schémas ci-dessous représentent des morceaux du cristal ionique de chlorure de sodium. Les petits cercles représentent des ions sodium et les plus gros, des ions chlorure.

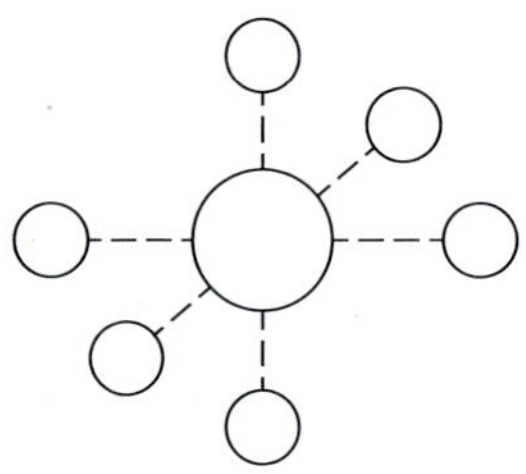

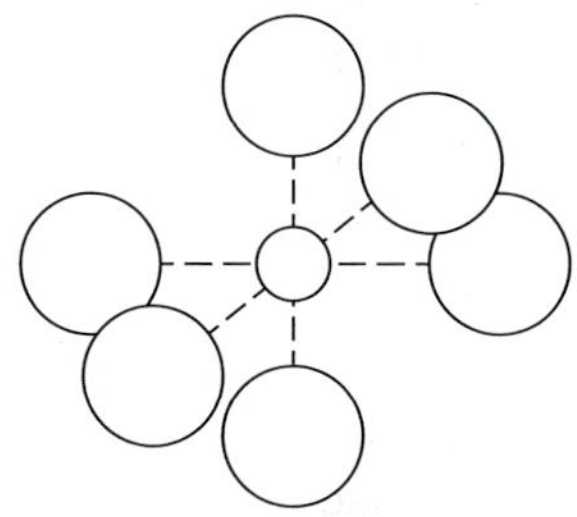

■ Lors de la dissolution du NaCl dans l'eau, on observe les étapes suivantes.

• **Étape 1 : dissociation du solide ionique**

Un cristal ionique, constitué d'ions liés par des forces électrostatiques (①), commence à se dissoudre en étant en contact avec l'eau. Pour nous, à l'œil nu, il semble « disparaître » dans l'eau. En fait, le cristal est en cours de destruction : les ions sont séparés les uns des autres par le solvant. Ils se libèrent dans le liquide, chacun de leur côté : ils sont trop petits pour être visibles individuellement (②).

①

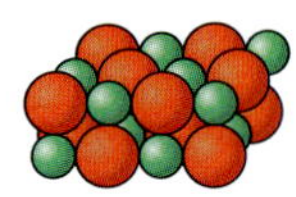

②

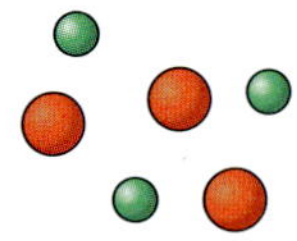

• **Étape 2 : hydratation (ou solvatation) des ions**

La molécule d'eau étant polarisée, elle s'associe aux ions positifs par son côté négatif (oxygène) et aux ions négatifs par ses côtés positifs (hydrogène). Cela s'appelle l'hydratation (③).

• **Étape 3 : dispersion des ions**

Les ions hydratés s'éloignent peu à peu les uns des autres. Ils se dispersent dans le solvant.

③

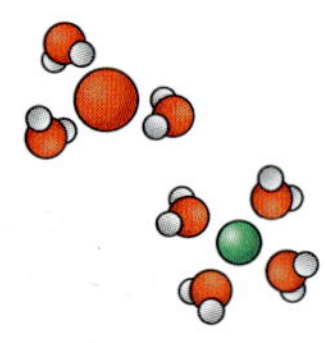

■ La formule d'un solide ionique comporte le nombre minimal de cations et d'anions permettant la neutralité électrique. Elle commence toujours par la formule du cation.

EXEMPLE

Le carbonate de sodium, Na_2CO_3, est constitué d'ions Na^+ et d'ions CO_3^{2-}.
Voir le tableau page 99 pour les formules chimiques et le nom des ions.

2 La conductivité d'une eau et d'une solution aqueuse ionique

A La conductivité σ

■ L'eau pure conduit très peu l'électricité car elle comporte une concentration ionique faible : les seuls ions présents sont ceux correspondant à l'**autoprotolyse de l'eau** : $[H_3O^+] = [HO^-] = 1{,}0 \times 10^{-7}$ mol.L^{-1}.

REMARQUE

L'autoprotolyse de l'eau est la dissociation de l'eau en ions oxonium et hydroxyde. Son équation de réaction est : $2\ H_2O = H_3O^+ + HO^-$

■ Une eau en milieu naturel comporte des ions dissous : elle conduit mieux l'électricité grâce à la présence de porteurs de charge. Une solution ionique ou solution électrolytique préparée au laboratoire peut ainsi être très conductrice selon la concentration ionique.

■ La capacité à conduire le courant est liée à la **conductivité électrique** σ (« *sigma* ») d'une solution. Elle s'exprime en siemens par mètre (S.m^{-1}). Les ions n'ont pas tous la même capacité à conduire l'électricité, mais la conductivité électrique est proportionnelle à la concentration molaire ou massique en une espèce ionique.

■ Lorsque plusieurs ions sont présents, la conductivité électrique est la somme des contributions de chaque ion : $\boldsymbol{\sigma = \Sigma_i\ \lambda_i \times c_i}$ où λ_i est une constante qui dépend de l'ion et c_i est sa concentration molaire.

EXEMPLE

Le graphe ci-contre montre l'évolution de la conductivité en fonction de la concentration molaire en chlorure de sodium.
Une solution électrolytique permet au courant de passer plus facilement : le risque d'électrocution est donc plus important !

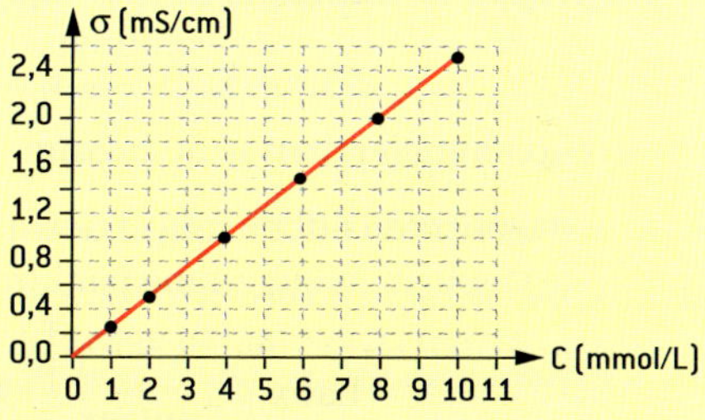

B L'eau distillée et l'eau déminéralisée

■ L'**eau distillée** est purifiée par évaporation puis liquéfaction : elle ne contient pas de bactérie ou de substances organiques. Cette eau est coûteuse à produire en raison de l'énergie nécessaire à la vaporisation de l'eau. Elle est utilisée dans les hôpitaux pour éviter la présence de germes, dans les fers à repasser. On peut en boire, mais l'eau potable doit apporter à l'organisme des ions.

■ L'**eau déminéralisée** est purifiée en retirant les espèces minérales ; cependant les contaminants organiques, les virus ou les bactéries sont toujours présents. Elle est employée pour les tests en laboratoire, le lavage de voitures, la fabrication des puces électroniques, l'alimentation des chaudières, les fers à vapeur, les applications pour les générateurs de vapeur, etc.

CHIMIE

On ajoute progressivement la solution d'ion baryum et on mesure la conductivité. On observe la formation d'un précipité blanc.

1. Définir l'équivalence pour ce titrage et en déduire une relation entre C_1, V_1, C_2 et V_{2e} le volume de solution d'ion baryum versé à l'équivalence.

2. Pourquoi la conductivité augmente-t-elle après l'équivalence ?

3. Déterminer la concentration C_1 en ions sulfate.

Solution

1. L'équivalence correspond à l'apport de l'ion baryum en proportions stœchiométriques avec l'ion sulfate : $n_1 = n_{2e}$, soit la relation entre $C_1 \times V_1 = C_2 \times V_{2e}$.

2. La conductivité augmente après l'équivalence car on ajoute l'ion baryum conducteur de l'électricité qui n'est plus détruit puisqu'il n'y a plus d'ion sulfate.

3. La concentration $C_1 = C_2 \times V_{2e}/V_1$ or $V_{2e} = 11{,}1$ ml, donc $C_1 = 0{,}050 \times 11{,}1/100$ $= 0{,}0056$ mol.L^{-1} = 5,6 mmol.L^{-1} en ions sulfate.

 # quiz
Des questions pour réviser
foucherconnect.fr/23terst2s02

4 Je mémorise autrement

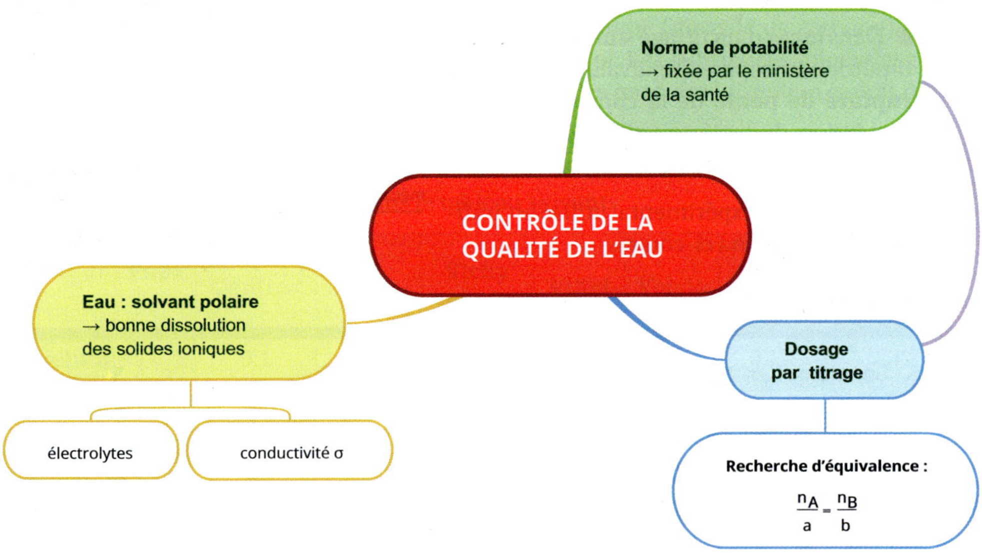

4 La caractérisation de la qualité de l'air

L'air est essentiel à la vie grâce au dioxygène qu'il contient. Cependant, certains polluants, majoritairement créés par les activités humaines, peuvent être mortels ou nuire à la santé à plus ou moins longue échéance.

1 La composition de l'air

A L'air atmosphérique

■ L'air est essentiellement constitué de deux gaz : le **diazote** (N_2) majoritaire occupant un volume d'environ 80 % et le **dioxygène** (O_2) occupant un volume d'environ 20 %.

REMARQUE
Le mot « gaz » est invariable, on écrit donc « des gaz ». Le mot « air » est masculin.

■ À une température donnée et une pression fixée (proche de la pression atmosphérique), une mole de gaz occupe un volume appelé **volume molaire** quel que soit le gaz. Ainsi, il revient au même d'exprimer la composition de l'air en pourcentage de volume, en fraction molaire ou en pourcentage molaire.

■ La composition de l'air détaillée à 20 °C est indiquée dans le tableau suivant.

Nom	Formule	Proportion molaire %
Diazote	N_2	78,08
Dioxygène	O_2	20,95
Argon	Ar	0,934
Dioxyde de carbone	CO_2	0,040 (400 ppmv)

■ D'autres gaz sont présents à des teneurs inférieures, comme le méthane. Selon l'humidité, la proportion de **vapeur d'eau**, normalement autour de 0,3 %, peut atteindre quelques pourcents.

REMARQUE
Pour les petites teneurs, on remplace le pourcentage par ppmv : partie par million en volume.
1 000 ppmv = 0,10 % en volume.

B La mise en évidence de certains gaz

■ Le dioxyde de carbone est mis en évidence grâce à **l'eau de chaux** (solution saturée d'hydroxyde de calcium) qui se trouble en sa présence.

 # vidéo
La mise en évidence du dioxyde de carbone
foucherconnect.fr/23terst2s06

- Le dioxygène est mis en évidence lorsqu'il rallume une **allumette incandescente** (dont l'extrémité est rouge mais ne produit pas de flamme).

- La vapeur d'eau fait bleuir le **sulfate de cuivre anhydre.**

 # vidéo
La mise en évidence du dioxygène
foucherconnect.fr/23terst2s07

 # vidéo
Le test d'identification de l'eau
foucherconnect.fr/23terst2s08

C Le déficit en dioxygène

- La teneur du dioxygène dans l'air ambiant est suffisante pour permettre la **respiration** dans de bonnes conditions, même lors d'efforts.

- La composition de l'air ne varie pas jusqu'à très haute altitude, car un brassage continu maintient ses proportions. Cependant, au fur et à mesure que l'altitude augmente, **la pression atmosphérique diminue** et donc le dioxygène disponible aussi. L'organisme a plus de difficultés à produire un effort et se fatigue plus rapidement.

- Lorsqu'une pièce est mal ventilée, ou en cas d'incendie, la teneur en dioxygène se réduit, ce qui peut engendrer une **asphyxie**.

2 La loi des gaz parfaits

A Énoncé

- Pour un gaz, on dispose d'une **relation** reliant les grandeurs suivantes :

$$\mathbf{P \times V = n \times R \times T}$$

P : pression du gaz en pascal (Pa)

V : volume du gaz en m^3

n : quantité de matière de gaz en mol

T : température absolue du gaz en kelvin (K)

R : constante des gaz parfaits. $R = 8{,}314\ J.K^{-1}.mol^{-1}$.

- La température absolue T en kelvin est égale à la température θ exprimée en degrés Celsius plus 273 : $T = \theta + 273$.

- On obtient aussi : $\mathbf{n = \dfrac{P \times V}{R \times T}}$.

EXEMPLE

Si l'on veut calculer le volume occupé par une mole de gaz à une température T = 298 K (25 °C) et sous une pression de $1{,}00 \times 10^5$ Pa, on effectue alors : $V = \dfrac{nRT}{P}$ soit $V = \dfrac{1 \times 8{,}31 \times 298}{1{,}00.10^5} = 24{,}8$ L.

C'est la valeur du **volume molaire V_m** à T = 298 K (25 °C) et $P = 1{,}00 \times 10^5$ Pa.

B Application à une bouteille d'air comprimé

■ Une bouteille d'air comprimé renferme un **volume d'air sous pression**. Une bouteille de plongée a en général un volume intérieur V = 12,0 L et elle est remplie sous une pression P = 200 bar = 200×10^5 Pa.

■ Il faut utiliser une bouteille d'air comprimé sous l'eau, car, en plongeant, la pression augmente de 1,0 bar tous les 10 m.

■ Ainsi, lorsque l'on plonge à 20 m en dessous du niveau de la mer, la pression totale vaut 3,0 bars. Lorsque l'on inspire, un détendeur amène l'air à une pression de 3 bars et un volume d'environ 5 litres d'air rentre dans les poumons. Comme la pression est 3 fois plus grande, on fait rentrer 3 fois plus de quantité de matière : il faut donc avoir une grande réserve dans la bouteille, ce qui est obtenu en comprimant fortement l'air.

■ Dans une bouteille de volume 12 L à une pression P = 200 bar, il y a autant d'air que dans un volume V′ = 200 × 12 = 2 400 L à la pression P′ = 1,0 bar.

Bouteille d'air comprimé

REMARQUE

1,0 bar = $1,0 \times 10^5$ Pa.
Une personne inspire environ 1 200 L d'air par heure.

APPLICATION

1. Quel volume d'air V à une pression P = 3,0 bars (plongée à 20 m de profondeur) peut-on obtenir à partir d'une bouteille ayant un volume V′ = 12 L et une pression P = 200 bars ?
2. Quelle autonomie cette bouteille apporte-t-elle à un plongeur à 20 m de profondeur ?

Solution

1. La quantité de matière est la même dans la bouteille et à l'extérieur de la bouteille. On considère une température absolue T identique. On peut donc écrire :
$n = P \times V/R \times T = P' \times V'/R \times T$ soit $P \times V = P' \times V'$ (ceci constitue la loi de Mariotte).
On recherche alors le volume V sous une pression de trois bars, on obtient donc :
$V = P' \times V'/P = 200 \times 12/3 = 800$ L.
2. Une personne inspire environ 1 200 L d'air par heure, 800 L d'air lui assurent donc une autonomie de 800/1 200 = 2/3 h soit 40 min à une profondeur de 20 m sous le niveau de la mer.

3 Le monoxyde de carbone (CO)

A Formation

Le monoxyde de carbone est issu de la **combustion** de matières organiques lors d'apports insuffisants en oxygène. La source principale de monoxyde de carbone est le **trafic automobile** comportant des véhicules à moteur : la teneur en CO des gaz d'échappement des voitures varie de 0,1 à 8 %. Des taux importants de CO seront produits quand un moteur tourne au ralenti en espace clos, en cas d'embouteillages en espaces couverts ou en cas de mauvais fonctionnement d'un appareil de chauffage domestique.

B Danger lors de l'inhalation

■ Le monoxyde de carbone est **un gaz asphyxiant indétectable**, car il est invisible, inodore et non irritant.

■ L'inhalation de ce gaz, peut conduire à une **intoxication** : le CO se fixe, *via* la respiration et les poumons, sur l'hémoglobine des globules rouges (voir schéma ci-contre) et empêche ces derniers de véhiculer correctement le dioxygène dans l'organisme. Il y a alors hypoxie : la disponibilité en oxygène est réduite. Lors de l'exposition à ce gaz, les symptômes sont : malaise, maux de tête, vision floue, nausées, vomissements, difficultés à réaliser des efforts, souffle court puis confusion mentale.

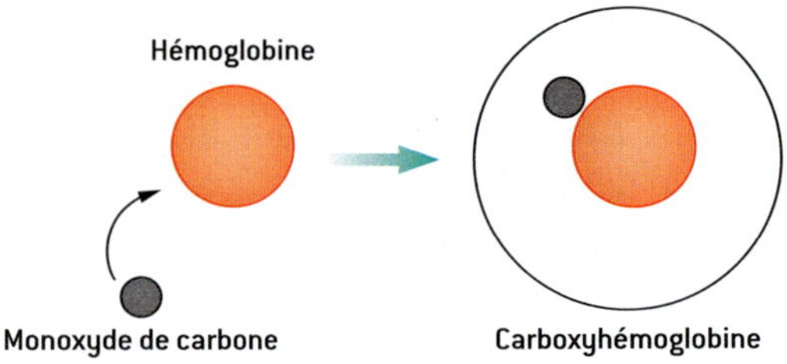

Fixation du monoxyde de carbone sur l'hémoglobine

4 L'ozone (O_3)

A Formation

■ L'atmosphère est une **couche gazeuse** s'étendant au-dessus du sol terrestre : la pression, exprimée sur le graphe ci-contre en hectopascals (hPa), diminue rapidement lorsque l'altitude augmente.

■ L'atmosphère est décomposée en différentes parties : la plus proche, jusqu'à 11 kilomètres d'altitude, est la **troposphère**, suivie par la **stratosphère**.

■ Les activités humaines génèrent des polluants organiques, les **composés organiques volatils** (COV) ; en présence de dioxygène, d'oxydes d'azote et sous l'action du rayonnement intense du soleil, ils forment de l'ozone dans la troposphère.

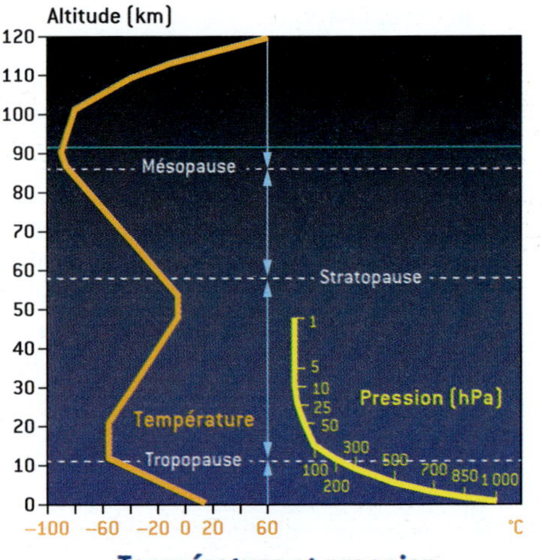

Température et pression des différentes couches de l'atmosphère

■ L'ozone se trouve aussi naturellement dans les hautes couches de l'atmosphère (stratosphère). Son rôle est vital : il filtre et arrête les rayonnements UV nocifs du soleil. Sa concentration est maximale entre 25 et 30 km d'altitude : c'est la **couche d'ozone**.

B Danger lors de l'inhalation

■ L'ozone est un **gaz incolore, mais irritant**. Son odeur est âcre. Cette molécule comporte 3 atomes d'oxygène (O_3) et elle a un fort pouvoir oxydant (cette propriété est utilisée pour éliminer les microbes de l'eau injectée dans les réseaux d'eau potable au lieu d'employer de l'eau de Javel).

■ Une brève exposition à l'ozone peut causer, entre autres, une irritation des yeux, des voies nasales et de la gorge, une toux et des maux de tête. Une exposition à une forte concentration peut provoquer une réaction inflammatoire des bronches et entraîner des lésions du tissu pulmonaire. L'ozone est fortement relié à l'asthme et peut en aggraver les symptômes., entraînant des admissions hospitalières pour causes respiratoires et cardiovasculaires, qui peuvent conduire à un excès de mortalité.

■ Les **températures élevées** favorisent la production d'ozone, aussi ce polluant est-il plus particulièrement présent en été.

CHIMIE

5 Les gaz à effet de serre (GES)

A Définition

■ Les **gaz à effet de serre** (GES) sont des gaz contenus dans l'atmosphère. Ils sont transparents à la lumière visible du soleil mais absorbent le rayonnement infrarouge émis par la surface terrestre et contribuent ainsi à l'effet de serre (phénomène naturel provoquant une élévation de la température à la surface de notre planète). L'augmentation de leur concentration dans l'atmosphère terrestre, liée aux activités humaines, est l'un des facteurs à l'origine du réchauffement climatique.

 # vidéo
L'effet de serre
foucherconnect.fr/23terst2s09

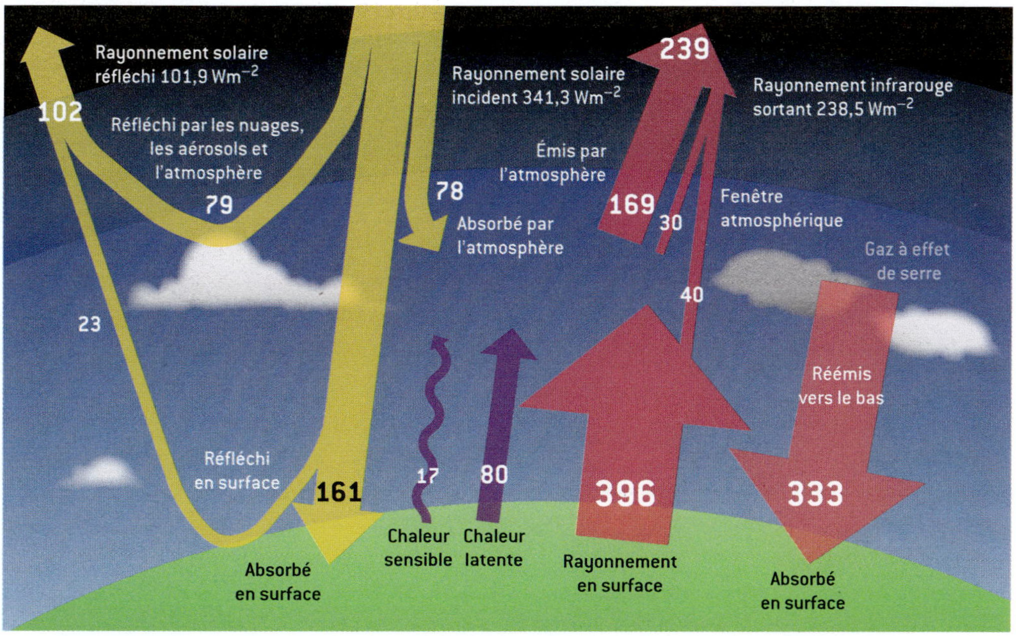

Puissance par unité de surface des rayonnements reçus et émis par la Terre

■ Les principaux gaz à effet de serre sont :
– la **vapeur d'eau** (H_2O), responsable de trois quarts de l'effet de serre naturel ;

– le **dioxyde de carbone** (CO_2), dont la concentration évolue avec les activités humaines liées à l'industrie, au chauffage et aux transports, mais aussi aux changements d'occupation des sols ;
– le **méthane**, un gaz à effet de serre bien plus puissant que le CO_2, mais moins concentré, dont l'origine est liée aux processus de fermentation (marécages, décharges, digestion des ruminants, etc.) ;
– l'**ozone**, présent naturellement dans la stratosphère, mais aussi créé par les transports ;
– le **protoxyde d'azote** (« gaz hilarant »), émis naturellement par les sols.

B Incidence sur le climat

■ L'augmentation de la concentration en dioxyde de carbone entraîne une absorption plus importante dans les océans et donc une **acidification**. Ceci fragilise la constitution des coquilles des espèces marines.

■ Le climat change notablement, les phénomènes météorologiques majeurs sont plus fréquents. Les espèces animales se déplacent plus au nord puisque les hivers sont moins longs et moins rigoureux. Les calottes glaciaires se réduisent, ce qui limite aussi la quantité de lumière réémise vers le ciel.

 # quiz
Des questions pour réviser
foucherconnect.fr/23terst2s02

6 Je mémorise autrement

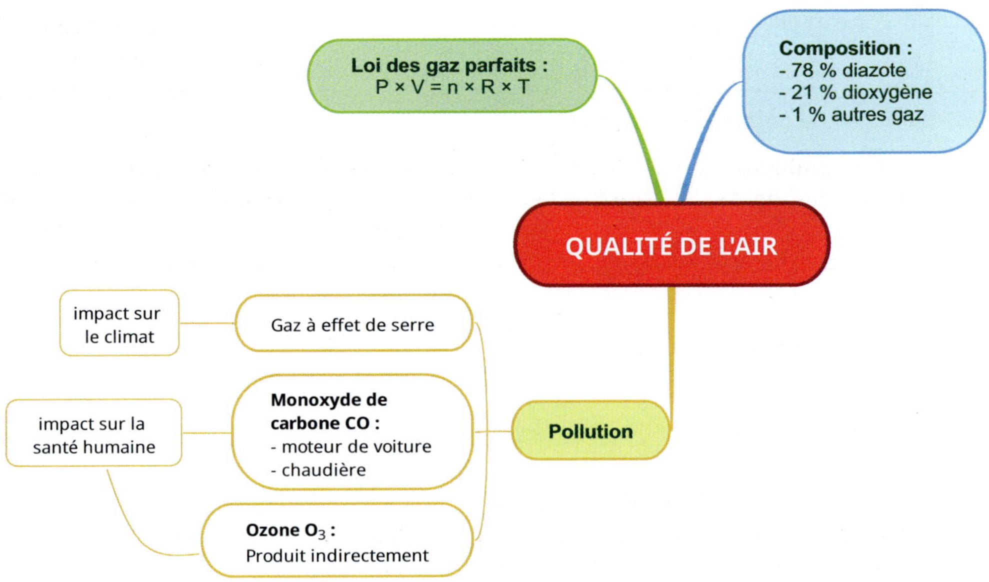

5 La gestion des polluants de l'eau et de l'air

L'eau et l'air présents sur la Terre sont, en dehors d'évènements catastrophiques (éruption volcanique, météorites géantes, etc.), de bonne qualité. Cependant, les activités humaines génèrent une forte pollution, nuisible à la qualité de l'eau et de l'air. C'est donc aux êtres humains de réduire à la fois les sources de pollution et de purifier l'eau et l'air usés.

1 Les macro et micropolluants de l'eau

A Les macropolluants

- Les macropolluants comprennent des matières organiques et inorganiques, avec une **concentration importante** (milligrammes par litre voire grammes par litre) : matières en suspension, nutriments, contenant de l'azote ou du phosphore.
- Ces matières peuvent être présentes naturellement dans l'eau, mais les activités humaines en accroissent les concentrations (rejets d'eaux usées, industrielles ou domestiques, ou pratiques agricoles).

B Les micropolluants

- Un micropolluant est une substance indésirable et détectable dans l'environnement **à très faible concentration** (microgramme par litre, voire nanogramme par litre).
- Sa présence est, au moins en partie, due à l'activité humaine (procédés industriels, pratiques agricoles ou activités quotidiennes) et peut, même à très faible concentration, engendrer des **effets négatifs** sur les organismes vivants en raison de sa toxicité, de sa persistance et de sa bioaccumulation.
- De nombreuses molécules présentant des propriétés chimiques différentes sont concernées (plus de **110 000 molécules** sont recensées par la réglementation européenne), qu'elles soient organiques ou minérales, biodégradables ou non, tels les plastifiants, détergents, métaux, hydrocarbures, pesticides, cosmétiques ou encore les médicaments.

2 Les polluants de l'air

A Les polluants primaires

Un **polluant primaire** est un polluant de l'air émis directement par une source donnée (trafic routier, industries, chauffage, agriculture, etc.). Il s'agit par exemple : des oxydes de carbone, des oxydes de soufre, des oxydes d'azote, des hydrocarbures légers, des composés organiques volatils (COV), des particules (PM10 et PM2.5), des métaux (plomb, mercure, cadmium…), etc.

DÉFINITION

PM : en anglais *particulate matter* ou particule en suspension.
PM 10 : particule solide en suspension dans l'air ou l'eau, de taille voisine de 10 µm.

B Les polluants secondaires

Un **polluant secondaire** n'est pas émis directement en tant que tel, mais se forme lorsque d'autres polluants (polluants primaires) réagissent dans l'atmosphère. On peut citer l'ozone, qui se forme lorsque les hydrocarbures (HC) et les oxydes d'azote (NO_x) réagissent avec la lumière du soleil ; le dioxyde d'azote (NO_2), qui se forme quand le monoxyde d'azote (NO) réagit avec l'oxygène de l'atmosphère ; ou encore les pluies acides, qui se forment lorsque le dioxyde de soufre ou les oxydes d'azote réagissent avec l'eau.

3 La dépollution de l'air et de l'eau

A La dépollution par adsorption sur charbon actif

■ Les filtres à charbon actif sont utilisés pour **purifier l'air** afin d'arrêter les contaminants au niveau moléculaire. Ils sont efficaces sur les produits chimiques, les odeurs et les gaz présents dans l'air, mais ne traitent pas les particules.

■ Il ne faut pas confondre adsorption et absorption. L'**absorption** est ce processus par lequel les molécules de gaz ou de liquide, mises en contact avec un matériau solide, s'incorporent dans la totalité de son volume. On parle d'**adsorption** quand ce processus ne concerne que la surface du solide.

B La dépollution par oxydation par l'ozone

■ L'ozone est utilisé pour la **production d'eau potable** selon la qualité de l'eau à traiter.

■ L'ozone **oxyde** les matières organiques dites naturelles. Il décolore les eaux chargées en substances humiques (matières naturelles contenues dans le sol) et dégrade les composés organiques responsables des goûts et des odeurs. Il réagit rapidement avec les micro-organismes en les oxydant et détruit les principaux organismes pathogènes.

■ L'ozonation est presque toujours couplée à une **filtration biologique sur charbon actif** en grains pour achever l'élimination des micropolluants.

 # quiz
Des questions pour réviser
foucherconnect.fr/23terst2s02

6 L'observation de la matière par imagerie avec utilisation d'ondes

Les ondes sont omniprésentes dans notre monde, y compris dans le domaine médical. Elles peuvent être mécaniques dans le cas des ultrasons en échographie ou électromagnétiques comme les rayons X utilisés en radiographie.

1 À l'aide d'une onde mécanique : l'échographie Doppler

A La distance parcourue par des ultrasons

■ Les **ultrasons** sont transmis dans l'air en s'écartant peu de la direction d'émission par rapport aux sons. Leur **amplitude** diminue plus faiblement avec la distance par rapport à la source. Ils ont les **mêmes propriétés mécaniques** que les sons audibles (dont la fréquence va de 20 Hz à 20 kHz), tout en ayant des fréquences plus élevées.

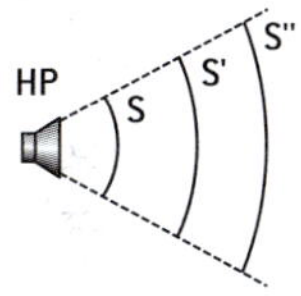

■ Lorsqu'un ultrason rencontre une **surface de séparation**, une partie de son énergie est **transmise** à travers la surface, une autre est **absorbée** et le reste de l'énergie est **réfléchie**. Ce phénomène de réflexion est identique à celui de la lumière avec un miroir. L'onde réfléchie peut être détectée et analysée : elle forme un **écho**. On peut déterminer la distance à laquelle se trouve la surface si on connaît la durée nécessaire pour réaliser un aller-retour : émetteur, surface, récepteur.

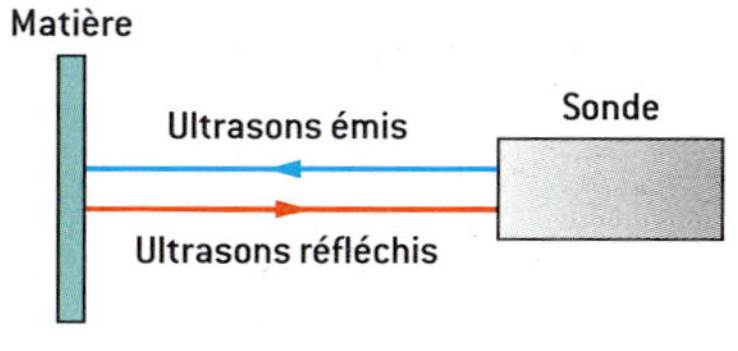

■ Le principe de l'échographie est simple : on utilise un dispositif ultrasonore qui émet des ondes ayant des fréquences de l'ordre de quelques mégahertz sous forme de **salves**. Un **émetteur** et un **récepteur** sont côte à côte et placés à une distance d d'un **écran**. L'émetteur et le récepteur sont reliés à un oscilloscope ou un ordinateur afin d'enregistrer les signaux. Le signal 1 envoyé par l'émetteur parvient à l'écran, qui le réfléchit. Le récepteur capte le signal 2 qui a alors parcouru une distance 2 d avec un retard Δt par rapport au signal 1.

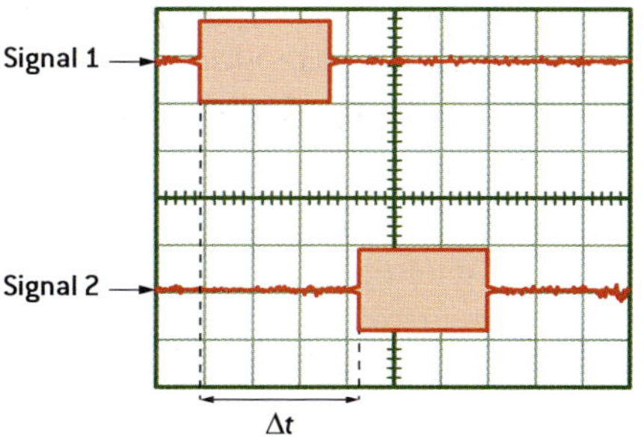

■ On détermine la distance d en utilisant le retard Δt et la célérité des ondes ultrasonores dans l'air :

$2d = v \times \Delta t$, la distance d est exprimée en mètre et la durée Δt en seconde.

■ Ce travail peut être effectué sur une partie d'un corps humain. Il permet de donner une image intérieure du corps sans utiliser la chirurgie.

■ On réalise, par exemple, l'échographie d'un bras. Les ondes sonores vont rencontrer trois surfaces de séparation :
- en **A** (séparation tissu mou, os) ;
- en **B** (séparation os, tissu mou) ;
- en **C** (séparation tissu mou, air).

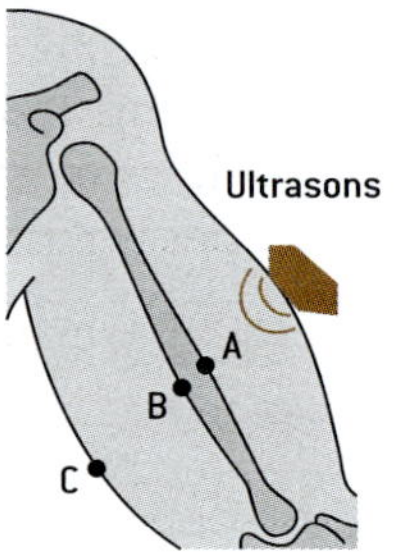

■ Un écho se forme sur chaque surface de séparation et est capté par la sonde. Plus la surface est éloignée, plus le temps nécessaire pour réaliser un aller-retour est important, donc : $t_C > t_B > t_A$.

■ On obtient alors les signaux suivants à l'écran de l'oscilloscope :

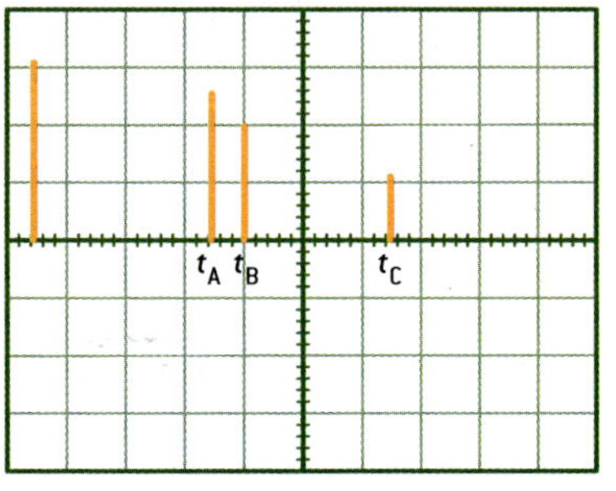

B Le principe de l'effet Doppler

■ L'effet Doppler se manifeste par un changement de fréquence du son du moteur d'une voiture ou d'une sirène de camion de pompiers en déplacement perçu par un observateur.

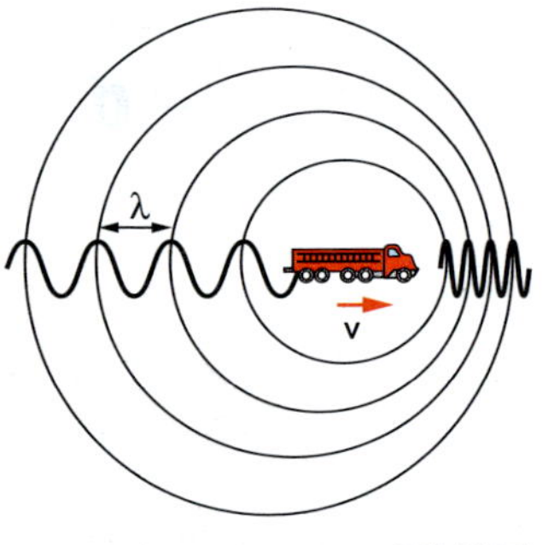

■ Ainsi, par rapport à une personne dans le véhicule qui entendrait une fréquence f :
- la fréquence f′ perçue par l'observateur est plus importante (son plus aigu) et la longueur d'onde plus faible lorsque le véhicule se rapproche ;
- la fréquence f′ perçue par l'observateur est plus faible (son plus grave) et la longueur d'onde plus grande lorsque le véhicule s'éloigne.

La différence de fréquence f – f′ permet de déterminer la vitesse v du véhicule et sa direction.

 # vidéo
L'effet Doppler
foucherconnect.fr/23terst2s10

C L'échographie Doppler

■ L'échographe Doppler est constitué d'un **échographe classique** associé à une **sonde Doppler**. Lorsqu'un faisceau d'ultrasons traverse les cavités cardiaques ou les vaisseaux, l'écho renvoyé par les éléments figurés du sang (qui deviennent des émetteurs) a une longueur d'onde plus longue (son plus grave) s'ils s'éloignent du capteur, et une longueur d'onde plus courte (son plus aigu) s'ils se dirigent vers le capteur. La sonde Doppler recueillera donc un écho dont la fréquence (longueur d'onde) sera différente de la fréquence d'émission.

■ La différence f – f′ des fréquences d'émission f et de réception f′ permet de calculer la vitesse et la direction des globules rouges.

■ L'échographe Doppler permet de détecter des **anomalies cardiaques** par la mesure des vitesses des flux sanguins à travers les valves : les différentes maladies des valves cardiaques (fuite et rétrécissement) ; l'analyse de la phase de remplissage du ventricule gauche, donc de la fonction diastolique, et l'estimation de la pression artérielle pulmonaire systolique.

 # vidéo
L'échographie Doppler
foucherconnect.fr/23terst2s11

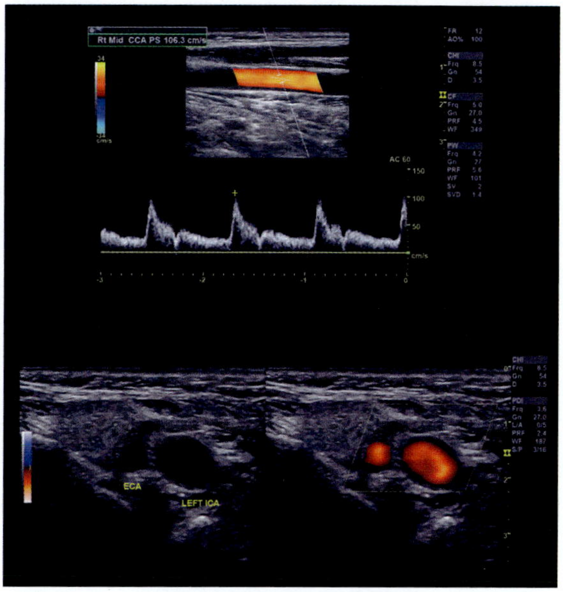

Image obtenue à partir d'un échographe Doppler

2 L'interaction entre la matière et les rayons X dans le diagnostic médical

A Les ondes électromagnétiques

■ Une onde correspond à un **transfert d'énergie sans transport de matière**. C'est une perturbation sous forme vibratoire qui se propage. Ce transfert peut prendre différentes formes que sont les **ondes sonores**, **élastiques** et **électromagnétiques**.

■ Une onde électromagnétique est un **phénomène vibratoire** qui peut se propager dans le vide à la vitesse de la lumière. La lumière visible, les rayons ultraviolets, les infrarouges, les rayons X, les rayons gamma, les ondes hertziennes (communément appelées ondes radio) sont des ondes électromagnétiques.

■ La **vitesse de propagation (ou célérité)** d'une onde électromagnétique dépend du milieu où elle se propage. Dans le vide, elle correspond à la vitesse de la lumière $c = 3{,}00 \times 10^8$ m.s^{-1}.

■ La **fréquence** d'une onde électromagnétique est notée ν (« *nu* ») ou f : elle s'exprime en hertz (Hz).

■ La **période T** exprimée en seconde (s) est l'inverse de la fréquence : $T = \frac{1}{\nu}$.

■ La **longueur d'onde** λ (« *lambda* ») est la distance parcourue en m par l'onde en une période T. Si le milieu de propagation est le vide, elle sera notée λ_0.

$$\lambda_0 = c \times T$$

λ_0 : longueur d'onde dans le vide (m)
T : la période en seconde (s)
c : $3{,}00 \times 10^8$ m.s^{-1} la célérité de la lumière dans le vide.

■ On peut aussi écrire avec la fréquence ν exprimée en hertz (Hz) : $\lambda_0 = \frac{c}{\nu}$.

B Les domaines des ondes électromagnétiques

■ Une onde électromagnétique a une appellation différente selon le domaine de fréquence auquel elle appartient.

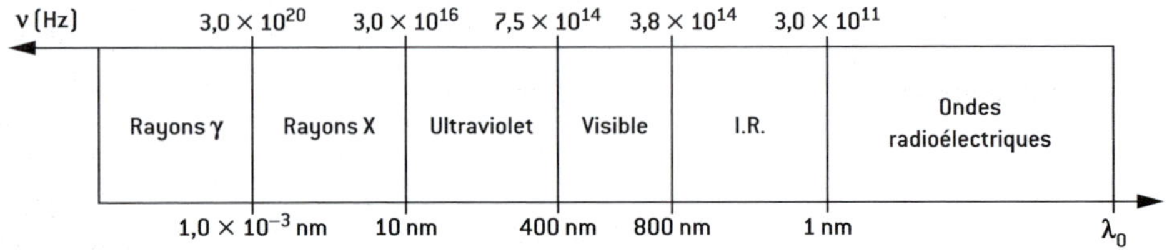

REMARQUE

Un nanomètre (nm) est un sous-multiple du mètre. 1 nm = $1,0 \times 10^{-9}$ m. Cette unité est souvent utilisée pour les rayons γ, les rayons X ou la lumière visible.

C La radiographie, principe et interprétation

■ Lors de la propagation à travers un milieu matériel, les **rayons X** peuvent être déviés par les atomes du milieu (diffusion) ou bien absorbés : c'est ce qui est recherché dans les applications médicales de la radiographie.

■ L'absorption d'un rayonnement X par un milieu dépend fortement de la **nature** des atomes :
- l'absorption est d'autant plus probable que le nombre atomique Z des atomes du matériau traversé est élevé pour une fréquence donnée ;
- un rayonnement de grande énergie (courte longueur d'onde) est moins absorbé, donc plus pénétrant qu'un rayonnement de plus faible énergie.

■ En radiographie, une source envoie des rayons X sur une zone du corps pour l'étudier en profondeur. Un récepteur placé de l'autre côté de la zone collecte ce qui n'a pas été absorbé. Les tissus mous absorbent peu (car ils comportent des atomes ayant des valeurs de Z faibles) et donnent une image gris clair. Les os absorbent beaucoup plus, ce qui produit une **zone claire** sur le cliché.

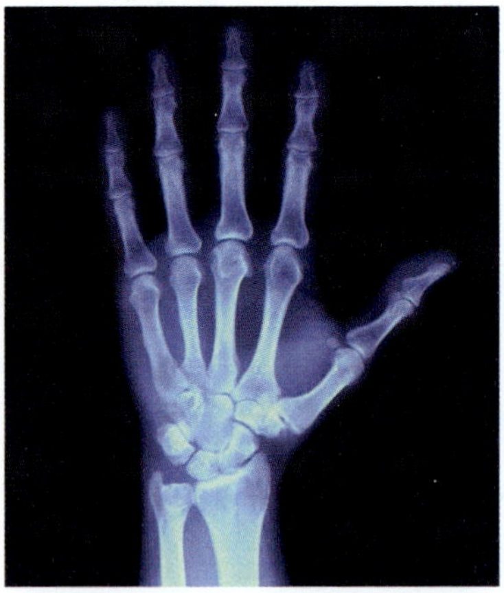

Image obtenue par radiographie

■ Cependant, on n'obtient que l'image dans un plan. Pour avoir une vue en épaisseur, il faut disposer d'une source de rayons X qui tourne autour de la zone étudiée : c'est alors une **scanographie de la zone**. Le scanner permet une meilleure détection des anomalies physiologiques

■ Les rayons X sont aussi utilisés dans le traitement du cancer, c'est la **radiothérapie** : les cellules cancéreuses absorbent plus les rayons X que les cellules saines : elles peuvent ainsi être détruites. Les doses de rayons X reçues par le patient sont nettement plus importantes en radiothérapie qu'en radiographie.

■ Les manipulateurs radio doivent être protégés contre ces rayonnements et porter un **dosimètre** permettant de savoir s'ils n'ont pas reçu une dose trop importante au cours de l'année.

Examen	Indication	Technique	Avantages	Inconvénients
Radiographie	Examen des structures osseuses	Rayons X	Indolore et rapide	Dangereux pour l'opérateur et pour le patient
Échographie	Examen des tissus mous, organes, fœtus	Ondes ultrasonores	Indolore, rapide et sans contre-indication	Propagation limitée à travers les zones denses

 # quiz
Des questions pour réviser
foucherconnect.fr/23terst2s02

3 Je mémorise autrement

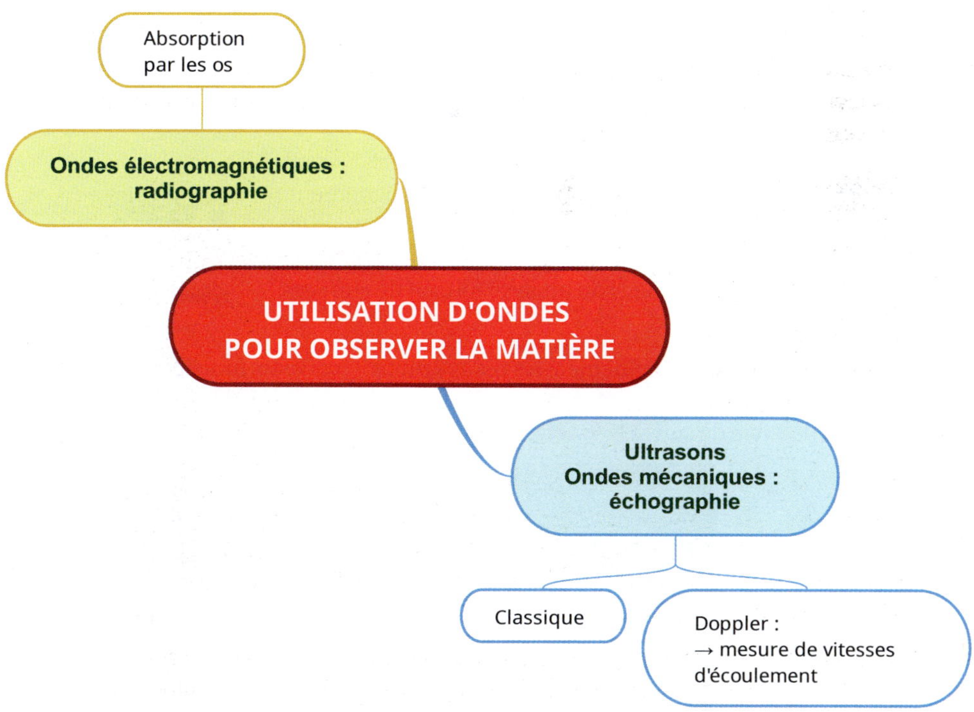

7 L'observation de la matière par imagerie avec utilisation de substances

Afin d'améliorer la visualisation en imagerie médicale et les diagnostics, des substances sont introduites dans le corps. Elles doivent pouvoir être éliminées rapidement car elles ne sont pas anodines. De même, les marqueurs radioactifs permettent de mieux voir les zones étudiées afin d'établir un diagnostic, mais pas de traiter.

1 Les produits de contraste pour l'IRM

A L'IRM (imagerie par résonance magnétique)

■ L'IRM est liée aux propriétés magnétiques des **atomes d'hydrogène**, très abondants dans le corps humain, majoritairement sous forme d'eau.

■ Le noyau d'un atome d'hydrogène comporte un proton chargé positivement en rotation permanente : il crée un **champ magnétique** selon une direction donnée. Lorsque le patient est placé dans un champ magnétique puissant d'environ 2 à 3 teslas, les champs créés par les noyaux d'hydrogène s'alignent sur le champ magnétique puissant.

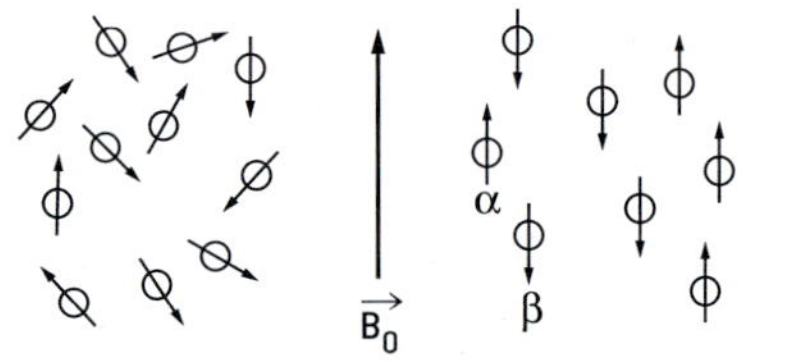

Champs magnétiques créés par des noyaux d'hydrogène

■ Lorsque des ondes radios d'énergie précise sont envoyées sur ces noyaux, elles perturbent cet alignement. Le retour à l'état initial ou **relaxation** s'accompagne de l'émission d'une onde électromagnétique caractéristique, détectée par une antenne : son analyse fournit des images 3D des organes explorés.

 # vidéo
L'IRM anatomique et l'IRM fonctionnelle
foucherconnect.fr/23terst2s12

■ Il est possible d'étudier finement les tissus « mous » : cerveau, moelle épinière, muscles, etc., d'en connaître la structure et de détecter des tumeurs cancéreuses : c'est **l'IRM anatomique**. Il est aussi possible de suivre le fonctionnement du cerveau : c'est **l'IRM fonctionnelle**.

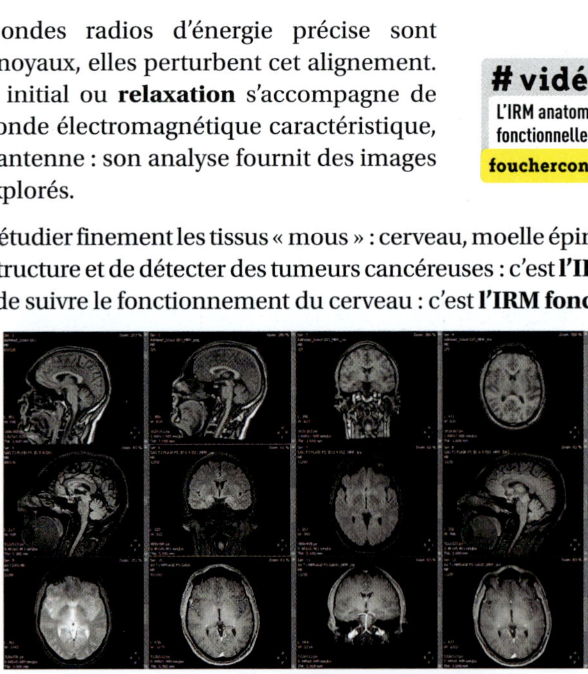

Images d'un cerveau obtenues par IRM

B Le domaine de fréquences employées en IRM

La gamme de fréquences est comprise **entre 60 et 600 MHz** : ce sont des ondes radio ou radiofréquences. La valeur choisie est directement liée à la valeur du champ magnétique (de 1 à 12 teslas) à l'intérieur de l'appareil : plus la fréquence est importante, plus les images seront précises.

C Les produits de contraste

■ L'imagerie médicale permet l'étude des contrastes des tissus grâce à des procédés physiques et à la nature physico-chimique des tissus. Sur un cliché de tissus mous, à faible écart de densité, les contrastes ne sont pas marqués : aussi, l'administration de **produits de contraste** se révèle nécessaire. Ce sont des **produits chimiques**, injectables ou ingérables qui améliorent les images des organes explorés. Ce sont aussi des **médicaments** administrés dans un but diagnostique et non thérapeutique.

■ Les produits de contraste modifient localement les paramètres intrinsèques des tissus là où ils iront se fixer préférentiellement. Ces produits doivent bien sûr être non toxiques, efficaces en concentration faible et se fixer spécifiquement sur certains tissus. Ils **accélèrent la relaxation** après irradiation par l'onde radio dans les tissus pour augmenter la performance diagnostique de l'examen.

■ En IRM, les produits de contraste utilisés sont à base de **gadolinium.** Ils sont injectés par voie intraveineuse, se répartissent dans le réseau veineux et interstitiel et permettent alors d'obtenir des images de l'ensemble du corps humain. Ils sont éliminés par voie urinaire.

■ L'ion gadolinium est très toxique, il faut donc l'enfermer dans un **complexe** et particulièrement dans une molécule formant un cycle, afin d'augmenter la stabilité du complexe.

DÉFINITION

Un complexe correspond à l'établissement de liaisons entre des doublets non liants de la molécule organique cyclique et le gadolinium.

■ Dans le cas du **Gadotéridol**, agent de contraste utilisé en IRM, la molécule organique comporte des fonctions acides carboxyliques COOH.

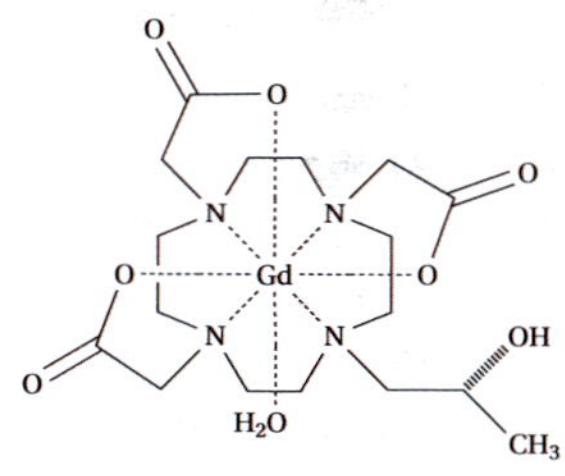

Gadotéridol

2 Les marqueurs radioactifs en imagerie médicale

A L'atome

■ L'atome comporte un **noyau** autour duquel gravitent les **électrons**. Le noyau, chargé positivement, est composé de nucléons : protons et neutrons. Il est très petit et dense. **L'atome étant neutre, il y a autant de protons (chargés positivement) que d'électrons (chargés négativement)**.

■ Un élément est caractérisé par son numéro atomique Z (ou nombre de protons) et par son nombre de masse A (ou nombre de nucléons). Z protons ; N neutrons ; $A = Z + N$.

■ On représente un **nucléide**, c'est-à-dire un noyau atomique par ${}^{A}_{Z}X$. **X est le symbole chimique** de l'élément : il commence toujours par une majuscule, suivie éventuellement d'une minuscule pour différencier les éléments chimiques.

EXEMPLE

	Nombre de nucléons	Nombre de protons	Nombre de neutrons
${}^{23}_{11}Na$	23	11	$23 - 11 = 12$
${}^{235}_{92}U$	235	92	$235 - 92 = 143$
${}^{210}_{84}Po$	210	84	$210 - 84 = 126$

B L'isotopie

Les **isotopes** d'un élément ont le même numéro atomique, et ont donc un nombre égal de protons, mais ils diffèrent par leur nombre de neutrons N, donc également par A.

EXEMPLE

Pour reconnaître les noyaux isotopes dans la série suivante, il faut regarder quels sont les noyaux qui ont le même numéro atomique : ${}^{12}_{6}X$ ${}^{15}_{7}X$ ${}^{15}_{8}X$ ${}^{14}_{6}X$ ${}^{16}_{8}X$
On remarque qu'il y a 2 couples d'isotopes : ${}^{12}_{6}X$ ${}^{14}_{6}X$et ${}^{15}_{8}X$ ${}^{16}_{8}X$
Deux noyaux isotopes représentent le même élément chimique, ils ont la même charge électrique mais pas la même masse. Ils peuvent avoir des propriétés nucléaires très différentes : certains sont stables et d'autres radioactifs.

C La radioactivité

a Définition

La **radioactivité** est la désintégration de noyaux atomiques instables. Un noyau radioactif se décompose spontanément en un noyau fils différent avec **émission de particule ou de rayonnement**.

b Les quatre différents types d'émissions radioactives

■ Trois sont des particules de matière :

Radioactivité	Particule émise	Symbole	Charge
Alpha (α)	Noyau d'atome d'hélium	${}^{4}_{2}He$	+2
Bêta moins (β^-)	Électron	${}^{0}_{-1}e$	−1
Bêta plus (β^+)	Positron ou positon	${}^{0}_{1}e$	+1

■ Le rayonnement **gamma (γ)** est de nature électromagnétique : il est constitué de photons. Les rayonnements γ ont une fréquence comprise entre 3×10^{19} Hz et 3×10^{22} Hz, ce qui correspond à une longueur d'onde dans le vide λ_0 comprise entre 10^{-11} et 10^{-14} m. Les rayons gamma ont des longueurs d'onde plus petites que les rayons X et donc des fréquences plus grandes : ils sont produits par désintégration radioactive contrairement aux rayons X.

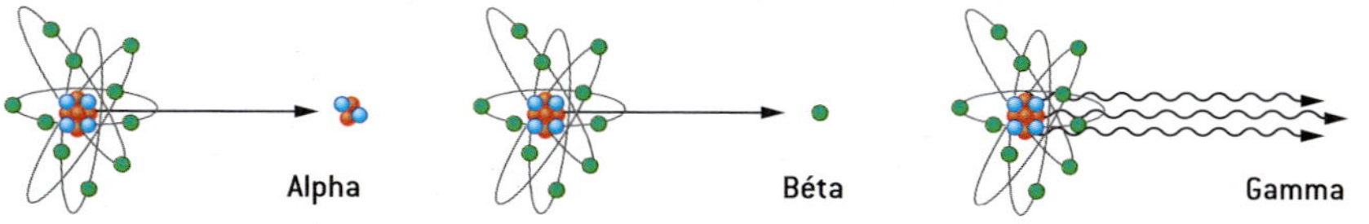

■ Les équations de décomposition sont régies par les **lois de conservation de Soddy** : au cours de toute réaction nucléaire, il y a conservation du nombre de charges ou de protons ($\sum Z_1$ = constante : la somme des numéros atomiques à gauche est égale à celle à droite dans l'équation nucléaire) et conservation du nombre de masse ou de nucléons ($\sum A_1$ = constante : la somme des nombres de masse à gauche est égale à celle à droite dans l'équation nucléaire).

■ Les équations nucléaires de décomposition :

Radioactivité	Schéma général	Exemple
Alpha (α)	${}^{A}_{Z}X \rightarrow {}^{4}_{2}He + {}^{A-4}_{Z-2}Y$	Le polonium 210 : ${}^{210}_{84}Po \rightarrow {}^{4}_{2}He + {}^{206}_{82}Pb$
Bêta moins (β^-)	${}^{A}_{Z}X \rightarrow {}^{0}_{-1}e + {}^{A}_{Z+1}Y^{*}$	Le bismuth 210 : ${}^{210}_{83}Bi \rightarrow {}^{0}_{-1}e + {}^{210}_{84}Po$
Bêta plus : (β^+)	${}^{A}_{Z}X \rightarrow {}^{0}_{1}e + {}^{A}_{Z-1}Y^{*}$	Le phosphore 30 : ${}^{30}_{15}P \rightarrow {}^{0}_{1}e + {}^{30}_{14}Si$

■ Lors d'une réaction nucléaire α ou β, le noyau formé est initialement dans un état « excité », à cause du bouleversement important suscité par l'éjection de la particule α ou β. Le noyau retrouve son état fondamental en émettant l'excès d'énergie sous forme de radiations ou photon γ : ${}^{A}_{Z}X^{*} \rightarrow {}^{A}_{Z}X + n\gamma$ (plusieurs photons peuvent être émis : n est un entier).

EXEMPLE

Un radio-isotope ${}^{238}_{92}U$ uranium 238 se décompose en ${}^{238}_{93}Np$ neptunium 238.
L'équation nucléaire est : ${}^{238}_{92}U \rightarrow {}^{A}_{Z}X + {}^{238}_{93}Np$. Pour trouver le rayonnement émis, on utilise les lois de Soddy : $238 = A + 238$ et $92 = Z + 93$, ce qui permet de trouver $A = 0$ et $Z = -1$.
Le rayonnement émis est donc ${}^{0}_{-1}X$, c'est un électron, il s'agit donc de radioactivité β^-.

C L'activité

■ **L'activité A(t)** au temps t est le nombre de désintégrations par unité de temps : l'activité d'un radioélément peut être mesurée avec un compteur Geiger Muller. Elle dépend du nombre de noyaux présents et du radionucléide.

■ L'activité s'exprime en becquerel (Bq) : un becquerel correspond à **une désintégration par seconde**. On peut définir l'activité par unité de masse, l'unité s'exprime alors en becquerel par kilogramme ($Bq.kg^{-1}$).

■ Lorsqu'un corps est irradié ou contaminé, il reçoit de l'énergie de la part du rayonnement absorbé. On parle de dose.

■ **La dose absorbée, notée D,** est égale au rapport de la quantité d'énergie reçue E par la masse m de matière irradiée : $D = \frac{E}{m}$. L'énergie reçue E est en joule (J), la masse m de matière irradiée en kilogramme (kg) et la dose absorbée s'exprime en **Grays (Gy)**. Ainsi, une dose de 1 gray correspond à 1 joule par kilogramme : $1 Gy = 1 J.kg^{-1}$.

EXEMPLE

Un individu de masse m = 85 kg est irradié par une source de rayons X. Il reçoit une énergie E = 3,0 mJ. La dose absorbée est calculée $D = \frac{E}{m} = \frac{3{,}0 \times 10^{-3}}{85} = 3{,}5 \times 10^{-5}$ Gy.

■ **La dose équivalente, notée H**, prend en compte les effets biologiques différents selon le type de **rayonnements : $H = w_R \times D$.** w_R est un facteur de pondération dont la valeur dépend du rayonnement, sans unité. H, la dose équivalente, s'exprime en sieverts (Sv). D, la dose absorbée, est en gray (Gy).

	Dose reçue en millisievert (mSv)
Radio des poumons	0,3
Dose annuelle reçue en France	2,4
Limite annuelle des ouvriers du nucléaire	50
Dose mortelle	88×10^{3}

REMARQUES

- Le facteur de pondération est compris entre 1 et 20 selon le rayonnement considéré.
- Une dose équivalente de 1 sievert est énorme, on utilise plus souvent le millisievert ($1{,}0$ mSv $= 1{,}0 \times 10^{-3}$ Sv).
- Les doses reçues s'ajoutent.

EXEMPLE

Un individu absorbe une dose $D = 3{,}0 \times 10^{-4}$ Gy lors d'une irradiation avec des particules alpha.
Dans ce cas, la valeur du facteur de pondération w_r est 20.
La dose équivalente H reçue vaut donc $H = w_r \times D = 20 \times 3{,}0 \times 10^{-4} = 6{,}0 \times 10^{-3}$ Sv $= 6{,}0$ mSv.

d La demi-vie radioactive

■ On appelle **demi-vie radioactive $t_{1/2}$** (ou période), le temps au bout duquel l'activité est divisée par deux, c'est-à-dire où la moitié du nombre de noyaux initialement présents s'est désintégrée.

■ On constate qu'il faut 8 jours pour que l'activité soit divisée par 2 en passant de 1 000 à 500 becquerels : c'est le temps appelé « demi-vie radioactive » de l'iode 131. On remarque qu'il faut à nouveau 8 jours pour que l'activité passe de 500 à 250 becquerels. Et ainsi de suite. Cette demi-vie radioactive ne dépend pas de l'activité.

■ Les demi-vies radioactives sont très différentes d'un élément radioactif à un autre et même d'un isotope radioactif à un autre, comme le montre le tableau suivant.

Radio nucléide	$^{235}_{92}U$	$^{14}_{6}C$	$^{212}_{84}Po$	$^{232}_{90}Th$	$^{224}_{90}Th$
Demi-vie radioactive	$4{,}5 \times 10^{9}$ ans	5 730 ans	3×10^{-7} s	$1{,}41 \times 10^{10}$ ans	1,05 s

■ D'une manière générale, le graphe d'évolution de l'activité au cours du temps a la forme suivante :

■ Au bout d'une demi-vie, l'activité est divisée par 2 : $A = \frac{Ao}{2}$; après 2 demi-vies l'activité est redivisée par 2, soit 4 depuis le début : $A = \frac{Ao}{4} = \frac{Ao}{2^2}$. Lorsque l'on a atteint 10 demi-vies, l'activité de l'échantillon est considérée comme négligeable par rapport au début (elle a été divisée par 2^{10}).

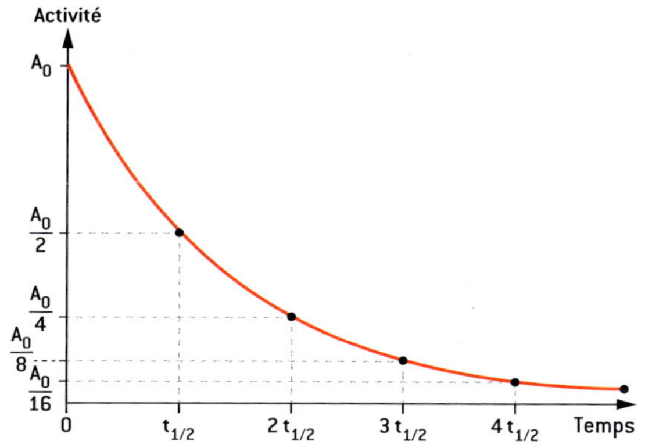

Graphe d'évolution de l'activité au cours du temps

D Les marqueurs radioactifs

■ L'examen consiste à administrer au patient un traceur radioactif, choisi en fonction de sa capacité à **suivre un métabolisme** ou à **fournir un diagnostic sur le fonctionnement d'un organe donné**. Le traceur peut être un atome seul (iode 123), une molécule marquée, une hormone marquée ou encore un anticorps marqué par un isotope.

■ La **scintigraphie** est le procédé de diagnostic consistant à suivre le cheminement d'un isotope radioactif émetteur de rayons gamma.

■ La **tomographie par émission de positons (TEP)** constitue une modalité d'imagerie fonctionnelle reposant sur l'administration au patient d'un traceur légèrement radioactif dont on étudie le métabolisme dans l'organisme.

■ Dans le cas de l'imagerie, on veut localiser le traceur avec une détection extérieure et en limitant l'exposition aux radiations. Il faut donc choisir des radioéléments émetteurs de **rayons gamma**, qui irradient peu et sont assez pénétrants pour sortir de l'organisme afin d'être détectés. La demi-vie du radioélément doit être suffisamment longue pour réaliser l'examen médical mais être aussi assez courte pour éviter une irradiation inutile.

EXEMPLES

Quelques traceurs utilisés en radiodiagnostic :

Radio-isotope	Demi-vie $t_{1/2}$	Applications
Technium 99	6 h	Marquage foie, rate, os, cœur, rein, cerveau, tumeur : scintigraphie.
Thallium 201	72 h	Examen du cœur
Iode 131 Iode 123	8 j 13 h	Examen de la thyroïde et marquage de molécules vectrices
Iridium 111	2,8 j	Marquage de protéines, peptides
Xénon 133	5,3 j	Ventilation pulmonaire
Gallium 67	3,3 j	Recherche de foyer de tumeurs et d'infection
Chrome 51	3,0 j	Marquage des hématies
Fluor 18	2,0 h	Tomographie à émission de positon

2 Le dosage à l'aide des rayonnements du spectre visible

A Le spectre d'une solution colorée

■ Le spectre de la lumière blanche est **continu** : il est constitué de radiations dont les longueurs d'onde λ sont comprises entre **380 et 780 nm**. Lorsque cette lumière blanche traverse une solution colorée, une partie est absorbée.

■ **L'absorbance A** d'une solution colorée est une grandeur positive sans unité : plus les espèces présentes dans la solution absorbent la radiation, plus l'absorbance est élevée. Elle est mesurée à l'aide d'un **spectrophotomètre**.

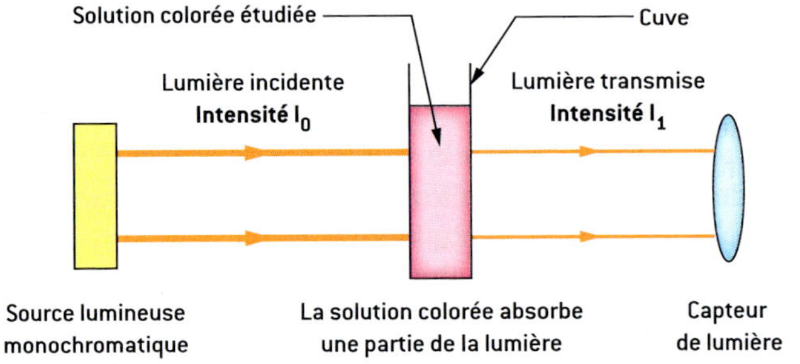

Dispositif mesurant l'absorbance d'une solution colorée

EXEMPLE

On règle l'absorbance A = 0 pour le solvant.
Si A = 0, $I = I_0$: 0 % de l'énergie lumineuse de la radiation incidente est absorbée.
Si A = 1,0 : 90 % de l'énergie lumineuse de la radiation incidente est absorbée.
Si A = 2,0 : 99 % de l'énergie lumineuse de la radiation incidente est absorbée.

■ L'absorbance A d'une solution contenant une espèce chimique colorée dépend en général :
- de **la concentration C** de l'espèce colorée dans la solution ;
- de **la longueur d'onde λ** du rayonnement incident ;
- de **l'épaisseur e de solution traversée** (plus e est grand, plus A est grand et vice-versa) ;
- de **la nature de l'espèce chimique colorée.**

■ Si on trace l'évolution de l'absorbance en fonction de la longueur d'onde, on obtient le **spectre d'absorption** de l'espèce chimique colorée. Ce spectre permet :
- de déterminer qualitativement la couleur de la substance, c'est sa « signature » ;
- de choisir les longueurs d'onde pour lesquelles l'absorbance est maximale dans le cadre d'un dosage.

EXEMPLE

Spectre d'absorption d'une solution aqueuse de permanganate de potassium (magenta) qui absorbe dans le domaine des radiations vertes : le vert est la couleur complémentaire du magenta.

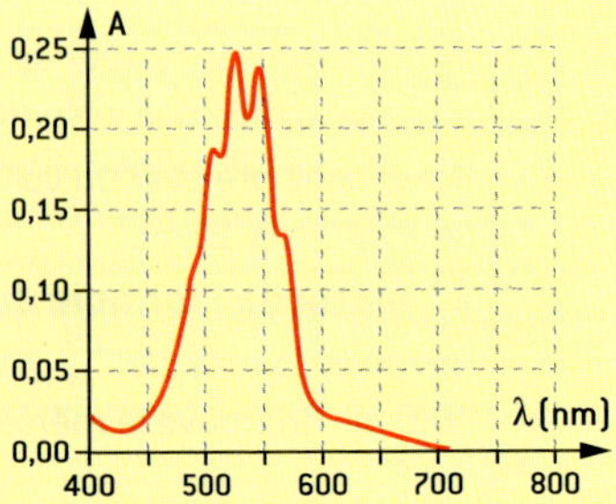

CHIMIE

B La loi de Beer-Lambert

■ **L'absorbance A** d'une solution colorée diluée est proportionnelle à la concentration molaire C de l'espèce chimique responsable de sa couleur.

A = k × C

A : absorbance sans unité

C : concentration molaire volumique en $mol.L^{-1}$

k : coefficient de proportionnalité en $L.mol^{-1}$

REMARQUE

Ceci est valable avec des concentrations massiques **$A = k \times C_m$** avec k en $L.g^{-1}$ et C_m en $g.L^{-1}$.

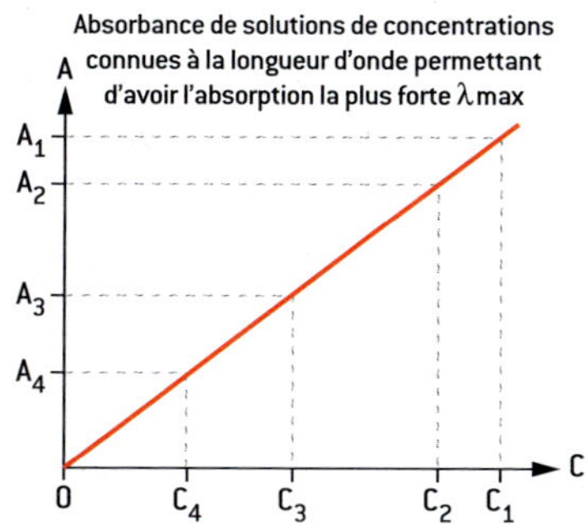

■ Si l'on trace l'évolution de l'absorbance en fonction de la concentration (à partir d'un ensemble de solution de concentrations connues : échelle de teinte), on obtient une droite linéaire qui valide la loi de Beer-Lambert : c'est **une droite d'étalonnage**.

C Le dosage par étalonnage

■ Une fois la droite d'étalonnage tracée, il est possible de déterminer la concentration de la même espèce chimique en travaillant dans les mêmes conditions (même cuve, même longueur d'onde) et en plaçant l'absorbance de la solution sur la droite d'étalonnage : c'est un **dosage par étalonnage**.

■ Il s'agit d'une simple lecture graphique. Il est aussi possible d'opérer par calcul à partir de l'équation modélisant le graphe : A = k × C.

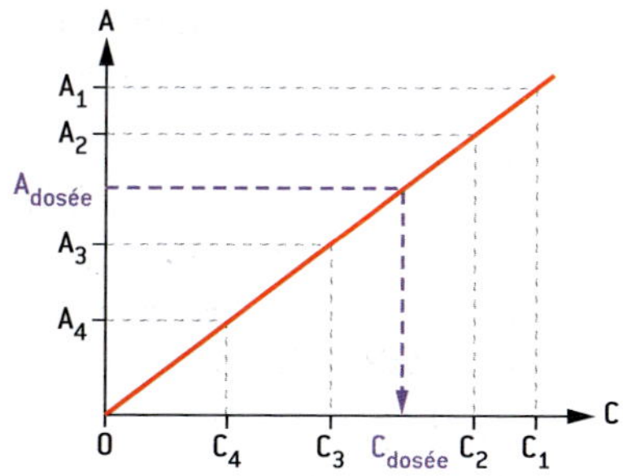

3 Je mémorise autrement

 # quiz

Des questions pour réviser

foucherconnect.fr/23terst2s02

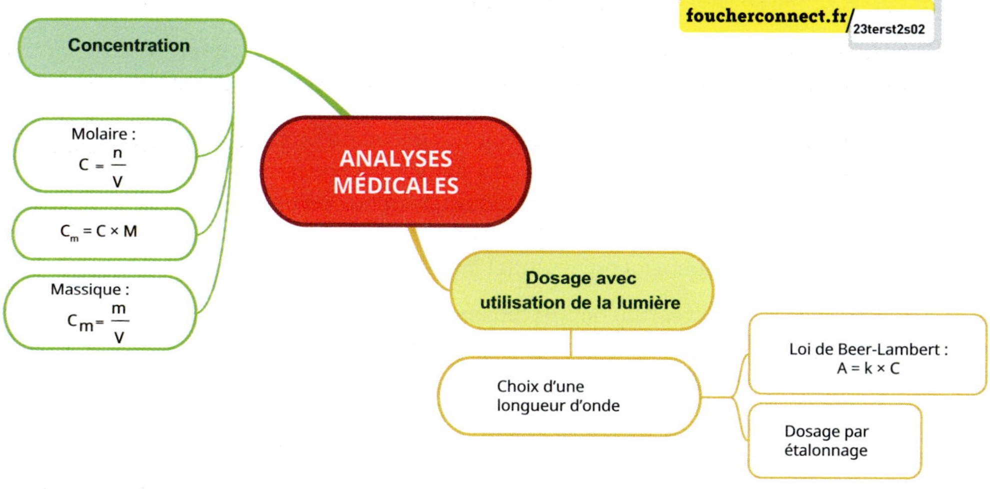

9 Les enjeux sanitaires liés à l'analyse de la composition des milieux naturels

Des espèces chimiques polluantes se trouvent dans l'environnement et dans la chaîne alimentaire. Leur suivi, leurs effets doivent être étudiés et des réglementations imposant une prévention efficace sont à développer.

1 L'effet d'un polluant chimique sur la santé

Nous baignons dans un mélange de substances chimiques produites par l'industrie ou provenant de l'agriculture intensive, des transports, des matériaux des bâtiments, des objets de notre quotidien, des produits ménagers et aussi des produits que nous consommons, du tabac aux médicaments en passant par les aliments dont les composants sont altérés par des modes de cuisson agressifs (barbecue, grill, four ou poêle).

Brouillard de pollution au-dessus de Londres

A La dangerosité d'un polluant

■ Chaque année, des millions de personnes décèdent prématurément car elles sont exposées aux polluants de l'air ou de l'eau. La dangerosité de tous les polluants n'est cependant pas établie. Des études en cours permettent de mieux cerner les effets de chacun sur l'environnement et la santé humaine. Les procédés de détection, de limitation de leurs rejets et de dépollution évoluent : il est essentiel de continuer à investir dans ce domaine.

■ L'**effet cocktail** est connu depuis plusieurs années : un mélange de polluants a des effets beaucoup plus marqués que la somme des effets individuels de chaque polluant.

 # vidéo
La pollution de l'air
foucherconnect.fr/23terst2s13

B La traçabilité d'une substance

■ Depuis la révolution industrielle, les activités humaines ont introduit dans les différents compartiments de l'environnement (eau, air, sol) de nombreuses substances plus ou moins toxiques. Elles peuvent être réparties en deux grandes familles :
- les **minéraux** (traces métalliques telles que les métaux lourds : cadmium, cuivre, plomb, zinc) ;
- les **organiques** (tels que les hydrocarbures, les composés halogénés, les dioxines, les herbicides, les insecticides).

La pollution aux hydrocarbures peut prendre la forme d'une marée noire

■ Les métaux et certaines substances organiques peuvent faire l'objet de transferts et d'accumulations à des degrés variables dans les **sols**, les **végétaux** (racines, tiges, feuilles, fruits) et la **faune du sol** (par exemple, vers de terre, escargots, petits mammifères).

■ Sous forme liquide ou soluble, les polluants peuvent également migrer en profondeur et contaminer les **eaux souterraines**.

■ Enfin, sous l'action du vent, les particules fines de sol ou celles issues d'émissions (agricoles, urbaines ou industrielles) et les polluants qu'elles contiennent peuvent se **disperser dans l'environnement**. Un transfert des éléments minéraux et composés organiques vers les végétaux est alors également possible *via* les retombées atmosphériques sur les organes aériens.

■ Il y a donc une **contamination des sols** par une ou plusieurs substances. Cette contamination sera qualifiée de pollution lorsque les concentrations atteintes dans le sol engendrent un risque pour la santé humaine ou les écosystèmes.

■ Pour mieux évaluer et maîtriser les dangers et les risques potentiels, il faut donc déterminer les quantités présentes et les flux (retombées atmosphériques et transfert vers les différents compartiments environnementaux) des polluants.

C La bioaccumulation

■ Dans les environnements pollués ou naturellement riches en certains toxiques, des espèces vivantes peuvent accumuler ces produits polluants sans nécessairement être affectées. Ce sont souvent des **organismes filtreurs** (mollusques) ou des **champignons**. Ils concentrent alors ces polluants, en les métabolisant ou non. Faisant partie de la chaîne alimentaire, ils vont être ingérés par des prédateurs pouvant être affectés par ces substances qui ont alors une concentration plus élevée (de 10 à 1 000 fois) que dans le milieu naturel.

■ Certains organismes bioaccumulateurs de substances toxiques sont utilisés en tant que **bioindicateurs** pour l'évaluation biologique de l'environnement :
- les **lichens**, qui accumulent les polluants, permettent de réaliser une analyse rétrospective de leur exposition aux métaux lourds ou aux radionucléides ;
- la **moule zébrée** accumule les éléments métalliques dans les canaux ;
- les **dauphins** concentrent les polluants du milieu marin ;
- les **abeilles** utilisées à grande échelle en Europe, etc.

2 Exposition

A L'effet temporel d'une exposition

■ La conscience des effets de la pollution atmosphérique urbaine sur la santé a beaucoup évolué à la suite du **smog** présent à Londres entre le 5 et le 9 décembre 1952, qui a recouvert la ville d'un nuage épais de fumées sulfureuses provenant des usines et des chauffages individuels au charbon. Les concentrations de particules en suspension et de dioxyde de soufre (SO_2) ont atteint des niveaux de **plusieurs milliers de microgrammes par mètre cube** (actuellement, ces valeurs sont de l'ordre de la dizaine de $\mu g.m^{-3}$ à Paris et à Londres). Une surmortalité exceptionnelle d'environ 12 000 décès en a découlé.

■ La canicule de 2003 en France a aussi engendré une surmortalité de 15 000 personnes, ce qui a entraîné une prise de conscience de l'opinion et des pouvoirs publics. Les **législations spécifiques pour lutter contre la pollution atmosphérique**, mises en place à la suite de cette catastrophe, ont imposé une réduction considérable des émissions (dont le SO_2) des sources fixes, liée à l'usage de combustibles fossiles.

■ Malgré tout, la pollution de l'air n'a pas disparu, mais elle a changé de nature : le trafic routier a conduit à une augmentation des concentrations de **dioxyde d'azote (NO_2), d'ozone et de particules fines en suspension**. Néanmoins, les effets sanitaires de ces expositions courantes sont plus difficiles à mettre en évidence.

 # info
Pollution de l'air et cancer
foucherconnect.fr/23terst2s14

En zone urbaine, le transport routier constitue la première source de pollution en dioxyde d'azote

■ Les effets à court terme correspondent à **des effets sanitaires qui surviennent de quelques minutes à quelques semaines après une exposition aux polluants**. Plusieurs centaines d'études menées dans le monde montrent de manière unanime que l'exposition aux polluants, notamment les particules en suspension et l'ozone, est associée à un impact à court terme sur la santé (notamment sur la mortalité et sur les hospitalisations).

■ Différents facteurs sont pris en compte pour montrer les impacts sanitaires lors d'expositions chroniques aux polluants atmosphériques : proximité d'une route à fort trafic, niveaux d'expositions mesurés, populations à risque. Les effets à long terme apparaissent clairement sous la forme d'une **diminution nette de l'espérance de vie** des personnes exposées.

B La réglementation sur les doses de polluants dans les rejets

L'Union européenne et la France ont développé une réglementation obligeant à effectuer la recherche de polluants dans l'air et l'eau ; elles ont aussi fixé des niveaux de pollution maximaux pour de nombreuses espèces chimiques en s'appuyant sur les travaux de l'OMS (Organisation mondiale de la santé).

EXEMPLE

Dans l'eau, de nombreuses espèces doivent être recherchées, dont : composés organohalogénés, substances et préparations cancérigènes ou mutagènes, hydrocarbures persistants, substances organiques toxiques persistantes et bioaccumulables, cyanures, métaux et leurs composés, produits biocides et phytopharmaceutiques, matières en suspension, substances contribuant à l'eutrophisation (accumulation de nutriments tels que les nitrates et phosphates).

3 L'acidification d'une eau

A L'acidification d'une solution par ajout de dioxyde de carbone

- On prend de l'eau du robinet, on y introduit un peu de bleu de bromothymol : la solution est verte, indiquant que la solution a un pH neutre ou légèrement basique.
- On souffle alors avec une paille dans cette solution : elle devient alors jaune, montrant qu'elle devient plus acide à cause du dioxyde de carbone présent dans l'air expiré.

B L'acidification des océans

- L'acidification des océans correspond à la **baisse progressive du pH des océans**, liée particulièrement aux pollutions humaines. L'océan devient alors de plus en plus acide, ce qui perturbe l'écosystème océanique. Le pH de l'océan a diminué de **0,1 en une centaine d'années**.

 # vidéo
L'acidification des océans
foucherconnect.fr/23terst2s15

- L'acidification est surtout causée par l'absorption de surplus de CO_2 par les océans. Le dioxyde de carbone est massivement produit par les sociétés humaines depuis la révolution industrielle : il a pour conséquence le réchauffement climatique. Cependant, une partie est absorbée par les plantes et les arbres, et **un tiers est absorbée par les océans**. Le CO_2 se dissout progressivement dans l'eau et réduit le pH de l'eau.
- Les conséquences sont multiples :
– la principale est la difficulté du **plancton océanique** à se renouveler : si le pH est trop bas, ces espèces ne parviennent plus à structurer leurs squelettes calcaires et ont du mal à se développer. Or le plancton est à la base de l'écosystème marin car il sert de fondation à la chaîne alimentaire et contribue à l'oxygénation des océans ;
– les **coraux** sont des animaux à la structure souvent calcaire, ayant du mal à croître en milieu trop acide, ce qui le rend vulnérable, perturbant tout un écosystème de poissons, d'algues et d'organismes endémiques ;

Configuration D ou L d'un acide α–aminé

Tous les acides α-aminés, sauf la glycine, comportent un carbone asymétrique au niveau du groupement α-aminé et ont donc au moins deux énantiomères. La projection de Fisher de ces énantiomères ne diffère que par le placement horizontal de l'atome H et du groupe NH_2 puisque les groupes COOH et R sont placés sur les positions verticales.

Lorsque le groupe NH_2 est situé à droite dans la représentation de Fisher, il s'agit alors d'un énantiomère ayant une configuration D. Inversement, si le groupe NH_2 est situé à gauche, il s'agit alors d'un énantiomère ayant une configuration L.

EXEMPLE

Dans le cas de l'alanine, l'alanine a donc deux énantiomères : l'alanine de configuration D et celle de configuration L.

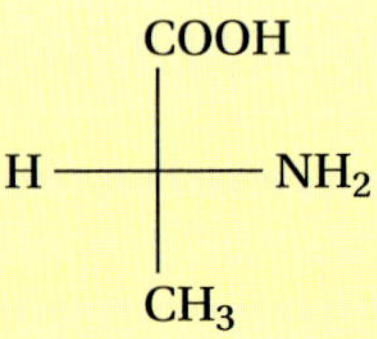

D-Alanine

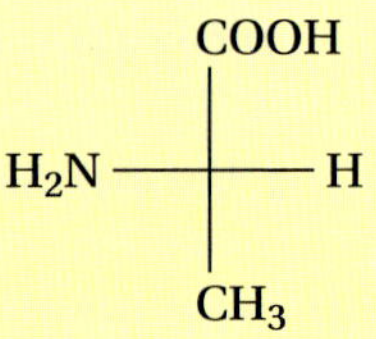

L-Alanine

- Dans la nature, tous les acides α-aminés constituant les protéines sont de configuration L. Ils ont donc tous cette représentation :

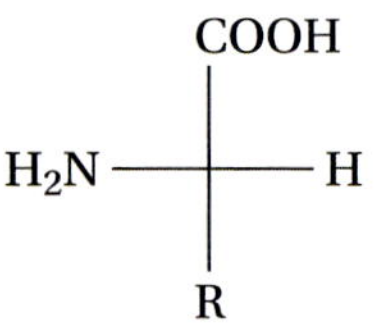

- Seul le groupe R change d'un acide aminé à un autre, mais la configuration L reste la même.

2 Les peptides et les liaisons peptidiques

A La réaction entre deux acides aminés : la liaison peptidique

- La **fonction acide carboxylique** d'un acide aminé peut réagir avec la **fonction amine** d'un autre acide aminé pour former une **fonction amide**. Cette liaison unissant deux acides aminés s'appelle **liaison peptidique**.

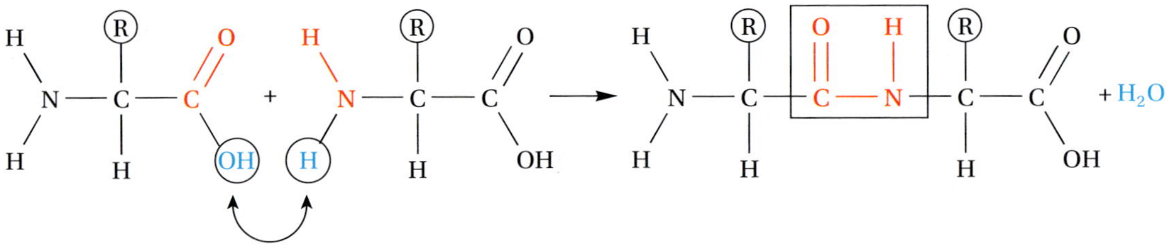

- La liaison peptidique en rouge dans le produit est un cas particulier du groupe amide. Cette réaction permettant l'union de molécules avec élimination d'eau est une **condensation** : c'est la **réaction inverse de l'hydrolyse**.

■ Lorsque deux acides aminés différents réagissent ensemble, il peut se former 4 dipeptides puisque chaque acide aminé a deux groupes fonctionnels. Ainsi, la réaction entre les acides aminés glycine (Gly) 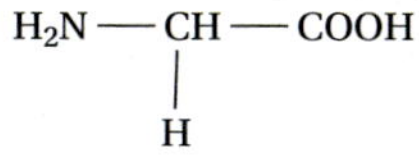 et sérine (Ser) 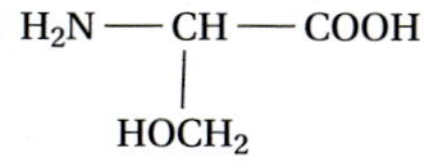 va conduire à :

Gly-Gly : 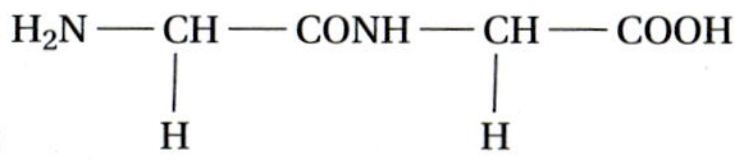 Gly-Ser : 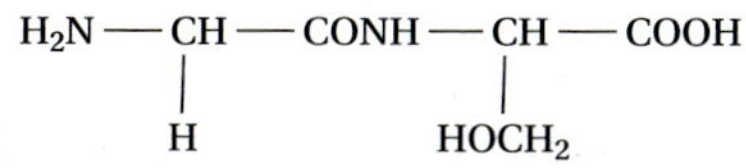

Ser-Ser : 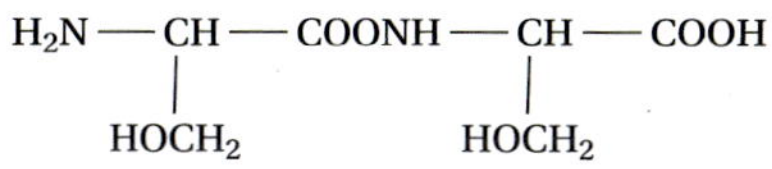 Ser-Gly : 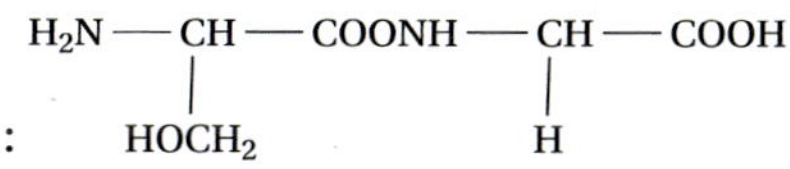

B Retrouver les acides aminés constituant un peptide

■ Un **dipeptide** est l'union de 2 acides α-aminés, un **tripeptide** est l'union de 3 et un **polypeptide** est l'union d'un plus grand nombre. On retrouve les acides α-aminés constitutifs en étudiant la chaîne du polypeptide (la liaison peptidique est encadrée) :

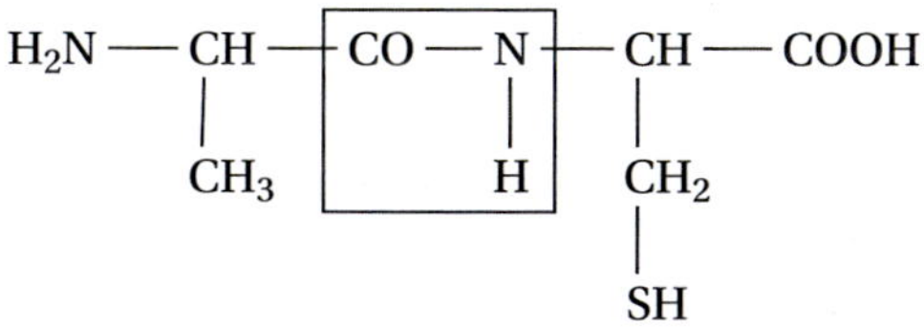

■ Ce dipeptide comporte dans l'ordre l'alanine Ala : 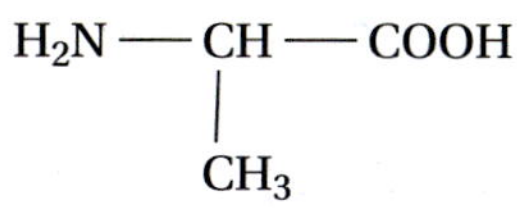

et la cystéine Cys : 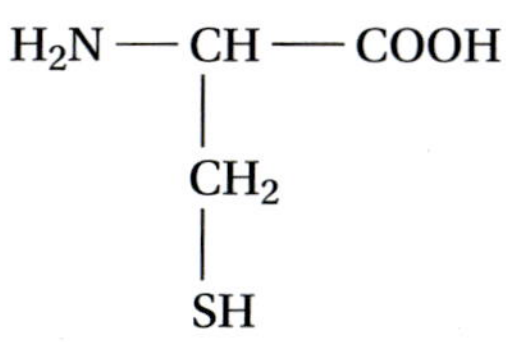

Le dipeptide est donc Ala-Cys.

3 Structure tridimensionnelle et action

■ La structure des protéines a **quatre niveaux d'organisation** :
- la structure primaire correspond à la séquence en acides aminés : Ala-Gly-Ser etc.
- la structure secondaire décrit l'arrangement de blocs d'acides aminés selon des formes particulières stabilisées par des liaisons hydrogène : hélices, feuillets, tonneaux, coudes. Il peut y avoir plusieurs types de structures secondaires ;
- la structure tertiaire est la forme générale de la protéine, observable à l'échelle de la molécule tout entière, liée aux interactions entre les différents éléments de la structure secondaire. Il y a souvent repliement de la protéine ;
- la structure quaternaire est l'assemblage complexe de plusieurs protéines.

■ Les protéines ne sont pas des molécules entièrement rigides : elles peuvent adopter **plusieurs conformations** afin de réaliser leurs fonctions biologiques.

■ Les enzymes sont des catalyseurs, elles sont constituées de protéines. Elles orientent les réactions biochimiques dans le corps en prenant des conformations particulières. Une réaction ne peut se faire qu'avec les réactifs ayant la bonne configuration. C'est le principe de la serrure et de la clé : la porte s'ouvre avec la bonne clé. Ici, la réaction se fait avec les bons réactifs pour donner les produits souhaités.

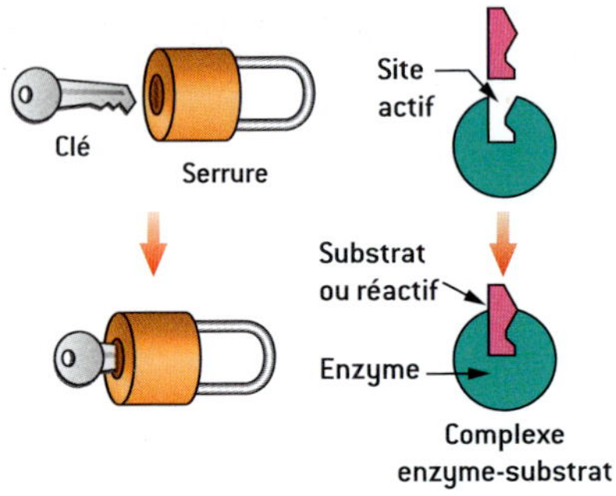

 # quiz
Des questions pour réviser
foucherconnect.fr/23terst2s02

4 Je mémorise autrement

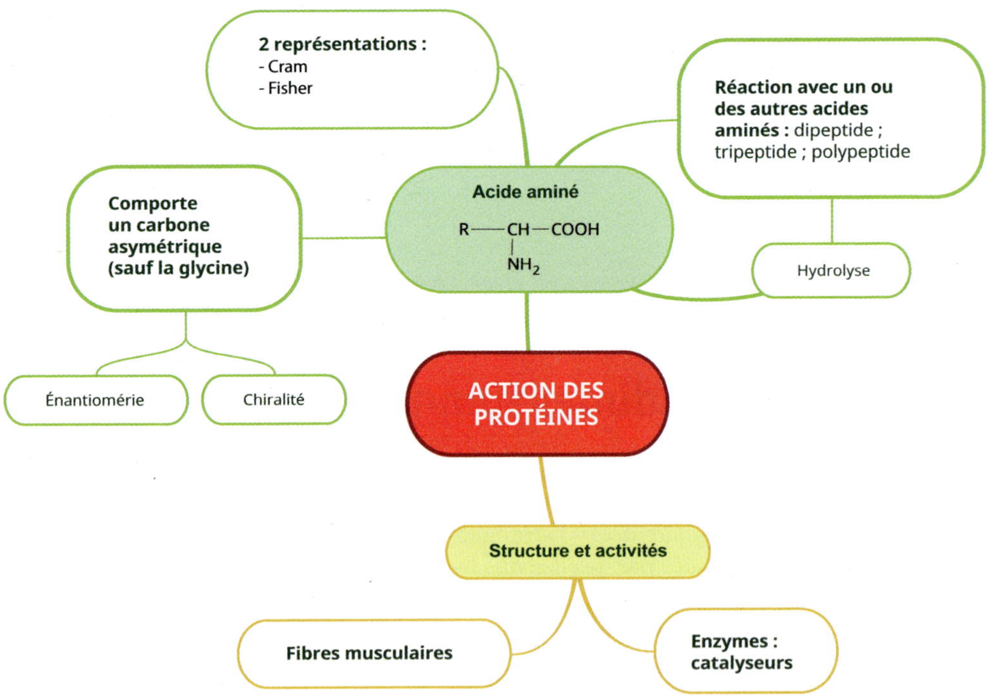

11 La structure des lipides et la santé

Notre alimentation doit comporter une part de lipides. Cependant, tous n'ont pas les mêmes effets sur notre santé : cela dépend souvent de leur origine, animale ou végétale. Le choix des corps gras utilisés est primordial.

1 La structure d'un acide gras

DÉFINITION

Les lipides sont des substances biologiques sans unité structurale bien définie. Ils sont **insolubles dans l'eau** mais pas dans les solvants organiques (éthanol, éther, etc.). Parmi les lipides, on trouve les **acides gras**, les **triglycérides**, les **stérols**, etc.

A Les acides gras

■ Un acide gras est un acide carboxylique constitué d'une chaîne de 4 à 28 atomes de carbone, en général en nombre pair. Il est **à longue chaîne** pour une longueur de 14 à 24 atomes de carbone et **à très longue chaîne** au-delà. On le note **R—COOH**.

■ Il peut être **saturé** et il n'y a alors que des liaisons simples :
- acide palmitique : $CH_3(—CH_2)_{14}—COOH$;
- acide stéarique : $CH_3(—CH_2)_{16}—COOH$.

■ Il peut être **insaturé** avec une ou plusieurs doubles liaisons C=C :
- acide oléique : $CH_3(—CH_2)_7—\mathbf{CH{=}CH}(—CH_2)_7—COOH$;
- acide α-linoléique : $CH_3(—CH_2)_3(—CH_2—\mathbf{CH{=}CH})_2(—CH_2)_7—COOH$.

B Les triglycérides

Les lipides permettent de stocker de l'énergie dans le corps sous forme de **triglycérides**, qui sont le résultat de la réaction du glycérol $CH_2OH—CHOH—CH_2OH$ avec trois acides gras R—COOH. On obtient alors un triester :

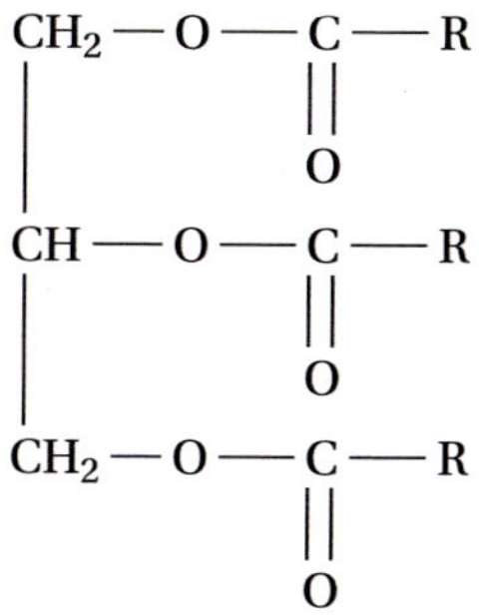

C Les stérols

Les **stérols** sont des lipides dont le noyau de base est représenté ci-contre. Ils sont considérés comme une sous-classe des stéroïdes.

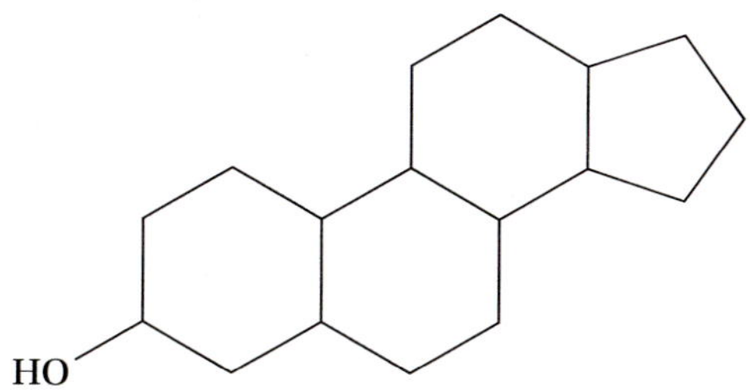

2 L'hydrolyse et la saponification des triglycérides

A L'hydrolyse des esters

■ Le groupe fonctionnel ester est constitué de l'enchaînement R—COOR′ où R est soit un atome d'hydrogène soit une chaîne hydrocarbonée et R′ est une chaîne hydrocarbonée. On trouve trois fonctions ester dans les triglycérides.

■ La réaction d'**hydrolyse** (coupure par l'eau) d'un ester conduit à un alcool et à un acide carboxylique selon l'équation : **R—COOR′ + H_2O = R—COOH + HO—R′.** Cette réaction est lente et limitée (non totale), on place un signe = ou une double flèche.

■ Si l'on procède à une **hydrolyse en milieu basique**, l'acide carboxylique formé réagira avec des ions hydroxyde selon **R—COOH + HO^- → R—COO^- + H_2O.** L'ion carboxylate formé R—COO^- ne peut pas réagir avec l'alcool, donc, en milieu basique, la réaction d'hydrolyse devient totale. On utilise alors une simple flèche.

■ L'équation de réaction s'écrit donc, en remplaçant l'eau par des **ions hydroxyde** :

R—COOR′	+ Na^+ + HO^-	→ R—COO^- + Na^+	+ HO—R′
Ester	+ soude : ions sodium et hydroxyde	ions carboxylate et sodium	alcool

■ Cette réaction est **lente mais totale**. Elle peut être accélérée en utilisant de la soude concentrée ou en chauffant avec un montage à reflux.

APPLICATION

Le méthanoate d'éthyle H—COO—CH_2—CH_3 réagit avec de la soude Na^++ OH^-.
L'équation de la réaction avec la soude est alors :
H—COO—CH_2—CH_3 + Na^+ + HO^- → H—COO^- + Na^+ + HO—CH_2—CH_3
Les produits sont donc : méthanoate de sodium ; éthanol

■ La réaction d'hydrolyse basique d'un ester est totale. Cependant, il peut y avoir des pertes de produit ou alors la réaction n'est pas arrivée à son terme par manque de temps. On obtient alors moins de produit que prévu.

■ On calcule alors le **rendement**, noté **η**, qui est une grandeur sans unité, comme le rapport de ce qui a été obtenu réellement par ce que l'on aurait dû obtenir théoriquement :

$\eta = \frac{n_{\text{produit fini}}}{n_{\text{produit théorique}}} = \frac{m_{\text{produit fini}}}{m_{\text{produit théorique}}}$ où m est la masse et n la quantité de matière. Le rendement est inférieur ou égal à 1.

B La saponification d'un triglycéride

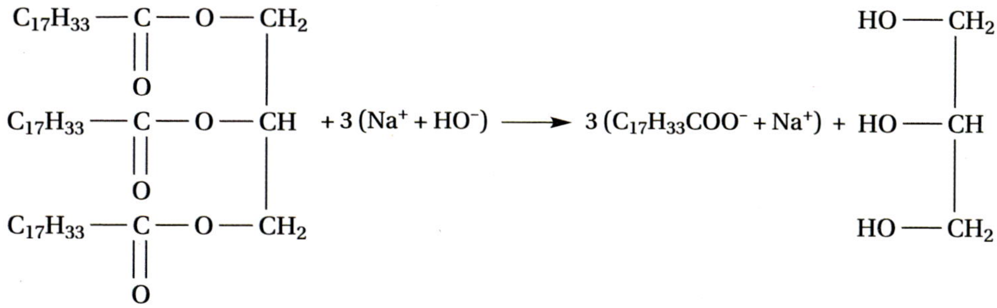

Oléine hydroxyde de sodium savon glycérol

■ Dans le cas d'un triglycéride, l'hydrolyse basique produit du savon : c'est la saponification. Si le corps gras utilisé est de l'huile d'olive, composée essentiellement d'oléine (triglycéride) on obtient du savon de Marseille et du glycérol.

■ Il faut trois fois plus de soude que de corps gras pour travailler dans les proportions stœchiométriques. Ainsi $n_{soude} = 3\ n_{triglycéride}$.

■ Si la réaction est totale, la quantité de savon obtenue est trois fois plus grande que la quantité de triester introduite. $n_{savon} = 3\ n_{triglycéride}$.

■ Si la réaction n'est pas totale, alors on peut calculer le rendement :

$$\eta = \frac{n_{savon\ réel}}{n_{savon\ théorique}} = \frac{n_{savon\ réel}}{3\ n_{triglycéride}} = \frac{m_{savon\ réel}}{m_{savon\ théorique}}$$

APPLICATION

On saponifie 0,030 mol d'oléine avec de la soude en excès. On obtient alors 0,081 mol de savon. Si la réaction avait été totale, on aurait formé $3 \times 0{,}030 = 0{,}090$ mol de savon. On peut alors calculer le rendement : $\eta = \frac{n_{savon\ réel}}{n_{savon\ théorique}} = \frac{n_{savon\ réel}}{3\ n_{triglycéride}}$ soit $\eta = \frac{0{,}081}{0{,}090} = 90\ \%$.

Le rendement est donc de 90 %.

■ **Protocole employé au laboratoire**

On réalise le mélange d'huile d'olive et de soude concentrée. Il faut travailler avec des gants, des lunettes et une blouse. On ajoute quelques grains de pierre ponce pour réguler l'ébullition et un peu d'éthanol pour homogénéiser le mélange.

L'utilisation d'un chauffage à reflux permet d'accélérer fortement la réaction, qui est lente sinon.

Après 15 minutes, le contenu du ballon est versé dans un verre à pied contenant une solution saturée de sel. On le triture pour le débarrasser du glycérol et de la soude en excès. Le savon peu soluble dans l'eau, est encore moins soluble dans cette saumure. Il remonte à la surface. Cette opération s'appelle le relargage. Il suffit ensuite de le filtrer.

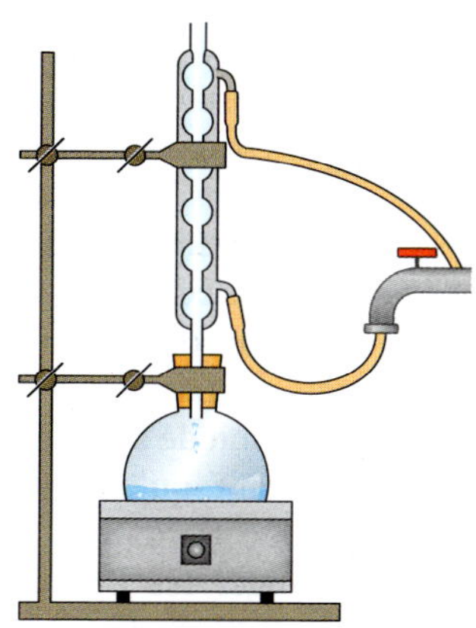

La saponification

12 Les doses nécessaires en vitamines et en oligo-éléments

Les vitamines et les oligo-éléments sont normalement fournis par une alimentation équilibrée et parfois par des compléments alimentaires ou des médicaments en cas de carence. Ces substances, bien que présentes en petites quantités, sont essentielles au bon fonctionnement de l'organisme.

1 Les vitamines A, C et D

Les vitamines sont des **substances organiques** essentielles au fonctionnement de notre organisme, qui ne les synthétise pas suffisamment : elles sont **indispensables** en petites quantités pour les échanges vitaux. À l'exception de deux d'entre elles (vitamines K et D), nous ne sommes pas capables de fabriquer ces substances qui sont sans valeur énergétique.

A La vitamine A

- La **vitamine A** est une vitamine **liposoluble** (soluble dans les graisses) : elle ne comporte qu'un seul groupe hydroxyle polaire, le reste de la molécule étant apolaire, donc hydrophobe.

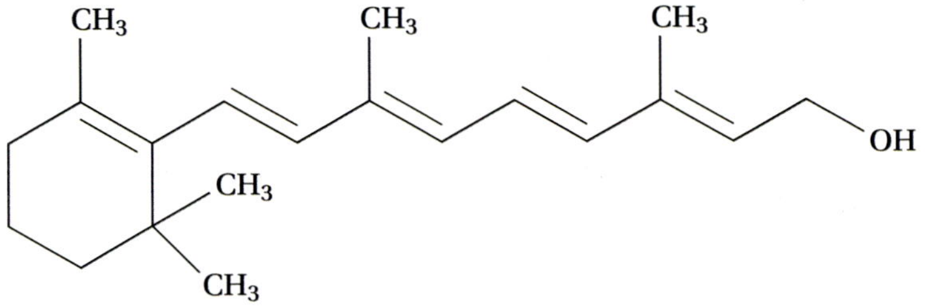

- Dans l'organisme, elle existe sous forme de rétinol (et aussi de dérivés du rétinol : rétinal, acide rétinoïque). La vitamine A est altérée par le dioxygène de l'air, en particulier en présence de lumière et de chaleur.
- On la trouve dans les aliments d'origine animale (viandes, produits laitiers et surtout foie) et dans les végétaux contenant des carotènes.
- Les besoins quotidiens en vitamine A pour un adulte sont estimés à **0,7 mg** pour une femme adulte et à **1 mg** pour un homme adulte.
- La vitamine A est importante pour la croissance des os et la synthèse de pigments de l'œil.

B La vitamine C

- La **vitamine C** ou acide ascorbique est une vitamine **hydrosoluble** (soluble dans l'eau), car elle comporte de nombreux groupes hydroxyles polaires, répartis sur l'ensemble de la molécule.
- Elle est sensible à la chaleur et à la lumière. Elle est requise dans la synthèse des globules rouges et contribue au système immunitaire.

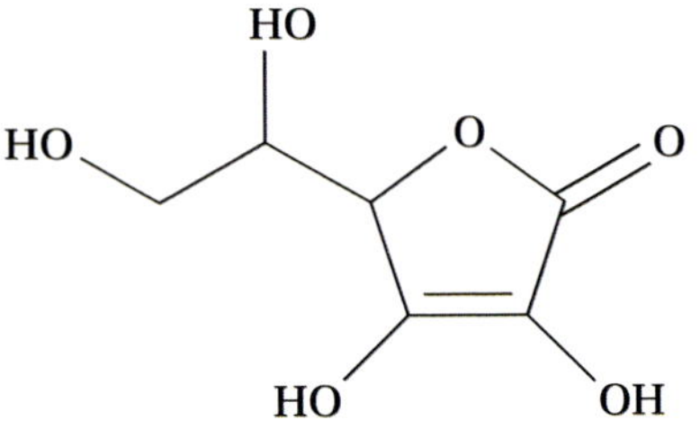

■ On la trouve dans les fruits et les légumes.

■ Les besoins quotidiens en vitamine C pour un adulte sont estimés à **75 mg** pour une femme adulte et à **90 mg** pour un homme adulte.

■ Cette molécule est un **antioxydant** ou **réducteur**, elle protège aussi l'organisme des radicaux libres (atomes ou molécules instables cherchant à se lier à d'autres atomes) et des dérivés de l'oxygène, qui font vieillir les cellules.

C La vitamine D

■ La **vitamine D** ne comporte qu'un groupe hydroxyle polaire, le reste de la molécule étant apolaire, donc hydrophobe.

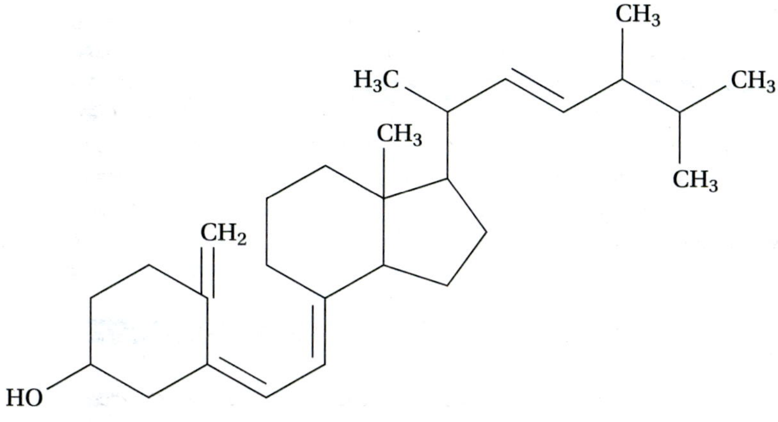

■ La peau la synthétise et on la trouve dans les aliments comportant des matières grasses d'origine animale : les poissons et les produits laitiers. Elle est ensuite stockée dans le foie.

■ Les besoins quotidiens en vitamine D pour un adulte sont estimés à **15 µg** pour une femme ou un homme adulte.

■ La vitamine D intervient dans l'absorption du calcium et du phosphore par les intestins et par les reins. Elle est essentielle pour la minéralisation osseuse du squelette, des articulations et pour la tonicité musculaire. Elle participe au processus assurant une bonne transmission nerveuse et une coagulation efficace. Durant la petite enfance, une quantité minimale de vitamine D est nécessaire afin d'éviter le **rachitisme**.

D Les vitamines hydrosolubles et liposolubles

■ Les vitamines **hydrosolubles** sont solubles dans l'eau et ne sont pas stockées dans l'organisme : elles comprennent la vitamine C et les vitamines du groupe B. Elles doivent être apportées chaque jour avec des quantités de quelques dizaines de milligrammes.

■ Les vitamines **liposolubles** sont solubles dans les graisses et peuvent être stockées dans l'organisme : elles comprennent les vitamines A, D, E et K. Les apports quotidiens sont donc plus faibles : de l'ordre de quelques dizaines de microgrammes à un milligramme.

REMARQUE

Il est facile de vérifier la solubilité dans l'eau ou dans les graisses : la vitamine C donne une solution homogène avec de l'eau, alors que les vitamines A et D se dissolvent facilement dans une huile de colza.

E Le dosage de la vitamine C

■ La vitamine C est dosable en utilisant une **réaction d'oxydoréduction.** L'acide ascorbique $C_6H_8O_6$ est le réducteur du couple $C_6H_6O_6(aq)/C_6H_8O_6(aq)$, il réagit avec le diiode I_2 oxydant du couple $I_2(aq)/I^-(aq)$ selon la réaction :
$I_2(aq) + C_6H_8O_6(aq) \rightarrow C_6H_6O_6(aq) + 2\ H^+(aq) + 2\ I^-(aq)$.

■ L'équivalence est mise en évidence par **un changement de couleur** en présence d'un indicateur coloré faisant apparaître la présence de diiode.

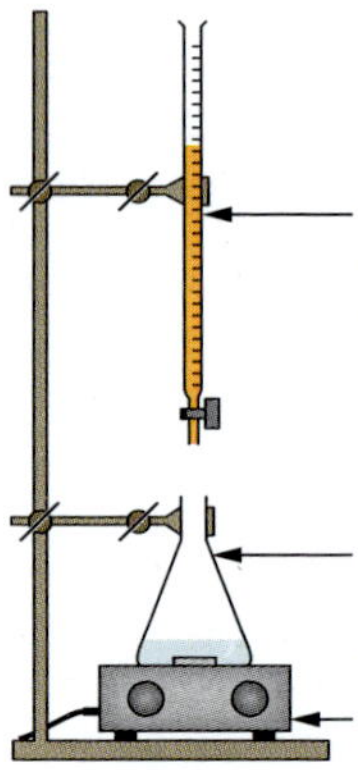

Montage permettant de doser la vitamine C

2 Les espèces inorganiques

A Les oligo-éléments

■ Les **sels minéraux** sont présents en quantités relativement élevées dans l'organisme (de l'ordre de plusieurs grammes) : ce sont le calcium, le sodium, le magnésium, le phosphore et le potassium. Ils font partie des **macro-éléments.**

■ Le fer, le zinc, le fluor, le cuivre, l'iode, le manganèse, le cobalt, le sélénium, le vanadium, le molybdène, le chrome, etc., sont des **oligo-éléments.** Ce terme regroupe une vingtaine d'éléments chimiques (essentiels la plupart du temps) présents à l'état de traces dans l'organisme : ils ont une teneur inférieure à 1 mg/kg de masse corporelle. Ils n'apportent pas d'énergie calorique à l'organisme.

■ Les oligo-éléments sont rarement présents sous forme ionique dans le sang. Ils sont liés à différents transporteurs tels que des **protéines spécifiques**, qui sont capables de véhiculer divers types de petites molécules, acides aminés ou vitamines, formant ainsi des complexes avec l'oligo-élément.

EXEMPLE

Un des rôles principaux du **fer** est d'acheminer le dioxygène depuis les poumons jusqu'aux muscles et à l'ensemble du corps. Les apports quotidiens conseillés sont de 9 mg pour les hommes, et 16 mg pour les femmes réglées. Ces besoins sont doublés durant la grossesse et l'allaitement.

B L'ionogramme et le déséquilibre ionique

■ Un **ionogramme** est un examen de laboratoire d'analyse médicale permettant le dosage des principaux ions d'un liquide organique (sang, urines, liquide céphalorachidien) :
– les cations : ion sodium Na^+, ion potassium K^+, ion calcium Ca^{2+}, ion magnésium Mg^{2+} ;
– les anions : ion chlorure Cl^-, ion hydrogénocarbonate (bicarbonate) HCO_3^-, ion phosphate HPO_4^{2-}, les sulfates SO_4^{2-}, les bases des acides organiques, les protéines.

■ Il permet de dépister un déséquilibre acido-basique, une déshydratation et certaines pathologies principalement rénales.

EXEMPLE

Le tableau suivant fournit des exemples de valeurs normales dans le sang.

Ion	Concentration normale (mmol.L⁻¹)
Sodium	135 à 145
Potassium	3,5 à 5
Chlorure	95 à 105
Bicarbonate	22 à 30
Calcium	2,25 à 2,5

■ Une augmentation anormale de la concentration en ions sodium et chlorure peut être liée à une déshydratation importante : par pertes digestives, par sudation importante, par manque d'hydratation suffisante.

 # quiz

Des questions pour réviser

foucherconnect.fr/23terst2s02

B Les médicaments hybrides

REMARQUE

Un médicament générique a :
- la même **composition** qualitative et quantitative en principes actifs que le médicament princeps (les différents sels, esters, éthers, isomères, mélanges d'isomères, complexes ou dérivés d'un principe actif sont regardés comme ayant la même composition qualitative en principe actif, sauf s'ils présentent des propriétés sensiblement différentes au regard de la sécurité ou de l'efficacité) ;
- la même **forme** pharmaceutique que le médicament princeps (les différentes formes pharmaceutiques orales à libération immédiate sont considérées comme une même forme pharmaceutique) ;
- démontré sa **bioéquivalence** avec la spécialité de référence, par des études de biodisponibilité appropriées.

■ Un médicament hybride est une spécialité qui ne répond pas à la définition d'une spécialité générique parce qu'elle comporte, par rapport à la spécialité de référence, des **différences** relatives aux indications thérapeutiques, au dosage, à la forme pharmaceutique ou à la voie d'administration, ou parce que la bioéquivalence par rapport à cette spécialité de référence n'a pu être démontrée par des études de biodisponibilité.

■ Ces médicaments contenant le **même principe actif** peuvent être substitués même si ce ne sont pas tout à fait des génériques. Ils peuvent avoir un champ d'action plus large ou plus restreint que le médicament initial.

 # quiz
Des questions pour réviser
foucherconnect.fr/23terst2s02

15 L'usage responsable des produits cosmétiques

En 2015, les ménages français ont consacré 7,3 % de leur budget à leur apparence physique. Pourtant, des voix de plus en plus nombreuses s'élèvent contre la dangerosité de certains composants de produits cosmétiques.

1 Les produits cosmétiques

A Le type de produits

■ Un **produit cosmétique** est une substance ou un mélange destiné à être mis en contact avec les parties superficielles du corps humain ou avec les dents et les muqueuses buccales, afin de les nettoyer, de les parfumer, d'en modifier l'aspect, de les protéger, de les maintenir en bon état ou de corriger les odeurs corporelles.

■ Les produits cosmétiques comprennent les soins d'embellissement, les soins du corps, les parfums, les teintures, les produits solaires, les produits capillaires, etc.

B La composition d'un produit cosmétique

■ Les produits cosmétiques comportent de nombreux ingrédients au sein d'une formulation complexe comme le montre le schéma ci-dessous.

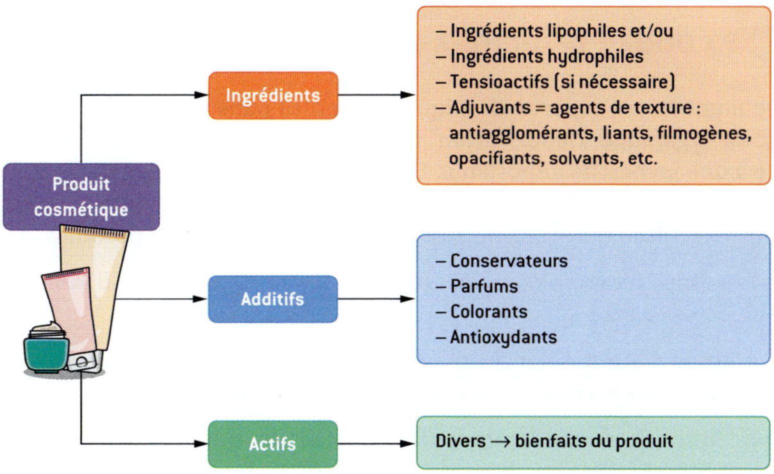

■ On y trouve des **additifs** qui ne sont pas toujours anodins pour la santé, en particulier les conservateurs.

■ Depuis quelques années, une prise de conscience du public pousse les fabricants à réduire ou à éliminer ces espèces chimiques décriées : parabène (conservateurs chimiques), cinnamate (parfum), de nombreux perturbateurs endocriniens (siloxane, benzophénone, triclosan, BHT), des allergènes, etc.

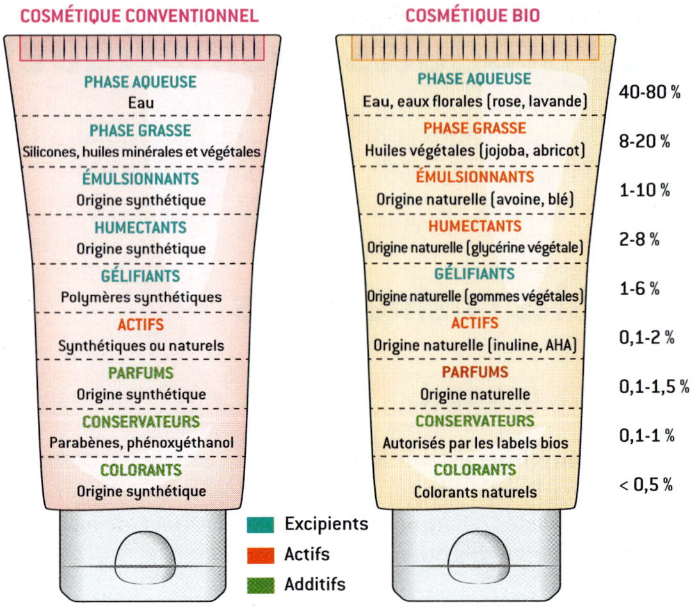

■ Le solvant, composé majoritaire, est souvent de l'eau, et parfois un solvant organique.

■ Un produit labellisé « bio » devrait comporter moins de conservateurs mais n'est pas forcément meilleur qu'un produit cosmétique conventionnel comportant des ingrédients de qualité. Il est donc important de savoir décrypter la composition d'une crème avant de l'utiliser.

C Les douze principes de la chimie verte

■ De nombreuses espèces chimiques présentes dans les cosmétiques sont obtenues par synthèse organique. Depuis 40 ans, la chimie a évolué vertueusement vers la **chimie verte** grâce à une recherche importante. Elle comporte **12 principes** : certains sont liés à la prévention, d'autres à la sûreté. Globalement, ils portent une attention marquée à l'environnement, aux utilisateurs et aux personnels de fabrication de ces produits.

1. **Prévention** : il vaut mieux éviter de produire des déchets que d'avoir ensuite à les traiter ou s'en débarrasser.

2. **Économie d'atomes** : mise en œuvre de méthodes de synthèse qui incorporent dans le produit final tous les matériaux entrant dans le processus.

3. **Conception de méthodes de synthèse moins dangereuses** : dans la mesure du possible, les méthodes de synthèse doivent utiliser et produire des substances peu ou pas toxiques pour l'homme et l'environnement.

4. **Conception de produits chimiques plus sûrs** : mise au point de produits chimiques atteignant les propriétés recherchées tout en étant le moins toxiques possible.

5. **Solvants et auxiliaires moins polluants** : renoncer à utiliser des auxiliaires de synthèse (solvants, agents de séparation, etc.) ou choisir des auxiliaires inoffensifs lorsqu'ils sont nécessaires.

6. **Recherche du rendement énergétique** : la dépense énergétique nécessaire aux réactions chimiques doit être examinée sous l'angle de son incidence sur l'environnement et l'économie, et être réduite au minimum. Dans la mesure du possible, les opérations de synthèse doivent s'effectuer dans les conditions de température et de pression ambiantes.

7. **Utilisation de ressources renouvelables** : privilégier une ressource naturelle ou une matière première renouvelable plutôt que des produits fossiles, dans la mesure où la technique et l'économie le permettent.

8. **Réduction du nombre de dérivés** : éviter, si possible, la multiplication inutile des dérivés en minimisant l'utilisation de radicaux bloquants, car ils demandent un surplus d'agents réactifs et peuvent produire des déchets.

9. **Catalyse** : l'utilisation d'agents catalytiques (substance chimique orientant la réaction vers le produit désiré et sa vitesse) est préférable à celle de procédés stœchiométriques (utilisation en excès du réactif le moins coûteux).

10. **Conception de produits en vue de leur dégradation** : les produits chimiques doivent être conçus de telle sorte qu'en fin d'utilisation, ils se décomposent en déchets inoffensifs biodégradables.

11. **Observation en temps réel en vue de prévenir la pollution** : les méthodes d'observation doivent être perfectionnées afin de permettre la surveillance et le contrôle en temps réel des opérations en cours et leur suivi avant toute formation de substances dangereuses.

12. **Une chimie fondamentalement plus fiable** : les substances et leur état physique entrant dans un processus chimique doivent être choisis de façon à prévenir les accidents tels qu'émanations dangereuses, explosions et incendies.

 # vidéo
La révolution de la chimie verte
foucherconnect.fr/23terst2s19

■ L'emploi de substances d'origine naturelle est recommandé. Ceci favorise aussi le développement de la **phytochimie**, qui permet d'isoler et d'identifier les principes actifs de nombreuses plantes à activité biologique importante.

2 Les crèmes pour la protection solaire

A Les ultraviolets

■ **Les ultraviolets** (UV) font partie des ondes électromagnétiques : selon leur longueur d'onde, ils peuvent être classés en UVA, UVB ou UVC. Les UV sont issus du soleil et traversent l'atmosphère (sauf les UVC, totalement filtrés) même lorsque le ciel est nuageux. Le rayonnement infrarouge provoque la sensation de chaleur.

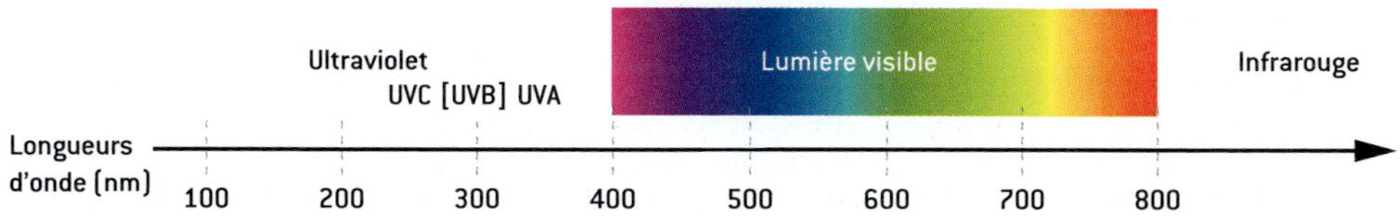

■ Les UVA pénètrent plus profondément dans le derme et sont principalement responsables des taches pigmentaires, du vieillissement de la peau et des rides. Ils correspondent à une **longueur d'onde de 400 à 315 nm**. Ils peuvent également favoriser l'apparition de cancers cutanés.

■ Les UVB pénètrent moins profondément et sont responsables des coups de soleil, des brûlures, des cloques et de la majorité des cancers de la peau. Ils correspondent à une **longueur d'onde de 315 à 280 nm**.

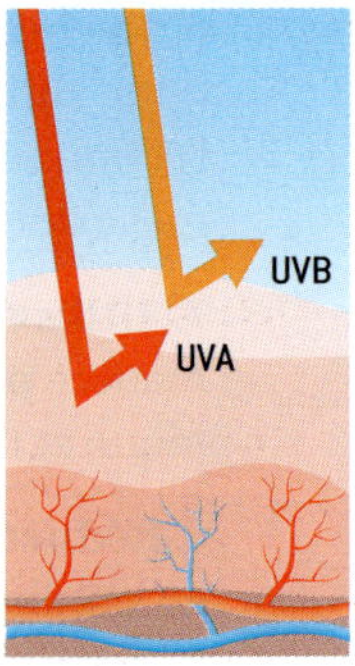

REMARQUES

- Il peut se passer près de 20 ans entre le moment où apparaît un coup de soleil et celui où un cancer de la peau va se manifester. Il est donc essentiel de limiter l'exposition au soleil directement (ou indirectement, lors de réverbération) et de s'en protéger.
- Selon notre peau, nous n'avons pas les mêmes effets pour une même exposition : les peaux foncées protègent beaucoup plus que les peaux claires.

B L'indice de protection solaire et la composition de la crème solaire

■ Une **crème solaire** ou une substance de protection solaire est un produit cosmétique destiné à être appliqué sur la peau pour la protéger du rayonnement ultraviolet (UV) en absorbant et/ou réfléchissant ce rayonnement.

■ On attribue à chaque crème un **indice de protection solaire** (IPS) ou **facteur de protection solaire** (FPS) ; on calcule le rapport existant entre le temps nécessaire pour générer une rougeur d'une peau sans crème solaire et en étalant 2 mg par cm^2 de peau de dos de volontaire. Un indice 50 constitue une forte protection solaire.

REMARQUES

- Il faut étaler environ 30 g de crème solaire sur le corps entier pour obtenir cette protection et renouveler cela toutes les deux heures.
- Il vaut mieux éviter de s'exposer entre 12 h et 16 h, période de la journée au cours de laquelle le rayonnement solaire est le plus intense.

■ Les espèces chimiques assurant la protection solaire sont de deux types :
- les **filtres minéraux**, constitués d'oxyde de titane ou de zinc, qui absorbent la lumière et la diffusent ;
- les **filtres organiques**, constitués de molécules organiques, qui absorbent le rayonnement UV avec une longueur d'onde d'absorption maximale, permettant de les catégoriser en filtre UVA, UVB ou à champ large (UVA et UVB).

■ Tous les produits solaires contiennent des filtres organiques, des filtres minéraux ou les deux.

■ Une crème solaire a aussi une action :
- **antioxydante** grâce à des molécules réductrices anti-radicaux libres : vitamine E ou C (mais aussi d'autres molécules organiques) évitant l'oxydation de cellules de la peau et donc leur vieillissement ;
- **hydratante** : elle constitue une émulsion qui redonne de la souplesse à la peau en apportant des corps gras à la barrière lipidique des cellules et en la réhydratant. Il faut aussi penser à beaucoup boire dehors.

 # quiz
Des questions pour réviser
foucherconnect.fr/23terst2s02

1 LA SÉCURITÉ ROUTIÈRE

EXERCICE 1

À l'origine, on déterminait l'alcoolémie en faisait barboter l'air expiré dans une solution d'ion permanganate MnO_4^- faisant partie du couple MnO_4^-/Mn^{2+}, dont la demi-équation électronique est : $MnO_4^- + 8\ H^+ + 5\ e^- = Mn^{2+} + 4\ H_2O$.

Données : La masse molaire moléculaire de l'éthanol est $M(CH_3CH_2OH) = 46{,}0\ g.mol^{-1}$

On rappelle pour le couple auquel appartient l'alcool CH_3COOH/CH_3CH_2OH la demi-équation électronique : $CH_3CH_2OH + H_2O = CH_3COOH + 4\ H^+ + 4\ e^-$.

1. Déterminer l'équation de la réaction d'oxydoréduction se produisant entre l'alcool CH_3CH_2OH et l'ion permanganate MnO_4^-.

2. Si un litre d'air contient 0,25 mg d'éthanol, quelle est la quantité d'ion permanganate nécessaire pour réagir avec la masse d'alcool contenue dans un volume V = 1,0 L d'air ?

EXERCICE 2

Lors d'un contrôle de police, un sachet contenant une boule marron a été récupéré. Pour déterminer s'il contient du cannabis, une analyse est réalisée avec la spectrométrie de masse. On obtient le spectrogramme de masse ci-contre.

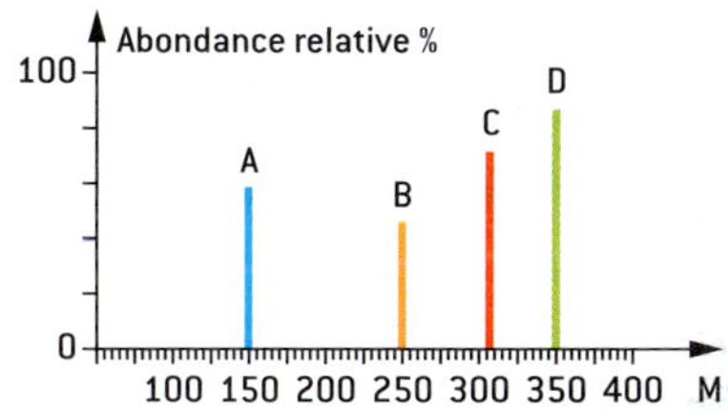

1. Que représente M sur l'axe des abscisses ?

Le THC est une substance psychotrope présente dans le cannabis. Sa formule chimique est $C_{21}H_{30}O_2$ et sa représentation topologique est représentée ci-contre :

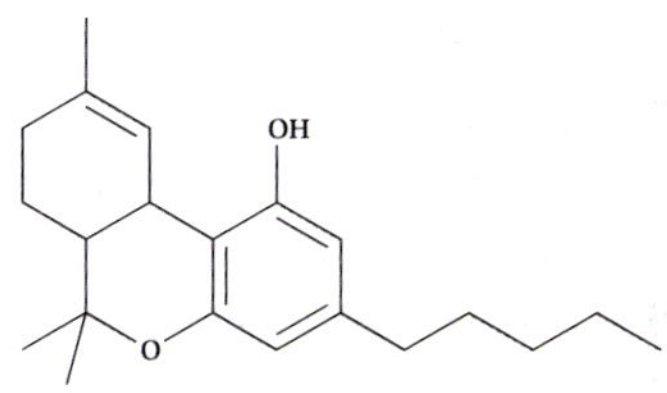

2. Vérifier que la formule brute est cohérente.

3. En déduire la masse molaire du THC.

4. Cette molécule est-elle présente dans la boule ?

2 LA SÉCURTIÉ PHYSICO-CHIMIQUE DES ALIMENTS

EXERCICE 1

Déterminer dans le texte suivant les incohérences lors de la fabrication d'un aliment.

« Dans un récipient industriel qui vient juste d'être vidé, on introduit un mélange comportant du lait frais et des ferments lactiques. Un opérateur prélève dans un sac, à l'aide d'un seau, un mélange d'arômes artificiels et le vide dans le réacteur. L'ensemble est mis en chauffe et mélangé pendant 8 heures L'opérateur mesure la température en ouvrant le couvercle et en introduisant la sonde d'un thermomètre qu'il vient d'essuyer sur son vêtement de travail. Par mégarde, son mégot tombe dans le mélange, mais il le récupère à la main.

L'opération achevée, le récipient est vidé dans des bacs stockés à température ambiante avant d'alimenter la chaîne de fabrication, qui remplit des pots en plastique alimentaire. Le début du transfert commence et des palettes reçoivent les pots remplis de yaourt liquide, qui a refroidi à température ambiante. »

EXERCICE 2

En utilisant l'encadré précédent présentant les DJA d'édulcorants, indiquer quelle masse m' d'aspartame peut être consommée par un individu ayant une masse m = 65 kg.

© Éditions Foucher

9 LES ENJEUX SANITAIRES LIÉS À L'ANALYSE DE LA COMPOSITION DES MILIEUX NATURELS

EXERCICE 1

Bioaccumulation des polluants et « effet cocktail »

« La difficulté des problèmes à résoudre varie selon la nature des polluants : certaines molécules ont une durée de vie de plusieurs milliers d'années et d'autres de quelques heures seulement. Certaines sont toxiques à court terme et d'autres à long terme, par exemple ces molécules qui agissent comme *perturbateurs endocriniens** et peuvent induire des changements de sexe des poissons en milieux estuariens. La mobilité de la molécule dans la chaîne alimentaire est également un paramètre important à prendre en compte, le risque étant la bioaccumulation. Les polluants (pesticides, DDT, PCB, etc.) sont absorbés par les organismes vivants et peuvent s'accumuler dans les graisses ou le foie (bioaccumulation). À mesure que les autres organismes mangent ceux qui sont contaminés, les substances polluantes gravissent les échelons du réseau *trophique*** et deviennent de plus en plus concentrées (bioamplification). Six millions de produits chimiques sont commercialisés dans le monde actuellement. [...] Aux 4 300 médicaments différents s'ajoutent 23 nouveaux principes commercialisés chaque année. Le cocktail des molécules utilisées n'a donc pas fini de s'agrandir [...]. Seules ou en synergie avec d'autres, des combinaisons conduisent à ce qu'on appelle l'« effet cocktail ». »

D'après Éric Blin, *De la chimie des écosystèmes et des cocktails*, 2012 – D.R.

* Un ***perturbateur endocrinien*** est une substance interférant avec le système hormonal, qui délivre les hormones, molécules messagères dans le corps humain ; elles sont responsables du bon fonctionnement des métabolismes. Les perturbateurs endocriniens peuvent perturber l'action des hormones en diminuant ou augmentant leur action.

** Le terme ***trophique*** se rapporte à tout ce qui est relatif à la nutrition d'un tissu vivant ou d'un organe.

1. Pourquoi la bioaccumulation est-elle dangereuse ?
2. Expliquer ce qu'est l'effet cocktail.

EXERCICE 2

Cette image présente la taille de différentes particules présentent dans l'air.

1. Quelle est l'unité utilisée ?
2. À l'aide de l'image, indiquer les constituants des PM 10.
3. a. Quelle est la taille des contaminants gazeux ?

b. Peuvent-ils être filtrés par les masques chirurgicaux dont les mailles font 3 μm ? Si non, comment les éliminer ?

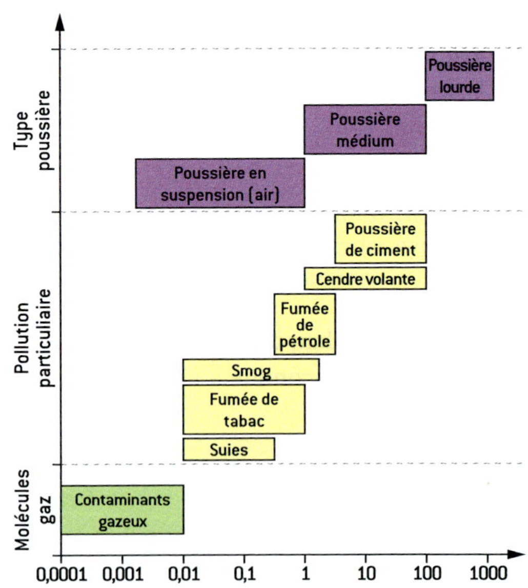

10 L'ACTION DES PROTÉINES SELON LEUR STRUCTURE

EXERCICE 1

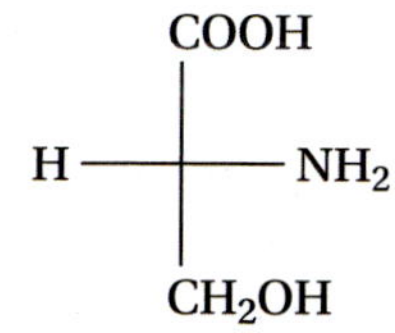

1. Quels groupes fonctionnels la sérine porte-t-elle ?
2. Quelle est la configuration de Fisher de la sérine représentée ?
3. Représenter son énantiomère.

EXERCICE 2

Indiquer la (ou les) bonne(s) réponse(s).
La molécule suivante :

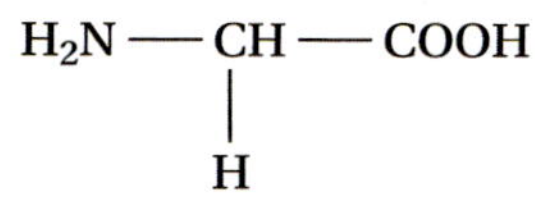

a) est un acide aminé,
b) est un dipeptide ;
c) comporte un carbone asymétrique.

EXERCICE 3

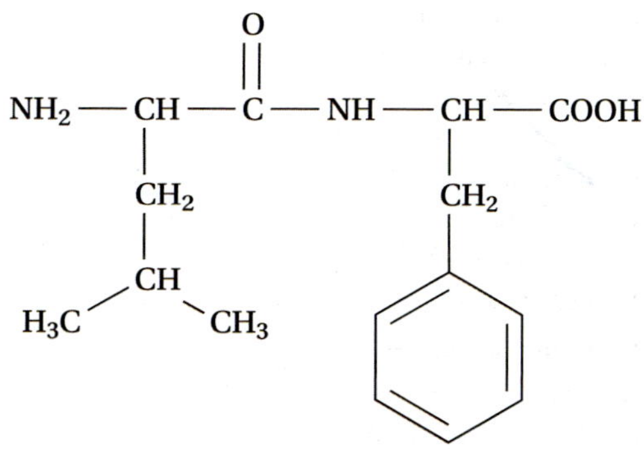

1. Reproduire la formule du dipeptide et encadrer en les nommant :
a) la liaison peptidique
b) les groupes fonctionnels amine et acide carboxylique
2. Ce dipeptide résulte de la condensation de deux acides α-aminés. Écrire les formules semi-développées de ces deux amino-acides.

11 LA STRUCTURE DES LIPIDES ET LA SANTÉ

EXERCICE

La composition d'une savonnette montre la présence de nombreux ingrédients dont l'oléate de sodium (A). La fabrication d'oléate de sodium est très lente mais totale à température ambiante. Au laboratoire, pour l'effectuer, on réalise le montage page suivante.

L'équation correspondant à cette réaction est :

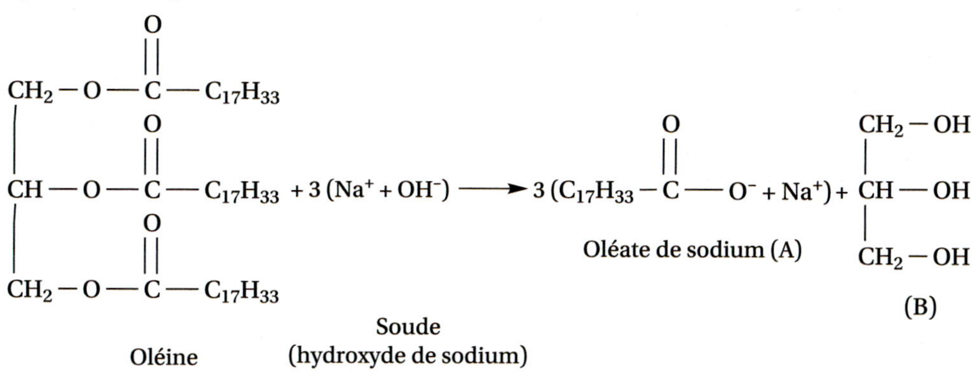

1. Compléter le schéma du montage.

2. L'oléine appartient à la famille des triglycérides. Qu'appelle-t-on triglycéride ?

3. Donner le nom de l'autre produit fabriqué repéré par la lettre (B) dans l'équation précédente. Quelle fonction organique est présente dans cette molécule ?

Le manipulateur a effectué la réaction évoquée en utilisant 8,8 g d'oléine.

Données : masses molaires : M (Oléine) = 884 $g.mol^{-1}$, M (Oléate de sodium) = 304 $g.mol^{-1}$.

4. Montrer que la quantité de matière n_O d'oléine utilisée est $n_O = 0{,}010$ mol.

5. En utilisant l'équation de la réaction, montrer que la quantité d'oléate de sodium fabriquée est $n_S = 0{,}030$ mol. Calculer alors la masse d'oléate de sodium obtenue.

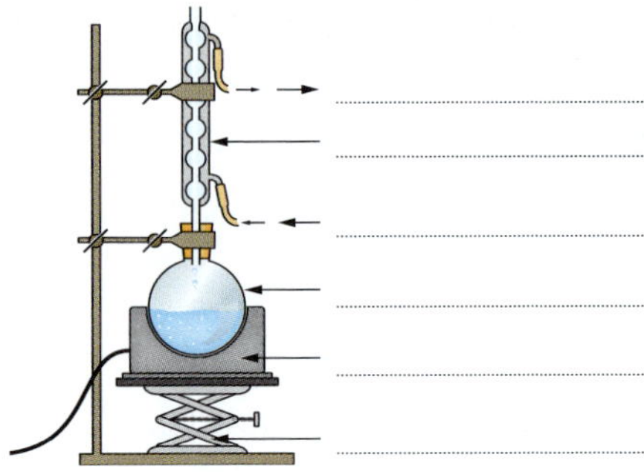

12 LES DOSES NÉCESSAIRES EN VITAMINES ET EN OLIGO-ÉLÉMENTS

EXERCICE 1

L'ion potassium K^+ est le principal cation des liquides intracellulaires, où sa concentration varie de 0,10 à 0,15 $mol.L^{-1}$. L'ion potassium représente chez un homme de 70 kg un stock d'environ 3,75 mol, dont 98 % sont situés dans les cellules et en particulier dans les cellules musculaires.

Données : la masse molaire du potassium M(K) = 39,1 $g.mol^{-1}$.

1. Déterminer la masse en ion potassium K^+ présente dans le corps humain.

2. Peut-on considérer l'ion potassium comme un oligo-élément ?

3. En considérant que l'ion potassium est stocké uniquement dans les liquides intracellulaires à une concentration de 0,12 $mmol.L^{-1}$, déterminer le volume total de ces liquides.

EXERCICE 2

Une solution de vitamine C est dosée par une solution d'ion hydroxyde en utilisant une réaction acide base.

Un volume V_a = 20,0 ml de solution d'acide ascorbique (vitamine C) de concentration Ca est versée dans un erlenmeyer. On ajoute progressivement une solution d'ion hydroxyde OH- de concentration Cb = 0,010 $mol.L^{-1}$. L'acide ascorbique $C_6H_8O_6$ fait partie du couple $C_6H_8O_6(aq)/C_6H_7O_6^-(aq)$. L'ion hydroxyde OH-(aq) fait partie du couple $H_2O(aq)$/ OH-(aq). L'équation de la réaction est :

$C_6H_8O_6(aq) + OH^-(aq) + \rightarrow C_6H_7O_6^-\ (aq) + H_2O\ (aq)$.

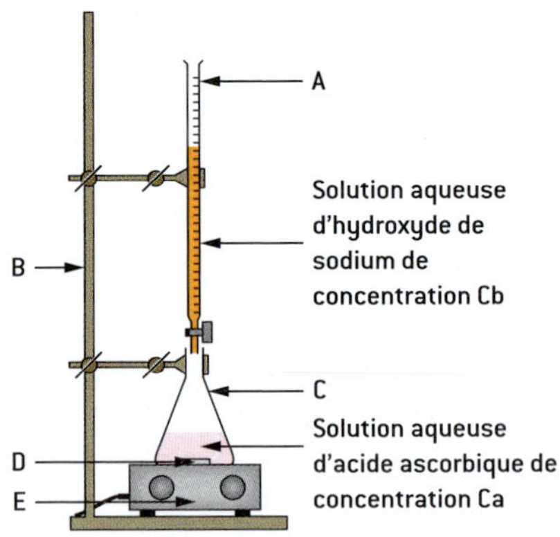

L'équivalence du dosage est déterminée par changement de couleur d'un indicateur coloré. On détermine un volume $V_{éq}$ = 12,7 ml.

1. Indiquer le nom des éléments A, B, C, D et E sur la figure.

2. Quelle relation a-t-on à l'équivalence entre la quantité de matière d'acide ascorbique présente dans l'erlenmeyer et celle d'ion hydroxyde introduite ?

3. En déduire la concentration Ca de la solution de vitamine C.

intérieur
…timentation

… d'eau. Les différents compartiments … tre eux et avec le milieu extérieur

BIOLOGIE

… s de l'organisme dans

… pH, tempéra-
… de valeurs

13 LES ADDITIFS AL…

EXERCICE 1

Un sirop de grenadine … est indiquée ci-contre. … desserts sucrés, etc.

Son spectre d'absorptic…

1. Quelles sont les gra… d'absorption UV-visible…

2. Déterminer la longu… sorption de l'azorubine… a une couleur rouge.

On réalise alors une écl… sorbance de ces différer… rubine pour une longue…

On trace le graphe abso… tration en azorubine.

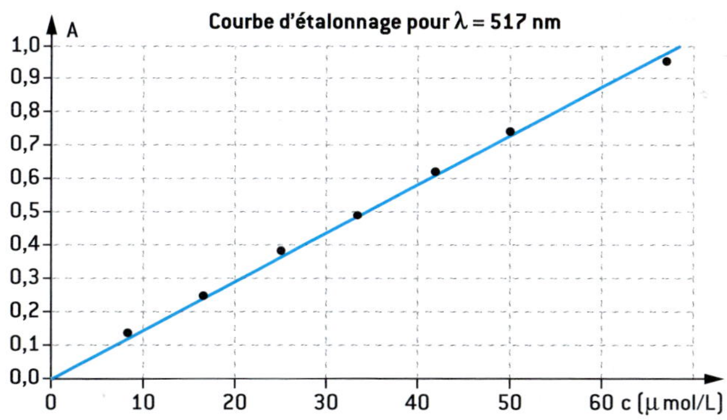

3. Quelle loi est mise en évidence par cette droite d'étalonnage ?

On réalise un mélange du sirop de grenadine et d'eau dans les proportions proposées par le fabricant : un volume total V = 210 ml dont 1/7e de sirop soit 30 ml de sirop.

Dans les mêmes conditions que précédemment on mesure une absorbance A = 0,80 pour cette boisson.

4. En déduire la concentration molaire, puis la concentration massique en azorubine du mélange.

5. Un enfant de masse corporelle 35 kg dépasse-t-il la DJA en buvant un verre de 200 ml de ce sirop ?

Données :

M(azorubine) = 502 $g.mol^{-1}$.

DJA (dose journalière admissible) = 4 $mg{\cdot}kg^{-1}{\cdot}jour^{-1}$.

■ Les échanges entre les cellules et le liquide interstitiel sont importants pour le maintien de la stabilité du milieu intérieur. Les nutriments et l'oxygène en provenance de la circulation sanguine pénètrent ainsi dans les cellules qui en retour expulsent les déchets (CO_2, déchets azotés) en vue de leur excrétion.

■ Les molécules peuvent, en fonction de leur nature, entrer et sortir des cellules par **transport passif** (diffusion simple ou facilitée) ou **actif** (protéines pompes). Le transport actif nécessite une consommation d'énergie, alors que le transport passif s'effectue selon les lois physiques de la diffusion et ne demande pas d'énergie.

3 La régulation des constantes physiologiques

■ Plusieurs organes participent au maintien de l'équilibre de l'organisme. Nous pouvons en citer 3 dont les rôles seront développés dans les chapitres suivants :
- le **rein** a pour rôle de filtrer le sang pour permettre l'élimination des déchets du métabolisme tels que l'urée. En permettant l'élimination d'eau associée à des substances dissoutes, il participe au maintien de paramètres tels que la **natrémie** (concentration en sodium du sang) ou la **volémie** (volume du sang) ;
- le **pancréas,** en plus de son implication dans la digestion par la production de sucs pancréatique, joue un rôle fondamental dans la régulation de la glycémie ;
- le **foie** est indispensable, avec le pancréas, à la régulation de la glycémie. Il joue en plus de multiples rôles comme la production de bile (fonction digestive), la neutralisation et la détoxification de substances exogènes (alcool), la production de protéines plasmatiques.

■ Tous ces organes sont en relation avec le milieu extérieur par le biais de la circulation sanguine. De même que le sang nourrit et oxygène les organes, la lymphe circulante contribue à renouveler le liquide interstitiel dans lequel baignent les cellules.

2 Le rôle du rein dans la régulation du milieu intérieur

Le rein est un organe pair dont le rôle est de filtrer le sang pour en extraire les déchets du métabolisme dans le but de les soustraire au milieu intérieur. Il participe donc activement au maintien de l'homéostasie.

1 Le rein et l'appareil urinaire

■ L'homme possède 2 **reins**, organes de la taille du poing, situés dans la partie supérieure de la cavité abdominale. Ils sont irrigués par l'artère et la veine rénales. Chaque rein est relié à la vessie par un **uretère**. De la vessie l'urine peut être éliminée par **l'urètre** qui débouche à l'extrémité du pénis ou au-dessus du vagin.

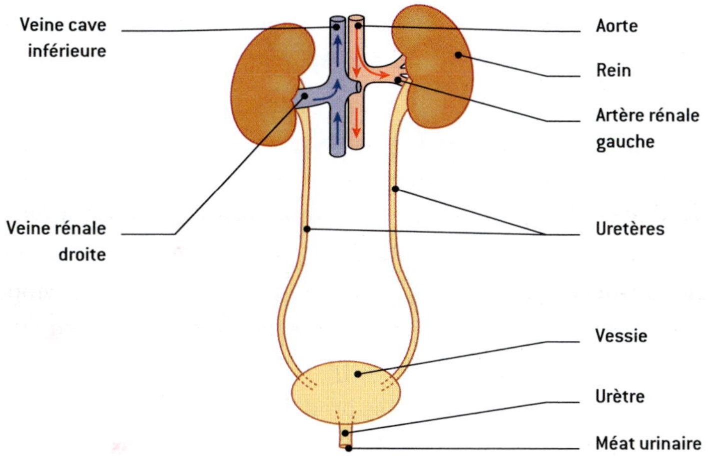

L'appareil urinaire

■ Chaque rein est composé d'une capsule fibreuse et d'un tissu divisé en cortex et zone médullaire. Le **bassinet** a pour fonction de collecter l'urine en faisant la jonction entre le rein et **l'uretère**. Chaque rein comporte environ un million d'unités fonctionnelles, les **néphrons**.

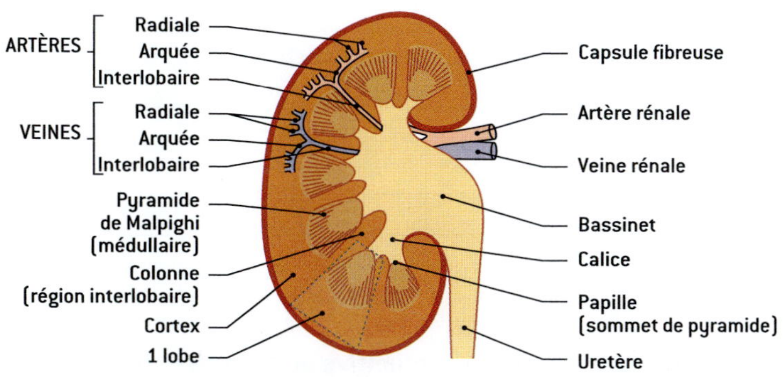

Le rein

■ Le **néphron** se compose d'un long tubule associé à des vaisseaux sanguins. Une artériole apporte le sang vers la **capsule de Bowman**, au niveau de laquelle les capillaires s'enchevêtrent et forment le **glomérule**. Là, le sang est filtré et le filtrat obtenu parcourt successivement le **tube contourné proximal, l'anse de Henlé** et le **tube contourné distal** avant d'aboutir dans le **canal collecteur**. Durant ce trajet, une grande partie de l'eau et des substances filtrées retournent au sang.

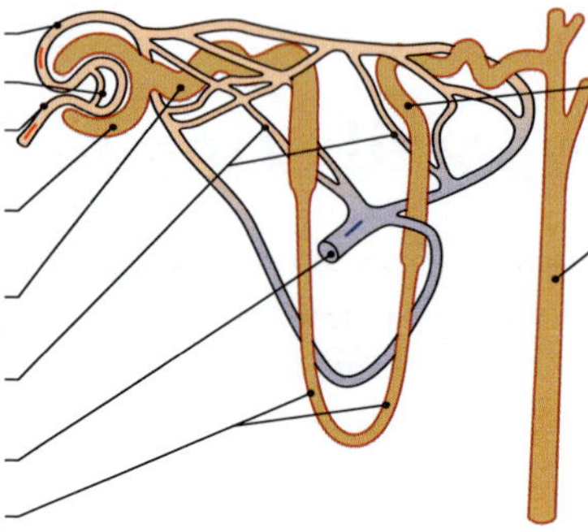

Le néphron

2 L'élaboration de l'urine

■ Le **néphron** a 3 rôles principaux : **filtration** du sang, **réabsorption** et **sécrétion**. Il permet ainsi la synthèse de l'urine excrétée lors de la miction.

■ Lors de la **filtration**, le sang est débarrassé de la plupart de ses constituants à part les cellules et les grosses molécules. On obtient alors l'urine primitive, ou pré-urine, de composition identique à celle du plasma à l'exception des protéines.

■ Au cours de la **réabsorption,** qui se produit lors du trajet jusqu'au canal collecteur, plus de 99 % de l'eau et des substances filtrées sont réabsorbés (sur 180 L de filtrat quotidien, il restera 1,5 L d'urine environ). Le glucose est ainsi totalement réabsorbé, sauf en cas de diabète.

■ La **sécrétion** permet à l'organisme de déverser dans l'urine des molécules indésirables telles que l'urée.

■ On peut mettre en évidence le fonctionnement du néphron en étudiant la composition des urines primitive et définitive.

Constituants (g/L)	Plasma	Urine primitive (180 L/jour)	Urine définitive (1,5 L/jour)
Na+ (sodium)	3,2	3,2	3 à 6
K+ (potassium)	0,2	0,2	2 à 3
Protéines	70	0	0
Glucose	1	1	0
Urée	0,3	0,3	20

Composition des urines primitive et définitive chez un patient sain

3 La régulation du milieu intérieur par le rein

- Le rein participe à l'équilibre du milieu intérieur, en particulier dans la régulation de la teneur en eau et en sodium.

- Si la **teneur en eau** de l'organisme diminue, l'hypothalamus sécrète une hormone antidiurétique (**ADH**) ayant pour cible les reins. Sous l'action de cette dernière, le rein augmente les phénomènes de réabsorption, ce qui aboutit à une diminution de la sécrétion urinaire.

- De même, en cas de diminution de la **teneur en sodium** du milieu intérieur, les néphrons produisent de la **rénine**. Cette hormone permet la synthèse d'une autre substance, l'**angiotensine**, à partir d'une protéine sécrétée par le foie. L'angiotensine a pour effet de provoquer la sécrétion d'**aldostérone** par les glandes surrénales (des structures endocrines situées au-dessus des reins), favorisant ainsi la réabsorption du sodium. Elle agit également au niveau des centres nerveux sur la sensation de soif.

- En cas d'augmentation anormale de la **teneur en glucose** du sang (**hyperglycémie**), comme chez les diabétiques, le glucose n'est pas totalement réabsorbé au niveau du rein et il y a alors **glycosurie** (présence de glucose dans les urines).

3 Le rôle du pancréas dans la régulation de la glycémie

Le pancréas joue non seulement un rôle fondamental dans le processus de digestion, mais, par sa fonction endocrine, il permet en agissant sur d'autres organes de réguler la glycémie.

1 Le pancréas

■ Le pancréas est une volumineuse glande mixte, c'est-à-dire pourvue à la fois d'une fonction **exocrine** (suc pancréatique) et d'une fonction **endocrine** (hormones pancréatiques).

À SAVOIR

Une **glande exocrine** déverse ses produits dans le milieu extérieur par l'intermédiaire d'un canal, tandis qu'une **glande endocrine** libère ses produits directement dans la circulation sanguine.

■ Le pancréas est riche en **acini**, unités sécrétrices exocrines, mais également en amas de cellules nommés **ilots de Langerhans**, impliqués dans la fonction endocrine du pancréas. Ces derniers possèdent 2 types de cellules :
- les cellules bêta, productrices d'insuline ;
- les cellules alpha, productrices de glucagon.

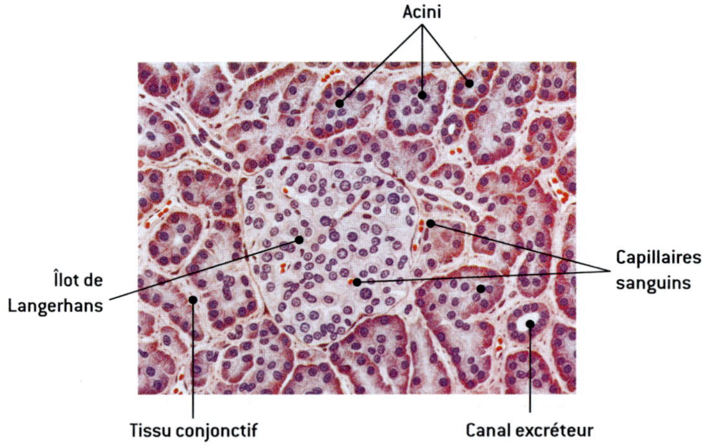

Histologie du pancréas

2 La régulation de la glycémie

■ La **glycémie** correspond à la teneur en glucose du sang. Elle doit être constamment maintenue à une valeur de 1 g/L, soit 5,5 mmol/L.

■ Comme les apports en glucides de l'organisme sont discontinus, le maintien d'une glycémie constante nécessite un système de régulation qui fait intervenir principalement le **foie** et le **pancréas**.

■ Le sang prélève au niveau intestinal le glucose issu de la digestion et le transmet à travers l'organisme.

■ Lorsque le sang qui arrive au foie par la veine porte hépatique est riche en glucose (**hyperglycémie**), le foie met en réserve ce glucose sous forme de **glycogène** grâce au phénomène de **glycogénogénèse**.

■ Inversement, lorsque le sang de la veine porte hépatique est pauvre en glucose (**hypoglycémie**), le foie libère le glucose en pratiquant la **glycogénolyse**.

■ Les phénomènes de glycogénogénèse et glycogénolyse sont commandés par le pancréas qui produit, au niveau des îlots de Langerhans, des hormones régulatrices de la glycémie :
- l'**insuline** produite par les cellules bêta est **hypoglycémiante**, c'est-à-dire qu'elle favorise la glycogénogénèse
- le **glucagon** produit par les cellules alpha est **hyperglycémiant**, car il favorise la glycogénolyse.

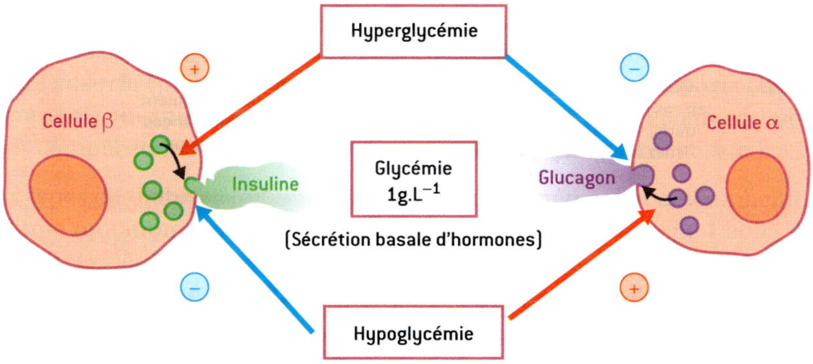

Rôle du pancréas dans la régulation de la glycémie

À SAVOIR

Le foie est le seul organe à pratiquer la glycogénolyse pour restituer le glucose au sang et l'insuline est la seule hormone hypoglycémiante.

REMARQUE

Il existe, en plus du glucagon, d'autres hormones hyperglycémiantes, comme le cortisol ou l'adrénaline, produites par les glandes surrénales.

■ Le glucose peut donc pénétrer dans le foie pour y être polymérisé et stocké sous forme de glycogène, mais d'autres organes, comme le cerveau (plus gros consommateur de glucose de l'organisme) et les muscles, prélèvent également de grandes quantités de glucose sanguin.

■ En cas de jeûne prolongé l'organisme est capable de synthétiser du glucose à partir de composés non glucidiques, en particulier des acides aminés. Ce phénomène est nommé **néoglucogénèse**.

6 Les maladies infectieuses

L'organisme est régulièrement agressé par des éléments étrangers, dont certains peuvent être pathogènes. Le système immunitaire permet de défendre l'intégrité du corps, parfois avec l'aide de substances médicamenteuses.

1 Les organismes pathogènes

A La diversité des organismes pathogènes

■ Notre environnement héberge de très nombreux micro-organismes susceptibles d'altérer notre santé. Il peut s'agir :
- de **bactéries** (choléra, diphtérie, lèpre, peste, tuberculose, typhus, etc.) ;
- de **virus** (hépatite, variole, poliomyélite, rougeole, rage, SIDA, etc.) ;
- de **parasites** (ascariase, toxoplasmose, paludisme, etc.) ;
- de **champignons** (mycoses) ;
- et même de **molécules** (prions, venins, etc.).

■ Le corps possède des barrières naturelles contre les pathogènes comme la peau ou les muqueuses. Ces dernières sécrètent du **mucus** contenant des substances **bactéricides** telles que les lysozymes.

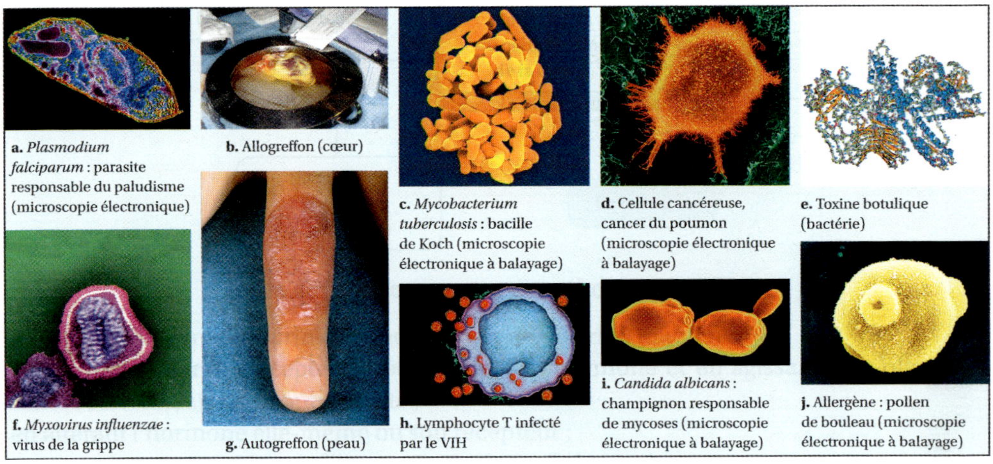

a. *Plasmodium falciparum* : parasite responsable du paludisme (microscopie électronique)
b. Allogreffon (cœur)
c. *Mycobacterium tuberculosis* : bacille de Koch (microscopie électronique à balayage)
d. Cellule cancéreuse, cancer du poumon (microscopie électronique à balayage)
e. Toxine botulique (bactérie)
f. *Myxovirus influenzae* : virus de la grippe
g. Autogreffon (peau)
h. Lymphocyte T infecté par le VIH
i. *Candida albicans* : champignon responsable de mycoses (microscopie électronique à balayage)
j. Allergène : pollen de bouleau (microscopie électronique à balayage)

Origines diverses des antigènes

B Les bactéries et les virus

Les **bactéries** et les **virus** se distinguent surtout par le fait que le virus n'est pas une cellule. Contrairement à la bactérie, qui est un **organisme procaryote autonome** et capable de se multiplier par bipartition, le virus est un **parasite endocellulaire obligatoire**, c'est-à-dire incapable de se multiplier sans détourner la machinerie d'une cellule hôte.

BIOLOGIE

2 La multiplication virale

La multiplication des virus fait intervenir un cycle qui se déroule toujours au sein d'une cellule parasitée. Par exemple, le virus de la grippe se multiplie dans des cellules de l'épithélium respiratoire, c'est-à-dire de la muqueuse des voies aériennes, de la manière suivante :
- **première étape** : le virus reconnaît les acides sialiques présents à la surface de la cellule hôte, ce qui entraîne son « **attachement** » à la surface cellulaire (1) et sa **pénétration** par **endocytose**, c'est-à-dire grâce à l'invagination de la membrane de la cellule et la formation d'une vésicule (2) ;
- **deuxième étape** : les segments ribonucléoproteiques sont libérés dans le cytoplasme cellulaire (3) puis les **ARN viraux** passent par les pores nucléaires pour **intégrer le noyau** (4) ;
- **troisième étape** : dans le noyau, les ARN viraux à polarité négative sont transcrits en ARN à polarité positive, puis une ARN polymérase permet la synthèse d'**ARN messager** (5) qui retourne vers le cytoplasme pour subir la traduction (6) ;
- **quatrième étape** : afin que le virus s'assemble, les protéines virales et les segments ribonucléoproteiques se regroupent au niveau de la membrane (7). Les nouveaux virus, formés par **bourgeonnement** (8), se détachent de la cellule puis vont infecter d'autres cellules de l'épithélium respiratoire (9). La cellule hôte est progressivement détruite.

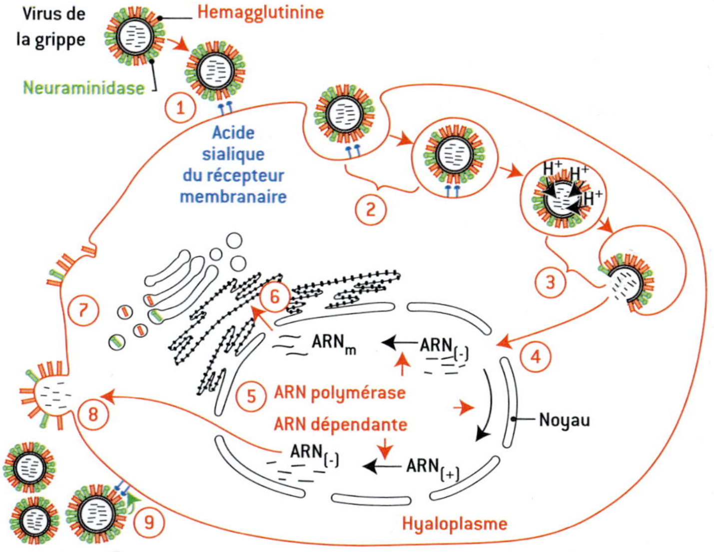

Étapes de multiplication du virus de la grippe dans les cellules épithéliales ciliées de la muqueuse respiratoire

À SAVOIR
Lorsqu'une maladie se propage par contagion à un grand nombre de personnes, on parle **d'épidémie**. Si cette propagation se fait à l'échelle mondiale, on parle de **pandémie**.

3 La réaction inflammatoire

La pénétration d'un microbe dans l'organisme peut déclencher une **réaction inflammatoire**. Ce phénomène localisé se caractérise par l'apparition d'une **rougeur**, d'un gonflement (**œdème**), d'une **douleur** et d'une sensation de **chaleur**. Ces manifestations sont dues à un afflux sanguin (rougeur et chaleur), à une sortie de plasma hors des vaisseaux (œdème) et à la stimulation des récepteurs sensoriels associée à la sécrétion, par les cellules lésées, de molécules pro-inflammatoire telles que la bradykinine ou les prostaglandines (douleur).

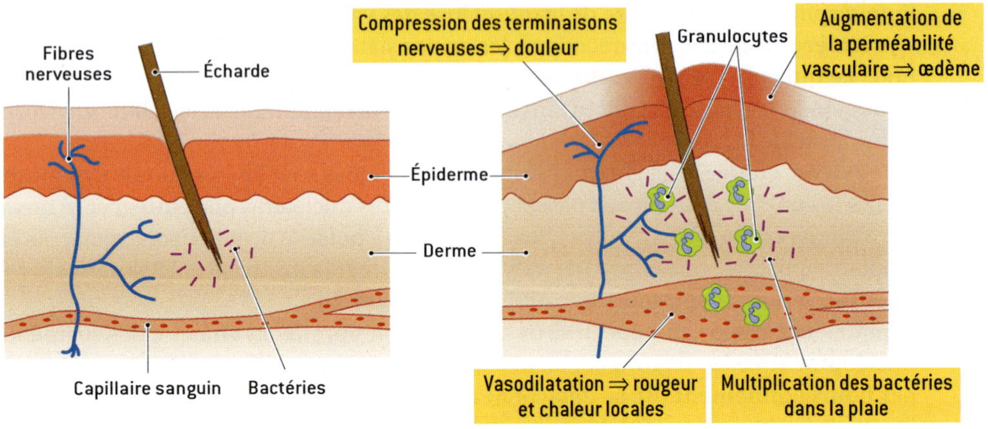

La réaction inflammatoire

À SAVOIR

– Le préfixe « pyro » est relatif à la fièvre. Une substance pyrogène provoque de la fièvre alors qu'un antipyrétique permet de faire baisser la température.
– Certaines affections peuvent provoquer un affaiblissement prononcé et généralisé (**asthénie**) ou une perte d'appétit (**anorexie**) pouvant aboutir à un état de maigreur extrême (**cachexie**).
– Un **rhumatisme** est une douleur articulaire ou para-articulaire.

7 La résistance aux antibiotiques

Les antibiotiques sont utilisés pour lutter contre les bactéries pathogènes, mais leur utilisation abusive peut être à l'origine de résistances dangereuses.

1 Le rôle et l'efficacité des antibiotiques

A Le mode d'action des antibiotiques

Les maladies d'origine bactérienne peuvent être traitées par des substances médicamenteuses nommées **antibiotiques**. Ces molécules peuvent agir sur le métabolisme des bactéries en les empêchant d'effectuer leurs biosynthèses, bloquant ainsi leur multiplication. Ce sont alors des **bactériostatiques**. Elles peuvent aussi tuer la bactérie, par exemple en détruisant sa paroi, et sont alors qualifiées de **bactéricides**. Les antibiotiques n'ont aucune efficacité sur les organismes non bactériens (virus, champignons...).

B Comment évaluer l'efficacité des antibiotiques ?

Pour évaluer l'efficacité des antibiotiques sur une souche bactérienne on peut pratiquer un **antibiogramme**. Cet examen consiste à déposer sur une culture bactérienne des « pastilles » d'antibiotiques et à observer la destruction des bactéries à proximité de chaque pastille. La taille des « plages de lyse » autour de chaque pastille d'antibiotique permettra de prescrire l'antibiotique le mieux adapté.

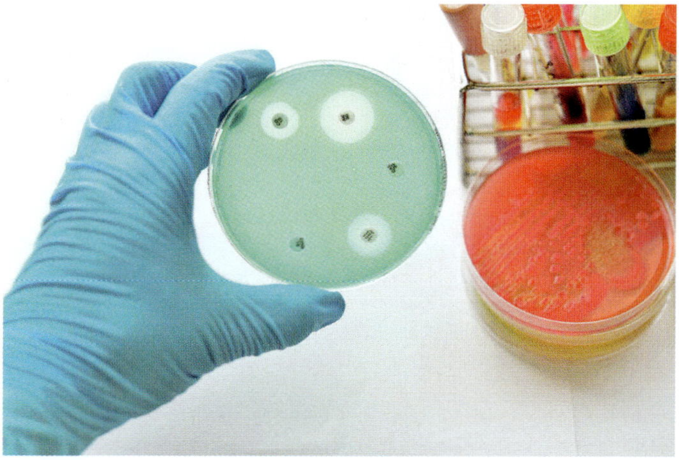

Réalisation d'un antibiogramme

2 Les causes et conséquences de la résistance aux antibiotiques

A Les causes de la résistance aux antibiotiques

- Certaines bactéries peuvent se montrer insensibles à un ou plusieurs antibiotiques. C'est le cas par exemple de certaines souches, qualifiées de Gram négatif, qui possèdent une membrane externe complexe les rendant insensibles à la pénicilline.

- La résistance aux antibiotiques dépend étroitement de l'**information génétique** de la bactérie. Elle peut être **innée**, **acquise** par mutation génétique spontanée au moment des réplications de l'ADN bactérien ou liée à des **transferts de matériel génétique** entre bactéries résistantes et sensibles.

B Les conséquences de la résistance aux antibiotiques

En utilisant des antibiotiques, l'homme sélectionne des souches génétiquement résistantes. Si l'usage des antibiotiques est abusif, le nombre de souches multirésistantes sélectionnées par ces substances augmente, ce qui est à l'origine de problèmes de santé publique. C'est le cas par exemple en milieu hospitalier avec la survenue des **maladies nosocomiales**.

À SAVOIR

Un antibiotique ne provoque pas de mutation à l'origine de la résistance chez les bactéries, il sélectionne les bactéries résistantes en éliminant celles qui sont sensibles.

8 Le soi, le non-soi, les organes et les cellules de l'immunité

Chaque individu est biologiquement unique. Cette identité biologique est assurée par des marqueurs moléculaires. Cela permet aux cellules immunitaires, qui naissent et se différencient dans les organes lymphoïdes, de distinguer le soi du non-soi.

1 L'identité biologique des individus

- L'identité biologique de chacun, **le** « **soi** », est liée à des molécules présentes à la surface des cellules nucléées nommées **molécules HLA** (*Human Leucocyte Antigen*) ou **CMH** (complexe majeur d'histocompatibilité).
- On en distingue 2 types : les **molécules du CMH1**, présentes à la surface de presque toutes nos cellules nucléées, et **celles du CMH2** qui ne sont présentes que sur les cellules immunitaires présentatrices d'antigènes. Les globules rouges possèdent à leur surface des **agglutinogènes** de type A et/ou B qui sont également des marqueurs de surface.
- Les molécules CMH ou HLA sont capables d'induire une réponse immunitaire si elles sont introduites dans un organisme étranger et sont qualifiées **d'épitopes** ou **d'antigènes du soi**.
- Les cellules qui possèdent un CMH différent ou des épitopes reconnus comme étrangers appartiennent au « **non soi** » et sont éliminées par le système immunitaire. Il peut s'agir d'éléments effectivement dangereux pour l'organisme mais c'est malheureusement aussi le cas de tissus ou d'organes greffés.

2 Les acteurs du système immunitaire

A Les cellules immunitaires

Les cellules du système immunitaire interviennent pour défendre l'organisme. Il s'agit principalement des **leucocytes** ou globules blancs. Le tableau page suivante résume leurs caractéristiques.

B Les organes lymphoïdes

Les **organes lymphoïdes** sont les lieux où naissent, se multiplient et se différencient les cellules immunitaires. On distingue les **organes lymphoïdes primaires** ou centraux (moelle osseuse et thymus), où les cellules immunitaires naissent et subissent leur maturation, et les **organes lymphoïdes secondaires** ou périphériques (ganglions, rate, amygdales), où elles rencontrent les antigènes.

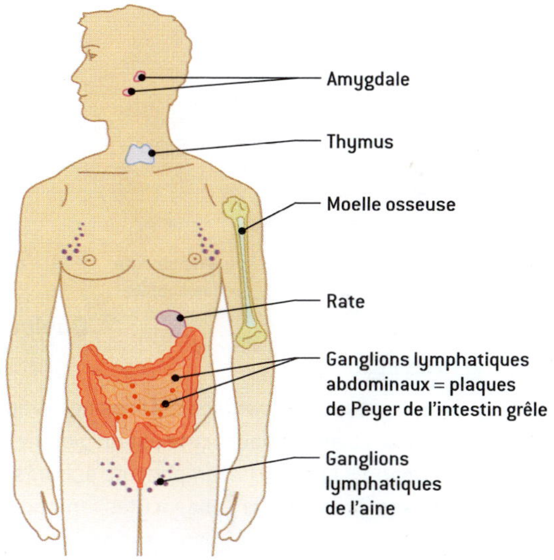

Principaux organes lymphoïdes

Nom de la cellule	Caractéristiques de la cellule	Catégories de cellules	Rôle
Granulocyte ou polynucléaire	Noyau plurilobé, cytoplasme granuleux	Neutrophiles	Elles phagocytent des microorganismes puis meurent, donnant naissance au pus
		Éosinophiles	Pouvoir phagocytaire, rôle dans les allergies
		Basophiles	Rôle dans les allergies et l'inflammation
Monocyte et macrophage	Noyau réniforme	Les monocytes sont des précurseurs des macrophages qui ont un important pouvoir phagocytaire	
Cellule dendritique	Cellules avec prolongements cytoplasmiques	Phagocytes et CPA (cellule présentatrice d'antigènes)	
Mastocyte	Nombreuses granulations intracytoplasmiques	Inflammation et allergies	
Lymphocyte	Très gros noyau, cytoplasme réduit. Le type de lymphocyte dépend des récepteurs de surface.	LB	Reconnaissance de l'antigène et sécrétion d'anticorps circulants après différenciation en plasmocytes
		LT4	Activation des LT8 et LB grâce aux interleukines après activation par une CPA et différenciation en LTa (LTh)
		LT8	Lyse des cellules infectées ou lésées après différenciation en LTc (LTk)
		LNK*	Destruction des cellules anormales ou infectées

* Il ne faut pas confondre lymphocyte NK (*Natural Killer*) et lymphocyte TK (*Killer*) qui est un LT8 différencié.

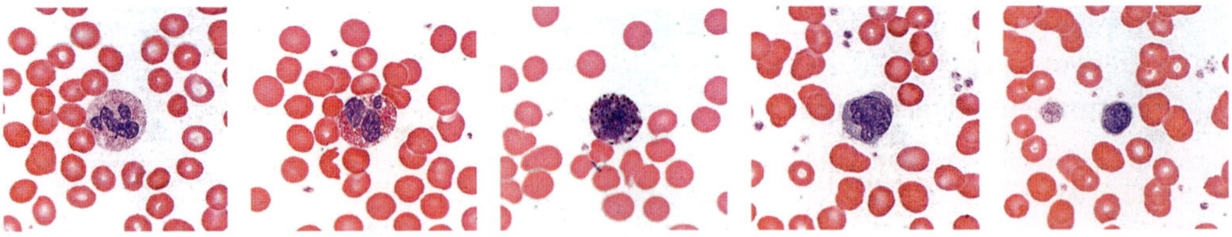

a. granulocyte neutrophile **b.** granulocyte éosinophile **c.** granulocyte basophile **d.** monocyte **e.** lymphocyte

Quelques leucocytes

À SAVOIR

La signification de certains préfixes peut vous aider à mémoriser des notions :
- **leuco** = blanc (le leucocyte est un globule blanc) ;
- **lympho** = lymphe (le lymphocyte est présent dans la lymphe) ;
- **phago** = manger (les phagocytes « mangent » les éléments étrangers) ;
- **spléno** = rate (la splénomégalie est un gonflement de la rate) ;
- **thymo** = thymus (un thymocyte est un lymphocyte T).

9 La réponse immunitaire spécifique à médiation humorale

Les lymphocytes B défendent l'intégrité de l'organisme grâce à la production de protéines particulières, les anticorps. Cela leur permet de neutraliser et de détruire les éléments pathogènes circulants.

1 Les lymphocytes B et les anticorps

■ Les **lymphocytes B** (LB) sont des cellules immunitaires qui présentent à leur surface des protéines membranaires, nommées **anticorps**, capables de se fixer sur des antigènes.

■ Les anticorps (ou **immunoglobulines**) sont des protéines en forme de Y constituées de deux chaînes protéiques lourdes associées à deux chaînes légères. Aux extrémités des « bras » du Y se trouvent les sites de fixation à l'antigène (ou **paratope**) qui diffèrent d'un LB à l'autre. La réaction antigène/anticorps est très spécifique.

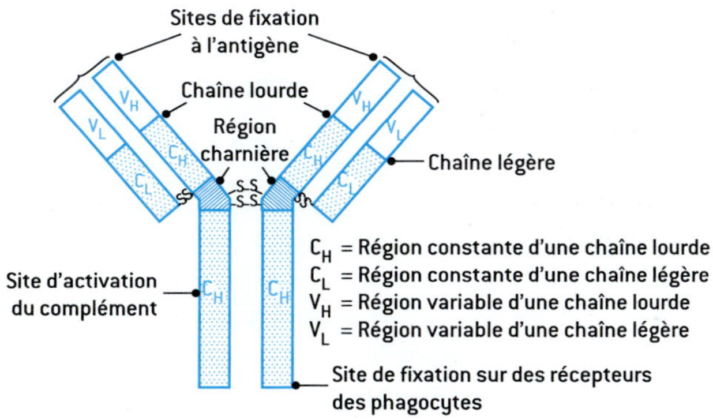

Schéma de la structure d'un anticorps

■ La reconnaissance d'un antigène par un LB porteur d'anticorps membranaires spécifiques de cet antigène entraîne la multiplication des LB et la formation d'un clone cellulaire, c'est-à-dire d'une multitude de LB ayant la même spécificité. Les LB obtenus se différencient ensuite en cellules nommées plasmocytes, spécialisées dans la synthèse d'anticorps libres. Cette différentiation est stimulée par des molécules, les interleukines, produites par les LT auxiliaires.

2 Les plasmocytes et les complexes immuns

■ Les **plasmocytes** formés sont capables de libérer environ 5 000 anticorps par seconde. Ces molécules, dirigées contre l'antigène, se fixent à sa surface, formant un complexe antigène/anticorps appelé **complexe immun** qui neutralise l'antigène et favorise son élimination par phagocytose (voir chapitre 11).

■ Pour faciliter ce processus, il existe, à la base de l'anticorps, un site de fixation sur des récepteurs des phagocytes, ce qui permet à ces derniers de les fixer pour ingérer les complexes immuns.

■ On trouve également, associé à la chaîne lourde de l'anticorps, un **site d'activation du complément**. Il permet d'activer des réactions enzymatiques en cascade impliquant des protéines plasmatiques, les **protéines du complément,** capables de détruire l'antigène.

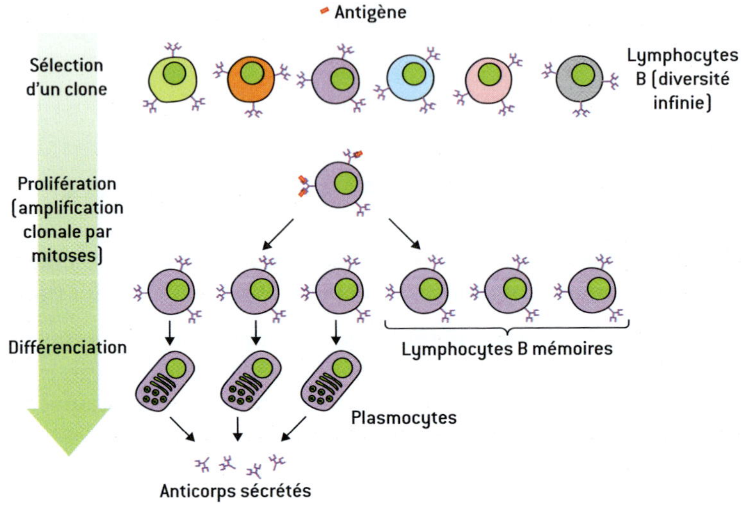

Réponse immunitaire spécifique à médiation humorale

À SAVOIR

– Les plasmocytes sont des cellules spécialisées dans la synthèse protéique puisque les anticorps sont des protéines. Ils possèdent donc un réticulum endoplasmique rugueux (ou granuleux) et un appareil de Golgi très développés.

– Une personne qui possède dans son sang des anticorps dirigés contre un pathogène est qualifiée de **séropositive** (ce terme n'est pas réservé uniquement au VIH).

10 La réponse immunitaire spécifique à médiation cellulaire

Les lymphocytes T8 défendent l'intégrité de l'organisme grâce à la production de molécules nommées perforines. Cela leur permet de neutraliser et détruire des cellules infectées ou anormales.

1 Le rôle des lymphocytes T8

- Les **lymphocytes T4 et T8** (LT4 et LT8) sont des cellules immunitaires qui présentent à leur surface des protéines membranaires, nommées **récepteurs T**, capables de reconnaître un antigène si celui-ci est présenté par une cellule. Les cellules capables de présenter l'antigène aux lymphocytes sont nommées **cellules présentatrices d'antigènes** (CPA).

- Lors d'une infection par un antigène intracellulaire, les cellules infectées (ou certains phagocytes ayant ingéré l'antigène) présentent ainsi à leur surface des fragments du pathogène qui sont reconnus par les lymphocytes T8.

- Cette reconnaissance entraîne la multiplication des LT8 et la formation d'un clone cellulaire, c'est-à-dire d'une multitude de LT8 ayant la même spécificité. Les LT8 obtenus se différencient ensuite en cellules spécialisées dans la destruction de cellules, les **lymphocytes T cytotoxiques ou *killer*** (LTc ou LTk), sous l'action des **interleukines** produites par les **LT auxiliaires** (LTa).

2 L'action des LTc

- Les LTc ainsi formés se lient aux antigènes de la cellule infectée puis libèrent des protéines appelées **perforines** qui s'associent pour former un complexe capable de perforer la membrane de la cellule infectée, provoquant ainsi sa destruction.

- Des signaux chimiques libérés par le LTc peuvent aussi provoquer la mort de la cellule : ce processus est appelé « **apoptose** ».

À SAVOIR

Il ne faut pas confondre les récepteurs T, présents à la surface des lymphocytes T, et les récepteurs B, présents à la surface des lymphocytes B. Seuls ces derniers sont des molécules de type anticorps.

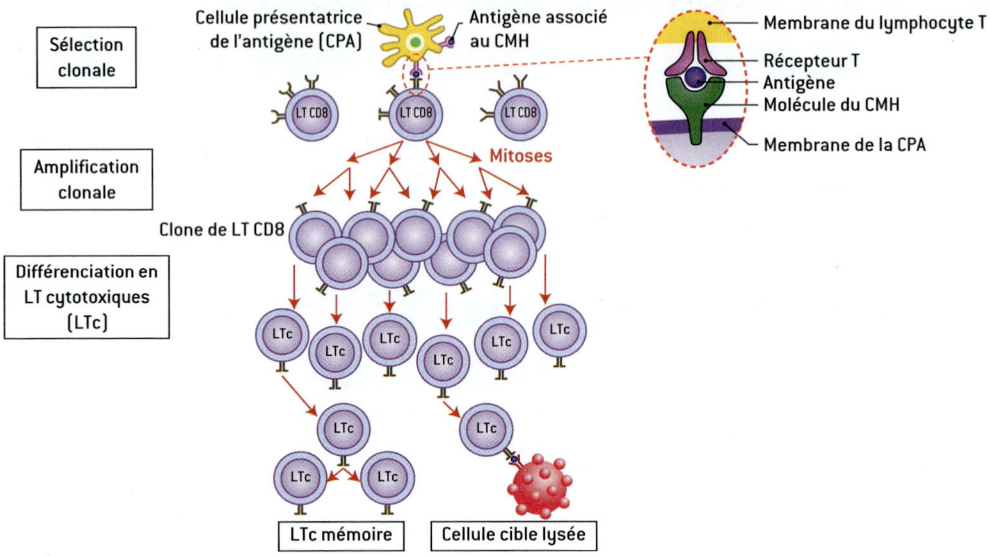

Réponse immunitaire spécifique à médiation cellulaire

11 La coopération cellulaire

Les réponses immunitaires spécifiques nécessitent une coopération entre cellules. Les lymphocytes T4 collaborent avec les CPA et les autres lymphocytes pour amorcer les réponses immunitaires spécifiques.

1 Les cellules présentatrices d'antigènes coopèrent avec les LT4

A La phagocytose, une réponse immunitaire non spécifique

Certaines cellules immunitaires, qualifiées de **phagocytes**, peuvent pratiquer la **phagocytose**, processus d'élimination inné des antigènes, qui se déroule en quatre étapes :
- l'**attraction** puis l'**adhésion de l'antigène** à la membrane du phagocyte ;
- la **déformation du phagocyte et l'ingestion de l'antigène** dans une vésicule nommée phagosome ;
- la **digestion de l'antigène** grâce à la libération dans le phagosome d'enzymes lysosomales ;
- le **rejet des déchets** hors de la cellule.

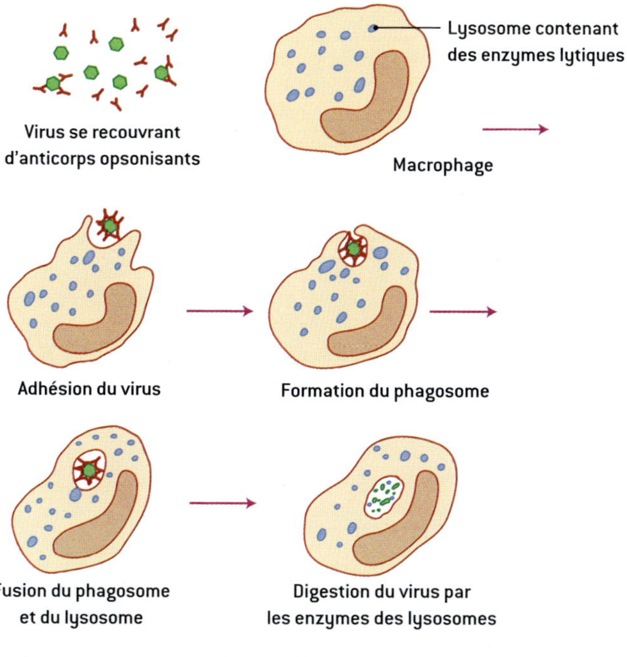

La phagocytose peut se faire parfois sans agents opsonisants.

Déroulement de la phagocytose

B Le phagocyte peut devenir CPA

Les cellules ayant phagocyté un antigène peuvent en présenter des fragments aux autres acteurs des réponses immunitaires. Elles sont alors qualifiées de **cellules présentatrices d'antigènes** (CPA). Ces dernières peuvent présenter l'agent pathogène phagocyté aux lymphocytes T.

2 La coopération cellulaire et l'activation des réponses spécifiques

■ Lors des réponses immunitaires spécifiques à médiation humorale ou cellulaire décrites dans les chapitres précédents, des LT4 spécifiques de l'antigène présenté par la cellule présentatrice d'antigène se différencient en **LT auxiliaires ou LT *helpers*** (LTa ou LTh) sécréteurs de messages chimiques, les **interleukines**. Ces interleukines favorisent la multiplication des LT4 sélectionnés et stimulent la multiplication et la différenciation des LB en plasmocytes et des LT8 en LTc, à condition que ces cellules aient détecté le même antigène que celui reconnu par les LT4.

■ On voit ainsi que les cellules de l'immunité coopèrent. Les LT4 activés en LTa ou LTh permettent d'amorcer la réponse immunitaire à médiation humorale par action sur les LB ou à médiation cellulaire par action sur les LT8.

REMARQUE

Les interleukines sont une famille de plusieurs dizaines de molécules jouant un rôle de messager intercellulaire au niveau du système immunitaire. L'interleukine produite par les LTa (ou LTh) pour activer et différencier les LB en plasmocytes et les LT8 en LTc est l'interleukine 2 (IL2).

12 Les techniques d'exploration et de prévention des maladies

L'analyse de la composition cellulaire du sang peut révéler la présence d'une infection. Afin d'éviter certaines infections, il est possible de pratiquer la vaccination dont le rôle est de stimuler notre mémoire immunitaire.

1 La numération formule sanguine (NFS)

■ La **numération formule sanguine (NFS)** est une analyse de la nature et du nombre des cellules sanguines par unité de volume. Outre les globules rouges (ou hématies) et les plaquettes, notre sang renferme des **globules blancs** (ou leucocytes) impliqués dans l'immunité (voir tableau ci-dessous). Une augmentation du nombre de globules blancs est souvent révélatrice d'infections.

■ Les **polynucléaires neutrophiles**, qui représentent normalement 45 à 70 % du nombre total des leucocytes, voient leur nombre augmenter en cas d'infection bactérienne, alors que l'augmentation du nombre de **polynucléaires éosinophiles**, qui représentent normalement 1 à 3 % des leucocytes, peut être le signe d'une parasitose ou d'une allergie. L'étude du nombre des **polynucléaires basophiles** est moins informative.

■ Les **lymphocytes**, qui représentent de 20 à 40 % des globules blancs, voient leur nombre augmenter lors de certaines infections. À l'inverse, la baisse du nombre de lymphocytes peut révéler une maladie virale ou une maladie du sang.

■ Les **monocytes**, qui représentent de 2 à 8 % des leucocytes, voient leur nombre augmenter lors de certaines maladies infectieuses, parasitaires ou inflammatoires.

Catégories de cellules sanguines		**Nombre moyen chez l'homme**	**Nombre moyen chez la femme**
Hématies (millions/mm³de sang)		4,2 à 5,7	4,0 à 5,3
Plaquettes (milliers/mm³de sang)		150 à 400	150 à 400
Leucocytes	Total par mm³de sang	4 000 à 10 000	4 000 à 10 000
Détail des leucocytes	Granulocytes neutrophiles	45 à 70 % soit 1 700 à 7 500/microlitre	
	Granulocytes éosinophiles	1 à 3 % soit 40 à 300/microlitre	
	Granulocytes basophiles	0,5 % soit moins de 50/microlitre	
	Lymphocytes	20 à 40 % soit 1 000 à 4 000/microlitre	
	Monocytes	2 à 8 % soit 200 à 1 000/microlitre	

La NFS normale

2 Les cellules mémoires et la vaccination

A La mise en mémoire de la réponse immunitaire

Après un premier contact avec un antigène, environ 5 % de l'ensemble des lymphocytes ayant réagi deviennent des **cellules mémoires**. Ces cellules ont une durée de vie très longue (plusieurs années) et réagissent très rapidement lors d'un second contact avec l'antigène, ce qui permet une **immunité acquise** contre les antigènes après une première infection guérie.

B La vaccination

Le principe de la **vaccination** se base sur le phénomène de la mémoire immunitaire. Cela consiste en l'injection d'une substance (le **vaccin**) ayant perdu ses propriétés pathogènes (c'est-à-dire inoffensif), mais conservé ses propriétés immunogènes, donc capable de déclencher une réponse immunitaire pour induire la fabrication et le stockage de lymphocytes mémoires. Lors d'une seconde infection par le même pathogène, les cellules mémoires vont réagir rapidement et massivement pour éliminer l'antigène. Cette réponse immunitaire immédiate et très intense est nommée **réponse secondaire**.

À SAVOIR

La vaccination est une méthode préventive. Son efficacité n'est pas immédiate mais elle est durable. La durée de vie des cellules mémoires oblige à pratiquer des rappels.

C La sérothérapie

- La **sérothérapie** est une méthode qui consiste à injecter des **anticorps** spécifiques à une personne susceptible d'avoir été contaminée par un pathogène (suspicion de rage à la suite d'une morsure d'animal par exemple). Cela permet de neutraliser immédiatement l'éventuel pathogène.
- Contrairement à la vaccination la sérothérapie est une méthode curative dont l'efficacité est immédiate mais peu durable car elle ne génère pas de cellules mémoires.

13 La grippe : réponse immunitaire et vaccination

La grippe est une maladie infectieuse, contagieuse, épidémique et potentiellement mortelle. Il est donc important de comprendre l'organisation du virus qui en est responsable pour tenter de lutter efficacement contre lui et mettre au point des vaccins.

1 La grippe, un exemple de maladie virale

A Le virus *influenza*

■ La grippe est une maladie infectieuse causée par un virus *influenza*, virus à ARN enveloppé de la famille des **Orthomyxoviridae**, qui touche essentiellement les voies respiratoires supérieures. Trois types de virus *influenza* infectent l'homme : les types A, B et C.

■ Seuls les virus de type A ont un potentiel pandémique. Sur la base de leurs protéines de surface, l'**hémagglutinine** (H) et la **neuraminidase** (N) respectivement impliquées dans la pénétration du virus et sa multiplication, les virus de type A sont classés en sous-types notés HxNy.

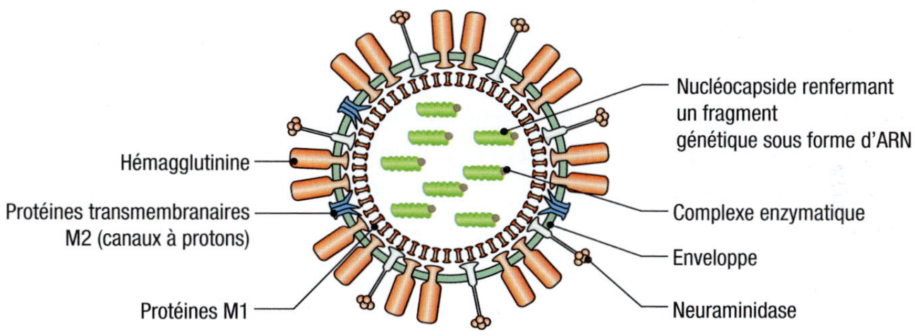

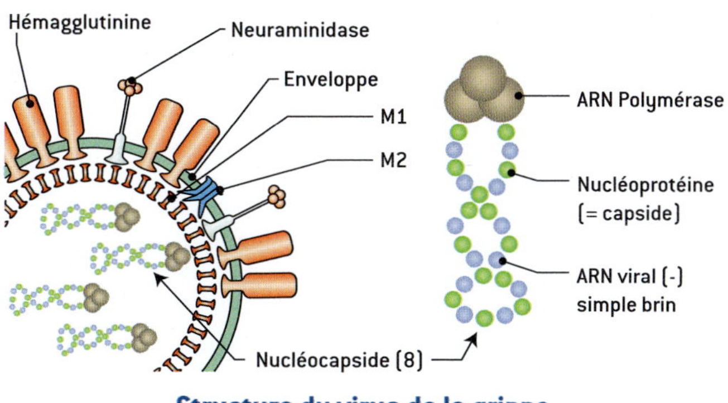

Structure du virus de la grippe

B Contamination et symptômes

■ Les symptômes (fièvre, douleurs musculaires, maux de tête, toux sèche, gorge irritée, rhinite) apparaissent quelques jours après la **contamination**. Les virus grippaux se multiplient localement dans l'épithélium respiratoire provoquant une hypersécrétion de mucus bronchique.

DÉFINITION

La **rhinite** est une inflammation de la muqueuse nasale caractérisée par un écoulement nasal, une obstruction et des éternuements.

■ Les virus grippaux pénètrent dans l'organisme par **voie respiratoire**, au niveau du rhinopharynx et se transmettent facilement au moyen de microgouttelettes et de particules excrétées par une personne qui tousse, éternue ou parle mais aussi par l'intermédiaire des mains. Les températures basses favorisent la survie des virus grippaux.

■ En France, l'Institut Pasteur estime que la grippe saisonnière touche chaque année 2 à 8 millions de personnes et est responsable de plusieurs milliers de morts.

2 La réponse immunitaire face à la grippe

■ Lors de l'infection, la réponse immunitaire innée aboutit à la production de **cytokines inflammatoires** qui sont responsables de la plupart des symptômes de la grippe. La réponse immunitaire spécifique consiste notamment en une induction de lymphocytes T cytotoxiques qui éliminent les cellules infectées et de lymphocytes B qui produisent des anticorps pour neutraliser le virus.

■ Les protéines de surface du virus ont une tendance à se transformer par modification de l'ARN viral lors de ses réplications. Cette instabilité structurale du virus complique la mise au point d'un vaccin et oblige les autorités sanitaires à réaliser un nouveau vaccin chaque année.

 # info
La grippe
foucherconnect.fr/23terst2s22

 # quiz
Des questions pour réviser
foucherconnect.fr/23terst2s21

14 L'anatomie des appareils reproducteurs

Chez l'être humain, la perpétuation de l'espèce s'effectue grâce à la reproduction sexuée. L'organisation des organes génitaux mâle et femelle permet la production des gamètes et leur rencontre au sein de l'appareil génital féminin.

1 Présentation des appareils génitaux

A L'appareil génital masculin

■ L'appareil génital masculin comporte les **organes génitaux** (verge et structures annexes) et les gonades ou **testicules**.

■ Ces dernières, logées dans le **scrotum** (ou bourses), sont le lieu de production des spermatozoïdes, phénomène nommé **spermatogenèse** qui se déroule au sein des tubes séminifères. Le sperme expulsé au moment de l'éjaculation est un mélange de spermatozoïdes et de liquide séminal produit par la **prostate** et les **vésicules séminales**.

■ La **verge** ou pénis comporte à son extrémité le **gland**, recouvert par le **prépuce**, et en son sein des **corps érectiles** (spongieux et caverneux). Un unique conduit urogénital (l'urètre) permet le transport de l'urine en provenance de la vessie ou du sperme.

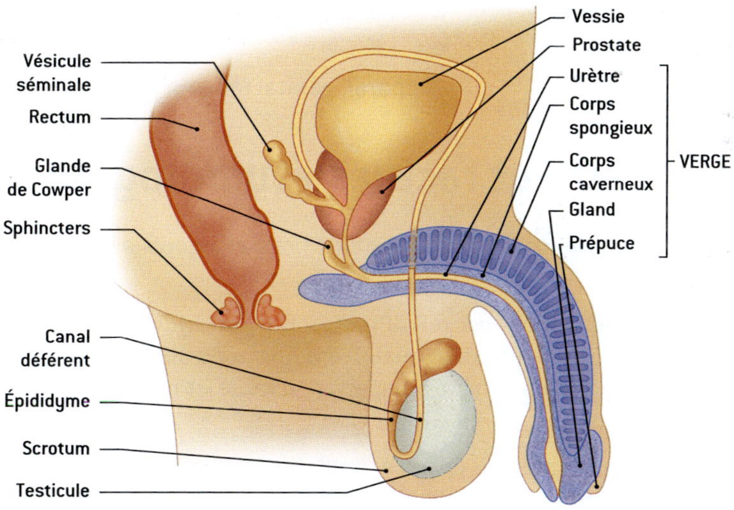

Appareil génital masculin

B L'appareil génital féminin

■ L'appareil génital féminin est constitué dans sa partie externe par la **vulve** (lèvres et clitoris) associée à des structures internes (vagin, utérus et trompes) qui aboutissent aux gonades ou **ovaires**.

■ Les ovaires produisent, alternativement chaque mois, un gamète qui est expulsé dans le **pavillon** situé à l'extrémité des trompes. **L'utérus** comprend une partie externe, musculeuse, le **myomètre** et une partie interne, muqueuse, **l'endomètre**.

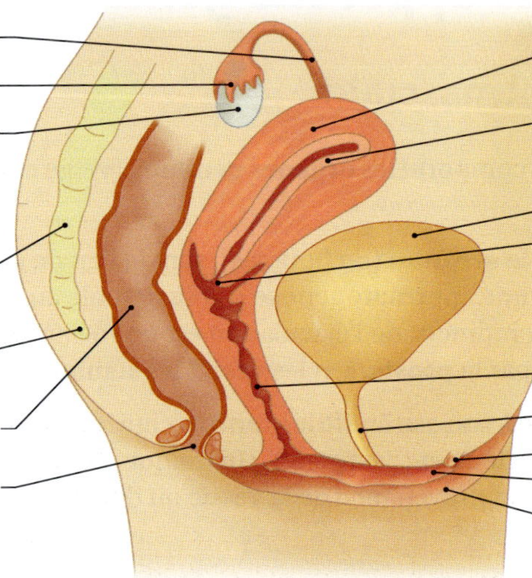

Appareil génital féminin

2 Vocabulaire et racines étymologiques

■ Il est important de comprendre certains préfixes relatifs à l'anatomie génitale mâle ou femelle.

■ Ainsi, le préfixe **andro**- est relatif à l'homme, **orchido**- aux testicules et **spermo**- au sperme. La testostérone est ainsi qualifiée d'hormone androgène, l'étude de la qualité du sperme s'effectue en pratiquant un spermogramme et une castration peut être nommée orchidectomie.

■ Chez la femme, les préfixes **cervico**- (col), **hystero**- ou **métro**- (utérus), **mammo**- (sein), **ovario**- (ovaire), **salpingo**- (trompe) et **vagino**- (vagin) sont à connaître. Une cervicalgie est une douleur du col de l'utérus. Une hystérosalpingographie est une technique de visualisation de l'utérus et des trompes grâce à un liquide de contraste, alors qu'une mammographie est une radiographie des seins.

15 La physiologie des appareils reproducteurs

Par le biais de la gamétogenèse, processus continu chez l'homme et discontinu chez la femme, les gonades assurent la production des gamètes nécessaires à la perpétuation de l'espèce

1 La gamétogenèse

A La spermatogenèse

■ Dès la puberté, l'homme devient capable de produire des gamètes ou **spermatozoïdes** (200 millions par jour) jusqu'à la fin de sa vie.

■ Les spermatozoïdes sont produits en 74 jours dans les testicules au niveau de la paroi des **tubes séminifères**. Les tubes séminifères contiennent des cellules nourricières, les **cellules de Sertoli**. Entre les tubes, on trouve des cellules interstitielles, les **cellules de Leydig,** qui produisent l'hormone sexuelle mâle, la **testostérone**.

■ Au sein des tubes séminifères, les cellules à l'origine des gamètes, appelées **spermatogonies**, se multiplient par mitose, puis subissent un phénomène de croissance pour devenir **spermatocytes I** avant d'entamer le processus de méiose. La méiose aboutit pour chaque spermatocyte I à deux **spermatocytes II** puis à 4 **spermatides**. Les spermatides entament alors la **spermiogénèse**, un processus de différenciation durant lequel leur morphologie va être considérablement modifiée pour aboutir aux spermatozoïdes : ils vont en particulier acquérir leur **flagelle**, nécessaire à leur mobilité, et leur **acrosome**, une vésicule remplie d'enzymes indispensable à la fécondation.

RAPPEL

La **mitose** est une division cellulaire qui permet, à partir d'une cellule diploïde, c'est-à-dire dont les chromosomes sont présents par paires, d'en obtenir 2 identiques entre elles et à la cellule de départ.
La **méiose** est une division cellulaire qui permet, à partir d'une cellule diploïde, d'en obtenir 4 haploïdes, c'est-à-dire dont les chromosomes sont présents en un seul exemplaire.
La mitose est impliquée dans le renouvellement cellulaire (cicatrisation, croissance) alors que la méiose concerne la fabrication des gamètes.

■ Notons que, comme le montre la figure page suivante, les spermatogonies et spermatocytes I qui entrent en méiose sont des cellules diploïdes (2n, avec des chromosomes par paires) alors que les spermatocytes II, spermatides et spermatozoïdes sont haploïdes (n, chromosomes seuls).

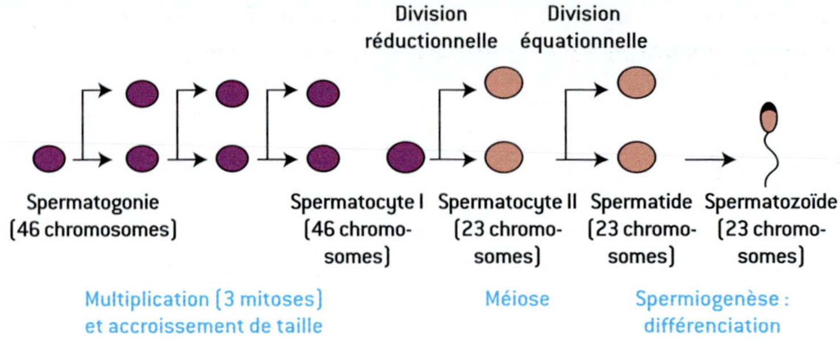

Spermatogénèse

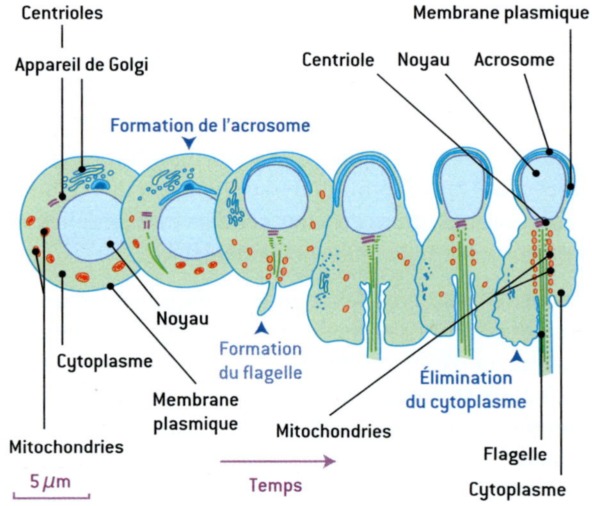

Détail de la spermiogénèse

B L'ovogénèse

■ Contrairement à la gamétogenèse masculine, la formation des gamètes chez la femme débute avant la naissance et se poursuit ensuite à partir de la puberté de manière cyclique. Durant la vie fœtale, les **ovogonies** se multiplient puis deviennent des **ovocytes I** qui se bloquent au stade prophase I de la méiose. Ce n'est qu'à la puberté que la méiose reprend, faisant passer les futurs gamètes femelles du stade ovocyte I à celui d'**ovocyte II** bloqué en métaphase II, qui correspond à la cellule expulsée de l'ovaire lors de l'ovulation. La méiose ne s'achève qu'en cas de fécondation.

■ La première division de méiose aboutit à un ovocyte II et un globule polaire qui ne se divise plus. La seconde division de méiose divise l'ovocyte II en un ovotide et un second globule polaire. La méiose femelle donne donc à partir d'un ovocyte I une seule cellule fécondable (et 2 globules polaires).

2 La folliculogenèse

■ Chez la femme, les cellules de la lignée germinale, c'est-à-dire de la lignée cellulaire qui aboutit aux gamètes, mûrissent au sein d'une structure pluricellulaire nommée **follicule**.

- Dès le stade ovocyte I, le futur gamète s'entoure de quelques cellules nommées cellules folliculaires, l'ensemble constituant le **follicule primordial**.
- Ce dernier passe successivement par les stades **follicules primaire** puis **secondaire** en s'entourant de plusieurs couches de cellules folliculaires (la **granulosa**) puis d'enveloppes externes nommées **thèques**.
- Le follicule tertiaire se reconnaît à la présence de cavités au sein de la granulosa. Ces cavités fusionnent ensuite puis augmentent de volume lors du passage au dernier stade de la folliculogenèse, le stade **follicule mûr ou follicule de De Graff**.
- Lors de l'ovulation, l'ovocyte contenu dans le follicule mûr et quelques cellules folliculaires sont expulsés, mais le reste du follicule demeure dans l'ovaire et se transforme en **corps jaune**.

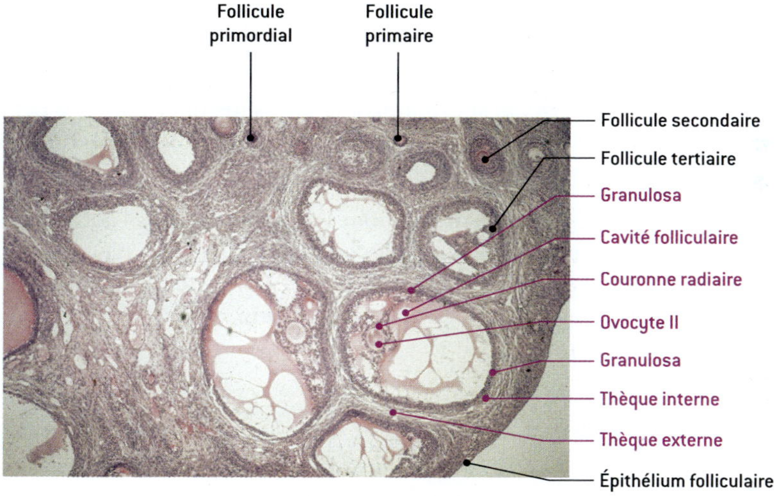

Folliculogenèse au sein d'un ovaire

À SAVOIR

Tous les follicules contiennent un ovocyte I, sauf le follicule mûr de De Graff, prêt à ovuler, qui contient un ovocyte II.

16 La fécondation, la nidation et la grossesse

À la suite de la rencontre des gamètes, l'embryon formé se fixe dans la cavité utérine où il deviendra fœtus et sera nourri par sa mère durant les 9 mois de gestation.

1 La rencontre des gamètes

■ Au cours d'un rapport sexuel, 400 millions de spermatozoïdes sont déposés au fond du vagin. Seul 10 % passent dans l'utérus puis se dirigent vers les trompes. Une centaine de spermatozoïdes parvient finalement à proximité de l'ovocyte fécondable situé dans le tiers supérieur d'une trompe (au niveau du pavillon).

■ Pour féconder l'ovocyte, le spermatozoïde doit s'insinuer entre les cellules folliculaires constituant la **corona radiata**, puis dégrader la **membrane pellucide** enveloppant l'ovocyte grâce aux enzymes contenus dans son **acrosome**.

■ Un seul spermatozoïde pourra féconder l'ovocyte, car, dès l'entrée de son noyau dans le gamète femelle, une **membrane de fécondation** se met en place grâce à l'expulsion du contenu de granules présents en périphérie de l'ovocyte, les **granules corticaux**. Cette membrane de fécondation empêche la **polyspermie**, c'est-à-dire la fécondation de l'ovule par plus d'un spermatozoïde.

2 Le début de la grossesse

■ La fusion des noyaux des gamètes mâle et femelle donne une cellule œuf (**zygote**) qui commence à se diviser en se dirigeant vers l'utérus, où elle s'implantera une semaine plus tard.

■ **L'embryogénèse** débute dès la fécondation : le futur organisme passe successivement par les stades **zygote** (une cellule), puis les stades embryonnaires **morula** et **blastula** avant de se fixer au niveau de l'endomètre (nidation).

■ Le **trophoblaste** (structure embryonnaire à l'origine du futur placenta) sécrète dès la nidation une hormone, **l'HCG**, qui empêche la dégradation du corps jaune resté dans l'ovaire afin que ce dernier produise des hormones **œstrogène** et **progestérone** nécessaires à la gestation. Le corps jaune persiste pendant les 3 premiers mois de grossesse, puis c'est au tour du **placenta** d'assurer la poursuite de la gestation en produisant à son tour **progestérone et œstrogènes** en fortes quantités.

À SAVOIR

L'HCG produite après la nidation est l'hormone détectée par les tests de grossesse.
Au bout de 3 mois de gestation, l'embryon prend le nom de fœtus.

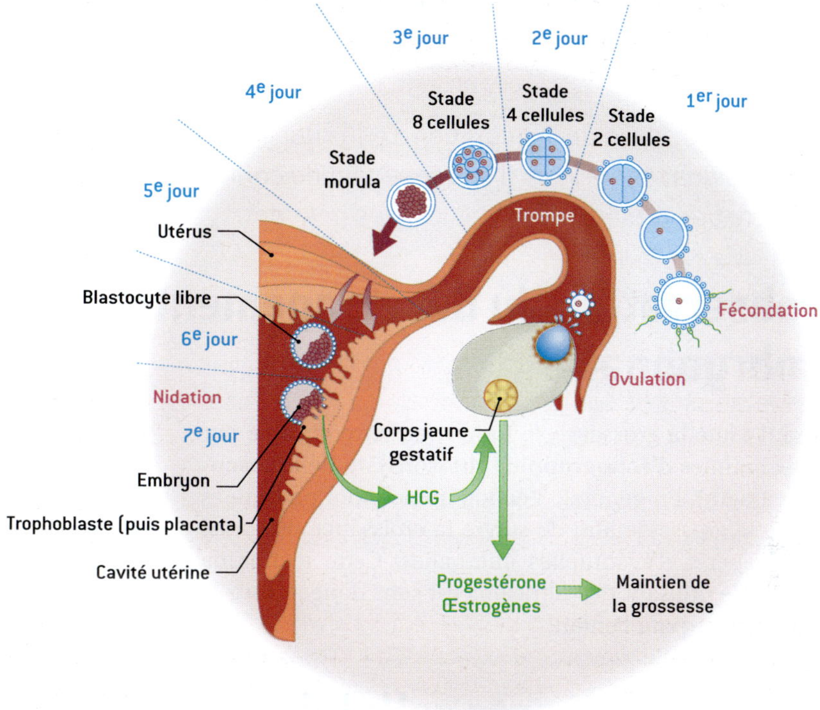

Fécondation et embryogenèse

3 Les échanges fœto-maternels

■ Le **placenta** est une structure fœto-maternelle dont la mise en place débute dès la nidation. Il est relié au fœtus par le **cordon ombilical**. Dans ce cordon circule le sang (dans les 2 sens) afin de permettre les échanges fœto-maternels sans toutefois que les sangs maternels et fœtaux ne se mélangent.

■ La mère transmet à son futur enfant, par l'intermédiaire du placenta, des substances bénéfiques (nutriments, oxygène, anticorps) mais aussi des substances néfastes (virus, nicotine, alcool, médicaments) susceptibles de provoquer des malformations fœtales voire une interruption spontanée de grossesse (**fausse couche**).

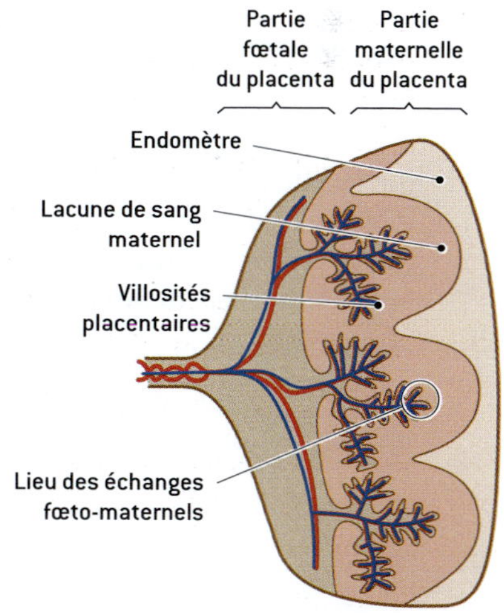

Le placenta

17 Le suivi de la grossesse

Durant toute la durée de la gestation, l'embryon puis le fœtus peuvent être observés grâce à des techniques d'imagerie afin de contrôler le bon déroulement de la grossesse. Des prélèvements cellulaires peuvent également être pratiqués.

1 L'observation du développement embryonnaire

Durant toute la grossesse, le fœtus peut être observé par les techniques **d'échographie** (ultrasons) ou de **fœtoscopie** (camera). En général, 3 échographies sont pratiquées durant la grossesse afin de suivre la croissance du fœtus et de repérer d'éventuelles anomalies. Cette technique d'imagerie utilisant des ultrasons est sans danger pour la mère comme pour l'enfant.

 # vidéo
Le principe de l'échographie
foucherconnect.fr/23terst2s23

2 Les prélèvements cellulaires et sanguins

- Le prélèvement de liquide amniotique (**amniocentèse**), de villosités de placenta (**choriocentèse**) ou de cellules du cordon (**cordocentèse**) permet des études cellulaires et la réalisation de **caryotypes** pour détecter d'enventuelles aneuploïdies (trisomies, monosomies).

- Ces prélèvements biologiques ne sont pratiqués qu'en cas d'antécédents ou de suspicion d'anomalie, car ils peuvent s'avérer dangereux pour le fœtus.

- Des **sérologies** (recherches d'anticorps dans le sérum) sont systématiquement pratiquées chez les futures mères lors d'une grossesse afin de savoir si elles sont protégées ou infectées par des pathogènes susceptibles de provoquer des anomalies fœtales ou de contaminer l'enfant à naître. On recherche en particulier les anticorps dirigés contre les agents de la **rubéole**, de la **toxoplasmose** ou du **VIH**.

- La présence d'anticorps de type IgG indique que la personne possède une immunité et est donc protégée contre le pathogène, alors que la présence d'anticorps de type IgM révèle une exposition récente au pathogène.

18 La régulation de la fonction de reproduction chez l'homme

Grâce à un « dialogue » hormonal permanent entre le complexe hypothalamo-hypophysaire et les gonades, le maintien d'un taux de testostérone constant est assuré chez l'homme et contribue au bon déroulement de la spermatogenèse.

1 Le complexe hypothalamo-hypophysaire (CHH)

Au sein de l'encéphale, sous le IIIe ventricule, se trouve le **complexe hypothalamo-hypophysaire** (ou CHH). Cette structure se compose de l'**hypothalamus** relié à l'**hypophyse** par la **tige pituitaire** qui renferme un système porte, c'est-à-dire une circulation sanguine en dérivation de la circulation générale. L'hypothalamus est à l'origine de la sécrétion de **GnRH**, tandis que l'hypophyse produit les hormones **FSH et LH**.

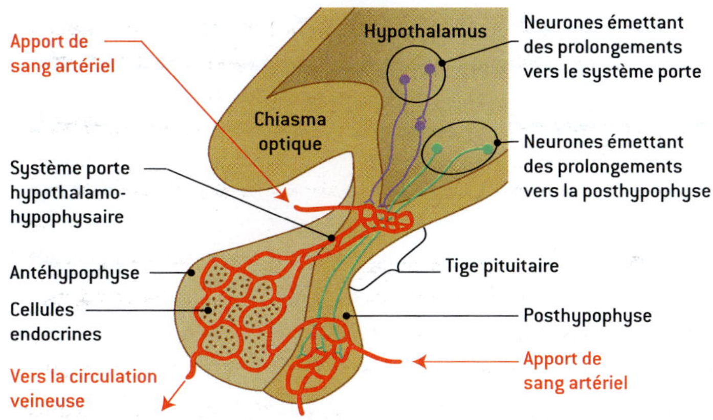

Anatomie du complexe hypothalamo-hypophysaire (CHH)

2 Les relations CHH-gonades chez l'homme

- À partir de la puberté, l'hypophyse de l'homme, sous l'influence de la **GnRH** hypothalamique, produit des **gonadostimulines** (FSH et LH, ou ICSH) qui stimulent les **testicules**. Ceux-ci produisent en retour la **testostérone**, hormone responsable de l'activation de la **spermatogenèse** mais aussi de l'acquisition et du maintien des caractères sexuels secondaires, tels que la pilosité ou la mue de la voix.
- La **LH** stimule les **cellules de Leydig**, sécrétrices de testostérone, tandis que la **FSH** agit sur les cellules de **Sertoli**, qui ont un rôle nourricier et produisent l'inhibine.
- L'activité des testicules est freinée par un taux trop important de testostérone, car cette hormone agit aussi sur le CHH pour limiter les sécrétions de GnRH, FSH et LH dans le but de maintenir une **testostéronémie** constante. Cette action des testicules sur l'hypothalamus et l'hypophyse est nommée **rétrocontrôle négatif.**

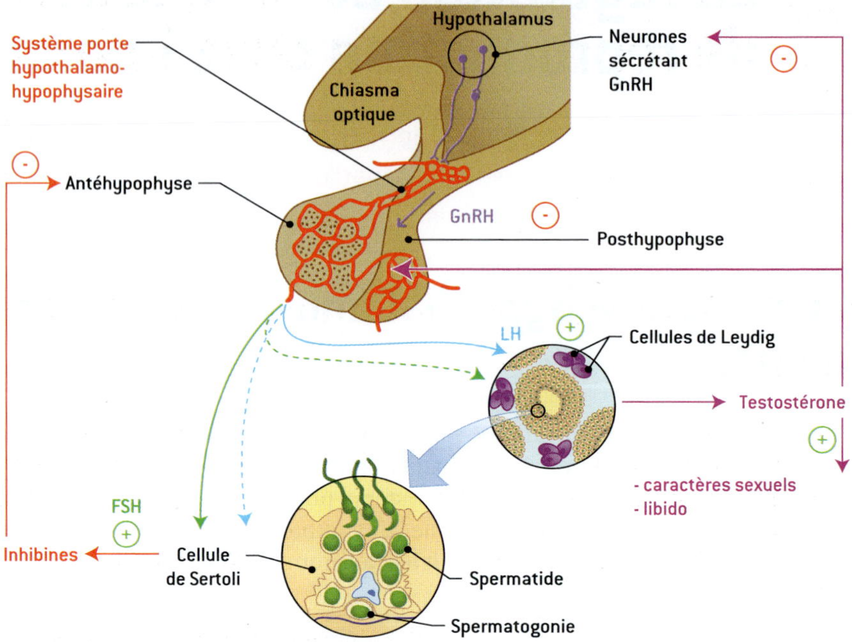

Relations CHH-gonades chez l'homme

19 La régulation de la fonction de reproduction chez la femme

De même que chez l'homme, les relations hormonales entre l'hypothalamus, l'hypophyse, les ovaires et l'utérus sont à l'origine de la synchronisation des cycles ovarien et utérin indispensables à la procréation.

1 Le fonctionnement cyclique de l'appareil génital féminin

■ De la **puberté** (vers 12 ans) à la **ménopause** (vers 50 ans), la femme présente des modifications cycliques des ovaires et de l'utérus : chaque mois, un gamète mûrit au niveau d'un ovaire puis est expulsé lors de l'ovulation. En même temps, la paroi de l'utérus (**endomètre**) s'épaissit et se vascularise pour accueillir un éventuel embryon. Ces phénomènes sont gouvernés par des hormones et contrôlés par le **complexe hypothalamo-hypophysaire** (CHH).

■ Chaque cycle se caractérise au niveau d'un **ovaire** par la maturation d'une structure nommée **follicule**. Cette structure contient le gamète femelle (l'ovocyte, parfois nommé « ovule ») qui est expulsé de l'ovaire vers le 14ᵉ jour du cycle. À la suite de l'ovulation, le follicule resté dans l'ovaire prend le nom de **corps jaune** puis se dégrade progressivement.

■ **L'utérus** est lui aussi soumis à des modifications : les 5 premiers jours du cycle, l'endomètre se dégrade, ce qui est à l'origine des **règles ou menstruations** (par convention, le premier jour du cycle correspond au premier jour des règles). Ensuite, l'endomètre s'épaissit et se vascularise. Après **l'ovulation**, il demeure épaissi et se creuse de cavités pour pouvoir accueillir un éventuel embryon. Si aucune grossesse ne survient, l'endomètre se dégrade et un nouveau cycle commence.

■ La phase qui précède l'ovulation est nommée **phase folliculaire** et peut avoir des durées variables, alors que celle qui suit l'ovulation est appelée **phase lutéale** et dure invariablement 14 jours.

2 Les relations CHH-gonades chez la femme

■ Les trois organes impliqués dans le fonctionnement cyclique féminin (CHH, ovaires et utérus) communiquent grâce à des hormones.

■ Lors de la **phase folliculaire**, l'hypothalamus stimule l'hypophyse par des décharges pulsatiles de **GnRH**. L'hypophyse produit de la **FSH** qui permet la **maturation d'un follicule**. Ce dernier produit de **l'œstrogène** au niveau de sa thèque interne et de sa granulosa, qui agit sur l'utérus et épaissit l'endomètre.

■ Lors de la **phase ovulatoire**, le follicule mûr produit une forte dose **d'œstrogènes**. Cela stimule par rétrocontrôle positif le CHH, qui produit alors une forte dose de **LH**. Ce **pic de LH** est à l'origine, 36 heures après, de l'expulsion du gamète femelle dans le pavillon de la trompe (**ovulation**).

■ Lors de la **phase lutéale**, la **progestérone** et **l'œstrogène** produits par le **corps jaune** resté dans l'ovaire permettent de maintenir l'endomètre épaissi et de le dentelliser afin de le rendre favorable à la nidation. C'est la chute de ces hormones ovariennes due à la dégénérescence du corps jaune en fin de cycle (en absence de grossesse) qui provoque les règles.

■ En résumé, le CHH agit sur les ovaires qui agissent eux-mêmes sur l'utérus, mais en retour, les hormones ovariennes (œstrogène et progestérone) contrôlent l'activité du CHH. Ce phénomène est nommé **rétrocontrôle (ou rétroaction)**. En général, il est négatif, c'est-à-dire que les hormones ovariennes freinent l'activité du CHH. Cependant, au milieu du cycle, le rétrocontrôle devient positif, ce qui provoque le pic de LH à l'origine de l'ovulation.

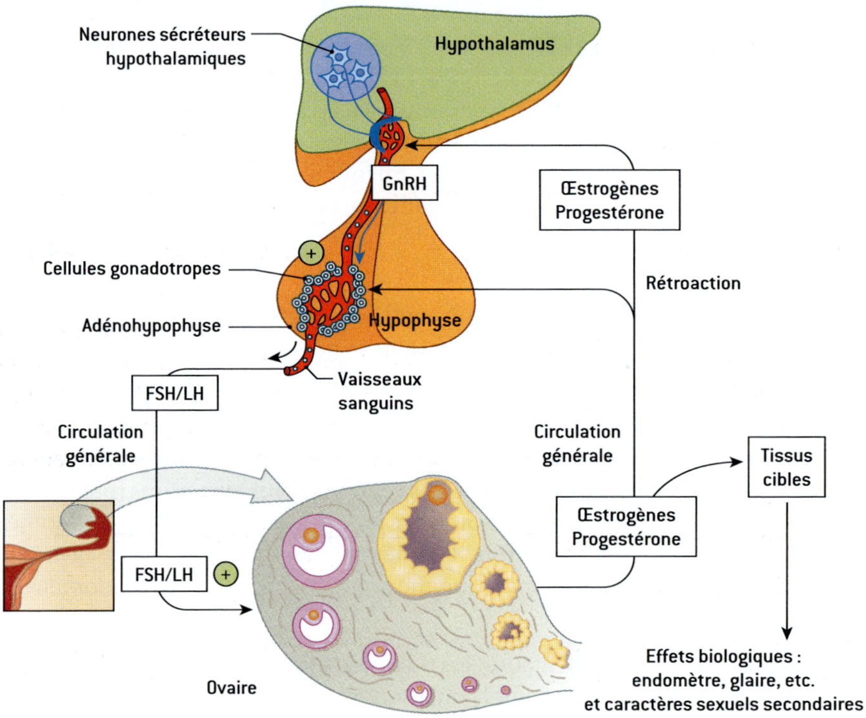

Relations CHH-gonades chez la femme

20 La contraception et la contragestion

Par l'usage des méthodes contraceptives et contragestives, un couple peut choisir de concevoir ou non un enfant et ainsi maîtriser sa procréation.

1 Les méthodes contraceptives

■ Contrairement aux autres mammifères, l'activité sexuelle de l'homme n'est pas directement liée à une période précise et elle peut être dissociée de la procréation. Les connaissances acquises dans le domaine de la régulation du taux des hormones sexuelles ont rendu possible la mise au point de méthodes hormonales qui se sont ajoutées aux autres méthodes **contraceptives**, assurant la maîtrise de la procréation.

■ Les méthodes contraceptives s'opposent à la fécondation : on peut citer les méthodes naturelles comme celle du « **rapport interrompu** », mais aussi les méthodes mécaniques comme le **préservatif**, le **diaphragme** associé à du **spermicide**, le **stérilet (ou dispositif intra-utérin)**, etc.

■ La **pilule contraceptive** sert en général à éviter l'ovulation en exerçant un rétrocontrôle négatif sur le CHH grâce à des hormones de type œstrogènes et progestérone de synthèse. À chaque fin de cycle, la femme cesse de prendre la pilule pour faire chuter son taux d'hormones et provoquer des saignements, appelés hémorragies de privation. Ces « règles » artificielles sont donc déclenchées par l'utilisatrice de la pilule et ne constituent pas un phénomène physiologique lié à la dégénérescence du corps jaune.

■ La **contraception d'urgence** ou **pilule du lendemain** se prend moins de 72 heures après un rapport éventuellement fécondant. Elle rend l'endomètre impropre à la nidation, s'oppose au déplacement des spermatozoïdes et à l'ovulation.

■ Il est important de noter que seuls les **préservatifs** (masculins ou féminins) protègent des maladies ou infections sexuellement transmissibles (MST ou IST).

REMARQUES

Un spermatozoïde peut vivre 48 heures dans les voies génitales femelles et un ovocyte vit 24 heures après avoir été expulsé hors de l'ovaire. Une femme est donc en théorie fécondable 72 heures par mois.

Le stérilet ne s'oppose pas à la fécondation mais à la nidation. Il est néanmoins considéré comme une méthode contraceptive car il n'interrompt pas la grossesse.

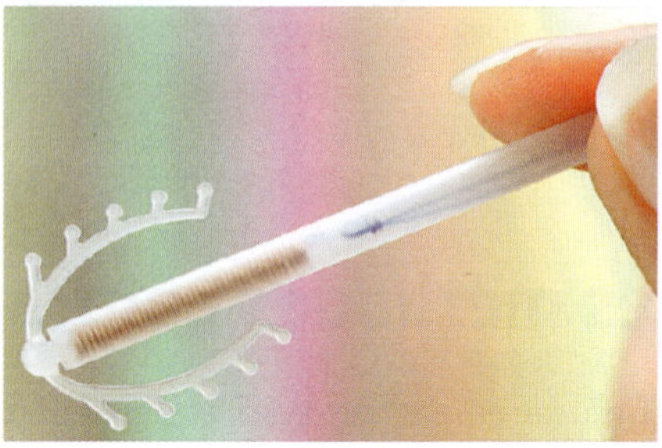

Exemples de moyens contraceptifs : préservatif féminin et stérilet

2 L'interruption de grossesse

■ Une grossesse peut être interrompue naturellement (**fausse couche spontanée**) en cas de choc ou si l'embryon présente des malformations incompatibles avec sa survie. Il est également possible d'interrompre volontairement une grossesse par la **contragestion**, qui regroupe l'ensemble des techniques visant à interrompre la gestation : ce sont donc des méthodes abortives.

■ Légale en France depuis 1975, l'interruption volontaire de grossesse (IVG) peut se faire par voie médicamenteuse ou par aspiration :
- possible jusqu'à la fin de la 5e semaine de grossesse, soit 7 semaines après le début des dernières règles, l'IVG médicamenteuse consiste en l'absorption de **RU 486,** une molécule analogue de la progestérone. Cette « **antihormone** » se fixe sur les récepteurs à la progestérone et empêche cette dernière d'agir. L'organisme se retrouve dans une situation d'absence de progestérone, ce qui provoque les règles et un avortement si un embryon était implanté dans l'utérus. Le RU486 est en général combiné à une autre molécule (le misoprostol), destiné à provoquer des contractions utérines favorisant l'expulsion de l'embryon ;
- la méthode d'IVG par aspiration consiste à aspirer le contenu de l'utérus, sous anesthésie locale ou générale. Elle se pratique jusqu'à la fin de la 12e semaine de grossesse, soit 14 semaines d'aménorrhée.

REMARQUE

Il ne faut pas confondre la pilule du lendemain (contraceptif d'urgence) qui s'oppose à l'ovulation et à la nidation et le RU486 (contragestif) qui déclenche les règles.

21 L'infertilité et la PMA

Certains couples peuvent être confrontés à la difficulté de concevoir. Des méthodes d'aide à la procréation peuvent, dans certains cas, leur permettre d'accéder à leur désir d'enfant.

1 La stérilité

■ En France, environ un couple sur huit consulte en raison de difficultés à concevoir un enfant. Dans trois quarts des cas, l'infertilité est d'origine masculine, féminine, ou mixte mais dans 25 % des cas son origine reste inconnue.

■ On parle d'infertilité en cas d'absence de grossesse malgré des rapports sexuels non protégés pendant une période d'au moins 12 mois.

■ Les causes de stérilité sont multiples : malformation anatomique, problème hormonal, endométriose, syndrome d'Asherman (obstruction des trompes par du tissu cicatriciel), cryptorchidie (absence d'un ou des deux testicule(s) dans les bourses), azoospermie (absence de spermatozoïdes dans le sperme), problème génétique, etc.

2 La procréation médicale

■ Certaines stérilités peuvent être contournées par les méthodes de procréation médicalement assistée (PMA).

■ On peut ainsi citer l'**insémination artificielle** qui consiste en un dépôt du sperme dans le corps de la femme à proximité des ovaires si les spermatozoïdes sont trop peu nombreux ou s'il y a un problème de réceptivité du sperme.

■ La **fécondation *in vitro* et transfert d'embryon** (FIVETE) est une fécondation externe réalisée après recueil des gamètes suivie d'une transplantation de l'embryon dans l'utérus.

■ Dans des cas d'anomalie grave des spermatozoïdes, on peut envisager une **ICSI** (injection intra-cytoplasmique du spermatozoïde), qui consiste à faire fusionner les gamètes par des techniques de micromanipulation.

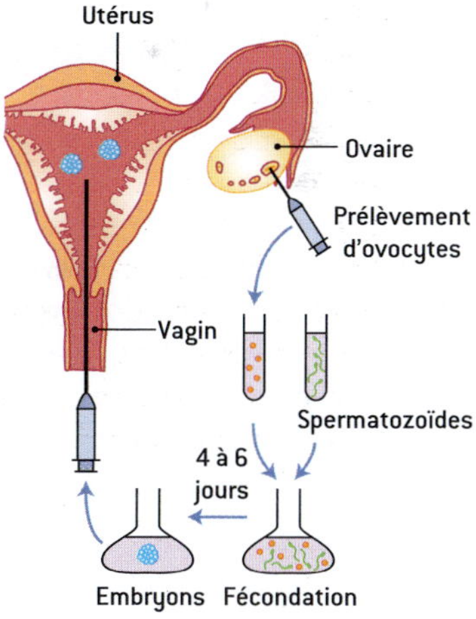

La FIVETE

 # quiz
Des questions pour réviser
foucherconnect.fr/23terst2s21

22 La cellule et l'information génétique

Les cellules de l'organisme possèdent, au niveau de leur noyau, une information génétique sous forme de molécules d'ADN. Ces molécules, associées à des protéines, constituent la chromatine, dont l'état de condensation varie au cours du cycle cellulaire.

1 La structure de l'ADN

- L'**ADN** est une biomolécule informative qui se présente sous la forme d'une double hélice formée d'un enchaînement de **nucléotides**. Chaque nucléotide se compose d'un sucre (le **désoxyribose**), d'un groupement **phosphate** (H_3PO_4) et d'une **base azotée** parmi les 4 suivantes : Adénine (A), Thymine (T), Guanine (G) et Cytosine (C). La succession des nucléotides constitue un message nécessaire à la synthèse de protéines qui seront à l'origine des caractéristiques de l'individu.

- Les deux brins de la molécule d'ADN sont **antiparallèles** et **complémentaires.** Cela signifie qu'ils sont orientés en sens inverse et que les bases des deux brins s'associent d'une manière particulière : en face d'une adénine se trouve toujours une thymine et en face d'une guanine on trouve systématiquement une cytosine. Les bases azotées complémentaires sont reliées entre elles par des liaisons hydrogènes (deux liaisons entre A et T et trois entre G et C).

- La molécule d'ADN est **universelle**, sa structure est la même chez tous les organismes vivants.

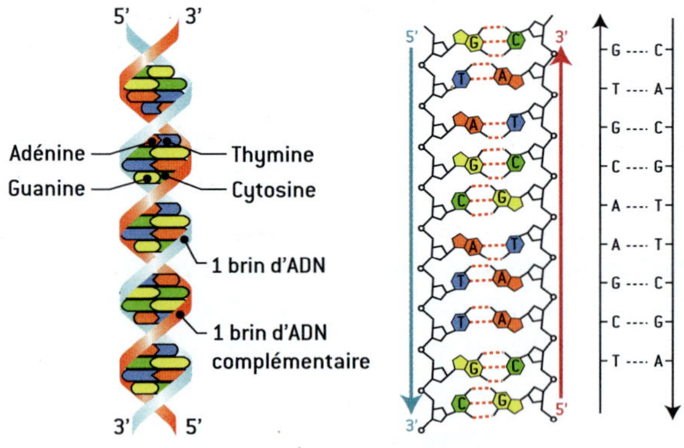

Ultrastructure de l'ADN

- Dans le noyau de la cellule, l'ADN est enroulé autour de protéines basiques nommées **protéines histones**. Il forme ainsi une structure en « **collier de perles** », chaque « perle », nommée **nucléosome**, étant constituée d'un agrégat d'histones autour duquel s'enroule un filament bicaténaire d'ADN. L'ensemble ADN et protéines constitue ainsi la **chromatine** qui peut se présenter sous une forme plus ou moins condensée. La forme condensée de la chromatine est nommée **chromosome**.

> DÉFINITION
> **Bicaténaire** : qui est constitué de deux chaînes complémentaires.

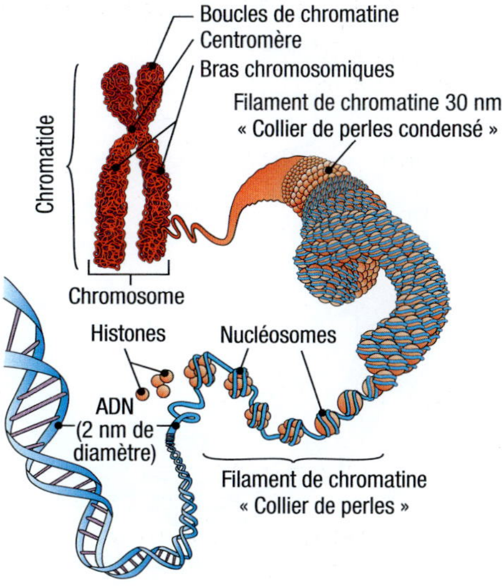

De l'ADN au chromosome

2 L'ADN et le cycle cellulaire

■ Le **cycle cellulaire** est l'ensemble des étapes par lesquelles passe une cellule entre deux divisions. Il comporte 4 étapes successives nommées G1, S, G2 et M. Les étapes G1, S et G2 constituent **l'interphase**.

■ La **phase G1** est une phase de croissance et de biosynthèse de la cellule.

■ La **phase S** est une phase de réplication de l'ADN. Durant cette phase, il y a doublement du nombre de molécules d'ADN et par conséquent de nombre de **chromatides** des chromosomes (chaque chromatide contient une molécule d'ADN bicaténaire).

■ La **phase G2**, comme la phase G1, est une étape de croissance et de biosynthèse de la cellule.

■ La **phase M** ou **mitose** est la phase de division de la cellule. Elle comporte elle-même 4 étapes : prophase, métaphase, anaphase et télophase. On passe alors d'une cellule mère à 2 cellules filles.

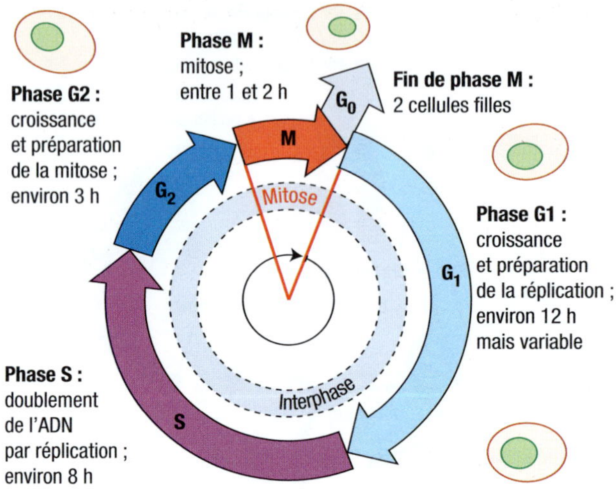

Le cycle cellulaire

■ Au cours du cycle cellulaire, la chromatine passe par des états plus ou moins condensés. Elle est diffuse durant l'interphase, puis, durant la phase M, elle se présente sous forme de **chromosomes condensés**.

■ La phase de duplication de l'ADN (phase S) qui précède la mitose permet aux chromosomes de passer **d'une à deux chromatides**. Cette étape est indispensable pour maintenir la quantité d'ADN aux cours des générations cellulaires (maintien du caryotype).

REMARQUE

La réplication de l'ADN est **semi-conservative**, ce qui signifie que chaque molécule d'ADN fille possède un brin de la molécule mère et un brin néoformé.

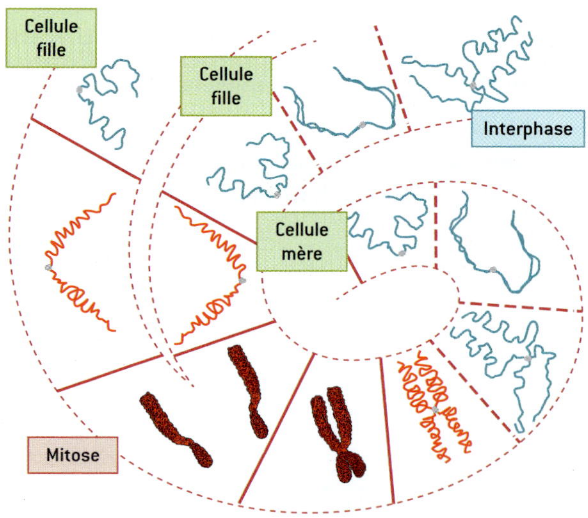

Chromatine et chromosome au cours du cycle cellulaire

23 Du gène à la protéine

L'information génétique s'exprime par l'intermédiaire de la synthèse de protéines, molécules à l'origine des caractéristiques de chaque individu. La protéosynthèse se déroule en deux étapes : la transcription et la traduction. Une modification de l'ADN (mutation) peut se répercuter sur la séquence de la protéine synthétisée et donc sur les caractéristiques de l'individu.

1 La protéosynthèse

A La transcription

■ La transcription est la **première étape** de la synthèse des protéines. Elle a lieu dans le noyau de la cellule eucaryote par « copie » d'une séquence nucléotidique d'un brin d'ADN en une séquence nucléotidique complémentaire constituant le brin d'**ARN messager** (ARNm).

■ L'ADN « s'ouvre » au niveau d'un gène codant pour une protéine grâce à un complexe enzymatique comprenant l'**ARN polymérase**. Un des deux brins de l'ADN, le **brin transcrit**, sert alors de modèle à la fabrication de l'ARNm par complémentarité des bases. Le brin d'ARNm est donc identique à celui du brin d'ADN non transcrit, mais dans l'ARN, l'**uracile**(U) remplace la thymine (T).

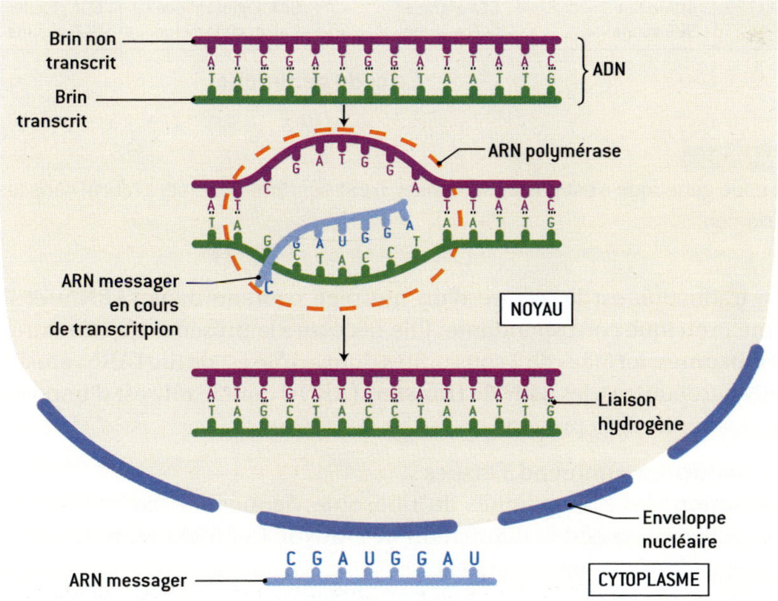

La transcription

■ Une fois le gène transcrit, l'ARNm se détache et migre hors du noyau cellulaire dans le **cytoplasme** en sortant par les pores nucléaires, ce qui permet la réassociation des brins d'ADN. L'information contenue dans cet ARNm peut alors être lue lors de l'étape de traduction pour permettre la synthèse de la protéine.

B La traduction

■ La traduction est la **seconde étape** de la synthèse des protéines. Elle se déroule dans le cytoplasme grâce au **code génétique**, qui est un tableau de correspondance entre le « langage ARN » (les nucléotides) et le « langage protéine » (les acides aminés). Dans ce tableau, un acide aminé correspond à une succession de 3 nucléotides (**triplet ou codon**) de l'ARN messager.

		Deuxième base azotée					
		U	C	A	G		
Première base azotée	U	UUU phénylalanine UUC phénylalanine UUA leucine UUG leucine	UCU sérine UCC sérine UCA sérine UCG sérine	UAU tyrosine UAC tyrosine UAA stop UAG stop	UGU cystéine UGC cystéine UGA stop UGG tryptophane	U C A G	Troisième base azotée
	C	CUU leucine CUC leucine CUA leucine CUG leucine	CCU proline CCC proline CCA proline CCG proline	CAU histidine CAC histidine CAA glutamine CAG glutamine	CGU arginine CGC arginine CGA arginine CGG arginine	U C A G	
	A	AUU isoleucine AUC isoleucine AUA isoleucine AUG méthionine	ACU thréonine ACC thréonine ACA thréonine ACG thréonine	AAU asparagine AAC asparagine AAA lysine AAG lysine	AGU sérine AGC sérine AGA arginine AGG arginine	U C A G	
	G	GUU valine GUC valine GUA valine GUG valine	GCU alanine GCC alanine GCA alanine GCG alanine	GAU a. aspartique GAC a. aspartique GAA a. glutamique GAG a. glutamique	GGU glycine GGC glycine GGA glycine GGG glycine	U C A G	

Le code génétique

REMARQUE
Le code génétique n'est pas à mémoriser, il est systématiquement fourni dans les sujets d'examen.

■ La traduction est la lecture d'un message contenu dans l'ARNm et la synthèse de la chaîne protéique correspondante. Elle nécessite la présence de structures intracellulaires, les **ribosomes**, formées de 2 sous unités dont le rôle est de lire l'ARN, ainsi que de molécules d'ARN particulières, les **ARN de transfert** (ARNt) dont le rôle est d'importer les acides aminés constitutifs de la protéine.

■ La traduction comprend 3 étapes :
- l'**initiation** : les 2 sous-unités du ribosome viennent se fixer à l'ARNm puis le premier ARNt se fixe sur le codon d'initiation de l'ARNm. Cet ARNt est relié à la méthionine car le premier codon est toujours AUG ;
- l'**élongation** : un nouvel ARNt se fixe en face du 2e codon de l'ARNm et une **liaison peptidique** se forme entre les deux acides aminés. Le ribosome « glisse » le long de la molécule d'ARNm (on parle de « **translocation** du ribosome »), puis un 3e acide aminé se met en place. L'ARNt du second codon est libéré et ainsi de suite ;

– la **terminaison** : le ribosome arrive à un codon « stop » (UAA, UAG, UGA) auquel ne correspond aucun acide aminé, donc aucun ARNt. La chaîne protéique achevée se détache alors du ribosome puis subit des modifications post-traductionnelles comme la perte de sa méthionine initiale.

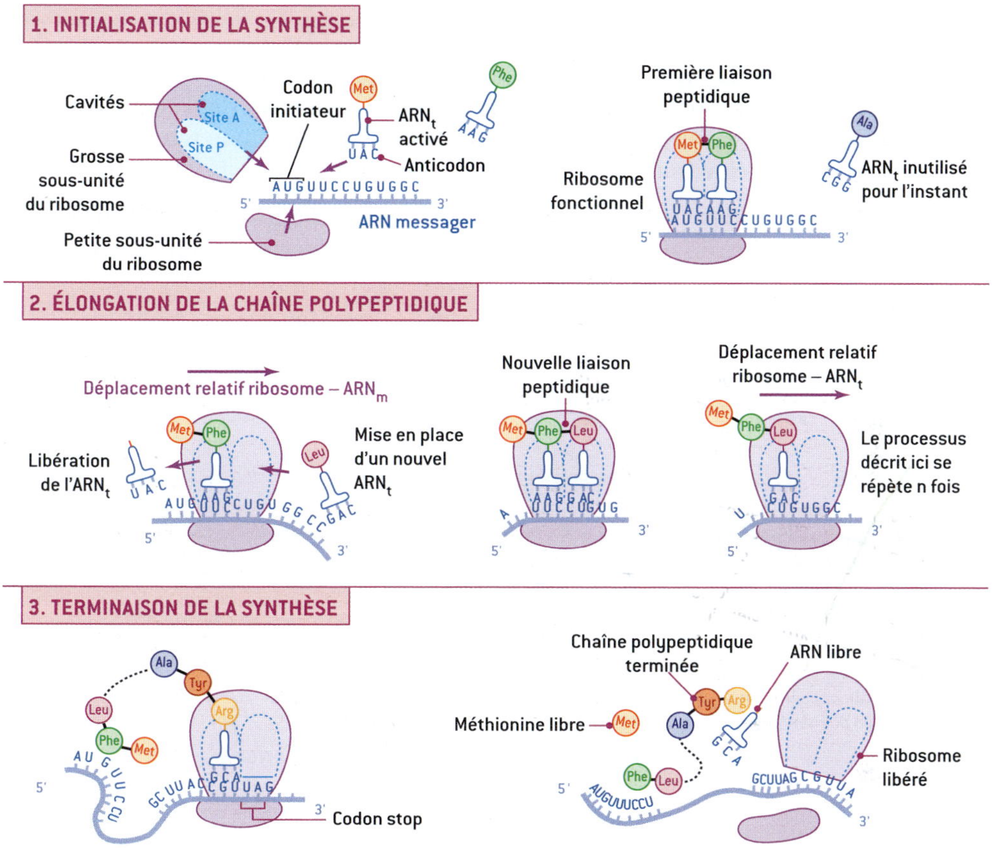

La traduction

> **À SAVOIR :**
> - Le code génétique est **universel** car un même triplet correspond à un même acide aminé chez l'ensemble des organismes vivants (eucaryote ou procaryote).
> - Le code génétique est **redondant** (ou dégénéré) car plusieurs triplets peuvent avoir la même signification, c'est-à-dire correspondre au même acide aminé.
> - Certains codons ne correspondent à aucun acide aminé, ils sont nommés **codons « Stop » ou « Non Sens »** et indiquent la fin de la traduction.

2 Les mutations et leurs conséquences

A Causes et nature des mutations

■ Une **mutation** est une modification d'une séquence d'ADN. Elle peut apparaître spontanément lors d'une réplication, mais peut aussi être provoquée par des **agents mutagènes**.

BIOLOGIE

■ Une mutation est qualifiée de **ponctuelle** si elle ne concerne qu'un nucléotide et d'**étendue** si elle concerne plusieurs nucléotides. Il peut s'agir d'une **substitution** (nucléotide changé), d'une **insertion** (nucléotide ajouté) ou d'une **délétion** (nucléotide retiré).

B Conséquences des mutations

■ Les mutations de type substitution peuvent n'entraîner aucune conséquence sur la protéine formée en raison de la **redondance** du code génétique. Cependant, de telles mutations peuvent aussi faire apparaître un codon stop (mutation non sens) ou changer l'acide aminé de la protéine (mutation faux sens).

■ Les mutations de type insertion ou délétion sont décalantes c'est-à-dire qu'elles décalent le cadre de lecture du ribosome et ont généralement des conséquences graves sur la protéine formée.

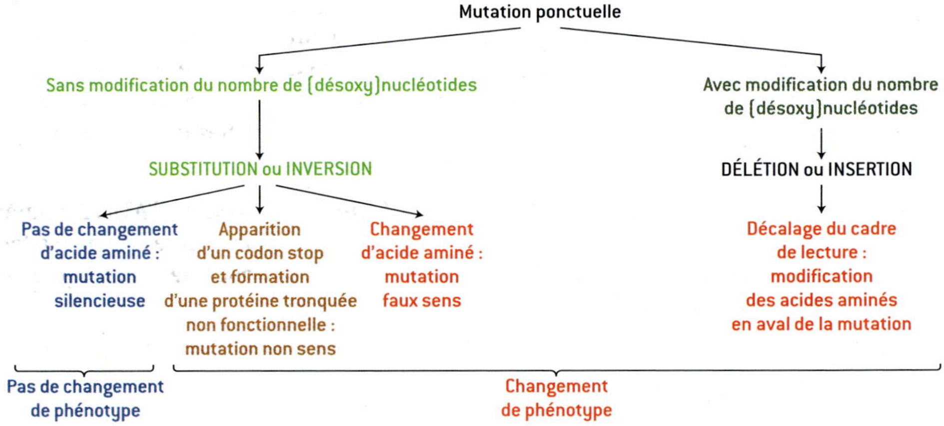

Les mutations et leurs conséquences

 # vidéo
La synthèse protéique
foucherconnect.fr/23terst2s24

24 La transmission des caractères héréditaires

Les caractéristiques héréditaires de chaque individu sont « écrites » au niveau de la séquence de leur ADN. Certaines mutations sont à l'origine de maladies génétiques et peuvent, comme toutes nos caractéristiques, être transmises à la descendance.

1 Vocabulaire

■ Tous les êtres humains se distinguent les uns des autres par certains **caractères phénotypiques** : par exemple la taille, la couleur des cheveux, de la peau ou des yeux ou encore le groupe sanguin, qui dépendent du **génome** de chacun, c'est-à-dire de son matériel génétique. Le support de cette information est l'ADN des **chromosomes**. Chez un être humain on trouve 22 paires de chromosomes non sexuels (ou **autosomes**) et une paire de chromosomes sexuels (ou **gonosomes** ou **hétérosomes**) notés XX chez une femme et XY chez un homme.

■ L'information génétique se présente sous la forme de séquences d'ADN nommées **gènes** qui sont disposés sur le chromosome à des endroits précis nommés **locus**. La façon dont s'exprime un gène est nommée **allèle**. Par exemple, pour le **caractère** « groupe sanguin », le gène s'exprime par les allèles A, B et O.

REMARQUE
Le génome humain comporte plus de 3 milliards de paires de bases et 23 000 gènes répartis sur 23 paires de chromosomes.

■ Chaque chromosome d'une paire (sauf la paire de chromosomes sexuels chez l'homme) possède à un emplacement donné, appelé « **locus** », les mêmes gènes avec des allèles identiques (individu **homozygote**) ou différents (individu **hétérozygote**).

■ Si un allèle s'exprime chez un individu hétérozygote, il est **dominant,** alors que s'il ne s'exprime qu'à l'état homozygote, il est **récessif.** Par exemple, pour les groupes sanguins, les allèles A et B sont **codominants** alors que l'allèle O est récessif.

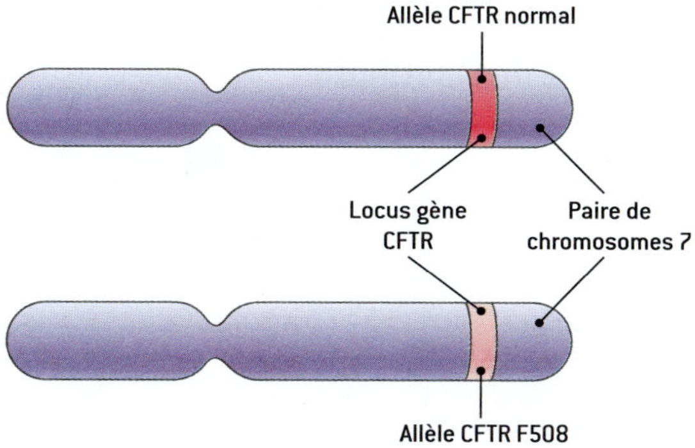

Les allèles d'un gène (ici l'individu est hétérozygote)

2 Transmission des caractères héréditaires

A Conventions d'écriture

■ Environ 9 000 maladies génétiques sont connues. Elles touchent 6 à 8 % de la population mondiale. Pour étudier la transmission d'une maladie génétique, on observe l'arbre généalogique de la famille concernée.

■ Par convention, en génétique humaine, les hommes sont représentés par des carrés, les femmes par des ronds et les embryons au sexe non encore défini par des losanges. Ces figures sont colorées en blanc si les individus sont sains, en noir s'ils sont malades, et barrées si les personnes sont décédées.

■ Pour les génotypes et phénotypes, on note par convention l'allèle dominant en majuscule et l'allèle récessif en minuscule. Ainsi, un individu de génotype (S//m) aura comme phénotype [S] et un individu de génotype (m//m) aura comme phénotype [m].

B Protocole de résolution d'un problème de transmission héréditaire

■ On cherche à savoir si la maladie est dominante ou récessive. On retiendra que :
- si 2 personnes saines ont un enfant malade, la maladie est récessive ;
- si 2 personnes malades ont un enfant sain, la maladie est dominante.

■ Une fois déterminé le caractère dominant ou récessif, on cherche à savoir si la maladie est portée par un **autosome** (chromosome non sexuel) ou un **gonosome** (chromosome sexuel X ou Y) :
- si des femmes sont malades, la maladie ne peut pas être portée par le chromosome Y. En revanche, si aucune femme n'est malade, cela n'indique pas forcément que la maladie est portée par le chromosome Y ;
- une plus grande fréquence de la maladie chez les hommes peut faire penser à une transmission par le chromosome X.

■ Pour valider une hypothèse il faut écrire les génotypes possibles des membres de la famille. On considère généralement qu'un individu extérieur à la famille a très peu de risque d'être porteur de la même mutation que les membres de la famille étudiée.

■ Pour mettre en pratique les règles ci-dessus, étudions les 3 cas suivants.

a Cas n° 1 : la chorée de Huntington

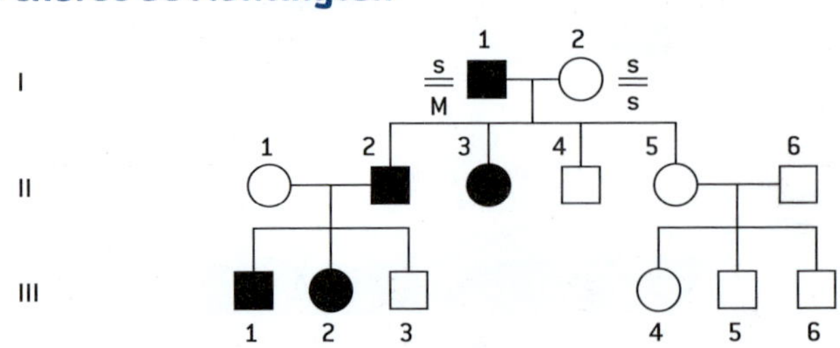

■ La maladie touche toutes les générations : même si l'hypothèse d'une maladie récessive n'est pas impossible, cela signifierait que l'individu II-1, qui n'est pas un descendant du couple I-1 et I-2, serait porteur de l'allèle muté, ce qui est très improbable. La maladie est donc dominante.

- Des femmes sont malades, donc cette maladie n'est pas liée au chromosome Y.
- Un homme transmet forcément son chromosome X à toutes ses filles. Si la maladie était liée au chromosome X, l'homme I-1 transmettrait son chromosome X malade à sa fille II-5 qui devrait donc être malade. Comme ce n'est pas le cas, la maladie n'est pas liée au chromosome X.
- **La chorée de Huntington est une maladie autosomale dominante**. Tous les malades auront le génotype (s//M) et les individus sains seront (s//s).

b Cas n° 2 : le daltonisme

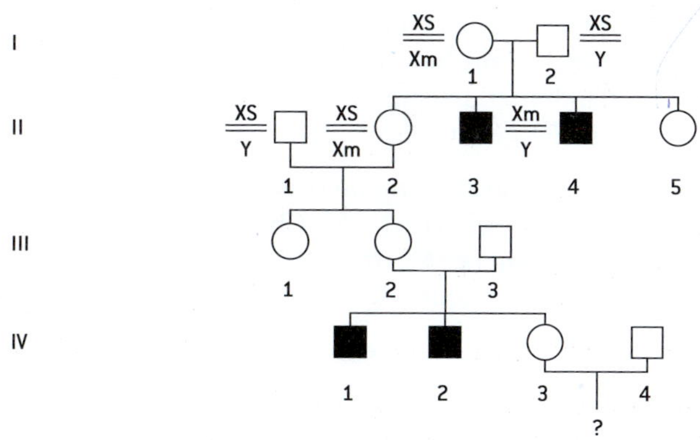

- Des personnes saines ont des enfants malades, la maladie est donc récessive.
- Seuls les garçons étant malades, on pense à une maladie liée au chromosome X. De plus, si la maladie était autosomale, cela signifierait que des personnes extérieures à la famille comme III-3 seraient porteuses de cette maladie, ce qui est très peu probable.
- Si la maladie était liée au chromosome Y, tous les hommes malades auraient leur père malade, ce qui n'est pas le cas.
- **Le daltonisme est une maladie récessive liée au chromosome X**. Les hommes sains ont forcément comme génotype (XS//Y) et les hommes malades (Xm//Y). Les femmes vectrices de la maladie ont pour génotype (XS//Xm).

c Cas n° 3 : l'hypertrichose

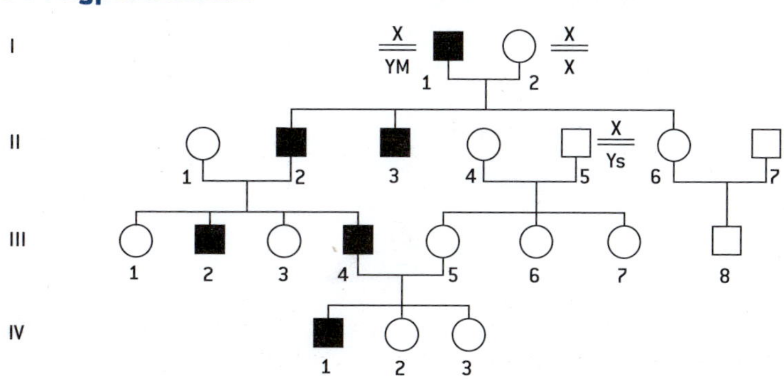

■ Toutes les générations sont touchées, la maladie est certainement dominante. Si la maladie était récessive, cela voudrait dire que des individus qui ne sont pas des descendants directs de cette famille seraient porteurs de l'allèle muté (ce serait le cas des individus II-1 et III-5).

■ Seuls les hommes sont malades. Si la maladie était liée au chromosome X, elle serait transmise aux hommes par leur mère qui, puisque la maladie est dominante, serait forcément malade.

■ **L'hypertrichose est une maladie liée au chromosome Y**. Comme les individus malades n'ont qu'un chromosome Y, on ne parle pas ici de dominance ou de récessivité.

C Probabilité de transmission d'un caractère héréditaire

■ Si on connaît le génotype des membres d'un couple, on peut, à l'aide d'un échiquier de croisement, déterminer la **probabilité** qu'ils ont d'avoir un enfant atteint de la maladie. Pour cela il suffit d'indiquer dans un tableau les allèles portés par les gamètes de chaque parent et d'en déduire les génotypes et phénotypes des descendants.

■ Considérons la chorée de Huntington (cas n° 1 ci-dessus) et les individus I-1 et I-2, respectivement de génotypes (s//M) et (s//s). Chaque individu transmet à ses descendants un seul de ses allèles. Le parent (s//M) transmettra ainsi l'allèle s ou l'allèle M alors que l'individu (s//s) transmettra forcément l'allèle s.

■ L'échiquier de « croisement » donnera :

Allèles des parents	s	M
s	(s//s)	(M//s)
s	(s//s)	(M//s)

Ce couple aura donc 2/4 soit 1 risque sur 2 d'avoir un enfant de génotype (M//s) donc malade.

■ On procède de même pour le daltonisme (cas n° 2 ci-dessus) et les individus I-1 et I-2, respectivement de génotypes (XS//Xm) et (XS//Y).

Allèles des parents	XS	Xm
XS	(XS//XS)	(Xm//XS)
Y	(XS//Y)	(Xm//Y)

On voit que ce couple aura 1 risque sur 4 d'avoir un enfant de génotype (Xm//Y) donc malade. Cet individu sera forcément de sexe masculin.

25 Le cancer, une conséquence des mutations génétiques

Le cancer, première cause de mortalité en France, est une maladie multifactorielle dont le point de départ est une accumulation de mutations génétiques spontanées ou provoquées par des agents mutagènes. Des techniques de prévention et thérapeutiques permettent de lutter efficacement contre cette pathologie.

1 Le processus de cancérisation

■ Un **cancer** peut être défini comme une maladie due à la prolifération anarchique de cellules, conduisant à la destruction du tissu originel, puis de l'ensemble de l'organisme en cas d'extension de la tumeur.

■ La cancérisation est un processus qui se déroule en 3 étapes successives :
- l'**initiation** est une altération spontanée ou provoquée du génome d'une cellule. Ces mutations peuvent concerner des **proto-oncogènes** existant dans le patrimoine normal de la cellule et les transformer en **oncogènes**. Il peut également s'agir de mutations d'un gène de contrôle de la multiplication cellulaire comme les **anti-oncogènes** ;

> **DÉFINITION**
> Les **oncogènes** (du grec *onkos*, signifiant masse ou tumeur, et *génos*, signifiant génération, naissance, origine) sont une catégorie de gènes dont l'expression favorise la survenue de cancers.

- la **promotion tumorale** s'effectue par des divisions cellulaires successives qui sont à l'origine d'un clone de **cellules malignes** (**hyperplasie**). Chaque réplication augmente le risque de nouvelles mutations, il en résulte une hétérogénéité tumorale et une altération de l'organisation tissulaire (**dysplasie**). Cela peut expliquer certains échecs thérapeutiques puisque les différentes cellules manifestent une sensibilité variable aux traitements ;
- la **progression** : les modifications acquises donnent des propriétés nouvelles aux cellules comme l'immortalité, l'autonomie de la division et l'acquisition d'un pouvoir migratoire associée à une perte d'adhésivité et une inhibition de contact qui facilitent l'infiltration des tissus sains (cancer invasif).

■ Par la suite, une vascularisation de la tumeur se met en place par **angiogenèse**, c'est-à-dire par création de nouveaux capillaires sanguins, assurant les apports nutritifs nécessaires à sa croissance. Il peut alors y avoir détachement de la tumeur primitive, pénétration dans les vaisseaux sanguins, transport dans un organe à distance aboutissant au développement de **métastases**.

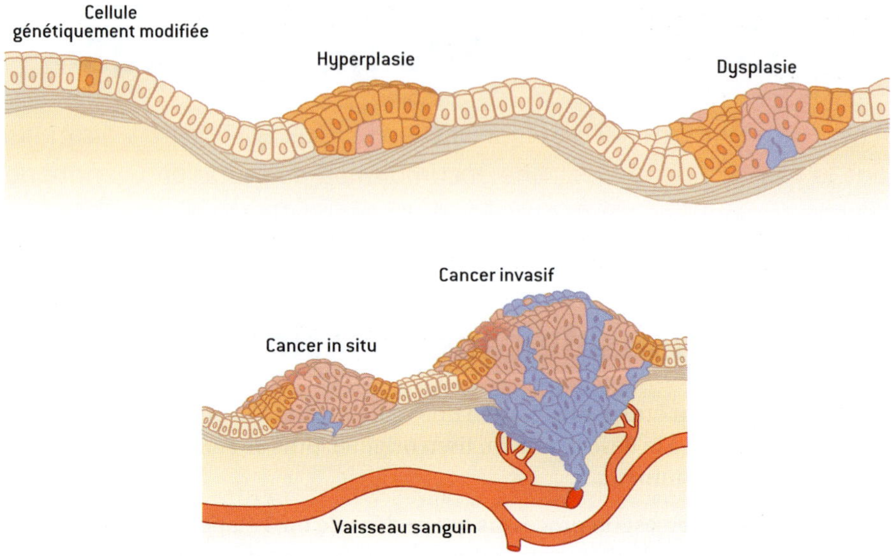

Tumorogenèse et évolution au niveau d'un tissu épithélial

2 Le diagnostic du cancer

■ La découverte de cette pathologie chez un individu est faite le plus souvent à l'occasion d'une visite chez le médecin généraliste pour une autre cause. Des troubles fonctionnels (dysphonie pour le cancer du larynx par exemple) ou la présence d'une tuméfaction peuvent permettre de suspecter un cancer.

■ Le diagnostic devra être confirmé par des **techniques d'imagerie** (radiographie, scanner, IRM, échographie) éventuellement associées à des **prélèvements biologiques** (biopsie et examens anatomopathologiques).

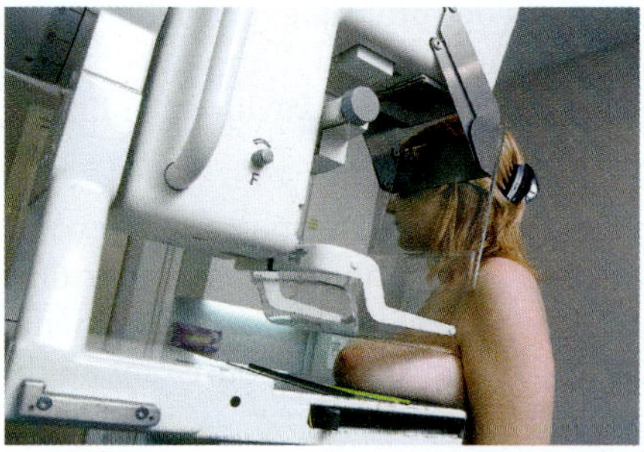

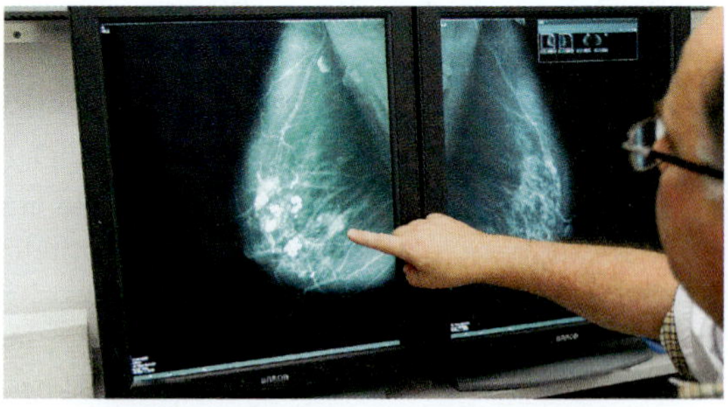

Personne réalisant une mammographie et clichés mettant en évidence une tumeur mammaire

■ Des **marqueurs tumoraux** permettent par leur dosage de diagnostiquer certains cancers. On peut citer à titre d'exemple l'**alpha-foetoprotéine (AFP)** dont l'augmentation est associée aux tumeurs du foie ou des testicules, l'**antigène carcino-embryonnaire** (ACE) présent dans les cas de carcinomes du côlon, du sein ou du pancréas, ou l'**antigène prostatique spécifique** (PSA) dont la teneur augmente chez les personnes atteintes de cancer de la prostate.

3 Agents mutagènes, prévention et traitements des cancers

A Agents mutagènes

Même si les cancers peuvent survenir de manière spontanée, certains agents, qualifiés de mutagènes, favorisent l'apparition de tumeurs. Il peut s'agir d'agents **physiques** (radiations, UV, etc.), **chimiques** (amiante, benzène, alcool, tabac, etc.) ou **biologiques** (certains virus comme le papillomavirus). On estime qu'environ 10 % des professions exposent à des agents mutagènes.

B Prévention et dépistage précoce

Afin de limiter le risque de survenue ou de récidive de cancers, le dépistage précoce ainsi que la prévention sont très importants. La **prévention** consiste à limiter l'exposition aux facteurs cancérigènes (campagnes anti-tabac, information sur le risque d'exposition aux UV, etc.) tandis que le **dépistage précoce** consiste en des examens réguliers (frottis cervical, coloscopie, etc.), en particulier chez les personnes à risque (fumeurs, personnes à antécédents familiaux, etc.)

C Traitements des cancers

■ Les cancers sont traités de trois manières principales :
– par **chirurgie** : cela consiste en l'ablation de la tumeur ;
– par **chimiothérapie** : ce terme, bien que surtout utilisé pour le cancer, désigne tout traitement par des agents chimiques ;
– par **radiothérapie** : cela consiste en une application thérapeutique de rayonnements ionisants.

■ Les techniques de chimiothérapie et radiothérapie ciblent les cellules malades mais touchent inévitablement les cellules saines et sont à l'origine d'effets secondaires plus ou moins pénibles. On parle de **troubles iatrogéniques**, c'est-à-dire provoqués par un acte médical. On peut par exemple observer l'apparition d'une rougeur associée à une réaction inflammatoire près de la zone irradiée en cas de radiothérapie. La chimiothérapie peut provoquer des nausées, des vomissements, une chute de cheveux et une fatigue extrême.

À SAVOIR

Les préfixes carcino, cancero, onco et tumoro sont relatifs au cancer.
Ainsi, un **carcinome** est un cancer touchant une lignée cellulaire épithéliale. De même, **l'oncologie** ou **cancérologie** est la spécialité médicale qui traite les tumeurs cancéreuses.

 # quiz
Des questions pour réviser
foucherconnect.fr/23terst2s21

BIOLOGIE

Le diabète et la régulation de la glycémie

De type 1 ou 2, le diabète traduit une élévation anormale de la concentration du glucose dans le sang. Cette anomalie est due à une insuffisance ou une mauvaise utilisation de l'insuline. Le diabète est une maladie grave qui, sans traitement approprié, peut entraîner des complications cardio-vasculaires.

I. Histologie du pancréas

Le tissu pancréatique est composé principalement d'acini (99 %), ensemble de cellules sécrétant le suc pancréatique chargé d'enzymes. Le suc pancréatique est déversé dans le duodénum par les canaux pancréatiques et participe à la digestion des aliments. Les îlots de Langerhans richement vascularisés constituent une autre structure histologique du pancréas (1 %).

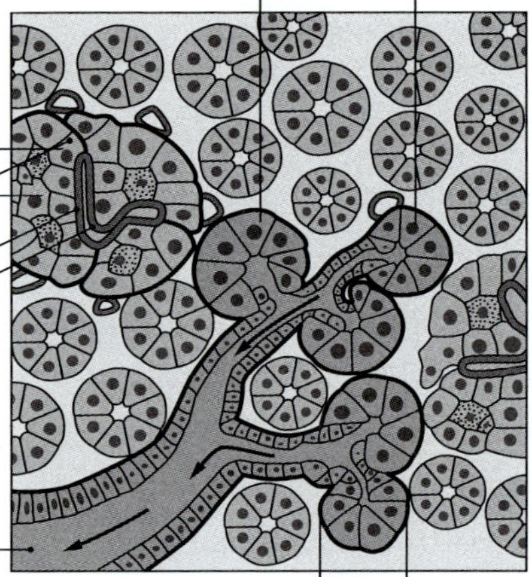

1. Indiquer sur la copie quelles annotations du document ci-dessous correspondent à la partie exocrine du pancréas et celles qui correspondent à la partie endocrine. Justifier la réponse.

Les expériences historiques suivantes, réalisées chez le chien, ont conduit à préciser les deux rôles du pancréas.

Expériences	Observations
Expérience 1 Ablation du pancréas (diabète expérimental)	Diabète de type 1 : - hyperglycémie - glycosurie et polyurie
Expérience 2 Ablation du pancréas + addition de suc pancréatique	Diabète de type 1 : - hyperglycémie - glycosurie et polyurie
Expérience 3 Ablation du pancréas + injection d'insuline	Troubles digestifs Glycémie normale

2. Analyser ces trois expériences et en déduire les deux rôles du pancréas en précisant quelles sont les molécules sécrétées.

Monsieur X présente les symptômes d'un diabète. Son médecin traitant lui prescrit un bilan sanguin dont les résultats sont donnés dans le tableau suivant.

Substances dosées	Monsieur X.	Valeurs de référence
Insulinémie	16 pmol.L^{-1}	Entre 30 et 110 pmol.L^{-1}
Glycémie	1,26 g.L^{-1}	Entre 0,8 et 1,2 g.L^{-1}
Cholestérolémie (dont LDL - cholestérol)	5,9 mmol.L^{-1}	Inférieur à 5 mmol.L^{-1}

3. D'après ce tableau, indiquer de quel type de diabète soufre Monsieur X en justifiant.

II. Diabète et insuline

Certaines cellules du pancréas sécrètent l'insuline. L'absence d'insuline provoque le diabète de type 1, caractérisé par une hyperglycémie et une glycosurie.

4. Proposer une définition de chacun des deux termes soulignés.

Pour comprendre les effets physiologiques de l'insuline, des expériences historiques sur différents animaux ont été réalisées. Le document ci-dessous montre l'évolution de la glycémie d'un animal à jeun à la suite d'une injection d'insuline.

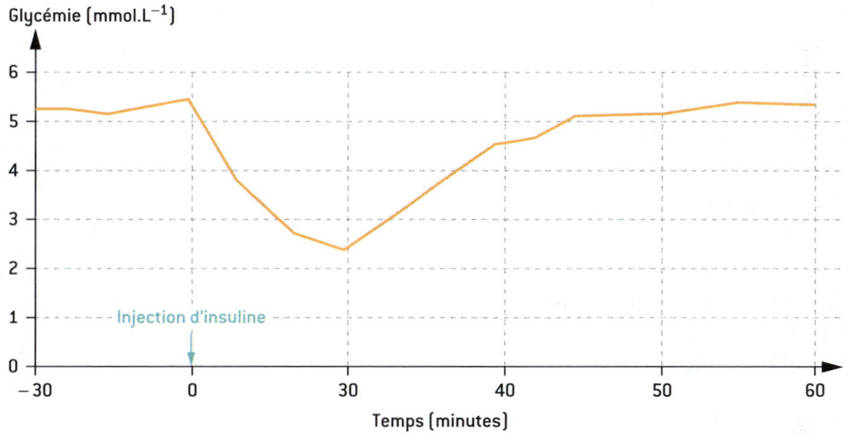

Variation de la glycémie à la suite d'une injection d'insuline

5. Analyser les résultats du document. En déduire le rôle de l'insuline.

Pour préciser le mode d'action de l'insuline sur le foie, un animal, qui a subi une ablation du pancréas, est soumis à des injections répétées d'insuline.

Le document ci-dessous présente l'évolution de la teneur en glycogène hépatique en fonction du temps.

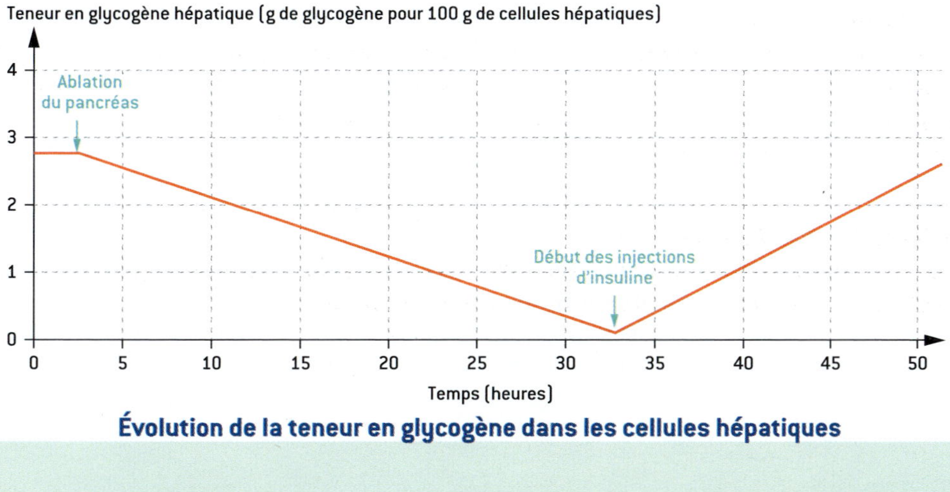

Évolution de la teneur en glycogène dans les cellules hépatiques

6. Déduire l'effet de l'ablation du pancréas sur les cellules hépatiques à partir du document ci-dessus.

7. Déduire l'effet de l'insuline sur les cellules hépatiques à partir du document ci-dessus.

8. Expliquer succinctement le lien entre le pancréas, l'insuline, le foie et la glycémie.

III. Rôle du rein dans la régulation de la glycémie

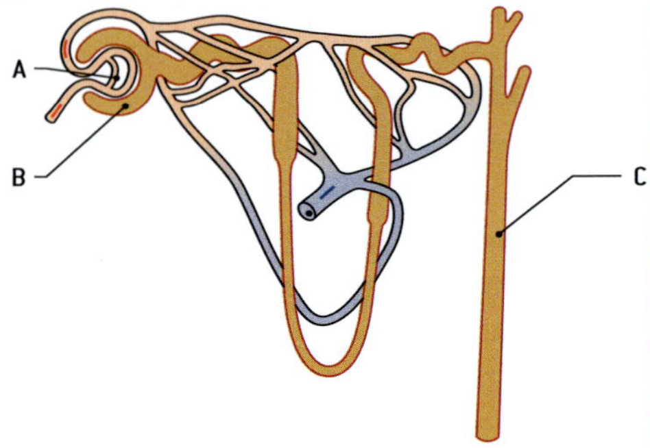

Le néphron est l'unité fonctionnelle du rein. Il est composé de différents segments où interviennent des phénomènes de filtration et de réabsorption qui permettent l'élaboration de l'urine (voir schéma ci-contre).

Pour étudier ces mécanismes, des microponctions sont réalisées. On procède à des prélèvements de liquide à différents niveaux du néphron, afin de préciser le devenir de certaines molécules lors de l'élaboration de l'urine. On peut ainsi doser le glucose dans les différents liquides prélevés et comparer les résultats obtenus chez un individu sain à ceux d'un individu diabétique, comme le montre le tableau suivant.

Niveau du néphron		Niveau A	Niveau B	Niveau C
Concentrations en glucose (g/L)	**Individu sain**	1	1	0
	Individu diabétique	3	3	1,5

9. Identifier les structures anatomiques et la nature des liquides prélevés aux niveaux A, B et C.

10. Comparer les résultats obtenus en A et en B. Que peut-on en conclure ?

11. Confronter les données obtenues en B et C pour les deux sujets. Interpréter dans chaque cas.

12. Ces derniers résultats permettent-ils d'expliquer la glycosurie observée chez un individu diabétique ? Justifier.

2ᴱ ENTRAÎNEMENT À L'ÉPREUVE FINALE

La grippe, une maladie virale et contagieuse touchant l'appareil respiratoire

La grippe est une maladie localisée au niveau de l'appareil respiratoire. Des signes généraux très diffus et très intenses sont également observés. Les symptômes de la grippe dépendent de la virulence du virus, mais aussi de l'état de santé du sujet contaminé. 30 à 50 % des grippes sont asymptomatiques lorsque le système immunitaire est fonctionnel. Chez les enfants, les personnes de plus de 65 ans et les individus immunodéprimés ou souffrant de maladies chroniques (cardiaques, respiratoires, etc.), des complications sont possibles.

I. Structure du virus de la grippe

Le virus de la grippe est un virus sphérique, délimité par une enveloppe lipidique dans laquelle sont intégrées deux glycoprotéines externes : l'hémagglutinine, la plus abondante, et la neuraminidase. Le génome des virus grippaux est segmenté. Il est constitué de huit brins d'ARN associés à des capsides ou nucléoprotéines formant ainsi huit nucléocapsides. À chaque nucléocapside est associé un complexe enzymatique dont l'ARN polymérase est l'enzyme la plus importante.

Elle permet la synthèse de nouveaux ARN viraux, mais aussi des ARN messagers qui seront traduits en protéines virales. L'association des nouveaux ARN viraux et des protéines forme de nouveaux virus.

1. Reporter sur la copie, à partir du texte ci-dessus, le nom des légendes repérées par les numéros 1 à 5 sur le document ci-dessous.

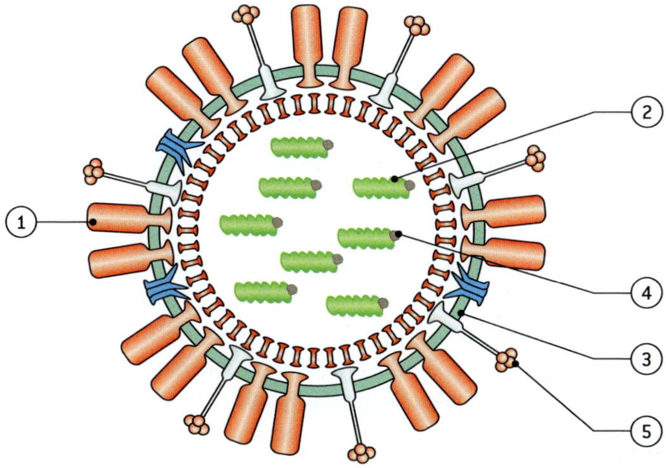

II. Réponse de l'organisme au virus de la grippe

Les symptômes de la grippe peuvent être classés en deux catégories :

– les symptômes généraux : **pyrexie**, douleurs articulaires, perte d'appétit**, asthénie** ;

– les symptômes spécifiques à l'appareil respiratoire : **rhinite** (souvent associée à une pharyngite), toux sèche évoluant en toux grasse au cours du temps.

Ces symptômes traduisent une activation du système immunitaire.

2. Définir les trois termes en caractères gras. Donner les termes médicaux correspondant aux deux expressions soulignées.

Des expériences sont réalisées dans le but de mettre en évidence l'implication de certains leucocytes dans la lutte contre le virus de la grippe.

Plusieurs lots de souris ont été infectés par le virus de la grippe. Pour les lots 2 à 5, des techniques appropriées ont permis de supprimer certaines catégories de lymphocytes.

Après l'infection, le temps nécessaire aux souris pour éliminer le virus est mesuré. Parallèlement, le pourcentage de survie de chaque lot est estimé.

Les résultats sont rassemblés dans le tableau ci-dessous :

	Lymphocytes T8	Lymphocytes T4	Lymphocytes B	Temps requis pour éliminer le virus (jours)	Taux de survie (en %)
Lot 1	+	+	+	7 à 10	100
Lot 2	–	+	+	10 à 14	50
Lot 3	+	+	–	10 à 14	100
Lot 4	+	–	+	Non évaluable	0
Lot 5	–	+	–	Non évaluable	0

(+) signifie que le type cellulaire est présent chez la souris, (–) signifie que le type cellulaire est supprimé chez la souris.

Remarque : Tous les autres leucocytes non mentionnés dans le tableau sont présents chez les souris.

3. Le lot 1 est le lot témoin. Justifier son intérêt.

4. Analyser les expériences des lots 2 et 3. En déduire le type de réaction immunitaire le plus efficace pour lutter contre le virus de la grippe.

5. La coopération entre cellules est indispensable pour une réponse immunitaire. Justifier cette affirmation à l'aide des expériences des lots 4 et 5.

III. Lutte contre une surinfection chez les personnes à risque

À la suite des lésions intenses de l'épithélium respiratoire cilié et à l'hypersécrétion de mucus, une surinfection bactérienne au niveau des bronches peut apparaître.

Les bactéries commensales des voies respiratoires supérieures telles que *Haemophilus influenza, Staphylococcus aureus, Streptococcus pneumoniae* profitent de la détérioration de la muqueuse pour coloniser les voies respiratoires basses normalement stériles.

Pour éviter que cette surinfection n'apparaisse, les médecins prescrivent, en première intention, une association de deux molécules : l'amoxicilline et l'acide clavulanique.

Donnée 1 : L'amoxicilline est un antibiotique de la famille des β-lactamines. Ces molécules sont capables de se fixer sur la paroi bactérienne et de provoquer la lyse des bactéries.

Donnée 2 : Les bactéries responsables de l'infection sont en très grande majorité résistantes à l'amoxicilline.

Donnée 3 : Les bactéries résistantes aux β-lactamines sécrètent des enzymes capables d'hydrolyser les β-lactamines, les rendant alors inefficaces. Ces enzymes s'appellent les β-lactamases.

Donnée 4 : L'acide clavulanique est un inhibiteur des β-lactamases. Il se fixe rapidement et irréversiblement sur les β-lactamases, empêchant ainsi leur action.

6. À l'aide des données ci-dessus, expliquer l'intérêt d'administrer conjointement les deux molécules pour limiter les surinfections bactériennes lors d'un épisode grippal.

3E ENTRAÎNEMENT À L'ÉPREUVE FINALE

La procréation médicalement assistée

Monsieur et Madame D. ont des difficultés pour concevoir un enfant. Après des examens médicaux, le recours à une FIVETE est envisagé.

I. La production de spermatozoïdes

Avant d'envisager une FIVETE, le sperme de Monsieur D. est prélevé puis subit une série d'examens pour s'assurer de sa normalité ainsi que divers traitements qui visent à augmenter son pouvoir fécondant.

A. Le trajet des spermatozoïdes dans l'appareil génital masculin

Après leur production dans les testicules, les spermatozoïdes transitent dans l'épididyme, puis dans le canal déférent et débouchent dans l'urètre. Le document 1 correspond à une coupe de l'appareil génital masculin.

1. Sur la copie, indiquer le type de coupe présentée, ainsi que les annotations correspondant aux repères 1 à 7.

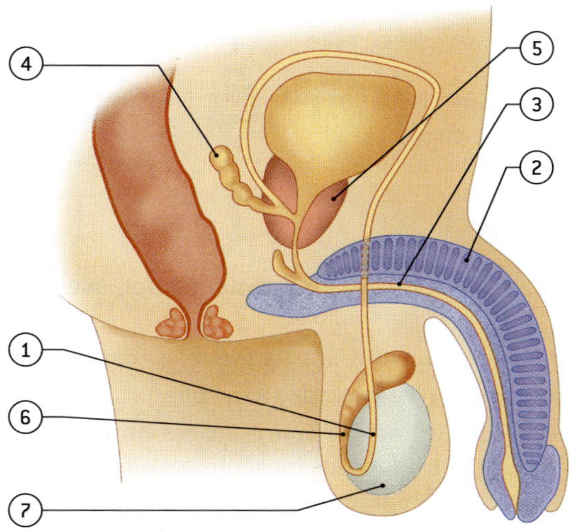

Document 1. L'appareil génital masculin

B. La spermatogenèse

La spermatogenèse s'effectue à partir de cellules souches appelées spermatogonies. Celles-ci subissent des mitoses et deviennent des spermatocytes I.

Ensuite, grâce à un processus de division appelé méiose, les spermatocytes I deviennent successivement des spermatocytes II puis des spermatides.

Ces derniers se transforment enfin en spermatozoïdes au cours d'un processus de différenciation appelé la spermiogénèse.

2. Indiquer la localisation anatomique précise de la spermatogenèse.

Le document 2 schématise l'évolution de l'équipement chromosomique de la cellule 1 au cours de la spermatogenèse.

Pour plus de clarté, seules deux paires de chromosomes homologues sont schématisées dans la cellule 1

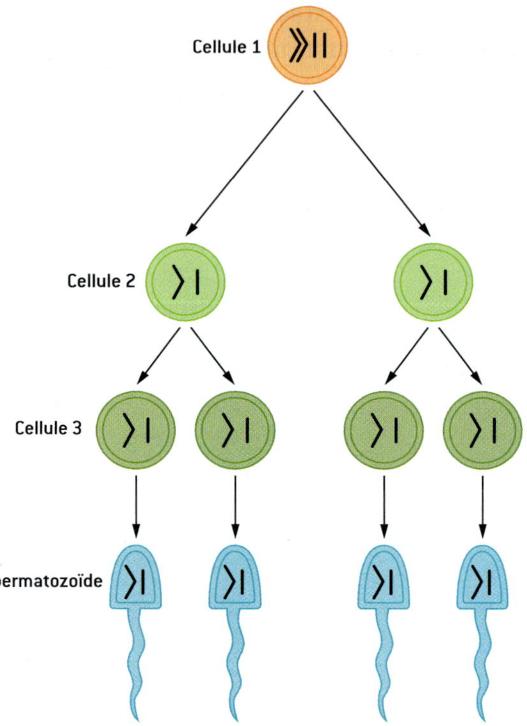

Document 2. L'évolution de l'équipement chromosomique de la cellule 1

3. À partir de ce document et du texte ci-dessus, identifier les cellules 1 à 3, puis décrire la méiose.

C. La régulation de la fonction reproductrice masculine

Deux séries d'expériences historiques ont été réalisées sur l'animal afin de mieux comprendre la régulation de la fonction reproductrice masculine. Le contrôle de la reproduction est comparable chez l'homme et chez l'animal.

Première série d'expériences

La castration (orchidectomie) d'un jeune mâle entraîne notamment une absence de spermatozoïdes et l'arrêt du développement de l'appareil génital.

Ce dernier trouble peut être corrigé par une injection d'extraits de testostérone. En revanche, la stérilité persiste.

4. Analyser cette première série d'expériences. En déduire les rôles mis en évidence des testicules et leur mode d'action.

Seconde série d'expériences

a) L'hypophysectomie chez un jeune rat provoque les mêmes effets que la castration. L'injection de FSH et de LH à ce rat hypophysectomisé rétablit temporairement la production de spermatozoïdes.

b) Des chercheurs utilisent une lignée de souris mâles ne produisant plus de FSH. On constate que les testicules de ces mâles sont de petite taille et que le nombre des spermatozoïdes diminue. Par ailleurs, la concentration de testostérone reste normale.

c) Des chercheurs pratiquent des cultures de tissus testiculaires de rat. Ces tissus sont placés à 35 °C, pendant 20 jours, dans un milieu nutritif complet contenant, ou non, de la LH. Les résultats de ces expériences figurent dans le tableau suivant :

Milieu de culture sans LH	Milieu de culture avec LH
Un grand nombre de cellules de Leydig disparaît. Faible concentration de testostérone dans le milieu de culture.	Le nombre de cellules de Leydig ne varie pas. Concentration élevée de testostérone dans le milieu de culture.

d) L'injection de testostérone à forte dose chez un rat provoque une chute des concentrations de FSH et de LH.

5. Analyser chacune des expériences a, b, c et d.

II. L'assistance médicale à la procréation

Dans le cadre du protocole médical prévu pour Monsieur et Madame D., une FIVETE est réalisée.

6. Indiquer la signification du sigle FIVETE.

Le document 3 présente les étapes d'une FIVETE.

7. Présenter le principe d'une échographie.

8. En utilisant le document 3, décrire chacune des étapes correspondant aux numéros 1 à 5, en utilisant le vocabulaire scientifique approprié.

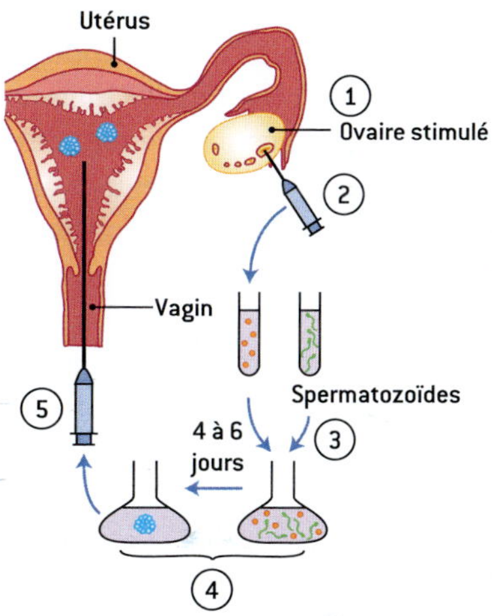

Document 3. Le principe de la FIVETE

4E ENTRAÎNEMENT À L'ÉPREUVE FINALE

L'impact du mode de vie sur la santé

Selon un rapport publié en 2014 par l'OMS (Organisation mondiale de la santé), les maladies liées au mode de vie (maladies cardiaques ou pulmonaires, cancers, diabètes) sont responsables de 16 millions de décès prématurés par an. Près de la moitié est évitable. Dans ce cadre, le plan d'action mondial 2013-2020 de l'OMS pour la maîtrise et la prévention de ces maladies a pour but de réduire de 25 % le nombre de morts prématurés d'ici 2025.

Monsieur V., 50 ans, qui présente plusieurs de ces pathologies, est hospitalisé en urgence pour une pathologie cardiaque. Lors de son séjour à l'hôpital, un bilan clinique a permis de mettre en évidence un diabète et une hypercholestérolémie familiale. Monsieur V. est porteur d'une mutation sur un des chromosomes de la paire numéro 19. Les conséquences de cette forme d'hypercholestérolémie héréditaire sont aggravées par le mode de vie de Monsieur V.

Grâce à des récepteurs spécifiques situés sur la membrane cellulaire, les LDL (*low-density lipoprotein*, lipoprotéines de basse densité) délivrent le cholestérol à toutes les cellules de l'organisme. Chez les patients souffrant d'hypercholestérolémie, ces récepteurs sont déficients.

La séquence d'ADN concernée par la mutation du gène codant les récepteurs aux LDL-cholestérol est présentée ci-dessous.

Individu non atteint d'hypercholestérolémie familiale	sens de lecture →	
	A AAAA C T G G C G C	Brin transcrit
	T TTTT G A C C G C G	Brin non transcrit
Individu atteint d'hypercholestérolémie familiale	sens de lecture →	
	A AAAA C T A G C G C	Brin transcrit
	T TTTT G A T C G C G	Brin non transcrit

1. Comparer les deux séquences d'ADN et nommer le type de mutation responsable de l'hypercholestérolémie familiale.

2. Déterminer, à l'aide du code génétique donné dans le cours, les séquences peptidiques correspondant à chacun des fragments d'ADN. Expliquer la démarche suivie.

3. Préciser les conséquences de cette mutation sur le récepteur aux LDL.

4. Expliquer pourquoi cette mutation est à l'origine de l'hypercholestérolémie et augmente le risque de développer précocement un processus d'athérosclérose.

5. D'après l'énoncé de l'exercice, indiquer le mode de transmission de l'hypercholestérolémie familiale.

Le document ci-après représente l'arbre généalogique de la famille de Monsieur V. affectée par une forme de diabète héréditaire.

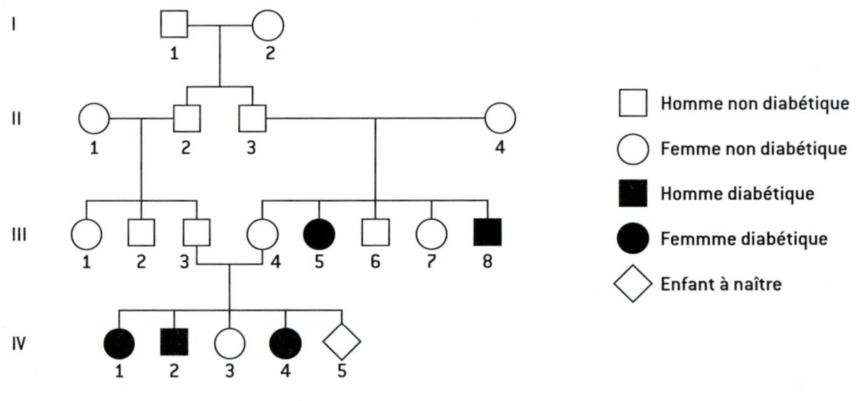

6. Démontrer que l'allèle responsable de la maladie est récessif par rapport à l'allèle normal. On utilisera la lettre N pour représenter l'allèle normal et la lettre m pour l'allèle muté.

7. À l'aide d'un raisonnement construit, indiquer si la transmission est autosomique ou gonosomique.

Le couple III3-III4, après avoir eu quatre enfants, dont trois sont atteints de diabète, espère que le 5e enfant (IV5) ne sera pas affecté.

8. À l'aide du document, expliquer pourquoi la fréquence d'apparition de ce diabète augmente sensiblement dans la génération IV.

9. Donner les génotypes des individus III3, III4 et IV1.

10. Déterminer la probabilité pour que l'enfant à naître IV5 souffre du diabète. Justifier la réponse à l'aide d'un échiquier de croisement.

 # corrigés
foucherconnect.fr/23terst2s26

MATHÉMATIQUES

MATHÉMATIQUES

L'évaluation des Mathématiques au bac ST2S 212

1 Suites numériques........ 213

2 Fonctions exponentielles $x \longmapsto a^x$, logarithme décimal, inverse 222

3 Séries statistiques à deux variables........ 231

4 Probabilités 237

ENTRAÎNEMENT AU CONTRÔLE CONTINU 246

L'évaluation des Mathématiques au bac

1 Les modalités d'évaluation

■ Dans la voie technologique, 40 % de la note globale obtenue au baccalauréat provient du contrôle continu en classes de Première et de Terminale.

■ Les Mathématiques font partie des disciplines évaluées tout au long de l'année par le biais du contrôle continu. La moyenne des moyennes trimestrielles obtenues pour la classe de Première ST2S est affectée d'un coefficient 3. **Le coefficient est aussi de 3** pour la moyenne de Mathématiques obtenue en Terminale ST2S.

2 Dans cet ouvrage

■ À la fin de cette partie figurent des **sujets d'entraînement corrigés pour préparer les épreuves de contrôle continu**.

■ Sont aussi accessibles par flashcode : des exercices supplémentaires, des quiz pour réviser à la fin de chaque chapitre, des documents sur la programmation en Python et des fiches « Utilisation de la calculatrice », signalés par les pictos :

 # exo
Exercices supplémentaires de mathématiques
foucherconnect.fr/23tersti2d01

 # quiz
Des questions pour réviser
foucherconnect.fr/23tersti2d02

 # doc
Utilisation de la calculatrice pour les suites
foucherconnect.fr/23tersti2d03

1 Suites numériques

Les résultats de Première sur les suites arithmétiques et géométriques sont complétés. Les suites arithmétiques et géométriques sont notamment utilisées dans le domaine de la santé (évolution de l'effectif d'une population, d'une colonie bactérienne, d'un prix...).

1 Suites arithmétiques

A Définition, sens de variation et représentation graphique

DÉFINITION

Une **suite arithmétique** est une suite numérique dont chaque terme s'obtient en ajoutant au précédent un nombre réel constant $\boldsymbol{r}$ appelé **raison**.

- Pour tout nombre entier naturel n, $\boldsymbol{u_{n+1} = u_n + r}$.

EXEMPLES

1° La suite (u_n) des nombres entiers naturels pairs est une suite arithmétique de premier terme $u_0 = 0$ de raison $r = 2$: pour tout entier naturel n, $u_{n+1} = u_n + 2$.
2° Soit (v_n) la suite arithmétique de premier terme $v_0 = 2$ et de raison $r = -1$;
$v_1 = v_0 + r$; $v_1 = 2 - 1$; $v_1 = 1$. $v_2 = v_1 + r$; $v_2 = 1 - 1$; $v_2 = 0$. $v_3 = v_2 + r$; $v_3 = -1$.

- Une suite arithmétique de raison r est :
croissante, si $r > 0$; **décroissante**, si $r < 0$; **constante** si $r = 0$.

- **La représentation graphique d'une suite arithmétique (u_n) dans un repère est constituée de points de coordonnées (n, u_n) alignés sur la droite d'équation $y = rx + u_0$.**

B Suite arithmétique et moyenne arithmétique

DÉFINITION

La moyenne **arithmétique** des deux nombres x et y est le nombre $\boldsymbol{\frac{x+y}{2}}$.

EXEMPLE

La moyenne arithmétique de 10 et 13 est 11,5.

- **Propriété**

Trois nombres a, b, c sont, dans cet ordre, trois termes consécutifs d'une **suite arithmétique** si et seulement si le nombre du milieu b est la **moyenne arithmétique** des deux autres nombres a et c.

C Expression du terme u_n en fonction de n

- Pour une suite **arithmétique** de **premier terme** u_0 et de raison r :
$\boldsymbol{u_n = u_0 + nr}$, pour tout entier naturel n.

- Pour une suite **arithmétique** de **premier terme** u_1 et de raison r :
$\boldsymbol{u_n = u_1 + (n - 1)r}$, pour tout entier naturel n.

EXEMPLE

La suite (u_n) est la suite arithmétique de premier terme $u_0 = 3$ et de raison $r = 2$.
$u_{10} = u_0 + 10 \times r$. $u_{10} = 3 + 20 = 23$.

D Somme de termes consécutifs d'une suite arithmétique

■ Pour une suite **arithmétique** de **premier terme u_0** et de **raison r** :

$$\boldsymbol{u_0 + u_1 + \ldots + u_n = (n+1)\left(\frac{u_0 + u_n}{2}\right)} \text{ pour tout entier naturel } n.$$

■ Pour une suite **arithmétique de premier terme u_1** et de **raison r** :

$$u_1 + \ldots + u_n = n\left(\frac{u_1 + u_n}{2}\right) \text{ pour tout entier } n \text{ de } \mathbb{N}^*.$$

$\mathbb{N}^*$ est l'ensemble des nombres entiers naturels strictement positifs.

À RETENIR

Pour une somme de termes consécutifs d'une suite arithmétique commençant par u_0, u_1, ..., on peut retenir que : **(Somme de termes successifs) = (Nombre de termes)** $\times \dfrac{\textbf{(Premier terme)} + \textbf{(Dernier terme)}}{\textbf{2}}$.

EXEMPLE

La suite arithmétique (u_n) est définie par le premier terme $u_0 = 500$ et la raison $r = 25$.
On note $S = u_0 + u_1 + \ldots + u_9$. $u_9 = u_0 + 9 \times r$; $u_9 = 500 + 225$; $u_9 = 725$.

$S = 10 \times \dfrac{u_0 + u_9}{2}$; $S = 10 \times \dfrac{500 + 725}{2}$; $S = 6125$.

De u_0 à u_9, il y a 10 termes.

2 Suites géométriques à termes positifs

A Définition, exemples, sens de variation

DÉFINITION

■ Une **suite géométrique** est une suite numérique dont chaque terme s'obtient en multipliant le précédent par une constante q appelée **raison**.

En ST2S, on prend $q > 0$.

■ Pour tout nombre entier naturel $\boldsymbol{u_{n+1} = qu_n}$.

EXEMPLE

On considère la suite géométrique (u_n) de premier terme $u_0 = 2$ et de raison $q = 0{,}9$.
$u_1 = qu_0$; $u_1 = 0{,}9 \times 2$; $u_1 = 1{,}8$;
$u_2 = qu_1$; $u_2 = 0{,}9 \times 1{,}8$; $u_2 = 1{,}62$;
$u_3 = qu_2$; $u_3 = 0{,}9 \times 1{,}62$; $u_3 = 1{,}458$...

■ **Pour démontrer qu'une suite est géométrique**, il suffit de vérifier que, pour tout entier n, $\dfrac{u_{n+1}}{u_n}$ est constant. Cette constante est la raison q.

EXEMPLE

La suite de terme général $u_n = 3^n$, où n est un entier naturel, est une suite géométrique puisque pour tout entier naturel n,

$\dfrac{u_{n+1}}{u_n} = \dfrac{3^{n+1}}{3^n} = 3$. La raison est 3 et le premier terme est : $u_0 = 1$.

$u_0 = 3^0 = 1$.

■ **La suite géométrique (u_n) de raison q est croissante si $q > 1$, décroissante si $0 < q < 1$, constante si $q = 1$.**

B Suite géométrique et moyenne géométrique

DÉFINITION

La **moyenne géométrique** des deux nombres positifs x et y est le nombre $\sqrt{xy}$.

■ **Propriété**

Trois nombres positifs a, b, c sont, dans cet ordre, trois termes successifs d'une **suite géomérique** si et seulement si le **nombre du milieu** b est la **moyenne géométrique** des deux autres nombres a et c.

C Expression du terme u_n en fonction de n

■ **Théorème**

Soit (u_n) une suite géométrique de premier terme u_0 ou u_1, et de raison q.
Lorsque le premier terme de la suite est u_0 : pour tout entier n de $\mathbb{N}$, $\boldsymbol{u_n = u_0q^n}$.
Lorsque le premier terme de la suite est u_1 : pour tout entier n de $\mathbb{N}^*$, $\boldsymbol{u_n = u_1q^{n-1}}$.

EXEMPLES

• La suite (u_n) est la suite géométrique de premier terme $u_0 = 500$ et de raison $q = 1{,}1$.
$u_4 = u_0q^4$; $u_4 = 500(1{,}1)^4 = 732{,}05$.
• La suite (u_n) est la suite géométrique de premier terme $u_1 = 100$ et de raison $q = 0{,}8$.
$u_5 = u_1q^4$; $u_5 = 100(0{,}8)^4 = 40{,}96$.

D Somme de termes consécutifs d'une suite géométrique

■ **Théorème**

Lorsque le premier terme de la suite est u_0 : $\boldsymbol{u_0 + u_1 + \ldots + u_n = u_0\dfrac{1-q^{n+1}}{1-q}}$, $\boldsymbol{q \neq 1}$.

À RETENIR

Pour une somme de termes consécutifs d'une suite géométrique commençant par u_0, u_1, ..., on peut retenir que : $\left(\begin{array}{c}\textbf{Somme de termes}\\ \textbf{successifs}\end{array}\right)=\left(\begin{array}{c}\textbf{Premier}\\ \textbf{terme}\end{array}\right)\times\dfrac{\mathbf{1-(Raison)^{nombre\ de\ termes}}}{\mathbf{1-(Raison)}}$.

EXEMPLE

La suite géométrique (u_n) est définie par le premier terme $u_0 = 1\,000$ et la raison $q = 1{,}1$.
On note $S = u_0 + u_1 + u_2 + u_3 + u_4 + u_5$.

$S = u_0 \times \dfrac{1-(1{,}1)^6}{1-1{,}1}$; $S = 7\,715{,}61$.

De u_0 à u_5, il y a six termes.

E Augmentation ou diminution de x % par heure, par mois, par an...

■ Chaque fois qu'on est confronté à une situation du type « une population, un prix, une concentration... augmente de x % par an, par mois, par heure... », on peut définir une suite géométrique de raison $1+\dfrac{x}{100}$.

MATHÉMATIQUES

■ S'il s'agit d'une diminution de x %, on peut définir une suite géométrique de raison $1-\frac{x}{100}$.

EXERCICE RÉSOLU

Montrer que, lorsqu'une quantité augmente ou diminue de x % par heure, par semaine, par mois, par an..., on peut définir une suite géométrique.

ÉNONCÉ

On prévoit que le nombre de malades atteints d'une certaine pathologie virale, en France, augmente de 6 % par an à partir de 2023. On désigne par u_n le nombre de malades l'année $(2023 + n)$. On a $u_0 = 61\ 353$.

Dans ce qui suit, tous les résultats sont à arrondir à l'unité.

1. Pour tout entier n, exprimer u_{n+1} en fonction de u_n.

2. En déduire la nature de la suite (u_n).

3. Donner, pour tout entier naturel n, l'expression de u_n en fonction de n.

4. Déterminer le nombre de malades que l'on peut prévoir pour 2029.

5. Déterminer le nombre total de malades qui auront développé cette pathologie entre le début de 2023 et la fin de 2029.

MÉTHODE

• Déduire de $u_{n+1} = u_n + \frac{x}{100}u_n$ que :

$u_{n+1} = qu_n$, où q est un nombre réel à déterminer.

• q est la raison de la suite géométrique.

CORRIGÉ

1. Pour tout entier n, $u_{n+1} = u_n + \frac{6}{100}u_n = \left(1+\frac{6}{100}\right)u_n$; $u_{n+1} = (1 + 0{,}06)u_n$; $u_{n+1} = 1{,}06u_n$.

2. La suite (u_n) est donc une suite géométrique de raison 1,06.

Voir le paragraphe ② C. du cours.

3. Pour tout entier n, $u_n = u_0(1{,}06)^n$, $u_n = 61\ 353(1{,}06)^n$.

4. On a 2 029 = 2 023 + 6. On calcule donc $u_6 = 61\ 353(1{,}06)^6$;

$u_6 \approx 87\ 030$. On peut prévoir 87 030 malades pour 2029.

5. Sur l'ensemble des sept années de 2023 à 2029, le nombre total de malades est : $S_6 = u_0 + u_1 + u_2 + u_3 + u_4 + u_5 + u_6$.

D'après un théorème du cours :

$$u_0 + u_1 + \ldots + u_n = u_0\frac{1-q^{n+1}}{1-q},$$

Voir le paragraphe ② D. du cours.

Donc $S_6 = u_0\frac{1-q^7}{1-q} = 61\ 353\ \frac{1-1{,}06^7}{1-1{,}06} \approx 514\ 987$.

 # doc
Utilisation de la calculatrice pour les suites
foucherconnect.fr/23tersti2d03

3 Algorithme programmation et suites

A Notion de liste en informatique

DÉFINITION

Une **liste** en informatique est une collection **ordonnée** d'éléments (entiers, flottants, chaînes de caractères, booléens...) séparés par des virgules et mis entre crochets.

EXEMPLE

`L = [2, 3, 5, 8, 13]` est une liste de 5 entiers, distincte de la liste `[3, 2, 5, 8, 13]`.
`notes = ['1e3', 12, 9.5, 18]` est une liste de 4 éléments :
une chaîne de caractère (`1e3`), deux entiers (12 et 18) et un flottant (`9.5`).

REMARQUES

- Une liste d'entiers ou de flottants peut représenter une suite numérique comme la liste L.
- On peut visualiser une liste comme une série de « boîtes » dans lesquelles chaque élément de la liste est rangé. Les boîtes sont numérotées par un **indice**.
- **Attention : la numérotation commence à 0.**

`notes = ['1e3', 12, 9.5, 18]`

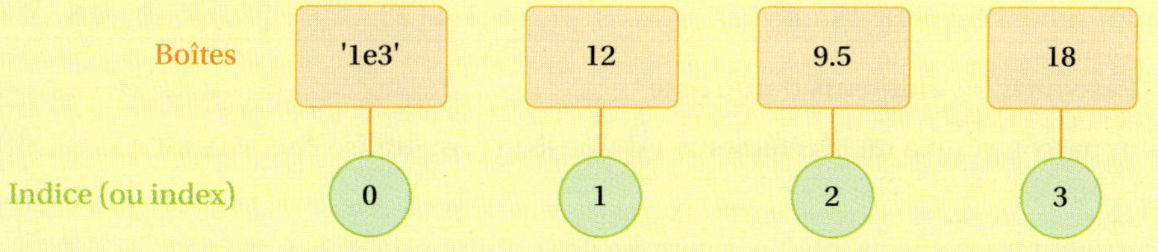

EXEMPLE

L'élément d'indice 0 de `L`, noté `L[0]`, a pour valeur `2` ; `L[1]` a pour valeur `3` ; `L[4]` a pour valeur `13`.
`notes[0]` a pour valeur `'1e3'`, `notes[1]` a pour valeur `12`, `notes[3]` a pour valeur `18`.

Générer une liste

– Voyons d'abord le cas particulier de la fonction **range**. L'instruction `range(6)` permet de générer la liste `[0, 1, 2, 3, 4, 5]` (faire `list(range(6))` pour afficher la liste) et `range(1, 6)` permet de générer la liste `[1, 2, 3, 4, 5]`.

Attention : range(n) correspond à la liste des entiers de 0 à $n - 1$ et range(n, m) à celle des entiers de n à $m - 1$.

– Une liste peut être générée « **en extension** », c'est-à-dire en écrivant l'ensemble de ses éléments.

EXEMPLE

`jours = ['lundi', 'mardi', 'mercredi', 'jeudi', 'vendredi']`

– On peut également générer une liste par **ajouts successifs** d'un élément. L'instruction `L.append(x)` ajoute `x` à la fin de la liste `L` (append signifie « ajouter » en anglais).

EXEMPLES

L'instruction `jours.append('samedi')` crée la liste :
`['lundi', 'mardi', 'mercredi', 'jeudi', 'vendredi', 'samedi']`.
Le programme suivant crée la liste `[2, 4, 6, 8, 10]`.

```
L = []
for   k in range(1, 6):
      L.append(2 * k)
```

– On peut aussi générer une liste « **en compréhension** », notamment par une formule définissant ses éléments.

EXEMPLES

L'instruction `L = [2 * n for n in range(1,6)]` crée la liste `[2, 4, 6, 8, 10]`.
On peut ajouter une condition dans laquelle != signifie ≠.
L'instruction `L = [2 * n for n in range(1,6) if n !=3]` crée la liste `[2, 4, 8, 10]`.

Manipuler des éléments d'une liste et leur indice

Le tableau suivant résume les principales manipulations sur les éléments d'une liste.

On considère la liste `L = [2, 4, 6, 8, 10]`.

Objectif	Instruction	Résultat
Obtenir le 3e élément de la liste, d'indice 2.	`L[2]`	`6`
Donner le nombre d'éléments de la liste.	`len(L)`	`5`
Rechercher l'indice d'un élément de la liste.	`L.index(8)`	`3`
Ajouter le nombre 12 à la liste.	`L.append(12)`	`[2, 4, 6, 8, 10, 12]`
Supprimer l'élément d'indice 2.	`del L[2]`	`[2, 4, 8, 10, 12]`

Parcourir les éléments d'une liste

Pour parcourir un à un les éléments x d'une liste `L`, on utilise `for x in L:`.

EXEMPLE

Le programme suivant calcule la somme des nombres de la liste `pairs`.

```
pairs = [2, 4, 6, 8, 10]
somme = 0
for i in pairs:
    somme = somme + i
```

La valeur de la variable `somme` en fin d'exécution est 30.

B Suites et situations algorithmiques

Calculer un terme de rang donné d'une suite définie par récurrence

On considère la suite (u_n) définie par $u_0 = 1$ et, pour tout entier naturel n, $u_{n+1} = 2u_n + 3$. On souhaite calculer u_{20}.

– **Avec un tableur**

Comme ci-contre, on entre en B2 la valeur de u_0 et en B3 la formule =2*B2+3 correspondant à la relation de récurrence. On recopie la cellule B3 vers le bas jusqu'en B22. La cellule B22 affiche la valeur de $u_{20} = 4\,194\,301$.

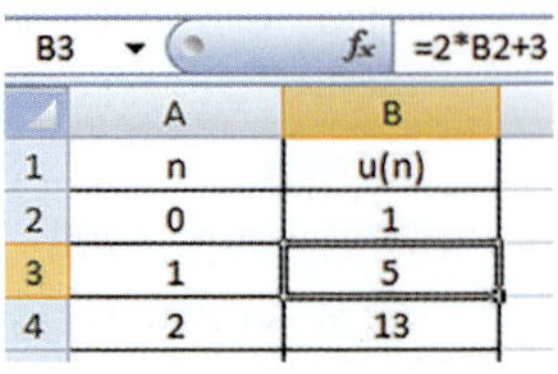

– **Avec Python**

Langage naturel	Python

$u \leftarrow 1$
Pour k de 1 à 20
$\quad u \leftarrow 2u + 3$
Fin Pour
	`u = 1`
	`for k in range(1, 21):`
	`    u = 2 * u + 3`

 # doc
Mémento Python
foucherconnect.fr/23tersti2d04

En fin d'algorithme, la variable u contient la valeur de u_{20}. Le programme Python fournit la valeur 4 194 301.

Attention, en Python `range(1, 21)` correspond à la liste des entiers consécutifs de 1 à 20. Pour que la boucle `for` s'exécute 20 fois, il faut donc indiquer `range(1, 21)`.

Déterminer et représenter une liste de termes

• Cas d'une suite définie par son terme général

On considère la suite (u_n) définie, pour tout entier naturel n, par $u_n = n^2$. On souhaite calculer et représenter en Python les termes de u_0 à u_{10}.

On peut exécuter l'un des deux programmes suivants qui utilisent le module `matplotlib.pyplot` de représentation graphique.

Programme 1

```
import matplotlib.pyplot as plt
for n in range(11):
    u = n**2
    plt.scatter(n,u)
plt.show()
```

Programme 2

```
import matplotlib.pyplot as plt
L = [n**2 for n in range(11)]
plt.scatter(range(11), L)
plt.show()
```

• Dans le **programme 1**, comme lorsque la représentation graphique est réalisée à la main, la boucle `for` calcule l'ordonnée d'un point et le représente avant de passer au point suivant.

L'instruction `plt.scatter(n,u)` représente le point de coordonnées `(n,u)`.

> **REMARQUE**
> Ce programme est présenté ici pour introduire de façon progressive l'utilisation du langage Python dans l'étude des suites.

• Le **programme 2** commence par dresser la liste de toutes les ordonnées des points à tracer.

La liste L est : `[0, 1, 4, 9, 16, 25, 36, 49, 64, 81, 100]`.

Les points sont ensuite représentés. L'instruction `plt.scatter(range(11), L)` représente le « nuage de points » dont les abscisses sont données par la liste `range(11)` et les ordonnées par la liste `L`. Le mot « scatter » signifie disperser en anglais.

> **REMARQUE**
> C'est ce programme que nous utiliserons désormais pour faciliter l'appropriation de la notion de liste en informatique.

Voir la figure 1 page suivante.

MATHÉMATIQUES

- **Cas d'une suite définie par récurrence**

EXEMPLE

On considère la suite (u_n) définie par $u_0 = \dfrac{3}{4}$ et, pour tout entier naturel n, $u_{n+1} = u_n^{\ 2}$.

On souhaite calculer et représenter en Python les termes de u_0 à u_5.
On exécute le programme suivant.

Programme

```
import matplotlib.pyplot as plt
u = 3/4
L = [u]
for   k in range(1, 6):
      u = u ** 2
      L.append(u)
plt.scatter(range(6), L)
plt.show()
```

La liste `L` est : `[0.75, 0.5625, 0.31640625, 0.1001129150390625, 0.010022595757618546, 0.00010045242572063329]`.

REMARQUE

On rappelle que l'instruction `'L.append(u)'` ajoute u à la fin de la liste L.

Voir la figure 2 ci-dessous.

Figure 1

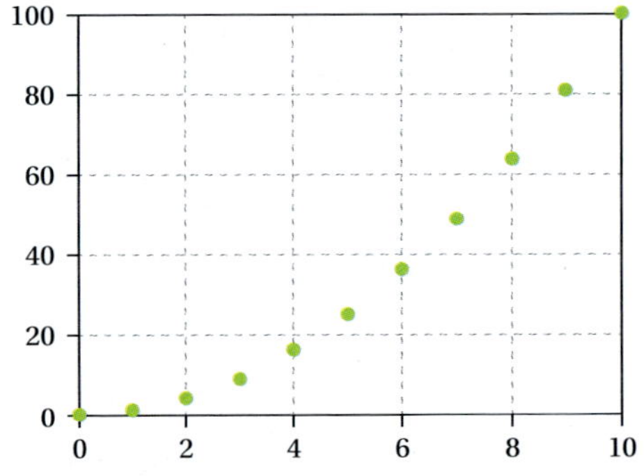

Figure 2

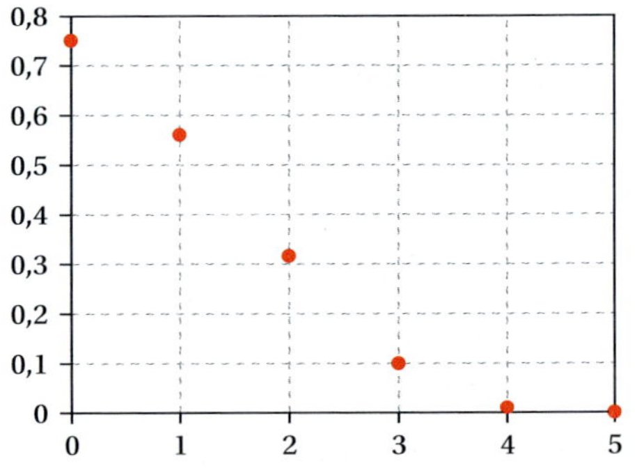

Algorithme de seuil

EXEMPLE

On considère la suite (u_n) définie pour tout entier naturel n par $u_n = 0{,}9^n$.
On admet que (u_n) est décroissante et on recherche le plus petit entier n pour lequel $u_n \leq 0{,}5$.
On ne sait pas combien d'itérations seront nécessaires, on utilise donc une boucle `while` avec un compteur qui s'incrémente tant que u_n est supérieur à 0,5.

Langage naturel	Python

$n \leftarrow 0$
Tant que $0{,}9^n > 0{,}5$
    $n \leftarrow n+1$
Fin Tant que
	`n = 0`
	`while 0.9 ** n > 0.5:`
	`    n = n + 1`

La valeur de la variable `n` en fin de programme est 7. On en déduit que $0{,}9^7$ est la plus petite puissance de 0,9 inférieure ou égale à 0,5.

Calculer une somme écrite à l'aide du symbole Σ

On considère la suite des carrés définie pour tout entier naturel k par $u_k = k^2$. Pour un entier naturel n non nul, on souhaite calculer la somme s_n des n premiers carrés :

$$s_n = \sum_{k=1}^{n} u_k = \sum_{k=1}^{n} k^2 = 1^2 + 2^2 + \ldots + n^2.$$

- **Avec un tableur**

Comme ci-contre, on calcule en colonne B les valeurs de u_k en entrant en B2, dans cet exemple, la formule =A2^2 que l'on recopie vers le bas.

En colonne C, on calcule les valeurs de s_k. En C2, on entre la formule =B2. Puis en C3, pour cumuler les valeurs de la colonne B, on entre la formule =C2+B3 que l'on recopie vers le bas.

Il faut recopier vers le bas jusqu'à la valeur n désirée. Par exemple, pour $n = 7$, on lit $s_7 = 140$.

C3 fx =C2+B3

	A	B	C
1	k	u(k)	s(k)
2	1	1	1
3	2	4	5
4	3	9	14
5	4	16	30
6	5	25	55
7	6	36	91
8	7	49	140

- **Avec une fonction en Python utilisant une boucle**

La fonction en Python suivante a pour argument un entier n et renvoie la valeur de $s_n = \sum_{k=1}^{n} k^2$.

Langage naturel	Python

$s \leftarrow 0$
Pour k de 1 à n
  $s \leftarrow s + k^2$
Fin Pour
Renvoyer s
	`def somme(n):`
	`    s = 0`
	`    for k in range(1, n + 1):`
	`        s = s + k ** 2`
	`    return s`

REMARQUE

La variable k est le « **compteur** » de la boucle. Ses valeurs de début et de fin correspondent à ce qui est indiqué en bas et en haut du symbole Σ. Attention, en Python, $\sum_{k=1}^{n}$ correspond à `range(1, n + 1)`.

La variable s est l'« **accumulateur** » dans lequel on ajoute la valeur de u_k à chaque tour de la boucle. L'accumulateur est initialisé à 0.

- **Avec une fonction en Python utilisant une liste en compréhension**

La fonction `sum`, qui fait la somme des termes d'une liste, permet d'éviter le recours à une boucle et à un accumulateur. On utilise alors une liste définie en compréhension comme ci-dessous.

```
def somme(n):
    return sum([k ** 2 for k in range(1, n + 1)])
```

 # doc
Mémento Python
foucherconnect.fr/23tersti2d04

 # quiz
Des questions pour réviser
foucherconnect.fr/23tersti2d02

2 Fonctions exponentielles $x \mapsto a^x$, logarithme décimal, inverse

Les fonctions exponentielles servent de modèle pour étudier des évolutions en biologie, en médecine, etc. L'intensité d'un son ou le pH d'une solution dont définis à l'aide de la fonction logarithme décimal.

1 Fonctions exponentielles $x \mapsto a^x$

A Extension de a^n

DÉFINITION

Soit a un nombre **strictement positif** fixé.

Il existe une fonction f définie et dérivable sur $\mathbb{R}$, notée $f : x \mapsto a^x$, qui étend aux puissances non entières la définition et les propriétés algébriques des puissances entières.

La fonction $f : x \mapsto a^x$ est appelée **fonction exponentielle (de base a)**.

■ La touche [^] ou [x^y] ou [y^x] de la calculatrice permet d'obtenir les valeurs numériques de a^x avec une précision suffisante pour les situations étudiées en Terminale ST2S.

EXEMPLES

Avec votre calculatrice, retrouver les valeurs approchées arrondies à 10^{-2} suivantes : $(3,5)^{1,6} \approx 7,42$; $(1,06)^{-1,5} \approx 0,92$; $(0,98)^{0,32} \approx 0,99$.

■ Soit a un nombre **strictement positif** fixé. **Pour tout réel x, $a^x > 0$.**

■ On admet que les **propriétés algébriques** des puissances entières s'étendent aux puissances non entières.

Soit a un nombre **strictement positif** fixé. Pour tous réels x et y :

$$\mathbf{a^x \times a^y = a^{x+y}} \ ; \qquad \mathbf{(a^x)^y = a^{xy}} \ ; \qquad a^{-x} = \frac{1}{a^x} \ ; \qquad \frac{a^x}{a^y} = a^{x-y}.$$

B Sens de variation et courbe représentative des fonctions $x \mapsto a^x$

■ **Sens de variation**

Soit a un nombre **strictement positif** fixé.
- **Si $a > 1$, la fonction exponentielle $x \mapsto a^x$ est strictement croissante sur $\mathbb{R}$.**
- **Si $0 < a < 1$, la fonction exponentielle $x \mapsto a^x$ est strictement décroissante sur $\mathbb{R}$.**

$a > 1$

x	$-\infty$ $\qquad$ $+\infty$
Variation de $x \mapsto a^x$	↗

$0 < a < 1$

x	$-\infty$ $\qquad$ $+\infty$
Variation de $x \mapsto a^x$	↘

EXEMPLES
- La fonction $x \mapsto 10^x$ est strictement croissante sur $\mathbb{R}$.
- La fonction $x \mapsto (0,2)^x$ est strictement décroissante sur $\mathbb{R}$.

Courbe représentative

On obtient deux types de courbes représentatives selon que $a > 1$ ou que $0 < a < 1$.

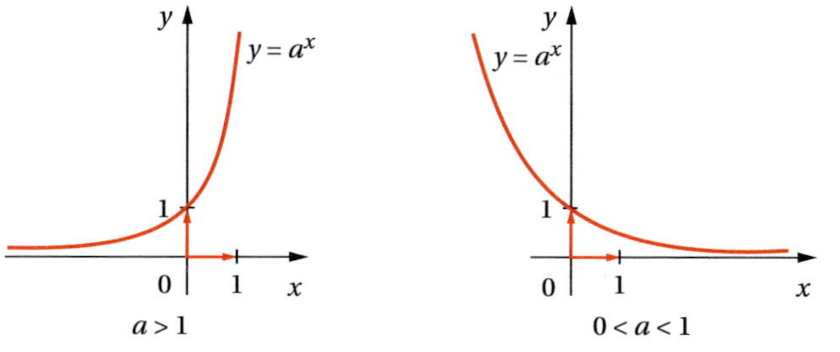

C Sens de variation des fonctions $x \mapsto ka^x$

Soit a un nombre **strictement positif** fixé et soit k un nombre **non nul** fixé.
- Si $k > 0$, la fonction $x \mapsto ka^x$ a le même sens de variation que la fonction $x \mapsto a^x$.
- Si $k < 0$, la fonction $x \mapsto ka^x$ a le sens de variation contraire à celui de la fonction $x \mapsto a^x$.

EXEMPLE

La fonction $x \mapsto (0{,}1)^x$ est strictement décroissante sur $\mathbb{R}$.
Donc la fonction $x \mapsto 4 \times (0{,}1)^x$ est strictement décroissante sur $\mathbb{R}$ et la fonction $x \mapsto -5 \times (0{,}1)^x$ est strictement croissante sur $\mathbb{R}$.

D Taux d'évolution moyen

t étant le taux d'évolution global pendant une certaine période,
le taux d'évolution moyen équivalent t_m pendant une période n fois plus courte est défini par la relation :

$$\mathbf{1 + t_m = (1+t)^{\frac{1}{n}}}.$$

EXEMPLE

Le chiffre d'affaires d'un magasin de téléphonie mobile a augmenté de 31 % en 4 ans. Le taux d'évolution moyen annuel équivalent au taux d'évolution de 31 % pour 4 ans, t_m, est défini par la relation : $1 + t_m = (1+0{,}31)^{\frac{1}{4}}$, donc $1 + t_m \approx 1{,}07$ et $t_m = 0{,}07 = 7\ \%$.

2 Fonctions logarithme décimal

A Définition

DÉFINITION

Le **logarithme décimal d'un nombre réel strictement positif a** est le nombre réel b tel que $\mathbf{10^b = a}$.

EXEMPLES

$10^0 = 1$, donc $\mathbf{\log 1 = 0}$; $10^1 = 10$, donc $\mathbf{\log 10 = 1}$.

À RETENIR

Soit a un nombre réel **strictement positif.** $b = \log a$ **si et seulement si** $a = 10^b$.

MATHÉMATIQUES

Fonction logarithme décimal

Associons à tout nombre réel strictement positif x le nombre réel log (x) :
on définit la **fonction logarithme décimal** notée **log :** $\boldsymbol{x \mapsto \log(x)}$ définie sur l'intervalle $]0,+\infty[$ et à valeurs dans $\mathbb{R}$.

Obtenir une valeur approchée de log *a*

La touche [log] de la calculatrice ou la fonction log 10() d'un tableur permet d'obtenir les valeurs numériques de log a avec une précision suffisante pour les situations étudiées en Terminale ST2S.

EXEMPLES

Retrouver avec votre calculatrice les valeurs approchées suivantes :
$\log 2 \approx 0{,}30103$; $\log(0{,}5) \approx -0{,}30103$; $\log 3 \approx 0{,}47712$; $\log 6 \approx 0{,}77815$.

B Sens de variation et courbe représentative

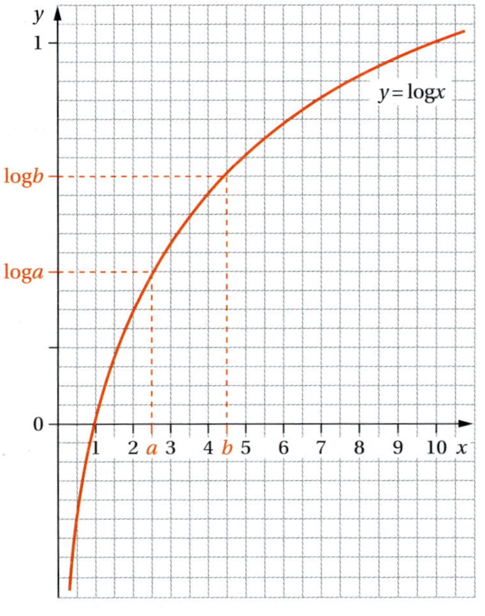

On admet que la fonction logarithme décimal, notée log, est strictement croissante sur son intervalle de définition $]0,+\infty[$.

La courbe représentative de la fonction $x \mapsto \log x$ peut être obtenue facilement avec une calculatrice graphique ou un tableur.

Le résultat suivant s'interprète immédiatement sur la figure :
Pour tous nombres réels strictement positifs a et b, $\boldsymbol{a \leq b}$ **si et seulement si :** $\boldsymbol{\log a \leq \log b}$.

Conséquence
Pour tout nombre réel **strictement positif** $\boldsymbol{a}$:

- **si** $\boldsymbol{0 \leq a \leq 1}$**, alors** $\boldsymbol{\log a \leq 0}$;
- **si** $\boldsymbol{a > 1}$**, alors** $\boldsymbol{\log a > 0}$.

C Propriétés algébriques

Pour tous nombres réels **strictement positifs** a et b, pour tout entier naturel n et pour tout réel x :

$\boldsymbol{\log(a \times b) = \log a + \log b}$; $\boldsymbol{\log\left(\frac{1}{a}\right) = -\log a}$; $\boldsymbol{\log\left(\frac{a}{b}\right) = \log a - \log b}$; $\boldsymbol{\log(a^n) = n \log a}$; $\boldsymbol{\log(a^x) = x \log a}$.

3 Exemples de résolution d'équations du type $a^x = b$ ou d'inéquations du type $a^x = b$

A Exemple de résolution d'équation de la forme $a^x = b$

EXERCICE RÉSOLU

ÉNONCÉ

On étudie l'évolution d'une culture bactérienne en milieu liquide non renouvelé. On admet que l'expression $f(x) = 10\,000(1{,}05)^x$ donne le nombre de bactéries présentes dans cette culture en fonction du temps x, exprimé en heures.

1. Calculer le nombre de bactéries présentes dans le liquide :

a. à l'instant $x = 0$;

b. au bout de 5 h 30 minutes.

2. Déterminer au bout de combien de temps la population de bactéries aura augmenté de 50 %.

SOLUTION

1. a. Le nombre de bactéries présentes dans le liquide à l'instant $x = 0$ est : $f(0) = 10\,000$ (puisque $1{,}05^0 = 1$).

b. Le nombre de bactéries présentes dans le liquide au bout de 5 h 30 est :
$f(5{,}5) = 10\,000\,(1{,}05)^{5{,}5} \approx 13\,078$. (30 minutes égalent 0,5 heure).

2. $10\,000 + \dfrac{50}{100} \times 10\,000 = 15\,000$.

On cherche donc x pour que $f(x) = 15\,000$, c'est-à-dire $10\,000(1{,}05)^x = 15\,000$;
$(1{,}05)^x = \dfrac{15\,000}{10\,000}$; $(1{,}05)^x = 1{,}5$.

À RETENIR

Pour résoudre une équation de la forme $a^x = b$, on écrit $\log(a^x) = \log b$, donc $x \log a = \log b$.

Donc $\log(1{,}05)^x = \log 1{,}5$ et $x \log(1{,}05) = \log 1{,}5$.

D'où $x = \dfrac{\log 1{,}5}{\log 1{,}05} \approx 8{,}31$.

On en déduit que la population de bactéries aura augmenté de plus de 50 % au bout de 9 heures.

B Exemple de résolution d'inéquation de la forme $a^x \leq b$

EXERCICE RÉSOLU

ÉNONCÉ

On a injecté 1 cm^3 d'un médicament à un patient à l'instant $x = 0$. On admet que la quantité de médicament présente dans le sang de ce patient à l'instant x, exprimé en heures, est $q(x) = (0{,}8)^x$, avec $0 \leq x < 10$.

On se propose de déterminer au bout de combien d'heures la quantité de médicament présente dans le sang sera inférieure à 0,5 cm^3.

MATHÉMATIQUES

SOLUTION

1. a. L'inéquation $q(x)<0{,}5$ s'écrit : $(0{,}8)^x<0{,}5$.

À RETENIR

Pour résoudre une équation de la forme $a^x \leq b$, on écrit $\log(a^x) \leq \log b$, donc $x \log a \leq \log b$.

Donc $\log(0{,}8)^x<\log 0{,}5$ et $x \log 0{,}8<\log 0{,}5$.

En divisant les deux membres par log 0,8 qui est un nombre **négatif** on obtient $x>\frac{\log 0{,}5}{\log 0{,}8}$.

REMARQUE

On sait que, lorsqu'on divise les deux membres d'une inégalité par un même nombre strictement négatif, l'inégalité change de sens.

Or $\frac{\log 0{,}5}{\log 0{,}8} \approx 3{,}11$. On en déduit que la quantité de médicament présente dans le sang sera inférieur à 0,5 cm³ au bout de 4 heures.

4 Fonction inverse

A Dérivée et sens de variation

DÉFINITION

La fonction **inverse** est la fonction définie sur $\mathbb{R}^*=\left]-\infty,0\right[\cup\left]0,+\infty\right[$ par $\boldsymbol{f(x)=\frac{1}{x}}$.

Dérivée de la fonction inverse

La **dérivée** de la fonction inverse $f: x \mapsto \frac{1}{x}$ est la fonction f' définie sur $\mathbb{R}^*$ par $\boldsymbol{f'(x)=-\frac{1}{x^2}}$.

EXEMPLE

$f'(1)=-1$; $f'(-1)=-1$; $f'(2)=-\frac{1}{4}$.

Sens de variation de la fonction inverse

Sur chacun des deux intervalles $\left]-\infty,0\right[$ et $\left]0,+\infty\right[$, $f'(x)=-\frac{1}{x^2}<0$; donc

la fonction inverse est strictement décroissante sur chacun de ces deux intervalles.

B Courbe représentative

Nous savons que la courbe représentative de la fonction inverse est une **hyperbole** : elle est composée de deux branches symétriques par rapport à l'origine du repère.

Sur le graphique, l'hyperbole vient se coller contre l'axe des abscisses sans le toucher car $\frac{1}{x} \neq 0$. Il en est de même pour l'axe des ordonnées. Ces deux axes de coordonnées sont les **asymptotes** de l'hyperbole.

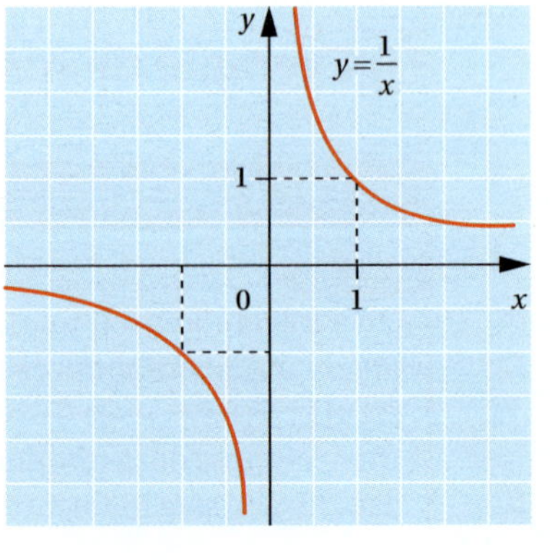

C Étude d'un coût moyen

EXERCICE RÉSOLU

ÉNONCÉ

UN PEU DE GESTION

Le **coût moyen unitaire** d'un article quand on a fabriqué q est $\boldsymbol{C_m = \frac{C(q)}{q}}$ où $\boldsymbol{C(q)}$ est le coût total de production pour q articles.

Une entreprise fabrique, chaque mois, une quantité q, en tonnes, d'un produit pour l'industrie chimique. Le coût total de production est donné en euros pour tout nombre q de l'intervalle [10, 100] par : $C(q) = 3q^2 + 40q + 2\,700$.

On définit le **coût moyen unitaire** de production pour toute quantité produite q, par : $C_m(q) = \frac{C(q)}{q}$.

1. Vérifier que, pour tout q de [10, 100] : $C_m(q) = 3q + 40 + \frac{2\,700}{q}$.

2. On désigne par C'_m la fonction dérivée de la fonction C_m sur [10, 100].

Démontrer que, pour tout q de [10, 100] : $C'_m(q) = \frac{3(q-30)(q+30)}{q^2}$.

3. Étudier le signe de $C'_m(q)$ lorsque x varie dans [10, 100].

4. Établir le tableau de variation de la fonction C_m sur [10, 100].

5. Déterminer la valeur q_0 de q pour laquelle le coût moyen unitaire est minimal.

RAPPELS

Dérivées des fonctions usuelles	Opérations sur les fonctions dérivables
$f(x) = k\,;\, f'(x) = 0$	$f(x) = u(x) + v(x)\,;\, f'(x) = u'(x) + v'(x)$. $f(x) = ku(x)\,;\, f'(x) = ku'(x)$.
$f(x) = x\,;\, f'(x) = 1$	
$f(x) = mx + p\,;\, f'(x) = m$	
$f(x) = ax^2 + bx + c\,;\, f'(x) = 2ax + b$	
$f(x) = ax^3 + bx^2 + cx + d$ $f'(x) = 3ax^2 + 2bx + c$	
$f(x) = \frac{1}{x}\,;\, f'(x) = -\frac{1}{x^2}$	

SOLUTION

1. $C_m(q) = \frac{3q^2 + 40q + 2\,700}{q} = \frac{3q^2}{q} + \frac{40q}{q} + \frac{2\,700}{q} = 3q + 40 + \frac{2\,700}{q}$.

2. Pour tout q de l'intervalle $[10, 100]$, $C'_m(q) = 3 + 2\,700 \times \left(-\frac{1}{q^2}\right)$.

$C'_m(q) = 3 - \frac{2\,700}{q^2} = \frac{3q^2 - 2\,700}{q^2} = \frac{3(q^2 - 900)}{q^2} = \frac{3(q^2 - 30^2)}{q^2}$.

$C'_m(q) = \frac{3(q-30)(q+30)}{q^2}$.

Utiliser les résultats rappelés dans l'énoncé.

MATHÉMATIQUES

3. Lorsque q varie dans $[10,100]$, $C'_m(q)$ a même signe que : $(q-30)(q+30)$. Le signe de $(q-30)(q+30)$ est donné par le tableau :

q	10		30		100
Signe de $q + 30$		+		+	
Signe de $q - 30$		–	0	+	
Signe de $(q - 30)(q + 30)$		–	0	+	

4. On déduit du **3.** le tableau de variation :

q	10		30		100
$C'_m(q)$		–	0	+	
$C_m(q)$	340	↘	220	↗	367

5. La fonction C_m a sa plus petite valeur pour $q = 30$ et $C_m(30) = 220$. Le coût moyen de production est minimal pour une fabrication de 30 tonnes de produit. Ce coût est alors de 220 euros.

5 Programmation et fonctions

A Fonctions en informatique

■ La syntaxe d'une fonction en langage Python est :

```
def nom(paramètre1, paramètre2):
    Instructions
    return résultat
```

 # doc
Mémento Python
foucherconnect.fr/23tersti2d04

■ Une fonction peut avoir aucun, un ou plusieurs paramètres.

■ Le résultat éventuel d'une fonction, renvoyé par le mot-clé `return`, est utilisable dans un programme ou une autre fonction.

B Résolution approchée d'une équation par balayage

■ On considère la situation suivante : rechercher une valeur approchée à 0,01 près de la solution x_0 de l'équation $10^x = 25$. Considérons la fonction f définie par $f : x \mapsto 10^x$. En langage Python, on peut définir cette fonction par :

```
def f(x) :
    return 10 ** x
```

On a le tableau de variation suivant :

x	1		x_0		2
$f(x)$	10	↗	25	↗	100

■ La fonction f est dérivable, strictement croissante sur l'intervalle [1, 2] où l'équation $f(x) = 25$ admet une solution unique x_0. Le principe de l'algorithme de balayage à un « pas » donné, à partir de $x = 1$, consiste à :
- ajouter à x la valeur du pas ;
- calculer l'image par f;
- recommencer jusqu'à ce que l'image par f dépasse la valeur 25.

■ En prenant comme valeur du pas 0,01, l'algorithme suivant fournit un encadrement de x_0 de longueur 0,01.

Langage naturel	Python

Fonction balayage(pas)
$x \leftarrow 1$
Tant que $f(x) < 25$
$x \leftarrow x + \text{pas}$
Fin Tant que
Renvoyer x – pas et x
	`def balayage(pas) :`
	`x = 1`
	`while f(x) < 25 :`
	`x = x + pas`
	`return(x - pas, x)`

■ On sait que la solution de l'équation $10^x = 25$ est log (25) qui vaut environ 1,39794.

Pour un pas de 0,01, la fonction `balayage` renvoie le couple (1.3900000000000003, 1.4000000000000004) qui correspond à l'encadrement [1,39 ; 1,40].

C Révolution approchée d'une équation par dichotomie

■ On reprend la situation précédente : rechercher une valeur approchée à 0,01 près de la solution x_0 de l'équation $10^x = 25$. Considérons, à présent, la fonction f définie par $f : x \mapsto 10^x - 25$ de sorte que l'on recherche x_0 tel que $f(x_0) = 0$. En langage Python, on peut définir cette fonction par :

```
def f(x) :
    return 10 ** x - 25
```

■ La fonction f est dérivable, strictement croissante sur l'intervalle [1, 2] avec $f(1) < 0$ et $f(2) > 0$. L'équation $f(x) = 0$ admet donc une solution unique x_0 dans l'intervalle [1, 2]. Le principe de l'algorithme de dichotomie pour une approximation donnée, consiste, à partir de l'intervalle $[a, b]$ où $a = 1$ et $b = 2$, à :
- calculer l'image par f du milieu de l'intervalle $[a, b]$, $f\left(\frac{a+b}{2}\right)$;
- si $f\left(\frac{a+b}{2}\right) < 0$, remplacer l'intervalle $[a, b]$ par l'intervalle $\left[\frac{a+b}{2}, b\right]$;
- sinon, remplacer l'intervalle $[a, b]$ par l'intervalle $\left[a, \frac{a+b}{2}\right]$;
- recommencer tant que la longueur de l'intervalle (qui est divisée par 2 à chaque étape) est supérieure à l'approximation donnée.

■ En prenant comme valeur d'approximation 0,01, l'algorithme suivant fournit un encadrement de x_0 de longueur 0,01.

MATHÉMATIQUES

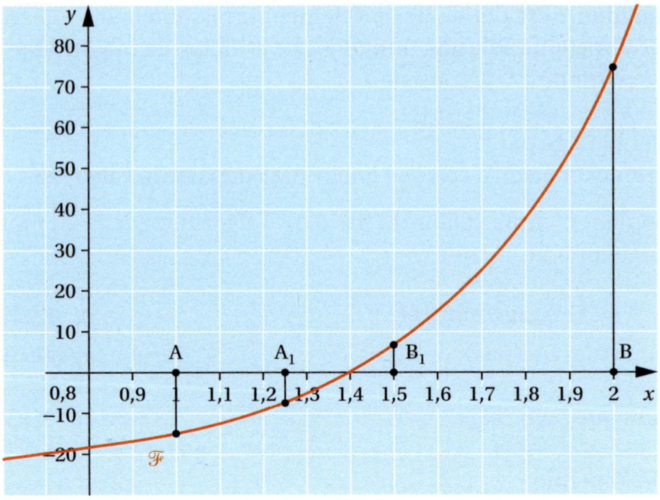

Langage naturel	Python

Fonction dichotomie(approx)
$a \leftarrow 1$
$b \leftarrow 2$
Tant que $b - a >$ approx
$x \leftarrow \dfrac{a+b}{2}$
Si $f(x) < 0$ alors $a \leftarrow x$
Sinon $b \leftarrow x$
Fin Tant que
Renvoyer a et b
	`def dichotomie(approx):`
	`a = 1`
	`b = 2`
	`while b - a > approx:`
	`x = (a + b)/2`
	`if f(x) < 0:`
	`a = x`
	`else:`
	`b = x`
	`return(a, b)`

■ La requête `dichotomie(0.25)` renvoie `(1.25, 1.5)` qui correspond à l'illustration graphique ci-dessus, où deux étapes aboutissent à situer x_0 dans l'intervalle [1,25 ; 1,5].

■ La requête `dichotomie(0.01)` renvoie `(1.390625, 1.3984375)` qui permet d'affirmer que x_0 est compris entre 1,39 et 1,40.

REMARQUE

Dans le cas où f est décroissante, la condition `if f(x) < 0` est remplacée par `if f(x) > 0`.

 # exo
Exercices supplémentaires de mathématiques
foucherconnect.fr/23tersti2d01

 # quiz
Des questions pour réviser
foucherconnect.fr/23tersti2d02

3 Séries statistiques à deux variables

On observe que, dans certains cas, il semble exister un lien entre les deux caractères d'une série statistique à deux variables, par exemple entre le poids et la taille d'un nouveau né, entre les maxima de tension artérielle et l'âge d'une population, entre la consommation et la vitesse d'une voiture… Il est alors intéressant d'étudier simultanément deux caractères d'une même population. Nous pouvons alors présenter les résultats sous forme de tableau ou de graphique.

1 Tableau de données, nuage de points

A Tableau de données

EXEMPLE

Le tableau suivant donne le nombre d'habitants d'une ville nouvelle entre 1992 et 2022.

Année	1992	1997	2002	2007	2012	2017	2022
Rang de l'année : x_i	0	5	10	15	20	25	30
Nombre d'habitants en milliers : y_i	18	21	25	30	36	44	50

B Nuage de points

- Le plan étant muni d'un repère, nous pouvons associer au couple (x_i, y_i) de la série statistique double le point M_i de coordonnées x_i et y_i.
- L'ensemble des points M_i obtenus constitue le **nuage de points représentant la série statistique**.

EXEMPLE

Avec l'exemple du ① A, on obtient le nuage de points ci-contre.
Dans cet exemple, on peut penser, qu'en première approximation, une droite $\mathscr{D}$ peut être tracée « le plus près possible » des sept points du nuage. C'est **le problème de l'ajustement affine**.

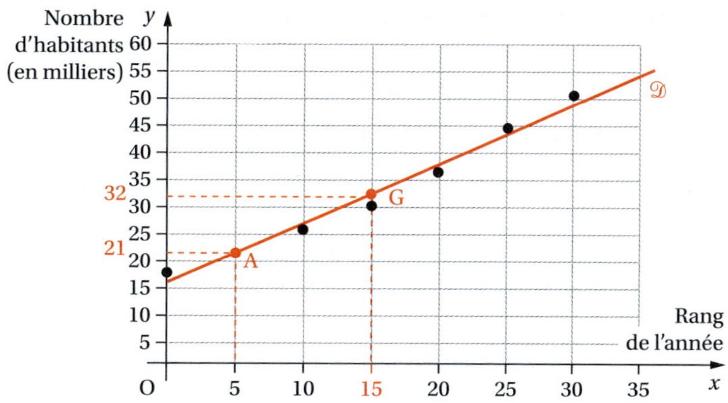

C Point moyen

■ Lorsqu'on pense pouvoir réaliser un ajustement affine d'un nuage, il peut sembler intéressant, avant de tracer la droite d'ajustement, de placer le point G dont l'abscisse est la moyenne $\overline{x}$ des abscisses x_i et l'ordonnée, la moyenne $\overline{y}$ des ordonnées y_i.

DÉFINITION

On appelle **point moyen** d'un nuage de n points M_i de coordonnées (x_i, y_i) le point G de coordonnées : $x_G = \overline{x}$ et $y_G = \overline{y}$.

EXEMPLE

On vérifie que, dans l'exemple du paragraphe ① A, le point moyen G a pour coordonnées : (15, 32). Le point G a été placé sur la figure du paragraphe ① B.

2 Ajustement affine

A Ajustement affine par une méthode graphique

EXEMPLE

On reprend le nuage de points de l'exemple du paragraphe ① A. On se propose de faire des prévisions pour le nombre d'habitants de la ville nouvelle à partir des données relevées entre 1992 et 2022.

Un moyen d'y parvenir est de tracer « au jugé » une droite $\mathscr{D}$ passant le plus près possible des points du nuage et d'admettre que les nombres d'habitants y_i et les rangs de l'année x_i sont liés par l'équation $y = ax + b$ de $\mathscr{D}$.

On peut, par exemple, prendre pour droite $\mathscr{D}$ la droite passant par le point moyen G et par le point A(5, 21). Une équation de cette droite est $y = 1{,}1x + 15{,}5$. La droite $\mathscr{D}$ est tracée sur la figure au ① B.

En remplaçant x par 35 dans l'équation de $\mathscr{D}$, on obtient $y = 54$. On peut estimer à 54 000 le nombre d'habitants en 1992 + 35 = 2027.

On peut choisir une autre droite...

B Ajustement affine par la méthode des moindres carrés

EXEMPLE

Une entreprise fabriquant des équipements pour l'automobile s'intéresse au lien entre ses dépenses publicitaires et son chiffre d'affaires : elle recueille les données suivantes, exprimées en millions d'euros, portant sur cinq périodes où les dépenses publicitaires sont notées $x_1, x_2, ..., x_5$ et les chiffres d'affaires $y_1, y_2, ..., y_5$.

Dépenses publicitaires : x_i	0,5	2,0	2,9	4,5	5,6
Chiffre d'affaires : y_i	35	37	75	92	90

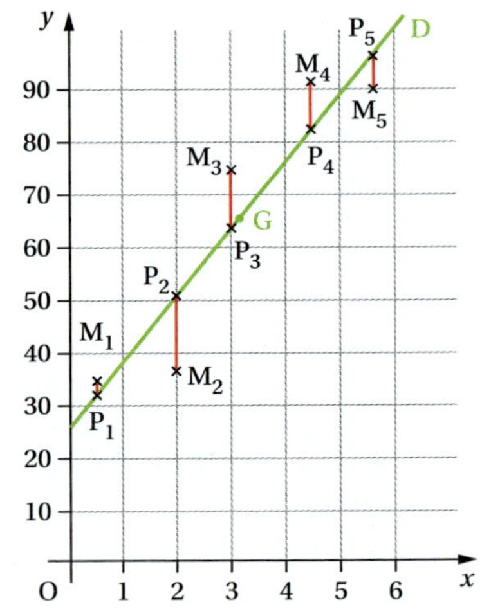

Représentons ces données par cinq points M_i dans un repère où des dépenses publicitaires x_i sont en abscisses et les chiffres d'affaires y_i en ordonnées. Le point moyen du nuage est G(3,1 ; 65,8).

Vérifiez-le !

La **méthode des moindres carrés** consiste à prendre pour **droite d'ajustement** du nuage de points une droite $\mathcal{D}$ telle que la somme des carrés $P_1M_1^2 + ... + P_5M_5^2$ soit minimale.

D'où le nom : « moindres carrés ».

Une équation de la droite $\mathcal{D}$, aussi appelée **droite de régression de y en x** s'obtient directement avec une calculatrice ou un tableur. En arrondissant les coefficients à 10^{-3}, on obtient dans cet exemple $y = 12{,}768x + 26{,}219$.

C Déterminer une équation de la droite de régression à l'aide d'une calculatrice

EXEMPLE

Le tableau ci-dessous donne le chiffre d'affaires du e-commerce en France entre 2011 et 2017. Il s'exprime en milliard d'euros et est arrondi au dixième.

Année	2011	2012	2013	2014	2015	2016	2017
Rang de l'année : x_i	1	2	3	4	5	6	7
Chiffre d'affaires du e-commerce (en milliard d'euros) : y_i	36,5	43,6	49,5	55,0	62,9	71,5	81,7

On souhaite utiliser une calculatrice pour ajuster le nuage des points de coordonnées (x_i, y_i) à l'aide d'une droite d'équation $y = ax + b$, puis exploiter cette équation pour effectuer une prévision.

Procédure sur une calculatrice CASIO

Se placer dans le menu **Statistique**. Effacer le contenu des listes par **DEL-ALL**. Entrer les valeurs x_i en List 1 et les valeurs y_i en List 2. Régler les colonnes pour le calcul par **CALC** **SET** puis **2Var X List : List 1 ; 2Var Y List : List 2 ; 2 Var Freq : 1 ;** **EXE**.

Afficher les résultats de la « régression linéaire » (ajustement affine) par **REG** **ax+b**.

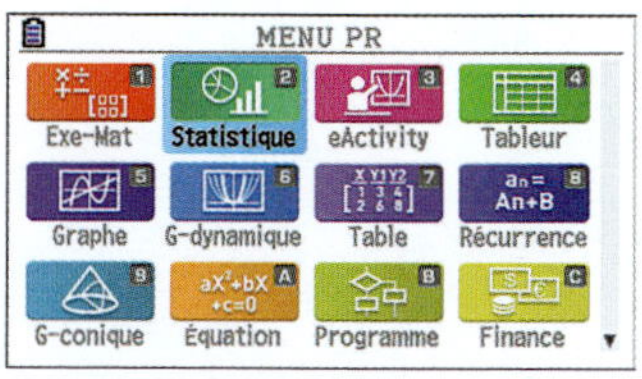

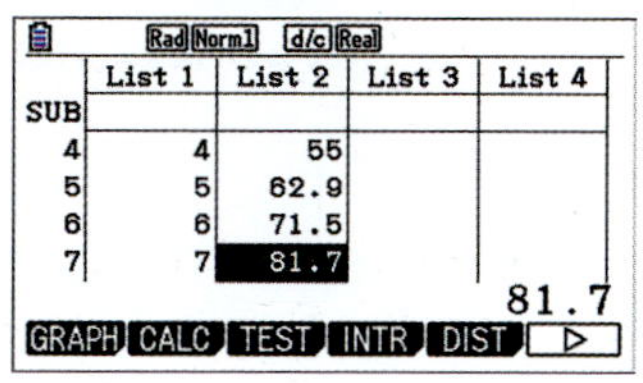

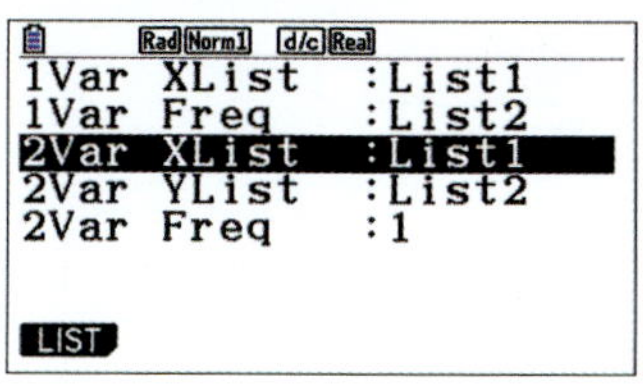

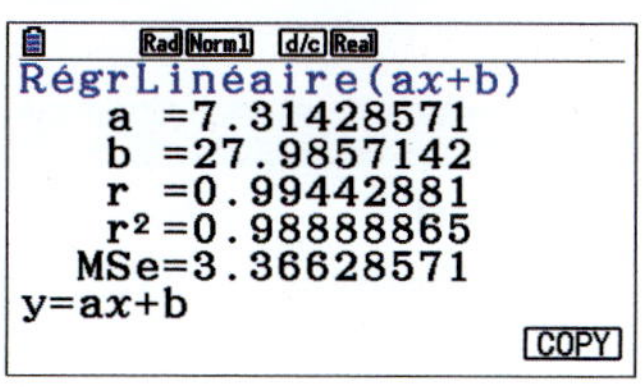

Procédure sur une calculatrice TI

Se placer dans le menu de statistique par la touche **stats**. Effacer les listes par **stats** **4 : EffListe L_1, L_2** (les noms des listes L_1 et L_2 sont au clavier). Entrer les données par **stats** **1 : Modifier...** puis saisir les x_i en L_1 et les y_i en L_2.

MATHÉMATIQUES

Afficher les résultats de la « régression linéaire » (ajustement affine) par **stats** **CALC** **4 :RegLin(ax+b) Xliste : L_1 , Yliste : L_2** **Calculer**.

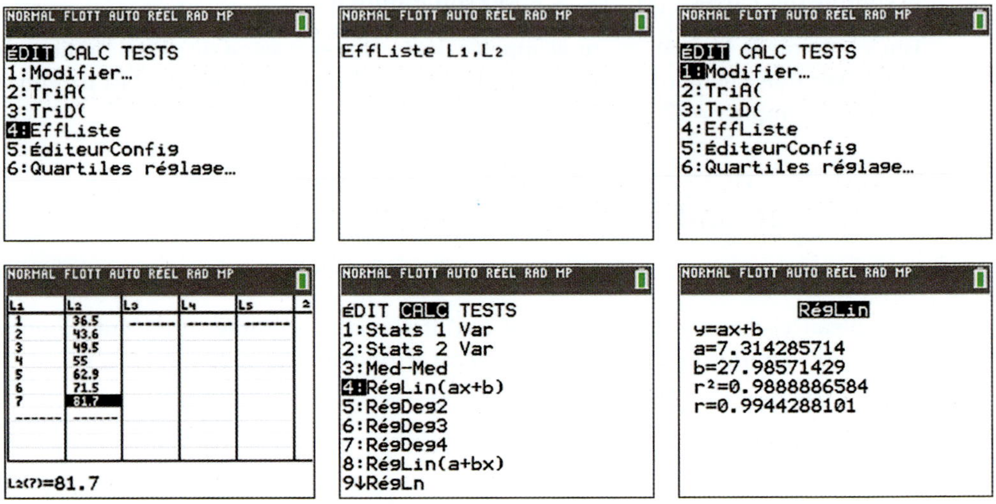

Procédure sur une calculatrice NumWorks

Se placer dans l'application **Régressions**. Pour effacer des données, se placer dans l'onglet **Donnees**, sélectionner le nom d'une colonne, faire **OK** puis **Effacer la colonne**.

Sous l'onglet **Donnees**, entrer les valeurs dans les colonnes **X1** et **Y1**.

Sélectionner l'onglet **Stats** pour afficher les calculs statistiques.

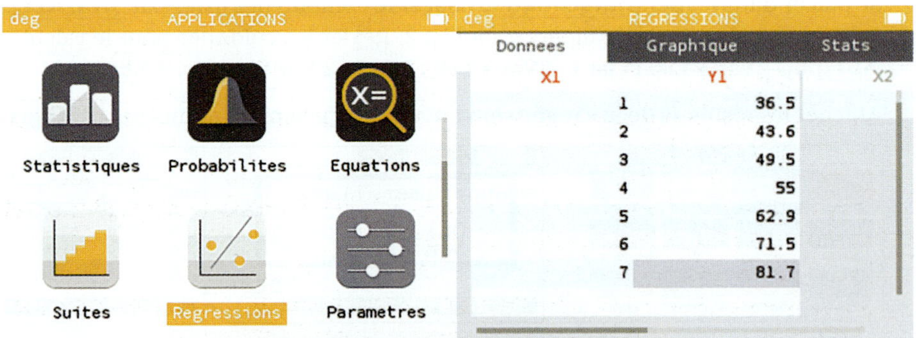

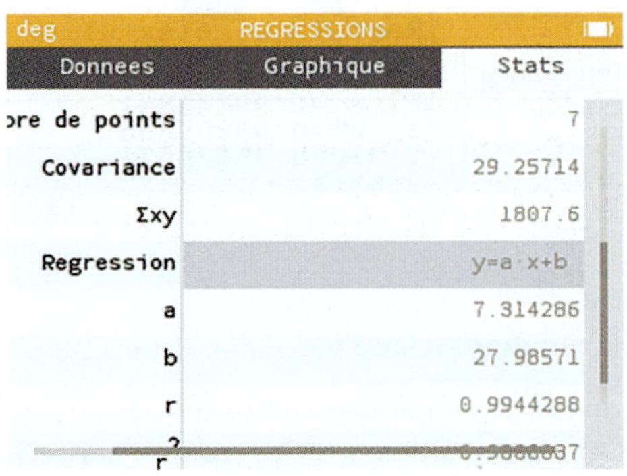

EXERCICE RÉSOLU

ÉNONCÉ

1. D'après l'exemple précédent, donner l'équation réduite de la droite d'ajustement de y en x obtenue avec la calculatrice. Les coefficients sont à arrondir au centième.
2. D'après ce modèle, quel chiffre d'affaires du e-commerce peut-on prévoir en France pour l'année 2026 ?

SOLUTION

1. Les trois calculatrices donnent l'équation $y = 7{,}31\,x + 27{,}99$.
2. 2026 est l'année de rang 16 : $7{,}31 \times 16 + 27{,}99 = 144{,}95$.

En arrondissant à 10^{-1}, on peut prévoir un chiffre d'affaires de 145 milliards d'euros pour 2026.

D Exemple d'ajustement affine après changement de variable

EXERCICE RÉSOLU

ÉNONCÉ

Le tableau ci-dessous donne le nombre n de personnes nouvellement contaminées par une épidémie dans une région pendant six semaines consécutives ($1 \leq i \leq 6$) de mi-février à début avril.

Valeur de i	1	2	3	4	5	6
Numéro de la semaine dans l'année : x_i	8	9	10	11	12	13
Nombre de nouveaux contaminés : n_i	16 650	11 620	8 100	5 660	3 950	2 750

L'allure du nuage des points $M_i\,(x_i, n_i)$ ne justifiant pas un ajustement affine, on effectue un changement de variable en posant $y_i = \log(n_i)$.

1. Calculer les six valeurs de $y_i = \log(n_i)$. Arrondir à 0,01.
2. Représenter le nuage des points $N_i\,(x_i, y_i)$ dans un repère où les axes se coupent au point A (7, 3). avec pour unités 1 cm en abscisse et 10 cm en ordonnée.
3. Calculer les coordonnées du point moyen G du nuage des points N_i (arrondir à 0,01) et placer G sur le graphique.
4. On choisit de prendre comme ajustement affine la droite passant par le point G et le point N_6. Déterminer l'équation de cette droite de la forme $y = mx + p$. Arrondir m et p à 0,01.
5. En utilisant cette équation, évaluer le nombre de personnes nouvellement contaminées la semaine numéro 15 si la tendance observée se prolonge. Arrondir à la dizaine.

MATHÉMATIQUES

SOLUTION

1.

x_i	8	9	10	11	12	13
$y_i = \log n_i$	4,22	4,07	3,91	3,75	3,60	3,44

2.

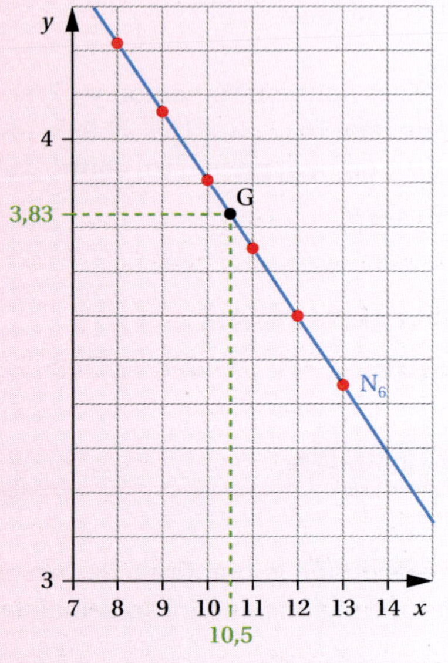

3. Les coordonnées du point moyen G sont :
$\overline{x}=10{,}5$ et $\overline{y}=3{,}83$.

4. Le coefficient directeur de la droite (GN_6) est

$$m=\frac{3{,}44-3{,}83}{13-10{,}5}=\frac{-0{,}39}{2{,}5}\approx-0{,}16.$$

RAPPEL

Soit $M_1(x_1,y_1)$ et $M_2(x_2,y_2)$ deux points d'une droite $\mathscr{D}$ d'abscisses différentes, alors le coefficient directeur de la droite $\mathscr{D}$ est : $m=\dfrac{y_2-y_1}{x_2-x_1}$.

L'équation de la droite (GN_6) s'écrit : $y=-0{,}16x+p$.

La droite passe par G(10,5 ; 3,83) d'où $3{,}83=-0{,}16\times10{,}5+p$ d'où $p=5{,}51$. Donc $y=-0{,}16x+5{,}51$.

5. Pour $x=15$, on obtient : $y=3{,}11$. Pour la semaine numéro 15, $i=8$, donc $\log n_8=3{,}11$, donc $n_8=10^{3{,}11}\approx1\,288$.

Le nombre de personnes nouvellement contaminées la semaine numéro 15 peut être estimé à 1 288.

 # exo

Exercices supplémentaires de mathématiques

foucherconnect.fr/23tersti2d01

 # quiz

Des questions pour réviser

foucherconnect.fr/23tersti2d02

4 Probabilités

Dans le domaine de la santé, on utilise souvent des probabilités pour évaluer des risques. La loi binomiale complète le travail fait en classe de Première sur la répétition d'épreuves indépendantes selon une même loi de Bernoulli.

1 Calcul des probabilités

- La **probabilité d'un événement** A d'un univers fini Ω est la somme des probabilités des événements élémentaires qui constituent A. La probabilité de Ω est 1.
- Pour tout événement A, $\mathbf{0 \leq P(A) \leq 1}$.
- L'**équiprobabilité** correspond au cas où tous les événements élémentaires ont la même probabilité.

Dans ce cas, la probabilité d'un événement élémentaire est : $\dfrac{\mathbf{1}}{\textbf{nombre d'éléments de } \Omega}$

et pour tout événement A,

$$P(A) = \frac{\textbf{nombre d'éléments de } A}{\textbf{nombre d'éléments de } \Omega} = \frac{\textbf{nombre de cas favorables}}{\textbf{nombre de cas possibles}}.$$

- Pour tous événements **disjoints** A, B, $\mathbf{P(A \cup B) = P(A) + P(B)}$.
- Pour tout événement A, $\mathbf{P(\overline{A}) = 1 - P(A)}$. En particulier $\mathbf{P(\emptyset) = 0}$.
- Pour tous événements A, B, $\mathbf{P(A \cup B) = P(A) + P(B) - P(A \cap B)}$.

EXEMPLE

Une enquête, concernant l'hygiène alimentaire, a été réalisée sur un échantillon de 800 personnes. Les personnes sont réparties en trois groupes.
Type 1 : les végétariens ; type 2 : les végétariens qui mangent néanmoins du poisson ; type 3 : les non-végétariens. La répartition des personnes est donnée dans le tableau suivant.

	Type 1	Type 2	Type 3	Total
Femmes	22	105	313	440
Hommes	12	27	321	360
Total	34	132	634	800

On choisit, au hasard, une des 800 personnes de l'échantillon, chacune ayant la même probabilité d'être choisie. On définit les événements suivants :
A : « La personne choisie est non végétarienne » ;
B : « La personne choisie est un homme ».

Il y a équiprobabilité des tirages donc, d'après un résultat rappelé ci-dessus, $P(A) = \dfrac{634}{800}$;
$P(A) = 0{,}7925$; $P(B) = \dfrac{360}{800}$; $P(B) = 0{,}45$.
$A \cap B$ est l'événement : « La personne choisie est un homme non végétarien ».
$P(A \cap B) = \dfrac{321}{800} = 0{,}40125$.

$A \cup B$ est l'événement : « La personne choisie est non végétarienne ou est un homme ».
$P(A \cup B) = P(A) + P(B) - P(A \cap B)$; $P(A \cup B) = 0{,}79250 + 0{,}45000 - 0{,}40125$;
$P(A \cup B) = 0{,}84125$.

2 Probabilités conditionnelles

A Conditionnement par un événement de probabilité non nulle

DÉFINITION

Lorsque les issues de l'univers Ω sont **équiprobables**, pour tous événements A et B de cardinaux non nuls, **la probabilité de B sachant A est $P_A(B) = \dfrac{\text{Card}(A \cap B)}{\text{Card}(A)}$**.

Propriété

La probabilité de B sachant A est $P_A(B) = \dfrac{P(A \cap B)}{P(A)}$.

EXERCICE RÉSOLU

ÉNONCÉ

Un laboratoire pharmaceutique élabore un nouveau test de dépistage pour une maladie.
Les essais sur un groupe de 10 000 personnes ont donné les résultats suivants :
- 4 % des individus du groupe sont atteints par la maladie ;
- 85 % des personnes atteintes par la maladie réagissent positivement au test ;
- 99 % des personnes non atteintes par la maladie réagissent négativement au test.

1. Compléter, après l'avoir reproduit, le tableau suivant.
Le jour d'une épreuve d'évaluation, une feuille réponse avec le tableau peut être fournie.

	Personnes malades	Personnes non malades	Total
Personnes testées « négatif »			
Personnes testées « positif »			
Total			10 000

2. On choisit au hasard un individu dans le groupe témoin ; on admet que chaque individu a la même probabilité d'être choisi.
Pour tout évènement E, on note $\overline{E}$ l'évènement contraire de E.
Si F est un évènement de probabilité non nulle, la probabilité de E sachant F est notée $P_F(E)$.
On note les évènements suivants :
- M : « l'individu choisi est atteint par la maladie » ;
- T : « l'individu choisi réagit positivement au test ».

a. Déterminer les probabilités $P(M)$ et $P(T)$.
b. Déterminer la probabilité qu'un individu réagisse positivement au test sachant qu'il est atteint par la maladie.
c. Calculer la probabilité qu'un individu ne soit pas atteint par la maladie sachant qu'il réagit positivement au test.
Arrondir le résultat au centième.

SOLUTION

1.

	Malades	Non malades	Total
Négatif	60	9 504	9 564
Positif	340	96	436
Total	400	9 600	10 000

2. a. $P(M)=\frac{400}{10\,000}=0{,}04$; $P(T)=\frac{436}{10\,000}=0{,}0436$.

b. $P_M(T)=\frac{340}{400}=0{,}85$.

c. $P_T(\overline{M})=\frac{96}{436}\approx 0{,}22$.

Propriétés

$\boldsymbol{P_A}$ **est une probabilité** (comme P)

Cela signifie que les calculs de probabilités conditionnelles ont les mêmes propriétés que les calculs avec une probabilité P : $\boldsymbol{P_A(\Omega)=1}$.

- Pour tout événement $\boldsymbol{B}$, $\boldsymbol{0\le P_A(B)\le 1}$.
- Pour tous événements **disjoints** (ou incompatibles) $\boldsymbol{B, C}$:

$$\boldsymbol{P_A(B\cup C)=P_A(B)+P_A(C)}.$$

- Pour tout événement $\boldsymbol{B}$, $\boldsymbol{P_A(\overline{B})=1-P_A(B)}$.
- Pour tous événements $\boldsymbol{B, C}$:

$$\boldsymbol{P_A(B\cup C)=P_A(B)+P_A(C)-P_A(B\cap C)}$$

B Événements indépendants

DÉFINITION

Deux événements A et B sont **indépendants** si et seulement si $\boldsymbol{P(A\cap B)=P(A)\times P(B)}$ ou $\boldsymbol{P_A(B)=P(B)}$.

REMARQUE

Ne pas confondre pour deux événements A, B :
- A et B sont **incompatibles** : $A\cap B=\varnothing$,
- A et B sont **indépendants** : $P(A\cap B)=P(A)\times P(B)$.

EXEMPLE

Considérons le tirage **au hasard** d'une carte d'un jeu de 32 cartes.

L'expression « au hasard » permet de considérer qu'il y a équiprobabilité des 32 événements élémentaires : « tirer l'as de pique », « tirer l'as de cœur », « tirer le 7 de trèfle »... Soit A l'événement « tirer un as ».

A a quatre éléments, puisqu'il y a quatre as dans le jeu. Donc $P(A)=\frac{4}{32}=\frac{1}{8}$.

Soit B l'événement « tirer un cœur » : B a huit éléments, puisqu'il y a huit cœurs dans le jeu.

Donc $P(B)=\frac{8}{32}=\frac{1}{4}$.

$A\cap B$ est l'événement « tirer l'as de cœur » ; $P(A\cap B)=\frac{1}{32}$.

Nous constatons que $P(A)\times P(B)=\frac{1}{8}\times\frac{1}{4}=\frac{1}{32}=P(A\cap B)$. $P(A\cap B)=P(A)\times P(B)$

Donc, **les événements A et B sont indépendants**.

C Arbres pondérés

EXEMPLE

On a réalisé une enquête de santé auprès de 10 000 personnes employées dans une grande entreprise. Les résultats figurent dans le tableau suivant.

	Nombre de fumeurs	Nombre de non-fumeurs	Totaux
Nombre de personnes atteintes de bronchites	300	140	440
Nombre de personnes non atteinte de bronchites	2 700	6 860	9 560
Totaux	3 000	7 000	10 000

On prélève au hasard un questionnaire parmi l'ensemble des questionnaires remplis au cours de cette enquête. Tous les questionnaires ont la même probabilité d'être choisis.

On note :

- B l'événement : « La personne correspondante est atteinte de bronchite » et $\overline{B}$ l'événement contraire de B ;
- F l'événement : « La personne correspondante est un fumeur » et $\overline{F}$ l'événement contraire de F.

On déduit immédiatement du tableau que : $P(F) = 0{,}3$, donc que $P(\overline{F})=1-P(F)=0{,}7$.

À l'aide de la définition de **probabilité conditionnelle** et du tableau, on obtient les probabilités conditionnelles suivantes :

$P_F(B) = 0{,}10$; $P_F(\overline{B})=0{,}90$; $P_{\overline{F}}(B)=0{,}02$ et $P_{\overline{F}}(\overline{B})=0{,}98$; et les probabilités :

$P(F\cap B) = 0{,}03$; $P(F\cap\overline{B})=0{,}27$; $P(\overline{F}\cap B)=0{,}014$ et $P(\overline{F}\cap\overline{B})=0{,}686$.

On appelle **arbre pondéré** un arbre pour lequel chaque branche est associée à une probabilité comme ci-dessous.

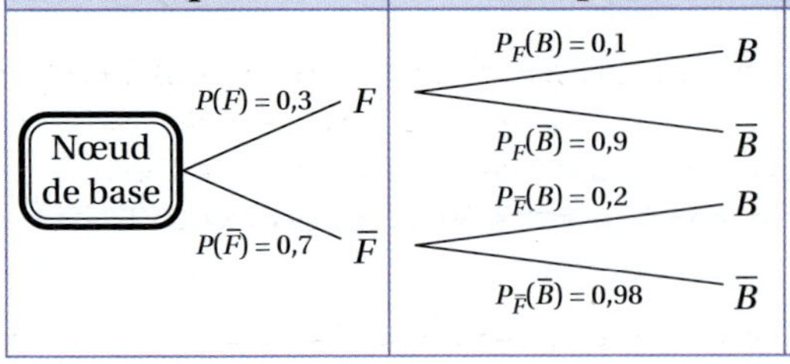

Étape 1	Étape 2	Résultat	Probabilité du résultat
		$B\cap F$	$P(B\cap F) = P(F)\times P_F(B) = 0{,}03$
		$\overline{B}\cap F$	$P(\overline{B}\cap F)=P(F)\times P_F(\overline{B})=0{,}27$
		$B\cap\overline{F}$	$P(B\cap\overline{F})=P(\overline{F})\times P_{\overline{F}}(B)=0{,}014$
		$\overline{B}\cap\overline{F}$	$P(\overline{B}\cap\overline{F})=P(\overline{F})\times P_{\overline{F}}(\overline{B})=0{,}686$

En généralisant ce qu'on observe sur l'arbre pondéré de l'exemple précédent, on obtient les résultats suivants.

REMARQUE

Pour chacune des quatre « successions de branches » à partir du nœud de base, il est important de distinguer :

- l'événement réalisé à l'issue de chaque étape ;
- le « résultat » qui est l'événement réalisé à l'issue de l'ensemble des deux étapes : c'est l'intersection des deux événements réalisés au cours des deux étapes.

Cas général

• Pour chacune des deux étapes, deux branches partent de chaque nœud et la somme des probabilités inscrites sur les branches issues d'un même nœud est égale à 1.
• À la seconde étape, les nombres inscrits sur les branches sont des probabilités conditionnelles.

Les résultats pour les arbres avec deux branches à la première étape s'étendent aux arbres avec trois branches à la première étape.

TROIS PROPRIÉTÉS À RETENIR

1. Les probabilités indiquées sur les branches partant d'un même nœud ont pour somme 1.
2. La probabilité d'un chemin est le produit des probabilités indiquées sur ses branches.
3. La probabilité d'un événement constitué de plusieurs chemins est la somme des probabilités de ces chemins.

EXEMPLE

- Sur l'arbre pondéré précédent, on lit : $P(B \cap F) = P(F) \times P_F(B)$ d'après la propriété **2.** (de l'encadré ci-dessus).
- En appliquant la propriété **3.** (de l'encadré ci-dessus) on obtient, par exemple, dans l'exemple du début du **2. C.** :
$P(\overline{B}) = P(\overline{B} \cap F) + P(\overline{B} \cap F)$, $P(\overline{B}) = 0{,}270 + 0{,}686 = 0{,}956$.
- *Un exemple avec trois branches à la première étape.*

On donne l'arbre pondéré suivant :

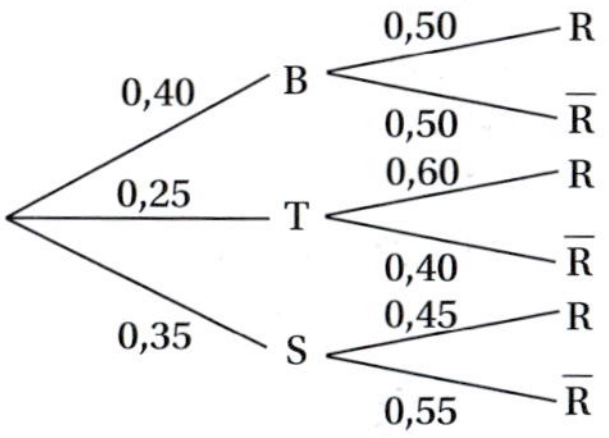

Ici le nombre de branches issues d'un même nœud est supérieur à 2.

Le calcul de la probabilité de l'événement R s'effectue en appliquant les propriétés 2 et 3 :

$P(R) = P(B \cap R) + P(T \cap R) + P(S \cap R)$
(d'après la propriété 3) ;

$P(R) = 0{,}40 \times 0{,}50 + 0{,}25 \times 0{,}60 + 0{,}35 \times 0{,}45$
(d'après la propriété 2) ;

$P(R) = 0{,}20 + 0{,}15 + 0{,}157\,5 = 0{,}507\,5$.

Formule des probabilités totales

La formule des probabilités totales traduit le résultat 3 ci-dessus qui se généralise à n chemins (ci-dessous $n = 3$).

Soit A_1, A_2 et A_3 des événements de probabilités non nulles, deux à deux disjoints, dont l'union est l'univers Ω. Pour tout événement B, on a : $\boldsymbol{P(B) = P(B \cap A_1) + P(B \cap A_2) + P(B \cap A_3)}$.

3 Variables aléatoires discrètes finies

À retenir

Une **variable aléatoire discrète *X*** prend, lors d'une expérience aléatoire, des valeurs x_1, $x_2, \ldots, x_i, \ldots, x_n$ avec des probabilités $p_1, p_2, \ldots, p_i, \ldots, p_n$.

Loi de probabilité d'une variable aléatoire discrète

Soit X une variable aléatoire discrète prenant, lors d'une expérience aléatoire, des valeurs $x_1, x_2, \ldots, x_i, \ldots, x_n$ avec des probabilités $p_1, p_2, \ldots, p_i, \ldots, p_n$.

La loi de probabilité associée à X est la fonction f qui à tout x_i associe $f(x_i) = P(X = x_i) = p_i$.

Espérance d'une variable aléatoire discrète

L'**espérance** d'une variable aléatoire X prenant m valeurs x_i avec les probabilités $p_i = P(X = x_i)$ est : $\mathbf{E(X) = p_1x_1 + p_2x_2 + \ldots + p_nx_n}$.

EXERCICE RÉSOLU

ÉNONCÉ

Une urne contient 10 boules indiscernables au toucher.
Sur chacune d'elles est inscrit un nombre comme l'indique le tableau ci-dessous :

Nombre inscrit	1	2	5	10
Nombre de boules	4	3	2	1

Un joueur mise 4 € puis tire une boule au hasard. Chaque boule a la même probabilité d'être tirée. Il reçoit le montant (en euros) inscrit sur la boule.
Soit X la variable aléatoire qui, à chaque tirage, fait correspondre le « gain » du joueur (positif s'il gagne, négatif s'il perd).

1. Quelles sont les valeurs prises par la variable aléatoire X ?
2. Présenter la loi de probabilité de X dans un tableau.
3. Calculer l'espérance $E(X)$.

CORRIGÉ

1. On peut rajouter une ligne « gain », au tableau de l'énoncé, dont les nombres sont obtenus en retirant la mise de 4 euros dans chaque cas.

Nombre inscrit	1	2	5	10
Nombre de boules	4	3	2	1
Gain en euros	–3	–2	1	6

L'ensemble des valeurs prises par la variable aléatoire X est : $\{-3\,;-2\,;1\,;6\}$.

2. À l'aide du tableau du 1., on obtient :

$P(X=-3)=\frac{4}{10}=0{,}4$; $P(X=-2)=\frac{3}{10}=0{,}3$;

$P(X=1)=\frac{2}{10}=0{,}2$; $P(X=6)=\frac{1}{10}=0{,}1$.

La loi de probabilité de la variable aléatoire X est donc donnée par :

x_i	−3	−2	1	6
p_i	0,4	0,3	0,2	0,1

On vérifie que $\sum p_i = 1$. Cela permet de s'autocontrôler.

3. $E(X) = -3 \times 0{,}4 - 2 \times 0{,}3 + 1 \times 0{,}2 + 6 \times 0{,}1$.

$E(X) = -1$.

4 Loi binomiale

A Épreuve de Bernoulli

EXEMPLE

On prélève une boule d'une urne contenant 7 boules vertes et 3 boules noires. Les boules sont indistinguables au toucher et le tirage est équiprobable. Le tirage d'une boule verte est considéré comme un succès et celui d'une boule noire comme un échec.

Cette épreuve aléatoire correspond à l'arbre des probabilités ci-contre :

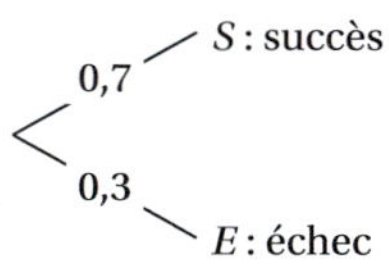

DÉFINITION

Une **épreuve de Bernoulli de paramètre p** (nombre réel compris entre 0 et 1) est une épreuve aléatoire comportant deux issues.

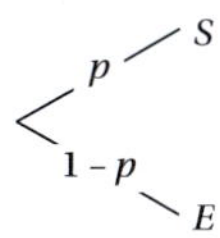

B Schéma de Bernoulli

EXEMPLE

Deux prélèvements dans l'urne de l'exemple du ④ A. sont successivement réalisés, en remettant la première boule tirée dans l'urne avant d'effectuer le second tirage (tirage avec remise). Il s'agit de la répétition de deux épreuves de Bernoulli identiques et indépendantes.

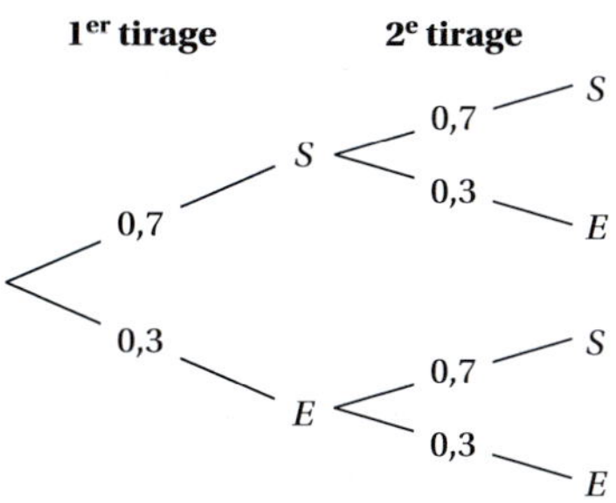

Issue	Probabilité de l'évènement	
(S, S)	$0{,}7 \times 0{,}7 = 0{,}49$	d'après la propriété 2 du paragraphe ②C.
(S, E)	$0{,}7 \times 0{,}3 = 0{,}21$	
(E, S)	$0{,}3 \times 0{,}7 = 0{,}21$	
(E, E)	$0{,}3 \times 0{,}3 = 0{,}09$	

DÉFINITION

Un **schéma de Bernoulli de paramètres n et p** est une épreuve aléatoire consistant à répéter n fois, de façon identique et indépendante, une épreuve de Bernoulli de paramètre p.

Dans l'exemple ci-dessus, $n = 2$ et $p = 0{,}7$.

C Loi binomiale

■ Si n est un entier naturel et si k est un entier compris entre 0 et n, on note $\binom{n}{k}$ et on lit « k parmi n » le nombre de chemins qui réalisent exactement k succès dans l'arbre à n niveaux associé à un schéma de Bernoulli. Ces nombres sont appelés **coefficients binomiaux**.

On verra au paragraphe ④ D. comment calculer les coefficients binomiaux pour $n \leq 10$.

■ La **loi binomiale de paramètres n et p** notée $\mathcal{B}(n, p)$ est la loi de la variable aléatoire X qui donne le nombre de succès dans la répétition de n épreuves de Bernoulli identiques et indépendantes de paramètre p.

■ Pour la variable aléatoire X qui suit la loi binomiale $\mathcal{B}(n, p)$, où n est un entier naturel et p un nombre réel de l'intervalle [0, 1], on a pour tout entier k compris entre 0 et n :

$$P(X=k)=\binom{n}{k}p^{k}(1-p)^{n-k}.$$

■ **L'espérance** d'une variable aléatoire X suivant une loi binomiale $\mathcal{B}(n, p)$ est : $E(X) = np$.

EXERCICE RÉSOLU

ÉNONCÉ

Dans une société, on assemble et on installe un certain type d'équipement informatique pour les sièges sociaux de grandes entreprises industrielles.
Dans cet exercice, les résultats approchés sont à arrondir à 10^{-3}.
On considère un lot important d'équipements de ce type.
On note E l'événement : « un équipement prélevé au hasard dans le lot est défectueux ».
On suppose que $P(E) = 0{,}025$.
On prélève au hasard 10 équipement dans le lot pour vérification. Le lot est assez important pour que l'on puisse assimiler ce prélèvement à un tirage avec remise de 10 équipements.
On considère la variable aléatoire X qui, à tout prélèvement ainsi défini, associe le nombre d'équipements défectueux de ce prélèvement.

1. Justifier que la variable aléatoire X suit une loi binomiale dont on déterminera les paramètres.

2. On donne : $\binom{10}{2} = 45$; $\binom{10}{1} = 10$; $\binom{10}{0} = 1$.

a. Calculer la probabilité que, dans un tel prélèvement, il y ait exactement deux équipements défectueux.

b. Calculer la probabilité que, dans un tel prélèvement, il y ait au plus deux équipements défectueux.

SOLUTION

1. La variable aléatoire X mesure le nombre de succès dans la répétition, de façon identique et indépendante, de 10 épreuves de Bernoulli de paramètre $p = 0{,}025$. Donc X suit la loi binomiale de paramètre $n = 10$ et $p = 0{,}025$.

2. a. La probabilité cherchée est : $P(X=2)=\binom{10}{2}\times(0{,}025)^2\times(0{,}975)^8$.

$P(X=2)=45\times(0{,}025)^2(0{,}975)^8\approx 0{,}023$.

b. On cherche : $P(X\leq 2)=P(X=0)+P(X=1)+P(X=2)$.

$$P(X\leq 2)=\binom{10}{0}(0{,}025)^0(0{,}975)^{10}+\binom{10}{1}(0{,}025)^1(0{,}975)^9+\binom{10}{2}(0{,}025)^2(0{,}975)^8$$

$$P(X\leq 2)=0{,}975^{10}+10\times 0{,}025\times(0{,}975)^9+45\times(0{,}025)^2(0{,}975)^8$$

$P(X\leq 2)\approx 0{,}998$.

D Triangle de Pascal

■ Le triangle de Pascal permet d'obtenir les nombres $\binom{n}{k}$

Dans le triangle de gauche ci-dessous, dit « triangle de Pascal », chaque nombre est la somme des deux nombres situés immédiatement à gauche et à droite sur la ligne du dessus, par exemple ① + ② → ③. On obtient alors les différentes valeurs de $\binom{n}{k}$ indiquées à droite.

On a : $\binom{n}{k}=\binom{n-1}{k-1}+\binom{n-1}{k}$

1
1 1
① + ② 1
1 ③ 3 1
1 4 6 4 1
1 5 10 10 5 1
1 6 15 20 15 6 1
1 7 21 35 35 21 7 1

$$\binom{0}{0}$$
$$\binom{1}{0}\ \binom{1}{1}$$
$$\binom{2}{0}\ \binom{2}{1}\ \binom{2}{2}$$
$$\binom{3}{0}\ \binom{3}{1}\ \binom{3}{2}\ \binom{3}{3}$$
$$\binom{4}{0}\ \binom{4}{1}\ \binom{4}{2}\ \binom{4}{3}\ \binom{4}{4}$$
$$\binom{5}{0}\ \binom{5}{1}\ \binom{5}{2}\ \binom{5}{3}\ \binom{5}{4}\ \binom{5}{5}$$
$$\binom{6}{0}\ \binom{6}{1}\ \binom{6}{2}\ \binom{6}{3}\ \binom{6}{4}\ \binom{6}{5}\ \binom{6}{6}$$
$$\binom{7}{0}\ \binom{7}{1}\ \binom{7}{2}\ \binom{7}{3}\ \binom{7}{7}\ \binom{7}{5}\ \binom{7}{6}\ \binom{7}{7}$$

 # quiz
Des questions pour réviser
foucherconnect.fr/23tersti2d02

 # exo
Exercices supplémentaires de mathématiques
foucherconnect.fr/23tersti2d01

1 SUITES NUMÉRIQUES

EXERCICE 1

Partie 1 : Automatismes ***Sans calculatrice (20 minutes, 5 points)***

Aucune justification n'est demandée. Le jour d'une épreuve d'évaluation, une feuille réponse (avec les tableaux et figures à compléter) peut être fournie.

1. **Proportions et pourcentages** (1,5 point)

Recopier et compléter les phrases suivantes.

a. 0,1 % s'écrit sous forme décimale : ... b. 20 % de 150 c'est : ... .

c. Dans une classe de Terminale il y a 60 % de filles et 50 % des filles ont 18 ans. Dans cette classe le pourcentage de filles de 18 ans est : ... .

2. **Passer d'une formulation additive à une formulation multiplicative et réciproquement** (1 point)

Recopier et compléter les phrases suivantes.

a. Augmenter de 40 %, c'est multiplier par : ... b. Multiplier par 0,75, c'est diminuer de ... %.

3. **Appliquer un taux d'évolution** (0,5 point)

Calculer le prix soldé d'un article coûtant 80 € après une remise de 40 %.

4. **Évolutions successives** (1 point)

a. Un prix augmente de 30% puis baisse de 30 %. Le prix est-il revenu à sa valeur initiale ?

b. Une baisse de 20 % suivie d'une baisse de 10 % est-elle équivalente à une baisse de 30 %.

5. **Évolution réciproque** (0,5 point)

Quel est le taux de l'évolution réciproque d'une hausse de 100 % ?

6. **Reconnaître une situation se modélisant par une suite géométrique** (0,5 point)

Une population de 1 500 individus augmente de 5 % par an à partir de 2023. On note $p_0 = 1\,500$ et p_1, p_2, ..., p_n les populations successives au bout d'une année, ... n années. Quelle est la nature de la suite (p_n) ? Donner sa raison.

À SAVOIR

Proportion d'une proportion

Si p est la proportion de A dans E et p' la proportion de E dans F, alors la proportion de A dans F est pp'.

Taux d'évolution et coefficient multiplicateur

- Si t est le **taux d'évolution** de y_1 à y_2, alors $y_2 = (1+t)y_1$.

$c = \dfrac{y_1}{y_2} = 1+t$ est le **coefficient multiplicateur** de y_1 à y_2.

Exemples

1. Une hausse de 10 % pour une quantité passant de y_1 à y_2 se traduit par :

$y_2 = y_1 + \dfrac{10}{100}y_1 = \left(1+\dfrac{10}{100}\right)y_1 = 1{,}1\,y_1$. Le coefficient multiplicateur est $c = 1{,}1$.

2. Une baisse de 10 % se traduit par :

$y_2 = y_1 - \dfrac{10}{100}y_1 = \left(1-\dfrac{10}{100}\right)y_1 = 0{,}9\,y_1$. Le coefficient multiplicateur est $c = 0{,}9$.

- **Deux évolutions (hausses ou baisses) successives**, de coefficients multiplicateurs c et c', correspondent à une évolution globale (hausse ou baisse) de coefficient multiplicateur $c.c'$.
(Ou : **pour deux évolutions successives, on multiplie les coefficients multiplicateurs**).

- Deux évolutions (hausse et baisse) sont **réciproques** si et seulement si leurs coefficients multiplicateurs c et c' sont tels que $\boldsymbol{c.c' = 1}$.

EXERCICE 2

Partie 2 *Avec la calculatrice (5 points)*

Une PME fabrique un certain type de pièces pour l'industrie automobile. En 2022, la production annuelle a été de 5 000 unités.

On admet que la production augmente de 4 % chaque année.

Tous les résultats de production seront arrondis à l'unité.

1. Calculer la production en 2023 et 2024.
2. On note $P_0 = 5\,000$. Dans la suite on désigne par P_n la production de l'année $2022 + n$. Quelle est la nature de la suite (P_n) ? Justifier.
3. Exprimer P_n en fonction de n.
4. Déterminer la production en 2027.
5. Déterminer la production totale entre début 2022 et fin 2027.

EXERCICE 3

Partie 2 *Avec calculatrice et tableur (5 points)*

L'emploi de travailleurs handicapés

Suite à la loi de 2005 relative au handicap, tout employeur de plus de 20 salariés est soumis à l'obligation d'emploi de travailleurs handicapés : il est tenu d'employer des travailleurs handicapés dans une proportion d'au moins 6 % de l'effectif total du personnel.

Le tableau ci-dessous donne, de 2020 à 2022, le nombre total de salariés ainsi que le nombre de salariés handicapés d'une entreprise privée.

Année	**2020**	**2021**	**2022**
Nombre total de salariés	1 764	1 771	1 805
Nombre de salariés handicapés	60	62	65

1. Calculer le taux d'évolution de 2021 à 2022 du nombre de salariés handicapés dans cette entreprise. Arrondir à 0,1 %.
2. On suppose qu'à partir de 2022, le nombre de salariés handicapés augmente de 5 % chaque année dans cette entreprise, et on en modélise l'évolution à l'aide d'une suite. Ainsi, pour tout entier naturel n, on note u_n une estimation du nombre de salariés handicapés pour l'année $(2022 + n)$. On a donc : $u_0 = 65$.

Indiquer sans justification la nature de la suite (u_n). Préciser sa raison.

3. On utilise une feuille de calcul automatisé pour obtenir les termes de la suite (u_n).

Quelle formule peut-on saisir dans la cellule C2 qui, recopiée vers la droite, permet de remplir ce tableau ?

	A	**B**	**C**	**D**	**E**
1	Année	2022	2023	2024	2025
2	Nombre de salariés handicapés	65			

4. a. Calculer u_3 (arrondir le résultat à l'unité). Interpréter le résultat.

b. Selon ce modèle, sachant que l'entreprise s'est fixé comme perspective d'employer au total 1 850 salariés en 2025, peut-on penser que l'obligation d'emploi des travailleurs handicapés y sera respectée en 2025 ?

EXERCICE 4

Partie 2 *Utilisation du tableur et algorithmique en langage naturel (5 points)*

Les dépenses de santé d'un pays de l'Union Européenne

Le montant des dépenses de santé d'un pays de l'Union Européenne a été pour l'année 2022 de 185,2 milliards d'euros. Il a été prévu une croissance de ces dépenses de 2,1 % pour l'annnée 2023.

1. Montrer que le montant des dépenses d'assurance maladie pour l'année 2023 est de 189,1 milliards d'euros (à cent millions près). Pour estimer les montants des années suivantes, il a été prévu chaque année une augmentation de 2,1 % de ces dépenses. On modélise à l'aide d'une suite (v_n) le montant, en milliards d'euros, des dépenses d'assurance maladie chaque année. On note v_0 le montant voté pour l'année 2022 et v_n le montant voté pour l'année $(2022+n)$, où n est un entier positif ou nul. On a ainsi $v_0 = 185{,}2$.

	A	B
1	n	v_n
2	0	185,2
3	1	189,1
4	2	
5	3	

On veut utiliser la feuille de calcul automatisé ci-dessus afin d'obtenir les valeurs successives de la suite (v_n).

2. Quelle formule peut-on entrer dans la cellule B3 de sorte que, recopiée vers le bas, elle permette d'afficher les valeurs de la suite (v_n) ?

3. Indiquer sans justification la nature de la suite (v_n). Donner la valeur de sa raison.

4. Déterminer une estimation du montant des dépenses d'assurance maladie pour l'année 2026. (Arrondir la valeur à la centaine de millions.)

5. On donne l'algorithme suivant :

$v \leftarrow 185{,}2$

$k \leftarrow 0$

Tant que $v < 210$

  $v \leftarrow v \times 1{,}021$

  $k \leftarrow k+1$

Fin Tant que

Interpréter la valeur de k à la fin de l'exécution de cet algorithme.

EXERCICE 5

Partie 2 *Vrai-faux et QCM (5 points)*

A. Vrai-faux

Répondre par VRAI ou FAUX, aux affirmation du 1. et 2. (une justification est demandée).

1. On injecte u_0 cm³ d'un médicament dans le sang d'un patient. La quantité de ce médicament présente dans le sang du patient n heures après l'injection est u_n. La quantité de médicament présente dans le sang baisse de 20 % chaque heure.

La suite (u_n) est une suite géométrique de raison 0,8.

2. On reprend la situation décrite dans la question 1. ci-dessus. Cinq heures après l'injection, il reste dans le sang du patient environ 67 % de la quantité injectée.

B. QCM (Programmation en Python)

1. On considère le programme en Python suivant. Quelle est la valeur de n à la fin de ce programme ?

```
n = 1
v = 6
while v < 31:
    n = n + 1
    v = v * 1.2
```

a. 9 ; b. 10 c. 11 ; d. 12.

2. La suite (u_n) est la suite géométrique de premier terme $u_0 = 300$ et de raison $q = 1{,}05$.
Parmi les algorithmes suivants, quel est celui qui calcule et affiche tous les termes strictement inférieurs à 450 de cette suite ?

Programme 1

```
n = 0
u = 300
L = []
while n < 450:
    L.append(u)
    n = n + 1
    u = 1.05 * u
```

Programme 2

```
u = 300
L = []
while u < 450:
    u = 1.05 * u
L.append(u)
```

Programme 3

```
n = 0
u = 300
L = []
while n < 450:
    n = n + 1
    u = 1.05 * u
L.append(u)
```

Programme 4

```
u = 300
L = []
while u < 450:
    L.append(u)
    u = 1.05 * u
```

2 FONCTIONS EXPONENTIELLES $x \mapsto a^x$, LOGARITHME DÉCIMAL, INVERSE

EXERCICE 1

Partie 1 : Automatismes ***Sans calculatrice (20 minutes, 5 points)***

Aucune justification n'est demandée. Le jour d'une épreuve d'évaluation, une feuille réponse (avec les tableaux et figures à compléter) peut être fournie.

A. Proportion

En 2018, le chiffre d'affaires des ventes de vélos était de 1 334 millions d'euros. Calculer le chiffre d'affaires des ventes de vélos électriques sachant qu'il représentait 40 % du chiffre d'affaires des ventes de vélos.

B. Évolutions

1. Une augmentation du prix d'un article de 15 % représente une augmentation du prix de 30 euros. Déterminer le prix de cet article avant l'augmentation.

2. Un équipement informatique perd 20 % de sa valeur chaque année. Au bout de 2 ans, il aura perdu :

a. 30 % ;

b. 36 % ;

c. 40 % ;

d. 60 % de sa valeur.

C. **Calcul numérique**

Compléter la phrase suivante : $0{,}65 \times 10^8$ est égal à... millions.

D. **Fonctions et représentations**

$\mathscr{P}$ est la courbe représentative d'une fonction *f* définie sur $[-2{,}4]$.

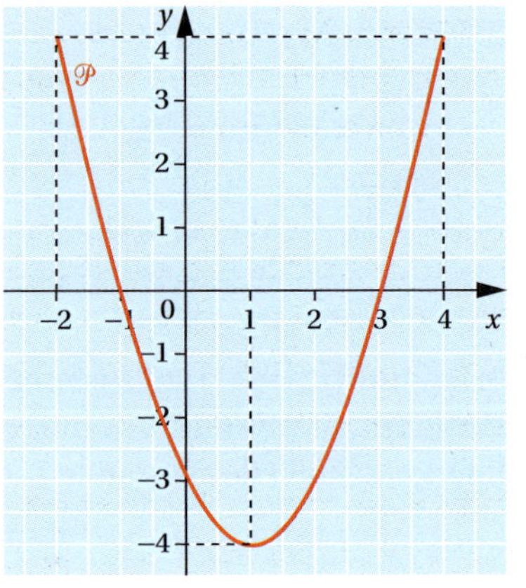

Compléter les phrases suivantes :

1. L'image de 4 par *f* est : ...
2. Un antécédent de −3 par *f* est : ...
3. L'ensemble des solutions de l'inéquation $f(x) \leq 0$ est : ...
4. L'ensemble des solutions de l'équation $f(x) = 0$ est : ...
5. L'ensemble des solutions de l'inéquation $f'(x) < 0$ est : ...
6. Sur quel intervalle *f* est-elle strictement croissante ?
7. f' est la fonction dérivée de la fonction *f* définie et dérivable sur $\mathbb{R}$.

$f(x) = x^2 - 2x - 3$; $f'(x) = ...$

EXERCICE 2

Partie 2 *Avec calculatrice (5 points)*

Lectures graphiques et résolution d'une équation de la forme $a^x = b$

Le graphique suivant donne la courbe représentative $\mathscr{C}$ d'une fonction *f* de la variable *t* définie sur l'intervalle [0, 12].

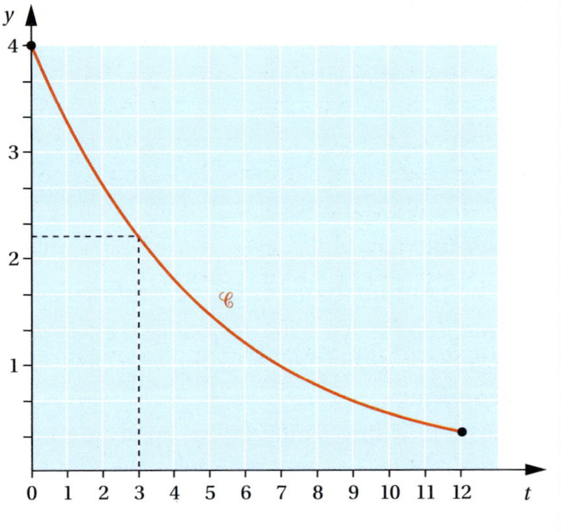

Un laboratoire étudie le processus d'élimination d'un produit anesthésiant pendant les 12 heures suivant l'injection.

À l'instant $t = 0$, on injecte à une personne une dose de 4 cm³ du produit anesthésiant.

La quantité de ce produit présente dans le sang (exprimée en cm³) en fonction du temps *t* (exprimé en heures) est donnée par $f(t)$ où *f* est la fonction définie ci-dessus, pour *t* appartenant à l'intervalle [0, 12].

1. Lire sur le graphique la quantité de produit présente dans le sang 2 heures après l'injection.
2. Déterminer graphiquement combien de temps s'est écoulé après l'injection lorsque la quantité de produit contenue dans le sang est de 2,2 cm³.
3. On admet dans cette question, que, pour tout *t* de [0, 12], $f(t) = 4(0{,}819)^t$.

a. Déterminer la quantité de produit présente dans le sang 8 heures après l'injection. Arrondir à 10^{-2}.

b. Déduire du résultat obtenu au a. le pourcentage de la quantité de produit présente dans le sang au bout de 8 heures par rapport à la dose injectée. Arrondir à 0,1 %.

c. Retrouver par le calcul le résultat obtenu graphiquement à la question 2.

EXERCICE 3

Partie 2 *Avec le tableur (5 points)*

Un médicament antiviral est prescrit sous forme d'injections qui doivent être administrées une fois par semaine. Le volume de la première dose est de 120 ml.

Chaque semaine, le volume de la dose administrée est augmenté de 5 %. Dès que le volume de la dose administrée est supérieur ou égal au double du volume initial, on interrompt le traitement après cette dernière injection.

On applique le traitement à une personne dont la masse corporelle est de 60 kg.

Pour déterminer les doses administrées, on s'aide de la feuille de calcul automatisé ci-dessous (les cellules de la plage [B2:G2] sont paramétrées pour afficher les valeurs arrondies au dixième).

	A	B	C	D	E	F	G
1	Numéro de l'injection	1	2	3	4	5	6
2	Dose administrée en ml à chaque injection	120	126	132,3	138,9	145,9	153,2

Tous les résultats seront arrondis au dixième.

1. Quelle formule peut-on saisir dans la cellule C2 qui, recopiée vers la droite, permet de calculer les valeurs des doses à administrer chaque semaine ?

2. On appelle V_n la valeur, en ml, du volume de la dose administrée lors de la n-ième injection. Ainsi, $V_1 = 120$.

a. Justifier que la suite (V_n) est géométrique et préciser sa raison.

b. Pour tout entier naturel n, exprimer V_n en fonction de n.

c. Calculer le volume administré lors de la 10e injection.

3. a. Expliquer pourquoi le nombre total d'injections administrées lors du traitement peut s'obtenir en résolvant l'inéquation d'inconnue n, entier naturel : $120 \times 1{,}05^{n-1} \geq 240$.

b. Justifier que le traitement comporte au total 16 injections.

4. Déterminer le volume total de médicament administré au patient lors de l'ensemble du traitement. Arrondir au dixième de ml.

RAPPEL

Si (u_n) est une suite géométrique de raison $q \neq 1$ et n un entier naturel supérieur ou égal à 1 alors : $u_1 + u_2 + ... + u_n = u_1 \times \frac{1-q^n}{1-q}$.

EXERCICE 4

Partie 2 *(5 points)*

Suite géométrique, programmation en Python, résolution d'une inéquation

En France, l'eau du robinet est l'une des substances les plus contrôlées. Elle fait l'objet d'un suivi sanitaire permanent, destiné à en garantir la sécurité. Depuis plusieurs années, la communauté scientifique s'interroge sur la présence dans l'eau, à l'état de traces, de résidus de médicaments de type anxiolytique. Chaque année, les pouvoirs publics en mesurent la concentration.

En 2010, on constatait qu'il y avait en moyenne dans l'eau du robinet 2 microgrammes par litre ($\mu g \cdot L^{-1}$) de molécules d'anxiolytique.

Depuis 2010, on constate une réduction de 2 % par an de la quantité de molécules d'anxiolytique dans l'eau du robinet. On choisit de modéliser la concentration de molécules d'anxiolytique par une suite. Pour tout entier naturel n, on note C_n la concentration de cette molécule d'anxiolytique dans l'eau l'année $(2010 + n)$. Cette concentration est exprimée en $\mu g \cdot L^{-1}$.

1. Donner la valeur de C_0 et calculer C_1.

2. a. Justifier que la suite (C_n) est géométrique. Préciser son premier terme et sa raison.

b. Pour tout entier naturel n, exprimer C_n en fonction de n.

3. Les pouvoirs publics souhaitent limiter la concentration en molécules d'anxiolytiques à 0,5 $\mu g.L^{-1}$.

Pour cela, on considère le programme en langage Python, incomplet, suivant :

```
1  c = 2
2  n = 0
3  while c > ..............:
4      n = n + 1
5      c = c * ..............
```

a. Recopier ce programme et compléter les lignes 3 et 5 afin que ce programme détermine la durée nécessaire à la réalisation de l'objectif fixé par les pouvoirs publics.

b. Déterminer la valeur de la variable n à la fin de l'exécution du programme. En quelle année l'objectif sera-t-il atteint ?

3 SÉRIES STATISTIQUES À DEUX VARIABLES

EXERCICE 1

Partie 1 : Automatismes *Sans calculatrice (20 minutes, 5 points)*

Aucune justification n'est demandée.

Le jour d'une épreuve d'évaluation, une feuille réponse (avec les tableaux et figures à compléter) peut être fournie.

A. Proportions et évolutions

1. L'année dernière, il s'est vendu environ 340 000 vélos à assistance électrique (VAE) en France. 60 % étaient des vélos de ville. Donner le nombre de ces vélos de ville.

2. Entre 1961 et 2016, la consommation d'alcool annuelle par habitant, en France, est passée de 21 litres à 7 litres. Quel pourcentage de baisse cela représente-t-il ?

3. On a constaté que, depuis 2016, le chiffre d'affaires d'un laboratoire augmentait chaque année de 3 %. En 2016, ce chiffre d'affaires était de 3 millions d'euros. Par quelle suite peut-on modéliser cette situation ? En préciser la raison.

B. Fonctions et représentations

1. Une équation de la droite (AB) de la figure ci-contre est :

a. $y=\frac{1}{4}x-2$; b. $y=-\frac{1}{4}x+4$;

c. $y=-\frac{1}{4}x+2$; d. $y=-\frac{1}{2}x+2$;

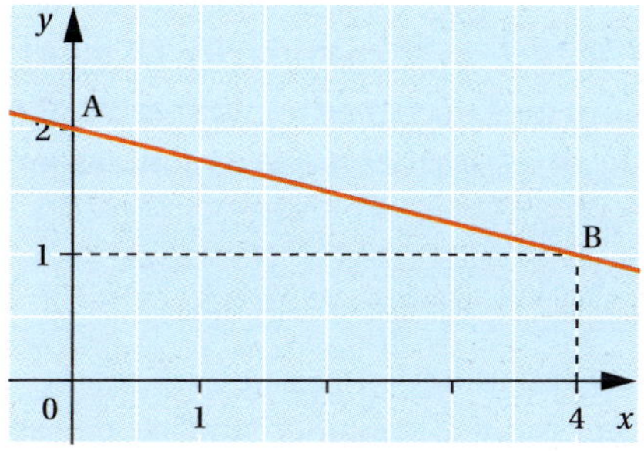

2. a. f est la fonction définie sur $\mathbb{R}$ par :
$f(x)=x^3-2x^2-1$. f' est la fonction dérivée de f.
Déterminer $f'(x)$.

b. Déterminer le coefficient directeur de la tangente à la courbe représentative de f, définie au **a.**, au point d'abscisse -1.

3. Les quatre figures suivantes donnent la représentation graphique de fonctions avec leur tangente au point A.

Pour chaque figure, indiquer sans explication l'équation réduite de la tangente en A à choisir parmi les huit équations suivantes :

$E_1 : y=4x+1$; $E_2 : y=2x+1$; $E_3 : y=-4x-1$; $E_4 : x=0{,}5$;
$E_5 : y=-2x-1$; $E_6 : y=1{,}5$; $E_7 : y=2x-1$; $E_8 : y=4x-1$.

Figure 1

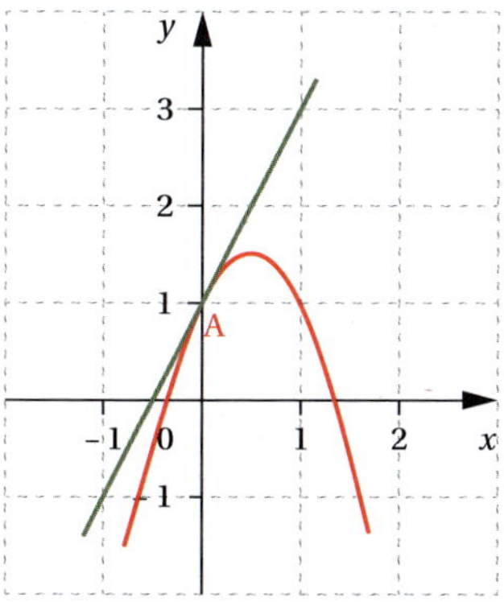

Figure 2

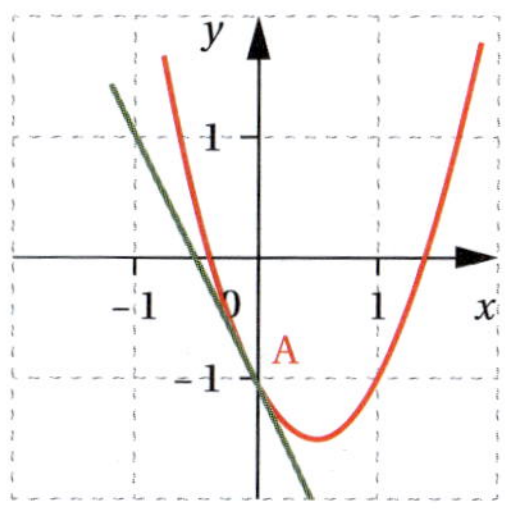

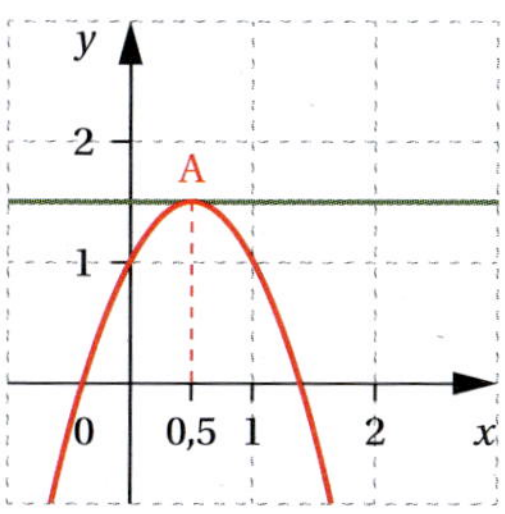

Figure 3

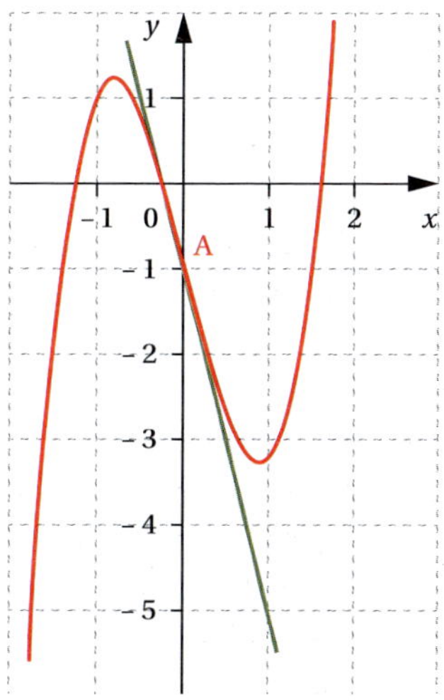

Figure 4

EXERCICE 2

Partie 2 *Avec calculatrice (5 points)*

On a mesuré, par échographie, la taille d'un foetus humain en fonction du nombre de semaines de grossesse. Les résultats sont donnés dans le tableau ci-dessous :

Nombre de semaines : x_i	6	10	14	18	22	26	30	34
Taille du foetus : y_i (en cm)	2	7	16	25	33	37	40	44

1. Construire le nuage de points de coordonnées (x_i, y_i) dans un repère orthogonal où 1 cm représente 2 semaines sur l'axe des abscisses et 1 cm représente 2 cm sur l'axe des ordonnées.

2. On note G le point moyen du nuage.

a. Calculer les coordonnées de G.

b. Déterminer une équation de la droite $\mathcal{D}$ de coefficient directeur 1,6 qui passe par le point G.

c. Placer G sur le graphique et tracer la droite $\mathcal{D}$.

3. On admet maintenant que la droite d'équation $y = 1{,}6x - 6{,}5$ réalise un ajustement affine du nuage de points et que cet ajustement est valable au-delà de la 34e semaine de grossesse. En utilisant cet ajustement, déterminer un encadrement de la taille du bébé s'il naît à terme, c'est-à-dire entre la 37e et la 39e semaine.

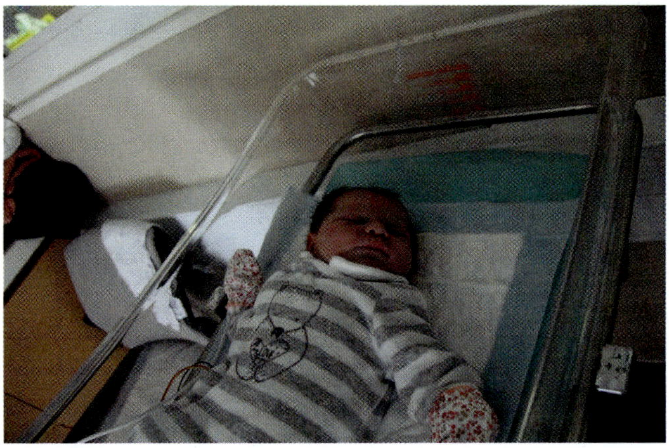

EXERCICE 3

Partie 2 *Avec calculatrice (5 points)*

Exemple d'utilisation de la méthode des moindres carrés

Le tableau ci-dessous donne l'évolution sur plusieurs années de la production dans un pays asiatique d'une matière première utilisée dans l'industrie.

Année	1982	1992	2002	2007	2012	2017	2022
Rang de l'année : x_i	0	10	20	25	30	35	40
Production en tonnes : y_i	250	761	1 262	1 958	1 681	2 366	2 600

L'allure du nuage des points $M_i(x_i, y_i)$ ne justifiant pas un ajustement affine, on effectue un changement de variable en posant $z_i = \log(y_i)$.

1. Calculer les sept valeurs de $z_i = \log(y_i)$. Arrondir à 0,01.

2. Représenter le nuage des sept points $N_i(x_i, z_i)$ dans un repère où les axes se coupent au point A (0, 2) avec pour unités : 1 cm pour 5 en abscisse et 10 cm pour 1 en ordonnée.

3. Calculer les coordonnées du point moyen G du nuage des points N_i (arrondir à 0,01) et placer G sur le graphique.

4. À l'aide d'une calculatrice ou d'un tableur, déterminer une équation de la droite $\mathcal{D}$ d'ajustement de z en x obtenue par la méthode des moindres carrés sous la forme $z = a\,x + b$, où les coefficients a et b sont à arrondir à 10^{-3}. Tracer cette droite dans le repère.

5. On prend pour modèle d'ajustement la droite d'équation $z = 0{,}024\,x + 2{,}545$.

Quelle serait, selon ce modèle, la production de cette matière première en 2027 ?

EXERCICE 4

Partie 2 *(5 points)*

Taux d'évolution, utilisation du tableur et de la méthode des moindres carrés.

Le dioxyde d'azote (NO_2) est un polluant indicateur des activités de combustion, notamment du trafic routier. Pour la protection de la santé humaine, les normes européennes fixent la valeur limite annuelle d'émission de NO_2 à 40 microgrammes par mètre-cube.

On a reporté dans la feuille de calcul ci-après le nombre (en millions) d'habitants d'une région urbaine potentiellement exposée à un dépassement de la valeur limite annuelle de NO_2 entre 2015 et 2022. Ce dépassement est noté DVLA. La ligne 4 est au format pourcentage, arrondi à 0,1 %.

	A	B	C	D	E	F	G	H	I
1	Année	2015	2016	2017	2018	2019	2020	2021	2022
2	Rang de l'année (x_i)	0	1	2	3	4	5	6	7
3	Nombre d'habitants, en millions, exposés à un DVLA (y_i)	2,9	2,7	2,6	2,6	2,4	1,6	1,5	1,3
4	Taux d'évolution annuel (en %)		– 6,9 %						

A. 1. Le nombre d'habitants de cette région en 2022 était de 12,2 millions. Calculer la proportion d'entre eux exposés à un DVLA. Donner le résultat en pourcentage, arrondi à 0,1 %.

2. a. Calculer le taux d'évolution global entre 2015 et 2022. Donner le résultat en pourcentage, arrondi à 0,1 %.

b. Quelle formule peut-on saisir dans la cellule C4 qui, recopiée vers la droite, permet de calculer les taux d'évolution du nombre d'habitants exposés à un DVLA entre deux années consécutives ?

B. On a représenté dans un repère orthogonal donné en **annexe**, à rendre avec la copie, le nuage de points de coordonnées (x_i, y_i).

1. Calculer les coordonnées du point moyen G puis le placer sur le graphique.

2. À l'aide d'une calculatrice, déterminer une équation de la droite d'ajustement de y en x obtenue par la méthode des moindres carrés sous la forme $y = ax + b$. Arrondir a et b à 10^{-2}.

3. On admet que la droite D d'équation : $y = -0{,}26x + 3{,}11$ réalise un ajustement affine du nuage de points jusqu'en 2027.

a. Construire la droite D sur la figure.

b. Estimer l'année au cours de laquelle le nombre d'habitants exposés à un DVLA deviendra inférieur à 500 000. Justifier la réponse et préciser la méthode utilisée.

Annexe (à rendre avec la copie le jour de l'évaluation)

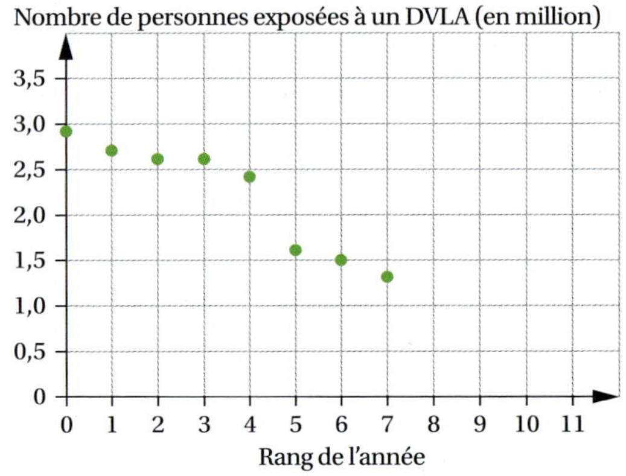

4 PROBABILITÉS

EXERCICE 1

Partie 1 : Automatismes *Sans calculatrice (20 minutes, 5 points)*

Aucune justification n'est demandée. Le jour d'une épreuve d'évaluation, une feuille réponse (avec les tableaux et figures à compléter) peut être fournie.

A. Proportions

Un institut de santé publique réalise une étude sur l'efficacité de deux médicaments A et B soignant une même forme de migraine, auprès d'une population de patients prenant l'un de ces deux médicaments. En cas de migraine, 60 % des patients interrogés prennent le médicament A, les autres prennent le médicament B.

70 % des patients qui prennent le médicament A se déclarent soulagés.

90 % des patients qui prennent le médicament B se déclarent soulagés.

1. L'ensemble des patients qui prennent le médicament A et se déclarent soulagés représente : ...% de la population des patients interrogés.
2. Même question qu'au 1. en remplaçant A par B : ...%.
3. La proportion de patients de la population interrogée qui se déclarent soulagés après avoir pris l'un des deux médicaments est : ...%.

B. Évolutions

Un village comptait 1 100 habitants en 2019. On a constaté depuis cette date une diminution annuelle de la population d'environ 5 %. Compléter la phrase suivante.

On modélise le nombre d'habitants de ce village à partir de 2019 par une suite... de raison...

C. Calcul numérique

$E(X)=-2\times\frac{1}{3}-1\times\frac{1}{6}+2\times\frac{1}{6}+3\times\frac{1}{3}$. Une fraction irréductible égale à $E(X)$ est : $E(X)=....$

D. Fonctions et représentations

f' est la fonction dérivée de la fonction f définie et dérivable sur $\mathbb{R}$. Compléter les phrases suivantes.

1. $f(x)=-\frac{1}{6}x^2-\frac{4}{3}x+\frac{1}{5}$ $f'(x)=...$

2. $f(x) = -\frac{2}{3}x^3 + \frac{3}{2}x^2 - x + 3 \quad f'(x) = ...$

3. Soit f la fonction définie sur $\mathbb{R}$ par $f(x) = x^3 - 3x^2 + \frac{1}{2}x + 1$. On désigne par $\mathscr{C}$ la courbe représentative de f dans un repère. Le coefficient directeur de la tangente à la courbe $\mathscr{C}$ au point d'abscisse -1 est :

a. $-0{,}5$; b. $-1{,}5$; c. $9{,}5$; d. $10{,}5$.

4. Soit f la fonction définie sur $[-3, 3]$ par $f(x) = -x^2 + 1 = -(x-1)(x+1)$. Donner dans un tableau le signe de $f(x)$ lorsque x varie dans $[-3, 3]$.

5.

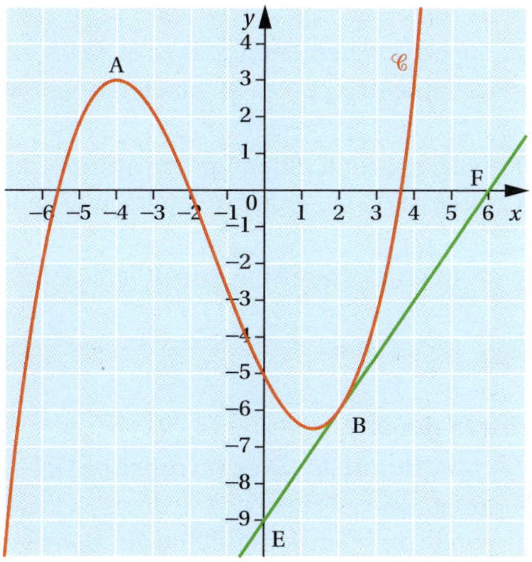

Le coefficient directeur de la tangente (EF) à la courbe $\mathscr{C}$ au point B est : $m = ...$

EXERCICE 2

Partie 2 *(5 points)*

Calculer des probabilités conditionnelles avec un tableau

Une maternité d'Île-de-France a procédé à 1 750 accouchements en 2022. Selon une étude effectuée dans cette maternité, on sait que :

- 8 % des femmes ont accouché prématurément,
- 6 % des femmes ayant accouché ont fumé régulièrement (au moins 10 cigarettes par jour) durant les trois premiers mois de leur grossesse et, parmi elles, 21 ont accouché prématurément.

1. À l'aide des données de l'énoncé, compléter, après l'avoir recopié, le tableau d'effectifs suivant.

Nombre de femmes	dont l'accouchement a eu lieu prématurément	dont l'accouchement n'a pas eu lieu prématurément	Total
ayant fumé régulièrement durant les trois premiers mois de grossesse	21		
n'ayant pas fumé régulièrement durant les trois premiers mois de grossesse			
Total			1 750

Le directeur de la maternité choisit au hasard le dossier d'une femme ayant accouché en 2022 dans son établissement. Chaque dossier a la même probabilité d'être choisi. Pour tout événement X, on note $\overline{X}$ l'événement contraire de X.

Si Y est un événement de probabilité non nulle, la probabilité de X sachant Y est notée $P_Y(X)$.

On considère les événements suivants :

• A : « Le dossier est celui d'une femme dont l'accouchement a eu lieu prématurément » ;

• F : « Le dossier est celui d'une femme ayant fumé régulièrement durant les trois premiers mois de sa grossesse ».

Dans les questions suivantes, les probabilités seront données sous forme décimale et arrondie à 10^{-3} si nécessaire.

2. a. Déterminer la probabilité de l'événement A puis celle de l'événement F.

b. Décrire par une phrase l'événement $A \cap F$, puis calculer sa probabilité. En déduire la probabilité de l'événement $A \cup F$.

3. Sachant que le dossier choisi est celui d'une femme ayant fumé régulièrement durant les trois premiers mois de sa grossesse, calculer la probabilité que cette femme ait accouché prématurément.

4. Calculer $P_{\overline{F}}(A)$. Que peut-on en déduire concernant le lien entre tabagisme et accouchement prématuré ?

EXERCICE 3

Partie 2 *Avec calculatrice (5 points)*

Calculer des probabilités conditionnelles avec un arbre de probabilités

Un audioprothésiste compte parmi ses clients 75 % de personnes âgées de plus de 50 ans. Parmi celles-ci, 80 % souffrent de problèmes d'audition aux deux oreilles. Ce taux chute à 40 % parmi les clients de moins de 50 ans.

On choisit au hasard le dossier médical d'un client ; chaque dossier a la même probabilité d'être choisi.

Pour tout événement E, on note $\overline{E}$ l'événement contraire de E. Si F est un événement de probabilité non nulle, la probabilité de E sachant F est notée $P_F(E)$.v

On considère les événements suivants :

- A : « le client est âgé de plus de 50 ans » ;

- D : « le client souffre de problèmes auditifs aux deux oreilles ».

1. a. En utilisant les données fournies par l'énoncé, donner les probabilités $P(A)$ et $P_{\overline{A}}(D)$.

b. Recopier et compléter l'arbre pondéré de probabilité qui traduit la situation.

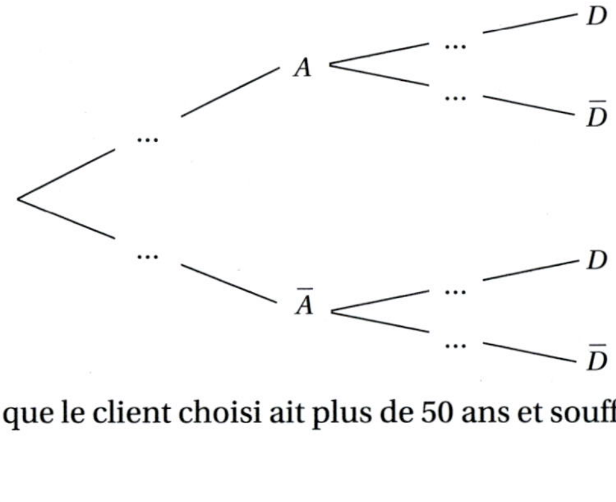

2. a. Calculer la probabilité que le client choisi ait plus de 50 ans et souffre de problèmes auditifs aux deux oreilles.

b. Montrer que la probabilité que le client choisi souffre de problèmes auditifs aux deux oreilles est égale à 0,7.

3. Le client choisi ne souffre pas de problème auditif aux deux oreilles. Calculer la probabilité qu'il soit âgé de plus de 50 ans.

EXERCICE 4

Partie 2 *(5 points)*

Probabilités conditionnelles et loi binomiale.

A. Une entreprise fabrique un certain type de pièces pour les respirateurs utilisés dans les services de réanimation des hôpitaux et cliniques. Trois ateliers, notés 1, 2, 3, d'un site de production de l'entreprise fabriquent chaque jour ce type de pièces. Les ateliers 1, 2, 3 produisent chaque jour respectivement 25 %, 35 % et 40 % de la production totale de ce type de pièce sur le site.

Un jour donné, on admet que 2 % des pièces produites par l'atelier 1 sont défectueuses, que 1 % des pièces produites par l'atelier 2 sont défectueuses et que 2 % des pièces produites par l'atelier 3 sont défectueuses. On prélève au hasard une pièce dans la production totale des trois ateliers ce jour-là. Toutes les pièces ont la même probabilité d'être prélevées.

On considère les événements suivants :

E : « la pièce prélevée provient de l'atelier 1 » ;

F : « la pièce prélevée provient de l'atelier 2 » ;

G : « la pièce prélevée provient de l'atelier 3 » ;

D : « la pièce prélevée est défectueuse ».

1. Compléter, après l'avoir reproduit, l'arbre de probabilités suivant.

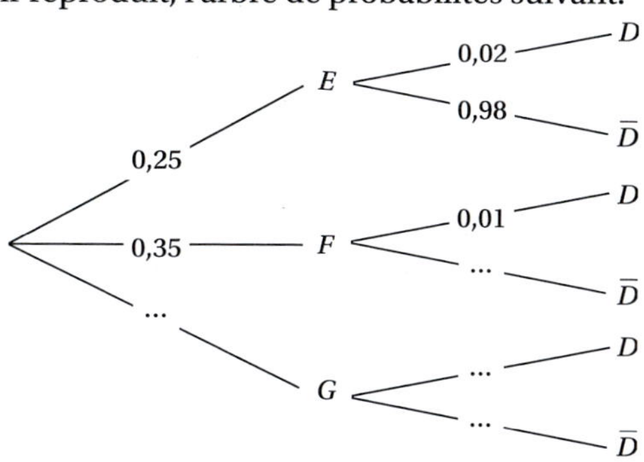

2. Décrire par une phrase l'événement $\overline{D}$, puis l'événement $G \cap D$.

3. Démontrer que la probabilité que la pièce prélevée ne soit pas défectueuse est 0,983 5.

B. Dans cette partie les résultats approchés sont à arrondir à 10^{-4}.

On note A l'événement : « une pièce prélevée au hasard dans un stock important est défectueux ». On admet que $P(A) = 0{,}02$. Les pièces sont livrées par huit. On note X la variable aléatoire qui à tout prélèvement de 8 pièces associe le nombre de pièces de ce prélèvement présentant un défaut. On admet que la variable aléatoire X suit une loi binomiale.

1. Préciser les paramètres de cette loi binomiale.

2. Calculer la probabilité dans un tel prélèvement il y ait au plus deux pièces défectueuses.

On donne : $\binom{8}{0} = 1$; $\binom{8}{1} = 8$ et $\binom{8}{2} = 28$.

Arrondir à 10^{-4}.

On peut obtenir ces résultats en complétant le triangle de Pascal du ④ D.

MATHÉMATIQUES

 # corrigé
foucherconnect.fr/23terst2s42

PHILOSOPHIE

L'évaluation de la Philosophie au bac 262
1 La justice 263
2 L'art 267
3 La liberté 272
4 La nature 279
5 La religion 284
6 La technique 289
7 La vérité 296
ENTRAÎNEMENT À L'ÉPREUVE FINALE 302

L'évaluation de la Philosophie au bac

L'épreuve de Philosophie fait l'objet d'une épreuve finale : elle se déroule à l'écrit et porte sur une dissertation ou une explication de texte philosophique. Elle est dotée d'un coefficient 4 et dure 4 heures.

1 Le programme de philosophie

L'année de terminale doit aborder les 7 notions au programme (la justice, l'art, la liberté, la nature, la religion, la technique, la vérité, sans que celles-ci ne fassent nécessairement l'objet d'un cours indépendant. Il s'agit aussi de savoir penser de grandes distinctions conceptuelles appelées repères (signalés par un encadré bleu dans cet ouvrage).

2 Les modalités de l'épreuve

A La dissertation

Au nombre de **deux**, les sujets de dissertation sont souvent posés sous la forme d'une **question**, renvoyant explicitement à un problème relatif à une ou plusieurs notions du programme. Une seule question est à traiter.

B L'explication de texte philosophique

- Le texte, dont l'auteur doit figurer dans la liste du programme, se rapporte à une ou plusieurs notions. Il est accompagné de **questions** qui guident le candidat dans son étude. Le candidat a le choix entre deux manières de rédiger l'explication de texte. Il peut soit répondre dans l'ordre, de manière précise et développée, aux questions posées (option n° 1) ; soit suivre le développement de son choix (option n° 2).

- Les questions posées permettent de faire apparaître le problème dont il est question dans le texte et son divisées en trois parties : la première partie (« A. Éléments d'analyse ») porte sur des extraits du texte ou des concepts clefs qu'il s'agit d'expliquer ; la deuxième (« B. Éléments de synthèse ») invite à dégager la problématique, l'idée principale et les étapes de l'argumentation de l'auteur ; la troisième (« C. Commentaire ») consiste en un ou deux sujets de réflexion en rapport avec la thèse du texte, c'est-à-dire la position défendue par l'auteur.

3 L'épreuve du second groupe

- L'épreuve du second groupe, l'oral de rattrapage, dure 20 minutes (10 minutes d'exposé et 10 minutes de discussion avec l'examinateur). Elle porte sur un des textes étudiés en classe pendant l'année. Le temps de préparation est de 20 minutes. L'épreuve est dotée d'un coefficient 4.

- Le candidat présente à l'examinateur la liste des textes étudiés, écrits par des auteurs inscrits au programme. Le candidat doit se présenter à cette épreuve avec deux exemplaires des textes de sa liste signés par son ou sa professeur et tamponnés par son établissement.

- Le candidat doit faire preuve de connaissances élémentaires (vocabulaire, problèmes fondamentaux, etc.) et tirer parti de ses qualités de réflexion et d'expression, ainsi que des lectures qu'il a pu faire au cours de l'année.

1 La justice

La justice est une notion recouvrant plusieurs concepts qui sont liés les uns aux autres, sans jamais se confondre. Ainsi, s'interroger sur la justice, c'est penser un principe à la fois philosophique, juridique, politique et moral.

1 Comment définir le juste ?

A Les trois aspects de la justice

 # œuvre
Claude Franchomme, *La Justice*, 1718.
foucherconnect.fr/23tersti2d63

La justice est souvent représentée sous les traits d'une femme tenant une balance et ayant parfois les yeux bandés. Cette représentation indique que la justice est donc censée être affaire d'équilibre, de mesure et d'impartialité. Mais ce terme recouvre en fait trois aspects différents :

– **la justice comme idéal :** c'est ce qu'on cherche à définir lorsque l'on s'interroge sur ce qui est juste ou injuste. On va alors se demander si le juste et l'injuste peuvent être définis universellement : est-ce qu'il y a un idéal commun de justice pour tous les êtres humains, malgré les lois différentes selon les États et les cultures ? ;

– **la justice comme norme** : le juste comme idéal est ensuite censé s'incarner dans ce qu'on appelle les lois positives, c'est-à-dire le droit tel qu'il existe dans chaque État. La justice devient alors une norme, le droit, auquel on doit pouvoir se référer en cas de litiges entre particuliers (droit privé) ou en cas d'infractions manifestes envers la norme sociale et juridique en vigueur (droit public) ;

– l**a justice comme institution :** ce qu'on appelle parfois la Justice (avec un J majuscule) est le pouvoir chargé de faire respecter les lois et de juger selon elles les litiges et les infractions commises.

B Le problème du critère de justice

■ « Plaisante justice qu'une rivière borne ! Vérité en-deçà des Pyrénées, erreur au-delà » : par cette phrase, **Blaise Pascal** (1623-1662) résume bien, dans les *Pensées*, **la difficulté à définir le juste.** Comme idéal, nous voudrions que la justice, comme la vérité, soit universelle. Mais nous sommes forcés de constater que ce qui est considéré comme juste dans un pays ne l'est pas nécessairement dans un autre : le juste s'incarne différemment dans les normes et les lois de chaque État et de chaque peuple ; ce qui est légal ici peut être illégal ailleurs, et inversemment.

■ Dans l'*Éthique à Nicomaque*, **Aristote** (384 av. J.-C.-322 av. J.-C.) propose de définir le juste par l'égal : **agir avec justice, ce serait traiter chacun avec égalité** (incarnée par la balance de la justice) sur le modèle de la justesse en mathématique. Mais on peut avoir deux conceptions différentes de ce que l'égalité veut dire.

■ Dans une première conception, on prend pour modèle **l'égalité arithmétique.** On parle alors de **« justice commutative » : à chacun la même chose.** La justice commutative préside aux échanges (un bien doit être égal au bien avec lequel on l'échange pour que l'échange soit considéré comme juste), mais aussi, dans les sociétés démocratiques, à ce qu'on appelle l'isonomie (l'égalité des citoyens devant la loi.) Pourtant, est-il juste de donner la même chose à tous ? À celui qui en a besoin comme à celui qui n'en a pas besoin ?

En effet, si les citoyens sont égaux devant la loi, ils ne sont pourtant pas identiques, mais différents (l'égalité de droit n'est pas une égalité de fait).

REPÈRES

Identité/égalité/différence

- L'**identité** est le caractère de ce qui est semblable à soi. Sont identiques deux choses parfaitement semblables.
- L'**égalité** est le caractère de ce qui est de même valeur, sans être pour autant nécessairement identique.
- La **différence** est le caractère qui distingue une chose d'une autre.

■ Dans une seconde conception, on prend pour modèle **l'égalité géométrique ou proportionnelle.** On parle alors de **« justice distributive » : à chacun ce qui convient.** Le problème est alors de savoir ce que « ce qui convient » veut dire : doit-on donner à chacun selon son mérite ou selon ses besoins ? Est-il juste de traiter de manière inégale des êtres censés être égaux, ou doit-on traiter de manière égale des gens pourtant inégaux ?

C L'égalité et l'équité

■ Cette distinction entre justice commutative et justice distributive recoupe celle entre **l'égalité et l'équité.** On peut définir l'équité comme l'égalité avec une juste dose d'inégalité. Traiter deux personnes de manière équitable, c'est les traiter de façon inégale, mais au nom de l'égalité.

EXEMPLE

Pour comprendre la différence entre l'égalité et l'équité, nous pouvons prendre l'exemple du partage d'un plat. Partager ce plat selon la stricte égalité, c'est donner à chacun une part exactement identique. Le partager de manière équitable, c'est attribuer à chacun une part selon sa faim et ses besoins.

■ De nombreuses lois sont aujourd'hui en vigueur selon un principe d'équité, plutôt que de stricte égalité. Par exemple, c'est sur le principe d'équité que se fonde l'octroi du congé maternité : si les parents sont égaux, ils ne sont pas exactement identiques face à la grossesse et à l'accouchement.

D La justice redistributive

■ Le principe d'équité peut même amener un État à corriger les inégalités selon le principe de la justice **non plus simplement distributive, mais redistributive**. Ainsi, **John Rawls** (1921-2002) dans *Théorie de la justice*, considère que le principe d'égalité des droits n'a plus aucun sens lorsqu'une société est si inégalitaire que les plus défavorisés ont des droits fondamentaux garantis par la loi, mais qui ne sont pas effectifs en réalité (c'est-à-dire qu'ils ne peuvent pas exercer ces droits dans les faits).

■ Pour fonder une société sur le principe de justice, Rawls propose une expérience de pensée : chacun des contractants (des signataires) du nouveau contrat social est placé sous un « voile d'ignorance », c'est-à-dire qu'il ignore ce que sera sa position sociale future dans la société pour qu'il puisse juger selon ce qui lui parait être juste, et non pas selon son seul intérêt puisqu'il l'ignore. Rawls explique que, sous cette condition, un consensus pourrait être trouvé sur ce que serait une société juste, selon les deux principes suivants :

FOCUS

1. **Le principe de liberté :** on doit garantir un accès égal au plus grand nombre de libertés de base (liberté d'expression, droit de vote et d'éligibilité, etc.).
2. **Le principe de différence :** les inégalités sociales et économiques sont acceptables si et seulement si :
- le principe d'égalité des chances est respecté (tout le monde peut accéder en principe à toutes les positions) ;
- un système de compensation permet de rétablir l'équilibre pour les plus défavorisés.

■ Rawls considère donc qu'une société juste **doit donner plus à ceux qui ont moins, et corriger les inégalités de naissance et de condition pour assurer l'égalité des chances.**

2 La loi est-elle toujours juste ?

A Qu'est-ce qu'une loi juste ?

■ Poser la question de la justice de la loi peut paraître paradoxal : en effet, la loi est censée dire le juste dans un État donné. Poser la question de la justice de la loi, c'est se demander, non pas si la loi est **légale** (elle l'est toujours par définition), mais si elle est **légitime.**

REPÈRES

Légal/légitime

- Est **légal** ce qui est conforme aux lois positives, c'est-à-dire au droit tel qu'il existe.
- Est **légitime** ce qui est conforme, non plus à la loi positive, mais à l'équité, à la morale, à la raison, c'est-à-dire à la justice en tant qu'idéal, en tant que valeur.

■ On peut en effet avoir **deux visions de la loi** :
- une vision « **conventionnaliste** » : la loi est le résultat d'une **convention**, d'un accord entre les parties de manière à régler la vie sociale et à éviter le désordre (par exemple, le Code de la route) ;
- une vision « **jusnaturaliste** » : la loi telle qu'elle existe, c'est-à-dire positive, devrait se rapprocher le plus possible d'une loi dite « naturelle », et donc exprimer un **idéal de justice**. C'est en ce sens qu'on peut questionner la légitimité de la loi, c'est-à-dire sa conformité à un idéal de justice qu'il s'agit alors de définir. On peut par exemple critiquer une loi au nom des droits de l'homme que l'on considère alors comme universels.

REMARQUE

L'enjeu derrière cette question est celui de la **liberté politique**, c'est-à-dire de l'exercice de sa liberté dans le cadre d'une communauté politique encadrée et régie par des lois : celle-ci fait surtout sens si on pense la loi comme l'expression d'un idéal de justice (vision « jusnaturaliste »), car sinon l'obéissance à la loi a du mal à être définie autrement que comme une contrainte résultant de l'expression dans la loi d'un rapport de force. C'est par exemple ce que soutient Karl Marx (1818-1883), notamment dans sa *Critique du droit politique hégélien* et dans *L'Idéologie allemande* : le droit est la fixation dans la loi de l'intérêt de la classe dominante.

PHILOSOPHIE

B Doit-on toujours obéir à la loi ?

■ La réponse à la question de savoir ce que l'on peut ou de ce qu'on a le droit de faire, face à une loi qu'on considère comme injuste, dépend de la conception qu'on a de la loi et de la distinction entre légal et légitime.

■ Ainsi, **Platon** (428 av. J.-C. - 348 av. J.-C.), dans le *Criton*, met en scène Socrate qui, injustement condamné par les lois de la cité, se voit proposer par son disciple Criton son aide pour s'évader. Socrate refuse parce qu'il considère que le danger qu'il y a à remettre en cause les lois est bien pire que la mort. En effet, pour Platon, **la distinction entre légal et légitime ne tient pas** : un citoyen n'est pas en mesure de juger les lois car il leur doit sa vie et son éducation.

■ À l'inverse, **Rawls** explique, dans *Théorie de la justice*, que la désobéissance civile, à condition qu'elle soit non violente et qu'elle ne soit pas le reflet d'intérêts privés, **se fait au nom du principe de justice qui sous-tend les lois en question**. Ainsi, la désobéissance civile « exprime la désobéissance dans le cadre de la fidélité à la loi, bien qu'elle se situe à sa limite extérieure ».

3 Je mémorise autrement

Comment définir le juste ?
– La justice comme idéal, comme norme et comme institution.
– La justice peut se définir par l'objectif d'égalité.
– Distinction entre la justice commutative et la justice distributive (Aristote).
– Une société juste suppose une part de redistribution pour assurer l'égalité des chances et l'effectivité des droits (Rawls).

LA JUSTICE

La loi est-elle toujours juste ?
– La légalité n'est pas nécessairement une légitimité.
– La loi est une convention servant les intérêts de classe (Marx).
– La distinction entre le légal et le légitime met en danger la loi (Platon).
– Le principe de justice peut amener à désobéir aux lois (Rawls).

 # quiz
Des questions pour réviser
foucherconnect.fr/23tersti2d64

2 L'art

L'art est un terme difficile à définir car il revêt plusieurs sens. Or, cette difficulté à définir l'art entraîne nécessairement des questionnements sur la spécificité des œuvres artistiques (tout objet peut-il être une œuvre d'art ?), sur le statut de l'artiste (l'artiste exerce-t-il une profession comme les autres ?) et sur les limites du champ artistique (le jeu vidéo peut-il être considéré comme une forme d'art ?).

1 Qu'est-ce que l'art ?

A Une notion difficile à définir

Quand on parle d'art, on désigne à la fois :
- l'**activité productrice** consistant à fabriquer des objets : les œuvres d'art ;
- la **technique utilisée** pour leur fabrication : art de la peinture ou art de la sculpture ;
- le **résultat** de cette activité et de cette technique : l'œuvre en elle-même ;
- la **valeur** plus ou moins artistique de ce résultat : par exemple, toutes les peintures ne sont pas considérées comme des œuvres d'art.

B Art et technique

■ S'il est difficile de définir avec précision le terme d'art, c'est d'abord parce que son sens a évolué historiquement. L'étymologie du mot (du latin *ars, artis*, « habileté, métier, connaissance technique ») indique que **la distinction entre art, savoir et métier est assez récente**. Ainsi, on a pu parler d'art de la guerre et l'astronomie était qualifiée d'art libéral.

■ Les Grecs de l'Antiquité définissaient l'art par la **technique** : le terme de technique vient du grec *technê* (« art » ou « habileté ») et désigne **un savoir-faire**, c'est-à-dire la capacité à mettre en œuvre des règles vraies et connues dans le but d'obtenir le résultat souhaité.

C L'œuvre d'art est un objet artificiel

■ Dans la *Physique*, **Aristote** (384 av. J.-C. – 322 av. J.-C.) définit une chose artificielle (par exemple une sculpture ou une chaise) comme ce qui ne possède pas son propre principe d'existence, au contraire des êtres naturels (les êtres vivants) qui contiennent en eux-mêmes le principe de changement, c'est-à-dire le principe de vie.

■ Les artifices reçoivent donc leur principe d'existence d'une force extérieure à eux, ils sont créés par une main extérieure. La distinction fondamentale aristotélicienne entre les corps est celle qui sépare ce qui est **artificiel** (*technê*) de ce qui **naturel** (*phusis*).

D L'artisan et l'artiste

■ Jusqu'à la Renaissance, **on ne distingue pas véritablement l'artiste de l'artisan**. Au XVIIIe siècle apparaît **la notion de Beaux-Arts** : l'art est donc désormais considéré à part, **parce qu'il ne vise pas l'utilité, mais le beau**, tandis que le domaine de la technique à proprement parler se définit par sa fin utilitaire.

■ À partir de cette distinction, **le statut de l'artiste change**. La signature des œuvres par leur auteurs se généralise et ce qui fait la valeur d'un artiste, et donc de l'œuvre d'art, n'est plus uniquement le degré de maîtrise technique employée, mais **le don, le talent** de créer une œuvre qui soit à la fois originale et susceptible de servir de modèle.

■ Cette idée se retrouve dans le **concept de génie** que définit ainsi **Emmanuel Kant** (1724-1804) dans la *Critique de la faculté de juger* : « le talent naturel qui donne ses règles à l'art ». Le génie de l'artiste est un don de la nature qui lui permet de créer une œuvre obéissant à des règles ; cependant, il ne peut rendre compte de ces règles, elles ne sont pas démontrables.

■ **Chaque œuvre d'art obéit donc à des règles, mais appliquer ces règles ne permet pas nécessairement de fabriquer un chef-d'œuvre.** C'est en cela que l'art diffère de la technique, ou même de la science : il n'y a pas de « mode d'emploi » déterminé à l'avance qui permettrait de garantir le caractère artistique d'une œuvre et donc de créer des chefs-d'œuvre à la chaîne.

2 À quoi sert une œuvre d'art ?

A L'art est inutile

■ L'œuvre d'art est **un objet sensible**, c'est-à-dire qu'il s'adresse à mes sens, mais contrairement aux autres objets, je ne l'utilise pas. C'est pour cela que **Kant** explique dans la *Critique de la faculté de juger* que le plaisir esthétique (qui vient de la contemplation d'une œuvre d'art) est un **plaisir désintéressé** : ce n'est pas la consommation ou l'utilisation de l'œuvre d'art qui me procure du plaisir dans l'expérience esthétique.

■ **L'art se définit donc par sa fin, qui est non utilitaire.** En fait, la plupart des œuvres d'art avaient une utilité au moment de leur création, mais **c'est une fois que cette utilité s'est estompée** qu'on peut véritablement dire que l'œuvre est une œuvre d'art. D'ailleurs, mon plaisir n'use pas cette œuvre (au contraire du plaisir que je prends quand je mange un gâteau au chocolat par exemple).

EXEMPLE

Le *Tympan du Jugement Dernier* de l'abbatiale de Conques avait pour but de susciter chez l'observateur la peur du Jugement et de l'Enfer, afin qu'il conforme sa vie aux préceptes de l'Église.

 # œuvre

Le Tympan du Jugement dernier de l'abbatiale de Conques

foucherconnect.fr/23tersti2d65

■ Cela signifie donc qu'en droit, **tout peut être une œuvre d'art**. Ce qui définit une œuvre d'art, c'est d'abord le rapport respectueux, mis à distance, désintéressé que j'entretiens avec elle. C'est d'ailleurs ce que veut signifier **Marcel Duchamp** (1887-1968) quand il cherche à exposer en 1917 à New York son œuvre *Fontaine*, qui n'est autre qu'un urinoir renversé, c'est-à-dire l'objet le plus banal et trivial qui soit. Si cet urinoir peut devenir une œuvre d'art, alors tout objet que je traite comme œuvre d'art peut l'être.

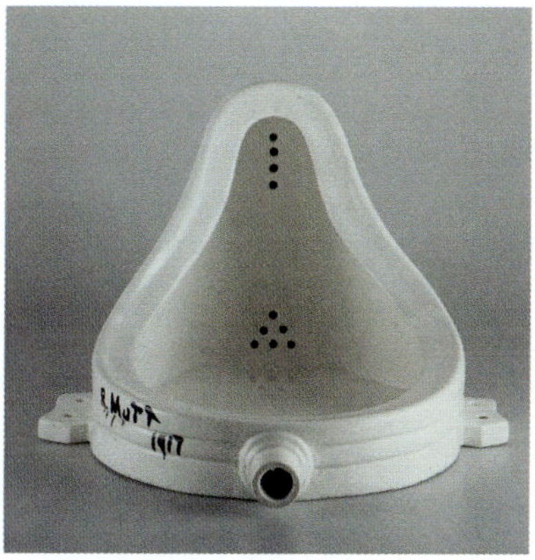

Marcel Duchamp, Fontaine, 1917

B Juger le beau

■ Si, en droit, tout peut être une œuvre d'art, **qui décide alors qu'une œuvre est une œuvre d'art ?** Quand j'estime que quelque chose est beau, quand je juge de la beauté d'une œuvre, tout le monde doit-il être d'accord avec moi ?

■ Kant, dans la *Critique de la faculté de juger*, explique qu'il faut distinguer le **beau** (par exemple, « *La Joconde* est belle »), de **l'agréable** (par exemple, « ce vin est très bon »). Ces deux phrases constituent un **jugement**, qui consiste à qualifier un **sujet** (« *La Joconde* » ou « ce vin ») au moyen d'un **prédicat** (« belle » ou « très bon »). De plus, ces jugements sont tous les deux **subjectifs** : même dans le cas de *La Joconde*, la beauté n'est pas une propriété de l'objet que je juge beau (si je dissèque ce tableau, je ne trouverai jamais une propriété chimique qui serait la beauté), ce n'est donc pas un jugement objectif.

■ Néanmoins, si nous acceptons très bien que le jugement du caractère agréable d'un objet soit particulier (« les goûts et les couleurs ne se discutent pas »), pour le beau, nous jugeons comme si tout le monde devait être d'accord avec nous. Le jugement esthétique est donc un **jugement subjectif universel**, dans le sens où il est universalisable : je sais que mon jugement ne va pas être partagé par tous, mais je juge comme si c'était le cas.

REMARQUES

- Une même œuvre peut faire l'objet d'un **jugement esthétique** (sur le beau) ou d'un **jugement sur son caractère agréable**. Ainsi, si on utilise *Le Printemps* d'Antonio Vivaldi comme musique d'attente, on le fait pour son caractère agréable, alors que si on l'écoute pour lui-même, celui-ci fait l'objet d'un jugement esthétique.
- De plus, une œuvre belle peut être en même temps assez **désagréable**, comme le poème « Une Charogne » de **Charles Baudelaire** (1821-1867) qui convoque des images de putréfaction et de corps mort.

 # œuvre
Le Printemps d'Antonio Vivaldi
foucherconnect.fr/23tersti2d70

 # œuvre
Charles Baudelaire, « Une Charogne », *Les Fleurs du mal*
foucherconnect.fr/23tersti2d66

REPÈRES

Objectif/subjectif

Est **objectif** ce qui se rapporte à l'objet de la connaissance. Un jugement objectif ne dépend pas du sujet qui l'énonce et est donc nécessairement universel.

Est **subjectif** ce qui se rapporte au sujet de la connaissance. Un jugement subjectif devrait donc toujours dépendre du sujet qui l'énonce et être particulier, mais le jugement esthétique chez Kant est à la fois subjectif et universel.

Universel/particulier

Est **universel** ce qui vaut en tout temps et en tout lieu, c'est-à-dire ce qui ne souffre aucune exception.

Est **particulier** ce qui appartient en propre à un individu ou à un groupe restreint d'individus.

3 L'art doit-il imiter le réel ?

A L'art comme imitation du réel

■ Si nous nous interrogeons sur le rapport entre l'art et le réel, il semble que la première fonction de l'art serait d'**imiter la réalité**, de rendre présent ce qui est absent, de re-présenter (au sens de présenter à nouveau) ce qu'on ne peut voir à l'instant. Ainsi, la peinture funéraire permet de garder en mémoire le visage du défunt. En ce sens, on peut dire que **l'art sauve le réel**, c'est-à-dire qu'il permet de sauvegarder ce qui disparaîtrait ou ne serait pas présent sans lui.

■ Mais **Platon** (428 av. J.-C. - 348 av. J.-C.) critique cette idée que l'art imiterait la réalité. Ainsi, dans la *République*, il compare l'artiste et l'artisan : par exemple, si l'artisan fabrique un lit et que l'artiste en représente un en peinture, les deux créent en quelque sorte un lit, mais le lit que peint l'artiste n'est qu'une **copie de l'apparence** du lit, et non pas une véritable imitation de la réalité. L'artiste est un piètre imitateur, car il ne sait produire que l'image des choses. Il y a pour **Platon** une forme de **mensonge de l'art** qui semble imiter la réalité mais qui ne produit que l'illusion de cette réalité : **l'art nous détournerait alors du réel**.

B L'art comme dévoilement du réel

■ Pourtant, il est possible de remettre en question cette critique de l'art comme illusion : **si l'art imite mal le réel, ce serait parce qu'il ne vise en fait pas son imitation**. Ainsi, **Friedrich Hegel** (1770-1831) explique dans l'*Esthétique* que l'art ne doit pas avoir pour but d'imiter la nature, car il s'agirait d'une activité inutile (la nature crée déjà ses propres objets) et présomptueuse (« l'art est limité dans ses moyens d'expression et ne peut produire que des illusions partielles »). De plus, certains arts n'ont jamais eu pour but d'imiter la nature (par exemple l'architecture ou la poésie), et surtout, « l'imitation ne peut produire que des chefs-d'œuvre de la technique, jamais des œuvres d'art » : **reproduire de la manière la plus exacte possible un objet naturel ne serait qu'une prouesse technique, et non une qualité artistique.**

■ **Au lieu de nous détourner du réel, l'art est en fait une révélation, un dévoilement du réel.** Tout d'abord, l'art peut attirer notre regard sur des détails ou des aspects du réel que nous ne voyons pas ou plus, par désintérêt ou par habitude.

EXEMPLE

L'écrivain **Oscar Wilde** (1854-1900) affirme dans *Le Déclin du mensonge* que « sans doute y eut-il à Londres des brouillards depuis des siècles. C'est infiniment probable, mais personne ne les voyait, de sorte que nous n'en savions rien. Ils n'eurent pas d'existence tant que l'art ne les eut pas inventés ». Ainsi, en attirant le regard sur le brouillard de Londres, les peintres anglais l'ont en quelque sorte inventé, ont **créé du réel en le révélant**.

■ De plus, l'art peut permettre de **dévoiler l'essence des choses**, ce qu'elles sont véritablement. Ainsi, **Henri Bergson** (1859-1941) déclare dans *Le Rire* que nous avons un rapport à la réalité appauvri : nous collons des étiquettes sur les choses, nous les voyons sans les voir, dans une relation essentiellement utilitaire à elles. **Les artistes nous permettent alors de véritablement voir ce que nous avions déjà perçu** : grâce à l'art, nous nous arrêtons pour regarder vraiment l'objet représenté, sans être dans ce rapport purement pratique à lui.

EXEMPLE

Le sculpteur **Constantin Brancusi** (1876-1957) explique, à propos de sa sculpture *Poisson*, qu'il a représenté le poisson dans sa simplicité, le « sens réel » du poisson, c'est-à-dire non pas ses écailles, sa queue, ses nageoires, mais « la vitesse de son mouvement, [...] son corps étincelant et flottant, vu à travers l'eau ».

Constantin Brancusi, *Poisson*, 1924

PHILOSOPHIE

4 Je mémorise autrement

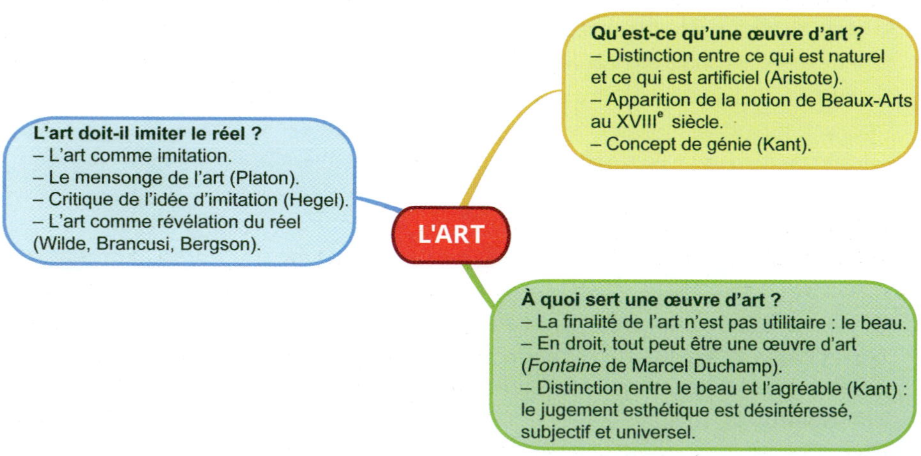

 # quiz
Des questions pour réviser
foucherconnect.fr/23tersti2d64

3 La liberté

La liberté est une notion complexe car ses champs d'application sont multiples (liberté d'action, liberté de pensée, liberté politique, etc.), mais aussi parce que la définition la plus évidente que nous pouvons donner de la liberté est une définition négative : la liberté se définit d'abord comme une absence de contraintes.

1 Qu'appelle-t-on être libre ?

A La liberté d'agir

■ La liberté peut se définir en premier lieu comme **l'absence de contraintes extérieures** : est libre celui qui n'est pas esclave, qui n'est pas enchaîné.

■ Cependant, cette définition de la liberté pose deux problèmes :
– c'est **une définition négative de la liberté** (la liberté est l'absence d'entraves). Or, cette définition négative ne permet pas de distinguer ce qui ferait la spécificité de la liberté humaine par rapport à celle des autres animaux ;
– **la contrainte n'est pas nécessairement extérieure :** si je peux physiquement faire ce que je veux, mais que je suis incapable de déterminer ma volonté, de choisir ce que je veux, on peut considérer que je ne suis pas libre, que je suis contraint de manière intérieure (voir la partie 2 A. Liberté et désir).

REPÈRES

Contrainte/obligation

- La **contrainte** est ce qui nous force à faire quelque chose, c'est donc de l'ordre du fait. Si je suis en prison, je suis contraint, je ne suis pas libre à cause de contraintes extérieures (les murs de la prison, la vigilance du gardien).
- La contrainte est à distinguer de **l'obligation**, qui elle est d'ordre moral ou politique : je ne dois pas faire quelque chose parce que la loi, morale ou politique, me l'interdit. Je peux par exemple avoir la possibilité de rentrer sur le terrain de mon voisin car il n'y a pas de clôture (absence de contrainte) mais ne pas avoir le droit de le faire parce que la loi me l'interdit (obligation).

B Le libre arbitre

■ Une définition plus satisfaisante de la liberté, ou en tout cas plus conforme à ce que nous considérons être la liberté humaine, serait alors de la définir **comme libre arbitre** : le libre arbitre, c'est la faculté qu'a la volonté de se déterminer, de choisir, de se décider pour un choix plutôt qu'un autre.

■ Le concept de libre arbitre a d'abord été élaboré pour poser **la question de l'origine du mal**. Dans *Du Libre Arbitre*, **Augustin d'Hippone** (354-430) répond au problème de l'origine du mal par le concept de libre arbitre : face à l'interrogation de savoir si Dieu est l'auteur du mal, Augustin répond que « Dieu a conféré à sa créature, avec le libre arbitre, la capacité de mal agir, et par-là même, la responsabilité du péché. » Pour Augustin, c'est donc parce que l'être humain est libre que le mal peut exister. Définir la liberté comme libre arbitre, c'est donc considérer que cette question a des **enjeux moraux** (par exemple, la responsabilité morale : suis-je responsable du mal que je fais**) et politiques** (par exemple, la question du vote pour tous : tout le monde est-il capable de déterminer l'intérêt général ?).

C Raison et volonté

■ Si le libre arbitre est la liberté d'orienter sa volonté, il convient de se demander **à quelle condition** ma volonté peut être considérée comme libre. On peut distinguer deux cas de figure :
– **la raison ne permet pas d'orienter ma volonté**, je n'ai pas plus de raisons de faire un choix plutôt qu'un autre : c'est ce qu'on appelle **la liberté d'indifférence** ;
– **la raison incline la volonté** car elle lui donne des raisons de choisir dans un sens ou dans un autre : on pourrait alors dire qu'il s'agit d'une **liberté éclairée par la raison**.

■ De prime abord, on pourrait croire que la volonté n'est libre que dans le cas de la liberté d'indifférence, car elle serait dans une situation de libre détermination face à la raison, qui pourrait alors être assimilée à une forme de contrainte intérieure. Pourtant, **René Descartes** (1596-1650) affirme dans la quatrième méditation des *Méditations métaphysiques* que **la liberté d'indifférence est en fait le plus bas niveau de la liberté**.

■ En effet, la liberté d'indifférence ne me permet de juger que dans les cas où mon choix n'a aucune importance ou qu'il est le résultat de mon ignorance : elle n'est donc qu'une forme de liberté négative. Au contraire, en me permettant de juger avec la connaissance des raisons qui me poussent à faire mon choix, la raison n'est pas une contrainte pour ma volonté : c'est ce qui la rend d'autant plus libre, qui lui permet d'acquérir une **liberté positive**. Ainsi, pour Descartes, **plus la raison incline la volonté, plus celle-ci est paradoxalement libre**.

2 La liberté n'est-elle qu'une illusion ?

La question de l'autonomie de la volonté pose le problème des **conditions de possibilité de la liberté.** Ainsi, si on considère que la contrainte peut être intérieure, pouvons-nous véritablement être libres, ou bien la prétention à la liberté est-elle en fait une **illusion** ?

A Liberté et désir

■ **Le désir se distingue du besoin**, qui est de l'ordre de la nécessité. Ainsi, la nécessité naturelle me pousse à manger pour me maintenir en vie, mais elle ne me force pas à manger quelque chose de particulier, par exemple du chocolat. Pour autant, le désir n'est pas forcément un acte libre : par exemple, on peut imaginer une forme de **contrainte intérieure** qui me pousse à manger du chocolat alors même que j'ai pris la résolution de ne plus en manger. **Je deviens alors esclave de mon désir.**

■ Cette idée que le désir est une forme de servitude dont on devrait pouvoir se libérer est au cœur du désaccord entre Calliclès et Socrate dans le *Gorgias* de **Platon** (428 av. J.-C. – 348 av. J.-C.). Socrate demande à Calliclès si la tempérance (le fait de maîtriser ses désirs) est une qualité que doivent posséder les gouvernants, ou bien s'il s'agit uniquement d'une qualité de ceux qui sont gouvernés. **Pour Calliclès, les puissants doivent accroître le plus possible leurs désirs**, et être tempérant reviendrait à être esclave des injonctions des faibles qui, ne pouvant satisfaire tous leurs désirs, exigent que tout le monde soit tempérant. **Socrate au contraire considère qu'il faut être tempérant pour ne pas être esclave de ses désirs**, et que l'être qui cherche à tous les satisfaire est incontinent, à la manière d'un homme qui chercherait à remplir sans cesse des tonneaux percés.

■ Mais pour **David Hume** (1711-1776), dans le *Traité de la nature humaine*, ce thème philosophique du combat de la passion et de la raison pour déterminer la volonté est absurde et illusoire, et ce pour deux raisons :
- la raison seule n'est jamais un motif de direction de la volonté, il faut qu'il y ait une passion qui la pousse dans une direction plutôt qu'une autre. Ce que nous appelons « raison » n'est en fait souvent qu'une autre forme de passion, mais moins intense, plus « tiède » ;
- la raison ne peut jamais s'opposer à la passion pour diriger la volonté, parce qu'elle n'a pas la force de la passion.

B La question du déterminisme

■ Le déterminisme est la doctrine selon laquelle l'enchaînement des événements, et notamment des actions humaines, obéit au **principe de causalité**. Il s'agit de se demander si la liberté ne serait pas une illusion car nous croirions être libres, mais par pure ignorance des causes qui déterminent nos actions.

DÉFINITION
Le **principe de causalité** s'appuie sur la relation de cause à effet. En vertu de ce principe, tout ce qui arrive a une cause, qu'il s'agit alors de déterminer.

■ Un exemple possible de déterminisme est celui que l'on trouve dans la **théorie de l'inconscient psychique** chez **Sigmund Freud** (1856-1939). Freud écrit ainsi dans l'*Introduction à la psychanalyse* que « Le moi n'est plus maître dans sa propre maison ». Ainsi, toute une part de notre psychisme serait en fait inaccessible à la conscience, et ce serait dans cette partie, l'inconscient, que l'on trouverait les véritables motifs de nos actions. Ce que nous dit Freud, c'est que là où l'on croit faire usage de notre liberté, en pleine conscience de nos actes et de nos choix, **il y a peut-être une large part d'inconscient dissimulé.**

EXEMPLE
Ainsi, j'ai oublié un rendez-vous qui était pourtant censé être important pour moi. Pour Freud, cet oubli n'en est pas véritablement un, il s'agit d'un « acte manqué ». Ma conscience croit que je voulais absolument être présent à ce rendez-vous, mais inconsciemment, je n'avais en fait aucune envie d'y aller. Je suis donc ignorant des causes qui me déterminent.

C Le sentiment de liberté est une illusion

■ **Descartes** considère, dans les *Principes de la philosophie*, que « la liberté de notre volonté se connaît sans preuve, par la seule expérience que nous en avons », c'est-à-dire que **le sentiment de liberté est de l'ordre de l'évidence**, et que cette évidence n'a pas besoin d'être prouvée par une démonstration rationnelle : son caractère évident suffit à me faire considérer ce sentiment comme véritable.

■ Mais **Hume**, dans le *Traité de la nature humaine*, critique ce sentiment de liberté comme une **fausse évidence**. Ainsi, il remet en question la distinction traditionnelle entre les **processus naturels** qui obéiraient au principe de **nécessité** (par exemple, le soleil doit se lever tous les matins) et les **actions humaines** qui seraient, elles, **libres**.

DÉMONSTRATION

◗ Hume explique que dans le cas des phénomènes naturels, c'est mon esprit qui « invente » la causalité : je ne fais qu'observer que chaque matin jusqu'ici le soleil s'est levé et mon esprit en conclut un rapport de cause à effet et croit donc percevoir la nécessité (le soleil doit se lever tous les matins), alors qu'il n'en est rien. Ainsi, **mon expérience ne me donne aucune preuve qu'il y ait des lois nécessaires qui régissent les phénomènes naturels** : je peux juste constater que j'ai fait l'expérience que le soleil s'est levé tous les matins depuis que je suis né. Mais passer de ce constat d'union constante (ici entre le lever de soleil et le matin) à l'idée que le soleil se lèvera tous les matins et que d'ailleurs il doit se lever tous les matins, c'est une invention de mon esprit : ce n'est pas nécessairement faux, mais **je n'ai aucune preuve de cela**. D'ailleurs, peut-être que demain matin, le soleil ne se lèvera pas.

◗ Or, Hume explique qu'on devrait ressentir de la même manière la nécessité en ce qui concerne les actions humaines : elle serait une invention de mon esprit, mais ni plus ni moins que dans le cas des processus naturels. Alors que je constate de la même manière une union constante entre les actions humaines, il est donc surprenant que, dans le cas des processus naturels, mon esprit conclue à une nécessité absolue, et dans le cas des actions humaines, il conclue à l'inverse, c'est-à-dire à la liberté totale des êtres humains en ce qui concerne leurs actions, qui est tout aussi illusoire. Si je constate qu'à chaque fois que je vole du pain, mon boulanger me court après, mon esprit devrait inventer de la même manière une forme de nécessité, et non de liberté absolue. D'ailleurs, nous nous comportons comme si nous pouvions prévoir les actions des autres aussi précisément que les processus naturels et l'esprit ne fait aucune différence entre des causes matérielles et des actions volontaires.

EXEMPLE

Hume affirme que ce qu'un prisonnier considère comme les causes de son impossibilité à être libéré se confondent entre causes matérielles (la solidité du mur de la prison) et causes humaines (l'inflexibilité du gardien) : le prisonnier ne fait aucune différence entre les deux.

PHILOSOPHIE

■ Enfin, pour **Spinoza** (1632-1677), dans la *Lettre à Schuller*, l'homme qui se croit libre (parce qu'il a conscience de ses désirs mais pas des causes qui les déterminent) ressemble à une pierre qui aurait reçu par une cause extérieure une impulsion qui la ferait rouler. Une fois que la cause aurait disparu, la pierre continuerait de rouler, et si nous imaginons un instant que la pierre soit consciente de son mouvement, elle croirait alors être libre de continuer à rouler, puisque la cause de son mouvement ne serait plus présente. En effet, pour Spinoza, tout ce qui existe obéit aux lois de la nature, puisque tout ce qui existe est l'émanation de ce qu'il appelle Dieu ou la Nature, et l'être humain n'est pas une exception. Ainsi, **la liberté pensée comme libre arbitre est une illusion, et la seule liberté possible consiste à agir selon la nécessité de notre nature.**

3 Être libre, est-ce obéir à la loi ?

A La dialectique du maître et de l'esclave

■ Le problème de la liberté devient plus complexe encore quand on l'envisage dans **son rapport à autrui,** c'est-à-dire dans son rapport à la liberté d'autrui. Pour illustrer ce problème, **Friedrich Hegel** (1770-1831) expose dans la *Phénoménologie de l'Esprit* ce qu'on appellera par la suite **« la dialectique du maître et de l'esclave »** : deux hommes se rencontrent et se lancent dans ce qu'on peut considérer comme une lutte à mort pour la reconnaissance de sa liberté par l'autre. Le premier (l'esclave) finit par prendre peur et accepte de renoncer à sa liberté pour préserver sa vie, il devient alors l'esclave. Le second au contraire est prêt à sacrifier sa vie pour la reconnaissance de sa liberté, il devient le maître. **L'esclave n'est donc pas libre, et le maître l'est.**

■ **Mais le rapport de servitude va en quelque sorte s'inverser** avec le temps. En effet, l'esclave, en travaillant et en transformant le monde par son travail, acquiert une forme d'autonomie face à la nature, alors que le maître devenu complètement dépendant du travail de son esclave, n'a plus qu'une liberté négative. De plus, sa liberté n'est reconnue que par un être qui est lui-même non libre, elle n'est donc pas une véritable reconnaissance.

B Le problème de la liberté politique

Si nous avons vu que la loi ne peut pas être considérée comme une contrainte mais comme une obligation, **elle semble néanmoins limiter la liberté de l'être humain**. Pourquoi alors les êtres humains ont-ils accepté de se soumettre aux lois ? Pour répondre à cette question, de nombreux philosophes, dits contractualistes, ont inventé **la fiction de l'état de nature** pour essayer de penser l'homme avant la société, afin de comprendre ce qui avait pu le pousser à rentrer dans l'état civil.

a L'état de nature selon Hobbes

■ Pour **Thomas Hobbes** (1588-1679), l'état de nature est un « état de guerre de chacun contre chacun » (*Léviathan*) où les êtres humains, soumis à leurs passions, sont en compétition permanente les uns avec les autres. Ils sont donc, d'une certaine manière, libres, mais **cette liberté est en permanence menacée par autrui** : ainsi, c'est paradoxalement parce que les humains sont relativement égaux par nature qu'aucun homme n'a une force suffisamment supérieure aux autres pour lui garantir que sa liberté ne sera pas menacée par plus fort que lui. Il est donc raisonnable à l'état de nature de prendre les devants et d'attaquer le premier, de réduire les autres en esclavage par la violence ou par la ruse et de les priver de liberté avant qu'ils ne vous privent de la vôtre, mais cela est nécessairement temporaire et fragile puisqu'à tout moment le rapport de force peut se renverser.

■ La liberté de l'état de nature est donc une liberté qui paraît absolue, mais qui n'est qu'une **liberté en puissance**, que le passage à l'état civil et à la loi va permettre de garantir et donc de rendre effective.

REPÈRES

En puissance/en acte

- Est **en puissance** ce qui est présent comme potentialité, mais qui n'est pas encore réalisé.
- Est **en acte** ce qui est achevé, présent, réalisé.

Ainsi, tout être humain est en puissance un être parlant, mais cette potentialité ne sera actualisée que par l'apprentissage de la langue.

b La liberté civile selon Rousseau

■ La question de savoir **à quelle condition la loi permet véritablement la liberté de l'être humain** est l'objet de l'ouvrage *Du Contrat social* de **Jean-Jacques Rousseau** (1712-1778). Rousseau part du constat suivant : « L'homme est né libre et partout il est dans les fers. » À quelle condition alors le passage à l'état civil permet la liberté ? Dans quel cas la soumission à la loi n'est-elle pas une servitude mais une libération ?

■ Rousseau explique que l'être humain, avant l'état civil, voyait **sa liberté naturelle limitée** par ses propres forces, en vertu de ce qu'on pourrait appeler « la loi du plus fort » : « Ce que l'homme perd par le contrat social, c'est sa liberté naturelle et un droit illimité à tout ce qui le tente et qu'il peut atteindre ; ce qu'il gagne, c'est la liberté civile et la propriété de tout ce qu'il possède. » Ainsi, **la liberté civile est une liberté plus « sûre », car elle est garantie par la loi.** Et tant que tous ne sont pas forcés à adhérer au pacte social, la soumission à la loi n'est pas une servitude, car « l'obéissance à la loi qu'on s'est prescrite est liberté ». C'est ce qu'on appelle l'**autonomie.**

DÉFINITIONS

▸ **Indépendance** : est indépendant celui qui peut tout faire sans se soucier des autres, dans une absence totale de contrainte ou d'obligation. Cela n'est possible que dans deux cas :
- soit il vit absolument et totalement isolé, mais nous pouvons nous demander si l'être humain n'est pas naturellement fait pour vivre en société (voir par exemple l'idée d'Aristote dans *La Politique* que « l'homme est par nature un animal politique ») ;
- soit il exerce sur les autres une domination absolue et totale, mais nous avons vu avec la dialectique hégélienne du maître et de l'esclave que cette indépendance est à terme une illusion, puisque le maître devient dépendant du travail de l'esclave.

▸ L'indépendance est à distinguer de l'**autonomie** qui est la capacité à se donner à soi-même ses propres lois ou au moins à adhérer librement à une loi comme si elle émanait de soi.

■ Encore faut-il, pour Rousseau, que **la loi soit l'expression de la volonté générale**. Pour préserver sa liberté dans l'état civil, chaque individu doit paradoxalement renoncer à tous ses droits naturels, et ce pour deux raisons :
- si certains hommes conservaient des droits naturels, ceux-ci seraient nécessairement sources de conflits ;
- la soumission totale à la volonté générale permet de ne pas être lésé, puisqu'on ne se soumet à personne en particulier, et que, tous faisant de même, on gagne autant que l'on perd.

■ **La soumission à la loi nous rend donc libre à condition que celle-ci soit l'expression de la volonté générale.** Ce qui amène à une affirmation paradoxale : si quelqu'un refuse d'obéir à la loi comme expression de la volonté générale, il faut qu'il soit contraint à le faire par le corps social, c'est-à-dire, selon Rousseau, « qu'on le forcera à être libre ».

c La liberté comme autonomie selon Kant

Cette idée de liberté comme autonomie se retrouve dans le concept de **loi morale** chez **Emmanuel Kant** (1724-1804), dans la *Critique de la raison pratique* : je suis libre, donc je suis non seulement responsable de mes actes, mais **c'est ma liberté qui me permet d'agir moralement**, car c'est parce que je suis libre que je peux me donner à moi-même une loi et ensuite la suivre librement. Ma raison me permet en effet de me donner une loi qui doit pouvoir valoir universellement : ma liberté morale ne consiste donc pas à faire ce que je veux, mais à obéir à la loi morale que je me suis fixée. Il s'agit donc d'une **autonomie morale**, parce que cette loi ne vient pas de l'extérieur (je n'agis pas moralement parce que par exemple Dieu ou mes parents m'ont prescrit que je devais agir ainsi).

4 Je mémorise autrement

LA LIBERTÉ

Être libre, est-ce obéir à la loi ?
– La dialectique du maître et de l'esclave (Hegel).
– Les êtres humains dans l'état de nature sont en état de compétition permanente les uns avec les autres (Hobbes).
– La soumission à la loi est une liberté pensée comme autonomie (Rousseau).
– La liberté consiste à obéir à la loi morale (Kant).

Qu'appelle-t-on être libre ?
– Liberté d'agir comme absence de contrainte (liberté négative).
– Liberté comme libre-arbitre (liberté positive).
– La liberté d'indifférence est le plus bas degré de la liberté (Descartes).

La liberté n'est-elle qu'une illusion ?
– La contrainte intérieure du désir (Platon).
– Opposer désir et volonté est une absurdité (Hume).
– La conscience ignore les causes qui la déterminent (Freud).
– Le libre-arbitre comme évidence (Descartes) ≠ illusion de la liberté dans les actions humaines (Hume).
– La liberté consiste à agir selon la nécessité de notre nature (Spinoza).

 # quiz
Des questions pour réviser
foucherconnect.fr/23tersti2d64

4 La nature

La nature semble au premier abord être un concept évident, tant nous croyons avoir affaire à elle de manière immédiate : elle serait l'ensemble du monde physique, exception faite de toute ce qui porte la trace de la main de l'homme. Pourtant, cette évidence est remise en question par la polysémie du terme, qui nous pousse à nous interroger sur ce que nous considérons comme naturel.

1 Qu'est-ce que la nature ?

A Différents sens qui se rejoignent

- Le terme de nature vient du mot latin *natura* qui désigne « le cours des choses ». La nature désigne donc dans un premier sens **l'ensemble du monde physique, soumis aux lois naturelles**.
- Dans un deuxième sens, est naturel **ce qui s'oppose à ce qui est artificiel**.
- Enfin, dans un troisième sens, la nature **semble s'opposer à la culture**, ce qui ouvre un questionnement sur **l'inné et l'acquis**.

B Les lois naturelles

- La nature, comme monde physique, semble soumise au **principe de causalité**. Ainsi, **Aristote** (384 av. J.-C. – 322 av. J.-C.), dans la *Physique*, explique qu'il y a **une régularité** dans la nature et très peu de hasard, la nature ne faisant rien de superflu ni vain. Il s'agit donc de classer les causes par lesquels les évènements se produisent.
- La physique moderne a eu tendance à substituer au concept de causes celui de **lois de la nature :** ainsi, pour **Auguste Comte** (1798-1857), la révolution fondamentale de la science moderne consiste à avoir renoncé à déterminer les causes de ce qui arrive (la question du « pourquoi ») pour remplacer cette exigence par la recherche de lois qui, elles, se déduisent d'un constat statistique : on constate qu'il y a une constance des relations entre deux phénomènes observés (il s'agit donc bien plus de la question du « comment »).
- Mais pour **David Hume** (1711-1776), la détermination de lois continue trop souvent en sciences de ressembler au principe de causalité : mon esprit pense pouvoir prédire les phénomènes naturels, mais c'est une illusion (voir la démonstration du chapitre 3). Ainsi, il explique, dans le *Traité de la nature humaine*, que **c'est mon esprit qui « invente » la causalité** : je ne fais qu'observer une union constante entre les objets (je constate que chaque matin jusqu'ici le soleil s'est levé) et mon esprit en conclut un rapport de cause à effet et donc croit percevoir **la nécessité** (le soleil doit se lever tous les matins).

2 La distinction entre le naturel et l'artificiel

A La nature se distingue de l'artifice

Dans la *Physique*, **Aristote** définit une chose artificielle (un objet fabriqué) comme ce qui ne possède pas son propre principe d'existence, au contraire des êtres naturels (les êtres vivants) **qui contiennent en eux-mêmes le principe de changement.** Les artifices reçoivent donc leur principe d'existence d'une force extérieure à eux, ils sont créés par une main extérieure. Ce qui est **naturel** (*phusis*) se distingue donc de ce qui est **artificiel** (*technê*).

B Naturalité des objets artificiels ou artificialisation de la nature ?

■ Mais cette distinction entre le naturel et l'artificiel n'est peut-être pas aussi fondamentale qu'elle en a l'air. Ainsi, **René Descartes** (1596-1650) la remet en question, lorsqu'il écrit dans ses *Principes de la philosophie* : « Toutes les choses qui sont artificielles sont avec cela naturelles. » Les objets artificiels font en quelque sorte partie de la nature, puisqu'ils obéissent aux mêmes règles que les objets naturels. « Toutes les règles de mécanique appartiennent à la physique », il ne faut donc faire « aucune différence entre les machines que font les artisans et les divers corps que la nature compose. » Ainsi, la limite entre naturel et artificiel est peu nette en raison de **la naturalité des objets dits artificiels** : tous les processus techniques, au fond, seraient des prolongations des processus biologiques et naturels.

EXEMPLE

Ainsi, on peut prendre l'exemple des organismes génétiquement modifiés (OGM) : il peut sembler absurde, selon leurs défenseurs, de penser qu'il y a une différence essentielle entre une sélection technique et une sélection naturelle qui a toujours existé et qui est au principe de l'évolution des espèces, alors qu'on peut considérer, au contraire, que la technique est la nouvelle voie qu'a trouvée la nature pour continuer à sélectionner.

■ À l'inverse, il peut paraître illusoire de trouver un objet purement naturel, car nous n'aurions plus affaire aujourd'hui qu'à des objets artificiels. Cette idée de l'**artificialisation de la nature** est portée par **Karl Marx** (1818-1883) dans *L'Idéologie allemande* : « cette nature, de nos jours, n'existe plus nulle part, sauf peut-être dans quelques atolls australiens de formation récente ». Il pointe ainsi l'illusion qu'il y a à chercher des objets ni transformés ni conditionnés par le travail humain.

3 Nature et culture

A Distinction entre le naturel et le culturel

a Qu'est-ce que la culture ?

La culture peut être définie dans un premier temps comme **l'ensemble des créations techniques, sociales et spirituelles par lesquelles les être humains transforment la nature et se distinguent des autres espèces vivantes** (par exemple les œuvres d'art, le mariage, ou les rites religieux). En ce sens, ce qui est naturel s'oppose à ce qui est culturel. Notre premier réflexe est donc de penser le couple nature/culture comme une opposition : en entrant dans un monde de culture, on s'arracherait à la nature. La nature serait définie, quant à elle, comme ce qui ne serait pas fabriqué, ce qui me serait donné de manière immédiate, au contraire de la culture, pensée comme artificielle. La nature est ainsi pour **John Stuart Mill** (1806-1873) « tout ce qui arrive sans l'intervention humaine » (*La Nature*).

DÉFINITIONS

Nous pouvons distinguer trois sens au mot **culture** :
- **le sens ontologique** (qui définit l'être même de l'humanité) : est culturel ce qui nous distingue des autres animaux (par exemple, la cuisson des aliments) ;
- **le sens « classique »** : la culture est ici le processus d'instruction et d'éducation qui permet à l'homme de réaliser sa pleine condition d'être humain. L'être humain devient alors dépositaire d'un ensemble de connaissances héritées des générations passées qui font sa qualité d'être humain (par exemple, la connaissance d'un poème de Victor Hugo) ;
- **le sens anthropologique** : la culture peut être aussi un synonyme de civilisation (on parlera ainsi de culture française, ou de culture occidentale).

b L'homme, un être de culture

■ Ainsi, **Blaise Pascal** (1623-1662) dans la *Préface à un traité du vide*, compare les abeilles aux êtres humains, et montre que les premières ont une vie anhistorique (sans fil historique). Leur « savoir » (la technique de fabrication d'une ruche par exemple) ne vient pas d'un processus d'apprentissage, mais constitue le résultat de la nécessité, qui s'exprime en elles à travers l'instinct. Au contraire, les êtres humains doivent **apprendre tout ce qu'ils savent**, mais peuvent donc aussi **accumuler indéfiniment des connaissances**, au niveau de l'individu comme au niveau de l'espèce, ce qui n'est pas le cas pour les abeilles : « les ruches des abeilles étaient aussi bien mesurées il y a mille ans qu'aujourd'hui, et chacune d'elles forme cet hexagone aussi exactement la première fois que la dernière. »

REPÈRES

Genre/espèce/individu

- **Genre** (du latin *genus*, du grec *genos*, « origine, naissance, race ») : en biologie, on classe les êtres selon une famille, divisée elle-même en genre, divisés eux-mêmes en espèces. Par exemple, l'être humain fait partie de la famille des hominidés, du genre Homo et de l'espèce des Homo Sapiens.
- **Espèce** (du latin *species*, « apparence, aspect ») : ensemble de tous les individus qu'un ou plusieurs caractères communs permettent de classer ensemble.
- **Individu** (du latin *individuus*, « indivisible ») : corps vivant formant un tout.

En biologie, les notions d'individu, d'espèce et de genre sont des catégories qui servent à la classification des êtres : chaque individu fait partie d'une espèce qui elle-même fait partie d'un genre. On s'élève ainsi du plus particulier au plus général.

■ **Les êtres humains semblent donc être les seuls à avoir une culture** : ils échappent au déterminisme naturel parce qu'ils ont la capacité de se perfectionner et qu'ils sont animés par un principe de changement. **Jean-Jacques Rousseau** (1712-1778) dans le *Discours sur l'origine et le fondement de l'inégalité parmi les hommes* appelle cela la **perfectibilité.** Mais si les êtres humains ne sont pas déterminés une fois pour toutes par leur nature, leur **culture est donc contingente** (tout ce qui est culturel varie selon les époques et les civilisations) et particulière, alors que **ce qui est naturel est universel et nécessaire.**

REPÈRES

Contingent/nécessaire

- Est **contingent** ce qui pourrait être différent, ou ne pas être.
- Est **nécessaire** ce qui ne peut pas ne pas être, ou qui ne peut pas être autrement.

B La culture n'est pas la négation de la nature

Le problème se complexifie quand il s'agit de savoir ce qui est naturel ou culturel en l'être humain. En effet, **la culture n'est pas que la transformation de la nature à l'extérieur de nous, mais aussi en nous**.

Or, si ce qui était culturel en l'être humain était une négation complète de ce qu'il est à l'état de nature, autrement dit si la culture avait pour unique but de nous arracher à la nature, alors il serait facile de déterminer ce qui en est de l'ordre de la nature, et ce qui est de l'ordre de la culture. Mais **le culturel ne s'oppose pas au naturel**, n'en est pas sa négation complète, puisque la plupart des pratiques culturelles sont en fait une actualisation de ce qui était déjà en puissance naturellement. À partir de besoins et événements naturels (manger, boire, dormir à l'abri, assurer la préservation de l'espèce, mourir), l'être humain a élaboré des pratiques et systèmes culturels qui, eux, diffèrent selon les civilisations.

EXEMPLE

Ainsi, les coutumes et interdits alimentaires sont une actualisation dans la culture d'un besoin naturel, celui de se nourrir pour se maintenir en vie et en santé.

C Le problème de l'inné et de l'acquis

DÉFINITIONS

- Est considéré comme **inné** un caractère biologique ou physiologique censé relever de la **nature** puisqu'il est présent chez l'être vivant dès la naissance.
- Est considéré comme **acquis** un caractère qu'on acquiert après la naissance, qui dépend de l'environnement et donc de la **culture**.

La question de ce qui est **naturel** et ce qui est **culturel** en l'être humain recoupe en fait la distinction entre l'**inné** et l'**acquis**. Or, le débat entre l'inné et l'acquis amène bien souvent à une impasse, parce qu'on a tendance à vouloir tout expliquer par l'un ou par l'autre :
- d'un côté tout serait inné, tout serait déterminé par des lois mécaniques ou génétiques ;
- de l'autre, tout serait acquis, toutes les manifestations qui nous paraissent naturelles seraient le résultat de processus sociaux.

Ainsi, même dans le cas d'un objet qui nous paraît le plus naturel possible (notre corps), la limite entre l'inné et l'acquis, le naturel et l'artificiel semble extrêmement **difficile à déterminer**. En effet, notre corps semble être le signe de la matérialité en nous et nous rapprocher des autres êtres vivants : comme eux, nous naissons, avons des besoins corporels et mourrons. Mais selon les cultures, les classes sociales, les genres, les corps vont être plus ou moins minces, plus ou moins musclés, tatoués, percés, modifiés par les habits, et donc transformés par la culture. Les catégories d'inné et d'acquis sont donc bien souvent réductrices.

4 Je mémorise autrement

LA NATURE

Qu'est-ce que la nature ?
– La nature est l'ensemble du monde physique hors intervention humaine, mais aussi ce qui s'oppose à l'artificiel et à la culture.
– La nature obéit-elle au principe de causalité (Aristote) ou bien les lois de la nature ne sont-elles qu'une invention de mon esprit (Hume) ?

Nature/culture
– La nature, universelle et nécessaire, s'oppose à la culture, particulière et contingente.
– La culture n'est pas la négation de la nature en nous.
– Distinguer ce qui est inné et ce qui est acquis pose problème.

La distinction entre le naturel et l'artificiel
– La nature se distingue de l'artifice (Aristote).
– Toutes les choses artificielles sont aussi naturelles (Descartes).
– Chercher des objets purement naturels est de l'ordre de l'illusion (Marx).

 # quiz
Des questions pour réviser
foucherconnect.fr/23tersti2d64

5 La religion

Il s'agit ici de considérer la religion comme un fait et de l'analyser comme tel. De nombreuses religions ont existé, par-delà la variété des temps, des lieux et des peuples : la récurrence et la persistance de ce fait religieux interrogent. De plus, la profusion déroutante des religions humaines nous pousse à nous demander s'il existe un critère permettant d'unifier la notion.

1 La religion : une double étymologie

A *Religere,* (se) recueillir

La **première étymologie possible** du mot religion est le verbe latin ***religere***, qui signifie « (se) recueillir, réfléchir ». Ici, il s'agit de penser la religion d'abord comme vie intérieure et donc de la renvoyer à l'attitude religieuse, c'est-à-dire la **foi** (du latin *fides*, « confiance »). Or, la foi est une notion problématique : est-elle rationnelle (il serait alors logique de croire), rationalisable (l'origine de la foi serait irrationnelle mais nous pourrions en rendre compte a posteriori) ou purement irrationnelle ? Par exemple, le « Dieu des philosophes » est un Dieu rationnel, mais la question se pose de savoir si ce Dieu peut encore être un objet de foi.

DÉFINITION

Le « **Dieu des philosophes** » est une invention des philosophes pour tenter de penser la foi et Dieu comme objets rationnels. On le rencontre pour la première fois chez Aristote, qui le définit comme première cause, premier moteur, afin de résoudre de manière logique le problème de la régression à l'infini des causes. En effet, si on considère que tout ce qui existe a une cause, on va donc chercher la cause d'une chose pour savoir pourquoi cette chose existe. Mais cette cause a elle-même une cause, sinon elle n'existerait pas. Si on remonte de cause en cause, on risque de devoir remonter indéfiniment. Il faut donc trouver une cause qui soit à la fois cause de toutes les autres, et sans cause elle-même. Une des manières de résoudre ce problème est de penser Dieu comme première cause (*prima causa*), et cause de lui-même (*causa sui*).

B *Religare,* relier

- Une **seconde étymologie possible** est le verbe latin ***religare***, qui signifie « attacher, relier ». On peut comprendre ce terme de trois manières.
- La première, c'est **le lien vertical entre le croyant et le divin**, par exemple la relation qu'entretient chaque homme avec Dieu dans les religions monothéistes. C'est l'idée par exemple de la révélation, de la conversion.
- La plupart des religions envisagent à la fois une **rupture** entre un ici-bas (la vie ordinaire) et un au-delà, et un **rapport** entre les deux (mes actions ici-bas ont des conséquences dans l'au-delà). La deuxième manière de comprendre cette étymologie, c'est donc de penser la religion comme **une tentative de relier ces deux niveaux**. On peut alors se demander si une religion de l'immanence, selon laquelle par exemple Dieu n'est pas un être distinct du monde, mais constitue l'intégralité du monde, aurait encore un caractère véritablement religieux. Ne peut-on penser la religion que vis-à-vis d'un objet qui nous transcende ?

REPÈRES

Immanent/transcendant

- Est **immanent** ce qui est du même niveau, ce qui est accessible. Par exemple, on peut dire que les dieux de la mythologie grecque sont immanents : leur aspect, leurs sentiments et leur comportement ressemblent à ceux des êtres humains, et ils interviennent sans cesse dans les affaires des hommes, au point même de se reproduire parfois avec eux.
- Est **transcendant** ce qui va « au-delà », ce qui nous dépasse, ce qui est d'un degré de réalité supérieure. Le Dieu des religions monothéistes est un dieu transcendant.

■ La troisième manière, c'est celle du lien non pas vertical entre Dieu et le croyant, mais plutôt **le lien horizontal entre les croyants eux-mêmes**. Une des caractéristiques fondamentales des religions n'est-elle pas justement l'existence d'une communauté de croyants qui se réunissent autour d'un ensemble de dogmes, de croyances et de pratiques ?

2 La religion implique-t-elle la croyance en un être divin ?

Le premier critère pour définir la notion de religion que nous pouvons trouver est celui de la croyance en un être divin. Ainsi, la foi en un Dieu est-elle une caractéristique accidentelle ou essentielle de l'attitude religieuse ?

REPÈRES

Essentiel/Accidentel

- Est **essentiel** ce qui appartient à la nature d'une chose, c'est-à-dire ce qui permet de la définir dans le temps, au-delà des modifications superficielles.
- Est **accidentel**, au contraire, ce qui dans une chose peut être modifié ou supprimé sans que la nature de cette chose ne change.

A Foi et divin

a Dieu et le divin

Dans un sens général et commun, est divin ce qui nous dépasse, nous transcende, ce qui semple être d'un degré supérieur à la condition humaine normale. **Au sens strict, est divin ce qui est relatif à Dieu**. Ainsi, dans les *Méditations Métaphysiques*, **René Descartes** (1596-1650) prouve l'existence de Dieu à partir du divin, c'est-à-dire à partir de l'idée de perfection : j'ai en moi l'idée de perfection. Or, je ne suis pas un être parfait. Donc cette idée ne peut venir de moi. Il faut donc supposer l'existence d'un être parfait qui est la cause de mon idée de perfection. Cet être parfait, c'est Dieu. Pour Descartes, cela signifie donc que Dieu existe. Il semble alors qu'il ne peut y avoir de foi qu'en un être « déjà » divin, c'est-à-dire en un ou des dieux. Mais on pourrait envisager le contraire : la croyance en un objet qui ne serait pas divin au départ parce que ce serait plutôt **la foi qui rendrait divin tout ce en quoi elle croit**. Est-ce parce que Dieu est divin que l'attitude religieuse est possible, ou bien est-ce l'attitude religieuse qui implique nécessairement la divinisation de son objet, quel qu'il soit ?

PHILOSOPHIE

b C'est Dieu qui me fait croire

La première réponse possible est celle des croyants eux-mêmes. **C'est Dieu qui me fait croire, c'est cet être divin qui est cause de l'attitude religieuse**. Ainsi, **Blaise Pascal** (1623-1662), dans *Le Mémorial*, fait une distinction entre le Dieu « des philosophes et des savants », qui serait un dieu rationnel, et le Dieu des écritures, qui lui serait objet de foi. Il écrit ainsi dans les *Pensées* : « Je ne puis pardonner à Descartes ; il aurait bien voulu, dans toute sa philosophie, pouvoir se passer de Dieu ; mais il n'a pas pu s'empêcher de lui faire donner une chiquenaude, pour mettre le monde en mouvement ; après cela, il n'a plus que faire de Dieu ». À l'opposé du « Dieu des philosophes », **le Dieu de Pascal est « sensible au cœur, non à la raison »** : il ne se prouve pas par une démonstration mathématique. La foi implique ainsi une nécessaire incertitude qui la rend possible, parce que sinon il s'agirait d'un constat rationnel, et non de foi : l'acte de foi est rendu nécessaire pour un « Dieu caché ». C'est Dieu qui rend mon cœur sensible, ainsi je crois parce que cet être divin me donne la foi.

c La foi divinise son objet

■ À l'inverse, nous pouvons faire l'hypothèse que **c'est la foi qui divinise nécessairement son objet, quel qu'il soit**. Ainsi, **Friedrich Nietzsche** (1844-1900) écrit dans *Le Gai Savoir* : « Dieu est mort : mais, à la façon dont sont faits les hommes, il y aura peut-être encore pendant des milliers d'années des cavernes où l'on montrera son ombre. » Le philosophe ne proclame pas la fin de la croyance en Dieu (il existe aujourd'hui toujours des croyants), mais constate que dans nos sociétés occidentales contemporaines, **Dieu est devenu une affaire privée et non plus publique**. Il ne fonctionne plus comme principe structurant de la totalité de l'existence personnelle et collective. Mais cet effacement ne signifie pas que la croyance en Dieu comme référent moral collectif ait complètement disparu. Il persiste « comme une ombre », y compris hors de la religion.

EXEMPLE

Nietzsche considère que c'est la croyance en la vérité qui rend possible la science alors même que celle-ci ne pense reposer sur aucune croyance, ce qui revient à diviniser la vérité. L'attitude religieuse, qui consiste à diviniser ce sur quoi elle porte, se retrouve donc en dehors du domaine strict de la religion. La foi moderne dans la science n'est qu'une manière de pallier la mort de Dieu, de transférer les valeurs qui lui étaient traditionnellement attachées sur un autre objet.

■ **Ainsi, la foi implique bien la croyance en un être divin, dans le sens où c'est elle qui rend l'objet divin, qu'il s'agisse de Dieu ou non.**

B La caractéristique essentielle de la religion n'est pas la croyance en un être divin

■ Cependant, **Émile Durkheim** (1858-1917) explique dans *Les Formes élémentaires de la vie religieuse* que **la religion ne peut pas se définir uniquement comme la croyance en un être divin**. En effet, cette définition, héritée de nos traditions monothéistes, a été relativisée par la découverte anthropologique de la diversité extrême des croyances religieuses. Ainsi, selon Durkheim, nous savons maintenant qu'**il existe au moins une religion sans dieu, le bouddhisme :** d'une part, même si certaines formes de bouddhisme tendent à diviniser la figure du Bouddha, la plupart insistent au contraire sur son humanité et d'autre part on ne peut pas non plus réduire le bouddhisme à une « philosophie de vie » car celui-ci génère des pratiques et des communautés religieuses.

■ Dès lors, ce qui caractériserait avant tout une religion serait **l'existence d'une communauté de croyants.** Durkheim remarque qu'il n'existe pas de religion « sans Église », au sens de communauté. La foi, qui se présente comme une affaire personnelle entre le croyant et le divin, prend en fait forme dans le cadre d'une relation horizontale entre les membres d'une communauté. Elle peut donc plutôt se définir comme une **relation à trois parties : le croyant, un dieu et un témoin.** En effet, toute religion implique que le croyant fasse confiance à une personne ou un texte sacré qui témoigne de ce que Dieu s'est manifesté. Il faut que le croyant croit ce que le témoin a vu ou entendu.

■ Enfin, Durkheim considère que la caractéristique essentielle de toute religion est de distinguer **qui est sacré** (c'est-à-dire séparé, mis hors de portée), **et ce qui est profane** (c'est-à-dire accessible). Le rite religieux aurait pour fonction de relier ces deux aspects, sans jamais leur permettre de se rejoindre complètement. Il permettrait ainsi de préparer le croyant à s'approcher, toujours à bonne distance, de ce qui est sacré.

3 Foi et raison

■ **Un autre aspect du fait religieux a presque toujours posé un problème en philosophie.** Si on considère que la philosophie est l'art de la raison, la religion est un concept « gênant » puisque ce qui mène à Dieu dans la foi n'est pas rationnel. Dès le Moyen Âge, la philosophie a donc essayé de démontrer l'existence de Dieu à l'aide de plusieurs arguments.

■ Mais, comme nous l'avons vu avec Pascal, si on réduit Dieu au dieu des philosophes, est-il encore Dieu ? Faut-il donc penser le rapport entre foi et raison comme un rapport de pure opposition ?

A Foi et raison, accordées dans la recherche de la vérité

■ Pour **Thomas d'Aquin** (1224-1274), **foi et raison s'entraident et se soutiennent mutuellement dans la recherche de la vérité**, c'est ce qu'il appelle « la vertu de la patience ».

■ De même, **Averroès** (1126-1198) démontre dans *Le Livre du discours décisif* qu'il n'y a pas de contradiction entre le texte sacré et la démonstration rationnelle.

FOCUS

Averroès explique qu'il y a deux possibilités dans le rapport entre les connaissances que nous apportent les textes sacrés et celles de la philosophie :
- soit il n'y a pas de contradiction, et donc pas de problème à résoudre ;
- soit il y a désaccord, et dans ce cas, comme le texte sacré ne peut pas se tromper, et que ce que j'ai démontré rationnellement ne peut pas être faux, une conclusion s'impose : je n'ai pas bien compris le texte sacré. Il faut donc l'interpréter jusqu'à ce qu'il s'accorde avec la démonstration rationnelle.

B La quête rationnelle de la vérité, contre l'illusion religieuse

■ Cependant, la philosophie moderne et contemporaine a eu tendance à s'éloigner de la question de Dieu et à voir la croyance et la religion comme **une forme d'illusion néfaste**. Ainsi, **pour Karl Marx** (1818-1883), **la religion est une création sociale**, en réponse à l'angoisse humaine. Elle masque à l'être humain sa vraie réalité et l'empêche de se libérer. C'est en cela qu'il considère que « la religion est l'opium du peuple ».

PHILOSOPHIE

■ Pour **Ludwig Feuerbach** (1804-1872), **la religion comme relation à un Dieu personnel et tout-puissant est une aliénation** : ainsi, dans *L'Essence du christianisme*, il explique que l'être humain a transféré à l'extérieur de lui toutes les qualités proprement humaines, dans un objet qu'il appelle Dieu et qu'il se met à adorer. En comparant sa force et ses connaissances avec celles de l'humanité tout entière, il croit découvrir ses propres limites et donc considère que tout ce qu'il y a d'aspirations infinies en lui (son aspiration à la connaissance, à la beauté, à l'infini, etc.) vient en fait de Dieu. C'est pour cela que Feuerbach considère que c'est l'homme qui a créé Dieu à son image, et non l'inverse.

DÉFINITION

L'**aliénation** signifie le fait d'être privé d'un droit ou d'une qualité. Au sens philosophique, elle désigne le fait de devenir étranger à soi-même parce qu'on est dépossédé de qualités qui nous sont propres ou de biens qui nous reviennent.

4 Je mémorise autrement

LA RELIGION

Foi et raison
– La foi et la raison collaborent pour rechercher la vérité (Thomas d'Aquin).
– Il n'y a pas de contradiction possible entre le texte sacré et la raison (Averroès).
– La religion détourne l'être humain de lui-même et l'empêche de se libérer (Marx, Feuerbach).

La religion : une double étymologie éclairante
– *Religere* : la religion comme vie intérieure, comme foi.
– *Religare* : la religion comme lien. Lien vertical entre le croyant le divin, et l'ici-bas et l'au-delà. Lien horizontal entre les croyants entre eux.

La religion implique-t-elle la croyance en un être divin ?
– Le divin est la preuve de l'existence de Dieu (Descartes).
– C'est Dieu qui provoque la foi (Pascal).
– Toute croyance implique la divinisation de son objet : l'attitude religieuse ne se limite pas au domaine de la religion (Nietzsche).

 # quiz
Des questions pour réviser
foucherconnect.fr/23tersti2d64

6 La technique

Le terme de technique vient du grec *technê*, « art » ou « habileté », et désigne un savoir-faire, c'est-à-dire la capacité à mettre en œuvre des règles dans le but d'obtenir le résultat souhaité. À partir de l'époque moderne, et au contraire de l'art, la technique se définit par sa fin utilitaire. Elle devient alors l'agent d'une conquête scientifique du monde par l'homme, suivant l'injonction de Descartes à devenir « maîtres et possesseurs de la nature. »

1 La technique, un instrument au service de l'homme ?

A Technique et culture

La technique est, au premier abord, **un instrument au service de l'être humain comme être de culture.** En effet, sa maîtrise est un moyen d'élaboration culturelle, c'est-à-dire qu'elle lui permet de construire et de développer sa culture, et cela selon les trois sens du mot « culture » que nous avons identifiés (voir le chapitre 4) :
- au sens ontologique, **la technique permet à l'être humain de se distinguer des autres animaux** (la maîtrise du feu, par exemple, permet la cuisson des aliments) ;
- au sens « classique », **la technique serait le moyen pour l'être humain de réaliser pleinement sa condition** : il devient alors dépositaire d'un ensemble de connaissances qui font sa qualité d'être humain (ainsi, l'invention de l'imprimerie permet une diffusion plus facile, plus rapide et plus large des connaissances) ;
- au sens anthropologique, enfin, **la technique est aussi un critère de classification des civilisations**, dans le temps et dans l'espace (voir la partie 2 C. du cours).

B L'homme, technophile ou technophobe ?

■ Si la technique est cet instrument au service de l'être humain, créé par lui et pour lui, **d'où peut alors venir la méfiance qu'elle semble parfois inspirer ?** D'où vient que l'homme, animal apparemment technophile par définition, puisse devenir technophobe ? Le cinéma de science-fiction contemporain abonde ainsi en exemples de récits dans lesquels des machines et robots, de plus en plus perfectionnés, finissent par prendre le pouvoir sur l'humanité et l'asservir, ou la mettre en danger de disparaître.

■ **L'être humain peut-il donc être dépassé par la technique ?** Faudrait-il décider, à un moment donné, de mettre un frein au développement technique, parce qu'il y aurait une forme de point de non-retour, au-delà duquel la création échapperait à son créateur ? Ou bien est-il dans l'essence même de la technique, dès le départ, de modifier l'homme qui se décide à l'employer ?

2 La caractéristique première de l'homme est de fabriquer des outils

A De l'instrument à l'outil

■ **Le premier objet technique**, celui qui nous paraît le plus simple et le plus directement accessible à concevoir, c'est **l'outil**. Nous pouvons définir ce dernier comme **un instrument artificiel** produit par l'humanité et qui lui permet d'accroître l'efficacité de son travail. Ainsi, l'être humain a commencé par se servir d'instruments, tels qu'une pierre tranchante trouvée dans la nature, puis s'est mis à fabriquer des outils, comme la scie, qui permet au menuisier de couper une planche de bois avec bien plus d'efficacité et de précision.

■ **Le passage de l'instrument à l'outil est donc celui du naturel à l'artificiel**, parce que l'instrument (la pierre) retourne après utilisation à son état naturel, perd sa fonction. Au contraire, l'outil est artificiel, donc fabriqué en vue d'une fin, et l'élaboration et la fabrication d'outils relèvent elles-mêmes d'un geste technique. L'outil est donc la première étape dans l'artificialisation de l'être humain et de son rapport au monde. Mais l'utilisation d'outils n'est-elle pas alors déjà une forme de dénaturalisation ?

B L'outil : le prolongement de la main

En fait, paradoxalement, l'outil, objet artificiel, qui diversifie et accroît les forces de l'homme, n'a pas véritablement été pensé comme un corps étranger, parce qu'à la suite d'**Aristote** (384 av. J.-C. - 322 av. J.-C.), il est considéré comme un prolongement de la main, elle-même qualifiée d'outil. Ainsi, Aristote, dans *Les Parties des animaux*, explique que c'est parce que l'être humain est un animal intelligent, qu'il possède la main. La nature ayant bien fait les choses, aucun être vivant ne se voit doté d'attributs qu'il ne saurait employer à bon escient, or étant le plus intelligent des animaux, il dispose de l'organe le plus polyvalent. Allant à l'encontre de l'idée selon laquelle il est le moins bien pourvu des animaux, et que le recours à la technique serait la marque de sa faiblesse, comme par exemple chez Platon avec le mythe de Protagoras, **Aristote montre que la polyvalence de l'instrument qu'est la main témoigne de sa supériorité**. La main, organe naturel, est déjà qualifiée d'outil : par extension, l'outil va donc être naturalisé, parce qu'il est vu comme le prolongement de la main-instrument, presque comme un organe externe et amovible.

CITATION

« C'est donc à l'être capable d'acquérir le plus grand nombre de techniques que la nature a donné de loin l'outil le plus utile, la main. »

C La transformation technique des sociétés humaines

■ **L'outil est donc à la fois le signe de l'intelligence humaine, mais aussi l'endroit où elle est mise en œuvre**. Au moment de sa conception, de sa fabrication et de son usage premier, il semble bien être maîtrisé par l'être humain, parce que c'est ce dernier qui définit la fin de l'outil, ce pourquoi il est fait. Cependant, au-delà du moment de l'innovation, l'invention d'outils techniques, de plus en plus complexes, dessine et oriente l'évolution des sociétés humaines.

■ Pour **Henri Bergson** (1859-1941), **la caractéristique première de l'humanité n'est pas de savoir, mais de fabriquer des outils**. Il affirme ainsi que si nous regardions la trajectoire des différentes civilisations humaines, nous remarquerions que le point commun à toutes est la maîtrise et la diversification techniques. Bien plus que comme un *Homo sapiens*, il définit l'être humain comme *Homo faber* (« homme artisan »).

Mais Bergson remarque aussi que nous avons tendance, quand nous considérons les civilisations passées, **à les classer et les hiérarchiser selon des innovations techniques** : ainsi, il prévoit que les grandes inventions de notre temps (comme la machine à vapeur) constitueront un jour les caractères essentiels de l'époque, comme les historiens ont identifié des âges « du bronze ou de la pierre taillée. »

FOCUS

Bergson explique ce fait non seulement parce que ces innovations seraient des repères facilement identifiables pour distinguer des périodes de l'histoire humaine, mais surtout parce que **leur invention oriente le développement de ces sociétés** et des êtres humains qui y vivent : « les inventions qui jalonnent la route du progrès en ont aussi tracé la direction. » Nous aurions une forme d'illusion sur la neutralité du progrès technique et de ses répercussions, car nous ne nous rendrions compte des modifications que les innovations techniques apportent, à la fois pour l'homme et pour les sociétés humaines, qu'après-coup, « à retardement ».

3 De l'outil à la machine : le problème de l'automatisation

A La différence entre l'outil et la machine

Une machine peut être définie comme **un objet technique capable d'utiliser une source d'énergie pour réaliser par elle-même, avec ou sans la conduite d'un être humain, une ou plusieurs tâches, en vue d'effectuer un travail mécanique.** Notre première pensée sur la machine a tendance à considérer que celle-ci se distingue de l'outil par son degré de complexité. Ainsi, l'être humain aurait inventé les machines, pour pallier le nombre limité de tâches qu'il peut réaliser en même temps. **Karl Marx** (1818-1883) explique dans *Le Capital* que « le nombre d'outils avec lesquels l'homme peut opérer en même temps est limité par le nombre de ses propres organes ». La machine serait donc un « super-outil ». Par exemple, l'aspirateur permet dans un même mouvement de dégager et d'enlever la poussière du sol, là où le balai guidé par la main ne peut le faire qu'en deux temps.

Cependant, l'historien de la technique **Lewis Mumford** (1895-1990) explique dans *Technique et Civilisation* que **la différence fondamentale entre l'outil et la machine ne se situe pas dans leur degré de complexité**. Ainsi, l'utilisation de certains outils demande des opérations extrêmement complexes, pour l'œil et la main (qu'on réfléchisse à la difficulté qu'il y a pour un enfant à apprendre à utiliser un couteau ou un stylo) alors que certaines machines réalisent des tâches extrêmement simples (par exemple, le marteau-pilon). De plus, **un outil peut avoir des fonctions multiples, et une machine, une seule**. Pour Mumford, la différence se situe bien plus « dans le degré d'indépendance de la machine au cours de l'opération, par rapport à l'habileté et l'énergie de l'opérateur : l'outil se prête à la manipulation, la machine à l'action automatique. » Ainsi, **cette différence réside dans le degré d'autonomisation de l'objet technique vis-à-vis du travail humain**.

CITATION

« En général, la machine accentue la spécialisation des fonctions ; l'outil est plus souple. La raboteuse n'accomplit qu'une seule fonction, tandis que le couteau peut être utilisé pour aplanir du bois, le sculpter, le fendre, pour faire pression sur une serrure ou pour enfoncer une vis. »

PHILOSOPHIE

B L'automatisation transforme le travail humain

■ C'est à partir de cette question de l'autonomisation de la machine que l'on peut poser **le problème de la maîtrise et du contrôle de celle-ci**. Ainsi, **Hannah Arendt** (1906-1975), dans *Condition de l'homme moderne*, remarque qu'il est tout à fait paradoxal qu'on se soit posé la question de savoir si l'être humain doit s'adapter à la machine, ou la machine s'adapter à la nature de l'être humain, alors qu'on ne s'était jamais interrogé de la même manière pour l'outil. En effet, pour elle, cette discussion est stérile car l'être humain est « un être conditionné pour qui toute chose, donnée ou fabriquée, devient immédiatement condition de [son] existence ultérieure » : il s'habitue aux objets, qu'ils soient naturels ou créés par lui, et **les machines comme les outils lui deviennent donc indispensables dès leur invention**. « L'homme s'est donc adapté à un milieu de machines dès le moment où il les a inventées. »

■ Si le problème de l'adaptation à la machine ne se pose donc pas véritablement pour l'être humain en général, il a en revanche des conséquences concrètes en ce qu'il modifie considérablement **le rythme du travailleur**. Certes, l'outil était au service de l'être humain comme la main est à son service ; en revanche, pendant le temps du travail avec la machine, c'est le rythme mécanique qui s'impose au corps humain, et non l'inverse. **Le passage à l'automatisation transforme donc profondément le travail humain.**

EXEMPLE

L'avènement des machines dans l'industrie textile au XIXe siècle n'a pas contraint la société britannique à des efforts d'adaptation majeurs, mais elle a bel et bien **modifié le rythme du travail pour les ouvriers**. Alors qu'ils en étaient les maîtres dans le cadre du travail manuel, ils se sont retrouvés à **devoir s'adapter au rythme de la machine.**

C La machine, instrument d'aliénation ou de libération ?

■ Ce changement de rythme implique, pour Marx une **aliénation pour le travailleur**. Cette aliénation par la technique comprend, selon lui, deux aspects :
- d'une part, une **séparation se fait entre le travail intellectuel** (conception et connaissance du mécanisme, qui deviennent le propre de l'ingénieur) **et le travail physique** de celui qui opère la machine (gestes répétitifs à un rythme imposé) ;
- d'autre part, **le travailleur est dépossédé de son travail**, et devient un rouage dans une organisation mécaniste, dont il ignore les fins. Là où l'artisan maîtrisait la totalité du processus de fabrication, depuis la conception de l'objet en vue d'une fin connue, jusqu'à la réalisation de ses différentes parties, l'ouvrier, lui, a une vue limitée à la tâche qui lui est assignée, de par cette séparation entre travail intellectuel et physique.

■ *A contrario* de cette vision aliénante et terrifiante de la machine, **on peut mettre en lumière sa dimension libératrice pour la pensée humaine**. On pourrait considérer que les critiques de Marx viennent de ce qu'à un moment donné, les machines n'étaient pas assez complexes, et assez autonomes : il ne peut plus y avoir aliénation du travailleur par la machine, s'il n'est plus nécessaire à son fonctionnement, et le problème de l'aliénation pourrait se résoudre le jour où la machine n'aurait plus besoin de cette attention humaine. C'est l'hypothèse formulée par **Bergson**, qui explique que la différence fondamentale se trouve alors plutôt entre « un mécanisme qui absorbe l'attention, et un mécanisme dont on peut se distraire. »

EXEMPLE

Bergson prend ainsi l'exemple de la machine à vapeur : sa première version nécessitait qu'un travailleur intervienne pendant le processus pour ouvrir et fermer des robinets, jusqu'au jour où un enfant raconte-t-on, lassé d'effectuer ce travail, invente le moyen de le faire faire automatiquement par la machine. Il se retrouve donc libre de s'amuser parce qu'il n'est plus absorbé par la surveillance constante. Bergson explique que « la différence entre les deux machines est radicale : la première retenait l'attention captive, la seconde lui donnant congé. »

■ Dans cette hypothèse, **le dépassement technique, loin de réduire ou d'asservir l'homme, serait pour lui l'occasion de se retrouver.**

4 Les organismes-machines nous menacent-ils ?

L'automatisation croissante de la machine, cependant, nous oblige à penser le terme de ce processus : comment envisager notre rapport avec elle, le jour où sa puissance et son autonomie seront telles qu'elle n'aura plus besoin de l'homme pour fonctionner ? Elle ne serait alors plus machine-outil mais **machine-organisme autonome** : là où l'outil n'était souvent qu'un organe supplémentaire, prolongeant notre propre corps, elle deviendrait un ensemble cohérent d'organes composant une structure fonctionnelle, c'est-à-dire **un organisme**. Ce questionnement est au cœur de ce qu'on peut appeler **le mouvement transhumaniste**.

A Une machine peut-elle penser ?

■ Le premier enjeu de cette autonomisation de la machine, qui finirait par être une véritable intelligence artificielle, est celle **de sa puissance, et de sa concurrence avec l'humanité**. Si elle se met à penser véritablement, pourrait-elle aller jusqu'à prendre le pouvoir ? Nous créons déjà des ordinateurs capables d'apprendre au contact des êtres humains : on peut donc penser que ce n'est qu'une question de temps, avant qu'une forme de pensée plus complète et autonome n'advienne. C'est un scénario de science-fiction des plus courants : l'humanité, dépassée par la surpuissance des machines qu'elle a elle-même créées, est finalement concurrencée, asservie ou menacée par elles.

■ Mais **cette question de la puissance de la création technique face à celle de son créateur n'est en réalité pas la plus préoccupante**, si l'on considère que l'être humain demeure le concepteur et programmateur de ces machines. À l'exemple du codage génétique des cellules, qui les condamne au suicide si elles deviennent néfastes, ou suivant les réflexions amorcées par l'écrivain de science-fiction Isaac Asimov avec ses lois de la robotique, on peut supposer d'inclure dans la programmation une forme de verrou, de « garde-fou » en quelque sorte.

EXEMPLE

Les trois lois de la robotique, formulées par Asimov, sont les suivantes :
« 1. un robot ne peut porter atteinte à un être humain, ni, en restant passif, permettre qu'un être humain soit exposé au danger ;
2. un robot doit obéir aux ordres qui lui sont donnés par un être humain, sauf si de tels ordres entrent en conflit avec la première loi ;
3. un robot doit protéger son existence tant que cette protection n'entre pas en conflit avec la première ou la deuxième loi. »

PHILOSOPHIE

De plus, même dans le cas d'une démonstration à la fois valide formellement et conforme à la réalité, se pose le **problème de l'indémontrable ou de la régression à l'infini :** comme le fait remarquer **Aristote**, il est impossible de tout démontrer, sous peine de tomber dans ce que l'on appelle une régression à l'infini. Ainsi, en remontant la chaîne des déductions, on doit nécessairement tomber sur une première proposition qui n'est déduite de rien, et qui est donc indémontrable, puisque pour la démontrer, il faudrait remonter de nouveau à une proposition précédente.

C S'appuyer sur l'intuition

Ce problème de la régression à l'infini amène à poser l'existence d'une cause première, qui ne serait elle-même causée par rien : il s'agit de Dieu, qui est défini comme *causa sui*, cause de soi (voir l'encadré p. 256, chapitre 5). Et même sans « utiliser » Dieu comme première cause, il faut nécessairement admettre des propositions premières, qui sont par définition indémontrables, et qui font donc l'objet d'une connaissance immédiate. La démonstration ne se suffit jamais à elle-même, puisque **toute démonstration doit admettre au moins un élément indémontrable**.

> DÉFINITION
> **Intuition :** connaissance immédiate et directe de la réalité de la chose, sans passer par la raison.

Cette connaissance immédiate des vérités premières est appelée **l'intuition**. Il n'y a pas lieu d'opposer intuition et démonstration, dans le sens où toute démonstration en appelle à une intuition première, une évidence qui n'a pas besoin de preuve. Ainsi, dans les *Méditations Métaphysiques*, **René Descartes** (1596-1650) explique que **le premier critère de vérité est celui de l'évidence :** est vrai ce dont je peux avoir une idée claire et distincte, sur le modèle de la vérité première qui est celle de savoir que j'existe, parce que je le pense. En effet, Descartes se pose la question de savoir s'il existe une vérité qui puisse résister au doute le plus radical. Dans la *Deuxième Méditation*, il démontre que le fait que j'existe est nécessairement vrai, à chaque fois que je le pense. De plus, je peux avoir une idée claire et distincte de ce que cela veut dire, parce qu'à chaque fois que je pense quelque chose, je me pense moi-même en même temps. J'ai donc une idée claire et distincte de moi-même, comme « chose qui pense » et cette idée est de l'ordre de l'évidence. Je peux donc à partir de là définir un critère de vérité qui serait celui de l'évidence claire et distincte.

B La vérité scientifique

> DÉFINITION
> **Théorie :** ensemble de règles, de lois et de concepts visant à proposer une description et une explication d'un ensemble de faits.

Par ailleurs, la présence de propositions indémontrables au sein de toute démonstration nous invite à nous interroger sur le rapport qu'entretient toute théorie scientifique avec la réalité. Loin d'être dans une relation purement descriptive, **les théories scientifiques sont en réalité des modèles d'explication du réel**, d'où le terme de théorie. Cela veut dire que le but d'un modèle scientifique n'est pas essentiellement de décrire la réalité, **mais d'être efficace pour prévoir les phénomènes futurs**. Or, le fait que la vérité en sciences soit d'abord pensée en termes de validité et d'efficacité amène deux conséquences.

La première est qu'**une théorie scientifique est considérée comme vraie tant qu'elle est valide, jusqu'à preuve du contraire.** Le philosophe des sciences **Karl Popper** (1902-1994), dans *Conjectures et réfutations*, explique que c'est même à cela qu'on reconnaît une théorie scientifique : **une théorie ne peut être considérée comme scientifique que si elle est falsifiable**, c'est-à-dire que rien n'empêche qu'elle soit un jour mise en défaut. Ce critère de la falsifiabilité distingue ainsi une théorie scientifique d'un système de croyances dogmatique, c'est-à-dire n'acceptant pas la contradiction et affirmant une vérité considérée comme absolue de manière péremptoire (par exemple, selon Popper, le marxisme et la psychanalyse).

■ La deuxième conséquence est que, malgré ce que l'on pense habituellement, **il faut en réalité beaucoup de contre-exemples pour qu'un modèle d'explication du monde soit considéré comme faux**. Ainsi, **Alexandre Koyré** (1892-1944) explique dans les *Études d'histoire de la pensée scientifique* que le progrès scientifique s'est fait par des réfutations successives de théories, et donc sur un temps assez long. Ces théories forment un paradigme, c'est-à-dire un modèle cohérent d'explication du monde. Au début, on réfute des théories qui ne sont pas au centre du paradigme, elles n'entraînent donc pas la remise en question de celui-ci. Puis, au fur et à mesure des réfutations, le paradigme n'est plus cohérent : il ne marche plus pour expliquer le réel, il faut donc en changer. Ce moment où on change de paradigme constitue ce que Koyré appelle une « révolution scientifique », par exemple, la révolution copernicienne.

3 Je mémorise autrement

La vérité, une notion problématique
– Définition de la **vérité** comme conformité à la **réalité**.
– L'établissement de la vérité passe par ma **subjectivité,** pourtant la réalité est censée être **objective**, et la vérité est nécessairement **universelle.**
– La vérité est supposée **unique**, mais il existe différents types de vérité (vérité formelle/vérité de fait).
– L'**illusion** peut être plus confortable que la vérité (allégorie de la caverne).
– La vérité n'est peut-être pas un **outil adapté à son objet**, la réalité (Héraclite).

LA VÉRITÉ

Y a-t-il une méthode pour atteindre la vérité ?
– **Plusieurs critères** possibles pour atteindre la vérité : le **constat** et la **démonstration** (le syllogisme, Aristote).
– Une proposition **logiquement valide** peut être **fausse** (Kant).
– Le problème de la **régression à l'infini** : il n'y a pas lieu d'opposer **démonstration** et **intuition**
– Le critère de vérité comme **idée claire et distincte** (Descartes).
– La vérité scientifique se pense d'abord comme une **efficacité.**
– Une vérité n'est scientifique que si elle est **réfutable** (Popper).

 # quiz
Des questions pour réviser
foucherconnect.fr/23tersti2d64

PHILOSOPHIE

1 LA JUSTICE

EXPLICATION DE TEXTE

Éléments d'analyse

1. Expliquez : « Il en est des lois de la communauté politique comme des lois du jeu ».

2. Expliquez : « Une bonne loi est celle qui est à la fois nécessaire au bien du peuple et facile à comprendre ».

3. Expliquez : « comme on dresse des haies, non pas pour arrêter les voyageurs, mais pour les maintenir sur le chemin ».

Qu'est-ce qu'une bonne loi ? Par bonne loi, je n'entends pas une loi juste, car aucune loi ne peut être injuste. La loi est faite par le pouvoir souverain, et tout ce qui est fait par ce pouvoir est sûr, et approuvé par tout un chacun parmi le peuple. Et ce que tout homme veut, nul ne saurait le dire injuste. Il en est des lois de la communauté politique comme des lois du jeu : ce sur quoi les joueurs se sont mis d'accord ne saurait être une injustice pour aucun d'eux. Une bonne loi est celle qui est à la fois nécessaire au bien du peuple et facile à comprendre.

En effet, le rôle des lois, qui ne sont que des règles revêtues d'une autorité, n'est pas d'empêcher toute action volontaire, mais de diriger et de contenir les mouvements des gens, de manière qu'ils ne se nuisent pas à eux-mêmes par l'impétuosité[1] de leurs désirs, leur empressement ou leur aveuglement ; comme on dresse des haies, non pas pour arrêter les voyageurs, mais pour les maintenir sur le chemin. C'est pourquoi une loi qui n'est pas nécessaire, c'est-à-dire qui ne satisfait pas à ce à quoi vise une loi, n'est pas bonne.

Thomas Hobbes, *Léviathan*, 1651.

1 Impétuosité : ardeur, fougue, violence.

MÉTHODE

Pour expliquer les phrases extraites du texte, il faut procéder selon la méthode IPEC :
- **idée :** exposer l'idée générale de la phrase et définir les mots importants ;
- **pourquoi :** expliquer pourquoi l'auteur affirme cette idée ;
- **exemple :** soit expliquer l'exemple que donne l'auteur pour illustrer son propos, soit donner un exemple s'il n'y en a pas ;
- **conclusion :** conclure l'argument par une phrase.

2 L'ART

EXPLICATION DE TEXTE

Éléments de synthèse

1. Quelle est la question à laquelle l'auteur tente de répondre ici ?
2. Dégagez les différents moments de l'argumentation.
3. En vous appuyant sur les éléments précédents, dégagez l'idée principale du texte.

Lorsqu'il s'agit de ce qui est agréable, chacun consent à ce que son jugement, qu'il fonde sur un sentiment personnel et en fonction duquel il affirme qu'un objet lui plaît, soit restreint à sa seule personne. Aussi bien disant : « Le vin des Canaries est agréable », il admettra volontiers qu'un autre corrige l'expression et lui rappelle qu'il doit dire : cela m'est agréable. Il en est ainsi non seulement pour le goût de la langue, du palais et du gosier, mais aussi pour tout ce qui peut être agréable aux yeux et aux oreilles de chacun. [...] Ce serait folie que de discuter à ce propos, afin de réputer erroné le jugement d'autrui, qui diffère du nôtre, comme s'il lui était logiquement opposé ; le principe : « À chacun son goût » (s'agissant des sens) est un principe valable pour ce qui est agréable.

Il en va tout autrement du beau. Il serait (tout juste à l'inverse) ridicule que quelqu'un, s'imaginant avoir du goût, songe en faire la preuve en déclarant : cet objet [...] est beau pour moi. Car il ne doit pas appeler beau, ce qui ne plaît qu'à lui. Beaucoup de choses peuvent avoir pour lui du charme ou de l'agrément ; personne ne s'en soucie ; toutefois lorsqu'il dit qu'une chose est belle, il attribue aux autres la même satisfaction ; il ne juge pas seulement pour lui, mais aussi pour autrui et parle alors de la beauté comme si elle était une propriété des choses. C'est pourquoi il dit : la chose est belle et dans son jugement exprimant sa satisfaction, il exige l'adhésion des autres [...] ; et ainsi on ne peut dire : « À chacun son goût ». Cela reviendrait à dire : le goût n'existe pas, il n'existe pas de jugement esthétique qui pourrait légitimement prétendre à l'assentiment de tous.

Emmanuel Kant, *Critique de la faculté de juger*, 1790.

MÉTHODE

- Pour trouver l'idée principale du texte, c'est-à-dire ce qu'on appelle la thèse, il faut se demander pourquoi l'auteur a écrit ce texte, à quelle question il tente de répondre. La thèse est la réponse à cette question. Attention à ne pas confondre la thèse – ce que dit l'auteur sur une question précise – avec le thème – de quoi cela parle en général. La question, ou problématique, peut être formulée sous forme d'alternative (« est-ce que... ou bien... ») pour que le problème soit plus évident.
- Une fois l'idée principale trouvée, on doit se demander comment l'auteur la démontre. Pour cela, il faut « découper » le texte en plusieurs parties, correspondant aux différentes étapes de son argumentation. Pour vous aider, vous pouvez repérer les connecteurs logiques dans le texte : un connecteur logique annonce bien souvent une étape supplémentaire dans l'argumentation.
- Enfin, il ne reste plus qu'à mettre en forme vos réponses dans l'ordre des questions posées (1 Question ou problématique ; 2. Étapes de l'argumentation ; 3. Thèse ou idée principale).

EXPLICATION DE TEXTE

Commentaire

La loi est-elle la condition de la liberté ?

La loi ne consiste pas tant à limiter un agent libre et intelligent qu'à le guider vers ses propres intérêts, et elle ne prescrit pas au-delà de ce qui conduit au bien général de ceux qui sont assujettis à cette loi. S'ils pouvaient être plus heureux sans elle, la loi s'évanouirait comme une chose inutile ; et ce qui nous empêche seulement de tomber dans les marais et les précipices mérite mal le nom de contrainte. De sorte que, quelles que soient les erreurs commises à son propos, la finalité de la loi n'est pas d'abolir ou de restreindre mais de préserver et d'élargir la liberté ; et dans toutes les conditions des êtres créés qui sont capables de vivre d'après des lois, là où il n'y a pas de loi, il n'y a pas de liberté. Car la liberté consiste à être délivré de la contrainte et de la violence exercées par autrui, ce qui ne peut être lorsqu'il n'y a point de loi ; mais la liberté n'est pas ce que l'on nous dit, à savoir une liberté, pour tout homme, de faire ce qui lui plaît (car qui peut être libre quand n'importe quel homme peut nous imposer ses humeurs ?). Mais c'est une liberté de disposer et d'ordonner comme on l'entend sa personne, ses actions, ses biens et l'ensemble de sa propriété, dans les limites de ce qui est permis par les lois auxquelles on est soumis ; et, dans ces limites, de ne pas être assujetti à la volonté arbitraire de quiconque, mais de suivre librement sa propre volonté.

John Locke, *Deuxième traité du gouvernement civil*, 1690

MÉTHODE

Pour répondre à la partie « Commentaire », on peut suivre la méthode suivante :
- faire une introduction en réécrivant le sujet sous forme d'alternative (« ... ou bien ... ? ») et montrer pourquoi le problème se pose. Annoncer les parties de votre réponse en utilisant des connecteurs logiques ;
- expliquer dans une première partie pourquoi la thèse inverse du texte pourrait être défendue mais pourquoi cette réponse serait nsuffisante ;
- expliquer dans une deuxième partie quelle thèse défend l'auteur en réponse au problème posé ;
- éventuellement exposer en troisième partie les questions qui restent en suspens ;
- conclure en récapitulant le cheminement parcouru et en répondant à la question.

4 LA NATURE

DISSERTATION

Le travail au brouillon : analyser un sujet de dissertation et construire le plan de son devoir.

La culture dénature-t-elle l'être humain ?

MÉTHODE

Pour analyser un sujet de dissertation au brouillon, on peut suivre la méthode suivante :
- définir les concepts importants présents dans le sujet, en relation les uns avec les autres ;
- réécrire le sujet en le problématisant sous forme d'alternative (… ou bien …) ;
- envisager les différentes réponses possibles au problème posé et les implications de chaque réponse.

Une fois le sujet analysé, la méthode la plus simple pour construire un plan de dissertation est celle dite de la « coquille d'escargot ». Il s'agit de :
- transformer en introduction le sujet en un véritable problème ;
- envisager une première réponse en première partie ;
- montrer en quoi cette réponse est insuffisante (transition) ;
- envisager une deuxième réponse en deuxième partie qui puisse répondre aux objections de la transition ;
- montrer de nouveau en quoi cette réponse est insuffisante (transition) ;
- envisager une troisième réponse en troisième partie qui puisse répondre aux objections de la transition, sans pour autant revenir à la première réponse ;
- résumer le chemin parcouru et donner une réponse au problème (conclusion).

œuvre
Plan en coquille d'escargot
foucherconnect.fr/23tersti2d68

5 LA RELIGION

DISSERTATION

Rédiger un paragraphe de dissertation

Pour s'entraîner à la rédaction de la dissertation, dans le cadre du sujet de type bac « Faut-il ne croire que ce que l'on voit ? », rédiger un paragraphe argumenté défendant la position suivante : « Le principe de la croyance est de ne croire qu'en ce qui est incertain. »

MÉTHODE

- Pour rédiger un paragraphe de dissertation, il faut utiliser des connecteurs logiques entre les phrases ; ne présenter qu'une grande idée par paragraphe ; exposer l'argument, donner un exemple ou une référence philosophique, puis conclure le paragraphe. Exposer ensuite les problèmes qui restent en suspens.
- Suivre cette méthode a l'avantage d'éviter l'argument d'autorité (« cela va sans explication parce que tel philosophe le dit »).

PHILOSOPHIE

6 LA TECHNIQUE

DISSERTATION

Rédiger l'introduction

Peut-on maîtriser le développement technique ?

MÉTHODE

Dans l'introduction, on doit **analyser le sujet** et **poser un problème**. Il convient d'éviter toute généralité du type : « De tout temps, les hommes ... ». On présente l'introduction comme suit :
- accroche : on montre pourquoi il y a un problème, en mettant à jour un paradoxe au cœur du sujet ;
- problématique : on énonce le problème en reformulant le sujet sous forme d'alternative (... ou bien...) ;
- annonce de plan (une phrase par partie en utilisant des connecteurs logiques).

7 LA VÉRITÉ

DISSERTATION

Une vérité peut-elle être définitive ?

corrigé
foucherconnect.fr/23tersti2d69

HISTOIRE-GÉOGRAPHIE

L'évaluation de l'Histoire-Géographie au bac 308

HISTOIRE

TOTALITARISMES ET SECONDE GUERRE MONDIALE

1 L'affirmation des totalitarismes et la guerre 309
Sujet d'étude n°1 : la guerre d'anéantissement à l'Est et le génocide des Juifs 316
Sujet d'étude n°2 : De Gaulle et la France libre 317

DU MONDE BIPOLAIRE AU MONDE MULTIPOLAIRE

2 Le monde de 1945 à nos jours 318
Sujet d'étude n°1 : de Youri Gagarine à la guerre des étoiles 327
Sujet d'étude n°2 : le 11 septembre 2001 328

LA FRANCE DE 1945 À NOS JOURS : UNE DÉMOCRATIE

3 La France depuis 1945 : politique et société 329
Sujet d'étude n°1 : la guerre d'Algérie 334
Sujet d'étude n°2 : la condition féminine en France depuis 1944 336

GÉOGRAPHIE

MERS ET OCÉANS : AU CŒUR DE LA MONDIALISATION

4 Mers et océans : vecteurs essentiels de la mondialisation 338
Sujet d'étude n°1 : les réseaux de câbles sous-marins : des infrastructures essentielles de la mondialisation 342
Sujet d'étude n°2 : le détroit de Malacca : un point de passage majeur et stratégique 342

DES TERRITOIRES INÉGALEMENT INTÉGRÉS DANS LA MONDIALISATION

5 Des dynamiques territoriales contrastées au sein de la mondialisation 344
Sujet d'étude n°1 : New York, un centre de la mondialisation 348
Sujet d'étude n°2 : l'aéroport de Paris-Roissy-Charles de Gaulle : un hub au cœur des échanges européens et mondiaux 351

LA FRANCE ET SES RÉGIONS DANS L'UNION EUROPÉENNE ET DANS LA MONDIALISATION

6 Les lieux de l'influence française dans la mondialisation 353
Sujet d'étude n°1 : le centre spatial guyanais de Kourou 357
Sujet d'étude n°2 : Disneyland Paris, un marqueur de l'intégration de la France [...] 359

EXERCICES ET ENTRAÎNEMENT AU CONTRÔLE CONTINU 361

L'évaluation de l'Histoire-Géographie au bac

L'histoire et la géographie aident les élèves à acquérir des repères temporels et spatiaux, leur permettent de discerner l'évolution des sociétés, des cultures, des politiques et les confrontent à l'altérité par la connaissance d'expériences humaines antérieures et de territoires variés.

1 Les critères d'évaluation

L'histoire-Géographie est évaluée dans le cadre du contrôle continu (soit 40 % du bac) en Première puis en Terminale. Elle figure parmi les disciplines du tronc commun avec un coefficient de 6. Il revient à chaque lycée d'établir son « projet local d'évaluation » et à chaque professeur d'expliquer à ses élèves lesquelles des évaluations fournies entrent ou pas dans le cadre du contrôle continu. Les devoirs comptabilisés pour le bac sont qualifiés de « certificatifs ». Leur coefficient dépend de chaque professeur.

2 L'épreuve orale d'Histoire-Géographie (session de rattrapage)

Vous avez le choix entre **deux sujets portant chacun sur une question obligatoire du programme d'histoire et de géographie**. Ces deux sujets peuvent porter seulement sur l'une des deux matières ou bien à la fois sur l'histoire et la géographie. Ils peuvent être accompagnés éventuellement d'un ou deux documents.

La première partie de l'épreuve correspond à **un exposé** de 10 minutes au maximum. La seconde partie correspond à **un entretien avec l'examinateur**. Celui-ci peut aller au-delà du sujet préparé, tout en restant dans le cadre de la question obligatoire concernée. **Vous disposez de 20 minutes de préparation pour 20 minutes de passage pour traiter cet exercice.**

1 L'affirmation des totalitarismes et la guerre

La Première Guerre mondiale débouche sur la montée des totalitarismes. La brutalisation des sociétés en 1914-1918 a banalisé les violences de masse et contribué à la révolution bolchevique dans une Russie entrée en guerre civile à partir de 1917. Le règlement du conflit en 1918 porte les germes des régimes totalitaires qui se destinent à une nouvelle guerre.

1 Les totalitarismes : des machines de guerre

A Des idéologies liées à la guerre

■ Le totalitarisme désigne principalement :
- le **nazisme** (1933-1945), autour de la personnalité d'**Hitler**, en Allemagne ;
- le **stalinisme** (1928-1953) avec **Staline** en URSS ;
- le **fascisme** de **Mussolini** (1925-1945) en Italie, considéré comme une forme atténuée de ce genre de régime politique.

 # vidéo
La propagande antisémite des nazis
foucherconnect.fr/23tersti2d28

■ Dans leur ambition de **créer une société et un homme nouveaux**, les totalitarismes revendiquent la **confiscation des libertés** et du pouvoir par un **parti unique**. Ils pratiquent le **culte de la personnalité**, l'usage extrême de la **propagande**, l'**endoctrinement** de la population et la **stratégie de terreur** (**système concentrationnaire administré par le Goulag en URSS**). Le nazisme prône la conquête de territoires (**expansionnisme**) et fait de la guerre un outil de domination intérieure et extérieure. Il justifie sa volonté de conquérir un « espace vital » par des arguments raciaux et racistes.

DÉFINITIONS
- **Culte de la personnalité** : propagation de l'image du dirigeant dans toute la société.
- **Propagande** : stratégie de communication du pouvoir qui tente de convaincre l'opinion publique d'adhérer à son idéologie.
- **Expansionnisme** : volonté d'étendre le territoire national au détriment des autres peuples.
- **Goulag** : administration soviétique de gestion des camps de déportation en URSS à partir de 1930.

EXEMPLES
- Le **NSDAP**, en français le **parti national-socialiste des travailleurs allemands**, dénommé « parti nazi », est le parti unique allemand.
- Le **PCUS**, ou parti communiste de l'Union soviétique, est le parti unique en URSS.

■ Les régimes stalinien et hitlérien sont largement responsables du **déclenchement de la Seconde Guerre mondiale**. La **militarisation** de la société, le développement des **industries d'armement**, la désignation d'un adversaire à anéantir et l'opportunité d'étendre le territoire national font de la guerre un **idéal nationaliste**. La guerre se présente ouvertement comme un **combat idéologique** contre les démocraties libérales.

HISTOIRE

■ Le 23 août 1939, l'Allemagne et l'URSS s'accordent diplomatiquement et militairement à l'occasion du **pacte germano-soviétique.** Bien qu'opposés, les deux totalitarismes d'extrême droite et d'extrême gauche s'allient et prévoient le découpage de la Pologne. L'Allemagne, l'Italie et le Japon forment l'**Axe** en septembre 1940. La première ambitionne de dominer l'Europe centrale et orientale, la seconde espère contrôler la Méditerranée tandis que le Japon prévoit d'agrandir son empire en Asie pacifique. Ces **objectifs impérialistes** conduisent le monde vers un nouveau conflit.

DÉFINITIONS

- **Militarisation** : propagation dans une société des valeurs et de l'esprit militaire de manière à obtenir l'obéissance de la population et son adhésion à l'impérialisme.
- **Impérialisme** : doctrine qui prévoit la construction d'un empire fondé sur la conquête de territoires extérieurs habités par d'autres peuples placés sous domination.

B Le rôle des totalitarismes en 1939-1945

■ La soif de conquête débouche sur une **volonté d'anéantissement de l'adversaire**. La guerre étend donc la logique de violence extrême. En 1940, l'Allemagne hitlérienne envahit une partie de l'Europe, dont la France, au moyen de la **blitzkrieg** (guerre éclair) qui mise sur la rapidité de l'offensive aérienne et terrestre. Hitler s'allie avec certains pays d'Europe orientale et se retourne contre l'URSS en juin 1941. C'est l'**opération Barbarossa**. La **Wehrmacht** envahit une grande portion du territoire soviétique mais se heurte vers la fin de 1942 à une vaste contre-offensive de l'**Armée rouge**. Les troupes de **Joukov** parviennent à refouler l'invasion allemande et atteignent Berlin en avril 1945. Staline devient le vainqueur d'Hitler.

■ Alliées puis adversaires, les deux puissances totalitaires font du conflit une **guerre totale**. Leur combat l'une contre l'autre suppose une mobilisation sans précédent des ressources humaines, matérielles et industrielles. L'ampleur de leur mobilisation fait entrer toute la société dans le **combat militaire, économique et idéologique**. L'ampleur du désastre est à la hauteur des moyens mobilisés : en 1945, l'URSS comptabilise environ 20 millions de morts, l'Allemagne au moins 7 millions.

DÉFINITIONS

- **Wehrmacht** : nom donné à l'armée allemande sous le IIIe Reich.
- **Armée rouge** : nom de l'armée soviétique.
- **Guerre totale** : conflit de grande ampleur, aux effets dévastateurs, et qui suppose une mobilisation à la fois militaire, humaine, sociale, politique, économique et financière.

C Les totalitarismes et la logique d'extermination

■ Le fanatisme nazi aboutit à une logique d'**extermination massive** des populations civiles. Elles subissent localement des **représailles**. Les **crimes de guerre** s'avèrent nombreux. La déportation de dizaines de milliers de Polonais et le massacre de plusieurs milliers d'entre eux dans la forêt de **Katyn** par la police politique soviétique au printemps 1940, témoignent de cette criminelle brutalisation dont les régimes totalitaires sont coupables.

 # audio
1940, l'énigme du massacre de Katyn
foucherconnect.fr/23tersti2d29

■ La guerre et l'invasion des territoires étrangers sont l'occasion d'appliquer les thèses raciales fondatrices du nazisme. Les Juifs et les Tziganes (Roms) en sont les principales victimes. L'**assassinat de masse** conduit à la mort d'un peu moins de 6 millions de personnes (dont 200 000 à 500 000 Tziganes). Les procédés de mise à mort débutent par le regroupement des Juifs et des Roms dans des **ghettos** où 800 000 d'entre eux meurent de faim ou d'épidémie. À partir de décembre 1942, la déportation en Pologne dans six **centres de mise à mort** (anciennement qualifiés de camps d'extermination) conduit aux chambres à gaz 2,7 millions d'individus. Dans les territoires soviétiques envahis par l'Allemagne, 4 **Einsatzgruppen** (unités mobiles d'extermination) procèdent à de nombreux massacres de populations juives, tziganes et d'ennemis politiques (les commissaires politiques communistes). Les corps de 1,3 million de victimes tuées par balle sont enfouis dans d'immenses fosses communes.

■ Le génocide des Juifs (**Shoah**) et des Roms (**Samudaripen**) présente plusieurs singularités. Son ampleur démographique et son étendue géographique à l'échelle de l'Europe. Le procédé industriel de mise à mort (avec l'utilisation du zyklon B dans les chambres à gaz) et l'organisation du « traitement des corps » dépeignent une « industrie de la mort » sans équivalent dans l'histoire.

 # doc
Le bilan de la Seconde Guerre mondiale (en chiffres)
foucherconnect.fr/23tersti2d30

POUR ALLER PLUS LOIN

Nommer le génocide

Le génocide des Juifs est désigné par plusieurs termes. La « Shoah » signifie « catastrophe » en hébreux. Ce terme souligne la spécificité de cette extermination. La « solution finale » est une expression nazie typiquement administrative et qui dissimule la réalité du crime commis. L'« holocauste » (du grec qui signifie « tout brûler ») est un mot qui s'est imposé dans les années 1970 en référence à la crémation des corps des victimes.
Le terme « Samudaripen » (« Tuez-les tous ») désigne le génocide des Roms. Ce mot est concurrencé par « Porajmos » (qui veut dire « dévorer »).

 # synthèse
La genèse et l'affirmation des régimes totalitaires
foucherconnect.fr/23tersti2d31

HISTOIRE

2 La France dans la guerre (1939-1945)

A Défaite et occupation

■ Incapable d'enrayer l'offensive allemande particulièrement meurtrière, la France subit la **débâcle** en mai-juin 1940. Sa stratégie défensive échoue. L'**exode** d'environ 8 millions de Français fuyant la guerre contribue au traumatisme de cette défaite inattendue. Sous l'autorité du **maréchal Pétain** nommé au poste de président du Conseil, le gouvernement signe l'**armistice** le 22 juin 1940. Cet acte officialise la perte de souveraineté et le statut de vaincu.

DÉFINITIONS

- **Débâcle** : défaite totale d'une puissance engagée dans une guerre.
- **Exode** : mouvement massif d'une population contrainte de fuir un danger.
- **Armistice** : décision politique de mettre un terme aux combats.

■ Dans ce contexte, les 10 et 11 juillet 1940, une majorité parlementaire confie à Pétain les **pleins pouvoirs**. Antirépublicaine, l'extrême-droite dont il partage les idées profite donc de l'occasion pour instaurer un nouveau régime localisé à **Vichy**. Pétain concentre désormais tous les pouvoirs, supprime le principe des élections, interdit les syndicats, les partis politiques et rompt avec l'héritage de la IIIe République. Il entame une **collaboration d'État** avec l'occupant allemand.

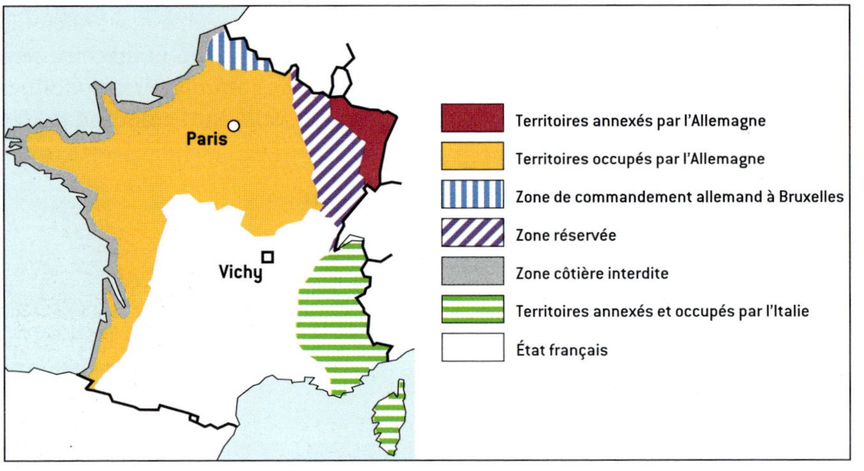

La France de l'armistice

B Le régime de Vichy et la collaboration (10 juillet 1940 - 20 août 1944)

■ L'« État français » du maréchal Pétain prétend instaurer une « **révolution nationale** » dans la zone dite « libre ». La République est jugée responsable de la défaite de 1940. Les lois sur le statut des Juifs légalisent l'**antisémitisme** et la discrimination dès août et octobre 1940. Le Commissariat général aux questions juives détermine le sort des Juifs et contribue à la mise en œuvre de la « solution finale » en France. La propagande vichyste met en valeur le **culte du chef** et propose la nouvelle devise « Travail, Famille, Patrie ». Le pouvoir vichyste valorise les valeurs jugées traditionnelles (**revanche réactionnaire**), souhaite rassembler les Français et se rapproche de l'Église catholique. La jeunesse subit un endoctrinement et les médias la censure. **Vichy est dès lors une forme de fascisme à la française**.

■ Dès l'automne 1940, Vichy collabore avec l'Allemagne hitlérienne. Pétain rencontre Hitler à Montoire le 24 octobre 1940. Le pouvoir pétainiste, par l'action de l'amiral Darlan, participe en Afrique du Nord aux combats contre les Alliés (**collaboration militaire**). Pétain, aidé par Pierre Laval, incite les entreprises françaises à travailler avec le IIIe Reich (**collaboration économique**). La police française est mise au service de l'occupant pour rafler les Juifs (**collaboration policière**). À partir de 1943, Vichy utilise la **Milice française** pour traquer les résistants. Le régime devient particulièrement répressif et lie son destin à celui du IIIe Reich.

C Des résistances à la Résistance française

#vidéo
L'appel à la résistance du général de Gaulle
foucherconnect.fr/23tersti2d32

■ L'**appel radiodiffusé du général de Gaulle depuis Londres le 18 juin 1940** marque la naissance de la Résistance française. Il propose de poursuivre les combats et n'accepte pas l'armistice en préparation. De Gaulle organise la « **France libre** » depuis l'extérieur tandis que sur le territoire national, les mouvements résistants, encore dispersés, se multiplient contre l'autorité de l'occupant et celle de Vichy. Les communistes rejoignent massivement la Résistance à partir de l'invasion de l'URSS en 1941. En 1943, **Jean Moulin** préside le **Conseil national de la Résistance** (**CNR**) chargé d'unifier les forces insurrectionnelles sous la tutelle de De Gaulle.

■ Le fait de résistance désigne un ensemble d'actions plus ou moins risquées. L'une des plus dangereuses consiste à rejoindre un **maquis** (groupe de résistants armés). D'autres citoyens publient des journaux clandestins, procèdent à des libérations de prisonniers ou participent à la cache d'enfants juifs. Certains deviennent des passeurs de frontières. D'autres accueillent des soldats étrangers, procèdent au sabotage, c'est-à-dire à la détérioration d'un matériel comme une voie de chemin de fer, à des exécutions ou bien espionnent l'occupant (**renseignement**).

Jean Moulin

■ La Résistance française porte un projet politique et défend les idéaux républicains : ceux de la démocratie, du droit de vote et des Droits de l'homme. Les résistants envisagent les fondements de la République et de l'État-providence qu'ils entendent mettre en place après la Libération. En 1944, avec de Gaulle, des membres du CNR constituent le **Gouvernement provisoire de la République française** (**GPRF**). Il permet au pays de retrouver sa souveraineté et de s'affirmer face aux Alliés entre 1944 et 1946.

#synthèse
La France défaite et occupée : Vichy, collaboration et résistance
foucherconnect.fr/23tersti2d33

HISTOIRE

3 Les bases d'un nouvel ordre mondial en 1945

A Restaurer la paix dans le monde

■ Le 26 juin 1945, les délégués de 51 nations signent à San Francisco la charte de naissance de **l'Organisation des Nations Unies (ONU)**. Ses objectifs sont de maintenir la paix et la sécurité, de défendre la justice et le droit international, d'encourager les États à développer des relations amicales dans le respect des droits de l'homme et des libertés fondamentales.

#vidéo
La naissance de l'Organisation des Nations unies (ONU)
foucherconnect.fr/23tersti2d34

■ La charte détermine également le fonctionnement de cette nouvelle institution internationale. Le pouvoir exécutif est confié au **Conseil de sécurité** où siègent les 5 grands vainqueurs de la guerre rejoints par 10 membres provisoires (chaque État détient le droit de veto). La mission délibérative revient à l'**Assemblée générale** où chaque État dispose d'une voix. La dimension judiciaire relève de la **Cour internationale de justice** qui juge des crimes relevant du droit international. L'administration de l'ONU dépend de son **Secrétariat général** et de ses fonctionnaires onusiens. De multiples **agences spécialisées** encouragent la coopération dans les domaines de la santé, de la culture ou de l'alimentation. Les fondateurs de l'ONU lui attribuent la possibilité de prendre des sanctions économiques et de recourir à l'envoi de forces de maintien de la paix (les **casques bleus**). Dès son démarrage, l'ONU est confrontée à des problèmes géopolitiques de taille tels que la décolonisation et la bipolarisation du monde engendrée par la guerre froide.

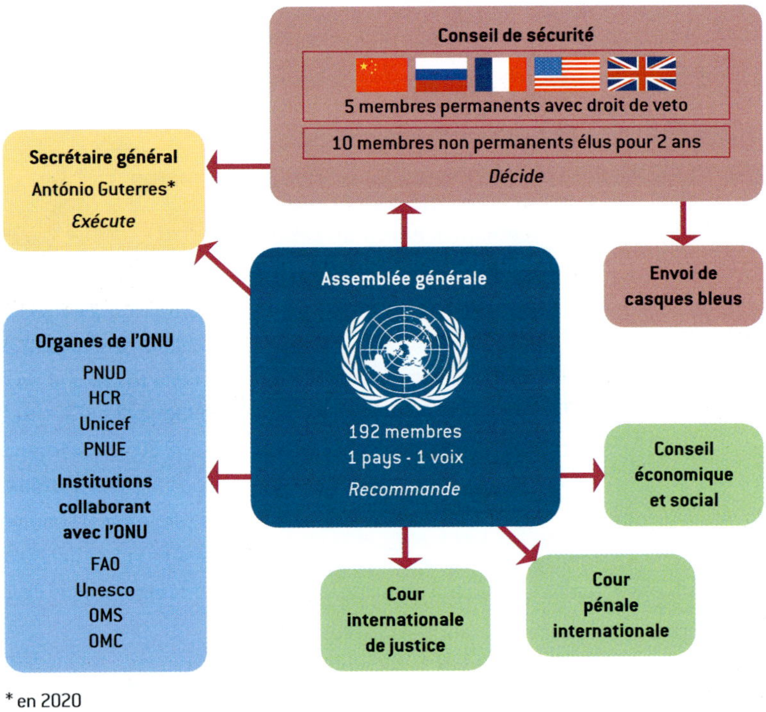

Les institutions de l'ONU de nos jours

B Juger les crimes

■ De novembre 1945 à octobre 1946, le **tribunal militaire international de Nuremberg** juge 8 organisations et 22 hauts dignitaires nazis pour **crimes contre la paix** et **crimes contre l'humanité**. Cette dernière notion juridique est nouvellement créée pour juger les responsables du génocide. Cet acte de justice internationale condamne à mort 12 dirigeants et se veut un procès pour l'Histoire. Les Alliés entament en Allemagne une **dénazification** et une **épuration** administrative qui visent à couper le pays de ses racines nazies.

DÉFINITIONS

- **Dénazification** : Processus d'élimination du nazisme dans la vie sociale, politique et administrative de l'Allemagne occupée par les Alliés après la Seconde Guerre mondiale.
- **Épuration** : Politique qui vise à extraire de l'administration allemande les anciens responsables nazis.

■ À partir de janvier 1946, le **Tribunal militaire international de l'Extrême-Orient**, appelé tribunal de Tokyo, juge 28 des principales figures des crimes de guerre, des crimes contre la paix et contre l'humanité commis par le Japon durant son occupation de l'Asie. 7 responsables sont exécutés en 1948. Ce procès témoigne de la volonté d'instaurer un nouvel ordre mondial sur un idéal de justice.

 # article
De La Haye à Paris, les archives du Tribunal de Nuremberg plus accessibles que jamais
foucherconnect.fr/23tersti2d35

4 Je mémorise autrement

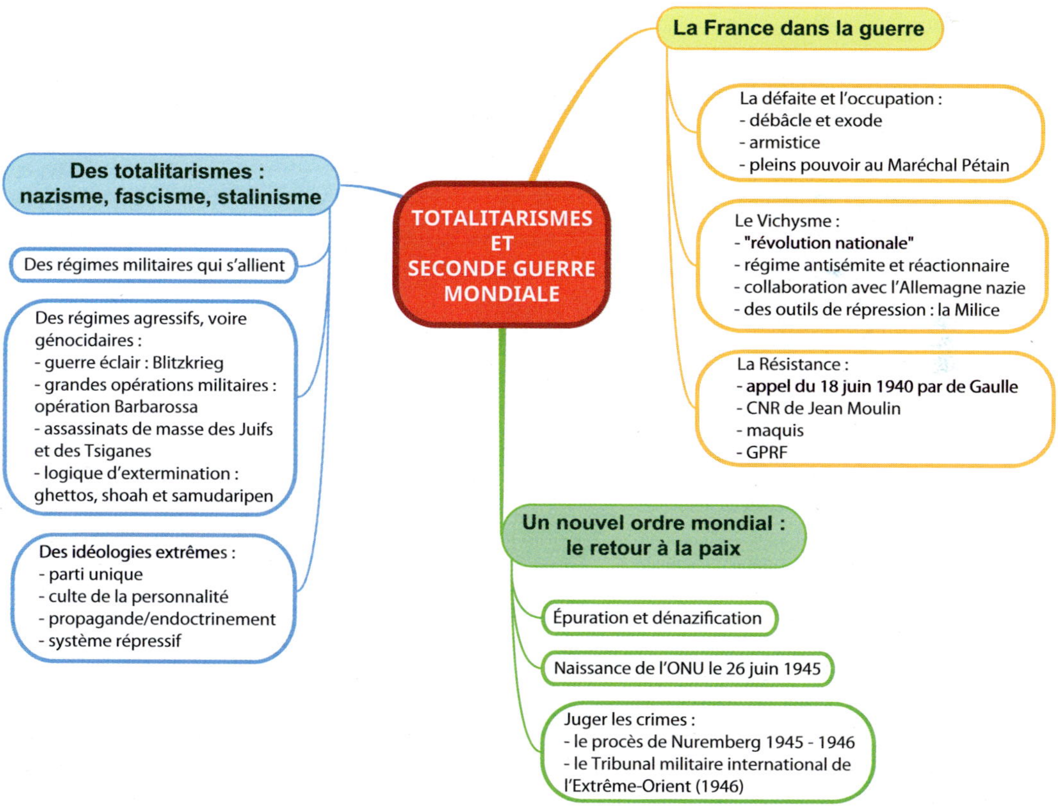

Sujet d'étude n°1 : la guerre d'anéantissement à l'Est et le génocide des Juifs

A Le front de l'Est : une guerre entre régimes totalitaires

■ À partir du 22 juin 1941, Hitler ouvre un nouveau front ; il lance l'opération « **Barbarossa** » qui consiste à envahir l'URSS de Staline, pourtant son allié depuis août 1939. Les moyens mis en place sont considérables : 3,8 millions d'hommes, 4 300 chars, 4 380 avions et 47 000 canons. Cette force militaire représente les trois quarts du potentiel militaire allemand.

À SAVOIR

Barbarossa est un nom de code qui désigne l'ancien empereur allemand Frédéric Barberousse.

■ Hitler a plusieurs objectifs : combattre le communisme haï par le nazisme, récupérer les ressources agricoles, pétrolières et industrielles de l'URSS, étendre l'espace vital allemand (*Lebensraum*) au nom de la prétendue supériorité aryenne et au détriment des « sous-hommes slaves ».

■ L'avancée allemande engendre une succession de batailles de grande ampleur à Smolensk, à Kiev puis à Moscou, à Leningrad et à Stalingrad. Ce retournement fait basculer l'URSS dans la guerre totale. Cette invasion spectaculaire l'oblige à entamer une guerre de libération.

B Une conquête qui étend vers l'Est la logique génocidaire nazie

■ Les conquêtes territoriales allemandes en URSS aboutissent à la première phase d'extermination massive des Juifs et des Roms d'Europe. Quatre unités de tueries mobiles constituées de **Waffen SS** et de policiers allemands se chargent de la « Shoah par balles » à l'arrière du front. Des collaborateurs ukrainiens aident les **Einsatzgruppen** à assassiner 1,5 million de personnes dont les corps sont enfouis dans au moins 500 fosses communes.

 # vidéo

Les Einsatzgruppen, la Shoah par balles

foucherconnect.fr/23tersti2d36

■ La propagande nazie parvient à convaincre certains Ukrainiens de procéder à des **pogroms**. Les groupes d'intervention allemands exécutent systématiquement les partisans, les prisonniers de guerre et les membres du parti communiste. La lutte contre le soi-disant « **judéo-bolchevisme** » justifie le crime de masse et la violation des lois de la guerre. Le conflit germano-soviétique inaugure en Europe la stratégie génocidaire du fanatisme nazi.

DÉFINITIONS

- **Waffen SS** : armée raciale et politique au service du nazisme.
- **Pogrom** : terme russe qui désigne un massacre de personnes juives.
- **Judéo-bolchevisme** : expression de l'extrême-droite qui exprime à la fois l'antisémitisme et la haine du communisme soviétique.

Sujet d'étude n°2 : De Gaulle et la France libre

A Organiser la résistance française depuis l'étranger

■ Sous-secrétaire d'État à la guerre et à la Défense nationale, Charles de Gaulle participe aux combats et incarne dès le 18 juin 1940 le refus de l'armistice lors de son appel au micro de la BBC. Il entre dès lors en dissidence. Depuis Londres, il appelle à poursuivre les combats aux côtés du Royaume-Uni et crée les **Forces françaises libres** (**FFL**). Avec le soutien de Churchill, il prend la tête du **Comité national français** qui équivaut à un gouvernement en exil et parvient à légitimer son action auprès des Alliés.

■ En 1943, grâce à Jean Moulin, de Gaulle obtient le ralliement des forces de la Résistance intérieure unies sous l'égide du **Conseil national de la Résistance**. Le 3 juin 1943, la France libre devient officiellement le **Comité français de libération nationale** (**CFLN**) que de Gaulle copréside avec le général Giraud. En juin 1944, à Alger, le CFLN se meut en **Gouvernement provisoire de la République française** (**GPRF**).

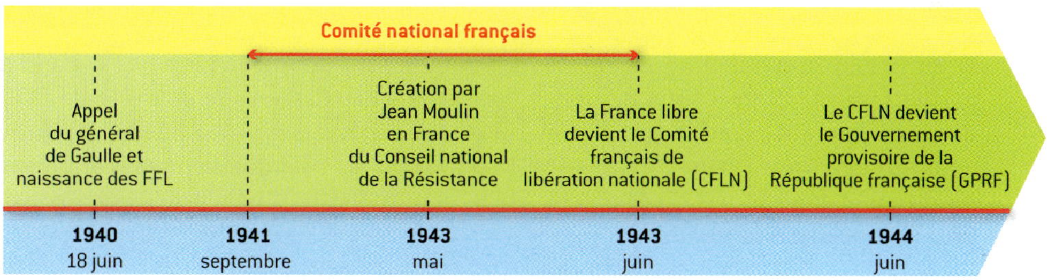

La Résistance française de 1940 à 1944

B Réaffirmer la souveraineté nationale

■ Suite au débarquement allié en Normandie, le 14 juin 1944, de Gaulle revient en France. Le 26 août 1944 il descend triomphalement les Champs Élysées et s'impose comme la figure du renouveau. Il réussit à restaurer l'autorité de l'État républicain et évite que la France ne soit administrée par un gouvernement militaire d'occupation alliée.

■ Dans le courant de la guerre et de la défaite de 1940, de Gaulle réussit donc à réaffirmer la souveraineté nationale et à maintenir vivant l'idéal républicain. Il se présente comme le principal adversaire français du régime de Vichy. Il est le grand artisan de la restauration de l'État de droit dans le contexte de la **Libération**.

De Gaulle au micro de la BBC en juin 1940

 # quiz
Des questions pour réviser
foucherconnect.fr/23tersti2d37

HISTOIRE

2 Le monde de 1945 à nos jours

La seconde moitié du XXe siècle est marquée par des bouleversements qui mettent en cause l'ordre colonial et mondial. De grandes mutations ainsi que la conjoncture nouvelle de la guerre froide établissent une nouvelle donne. Les changements intervenus en 1989-1991 complexifient la géopolitique mondiale. Le rêve d'un nouvel ordre international fondé sur la paix demeure un objectif à atteindre.

1 La guerre froide et ses enjeux

A La naissance de la guerre froide

■ En 1946, Churchill annonce qu'un « **rideau de fer** » coupe désormais l'Europe en deux parties rivales : l'Ouest sous influence américaine et l'Est sous le contrôle de l'URSS. Un nouveau genre de conflit oppose ces deux camps adverses : c'est la **bipolarisation**. Les deux **supergrands** (États-Unis et URSS) s'opposent idéologiquement et économiquement mais ne s'affrontent pas directement sur le plan militaire. Chacun des deux construit un **bloc** (un groupe d'États alliés).

■ La **guerre froide** débute véritablement lorsque le président américain Truman élabore en mars 1947 sa doctrine du ***containment*** (**endiguement**) qui vise à limiter la propagation du communisme dans le monde. L'URSS réplique par la **doctrine Jdanov** qui accuse les États-Unis d'**impérialisme**. Deux modèles politiques, économiques et sociaux s'affrontent désormais. L'URSS et les États-Unis déploient un **interventionnisme** qui les rend rivaux à l'échelle mondiale.

À SAVOIR

Un nouveau type de conflit idéologique et économique débute. Il ne consiste pas en un affrontement militaire direct mais en une lutte indirecte entre les deux camps en présence.

B Le déroulement de la guerre froide

■ Les États-Unis et l'URSS emploient une **stratégie d'influence** qui sert les intérêts de leur bloc respectif. Les États-Unis lancent le **plan Marshall (1947-1951)** pour aider les pays d'Europe occidentale à se reconstruire tout en privilégiant les entreprises américaines. En 1949, ils élaborent l'**OTAN (Organisation du Traité de l'Atlantique Nord)** qui constitue une alliance militaire et entament leur **pactomanie**. La même année, l'URSS crée le **CAEM (Conseil d'aide économique mutuelle)** chargé d'appliquer le modèle économique soviétique dans les pays satellites. En 1955, le **Pacte de Varsovie** rassemble stratégiquement les pays communistes d'Europe de l'Est autour de l'URSS.

DÉFINITION

Pactomanie : littéralement, la pactomanie est la manie de faire des pactes. Ce terme désigne l'obsession des États-Unis à conclure des alliances stratégiques avec un maximum d'États dans différentes régions du monde.

	1947	1949	1955
États-Unis	Doctrine Truman Plan Marshall	OTAN (Organisation du Traité de l'Atlantique Nord), alliance militaire	
URSS	Doctrine Jdanov	Comecon ou CAEM (Conseil d'aide économique mutuelle) : extension du modèle économique soviétique dans le bloc communiste	Pacte de Varsovie (alliance militaire)

Chronologie de la construction des blocs soviétique et américain

■ Les relations Ouest-Est passent par des phases de **tensions** et de **rapprochements**. Plusieurs crises perturbent les relations américano-soviétiques. En 1948-1949 et en 1961, les deux superpuissances s'opposent au sujet de l'**Allemagne** et de **Berlin** en particulier. L'URSS souhaite faire partir les Occidentaux de Berlin Ouest et soutient en 1961 la **construction du mur de Berlin** par les autorités est-allemandes.

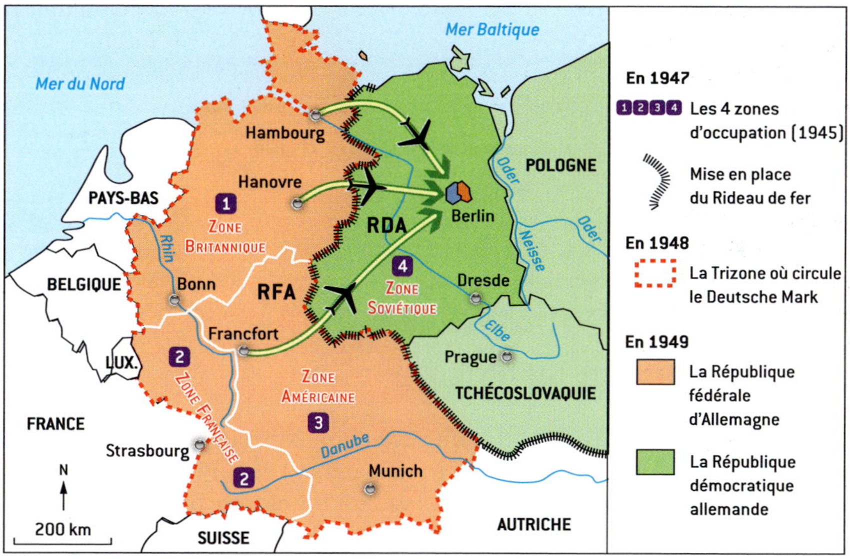

L'évolution de l'Allemagne de 1947 à 1949

■ En 1962, l'URSS cherche à disposer ses missiles atomiques à **Cuba**. Le président américain Kennedy menace Moscou de représailles nucléaires. L'URSS recule.

 # vidéo
La crise de Cuba
foucherconnect.fr/23tersti2d38

■ Les deux supergrands se lancent dans une **compétition technologique** (domaine spatial) et dans la **course aux armements**. Ils s'affrontent indirectement dans des conflits « périphériques » liés à l'expansion du communisme et à la volonté américaine d'y remédier (politique du « **roll back** » ou **refoulement**). Les États-Unis s'engagent dans la **guerre de Corée (1950-1953)** et dans celle du **Vietnam (1963-1973)**. Ils soutiennent la résistance afghane lors de l'invasion du pays par l'URSS en 1979.

DÉFINITION

Course aux armements : désigne la dynamique qui pousse deux États à créer des forces armées les plus puissantes et à obtenir des armements les plus performants.

HISTOIRE

■ La bipartition du monde fait constamment peser le **danger d'une guerre atomique**, notamment lors de la **crise des euromissiles**, en Europe, entre 1977 et 1987. Cependant, la détention d'un arsenal nucléaire par les deux adversaires les oblige à la prudence, c'est **l'équilibre de la terreur**. Au nom de leur sécurité, de la défense de leurs valeurs jugées universelles et de leurs intérêts stratégiques, les deux superpuissances plongent le monde dans la bipartition pendant une quarantaine d'années.

DÉFINITIONS

- **Crise des euromissiles** (1977-1987) : épisode de tensions entre l'URSS, qui déploie en Europe de l'Est ses missiles nucléaires, et les États-Unis qui répliquent de la même manière à l'Ouest.
- **Équilibre de la terreur** : expression qui désigne la menace nucléaire mais aussi l'impossibilité pour les deux supergrands de s'affronter compte tenu du risque à se détruire mutuellement.

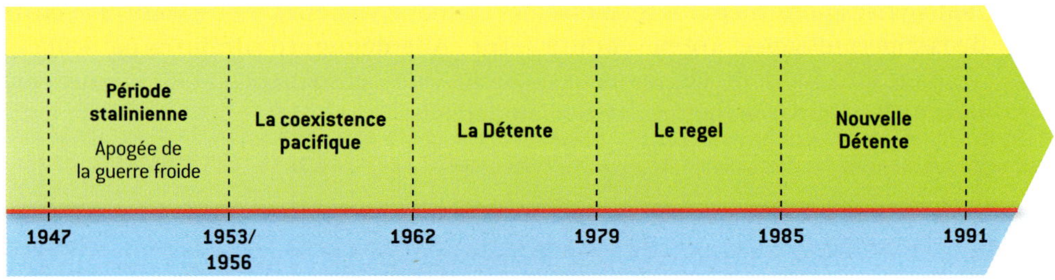

Chronologie de la guerre froide

À SAVOIR

La **Détente** est une période marquant l'amélioration des relations américano-soviétiques de 1962 à 1979.

 # synthèse
La guerre froide, conflit idéologique et de puissances
foucherconnect.fr/23tersti2d39

C L'effondrement du bloc soviétique

■ À partir de 1991, le nouveau dirigeant soviétique, Mikhaïl Gorbatchev, entreprend une double réforme de l'URSS. La **Glasnost** (transparence) et la **Perestroïka** (restructuration) réforment profondément le pays et aboutissent à un rapprochement avec les États-Unis. Gorbatchev cherche à réduire les dépenses militaires qui pénalisent très lourdement l'économie soviétique. Il conclut avec le président Reagan une série d'accords de désarmement et met un terme à la crise des euromissiles. Il n'empêche pas la chute des dictatures communistes d'Europe de l'Est en 1989 et retire l'Armée rouge d'Afghanistan.

■ En URSS, Gorbatchev fait face à la **montée des nationalismes**. Une grande partie de l'opinion publique cherche à obtenir **l'indépendance des républiques qui composent l'URSS**. Pour mettre fin aux réformes gorbatchéviennes, les communistes conservateurs tentent un **coup d'État contre Gorbatchev en août 1991**. Ce coup de force échoue mais fragilise le pouvoir du dirigeant de l'URSS. Grâce aux efforts de Boris Eltsine, président élu de la République de Russie, l'URSS est remplacée en décembre 1991 par la **CEI (Communauté des États indépendants)**. Gorbatchev démissionne de son poste. L'URSS n'existe plus.

■ **La disparition de l'URSS met fin à la guerre froide**. Les États-Unis la remportent donc. La disparition de la bipolarisation leur laisse le champ libre. La disparition du communisme multiplie les tensions et les risques de conflit. Le monde de l'après-guerre froide n'est pas synonyme de paix et de stabilité.

2 Les relations internationales depuis 1991

A Une nouvelle donne internationale post-guerre froide

■ La **fin du soviétisme** et l'**échec du communisme** débouchent sur de nombreuses **revendications nationalistes** et sur la naissance de nouveaux États en Europe et en Asie centrale. La quête d'indépendance conduit parfois à des conflits meurtriers, comme en ex-Yougoslavie (1991-1995). L'éclatement de l'URSS déstabilise des régions entières comme le Caucase. La nouvelle Russie tente de s'affirmer sur son espace proche et emploie des moyens militaires pour garantir son unité, comme lors de la **guerre en Tchétchénie** dans les années 1990.

■ Le « nouveau désordre mondial » des années 1990-2000 engendre le développement d'un **terrorisme international** (Al-Qaïda) et débouche le 11 septembre 2001 sur l'**hyperterrorisme** lors des attentats de New York qui tuent environ 3 000 personnes. Le Moyen-Orient demeure une zone instable et le processus de paix entre Israël et l'Autorité palestinienne échoue finalement. Le Moyen-Orient devient un **foyer du terrorisme islamiste**.

DÉFINITIONS

- **Hyperterrorisme** : terrorisme dont les dégâts humains et matériels mais aussi l'impact psychologique s'avèrent particulièrement importants et impactants.
- **Islamisme** : doctrine religieuse qui veut faire de l'islam un outil violent de conquête du pouvoir politique et de domination de la société.
- **Nationalisme** : volonté politique de construire une nation au détriment des autres peuples.

B Le maintien du leadership des États-Unis

■ Dans les années 1990, les États-Unis maintiennent leur **interventionnisme**. Le président George Bush (père) prend la tête d'une coalition internationale pour libérer le Koweït de l'invasion irakienne en 1990-1991 (opération « Tempête du désert »). Qualifiés de « **gendarmes du monde** », les États-Unis prônent la politique de « l'**enlargement** » sous la présidence de Bill Clinton qui souhaite généraliser le libre-échange, le libéralisme et la démocratie dans un monde post-communiste.

DÉFINITION

Enlargement : politique extérieure du président Bill Clinton (1993-2001) qui consiste à diffuser (élargir) le capitalisme libéral et la démocratie dans le monde.

■ Victimes des terribles **attentats du 11 septembre 2001** (notamment contre le World Trade Center de New-York), les États-Unis répliquent par deux guerres contre l'Afghanistan des Talibans (qui abritent O. Ben Laden, responsable de cette vague terroriste) et contre l'Irak de Saddam Hussein accusé de détenir des armes de destruction massive. Dès lors, la puissance américaine conduite par George W. Bush entre dans une logique d'**unilatéralisme** consistant à défendre ses intérêts stratégiques indépendamment de l'opinion de ses alliés et de l'ONU. L'intervention américaine en Irak contribue à déstabiliser la région qui doit faire face de 2006 à 2019 à la menace de l'État islamique d'inspiration salafiste et djihadiste. Les présidences de Barack Obama et de Donald Trump privilégient les intérêts stratégiques américains tout en amorçant un retrait significatif des États-Unis. Cela ne les empêche pas d'aider financièrement et militairement l'Ukraine agresée par la Russie en 2022.

■ Le leadership des États-Unis est enfin limité par **l'émergence du géant chinois** engagé dans une politique d'influence mondiale fondée sur sa prospérité économique. L'arrivée sur la scène internationale des puissances émergentes telles que le Brésil et l'Inde bouleverse la hiérarchie mondiale tandis que la Russie de Vladimir Poutine demeure plus que jamais un adversaire.

3 La décolonisation et l'émergence du tiers-monde

A Les processus de la décolonisation

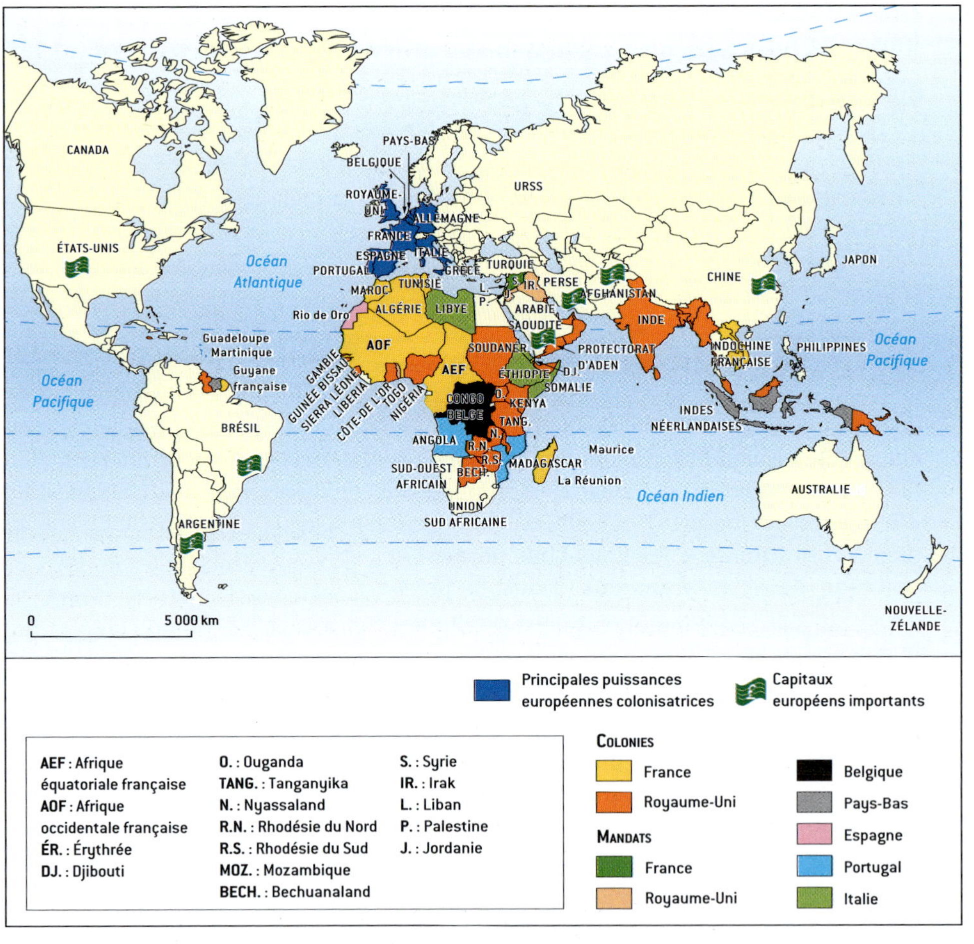

Les empires coloniaux en 1945

■ L'accès des colonies à leur indépendance s'effectue en deux principales vagues. Dans un premier temps, **les pays asiatiques accèdent à leur indépendance à partir de 1945-1947** : l'Indonésie, les Philippines, la Birmanie et l'Inde inaugurent ce processus de **décolonisation**. Ce dernier est le plus souvent négocié à l'exception de l'Indochine française. De 1946 à 1954, un conflit oppose la France aux Vietnamiens dirigés par le leader indépendantiste et communiste Hô Chi Minh. La Chine aide celui-ci à obtenir la victoire contre la métropole.

La signature des **accords de Genève en mai 1954** clôt ce premier conflit de la décolonisation. De grandes personnalités émergent telles que Nehru et Gandhi en Inde ou Soekarno en Indonésie. Les nouvelles élites asiatiques prennent en mains le destin de leur pays.

■ Dans un second temps, **l'Afrique accède aux indépendances.** Le Maghreb ouvre la voie avec le Maroc et la Tunisie en 1956. Cependant, le cas algérien reste problématique. Les Français sont très implantés sur ce territoire et le considèrent comme un prolongement de la France en Afrique du Nord. La guerre d'Algérie dure de 1954 à 1962. Elle s'avère particulièrement meurtrière et engendre bien des traumatismes visibles jusqu'à aujourd'hui. La plupart des pays d'Afrique subsaharienne parviennent pacifiquement à leur indépendance. La situation au Congo belge oblige néanmoins les colons à partir dans l'urgence. Le Kenya est traversé par des violences raciales et l'Afrique du Sud évolue vers un régime d'**apartheid**. Les colonies portugaises (Guinée-Bissau, Angola et Mozambique) n'obtiennent leur indépendance qu'en 1975. Le processus de décolonisation a été rendu possible par la formation des élites africaines qui dénoncent le colonialisme européen. **Léopold Sedar Senghor (Sénégal)** et **Félix Houphouët-Boigny (Côte-d'Ivoire)** incarnent ce mouvement.

DÉFINITION

Apartheid : expression désignant la politique officielle de ségrégation raciale pratiquée en République sud-africaine de 1948 à 1991 au bénéfice de la population blanche et au détriment de la majorité noire.

B La naissance du tiers-monde

■ Les nouveaux États afro-asiatiques sont immédiatement confrontés à des défis intérieurs et extérieurs. Ils cherchent à sortir du **sous-développement** et de la **sous-industrialisation**. Leur population est le plus souvent analphabète et victime de sous-nutrition ou de malnutrition.

À SAVOIR

Le tiers-monde désigne donc les pays les plus pauvres, les plus peuplés et les moins puissants de la planète.

■ Mais le tiers-monde recouvre aussi une dimension politique. En 1955, 29 États d'Afrique et d'Asie se retrouvent en Indonésie pour la **conférence de Bandoung**. À cette occasion, ils proclament leur refus de la bipolarisation du monde engendrée par la guerre froide. Ils affichent leur neutralité et leur choix du **non-alignement** : leur souhait est de n'appartenir ni au bloc américain ni à son rival soviétique. En 1961, se tient à Belgrade, en Yougoslavie, la **première conférence internationale des non-alignés**.

DÉFINITION

Tiers-monde : l'expression provient du démographe et économiste français Alfred Sauvy. En 1952, il reprend à son compte l'expression de « tiers état » pour désigner la frange de la population la plus nombreuse et la plus défavorisée.

■ La recherche d'une « **troisième voie** » incite les pays à se regrouper dans des organisations internationales telles que l'**Organisation de l'unité africaine (OUA)** créée en 1963. À l'ONU, les anciennes colonies se prononcent pour un nouvel ordre international plus équitable, c'est-à-dire davantage fondé sur la reconnaissance de leur identité culturelle et de leurs **intérêts stratégiques et économiques**. Cette revendication débouche en 1964 sur la **Conférence des Nations unies sur le commerce et le développement (CNUCED)**.

■ L'affirmation des pays africains sur la scène mondiale débouche sur le **panafricanisme** qui encourage les États à se montrer solidaires. En Égypte, le président Nasser agit dès 1958 en faveur du **panarabisme** qui vise à regrouper politiquement tous les peuples arabes.

■ L'unité du tiers-monde prend fin dans les années 1970. Ce vaste ensemble commence à se diversifier. Certains pays s'allient finalement à l'un des deux supergrands à l'image de Fidel Castro qui place Cuba dans le camp soviétique. De nouvelles puissances industrielles émergent en Asie (les quatre « dragons ») alors que l'Afrique subsaharienne compte un très grand nombre de **PMA (pays les moins avancés)**. Le tiers-monde laisse la place aux « Suds ».

DÉFINITION

Supranationalité : terme qui désigne la mise en place d'institutions européennes qui bénéficient d'un transfert de souveraineté des États décidés à agir ensemble.

4 Le projet de la construction européenne

A Les débuts de la construction européenne

■ Le projet d'une Europe unie est une ambition ancienne. Cependant, il faut attendre les lendemains de la Seconde Guerre mondiale pour que les bonnes volontés européennes engagent la partie occidentale du vieux continent dans la voie de l'unification. Par rejet de l'ordre nazi et de sa volonté guerrière pour restaurer le rang de l'Europe sur la scène internationale et de manière à ramener la prospérité, les « pères fondateurs » de l'Europe entament le processus communautaire en 1948.

■ **L'OECE (Organisation européenne de coopération économique)**, qui sert à répartir **l'aide financière du plan Marshall**, initie une première forme de coopération entre certains pays européens. La même année, le congrès de La Haye est l'occasion d'afficher la fidélité commune des Européens aux valeurs de la **démocratie** et des **droits de l'homme**. Le **Conseil de l'Europe** qui en découle proclame en 1949 l'adhésion aux libertés fondamentales. La construction européenne commence donc sur le plan politique par l'affirmation de principes opposés à ceux de l'URSS et de ses pays satellites. La guerre froide et sa bipolarisation profitent à l'union des Européens de l'Ouest.

B Une Europe en construction des années 1940 aux années 1980

■ En 1951, 6 États (France, Belgique, Pays-Bas, Luxembourg, Italie, RFA) procèdent à des échanges d'acier et de charbon dans le cadre de la **CECA (Communauté européenne du charbon et de l'acier)**. Cette mise en commun des ressources fondamentales à l'essor économique est pensée par Robert Schuman et Jean Monnet. Un pas fondamental est franchi : pour la première fois, une institution supranationale (la Haute Autorité de la CECA) décide dans l'intérêt collectif.

■ En 1957, la création par les **traités de Rome** de la **CEE (Communauté économique européenne)** vise à mettre en place un **marché commun** entre les six pays de la CECA et une stratégie commune autour de l'énergie atomique (naissance d'**Euratom**). L'intégration communautaire se poursuit dans les années 1960 avec la mise en place de la **politique agricole commune (PAC)**. Ses objectifs sont de permettre la modernisation de l'agriculture dans les pays membres, d'accéder à l'autosuffisance alimentaire et de libéraliser les échanges.

DÉFINITION

Euratom : La communauté européenne de l'énergie atomique instituée par les traités de Rome en 1957 vise l'indépendance énergétique des pays membres de la CEE. Il met en place une coopération dans le secteur du nucléaire civil (et non pas militaire).

■ Dans les années 1970 et 1980, la CEE s'élargit. **L'Europe des neuf** (avec le Royaume-Uni, l'Irlande et le Danemark) devient **l'Europe des quinze en 1986** (avec l'arrivée de la Grèce en 1981 puis du Portugal et de l'Espagne). L'**Acte unique** (1987) harmonise davantage les législations nationales.

C De la CEE à l'Union européenne

■ Les **accords de Schengen** suppriment à partir de 1995 les contrôles systématiques des personnes aux frontières des États signataires. Le **traité de Maastricht de 1992** instaure **l'Union européenne** ainsi qu'une **Union économique et monétaire** qui aboutit en 1999 à la naissance d'une **monnaie commune**, l'**euro**, et à la naissance de la **Banque centrale européenne (BCE)**. Les coopérations entre Européens se confirment dans les domaines industriels, des transports et des études universitaires (**Erasmus**).

DÉFINITIONS

▸ **BCE** : la Banque centrale européenne est installée depuis 1998 à Francfort, en Allemagne. Cette institution supranationale détient le monopole d'émission de l'euro. Elle fixe la politique monétaire de la zone euro. Celle-ci ne s'étend pas à tous les États membres de l'UE.

▸ **Erasmus** : programme d'échanges d'étudiants et d'enseignants entre les universités européennes à partir de 1987.

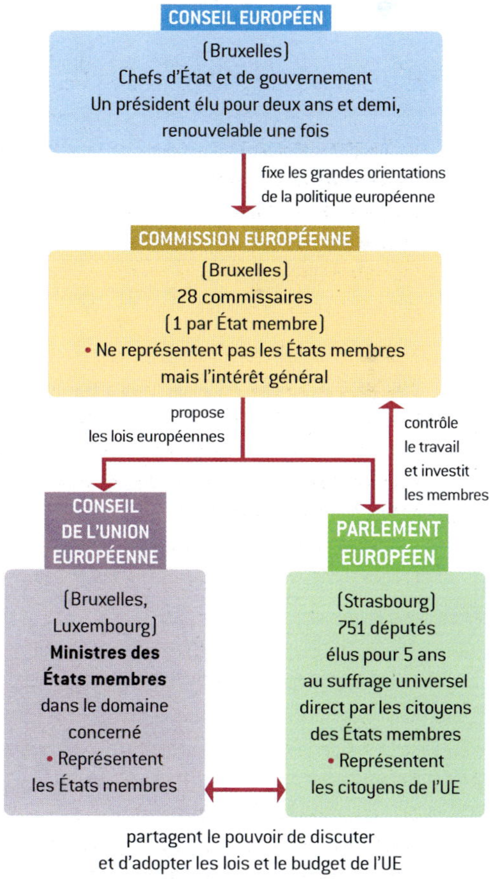

Les institutions européennes

■ De nouveaux élargissements conduisent des nations d'Europe de l'Est à entrer dans l'UE. En 2004, 10 nouveaux pays intègrent l'espace communautaire. Celui-ci atteint les 28 États membres à partir de 2013. La réforme des institutions européennes devient dès lors une nécessité. Le **traité de Lisbonne** y pourvoit en 2007.

HISTOIRE

■ Autour de 2010-2020, l'Union européenne reste confrontée à des problèmes et doit relever d'importants défis. Elle demeure sous la protection militaire des États-Unis mais doit gérer la crise financière et économique qui touche notamment la Grèce. L'UE se divise sur la question des migrants à partir de 2017 et doit accepter le **Brexit** (départ du Royaume-Uni). L'invasion du territoire ukrainien par la Russie en 2022 a pour effet de réaffirmer l'unité des pays membres de l'UE solidaires avec l'Ukraine.

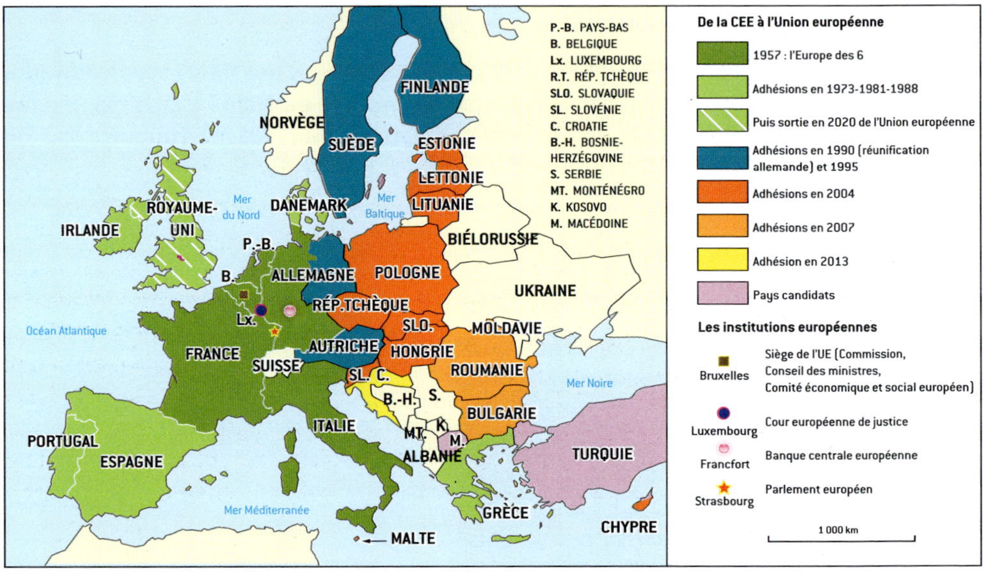

La construction européenne depuis 1957

5 Je mémorise autrement

LA GUERRE FROIDE 1945-1991

- 1946 : " rideau de fer " selon Churchill
- 1947 : 2 supergrands hostiles :
EU (Doctrine Truman) *vs* URSS (Doctrine Jdanov)
- Politque de l'endiguement
- Logique interventionniste

- EU : Plan Marshall et OTAN
- URSS : CAEM et Pacte de Varsovie
- 1948-49 : 1re crise allemande : blocus de Berlin Ouest
- 1961 : 2e crise allemande : mur de Berlin
- Guerre de Corée (1950-1953) et du Vietnam (1963-1973)
- crise des euromissiles (1977-1989)

LA FIN DE LA GUERRE FROIDE

- Liée à l'effondrement de l'URSS
- Échec de réformisme de Gorbatchev pour tenter de sauver l'URSS : glasnost et perestroïka
- Effondrement d'Europe en 1989 et de l'URSS en 1991

L'APRÈS GUERRE FROIDE

- Affirmation des nationalismes : conflits en Tchétchénie et en ex-Yougoslavie
- Nouveau terrorsime et affirmation de l'islamisme (attentats du 11/09/2001 à New-York)
- Les États-Unis : unique superpuissance
- Affirmation de nouvelles puissances : la Chine

Décolonisation et tiers-monde :
- 2 vagues de décolonisation : Asie et Afrique
- 2 guerres de décolonisation : Indochine (1946-1954) et Algérie (1954-1962)
- 1 décolonisation avec des leaders : Senghor
- un tiers-monde face à plusieurs défis : développement économique (CNUCED), non alignement (Bandoung), l'unité (panarabisme et OUA)

LA CONSTRUCTION EUROPÉENNE

Débuts :
- OECE + plan Marshall
- conseil de l'Europe

Confirmation du processus d'union :
CECA (1951) ; CEE (1957) ; PAC

Élargissements et approfondissements :
Schengen ; Maastricht ; Union européenne ; euro ; Traité de Lisbonne

Sujet d'étude n°1 : de Youri Gagarine à la guerre des étoiles

■ La guerre froide engendre une **compétition spatiale** entre l'URSS et les États-Unis. La **course à l'espace** semble dans un premier temps remportée par l'URSS qui envoie le **premier satellite artificiel** dans l'espace, **Spoutnik 1**, le 4 octobre 1957. Un mois plus tard, les Soviétiques mettent en orbite la chienne **Laïka**. Ce double événement astronautique convainc la puissance américaine de rattraper son retard. Elle parvient dès 1958 (année de naissance de la **NASA**) à envoyer dans l'espace le premier satellite de communication.

DÉFINITION

NASA (National Aeronautics and Space Administration) : agence gouvernementale en charge du programme spatial civil des États-Unis et de la recherche aéronautique.

■ La compétition gagne en intensité en 1961. Le soviétique **Youri Gagarine** réalise le premier vol spatial habité. Il devient un héros national et le symbole de l'avancée technologique soviétique. Du côté étatsunien, le **programme Apollo** se fixe pour mission d'emmener des hommes sur la surface de la lune. L'objectif est atteint le **20 juillet 1969**. Ce premier **alunissage** est un événement mondial très largement relayé par les médias et bien préparé par les membres d'équipage comme Neil Armstrong qui pose le module lunaire. La compétition se poursuit dans l'envoi de sondes spatiales, dans l'élaboration d'outils astronomiques et dans l'exploration du système solaire. Dans le cadre de la Détente (amélioration des relations américano-soviétiques de 1962 à 1979), cette course se meut en une collaboration scientifique à partir de 1975.

Capsule Apollo

■ La compétition spatiale n'échappe pas à la logique militaire. La rivalité américano-soviétique aboutit sous la présidence de Ronald Reagan en 1983-1984 au projet « **guerre des étoiles** ». L'**Initiative de défense stratégique (IDS)** consiste à élaborer un **bouclier spatial antinucléaire** dans le contexte de crise des euromissiles. Les moyens technologiques et financiers réclamés par un tel projet le rendent irréalisable. Par ce biais, les États-Unis parviennent cependant à exercer sur l'URSS une pression qui contribue à sa chute en 1991.

■ L'espace figure donc comme l'un des terrains de guerre visés par le complexe militaro-industriel des États-Unis. L'ambition de maîtriser et de sécuriser le cosmos se retrouve aux États-Unis. En août 2019, le président Trump officialise le commandement militaire de l'espace pour devancer les ambitions russe et chinoise. Le « Spacecom » devient le 11ᵉ commandement militaire du Pentagone. La course à l'espace se militarise et n'est pas près de s'arrêter.

Sujet d'étude n° 2 : le 11 septembre 2001

Le 11 septembre 2001, quatre attentats-suicides perpétrés par 19 terroristes font basculer les États-Unis dans l'**hyperterrorisme**. Deux avions percutent les tours jumelles du World Trade Center de New-York, un autre s'enfonce dans le Pentagone (ministère de la Défense) à Washington tandis qu'un 4e s'écrase en Pennsylvanie. Cette quadruple attaque tue presque 3 000 civils et en blesse plus de 6 000.

Les attentats sont revendiqués par l'organisation **Al-Qaïda** dirigée depuis l'Afghanistan par O. Ben Laden. Les terroristes, principalement saoudiens et égyptiens, désignent l'Occident, dont les États-Unis, comme leur principal adversaire. Al Qaïda reproche aux Américains leur soutien à Israël et la présence de leurs forces armées en Arabie saoudite depuis la guerre du Golfe de 1991. L'organisation soutient les attaques terroristes contre les intérêts américains en Afrique et au Moyen-Orient dans le courant des années 1990. L'attaque du 11 septembre ne survient donc pas par hasard.

> DÉFINITION
>
> **Al Qaïda** : terme arabe qui signifie « la base ». Organisation terroriste fondée en 1987 par un Palestinien dont Oussama ben Laden fut l'élève. Inspiré par le djihadisme et le salafisme, le mouvement revendique son rejet de l'interventionnisme occidental.

Les conséquences de cette vague terroriste sont nombreuses. Les États-Unis répliquent par une **guerre punitive** contre le régime des Talibans en Afghanistan dès 2001 et par une **guerre préventive** contre l'Irak de Saddam Hussein (2003). À l'inverse du 2e, le 1er conflit obtient l'autorisation de l'ONU. Au nom d'un idéal de justice et de manière à défendre leurs intérêts stratégiques, les États-Unis de G. W. Bush s'engagent dans une **lutte internationale contre le terrorisme** et affirment leur **unilatéralisme**. Ils élaborent une législation spéciale qui les autorise à des arrestations arbitraires et à l'usage de la torture dans des bases militaires telles que celle de **Guantanamo**, à Cuba. La prévention du terrorisme conduit le pays à voter des lois jugées liberticides et renforce le poids du pouvoir exécutif au détriment du législatif.

Les attentats du 11 septembre 2001 font brutalement entrer le monde dans le XXIe siècle. Ce dernier s'annonce sous la forme d'une lutte entre le Nord militairement surpuissant et le Sud tenté par le terrorisme. Cet événement fait de la sécurité nationale un argument au service de l'interventionnisme des grandes puissances.

 # quiz
Des questions pour réviser
foucherconnect.fr/23tersti2d37

3 La France depuis 1945 : politique et société

De la mise en place de l'État-providence après la Seconde Guerre mondiale à la naissance de la Ve République en 1958, la France s'engage sur le chemin de la démocratie. Depuis plus de 70 ans, le pays vit dans une République où interviennent de profondes mutations politiques et sociales.

1 Du Gouvernement provisoire de la République française à la Ve République

A Les réformes politiques et sociales de 1944-1946

■ Le **Gouvernement provisoire de la République française (GPRF)** entreprend une vaste réforme politique et sociale conformément au programme du **Comité national de la Résistance (CNR)** élaboré en 1943. Les 4 gouvernements qui se succèdent de juin 1944 à janvier 1946 ont pour mission de **mettre un terme au régime de Vichy**, de **restaurer la République**, de repousser l'éventualité d'une administration militaire alliée et d'encadrer l'épuration en cours. La légalité républicaine est donc rétablie en cette période charnière.

DÉFINITION

Épuration : dans le contexte de la Libération se met en place une épuration légale chargée de juger les anciens responsables vichystes et collaborationnistes. Parallèlement, une épuration extra-judiciaire (illégale) conduit à de nombreux règlements de compte.

■ Une ordonnance du **5 octobre 1944** confère aux femmes le **droit de vote et d'éligibilité**. Le rétablissement de la liberté de la presse garantit un **pluralisme médiatique** à l'origine de la **liberté d'expression et d'opinion**. Le 29 avril 1945, pour la première fois de leur histoire, les femmes françaises participent aux **élections municipales**. L'ordonnance du 19 octobre 1945 établit les bases de la **Sécurité sociale**. Celle du 2 février 1945 reconnaît aux jeunes un statut juridique spécifique en cas de délinquance (**justice pénale des mineurs**). L'ordonnance du 2 novembre 1945 crée l'**Office national de l'immigration** qui aide à l'arrivée de travailleurs étrangers dans une France en reconstruction.

 # audio
21 avril 1944 : le droit de vote accordé aux femmes
foucherconnect.fr/23tersti2d41

■ L'instauration d'une nouvelle République est décidée par **référendum en octobre 1945** au moment où le peuple français renoue avec les élections législatives. La toute jeune IVe République poursuit l'œuvre du GPRF par la mise en place des **allocations familiales** en août 1946. Les années 1944-1946 établissent donc les bases d'un État-providence à la française.

DÉFINITIONS

- **Ordonnance** : décision prise directement par le gouvernement, sans emprunter le circuit législatif habituel.
- **État-providence** : conception politique qui attribue à l'État un grand nombre de missions et de responsabilités économiques et sociales au service du bien-être de sa population.

HISTOIRE

B Naissance, institutions et réformes de la Ve République

a Un contexte de naissance difficile

Née de l'impossibilité de la IVe République à résoudre le conflit algérien, la Ve République se présente comme une **solution politique et institutionnelle** au climat de guerre civile qui menace la France en mai 1958. Sur appel du président de la République René Coty, le général de Gaulle est investi président du Conseil par l'Assemblée nationale, avec les pleins pouvoirs pour six mois, le 1er juin 1958. Il constitue un gouvernement d'union nationale et propose aux Français une **nouvelle constitution** adoptée par référendum avec plus de 79 % des voix en **septembre 1958**. Conformément à la nouvelle Constitution, **de Gaulle est élu président en décembre 1958** au suffrage universel indirect, c'est-à-dire par un collège de 80 000 grands électeurs.

À SAVOIR

L'élection du président au suffrage universel direct date de 1962 ; elle est attribuable à une modification de la Constitution.

b Une nouvelle formule républicaine

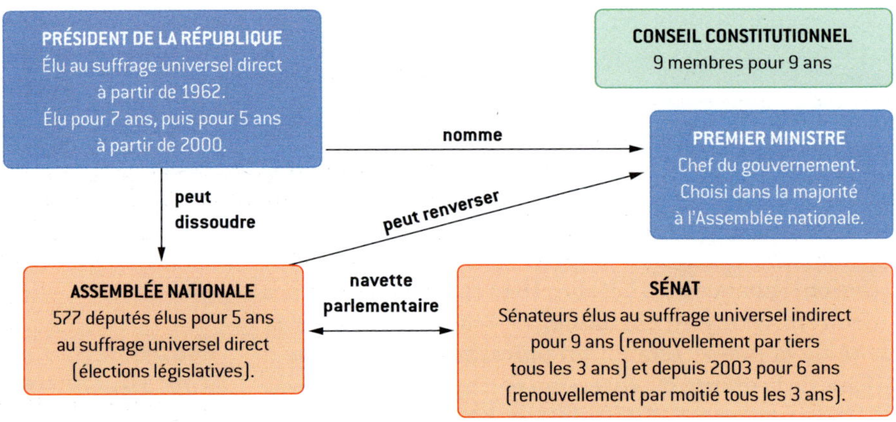

Organigramme des institutions de la Ve République

Un nouvel équilibre des pouvoirs plus favorable à l'exécutif permet l'instauration d'un **régime présidentiel**. Chef des armées et de la diplomatie (le domaine réservé), le président peut légiférer par ordonnance, a le droit de dissoudre l'Assemblée nationale et nomme le Premier ministre. En outre, il lui est permis de consulter les Français par **référendum** et de disposer des **pleins pouvoirs** en cas de crise grave. Cette dimension **présidentialiste des institutions** n'empêche pas le régime républicain de demeurer fondamentalement parlementaire. La loi est élaborée par le **Sénat** et l'**Assemblée nationale** qui forment le **Parlement**, seul autorisé à voter le budget. Par une **motion de censure**, l'Assemblée peut renverser le gouvernement qui reste responsable devant elle. Enfin, le **Conseil constitutionnel** est chargé de veiller à la constitutionnalité des lois et à la légalité des élections. La Ve République se définit donc comme un **régime mixte** ou encore **semi-présidentiel**.

DÉFINITION

Motion de censure : possibilité, par un vote de l'Assemblée nationale, d'obliger le gouvernement à démissionner.

C Une Constitution qui s'adapte aux changements et aux nouvelles exigences

■ À 24 reprises depuis 1958, la Constitution a été modifiée. La procédure attribue cette responsabilité au peuple consulté par référendum ou bien au Parlement réuni en Congrès (Assemblée nationale et Sénat).

■ Les révisions constitutionnelles ont notamment permis aux Français d'**élire au suffrage universel direct le président de la République Charles de Gaulle en 1962**. Sous la présidence de Jacques Chirac, 14 révisions ont été entreprises. En l'an 2000, la durée du mandat présidentiel est passée du septennat (7 ans) au quinquennat (5 ans).

■ Les modifications constitutionnelles visent à :
- améliorer le fonctionnement des institutions ;
- adapter les institutions aux exigences de l'Union européenne ;
- étendre les droits des citoyens ;
- modifier à la marge les pouvoirs du président de la République ;
- moraliser la vie politique française (la question du cumul des mandats) ;
- étendre les compétences des collectivités territoriales.

D Les transformations de la société française

■ Du lendemain de la Seconde Guerre mondiale à nos jours, la société française enregistre de nombreuses mutations. Sur le plan démographique, la population passe de 40,5 à 67,5 millions d'habitants en trois quarts de siècle. Deux phases majeures apparaissent : celle du **baby-boom (1945-1974)** puis celle du **vieillissement démographique**. L'une des solutions au manque de main-d'œuvre provient de l'**immigration**. L'augmentation très nette des flux migratoires dans les années 1950-1960 met davantage les Français au contact de populations originaires d'Europe et des anciennes colonies. L'ouverture de la France se confirme malgré la décolonisation. L'intégration à la construction européenne et la participation renforcée à la mondialisation mêlent davantage les Français aux contextes extérieurs.

■ Les Français, en particulier la jeunesse, rompent avec certaines normes héritées. Ils pratiquent de moins en moins la religion, divorcent plus fréquemment, s'affranchissent du mariage pour vivre en couple (**unions libres** ou **concubinage**) et conçoivent des enfants hors mariage. La **libération de la femme** et la **révolution sexuelle des années 1960-1970** changent les comportements personnels et collectifs. Les Français sont de plus en plus urbains, mobiles. Ils profitent des avantages de l'État providence et aspirent à une ascension sociale. La démocratisation de l'enseignement, la hausse du niveau de qualification des travailleurs et une meilleure protection sociale assurent à la population un **niveau de vie plus confortable**.

DÉFINITION

Libération de la femme : formule qui désigne un mouvement qui défend dans les années 1960-1970 l'autonomie des femmes, la disposition pleine et entière de leur corps et le rejet de la société patriarcale.

HISTOIRE

- La **modernisation de l'économie** transforme les appareils productifs et change la structure de la population active. Les agriculteurs poursuivent leur lent déclin (disparition d'un tiers des exploitations) ; le monde ouvrier grossit jusqu'aux années 1960 et finit par diminuer. Les employés et salariés dans les services s'avèrent de plus en plus nombreux. La France entre dans la **tertiarisation**. La conscience de classe diminue.

> DÉFINITION
> **Tertiarisation** : importance de plus en plus grande du secteur tertiaire (les services) dans la structure économique et sociale d'un pays.

- Le retournement de la conjoncture économique à partir des années 1970 limite un certain nombre de progrès. Les **chocs pétroliers** de 1973 et 1979, la **fin du système monétaire international** et la **forte diminution des croissances annuelles du PIB** font basculer l'économie dans une nouvelle ère. La pauvreté se développe, l'ascenseur social fonctionne moins bien et les risques du chômage augmentent très largement. Un sentiment d'inquiétude pousse de nombreux Français à s'abstenir de voter ou à porter leurs suffrages sur des mouvements extrémistes. La cohésion sociale est mise à rude épreuve en raison d'un individualisme et d'une difficulté à proposer un projet collectif suffisamment rassembleur. De nouvelles craintes liées au communautarisme, au terrorisme confessionnel et aux problèmes écologiques font craindre l'avenir.

2 La place de la France dans le monde

A Un rayonnement mondial assuré par les territoires ultramarins

- Le rayonnement international de la France provient de son passé. À la tête du deuxième plus grand empire colonial jusqu'aux années 1960, la France a conservé de cette époque de nombreuses traces de son influence. Les **DROM-COM** (anciennement DOM-TOM), respectivement départements, régions et collectivités d'outre-mer se présentent comme des territoires ultramarins ou ultrapériphériques qui procurent des bases militaires et des **ZEE** à la métropole.

> SIGLES
> - **DROM-COM** : départements, régions et collectivités d'outre-mer (ces dernières disposent d'une autonomie)
> - **ZEE** : zones d'économie exclusive

- La présence mondiale de la France s'appuie donc sur un ensemble de territoires pour la plupart insulaires en bordure de tous les océans du monde. Cela lui procure le **monopole de l'exploitation des ressources halieutiques** sur trois millions de km^2. La révision de la Constitution en 2003 procure à chaque territoire un **statut administratif particulier** qui lui confère plus ou moins d'autonomie. Depuis 2011, Mayotte a adopté son statut de département français et en 2018, la Nouvelle-Calédonie a manifesté par référendum son souhait de rester française.

> DÉFINITION
> **Ressources halieutiques** : elles désignent les ressources provenant de la mer.

B Un rayonnement culturel et linguistique de premier plan

- L'ancien contexte colonial procure à la France un **rayonnement culturel et linguistique** remarquable. Créée en 1970, **l'Organisation internationale de la francophonie (OIF)** regroupe 57 États et environ 300 millions de francophones (700 millions en 2050). La langue française demeure en vigueur au sein d'institutions internationales telles que l'ONU et le CIO (Comité international olympique). La **diffusion de la langue française** apparaît comme un vecteur de rayonnement des valeurs républicaines fondées sur la **défense des Droits de l'homme**. Elle facilite les accords de coopération interétatiques et contribue à faire de la France une **puissance de premier rang**.

■ L'**Alliance française** diffuse l'enseignement de la langue française et se distingue comme le **premier réseau culturel mondial**. Elle se fonde sur 1 040 implantations dans 136 pays. 646 000 personnes apprennent chaque année le français. Le pays entretient donc des liens privilégiés avec la partie francophone du monde et dispose à cet effet du deuxième plus vaste réseau diplomatique international après les États-Unis. TV5 Monde et RFI (Radio France International) diffusent l'information à 250 millions de personnes à travers le monde.

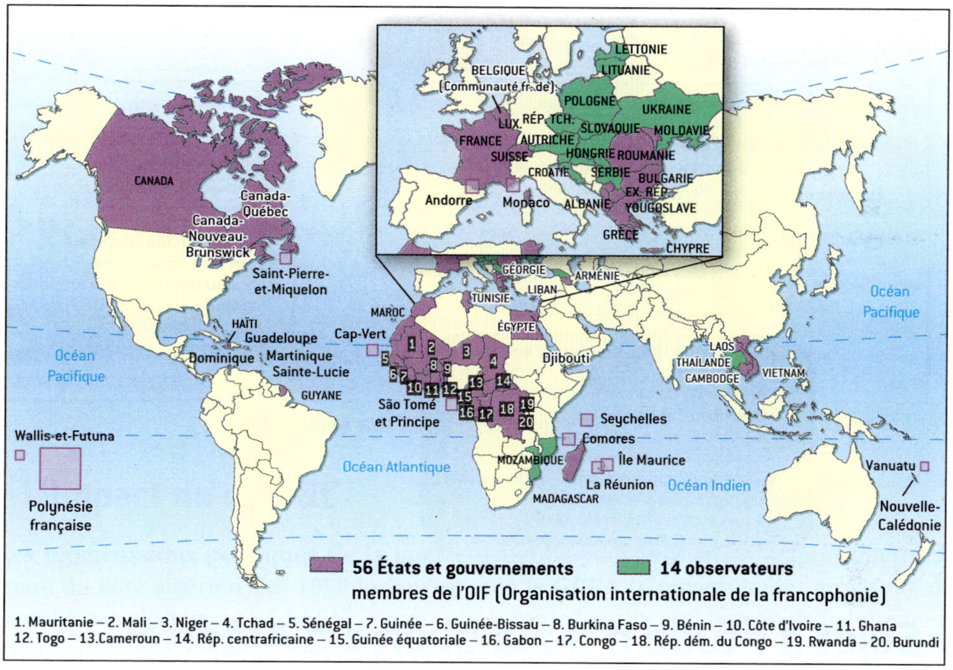

La francophonie dans le monde

 # site internet
L'Organisation internationale de la francophonie
foucherconnect.fr/23tersti2d42

C Un rayonnement diplomatique et stratégique mondial

Les 163 ambassades et les 98 consulats œuvrent en faveur des **intérêts stratégiques de la France**. L'influence de celle-ci s'exerce en premier lieu dans son espace proche, c'est-à-dire au sein de l'Union européenne. Avec l'Allemagne, la France a joué depuis les années 1950 un rôle primordial dans la construction européenne dont elle est l'un des piliers. À l'échelle mondiale, le siège permanent qu'elle occupe au Conseil de sécurité de l'ONU lui attribue le **droit de veto**, ce qui la met au même plan que les États-Unis, la Chine, la Russie et le Royaume-Uni. La France fait partie du « club nucléaire », c'est-à-dire du groupe des très rares États qui possèdent officiellement l'**arme atomique**. Cette caractéristique lui permet de figurer parmi les **plus grandes puissances militaires mondiales**.

© Éditions Foucher

Malgré cela, les deux pays ont maintenu leurs échanges. La France est devenue le principal pays d'émigration des Algériens. Des **accords de coopération** ont aidé au développement de l'Algérie qui fournit aujourd'hui à la France son gaz naturel alors que cette dernière est son deuxième fournisseur commercial. Depuis les années 1990-2000, les différents présidents de la République française ont traduit à l'occasion de voyages (Emmanuel Macron à Alger en février 2017) la nécessité à taire les ressentiments et à envisager la réconciliation. L'avenir des relations franco-algériennes reste donc prometteur malgré le poids du passé.

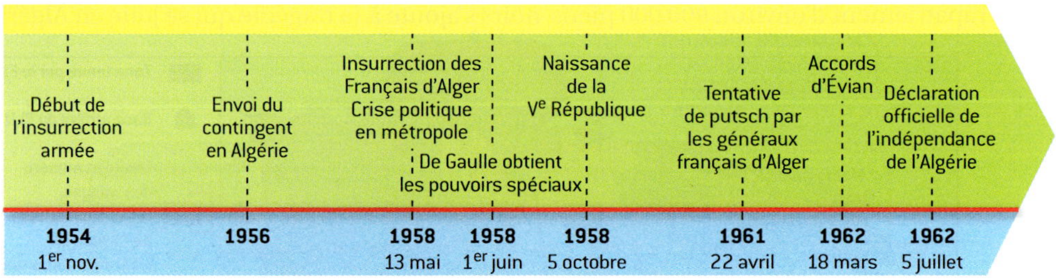

Chronologie du conflit en Algérie de 1954 à 1962

Sujet d'étude n°2 : la condition féminine en France depuis 1944

A De nouveaux droits politiques

- Depuis 1944, l'histoire des femmes en France est rythmée par un certain nombre d'avancées et de progrès qui leur assurent une **meilleure intégration** et un **plus grand rôle économique, politique, social et culturel**. Leur participation à l'effort de guerre et à la Résistance de 1939 à 1945 leur confère le **droit de vote le 21 avril 1944** conformément au projet constitutionnel élaboré en janvier 1944. En avril et en octobre 1945, les femmes françaises exercent pour la première fois ce droit fondamental qui établit une égalité historique entre les sexes.

- Le droit à élire procure celui d'être élue. 33 femmes sont élues députées en octobre 1945. En 1947, **Germaine Poinso-Chapuis** devient la première femme ministre. La condition féminine est alors un enjeu essentiel du rétablissement de la démocratie en France après la Seconde Guerre mondiale.

B La conquête de nouveaux droits

- Les années 1960-1970 constituent une étape essentielle. Le féminisme connaît un nouvel essor sous l'influence des sociétés anglo-saxonnes qui tentent de combattre les discriminations faites aux femmes. Le **mouvement de libération des femmes (MLF)** milite en faveur de l'égalité complète des droits et pour la légalisation de la contraception et de l'avortement. Le **Mouvement français pour le planning familial**, créé en 1960, lutte en faveur du droit au contrôle des naissances. La **loi Neuwirth de 1967** légalise la contraception qui était interdite depuis 1920. Sous la pression des revendications, le pouvoir politique instaure en 1974 le premier Secrétariat d'État à la condition féminine et autorise le remboursement par la Sécurité sociale des moyens de contraception. Arlette Laguiller est la première femme candidate à l'élection présidentielle en 1974. L'année même où l'ONU proclame l'année internationale de la femme, en 1975, la **loi Veil dépénalise l'avortement** sous certaines conditions (loi sur l'**IVG** : interruption volontaire de grossesse). L'émancipation des femmes passe par leur libération sexuelle et par l'affirmation de leur droit à contrôler leur corps.

■ Les plus grandes libertés proposées aux femmes témoignent d'une **révolution sexuelle** qui s'accompagne indissociablement d'une révolution du droit et des mœurs. Le droit garantit aux femmes à partir des années 1970 une vie sexuelle non reproductive qui ne les soumet plus à l'autorité masculine et aux règles sociales en vigueur. La force des normes, de la morale et le poids de la religion reculent. L'image même de la femme change. Le retournement de la conjoncture économique dans les années 1970 engendre la **féminisation de la population active**. L'arrivée massive des femmes sur le marché du travail apparaît comme une solution économique mais aussi comme l'aboutissement d'une **lutte en faveur de leurs droits**.

■ Les années 1990 marquent une nouvelle étape dans l'histoire des femmes en France. **Édith Cresson** est la première d'entre elles à accéder au poste de **Premier ministre en 1991**. La question de la **parité** occupe une place centrale dans le débat politique. Dès 1995, le président de la République Jacques Chirac met en place un Observatoire sur la parité. En 1999, une loi proclame « l'égalité entre les hommes et les femmes ». Une loi de l'an 2000 oblige les partis politiques à présenter un nombre égal de candidats des deux sexes et les soumet à une amende en cas de refus. 19 femmes entrent au gouvernement sous la présidence de Nicolas Sarkozy. Le gouvernement d'Élisabeth Borne atteint en 2022 la parité (21 hommes et 21 femmes).

■ Malgré des avancées politiques certaines, les femmes restent victimes de **fortes discriminations**. Elles ne représentent en 2017 que 32 % des sénateurs et 38 % des députés (contre 5 % en 1945). Elles réalisent encore 80 % des tâches domestiques, sont davantage victimes du chômage, du travail précaire et gagnent en moyenne 20 % de moins que les hommes. Le combat contre l'**inégalité salariale et professionnelle** s'annonce donc comme l'un des grands chantiers sociaux à venir. Les femmes sont enfin bien plus victimes de violences, de viols, voire d'assassinats qualifiés de « féminicides » dès lors qu'elles succombent sous les coups de leur partenaire ou ancien partenaire. Le mouvement #MeToo encourage à la dénonciation des violences faites aux femmes et contribue largement depuis 2017 à la libération de la parole. La protection des femmes devient un sujet de société et une question de justice largement médiatisés.

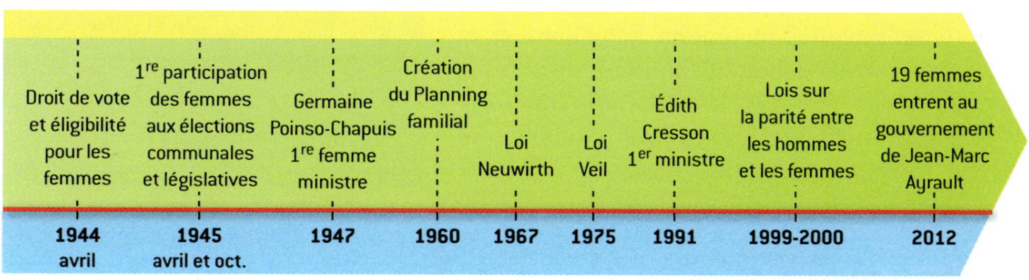

Chronologie de l'histoire des femmes en France depuis la Libération

 # quiz
Des questions pour réviser
foucherconnect.fr/23tersti2d37

4 Mers et océans : vecteurs essentiels de la mondialisation

Parce qu'ils recouvrent 71 % de la surface de la planète, les espaces maritimes sont devenus essentiels à la mondialisation. Ils contribuent pour une très grande part aux échanges et sont devenus des espaces stratégiques en cours de militarisation.

1 La maritimisation des économies et des échanges

A Des espaces maritimes riches de ressources

■ Les **ressources halieutiques** sont un élément essentiel à la survie de l'humanité. La pêche fait vivre plus de 400 000 personnes dans l'Union européenne. Ses capacités mondiales ont été multipliées par 5 depuis 1950. Les navires français remontent chaque année plus de 400 000 tonnes de poissons qui entrent dans l'alimentation quotidienne. À l'échelle mondiale, le volume annuel des remontées s'élève à plus de 170 millions de tonnes. La **généralisation de la pêche** et les besoins grandissants d'une humanité en croissance démographique compromettent le renouvellement des espèces marines. La **surexploitation** est aujourd'hui une menace globale. Elle incite à appliquer des **politiques durables** (de quotas) et à envisager d'autres formes d'exploitation comme l'**élevage** (**fermes marines**).

■ Le sous-sol marin regorge de richesses naturelles. Il recèle au moins **un quart des réserves d'hydrocarbures dans le monde**. Cette exploitation répond actuellement à un tiers de la demande mondiale de pétrole et de gaz grâce aux **installations offshore** (plateformes au large) qui captent un pétrole de plus en plus profond et éloigné des côtes.

Plateforme offshore

DÉFINITIONS

- **Maritimisation** : augmentation et concentration des échanges par voie maritime.
- **Ressources halieutiques** : elles désignent les ressources provenant de la mer.

B Des espaces maritimes qui permettent les échanges

■ Au moins 80 % des échanges de marchandises dans le monde sont réalisés à l'aide des **cargos**. Leur nombre a été multiplié par 4 en 40 ans et le volume de marchandises transportées a triplé. Les océans sont ainsi devenus des espaces de mise en relation des sociétés et des continents rendus interdépendants par la globalisation. 50 000 navires de commerce et plus d'un million de marins assurent les échanges internationaux. Parmi eux on compte plus de 5 000 porte-conteneurs et plus de 11 000 pétroliers et chimiquiers.

■ L'explosion du trafic maritime mondial assure principalement le **transport des hydrocarbures, des produits pondéreux** (minerais, charbon) **et des marchandises**. Les câbles sous-marins relient les continents et permettent le transit d'un volume d'informations. Ils assurent donc des échanges immatériels qui facilitent la communication et les transferts financiers.

 # info
Visualisation en direct du trafic maritime mondial
foucherconnect.fr/23tersti2d43

Porte-conteneurs à quai

2 Des espaces maritimes stratégiques

A Des espaces mis en valeur

■ Les **routes maritimes (autoroutes de la mer)** débouchent sur des **hubs portuaires**, voire sur des **façades maritimes**. Les plus importantes d'entre elles se localisent sur les littoraux des États-Unis, au Nord de l'Europe (Northern Range) et au sein du corridor est-asiatique. Les **canaux interocéaniques** de Suez et de Panama ont doublé leur largeur et raccourcissent les trajets maritimes d'un grand nombre de navires marchands.

 # schémas
Les façades maritimes mondiales
foucherconnect.fr/23tersti2d44

■ Les phénomènes de **maritimisation** et de **littoralisation** conduisent les États à développer leurs littoraux. Les ports concentrent des **ZIP** (zones industrialo-portuaires) où se mêlent les unités industrielles de production et les activités commerciales et de transport. Dans cette perspective, la Chine commence à déployer sa **stratégie du « collier de perles »** qui consiste à construire et à prendre le contrôle de dizaines de grands ports de commerce en Asie méridionale, au Moyen-Orient et en Méditerranée. Son projet d'une nouvelle route de la soie est contesté par l'Inde qui y voit une forme d'encerclement.

DÉFINITIONS

- **Hub portuaire** : port de grande dimension, en lien avec un réseau international et qui travaille avec des ports proches et de moindre importance.
- **Façade maritime** : aménagement d'un littoral à l'aide d'un alignement de ports qui assurent l'interface entre les espaces maritimes et terrestres.
- **Littoralisation** : concentration des hommes et de leurs activités sur les littoraux.

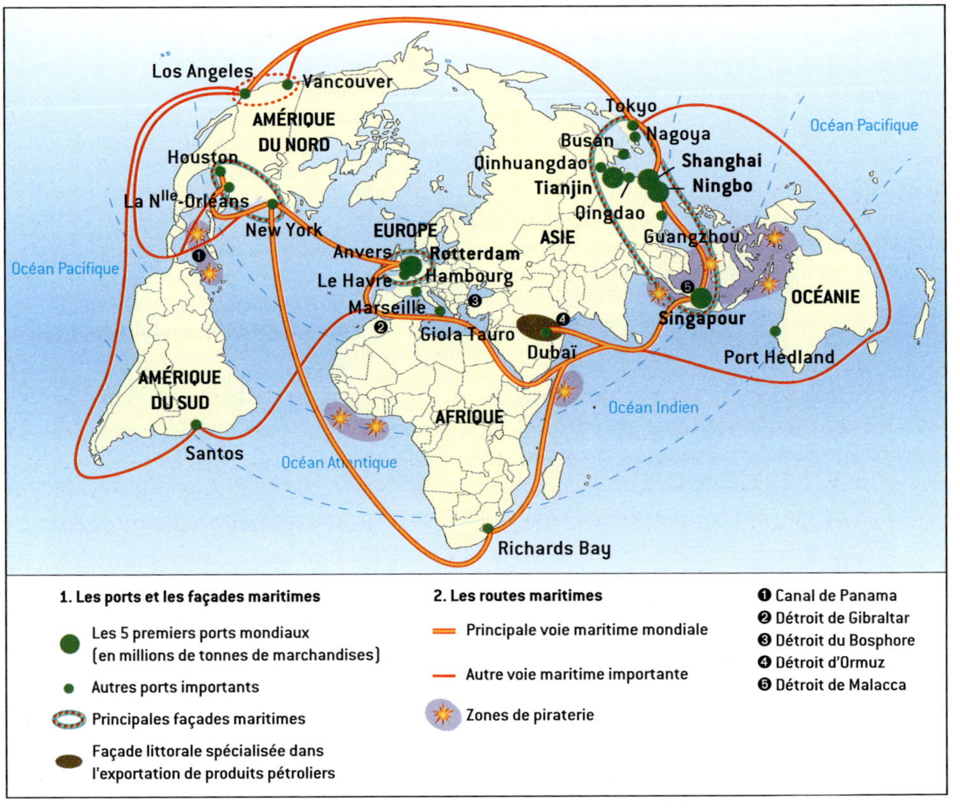

Les principaux ports et les routes maritimes

B Des espaces sous surveillance

La **sécurisation des mers et océans** est devenue un enjeu géopolitique fondamental. Les raisons en sont :
- la nécessité à contrôler les points de passage tels que les **détroits** (comme celui de Malacca) ;
- la lutte contre les différentes formes de **piraterie** au large de l'Afrique et en Asie du Sud-Est ;
- la répression de la mondialisation des **trafics** de drogue, d'armes et d'êtres humains qui empruntent les espaces navigables ;
- la nécessité à faire appliquer le **droit international** afin de protéger les ressources, l'environnement et les réserves naturelles marines. La convention des Nations Unies sur le droit de la mer signée à **Montego Bay** en 1982 fixe un code juridique suivi par 157 pays.

 # article
Courrier international : Piraterie dans le Golfe de Guinée
foucherconnect.fr/23tersti2d45

■ Les grandes puissances navales telles que les États-Unis, la Chine, la France ou le Royaume-Uni déploient leurs flottes militaires à travers les océans. L'essentiel de la flotte militaire mondiale appartient à une quarantaine d'États. La possession d'une flotte de guerre devient une preuve de puissance et un atout essentiel dans le contexte de la mondialisation. Les États-Unis sont ainsi qualifiés de « **thalassocratie** » (exerçant un pouvoir sur les mers).

 # carte
La présence militaire française dans le monde
foucherconnect.fr/23tersti2d46

C Des espaces convoités

■ Beaucoup d'États essaient d'étendre la superficie de leur **ZEE (zone économique exclusive)** qui va jusqu'à 370 km en mer. Le monopole de l'exploitation des ressources par les entreprises du pays propriétaire des eaux contribue à la « **course à la mer** ». La délimitation des ZEE est source de tensions, comme le montrent les exemples du Venezuela contre la Colombie, du Canada contre les États-Unis.

 # vidéo
Russie : Arctique, la nouvelle frontière
foucherconnect.fr/23tersti2d47

■ Cette compétition pour la maîtrise des mers est particulièrement visible dans l'océan glacial Arctique. Les six pays riverains (États-Unis grâce à l'Alaska, Canada, Russie, Islande, Norvège et Danemark, en raison du Groenland) revendiquent le contrôle de l'Arctique afin d'en exploiter les ressources naturelles. Ils cherchent à le **militariser** (multiplication des bases militaires) et à **contrôler les nouvelles routes maritimes** que sont les passages du Nord-Est et du Nord-Ouest. Cette intégration de l'Arctique à la mondialisation constitue une **menace environnementale**. L'Arctique témoigne de la fragilisation des espaces maritimes.

DÉFINITION
ZEE : zone économique exclusive qui correspond aux eaux territoriales d'un État qui possède sur ce territoire marin le monopole de l'exploitation des ressources.

 # article
Tensions dans l'Arctique
foucherconnect.fr/23tersti2d48

3 Je mémorise autrement

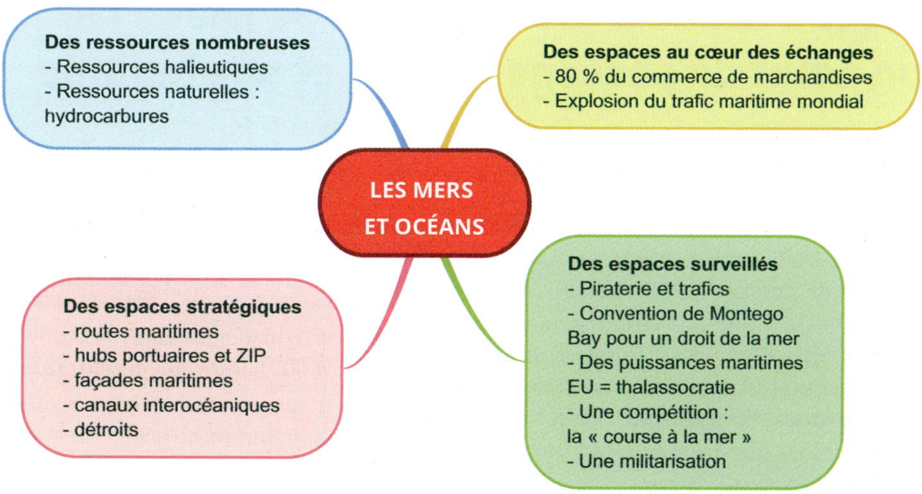

GÉOGRAPHIE

Sujet d'étude n°1 : les réseaux de câbles sous-marins : des infrastructures essentielles de la mondialisation

■ 98 % des **liaisons téléphoniques et internet** entre les continents passent par les 448 câbles sous-marins qui s'étendent sur une longueur totale d'1,3 million de kilomètres. Simplement posés sur le sol marin ou bien enfouis (technique de l'**ensouillage**), les câbles transportés par des **navires câbliers** servent à la télécommunication. Cette pratique remonte aux années 1850 lors de la mise en place d'un réseau télégraphique puis téléphonique (années 1920) intercontinental. Les câbles sont soumis à certains aléas d'origine animale, humaine ou géologique (séismes et éruptions volcaniques). Leur durée moyenne de vie est de 25 ans.

 # vidéo
Internet : des câbles sous-marins pour faire transiter les données
foucherconnect.fr/23tersti2d49

■ Les **lignes de fibres optiques** sont devenues des infrastructures de communication stratégiques à l'échelle mondiale. Lors de conflits, elles peuvent être visées de manière à couper les communications de l'adversaire. Les câbles peuvent faire l'objet d'un véritable espionnage entre nations. Les zones d'**atterrage**, c'est-à-dire d'arrivée des câbles sur le littoral, sont particulièrement surveillées. En 2020, des agents russes ont été repérés autour des installations de télécommunications reliant l'Europe à l'Amérique du Nord.

■ Le marché du câble sous-marin est détenu par une minorité de pays : la **France**, la **Chine**, les **États-Unis** et le **Japon**. Les GAFAM (Google, Apple, Facebook, Amazon et Microsoft) américaines investissent la moitié des sommes. Certaines sociétés collaborent comme les groupes Orange (France) et Telxius (Espagne) pour la pose des 6 600 km du câble transatlantique Dunant en 2020. L'activité est lucrative puisqu'un câble coûte de 30 à 700 millions d'euros selon sa longueur. La géographie du réseau mondial des câbles témoigne d'une **domination technologique, économique et stratégique des pôles majeurs** sur le reste du monde.

 # vidéo
Les dessous des cartes : câbles sous-marins, la guerre invisible
foucherconnect.fr/23tersti2d50

Sujet d'étude n°2 : le détroit de Malacca : un point de passage majeur et stratégique

A Un couloir maritime majeur…

■ Situé entre la Malaisie (Myanmar) et l'Indonésie (île de Sumatra), le **couloir maritime** de Malacca est la porte de sortie des navires qui partent d'Asie pour rejoindre l'océan Indien et le point de passage obligé des pétroliers qui approvisionnent la Chine et le Japon, gros consommateurs énergétiques. Sur une distance d'environ 700 kilomètres et une largeur allant de 35 à 350 kilomètres, ce « **corridor énergétique** » est l'une des zones maritimes les plus fréquentées au monde.

DÉFINITION
Couloir maritime : voie de circulation maritime plus ou moins longue et étroite par laquelle transitent de nombreux navires.

■« **Porte océane** » de l'océan Indien avec le Pacifique, le détroit est donc un axe maritime majeur pour le transport mondial et une artère vitale pour les pays de la région, dont le Japon et la Chine qui y réalise 90 % de ses échanges maritimes avec le monde. Environ 75 000 navires y transitent chaque année. Il met en relation l'Europe, le Moyen-Orient avec l'Asie orientale (trafic interrégional) mais il est aussi un outil de liaison entre les pays asiatiques (trafic intrarégional) membres de l'**ANSEA**. Le détroit est également traversé par de nombreux flux transversaux qui relient l'Indonésie, la Malaisie et Singapour. La **littoralisation** qui en découle contribue au développement économique des littoraux. De nombreux ports à conteneurs sont apparus sur les rives du détroit depuis 20 ans.

DÉFINITION

ANSEA (ou ASEAN) : l'association des nations du Sud-Est asiatique est un ensemble économique régional élaboré en 1967. Il regroupe 10 pays asiatiques (Indonésie, Malaisie, Philippines, Singapour, Thaïlande, Brunei, Viêt Nam, Laos, Birmanie, Cambodge).

B ... et un passage stratégique au niveau mondial

■ Le détroit de Malacca est un point de passage particulièrement stratégique. La Malaisie et l'Indonésie se montrent rivales dans le contrôle qu'elles tentent d'exercer sur le détroit. La convention de Montego Bay décrète en 1982 la liberté d'accès au détroit et elle en fait un « **passage en transit** », c'est-à-dire une **voie navigable internationale**. Elle donne toutefois aux deux États riverains des garanties en matière de sécurité et d'environnement.

■ Depuis les années 1980, la Chine déploie sur place un **dispositif militaire**. Aujourd'hui, elle contrôle partiellement les deux rives du détroit. Sa flotte militaire dispose des moyens de stopper la navigation. En contrepoids à la présence chinoise, une force navale américano-indienne surveille le détroit. Celui-ci apparaît donc comme un espace commun, où se jouent des **intérêts partagés (les flux commerciaux)** mais aussi comme un **espace de rivalités** déterminé par des rapports de force entre les puissances locales et des puissances périphériques comme les États-Unis.

■ La sécurisation du détroit de Malacca explique en partie sa **militarisation**. Cette voie de passage est en effet devenue une **zone grise**. Les trafics de contrebande et les passages illégaux de populations clandestines s'y multiplient ainsi que les activités de piraterie.

DÉFINITION

▸ **Zone grise** : zone de non-droit.

■ La Chine cherche des **voies de transit alternatives** (nouvelle route terrestre de la soie et nouveaux passages en Arctique). Le projet du canal de Kra en Thaïlande demeure une éventualité qui permettrait de détourner une partie du trafic vers le Nord. Victime de son succès, le détroit de Malacca (aux eaux peu profondes) est devenu un goulot d'étranglement sous tension.

 # quiz
Des questions pour réviser
foucherconnect.fr/23tersti2d37

GÉOGRAPHIE

5 Des dynamiques territoriales contrastées au sein de la mondialisation

La mondialisation aide au développement d'une grande portion de la planète mais hiérarchise les territoires. Certains se placent au cœur des processus de commandement et d'échanges tandis que d'autres sont en retard. La mondialisation aboutit à des contrastes qui opposent ses centres-moteurs aux périphéries en marge. Or, ces différences d'intégration s'observent à toutes les échelles.

1 Des accès à la mondialisation très inégaux

A Les cœurs de la mondialisation

a Vers une multipolarité

■ L'intensification de la mondialisation conduit à la **multipolarité**, c'est-à-dire à la **multiplication des pôles créateurs de richesses**. Aux trois pôles majeurs hérités de l'**ancienne Triade** (Amérique du Nord, Union européenne et Asie orientale) s'ajoutent des **pôles émergents** confirmés tels que les **BRICS (Brésil, Russie, Inde, Chine et Afrique du Sud)** et des **pôles secondaires** plus récents comme la Turquie ou les monarchies arabes du Golfe persique. L'Occident doit davantage partager les richesses et n'a plus le monopole du développement. Son poids encore fort est contrebalancé par l'affirmation « des Suds ».

DÉFINITION

Sud et Suds : l'utilisation du mot au singulier a désigné jusqu'aux années 1990 l'ancien tiers-monde alors disparu. La diversification des pays et des situations de développement conduit à employer le mot au pluriel depuis les années 2000.

vidéo
Les BRICS
foucherconnect.fr/23tersti2d51

■ Les pôles les plus dynamiques concentrent les trois quarts des échanges commerciaux, accueillent les deux tiers des **firmes transnationales (FTN)**, détiennent les capacités d'innovation les plus importantes et possèdent les **places boursières** les plus actives de la planète. Ils maîtrisent l'essentiel des **flux d'information** et les **flux financiers**. Ils sont les principaux acteurs et bénéficiaires de la **mondialisation**.

b L'importance des villes mondiales et des mégalopoles

■ Les moteurs de la globalisation se retrouvent à l'échelle d'une quarantaine de **villes mondiales.** Véritables concentrations de pouvoirs économiques, politiques et culturels, elles sont les **centres décisionnels de la mondialisation.** Ces espaces urbains en réseau constituent parfois de grandes régions urbaines d'au moins 10 millions d'habitants où plusieurs métropoles s'interconnectent. Ce sont

vidéo
Londres, une ville mondiale
foucherconnect.fr/23tersti2d52

les **mégalopoles** telles que celle du **Nord-Est des États-Unis**, de la **dorsale européenne** (de Londres à Milan) ou encore la **mégalopole japonaise** et plus largement le **corridor est-asiatique**.

DÉFINITION

Corridor est-asiatique : bande littorale en fort développement et qui met en relation les principaux hubs portuaires de l'Asie orientale entre eux et avec le monde.

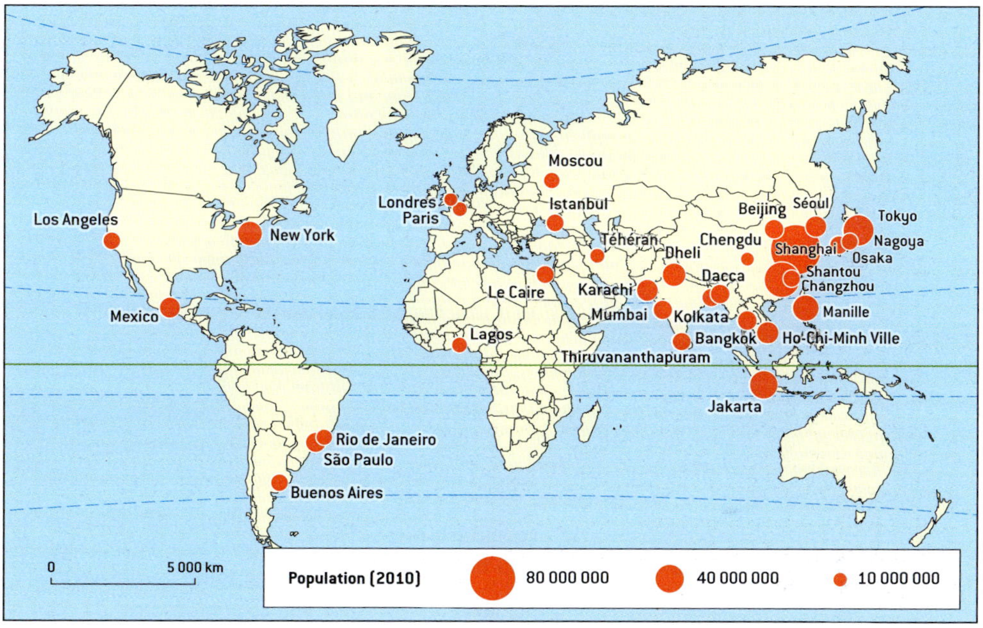

Les agglomérations urbaines de plus de 10 millions d'habitants

Les métropoles mondiales sont des **espaces de circulation et de convergence des flux migratoires.** Elles sont les lieux d'habitation des populations les plus aisées et captent l'essentiel du trafic aérien (70 %) grâce à des **hubs**. Leurs activités économiques sont internationalisées et largement tertiarisées. La métropolisation se confirme dans les capitales des pays émergents (São Paulo, Bombay, Istanbul) et en développement. Les métropoles mondiales sont enfin marquées par une forte **ségrégation socio-spatiale**, par des problèmes de **saturation du trafic routier** et par des **phénomènes de pollution** plus accentués dans les Suds.

DÉFINITIONS

- **Hub** : plateforme aérienne ou portuaire mise en réseau. Les hubs rassemblent des lignes de correspondance entre les principaux ports ou aéroports mondiaux.
- **Métropolisation** : généralisation des métropoles dans le monde. Ce phénomène renforce la concentration des hommes et des activités dans de vastes ensembles urbains.

GÉOGRAPHIE

C Le rôle grandissant des littoraux et des façades maritimes

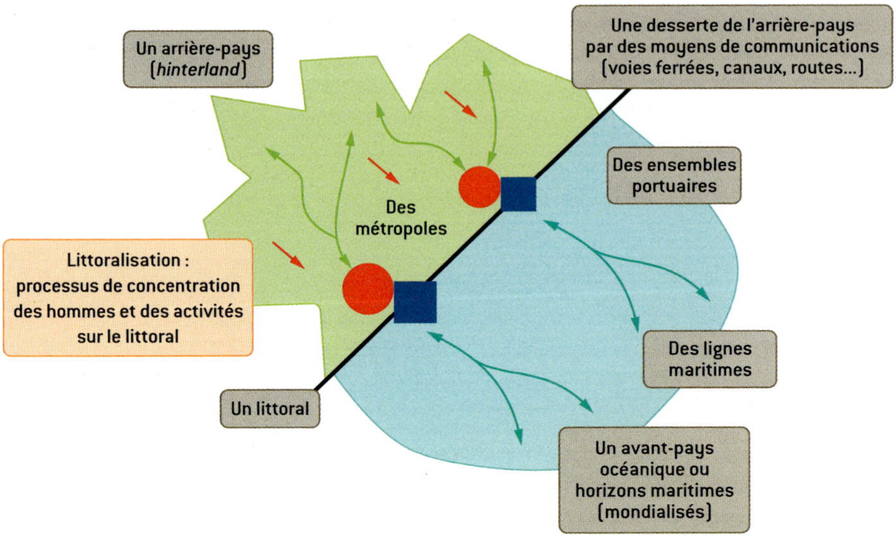

Organisation d'une façade maritime

La multiplication des échanges privilégie les littoraux. La **maritimisation** et la **littoralisation** procurent aux côtes une vocation d'**interface**. Les **façades portuaires** organisent les **échanges maritimes**. Celles de la **Northern Range (rangée nord-européenne)**, de la **Bosrich (mégalopole allant de Boston à Washington)** et du **corridor est-asiatique** polarisent l'essentiel des flux maritimes intercontinentaux. Elles mettent en relation les espaces maritimes avec les ensembles portuaires et l'**arrière-pays (hinterland)**.

DÉFINITIONS

- **Façade portuaire ou maritime** : alignement d'un certain nombre de ports et de ZIP sur un littoral fonctionnant en réseau.
- **ZIP** : zone industrialo-portuaire où se concentrent un espace urbain, des zones de production et d'échanges commerciaux.

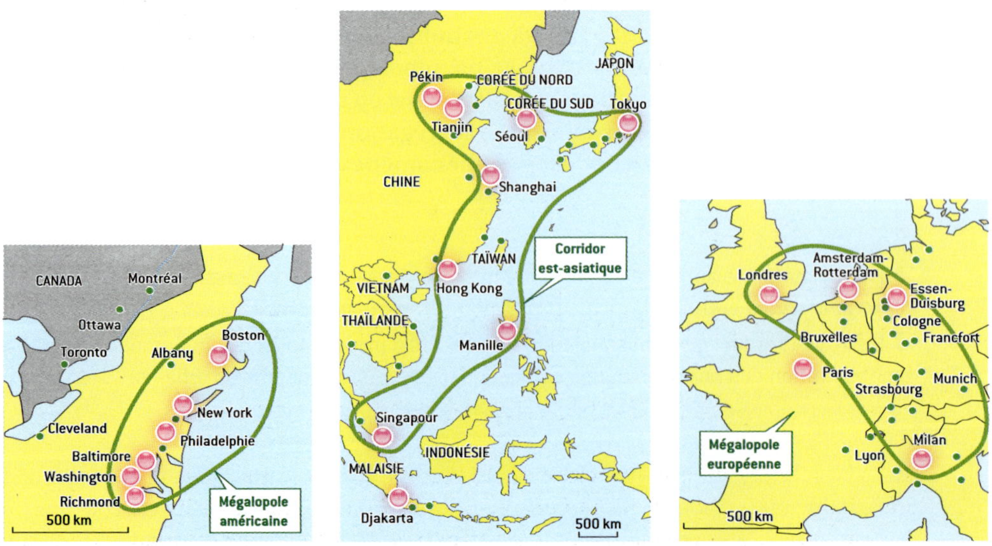

Les trois principales mégalopoles dans le monde

B Les espaces en marge de la mondialisation

■ Une large partie du monde n'est pas encore bien intégrée à la mondialisation. 46 nations forment l'ensemble des **pays les moins avancés (PMA)**, catégorie élaborée par l'ONU depuis 1971 dans le cadre de la Conférence des Nations unies sur le commerce et le développement. 33 sont en Afrique, 9 en Asie, 3 en Océanie et 1 aux Antilles. Ces pays se caractérisent par un **faible niveau de participation au libre-échange mondial**, par un **IDH très bas** (alphabétisation insuffisante, sous-nutrition et mortalité infantile élevée) et par une **vulnérabilité économique** (endettement et dépendance à l'égard de l'extérieur).

SIGLE
IDH : indice de développement humain.

■ La faible intégration à la mondialisation concerne des territoires à différentes échelles. Les quartiers défavorisés des métropoles mondiales constituent des poches de pauvreté exclues des dynamiques du libre-échange : c'est le cas des **bidonvilles** en Amérique latine (les **favelas**) ou en Inde (les **slums**). La mondialisation favorise les villes sur les campagnes.

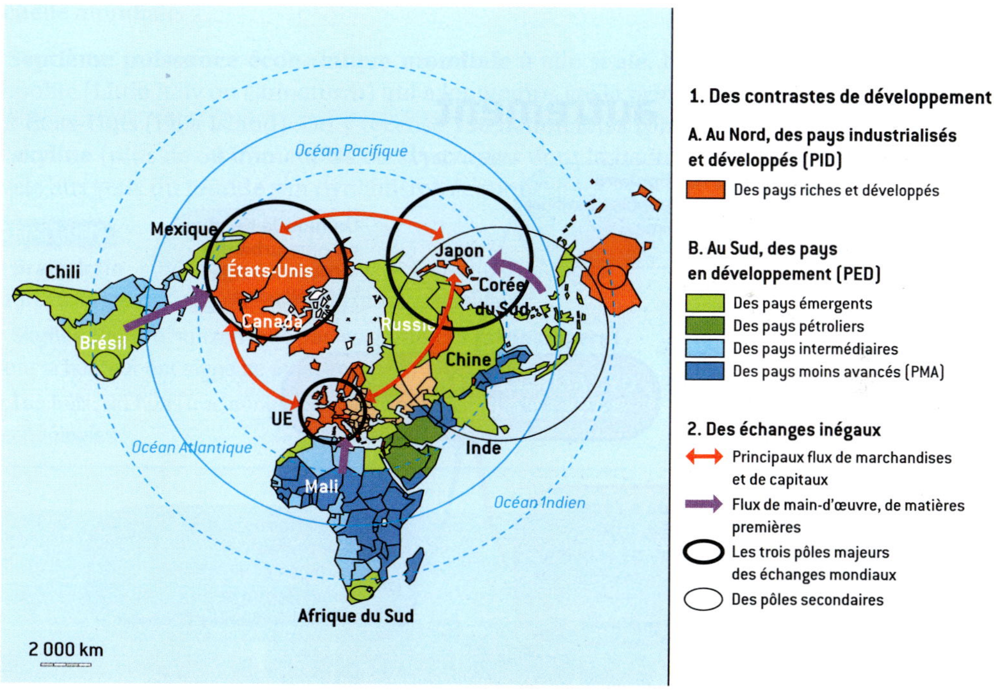

Les inégalités de développement à l'échelle mondiale

2 Des facteurs qui limitent les échanges

A Les facteurs idéologiques et géopolitiques

L'exclusion de la mondialisation est une conséquence du mal-développement. Moins un État est développé, moins il s'intègre aux circuits mondiaux. Moins il participe à la mondialisation, moins il se développe consécutivement. Ce cercle vicieux qualifié de **dynamique négative** s'explique par la déstabilisation engendrée par les **conflits intérieurs** (guerres

GÉOGRAPHIE

Hall). Elle est l'une des **capitales mondiales de la mode, de l'édition, de l'art contemporain et du luxe**. Les **centres universitaires** proches de New York comptent parmi les plus **prestigieux au monde** : Columbia, Princetown et Yale en sont les fleurons.

■ New York demeure une ville marquée par des **contrastes socio-spatiaux** importants. On parle d'une ville « duale », c'est-à-dire à la fois peuplée de gens riches (*upper class*) et de personnes dans la grande pauvreté (*homeless*/sans domicile fixe). Des poches de pauvreté correspondent aux quartiers marqués par une homogénéité ethnique (population afro-américaine du Bronx). Ces espaces de relégation (**ghettos**) sont les plus pollués et les plus exposés aux nuisances et aux risques. Inversement, la **gentrification**, visible sur les **fronts d'eau** (portions urbaines en bordure d'un rivage bien aménagé) touche des zones comme le quartier de Williamsburg.

DÉFINITION

Gentrification : conquête d'un quartier par des classes sociales supérieures (embourgeoisement) dont la présence engendre une hausse des prix immobiliers.

C Une mégapole au cœur des échanges

New York rassemble 8,4 millions d'habitants dans sa limite administrative et 22 millions au total avec sa proche périphérie. Elle est l'**hypercentre** de la mégalopole qui compte environ **50 millions d'habitants**. Ce foyer de peuplement majeur est structuré par un vaste réseau de transports à l'échelle régionale et mondiale :
- New York se présente comme un **hub aérien mondial** qui rassemble 3 aéroports (JFK, La Guardia et Nework) connectés à Manhattan par un réseau ferroviaire et routier très développé. JFK comptabilise 60 millions de passagers annuels ;
- le **bassin portuaire** de New York lui garantit une activité commerciale et touristique qui renforce sa vocation d'interface. Le port new-yorkais est le 3e du pays et a fait l'objet de travaux importants afin d'accueillir les plus gros navires de commerce et de croisière.

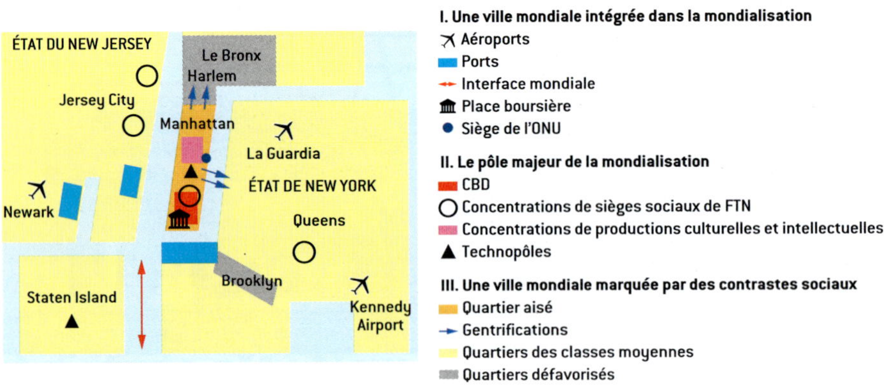

Sujet d'étude n°2 : l'aéroport de Paris-Roissy-Charles de Gaulle : un hub au cœur des échanges européens et mondiaux

A Un hub stratégique et une plate-forme multimodale en mutation

■ Inauguré en 1974, l'aéroport Roissy-Charles de Gaulle (Roissy-CDG) est le 10e pôle aéroportuaire mondial et le 2e en Europe. En 2018, 72,2 millions de passagers ont transité par ce **hub**. 148 compagnies aériennes sont hébergées et assurent 1 300 vols quotidiens. Parmi elles, Air France-KLM occupe une place centrale en tant que 5e transporteur aérien européen.

■ Au transport des personnes s'ajoute le **trafic de marchandises (le fret)** qui atteint 2 millions de tonnes annuelles permettant à ce pôle logistique d'être le premier en Europe. L'entreprise américaine de courrier aérien FedEx a d'ailleurs choisi Roissy-CDG pour y implanter son principal centre européen.

 # vidéo
Le hub de FedEx de Paris-Roissy-CDG
foucherconnect.fr/23tersti2d54

■ Les infrastructures aéroportuaires comprennent 4 pistes et 3 aérogares. Le réseau aérien couvert par la compagnie nationale Air France s'étend au monde entier et permet de relier Paris à environ 325 métropoles européennes, américaines, africaines et asiatiques. Roissy-CDG aide donc la France à intégrer les circuits du libre-échange. Il est un atout majeur pour l'intégration du pays à la globalisation.

■ Le vaste ensemble aéroportuaire de Roissy-CDG permet la connexion de réseaux de transports de plusieurs natures et à différentes échelles. Les autoroutes A1 (Lille-Paris) et A104 (Francilienne) convergent à la hauteur de Roissy. Le RER B stationne dans l'aéroport. La ligne TGV dispose d'une gare en plein aéroport pour relier Lille, Londres, Bruxelles, Lyon, Marseille, Nantes et Bordeaux. Roissy-CDG apparaît donc comme un **véritable point de jonction entre l'Europe du Nord et l'Europe du Sud**. Il assure une **intermodalité** qui met donc en réseau les axes de communication régionaux, nationaux, européens et mondiaux.

DÉFINITION
Intermodalité : Possibilité offerte en un même lieu d'emprunter des transports différents et reliés à des réseaux à différentes échelles.

GÉOGRAPHIE

Vue aérienne de l'aéroport Roissy-Charles de Gaulle

- La construction d'une ligne ferroviaire vers 2025, le **CDG Express,** afin de relier l'aéroport à la gare de l'Est ainsi que le projet du Grand Paris (ligne 17 du métro) vont davantage insérer Roissy-CDG au réseau des transports régionaux centrés sur la capitale. Le prolongement de la Francilienne devrait en faciliter l'accès. Le projet d'un 4e terminal géant devrait permettre d'accueillir 40 millions de passagers supplémentaires à partir de 2037, c'est-à-dire l'équivalent du trafic annuel d'Orly (500 vols supplémentaires par jour). **Roissy CDG ambitionne donc de devenir le premier aéroport d'Europe**, devant Londres.

B Un hub qui réaménage son territoire proche

- L'essor de l'aéroport a transformé son espace proche en pôle économique où travaillent 86 000 employés. Bassin d'emplois majeur en Île-de-France, la zone aéroportuaire représente plus de 4 % du PIB francilien, environ 6 % de l'emploi régional, 1,2 % de la richesse nationale et 1,5 % des emplois en France.

- Roissy-CDG capte donc la main-d'œuvre d'un territoire périurbain habité par 600 000 personnes du Val-d'Oise, de la Seine-Saint-Denis et de la Seine-et-Marne.

- L'espace logistique et aéroportuaire est entouré d'une **périphérie de zones d'activités** telles que **Roissy Tech**, **Paris Nord II**, **Paris Nord Villepinte**. Ces espaces comprennent le plus grand parc des expositions en France, le troisième plus grand centre commercial français (Aéroville), un parc d'activités international où l'on trouve des entreprises spécialisées dans les services, la recherche-développement, les hautes technologies, les activités d'entreposage, la grande distribution et l'hôtellerie (présence d'une trentaine d'hôtels avec une capacité de 8 000 chambres). Roissy CDG a donc beaucoup transformé et considérablement développé son espace proche.

 # quiz
Des questions pour réviser
foucherconnect.fr/23tersti2d37

6 Les lieux de l'influence française dans la mondialisation

La France dispose d'un rayonnement international ancien et renouvelé. Cette influence est renforcée par l'Union européenne et par la mondialisation. La puissance française s'affirme en un certain nombre de lieux où se joue le destin mondial du pays.

1 Un rayonnement hérité de l'histoire

A Un rayonnement linguistique et culturel essentiel

■ L'ancien contexte colonial procure à la France un rayonnement qui s'ancre en premier lieu dans ses **DROM-COM** (anciennement DOM-TOM). Ces territoires ultramarins ou ultrapériphériques procurent à la France une présence mondiale, sur presque tous les océans du globe. La détention de la 2e plus grande **ZEE** (**Zone d'économie exclusive**) au monde procure des avantages économiques et stratégiques. Mayotte est le dernier territoire devenu français en 2011 tandis que la Nouvelle-Calédonie a fait démocratiquement le choix de rester française.

■ La langue française est la 5e langue la plus parlée dans le monde. Créée en 1970, l'**Organisation Internationale de la Francophonie** (**OIF**) regroupe presque 300 millions de francophones dans 54 États (avec 7 États associés et 27 pays observateurs). Langue officielle à l'ONU (qui siège à New York), à l'OTAN (Organisation du traité de l'Atlantique Nord), dans l'Union européenne et au CIO (Comité International Olympique), le français apparaît comme un vecteur de diffusion culturelle qui facilite les accords de coopération et qui renforce l'attractivité de la France à l'échelle internationale.
L'**Alliance française** se charge de l'enseignement du français dans 136 pays et permet à environ un demi-million de personnes d'apprendre la langue française chaque année. 500 établissements scolaires français à l'étranger enseignent à plus de 330 000 élèves. La stratégie mondiale de médias francophones tels que France 24 et RFI (Radio France International) diffuse l'information en français dans 130 pays.

 # vidéo
Le tour du monde de la francophonie
foucherconnect.fr/23tersti2d55

■ La France bénéficie d'une image positive en raison de l'importance accordée à sa culture. Le prestige de ses institutions culturelles (musées), l'attractivité exercée par son patrimoine (44 000 monuments historiques et 49 sites classés au patrimoine mondial), l'importance de ses universités et Grandes Écoles procurent au pays une renommée internationale. Les 98 **instituts français** à l'étranger déploient une action culturelle de grande ampleur. Le Louvre s'exporte depuis 2006 à Atlanta et depuis 2017 à Abou Dabi où la prestigieuse université de la Sorbonne enseigne à 500 étudiants. Le centre Pompidou a ouvert une annexe à Shanghai et à Malaga (Espagne).

■ La France se place en 9e position des nations scientifiques dans le monde (en nombre de publications). Les articles de ses chercheurs représentent 2,4 % des publications scientifiques mondiales. L'affirmation des pays émergents renforce la compétition scientifique mondiale. Le classement de la France dans la productivité scientifque a tendande à reculer légèrement. 60 % des travaux scientifiques français se réalisent désormais au sein d'une coopération internationale. La science française a bien intégré la communauté scientifique mondiale. Les Mathématiques demeurent la discipline où la France brille le plus. Elle a cependant besoin de la coopération européenne pour rester leader en physique, en astronomie et en technologies spatiales.

B Un rayonnement diplomatique et humanitaire

■ Avec 163 ambassades et 98 consulats, la France dispose du 3e plus grand **réseau diplomatique** mondial après les États-Unis et la Chine. L'influence diplomatique s'exerce prioritairement au sein de l'espace communautaire européen dont la France est l'un des piliers. Son siège permanent au Conseil de Sécurité de l'ONU lui attribue le droit de veto, ce qui met la France sur le même plan que les plus grandes puissances mondiales. Le pays appartient au « **club nucléaire** » qui rassemble les 5 États détenteurs officiels de l'arme atomique.

■ La **présence humanitaire** de la France est l'une des plus importantes au monde. L'État français et les **ONG** (organisations non gouvernementales comme Médecins sans frontières) répondent à un certain nombre de situations d'urgence. Le **Centre de crise et de soutien** rattaché au ministère des Affaires étrangères insère les problématiques humanitaires à la diplomatie française.

 # vidéo
Les ONG, des acteurs incontournables de la solidarité internationale
foucherconnect.fr/23tersti2d56

C Un rayonnement militaire

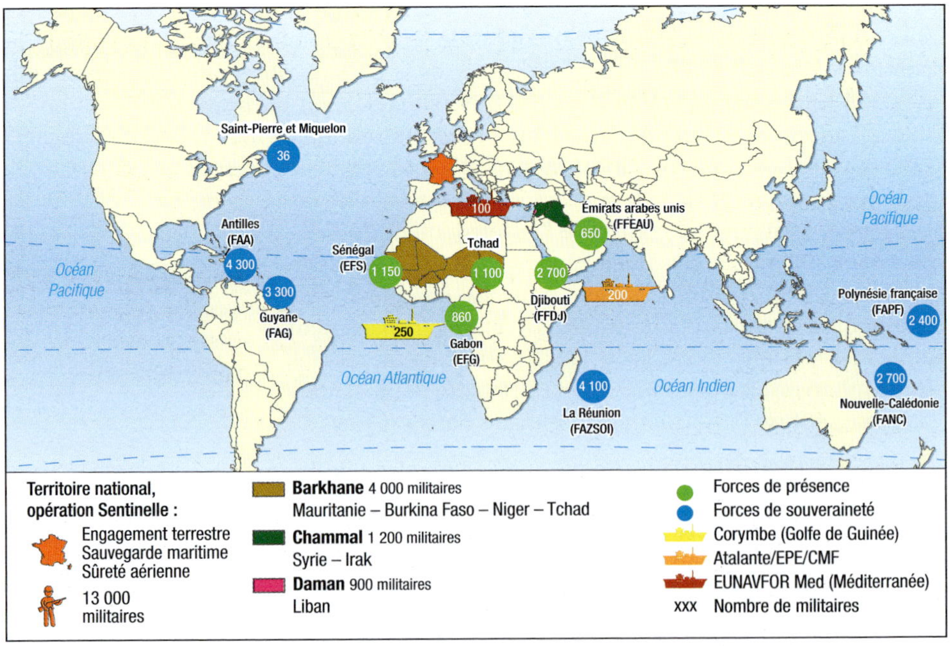

Le déploiement opérationnel des forces armées françaises

La **présence militaire** française dans le monde contribue à la sécurisation des « zones grises », à la lutte contre le terrorisme, à la protection des Français expatriés et au maintien de la paix dans des États menacés d'éclatement. Ce déploiement de forces s'effectue au nom de l'État français ou bien dans le cadre de l'ONU (casques bleus), de l'OTAN ou de l'Union européenne. En 2022, 36 600 soldats sont déployés sur le territoire national et à l'étranger dans le cadre de missions spéciales. Les deux principales d'entre elles sont les **opérations Barkhane** et **Chammal** (armée de l'air au Moyen-Orient, notamment en Syrie). 2 700 militaires stationnent à Djibouti, véritable place forte africaine internationale qui sécurise les routes maritimes stratégiques régionales. Les opérations militaires extérieures sont ainsi devenues un élément structurel de l'activité militaire française. Depuis 1995, 106 opérations militaires ont été effectuées à l'étranger.

 # vidéo
L'opération Chammal, quand les forces françaises luttent contre Daech
foucherconnect.fr/23tersti2d57

D Des entreprises françaises de plus en plus actives à l'étranger

La diaspora française à l'étranger se compose d'environ 1,5 million d'expatriés. Ils aident les 30 000 entreprises françaises positionnées à l'étranger à conquérir des parts de marché. Les start-up françaises localisées en dehors des frontières nationales ont vu leur nombre augmenter de 25 % en 2018. Ce succès de la « french tech » témoigne de l'importance des investissements réalisés dans le cadre d'une économie de plus en plus internationalisée. Les entrepreneurs français privilégient les pays les plus développés tels que les États-Unis et l'Europe. 6e plus gros investisseur mondial, la France connaît des succès importants. Ses FTN (Areva, Orange, Bouygues, Axa, Danone, L'Oréal) figurent parmi les groupes les plus performants au monde. Spécialisé dans le luxe, LVMH possède ainsi 5 500 boutiques sur tous les continents et emploie 150 500 personnes pour un chiffre d'affaires de 64,2 milliards d'euros en 2021.

2 Un rayonnement français qui rend le territoire national attractif

A Un pays qui héberge de nombreuses organisations internationales

■ La place que la France occupe dans le monde la destine à accueillir le **siège d'organisations internationales** de premier ordre. C'est à Paris qu'elles se localisent le plus souvent :
- l'**UNESCO** : Organisation des Nations Unies pour l'éducation, la science et la culture ;
- l'**OCDE** : Organisation de coopération et de développement économiques ;
- l'**OIF** : Organisation internationale de la Francophonie ;
- l'**ASE** : Agence spatiale européenne ;
- l'**AEMF** : Autorité européenne des marchés financiers.

■ Lyon est la métropole française la mieux placée après Paris (1er rang en Europe). Elle accueille notamment les sièges d'Interpol (Organisation internationale de police criminelle) et du CIRC (Centre international de recherche sur le cancer) tandis que Strasbourg abrite le siège d'une dizaine d'organisations européennes (dont le Conseil de l'Europe, la Cour européenne des droits de l'homme ou l'Eurocorps).

B Un pays qui attire les investissements étrangers

■ En 2019, la France confirme son attractivité en devenant le 5e pays qui reçoit le plus d'investissements directs étrangers. Le pays attire pour son marché intérieur, ses infrastructures de communication et de transport, sa tradition et son tissu industriels, enfin pour ses capacités d'innovation.

GÉOGRAPHIE

■ 28 600 entreprises étrangères se sont installées en France. Elles emploient 2,1 millions de personnes. En 2021, 1 222 nouveaux projets témoignent de l'attractivité de la France (461 000 emplois grâce aux entreprises américaines). L'implantation des compagnies étrangères sur le territoire national profite aux grandes villes et accentue l'internationalisation de l'économie française en 2020 et 2021.

C Un pays acteur des événements mondiaux et du tourisme

■ De 2015 à 2025, la France organise **9 événements mondiaux** dont la **COP 21 (en 2015)**, l'**Euro de football (en 2016)**, la **Ryder Cup (en 2018)**, la **coupe du monde de rugby à XV (en 2023)** et les **Jeux Olympiques d'été (en 2024)** qui mobilisera une douzaine de villes. En mesure d'héberger 1 million de touristes, le pays dispose des infrastructures hôtelières, sportives et de communication pour la tenue d'événements d'une telle importance.

■ La France reçoit un peu moins de **90 millions de touristes** et se présente comme la **première destination touristique mondiale**. Cette activité engendre 56 milliards d'euros de recettes en 2018, ce qui place le pays en **3e position mondiale (derrière les États-Unis et l'Espagne)**. Ce poids touristique ne doit pas faire oublier que la France est seulement un pays de transit pour beaucoup d'Européens qui traversent le territoire national afin de rejoindre un autre État. Le tourisme bénéficie prioritairement à la capitale, à sa région et à certains littoraux, notamment méditerranéens. L'activité touristique demeure par ailleurs soumise à certains aléas tels que le risque terroriste ou l'épidémie de Covid 19 qui prive le pays de ses millions de visiteurs étrangers en 2020.

 # synthèse
Le tourisme en France
foucherconnect.fr/23tersti2d58

Les principaux lieux du tourisme en France

3 Je mémorise autrement

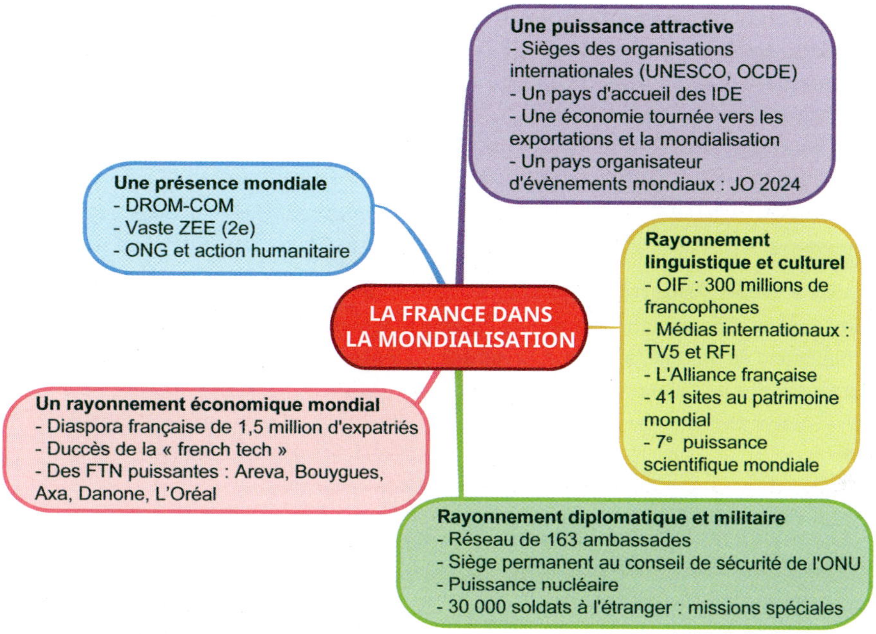

Sujet d'étude n°1 : le centre spatial guyanais de Kourou

A Un territoire ultramarin ancré dans la compétition spatiale internationale

La Guyane abrite l'unique **port spatial** européen à Kourou : le **centre spatial guyanais (CSG)**, composé d'un **centre de recherche spatiale** et d'une **base de lancement** pour la France et l'Union européenne. Ce site, créé en 1964, est géré conjointement par le **CNES**, le groupe **Arianespace** et l'**ASE**. La Guyane offre l'avantage de se situer assez proche de l'équateur, ce qui facilite le **lancement des fusées** et la **mise en orbite** des satellites. Territoire français suffisamment grand, stable, peu exposé aux aléas et peu peuplé, le site de Kourou offre un avantage stratégique et succède au site de Hammaguir, en Algérie, devenue indépendante. Kourou a servi depuis 1968 à lancer les **fusées Diamant** (années 1960), **250 fusées Ariane** (de Ariane 1 à sa 6e version à partir de 2020), des **fusées russes Soyouz** et des **petits lanceurs Vega.**

 # vidéo
Le centre spatial de Kourou
foucherconnect.fr/23tersti2d59

SIGLES
- **ASE** : agence spatiale européenne.
- **CSG** : centre spatial guyanais.
- **CNES** : centre national d'études spatiales.

Le CNES possède 65 000 hectares nécessaires à son activité. Un nouveau plan d'investissement de 180 millions d'euros prévoit la **modernisation des infrastructures** de manière à procéder à un **lancement tous les 5 jours** au lieu de deux semaines pour le moment. Le CSG doit notamment faire face à la concurrence améri-

GÉOGRAPHIE

caine. Ses installations placées sous la surveillance de l'armée française (forces armées en Guyane) comprennent :
- un centre technique et un aérodrome ;
- plusieurs ensembles de lancement avec divers bâtiments ;
- le centre de contrôle Jupiter qui pilote les opérations de lancement et qui assure la communication avec les médias ;
- les zones de production des lanceurs ;
- des zones industrielles Seveso pour les entreprises partenaires ;
- un musée de l'espace.

DÉFINITIONS

- **Lanceur spatial** : fusée capable de porter dans l'espace et de mettre en orbite un ou plusieurs satellites.
- **Site Seveso** : site industriel considéré comme potentiellement dangereux en raison de la manipulation de produits à risques. Un tel site suppose des mesures de sécurité importantes à l'intérieur des installations et autour.

B Un fort impact sur la Guyane

Le centre spatial génère **800 emplois directs** (CNES, Arianespace, forces de sécurité), **2 500 emplois indirects** (sous-traitance), **1 320 emplois induits** chez les entreprises liées au secteur spatial (EuroPropulsion, Regulus et Air Liquide) et quelques centaines de missions temporaires. Ce gisement assure **15 % du PIB guyanais**, garantit **58 millions d'euros de recettes fiscales** et représente **80 % des exportations guyanaises**. Le centre spatial est donc un **atout considérable pour le développement du territoire guyanais** et la diversification de son économie. Le CNES contribue à la formation d'étudiants grâce à un partenariat avec l'université de Guyane et aide au développement numérique du territoire.

Le centre spatial guyanais constitue un élément fort de l'aménagement du territoire régional mais aux yeux des Guyanais, sa contribution en faveur du développement n'est pas jugée suffisante. La population souhaite que le CSG aide davantage à la modernisation des infrastructures de communication et qu'il fasse travailler un plus grand nombre de PME locales (taux de chômage de 22 %).

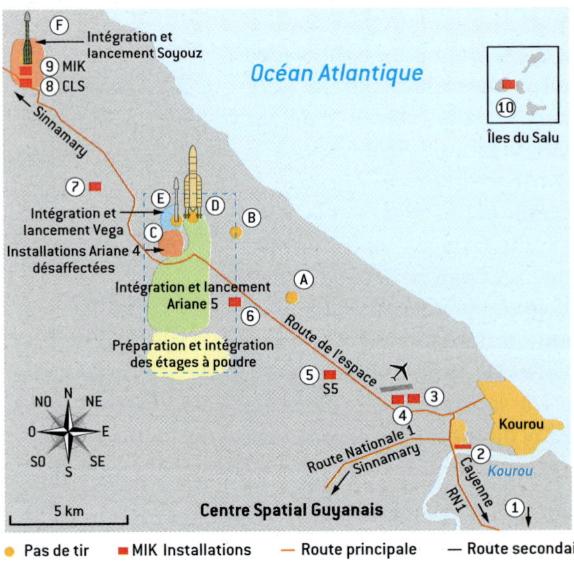

Installations de Kourou :
1 Station de poursuite de la montagne des Pères
2 Appontement de Pariacabo
3 Centre de contrôle des lancements
4 Services centraux CNES
5 Préparation des satellites (EPCU)
6 Station météo et de poursuite
7 Station de poursuite des satellites (ESA)
8 Centre de lancement Soyouz
9 Montagne fusée Soyouz
10 Cinéthéodolite de l'Île Royale

Pas de tir :
A Fusées-sonde
B Diamant (désaffecté)
C Ariane 4 (ELA-2) (désaffecté)
D Ariane 5 (ELA-3)
E Vega (ELV ex ELA-1 Ariane)
F Soyouz (ELS)

Les installations du centre spatial guyanais

Sujet d'étude n°2 : Disneyland Paris, un marqueur de l'intégration de la France dans la mondialisation

A Le premier parc de loisirs européen devenu un pôle économique majeur

■ Depuis son ouverture en 1992, le **parc d'attractions Disneyland Paris** a accueilli plus de **375 millions de visiteurs**. 44 % d'entre eux sont français et 56 % viennent d'Europe (17 % de Britanniques, 9 % d'Espagnols...). 16 millions de visiteurs ont fréquenté le site en 2021. Cette zone est devenue l'un des **principaux atouts touristiques régionaux, nationaux et européens**. Presque 8 milliards d'euros ont été investis, dont 9 % à partir de fonds publics. La fiscalité a rapporté plus de 7 milliards d'euros. 3 000 fournisseurs (dont 490 d'origine européenne) alimentent le parc en produits et matériaux. Le développement spectaculaire de Disneyland Paris en fait aujourd'hui le **5e pôle hôtelier français (8 500 chambres)**. 55 restaurants et 13 cafés permettent de servir chaque année 21 millions de repas. Avec 16 000 emplois locaux directs et 40 000 emplois indirects, **Disneyland Paris est le premier employeur de France sur un seul site**.

■ Les deux parcs à thèmes (Disneyland et Walt Disney Studios) ont largement aidé au **développement des activités tertiaires** environnantes. 2 centres de congrès organisent chaque année 850 événements. Disney Village se présente comme une zone commerciale et de divertissement à proximité immédiate du premier parc. Celui-ci a agi comme un **moteur économique régional et national**. Il a permis la sortie de terre d'un centre commercial de grandes dimensions (Val d'Europe) dans une agglomération dont la population a été multipliée par 30 en 10 ans.

 # info
25 ans d'Euro Disney : avant, il y avait des champs
foucherconnect.fr/23tersti2d60

Vue aérienne de Disneyland Paris

GÉOGRAPHIE

B La construction d'un nouveau réseau d'axes de transport

L'arrivée du parc Disneyland Paris a largement contribué au **développement des transports**. 3 accès à l'autoroute A4 ont été réalisés ainsi qu'une gare RER et une gare TGV reliée à une cinquantaine de villes européennes et à l'aéroport de Roissy-Charles de Gaulle. La gare de Marne-la-Vallée-Chessy assure l'interconnexion entre la ligne du RER A et le réseau TGV parcouru par les trains Thalys (vers l'Europe du Nord), Eurostar (vers Londres) et par les TGV à destination des grandes villes françaises (dont les TGV à bas coût Ouigo). Au centre d'un réseau de lignes de bus et de gares routières, le parc Disneyland Paris assure une **intermodalité digne d'une métropole française**.

Le réseau des transports autour du parc Disneyland Paris

 # quiz
Des questions pour réviser
foucherconnect.fr/23tersti2d37

1 L'AFFIRMATION DES TOTALITARISMES ET LA GUERRE

1. Dites à quelle personnalité est lié chacun des trois régimes totalitaires :
- Fascisme :
- Stalinisme :
- Nazisme :

2. Donnez trois caractéristiques d'un régime totalitaire.

3. Qu'entend-on par « parti unique » ? Donnez deux exemples.

4. Reconstituez les événements liés au rôle de l'Allemagne dans la Seconde Guerre mondiale :
- Août 1939
- Septembre 1939
- Juin 1940
- Juin 1941

5. Attribuez le terme qui correspond aux points suivants :
- Génocide à l'encontre des Juifs :
- Enfermement des populations juives dans des quartiers réservés et à l'écart :
- Unités mobiles d'extermination des Juifs en URSS envahie :
- Déplacement des populations civiles françaises au début de l'invasion allemande :
- Renoncement par la France à poursuivre la guerre en 1940 :

6. Pourquoi peut-on dire que la France perd sa souveraineté à partir de juin 1940 ?

2 LE MONDE DE 1945 À NOS JOURS

1. Rédigez deux ou trois phrases d'explications qui comprennent les termes suivants : « rideau de fer », bloc, supergrands, doctrine Jdanov.

2. Identifiez les grands événements de la guerre froide en lien avec l'Allemagne :
- 1945 :
- 1948-49 :
- 1961 :
- 1989 :
- 1990 :

3. Trouvez le terme correspondant à chacune des explications ci-dessous :
- Volonté américaine de refouler le communisme dans le monde :
- Coupure du monde en deux au temps de la guerre froide :
- Les 2 volets de la politique réformiste de Gorbatchev :
- La structure internationale qui succède à l'URSS après 1991 :
- L'état du monde après les bouleversements post-guerre froide :
- Politique extérieure américaine en faveur de l'expansion de la démocratie et des Droits de l'homme :

4. Datez les événements suivants :
- Indépendances du Maroc et de la Tunisie :
- Début et fin de la guerre d'Algérie :
- Conférence de Bandoung :
- Création de l'OUA :

5. Question de réflexion : À quels défis les anciennes colonies se retrouvent-elles confrontées au moment de leur indépendance ?

6. Identifier les sigles suivants : CECA, CEE, PAC, BCE.

3 LA FRANCE DEPUIS 1945 : POLITIQUE ET SOCIÉTÉ

1. Identifiez les sigles suivants : GPRF, CNR.
2. Quels sont les phases politiques qui correspondent aux périodes suivantes en France ?
- 1944-1946 :
- 1946-1958 :
- 1958 à nos jours :
3. Donnez deux événements socio-politiques qui prennent place en France de :
- 1944 à 1946 :
- 1958 à 1962 :
4. Du temps de la Ve République, qui compose :
- Le pouvoir législatif ?
- Le pouvoir exécutif ?
5. Sous la Ve République, comment sont désignés ou élus :
- Les députés :
- Les sénateurs :
- Le Premier ministre :
6. Question de réflexion : Pourquoi peut-on dire de la Ve République qu'elle instaure un régime semi-présidentiel ?

corrigé
foucherconnect.fr/23tersti2d61

ENTRAÎNEMENT AU CONTRÔLE CONTINU

Première partie : Questions

1. Citez le nom de deux personnalités historiques et de leur régime politique à l'origine des totalitarismes.
2. Justifiez cette phrase : Les régimes totalitaires sont à la fois partenaires et adversaires.
3. Définissez la bipolarisation dans le contexte de la guerre froide.
4. Reconstituez la chronologie de la guerre froide en attribuant un événement à chaque date mentionnée.
- 1947 :
- 1949 :
- 1955 :
- 1961 :
- 1962 :
5. Quels sont les pouvoirs du président en France sous la Ve République ?
6. Donnez deux outils au service du rayonnement culturel de la France dans le monde.

Deuxième partie : Analyse de documents

Document 1

Affiche du mouvement « Paix et liberté », association anticommuniste et antisoviétique française. Années 1950. « Jo-Jo » fait référence au prénom de Joseph Staline.

Document 2

Boris Efimovic, lithographie « Washington's dove of peace », 1953.
Traduction : « La colombe de la paix de Washington. Bien qu'ils la déguisent sournoisement, ils ne cacheront pas ses tripes sordides. »

1. Relevez dans chacun des deux documents les symboles permettant d'identifier les deux pays visés par ces images.
2. De quoi la colombe est-elle normalement le symbole ? Pourquoi devient-elle ici symbole de mensonge ?
3. Pourquoi peut-on dire de ces deux documents qu'ils sont des supports de propagande ?

corrigé
Corrigés des entraînements au contrôle continu
foucherconnect.fr/23tersti2d62

HISTOIRE

4 MERS ET OCÉANS : VECTEURS ESSENTIELS DE LA MONDIALISATION

1. Donnez un exemple de :
- Façade maritime :
- Hub portuaire :
- Canal interocéanique :
- Détroit :

2. Pourquoi les mers et océans peuvent constituer des « zones grises », c'est-à-dire des espaces où le droit ne s'exerce pas ?

3. Télécharger le planisphère en scannant le QR code suivant et identifiez les océans, localisez les principales façades maritimes, 2 hubs portuaires mondiaux et les principales routes maritimes.

doc
Planisphère
foucherconnect.fr/23tersti2d76

4. Comment se nomme :
- La tentative de fixer un droit international sur les mers et océans ?
- La stratégie chinoise de développement de routes maritimes commerciales ?
- La puissance des États-Unis sur les mers et océans ?

5. Définissez les sigles suivants : ZEE, ZIP.

6. Question de réflexion : Pourquoi les mers et océans sont-ils des espaces très convoités aujourd'hui ?

5 DES TERRITOIRES INÉGALEMENT INTÉGRÉS DANS LA MONDIALISATION

OBJECTIF BAC

1. Téléchargez le planisphère en scannant le QR code suivant et complétez le avec les notions suivantes : BRICS, pôles majeurs, 3 mégalopoles, 3 villes mondiales.

doc
Planisphère
foucherconnect.fr/23tersti2d76

2. Définissez les sigles suivants : BRICS, FTN, PMA, IDH, IDE.

3. Donnez un exemple de mégalopole.

4. Donnez deux termes synonymes de bidonville.

5. Fixez le bon nombre ou pourcentage à chacun des phénomènes suivants :
- Nombre minimum d'habitants d'une ville mondiale :
- Pourcentage du trafic aérien réalisé par les villes mondiales :
- Nombre de personnes vivant d'un travail informel dans le monde :

6. Pourquoi parle-t-on de multipolarité pour désigner le monde d'aujourd'hui ?

6 LES LIEUX DE L'INFLUENCE FRANÇAISE DANS LA MONDIALISATION

1. Situez les éléments suivants : un DROM, un COM, un pays francophone, un territoire de déploiement de l'armée française à l'étranger.
2. Donnez la signification des sigles suivants : OIF, ONU, CIO, RFI, ONG.
3. Identifiez 3 événements sportifs mondiaux tenus en France depuis 2016.
4. Apprenez la carte des principaux lieux touristiques en France. Fournissez les renseignements suivants :
- Nom d'une région avec un fort tourisme international :
- Un exemple de région avec un tourisme patrimonial :
- Un exemple de parc national :
- Un aéroport essentiel pour le tourisme régional (en dehors de la région parisienne) :
5. Quelle est l'organisation culturelle mondiale dont le siège se trouve à Paris :
6. Question de réflexion : Pourquoi peut-on dire que la France dispose d'un certain rayonnement économique à l'échelle internationale ?

corrigé
foucherconnect.fr/23tersti2d61

ENTRAÎNEMENT À L'ÉPREUVE FINALE

Première partie : Questions

1. Téléchargez le planisphère en scannant le GR code suivant. Localisez et identifiez : un port d'importance mondiale, une voie maritime de première importance, un canal interocéanique, une façade maritime majeure.

doc
Planisphère
foucherconnect.fr/23tersti2d76

2. Qu'est-ce qu'une ZEE ? En quoi est-elle stratégique pour un État ?
3. Quel terme désigne la définition suivante : plateforme aérienne ou portuaire d'importance mondiale et mise en réseau ?
4. Donnez trois types d'espaces en marge de la mondialisation aux échelles locale, nationale et internationale.
5. Pourquoi la francophonie assure-t-elle à la France un rayonnement international ?
6. Sur la carte de la France accessible via le QR code suivant, localiser : une région où le tourisme international est très développé, un littoral balnéaire aménagé par un plan de l'État, une région avec un tourisme liés au patrimoine ou à la gastronomie et les zones de forte concentration de stations de ski.

doc
Carte de la France
foucherconnect.fr/23tersti2d79

Deuxième partie : Analyse d'un document

1. Montrez que le parc d'attraction Disneyland Paris est bien intégré au réseau des transports régionaux.
2. Montrez que le parc est également bien intégré à des réseaux de transports nationaux, voire internationaux.
3. En dehors des transports, quel impact le parc a-t-il eu sur l'aménagement de son territoire périphérique ?

4. En guise de synthèse, dites en quoi le parc d'attraction a profondément changé sa région et a contribué à son développement économique.

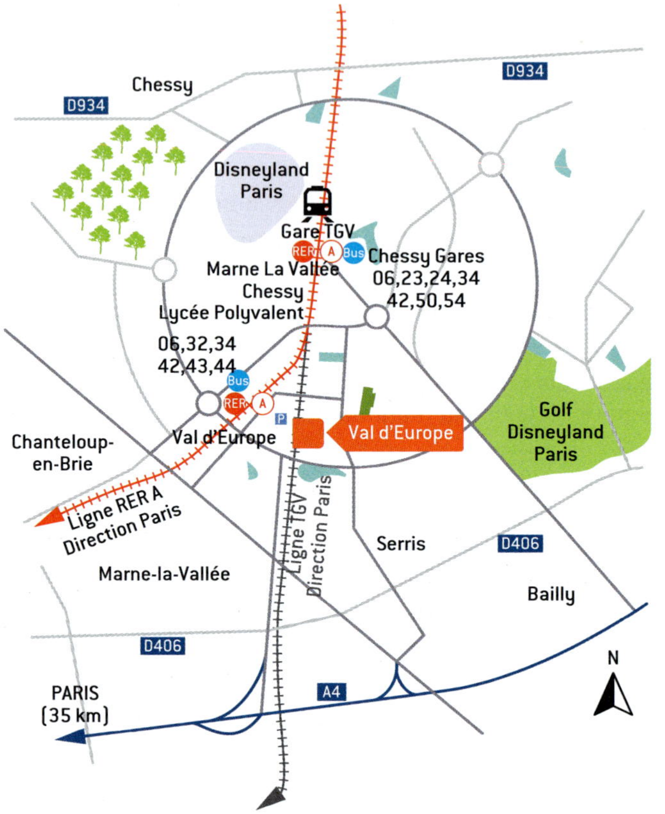

Plan du parc Disneyland Paris et de sa périphérie

ANGLAIS

ANGLAIS

L'évaluation de l'Anglais au bac 368
1 Identities and exchanges 373
2 Public and private spheres 376
3 Art and power 379
4 Citizenship and virtual worlds 383
5 Fiction and reality 387
6 Scientific innovations and responsibility 390
7 Diversity and inclusion 394
8 Territory and memory 398
ENTRAÎNEMENT À L'ÉPREUVE FINALE 401

L'évaluation de l'Anglais au bac

L'anglais est évalué au cours d'épreuves de contrôle continu en Première et en Terminale, ainsi que par les notes des bulletins scolaires, qui comptent pour 40 % de la note finale. Ces évaluations portent sur cinq compétences : la compréhension de l'oral et de l'écrit, l'expression écrite et l'expression orale en continu et en interaction.

1 Les épreuves de contrôle continu en Terminale

1er temps	2e temps
Épreuve écrite : – compréhension de l'oral – compréhension de l'écrit – expression écrite	**Expression orale**
1 h 30 hors temps d'écoute du document audio ou vidéo	10 minutes sans préparation

2 Premier temps : l'épreuve écrite

A La compréhension de l'oral

Vous effectuez trois écoutes espacées d'une minute d'un ou de deux documents audio ou vidéo d'une durée totale d'une minute et trente secondes.

a La première écoute

■ Lisez le **titre** de l'enregistrement écrit au tableau avant d'écouter le document audio ou vidéo.

■ Identifiez le **type de document** : audio (a recording) ou vidéo (a video).

the news *les informations*
a news item *une nouvelle*
a report *un reportage*
a testimony *un témoignage*
an interview *un entretien*
a conversation *une conversation*
a dialogue *un dialogue*
a speech *un discours*
a passage from a radio show *un extrait d'une émission de radio*

■ Définissez le **thème général** du document.

The main topic of the video is**...** *Le sujet principal de la vidéo est...*
The recording deals with/is about**...** *L'enregistrement parle de...*

■ Soyez attentif aux **indices sonores** : musique, bruits, etc.

■ Repérez le **nombre de voix** : masculine (a man/men), féminine (a woman/women), d'enfant (a child/children), d'adolescent (a teenager).

■ Prenez des **notes** pendant l'écoute, mais attendez la **fin** de la première écoute pour commencer à remplir le questionnaire.

■ Il faut accepter de ne pas comprendre tous les mots. Notez les **mots et expressions accentués** qui sont les mots-clés.

■ Vous avez un **laps de temps** après la première écoute pour essayer de reconstituer le sens général du document à partir des mots et groupes de mots que vous avez notés.

■ Cela vous permet d'**anticiper** des mots que vous connaissez déjà. Par exemple, si la conversation porte sur le cinéma, vous allez sans doute entendre : director, film, script, premiere, actor, actress…

REMARQUE

Pendant la vidéo, il faut regarder l'écran, car les images permettent souvent de comprendre des éléments de la narration en voix off ou d'un entretien. En revanche, il ne s'agit pas de décrire les images.

b La deuxième écoute

■ Elle permet de compléter les informations rassemblées lors de la première écoute.

■ Prêtez attention aux noms, dates, chiffres, lieux…

■ Commencez à remplir le questionnaire.

c La troisième écoute

À l'issue de la troisième écoute, vous utilisez l'heure et demie dont vous disposez comme vous le souhaitez pour rendre compte du document oral, en français, de manière libre ou guidée, puis pour traiter la compréhension de l'écrit et le sujet d'expression écrite en anglais.

REMARQUE

Pour progresser en compréhension de l'oral, il faut vraiment une pratique régulière. Ces sites vous seront très utiles :
- Elllo (English Listening Lesson Library Online) avec les scripts ;
- News in levels : les informations en trois niveaux de difficulté ;
- et bien sûr : BBC, Voice of America, toutes les séries et les talkshows.

B La compréhension de l'écrit

La compréhension de l'écrit est évaluée à partir d'un ou deux textes écrits. Vous en rendez compte en français ou en anglais, selon la consigne indiquée, de manière libre ou guidée. Pour réussir, suivez ces étapes.

a Anticipez le contenu

■ Lisez les informations fournies avec le texte pour déterminer :
– le **titre** du texte, pour anticiper son contenu ;
– la **date de publication**, afin de situer l'article dans le temps ou de le mettre en rapport avec un événement que vous connaissez ;
– la **source** : roman, site internet, journal à sensations, journal de qualité, hebdomadaire d'information.

■ **Lisez l'article crayon en main** pour répondre aux 4 questions en WH- : who? (*de qui parle-t-on ?*), where? (*où cela se passe-t-il ?*), when? (*quand cela a-t-il lieu ?*), what? (*de quoi parle-t-on ?*).

b Analysez les consignes

■ Vérifiez que vous comprenez bien ce qu'il convient de faire.
Answer the following questions. *Répondez aux questions suivantes.*
Choose the major theme. *Choisissez le thème principal.*
Which arguments are put forward? *Quels sont les arguments mis en avant ?*
True or false? Right or wrong? *Vrai ou faux ?*
Pick out a sentence which indicates that... *Relevez une phrase qui indique que...*
Complete the following table. *Complétez la grille suivante.*
Explain in your own words. *Expliquez avec vos propres mots.*
Choose the correct ending. *Choisissez la fin qui convient.*
Match each sentence on the left with an element on the right. *Associez chaque phrase à gauche avec un élément à droite.*

■ Si vous devez **citer le texte,** repérez les passages pertinents, soulignez-les et notez le numéro de la ligne.
Justify by quoting the text. *Justifiez en citant le texte.*

c Répondez aux questions de compréhension détaillée

Les questions qui portent sur le lexique vous demandent de trouver des équivalents ou des synonymes dans le texte.
Find equivalents of these words or groups of words in the text. *Trouvez les équivalents de ces mots ou groupes de mots dans le texte.*
Pick out phrases from the text that show... *Trouvez des expressions dans le texte qui montrent...*
Match the words and their equivalents. *Associez les mots à leurs équivalents.*
Fill in the gaps with words taken from the text. *Remplissez les trous avec des mots tirés du texte.*

REMARQUES

- Respectez l'ordre des questions.
- Reportez les repères : numéro de l'exercice et, le cas échéant, la lettre repère. Exemple : 1. a.
- Faites précéder les citations du numéro de la ligne.
- Réécrivez intégralement les phrases à compléter dans un exercice type texte à trous et soulignez l'élément introduit.

C L'expression écrite

Votre capacité à rédiger en langue anglaise est évaluée dans cet exercice. Il peut être demandé de rédiger un récit qui fait suite au texte ou un dialogue, ou bien de répondre à une question.

a Analysez la consigne

■ S'agit-il d'écrire un **récit** ?
Imagine a continuation to the story. *Imaginez une suite à l'histoire.*
The narrator reports what happened to him. *Le narrateur rapporte ce qui lui est arrivé.*

- Ou bien faut-il rédiger un **dialogue** ?

Imagine the conversation. *Imaginez la conversation.*
Write the dialogue between the two characters. *Écrivez le dialogue entre les deux personnages.*

- Est-ce pour un **journal** ?

Write an article to be published on your school website. *Écrivez un article qui doit être publié sur le site de votre école.*
You are a journalist interviewing Thomas about his actions, his hopes for the future and his feelings. Write the interview. *Vous êtes un journaliste réalisant un entretien avec Thomas concernant ses actions, ses espoirs pour l'avenir et ses sentiments. Écrivez l'entretien.*

- S'agit-il de répondre à une **question** ?

Explain the following sentence. *Expliquez la phrase suivante.*
Comment on the statement. *Commentez l'affirmation.*
What kind of life would you like to have in the future? *Quel genre de vie aimeriez-vous avoir à l'avenir ?*
In your opinion, *À votre avis,*
What are the advantages and disadvantages of...? *Quels sont les avantages et désavantages de... ?*

b Choisissez les éléments à prendre en compte

- À quelle **personne** devez-vous écrire : première ou troisième ?
- Quel **temps** faut-il utiliser ?
- Quels **éléments du contexte** faut-il prendre en compte : lieu, époque, psychologie des personnages, sentiments et émotions, etc. ?

REMARQUE

Faites une relecture attentive pour contrôler l'orthographe, les pluriels, les accords, les temps, etc. Assurez-vous que vous avez respecté le nombre de mots demandé. Tout dépassement de plus ou moins 10 % du nombre de mots demandé est sanctionné.

3 Second temps : l'évaluation de l'enseignement technologique en langue vivante (ETLV)

Cette évaluation mesure votre capacité à communiquer en anglais sur des travaux effectués au cours du cycle terminal en ETLV, en lien avec votre enseignement de spécialité. Le jury est composé de deux enseignants, l'un pour l'enseignement technologique, l'autre pour l'anglais.

A Prise de parole en continu pour une durée de 5 minutes

- Vous apportez un **dossier** constitué pendant l'année en ETLV en fonction de votre spécialité, portant sur des projets technologiques ou scientifiques conduits en enseignement de spécialité.
- Annoncez le sujet.

First of all/to start with/to begin with, I'd like to present the subject of my work. *Tout d'abord/pour commencer, j'aimerais présenter le sujet de mon travail.*

This year I have worked on the topic of... *Cette année j'ai travaillé sur le thème de...*
The document I'd like to talk about is entitled... *Le document dont j'aimerais parler a pour titre...*
The document raises the question of whether... *Le document soulève la question de savoir si oui ou non...*
It refers to/mentions/points out/underlines... *Cela se réfère à/mentionne/indique/souligne...*
He indicates/shows/suggests/proves that... *Il indique/montre/suggère/prouve que...*

- Montrez les liens entre les documents.

There is a relationship between the first and the second document. *Il y a un lien entre le premier et le deuxième document.*
Both the article and the film prove/make us realize that... *L'article comme le film prouvent/nous font comprendre que...*
The documents are contrasted/dissimilar. *Il y a un contraste entre les documents/ils sont dissemblables.*
The first document is different/differs from the second one in so far as... *Le premier document est différent du second dans la mesure où...*

- Donnez votre conclusion personnelle

To conclude/as a conclusion, I'd say that... *Pour conclure, je dirais que...*
To my mind/in my view/in my opinion/as far as I am concerned, I personally believe that... *À mon avis/en ce qui me concerne, je crois personnellement que...*
I wonder if... *Je me demande si...*
I can't believe that... *Je ne peux croire que...*
I am surprised/amazed/interested because... *Je suis surpris(e)/étonné(e)/ intéressé(e) parce que...*

- Proposez des solutions

We should face up the challenge. *Nous devrions faire face au défi.*
A means to improve the situation is to... *Un moyen d'améliorer la situation est de...*
A way to make things change is to... *Une manière de faire changer les choses est de...*
We should learn a lesson from it. *Nous devrions en tirer une leçon.*
The gap between... and... needs to be bridged. *Le fossé entre... et... doit être comblé.*

B Entretien avec le jury pour une durée de 5 minutes

Cet entretien a pour fonction d'évaluer votre **capacité à communiquer**. Le jury vous pose des questions sur ce que vous venez de dire, demande des explications ou des informations complémentaires en anglais.

1 Identities and exchanges

Cultural identity is the feeling of belonging to a group. It is related to nationality, ethnicity, religion, social class, generation, locality. The migration of a large number of people from another culture may trigger identity problems for both the migrants and the native population.

1 First steps

A Nationality and citizenship are different

- **Nationality** is acquired by birth, adoption or marriage. Having a nationality is crucial for receiving full recognition under international law. Indeed, Article 15 of the Universal Declaration of Human Rights declares that "Everyone has the right to a nationality" and "No one shall be arbitrarily deprived of his nationality nor denied the right to change his nationality".

- **Citizenship** is a legal relationship between a state and a person that gives him or her certain rights and responsibilities. It does not have to accompany nationality. In Mexico, for example, a person acquires nationality at birth but receives citizenship only upon turning 18: Mexican children, therefore, are nationals but not citizens.

- Similarly, not all American nationals are also American citizens. People born in the "outlying possessions of the United States" can get an American passport and live and work in the United States, but cannot vote or hold elected office.

B Migration and identity stress

- **Migration** has contributed to the richness in diversity of cultures and ethnicities in developed countries.

- **Migrants** experience multiple stresses that can impact their mental well-being, including the loss of cultural norms, religious customs, social support systems and changes in identity. The rates of mental illness are increased in some migrant groups.

C Mexican migration crisis in the United States

- Mexico has become the single-largest source of unauthorized migration to the United States, according to administration officials.

- **A large percentage of Mexicans** declare a fear of persecution, a claim that prevents their rapid deportation. United States courts must process nearly 1 million claims for political asylum.

2 Useful words

to belong *appartenir*
a challenge *un défi*
citizenship *la citoyenneté*
a claim *une revendication*
a culture shock *un choc culturel*
a departure *un départ*
to deprive of *priver de*
developed countries *les pays développés*
developing countries *les pays en voie de développement*
diversity *la diversité*
expectations *des attentes*
to fit in *s'intégrer*
to impact *influer*
an incentive *une incitation*
to inherit *hériter*
the loss *la perte*
political asylum *l'asile politique*
a rate *un taux*
recognition *la reconnaissance*
to settle down *s'installer*
to shift *changer*
to struggle *lutter*

3 Improve your grammar

POINT GRAMMATICAL

Le prétérit simple

- Formation

Verbes réguliers : Did they struggle? They struggle**d**. They **didn't/did not** struggle.

Verbes irréguliers : Did she lose it? She lost it. She didn't/did not lose it.

- Emploi : le **prétérit simple** indique qu'une action a eu lieu à un moment précis du passé, coupé du présent. C'est l'**aspect ponctuel** de l'action qui est important.

They **migrated** in 2019. *Ils ont migré en 2019.*

Le present perfect

- Formation : le **present perfect** se forme avec **have/has** suivi du verbe au participe passé.

They **have already** requested asylum. *Ils ont déjà demandé l'asile.*

- Emploi : avec le **present perfect**, celui qui parle fait un bilan. C'est le résultat de l'action qui importe.

After discussion, the migrants **have decided** to settle down. *Après discussion, les migrants ont décidé de s'installer.*

Le **present perfect** s'emploie donc avec already, just, recently, ever, never, not... yet, for + durée, since + point de départ.

How long have you struggled? I **have struggled for** ten years. *Depuis combien de temps luttes-tu ? Je lutte depuis dix ans.*

Since when has he denounced the system? He **has denounced** the system **since** it started. *Depuis quand dénonce-t-il le système ? Il le dénonce depuis qu'il s'est installé.*

EXERCICES CORRIGÉS

EXERCISE 1

Put the verbs in the right form.

a. They (show) signs of discontent since the end of last week.
b. The government (not change) policy for ages!
c. They (wait) for so many years before deciding to leave.
d. They (migrate) a few years ago.
e. When they (arrive) in 2000, they (find) it difficult to adjust.

EXERCISE 2

Translate the sentences into English.

a. Les nouveaux venus ont quitté leur pays à cause de la guerre.
b. Les migrants ont éprouvé beaucoup de difficultés depuis leur arrivée.
c. Il y a quelques mois, un grand nombre de migrants ont péri en traversant la mer.
d. Depuis que leur situation s'est améliorée, ils ont opté pour plus de sérénité.

CORRIGÉ

Exercise 1

a. have shown b. has not changed c. have waited/have been waiting d. migrated e. arrived ... found

Exercise 2

a. The newcomers left their country because of the war. b. The migrants have experienced a lot of difficulties since their arrival. c. A few months ago a great number of migrants died while crossing the sea. d. Since their situation changed, they have opted for more serenity.

 # exo corrigé
Exercices corrigés supplémentaires d'anglais
foucherconnect.fr/23tersti2d73

 # quiz
Des questions pour réviser
foucherconnect.fr/23tersti2d18

4 Learning with mind map

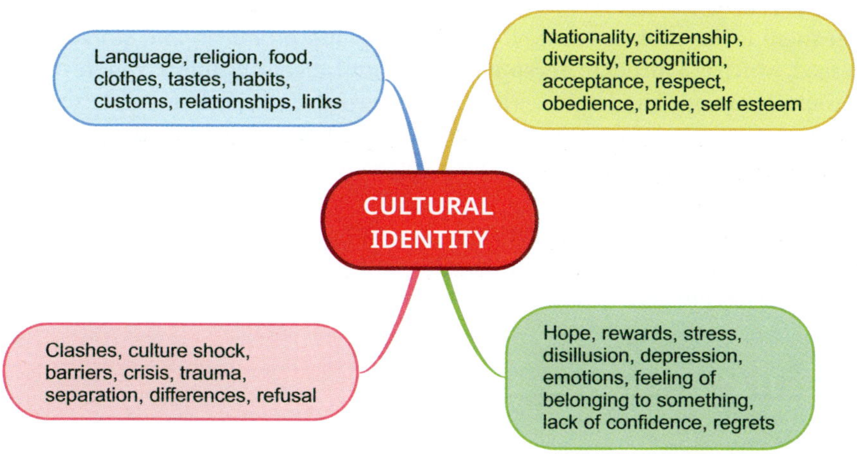

ANGLAIS

2 Public and private spheres

Public and private spheres are considered two distinct realms. The public sphere is the realm of politics where strangers come together to engage in the free exchange of ideas, and is open to everyone; whereas the private sphere is a smaller, enclosed realm that is only open to those who have permission to enter it, such as a home.

1 First steps

A The public sphere versus the private sphere

- **Feminists** say that the public sphere is the realm of adult men; the private sphere that of women and children. They argue that this division masks women's subordination and perpetuates gender inequality.

- They seek to achieve **equal treatment** and opportunity for women and men across different fields of work and culture, and equal respect in a variety of roles. Their goal is to put an end to discrimination, to ensure that no one is denied their rights due to factors such as race, gender, language, religion, sexual orientation, political or other beliefs, nationality, social origin, class, or wealth status.

B Social media and public sphere

- Today a great percentage of the world's population has access to Facebook, Twitter or the Internet in general. As a result, those who wish to be **politically active** have always a variety of platforms to rely on. There are many examples of how Internet communication turned into action, starting from how Philippine President Estrada was stripped of his power back in 2001 to how Egyptians used Facebook and Twitter as tools for their uprising in 2011.

- Yet there is the problem that all the data that are produced and stored online can be accessed, which is a **threat to personal privacy** and affects the public sphere theory balance. For example, Google has databases that keep a record of your actions, and Facebook not only has access to private information but also uses that information for advertising purposes.

C Forms of action

Demonstrations, riots, marches, strikes, boycotts are movements used by **protesters and activists**. NGOs are here to defend and protect people and our planet.

2 Useful words

to account for *justifier*
to achieve *atteindre*
to ban *interdire*
to blame *accuser*
to compensate *indemniser*
to demand *exiger*
to deny *nier*
to gather *se rassembler*

guilt *la culpabilité*
harmful *nocif(ve)*
an inquiry *une enquête*
to jeopardise *compromettre*
to judge *juger*
a lawsuit *un procès*
an NGO *une ONG*
powerful *puissant(e)*
privacy *l'intimité*
a protester *un(e) manifestant(e)*
to ruin *abîmer*
a sign *une pancarte*
to slander *calomnier*
a spokesman/woman *un(e) porte-parole*
to stand up for *défendre*
to sue *poursuivre en justice*
a tool *un outil*
to threaten *menacer*

3 Improve your grammar

POINT GRAMMATICAL

Exprimer une quantité indéterminée

Some
– Quantité non précisée : **Some** protesters. *Certains manifestants.*
– Réponse affirmative attendue : Do you need **some** help? *Veux-tu que je t'aide ?*

Any
– Éventail d'éléments : They use **any** platform. *Ils utilisent n'importe quelle plateforme.*
– Réponse négative attendue : Is there **any** solution? *Il n'y a pas de solution, n'est-ce pas ?*

No/Not any
Nie l'existence : There was **no/not any** threat. *Il n'y avait aucune menace.*

Les pronoms composés de *some*, *any* et *no*

- Somebody/someone *quelqu'un*
- Something *quelque chose*
- Somewhere *quelque part*
- Anybody/anyone *n'importe qui*
- Anything *n'importe quoi*
- Anywhere *n'importe où*
- Nobody/no one *personne*
- Nothing *rien*
- Nowhere *nulle part*

EXERCICES CORRIGÉS

EXERCISE 1

Express the opposite as in the example.

Some protesters marched → No protester marched.

a. There are some obstacles to the approach.
b. Some activists find it easy to demonstrate.
c. Some reports have been published.
d. Some investments have materialised.

ANGLAIS

EXERCISE 2

Translate the sentences into English.

A. Y a-t-il quelqu'un qui pense que les manifestations sont inutiles ?
b. Avez-vous quelque chose à dire contre les mouvements sociaux ?
c. N'importe qui peut mettre en cause une décision impopulaire.
d. Tu ne devrais pas dire n'importe quoi sur l'efficacité de ces méthodes.
e. Quelqu'un veut investir dans le projet.
f. Il ne reste rien des revendications du mois dernier.
g. Ne dis rien de tout cela à personne.
h. La solution doit se trouver quelque part.
i. On peut trouver des conflits n'importe où.

CORRIGÉ

Exercise 1

a. There is no obstacle to the approach. **b.** No activist finds it easy to demonstrate. **c.** No report has been published. **d.** No investment has materialised.

Exercise 2

a. Is there anyone who thinks that demonstrations are useless? **b.** Do you have anything to say against social movements? **c.** Anybody can challenge a decision that is not popular. **d.** You should not say anything about the efficiency of these methods. **e.** Someone wants to invest into the project. **f.** There is nothing left of last month's claims. **g.** Say nothing about all this to anyone. **h.** The solution must be found somewhere. **i.** Conflicts can be found anywhere.

 # quiz
Des questions pour réviser
foucherconnect.fr/23tersti2d18

4 Learning with mind map

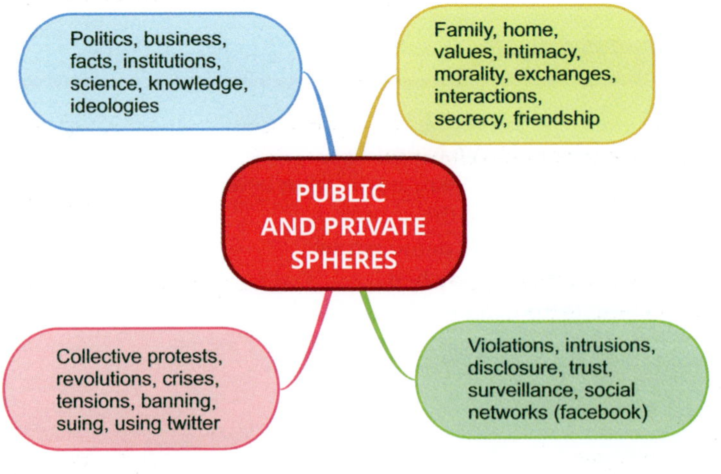

3 Art and power

All of the arts contribute to a society: music, theatre, literature, poetry, dance, cinema, as well as the visual arts, such as painting, sculpture and photography. This contribution depends on the social context, the artist's goal, the genre and subject matter, and the public.

1 First steps

A Art reflects a society

- Each **artistic period** reflects the moral, political, intellectual, and religious feelings of the society of the times. It is a window into the society which produced it.
- For instance, the paintings on the walls of the Lascaux caves indicate that man's relationship to animals was very important. The Egyptians told their complete history through their hieroglyphic writing. The gothic art works of the Middle Ages show the Western World at the time was predominately Christian, etc.

B Art has always been appropriated

- **Patronage** of musicians, painters, architects and sculptors has always existed. For kings, popes and very wealthy people, it was a way to endorse their political ambitions, social positions, and prestige. The Roman Catholic Church in France and Italy, and Protestant groups in England and Holland sponsored art and architecture, as seen in churches, cathedrals and temples.
- **Official portraits** elevate the subject by putting it in an elaborate setting, sitting on a throne with a sceptre or mounted on a horse. Today, portrait paintings are still commissioned by governments, corporations, groups, clubs, and individuals.

C Artists can also use art as a political tool

- Some artists choose to respond to the events of their time through art and, by doing so, they hope to influence or help **change their society**.
- Art can contribute to **social change** through the imagery it gives and the ways it can be used to communicate deep feelings and needs.
- **Public art** – artwork that is placed in public areas and accessible for public appreciation – promotes a sense of community.

2 Useful words

aesthetics *l'esthétique*
an artist *un(e) artiste*
an art gallery *une galerie d'art*
to capture *capturer*
to carry out *mener à bien*
censorship *la censure*

to challenge *défier*
a commission *une commande*
to create *créer*
dance *la danse*
to endorse *cautionner*
to express oneself *s'exprimer*
to focus on *se concentrer sur*
freedom of expression *la liberté d'expression*
a glimpse of hope *une lueur d'espoir*
involved in *impliqué(e) dans*
large scale *à grande échelle*
literature *la littérature*
a mural *une peinture murale*
a museum *un musée*
an oil painting *une peinture à l'huile*
to paint *peindre*
a piece of music *un morceau de musique*
a photograph *une photographie*
a patron *un(e) mécène*
patronage *le mécénat*
politically committed *engagé(e) politiquement*
to produce *produire*
rewarding *gratifiant(e)*
a sculpture *une sculpture*
self-esteem *la confiance en soi*
the setting *le décor*
to sponsor *sponsoriser*
to spread a message *répandre un message*
a studio *un atelier*
a visual means *un moyen visuel*
a work of art *une œuvre d'art*

3 Improve your grammar

POINT GRAMMATICAL

Les constructions verbe + verbe

En français, lorsque deux verbes se suivent, le second est à l'infinitif. En anglais, il y a trois possibilités selon la nature du premier verbe.

▶ **La base verbale** se trouve après :

– **les auxiliaires de modalité : can/could, may/might, must, will/would, shall/should.**

Artists can **influence** society. *Les artistes peuvent influencer la société.*

– make, let, would rather, had better.

The painting makes people **feel** the cruelty of war. *Cette peinture fait ressentir aux gens la cruauté de la guerre.*

Let me **dance** with you! *Laisse-moi danser avec toi !*

I would rather not **see** this play. *Je préférerais ne pas voir cette pièce.*

You had better **do** it right. *Tu ferais mieux de bien le faire.*

▶ **L'infinitif** s'emploie après les **verbes indiquant une pression sur autrui** comme **ask, want, order, expect, require, tell, urge, force, I'd like you**...

I'd like/want/expect him **to paint** my portrait. *J'aimerais/je veux/je m'attends à ce qu'il peigne mon portrait.*

▶ La forme ***V-ing*** *se trouve après :*

– les verbes de goût et de préférence comme like, love, enjoy, prefer, hate...

I like **singing**. *J'aime chanter.*

– certains verbes et expressions :

I can't stand/bear **feeling** underestimated. *Je ne supporte pas de me sentir sous-estimé(e).*

I don't care/mind **stopping** work. *Cela m'est égal d'arrêter le travail.*

I can't help **challenging** rules. *Je ne peux m'empêcher de défier les règles.*

It is worth **fighting** for. *Cela vaut la peine de se battre pour cela.*

EXERCICES CORRIGÉS

EXERCISE 1

Rewrite the sentences using *can('t)*, *may(n't)* or *must(n't)*.

a. He knows how to attract interest.
b. Are you incapable of accepting the situation?
c. It is impossible for me to help them.
d. It is important that you don't give up now.
e. It is necessary for him to follow the rules.
f. It is forbidden to cross the border.
g. I don't want you to say so.

EXERCISE 2

Put the verb between brackets into the right form.

a. The patron asked the artist (paint) his portrait.
b. The sculptors cannot bear (be) exploited.
c. They were required (gather) and (make) their demands.
d. The architect did not want (run) the risk of being dismissed.
e. They knew it was worth (challenge) the decision.
f. They thought it would enable them (reach) their goals.

EXERCISE 3

Choose the right answer.

1. They refused … the wall.
a. to build **b.** building **c.** build **d.** to building
2. They were ready … the project.
a. supporting **b.** to support **c.** to supporting **d.** support
3. They couldn't help … .
a. protest **b.** protests **c.** protesting **d.** to protest
4. They were accused of … all the volunteers.
a. mobilise **b.** mobilised **c.** to mobilise **d.** mobilising
5. They would like the government … their policy.
a. supporting **b.** to support **c.** to be supporting **d.** support
6. They made him … his portrait.
a. to paint **b.** painting **c.** paint **d.** to painting
7. They were encouraged … themselves.
a. to express **b.** express **c.** to expressing **d.** expressing
8. It isn't worth … if you're not going to act.
a. complain **b.** to complain **c.** complained **d.** complaignant

CORRIGÉ

Exercise 1

a. He can attract interest. **b.** Can't you accept the situation? **c.** I can't help them. **d.** You mustn't give up now. **e.** He must follow the rules. **f.** You mustn't cross the border. **g.** You mayn't say so.

Exercise 2

a. to paint **b.** being **c.** to gather … to make **d.** to run **e.** challenging **f.** to reach.

Exercise 3

1. a. to build **2. b.** to support **3. c.** protesting **4. d.** mobilising **5. b.** to support **6. c.** paint **7. a.** to express **8. d.** complaining.

 # quiz
Des questions pour réviser
foucherconnect.fr/23tersti2d18

4 Learning with mind map

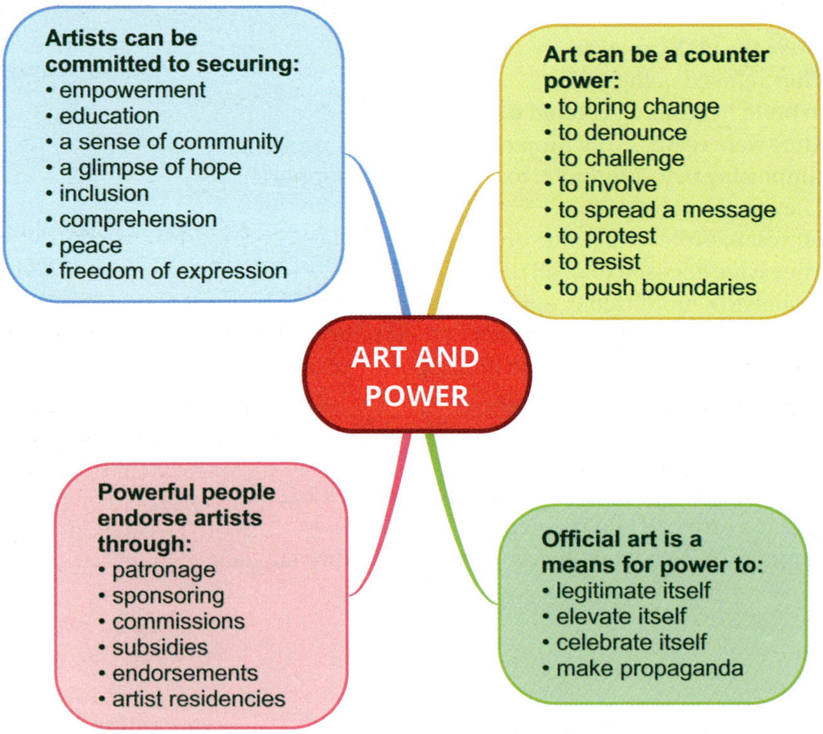

4 Citizenship and virtual worlds

The political landscape has changed in the last decades due to the role played by the Internet. Social media has reshaped political communication by influencing the way politicians interact with citizens and each other. However, its role in increasing political commitment and electoral participation is neither clear nor simple.

1 First steps

A Campaigning online

There are infinite possibilities for politicians to campaign in the virtual world:
- **social media platforms**, such as Twitter, Facebook and YouTube, provide new ways to stimulate citizen engagement in electoral campaigns and elections. Politicians and parties can communicate faster and reach citizens in a more targeted manner;
- **websites and blogs** allow voters to stay informed about politicians' electoral platforms and interact with each other;
- **the Internet** enables candidates to raise money and send out their messages, which are multiplied when shared, so that new audiences can be reached.

B Raising awareness

■ **Digital citizens** understand their roles and responsibilities in digital society, have intelligent technology behaviour, and make appropriate choices when using technology. It means that they respect themselves and others, protect private information, stay safe online, limit the time they spend online, manage their digital footprints, respect intellectual property and report cyberbullying.

■ **Citizen journalism** was made possible by the development of the Internet, new technologies, social platforms and grass-roots media: they allow anyone to gather news and share their personal experience of an event in real time. It usually comes from people who are in the heart of the story and are tell it through their own eyes and experience. A famous example was when the death by immolation of Mohamed Bouazizi in Sidi Bouzid, Tunisia, in December 2010 went viral on the Internet and became the trigger element of the Arab Spring.

C Online activism

■ **Internet activism** is the use of electronic communication technologies by citizen movements to deliver information to large or specific audiences. Social media, e-mail, and podcasts are used to spread awareness of a social cause, raise funds, or organizing a campaign. It is meant to increase users' engagement and maximize the numbers of views of campaign pages.

■ **Clicktivism** is the word used to point out the fact that political activism's reduced to a mouse-click with little or no real commitment to the cause.

■ **Crowdfunding** is a way to raise small amounts of money from a large number of people *via* social media and crowdfunding sites. It is often used for disaster relief, community-oriented social projects and medical expenses. Experts expect crowdfunding to become a $300 billion industry by 2025. Yet, its use has been criticised for funding frauds, especially costly and fake medical treatments.

2 Useful words

accurate *exact(e), précis(e)*
to campaign *faire campagne*
to check *vérifier*
citizen journalism *le journalisme citoyen*
clicktivism *l'activisme en ligne*
crowdfunding *le financement participatif*
a digital citizen *un citoyen numérique*
the digital footprint *l'empreinte numérique*
content *le contenu*
cyberbullying *la cyberintimidation*
evidence *des preuves*
fake news *l'infox, les fausses nouvelles*
a follower *un(e) adepte*
to go viral *se propager*
harmful *dommageable, dangereux(se)*
identity theft *le vol d'identité*
inappropriate *inapproprié(e)*
an influencer *un(e) influenceur(se)*
misinformation *la désinformation*
online activism *le militantisme en ligne*
personal data *les données personnelles*
political commitment *l'engagement politique*
to raise awareness *susciter une prise de conscience*
to rely on *faire confiance à*
safe *sauf(ve), sûr(e)*
to share information *partager des informations*
to spread, spread, spread *répandre*
to target *cibler*
a user *un(e) utilisateur(rice)*
a voter *un(e) électeur(rice)*
a whistleblower *un(e) lanceur(se) d'alerte*

3 Improve your grammar

POINT GRAMMATICAL

Choisir un pronom relatif

Les pronoms relatifs servent à relier deux propositions. Le choix du pronom dépend de l'antécédent (le nom qui le précède).

▸ **Humain**

– **Sujet : who.**

Citizen journalism comes from <u>people</u> **who** are in the heart of the story. *Le journalism citoyen provient des gens qui sont au cœur de l'histoire.*

– **Complément : that/Ø.** Le pronom relatif en position de complément d'objet direct peut être supprimé.

She is <u>the voter</u> **that/Ø** I met. *C'est l'électrice que j'ai rencontrée.*

– **Complément prépositionnel : that/Ø.**

<u>The people</u> **Ø** you are sending a message <u>to</u> are my friends. *Les gens à qui tu envoies un message sont mes amis.*

– **Complément de nom : whose.**

He is an <u>activist</u> **whose** posts have many followers. *C'est un activiste dont les messages ont de nombreux adeptes.*

Non- humain

– Sujet : which/that.

She has deleted personal data **that** could prove inappropriate. *Elle a effacé des données personnelles qui pourraient s'avérer inappropriées.*

– Complément : which/that/Ø.

I saw the video **which/that/Ø** the activists posted. *J'ai vu la vidéo que les militants ont publiée.*

– Complément prépositionnel : that/Ø. Le pronom relatif est sous-entendu quand le verbe est suivi d'une préposition.

This is the book **that/Ø** I heard so much about. *C'est le livre dont j'ai tant entendu parler.*

– Complément de nom : whose.

The party **whose** campaign is the most efficient wins the elections. *Le parti dont la campagne est la plus efficace gagne les élections.*

That se trouve après :

– un superlatif : It's the worst event **that** I have ever witnessed. *C'est le pire événement que j'aie jamais vu.*

– **only** : The only thing **that** counts is raising awareness. *La seule chose qui compte est de susciter une prise de conscience.*

– **no** : It's no surprise **that** they use TikTok. *Ce n'est pas étonnant qu'ils utilisent TikTok.*

– **all** : All **that** I know is written here. *Tout ce que je sais est écrit ici.*

Where, when, why s'emploient si l'antécédent est :

– un lieu : This is the site **where** young people are encouraged to register to vote. *C'est le site où l'on encourage les jeunes à s'inscrire pour voter.*

– un moment : That was the time **when** I read the post. *C'est le moment où j'ai lu le message.*

– une cause : That is the reason **why** they shared the information. *C'est la raison pour laquelle ils ont partagé l'information.*

EXERCICES CORRIGÉS

EXERCISE 1

Choose the right answer.

1. Citizens ... rights are not respected should be protected.
a. who **b.** whose **c.** whom **d.** that

2. The campaign ... he referred to was primordial.
a. ø **b.** who **c.** whose **d.** whom

3. I remember the time ... women could not vote.
a. where **b.** why **c.** when **d.** whose

4. All ... he's telling you is to read his message.
a. who **b.** which **c.** that **d.** what

5. He is somebody ... you can rely on.
a. what **b.** whose **c.** whom **d.** ø

6. The laws ... strengthen protection for citizens improve their lives.
a. who **b.** which **c.** that **d.** what

ANGLAIS

EXERCISE 2

Fill in the blanks with the right relative pronouns.

a. Despite the challenges ... citizens face, they are active online.

b. Women, ... rights have so often been forgotten, are new actors in a lot of fields in ... they have become involved.

c. These activits are people ... can bring hope since the actions ... they are undertaking are a symbol of their fight.

d. The UN, ... unique international character is recognised, can take action on a wide range of issues ... the world is faced with.

EXERCISE 3

Translate the sentences into English.

a. Les questions dont il s'occupe sont capitales.

b. L'activiste donc les message a retenu notre attention est le dirigeant.

c. C'est la seule chose qui ne soit pas possible.

d. C'était l'époque où les gens ne partageaient pas leurs données personnelles en ligne.

CORRIGÉ

Exercise 1

1. **b.** whose 2. **a.** ø 3. **c.** when 4. **c.** that 5. **d.** ø 6. **c.** that

Exercise 2

a. that/ø b. whose ... which c. who ... that/ø d. whose ... ø

Exercise 3

a. The questions ø he is dealing with are essential. b. The activist whose message drew our attention is the leader. c. This is the only thing that is not possible. d. It was the time when people did not share their personal data online.

 # quiz

Des questions pour réviser

foucherconnect.fr/23tersti2d18

4 Learning with mind map

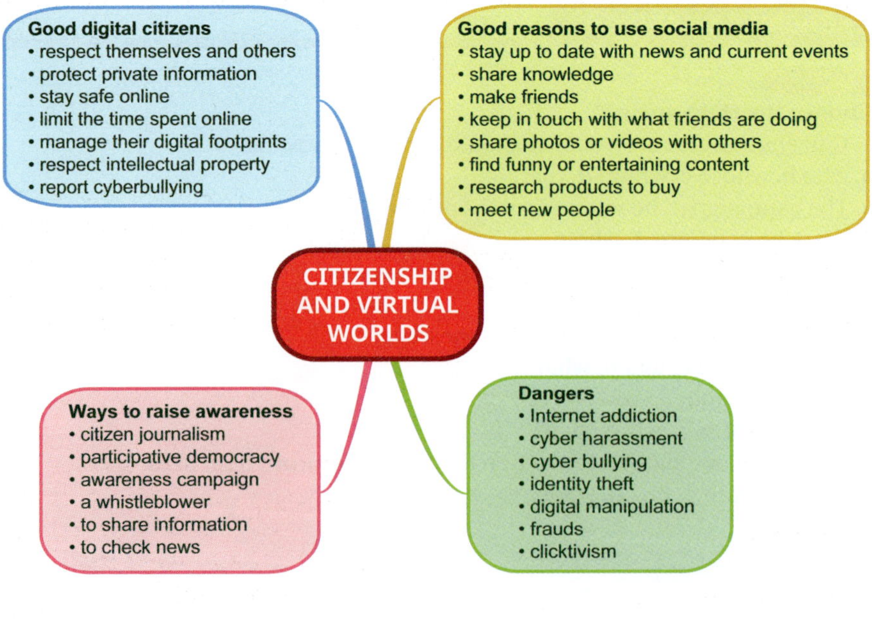

5 Fiction and reality

Fiction gathers illusions and imagination. Reality consists of the things in life that are commonly observed and verified to exist. It is often said that fiction feeds on reality: real people and actual situations can be turned into characters and stories. But fiction can affect reality, too: tales and mythologies have shaped the world and, on an individual level, a story can also have a profound impact.

1 First steps

A The blurry lines between fact and fiction

- The lines between fact and fiction are more blurred today than ever before. Information sources have multiplied and stories arrive faster and with considerable urgency. In social media, it is often hard to tell what is real and what is arranged.
- Yet stories do not need to be real to be effective. For instance, in reality television, the people are real, but the situations are not. This does not make the programmes less enjoyable. Reality television works because we know it is staged.
- But when people discover a supposedly real story is invented, they feel their emotions have been played with and their trust is deceived. And if it happens too often, they start to doubt the source.

B The power of fairy tales

Fairy tales always remain a part of a person's life. In childhood, when parents read fairy tales to their children, it lets them know about the unknown world and helps them better prepare to the reality of the harsh world. In adulthood, when it seems we have forgotten fairy tales, a part of them remains with us as something important it taught us.

C When science-fiction becomes reality

Quite a few things that once only existed in science-fiction films or literature have become a reality. Already in the mid-19th century, Jules Verne wrote about a manned spaceflight to the moon, as well as the exploration of the oceans in submarines. His ideas have inspired scientists who tried to put them into practice. From talking robots to self-driving cars, modern technology was envisioned in films and books long before it became reality.

2 Useful words

adulthood *l'âge adulte*
attractive *attirant(e)*
blurred *flou(e)*
to bury oneself in *se plonger dans*
to deceive *tromper*
to draw the line *fixer la limite*
to embody *symboliser, représenter*
to escape from *s'échapper de*
a fairy tale *un conte de fées*
harmful *blessant(e)*

harsh *dur(e), rude*
to identify oneself to *s'identifier à*
to injure *blesser*
to live in a fantasy world *vivre dans un monde imaginaire*
to lure into *attirer dans*
promising *prometteur(se)*
to provide *fournir*
a trap *un piège*
a would-be model *un soi-disant modèle*

3 Improve your grammar

POINT GRAMMATICAL

Exprimer une éventualité avec un auxiliaire de modalité

Les auxiliaires de modalité permettent d'exprimer différents degrés de certitude quant à la réalisation d'une action.

- **Must** exprime une quasi-certitude.

Parents **must** be aware of the dangers. *Les parents doivent être conscients des dangers.*

- **Can** évoque une possibilité.

He **can** make false promises. *Il est probable qu'il fasse de fausses promesses.*

- **May** renvoie à une probabilité de 50/50.

It **may** prove wrong. *Cela peut se révéler faux.*

- **Could** indique une incertitude.

It **could** be a difficult task. *Cela pourrait être une tâche difficile.*

- **Might** suggère que c'est presque impossible, très incertain.

He **might** devise a new reality. *Il pourrait concevoir une nouvelle réalité.*

- **Would** s'emploie pour une supposition irréelle.

That **would** threaten the child. *Cela menacerait l'enfant.*

- **Should** indique que c'est invraisemblable.

In case it **should** happen. *Au cas où cela devrait se produire.*

EXERCICES CORRIGÉS

EXERCISE 1

Translate the sentences into French.

a. He should be able to read all these novels
b. Don't tell them. It would make them feel bad.
c. They must be aware of the dangers.
d. What you maintain may prove wrong.
e. That can be the worst thing to do.
f. This might cause them to regret it.
g. That could account for the difficulties.
h. He can be telling the truth! You never can tell.

EXERCISE 2

Fill in the blanks with a modal.

a. I'm pleased you don't believe it. You ... be so disappointed.
b. Why don't you give it a try. You ... be surprised. Who knows?
c. The story is so true to life, she ... very well believe it is real.
d. It is so extraordinary that they won the prize that they ... be delighted.
e. They don't know what to do next: they ... take the risk if they feel like it.
f. Due to their age, it ... be difficult to advise them.

CORRIGÉ

Exercise 1

a. Il devrait être capable de lire tous ces romans. b. Ne leur dites pas. Cela les ferait se sentir mal. c. Ils doivent être au courant des dangers. d. Ce que vous soutenez peut s'avérer faux. e. Il se peut que cela soit la pire chose à faire. f. Il se pourrait que cela les fasse le regretter. g. Cela pourrait expliquer les difficultés. h. Il se peut qu'il dise la vérité ! Vous ne pouvez pas savoir.

Exercise 2

a. would b. could/might c. could d. must e. can f. may/might/could.

quiz
Des questions pour réviser
foucherconnect.fr/23tersti2d18

4 Learning with mind map

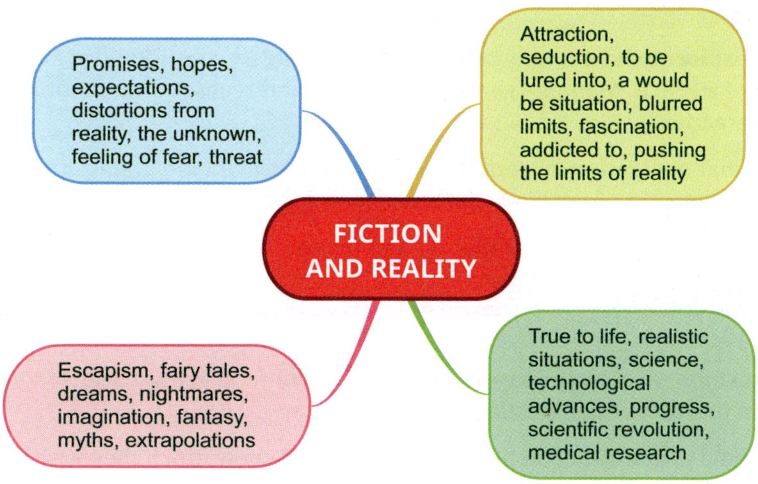

ANGLAIS

6 Scientific innovations and responsibility

The various advances in technology and science produce an improvement in the human condition. People become happier in terms of quality of life through the application of the scientific and technological breakthroughs. However, many people worry about the ethical issues raised by some innovations.

1 First steps

A Scientific breakthroughs contribute to improving people's lives

- **Medical research** has made it possible to eradicate some major diseases, find treatments against illnesses and lengthen life expectancy.
- **Broadband connectivity** gives people access to learning resources that allow them to gain education and improve their skills.
- **Information technology** is a means to increase democratic participation, strengthen political community, boost economic development and provide people with resources and opportunities.
- **Space exploration** has many benefits that have largely contributed to expand the human frontiers of science. Man has gained knowledge and realised that theories regarding the universe are true.
- **The global navigation system** (GPS) helps delivery of food grains, fossil fuels or metal ores, using networks of satellites that also enable satellite Internet and satellite phones.
- **Nuclear power** is a deterrent that secures peace.

B Advances raise numerous ethical questions

- Many people are questioning the benefits of scientific progress because some discoveries have been destructive and deadly.
- In the field of **genetics**, people will have to decide how much they wish to use the huge knowledge that the deciphering of genes brings.
- **Genetically modified organisms** are used in biological and medical research, the production of pharmaceutical drugs, experimental medicine and agriculture, but we may worry about their effects.
- **Pollution** generated by industrial waste, car fumes and planes destroys our environment.
- **Space exploration** is very costly and the money could better be used to solve earthly problems.
- **Nuclear and chemical weapons** are a threat to humanity's survival.

2 Useful words

advances *des avancées*
to alter *modifier*
available *disponible*
to ban *interdire*
to boost *donner de l'élan à*
to breach a right *violer un droit*
a breakthrough *une percée*
a cell/mobile phone *un téléphone portable*
to charge with *accuser de*
cloning *le clonage*
concerns *des préoccupations*
to connect/link to *relier à*
a deterrent *un moyen de dissuasion*
digital footprint *l'empreinte numérique*
to empower *donner du pouvoir à*
to gather data *collecter des données*
Genetically Modified Organisms (GMOs) *les organismes génétiquement modifiés (OGM)*
to improve skills *améliorer des compétences*
to infringe on a right *enfreindre un droit*
an innovation *une innovation*
a means to *un moyen de*
to monitor *contrôler, surveiller*
opportunities *des chances, occasions*
to raise ethical issues *soulever des problèmes éthiques*
to question *mettre en cause*
reckless *imprudent(e)*
to rely on *se reposer sur*
right to privacy *droit à la vie privée*
to run the risk *courir le risque*
security *la sécurité*
a smart speaker *une enceinte intelligente*
to stem from *provenir de*
to store records *conserver des enregistrements*
to strengthen *renforcer*
to subscribe to *s'abonner à*
surveillance *la surveillance*
to update *mettre à jour*
an upgrade *une amélioration*

3 Improve your grammar

POINT GRAMMATICAL

Exprimer une condition

Dans les subordonnées conditionnelles introduites par **if** (si), **even if/even though** (même si), **whether** (si oui ou non) ou **unless** (à moins que), la concordance des temps se fait comme en français.

- ***If* + présent ... *will* + verbe :** le présent indique que la condition est réalisable et que l'événement peut se produire.

If they **install** a facial recognition system, residents **will file** a complaint. *S'ils installent un système de reconnaissance faciale, les résidents porteront plainte.*

- ***If* + prétérit modal ... *would* + verbe** : le prétérit ne renvoie pas à des événements passés, mais indique que des faits sont soumis à une condition irréelle.

If they **installed** a facial recognition system, residents **would file** a complaint. *S'ils installaient un système de reconnaissance faciale, les résidents porteraient plainte.*

- ***If* + *pluperfect* ... *would have* + participe passé** : le *pluperfect* indique que la condition ne s'est pas réalisée dans le passé.

If they **had installed** a facial recognition system, residents **would have filed** a complaint. *S'ils avaient installé un système de reconnaissance faciale, les résidents auraient porté plainte.*

ANGLAIS

EXERCICES CORRIGÉS

EXERCISE 1

Choose the right answer.

1. If a new online service ... available, I will use it.
a. is **b.** was **c.** had been
2. The economy will change, if technology ... .
a. develops **b.** will develop **c.** has developed
3. If citizens had easier access to services, it ... communication.
a. favoured **b.** will favour **c.** would favour
4. The Earth will disappear if scientists ... developing hazardous technologies.
a. keep **b.** kept **c.** had kept
5. If there was no technological progress, people's lives ... not improve.
a. will **b.** would **c.** would have
6. People would not question progress if there ... not so many problems.
a. was **b.** would be **c.** were
7. If doctors didn't eradicate diseases, more people ... every year.
a. will die **b.** would die **c.** would have died
8. If he had access, he ... the files.
a. had destroyed **b.** will destroy **c.** would destroy
9. I would have been surprised if he ... the information.
a. will update **b.** had updated **c.** updated
10. If I could afford a computer, I ... one.
a. will buy **b.** had bought **c.** would buy

EXERCISE 2

Match each condition and the appropriate ending.

a. If you hurry,	**1.** you would be better informed.
b. If you work enough,	**2.** I would buy a Blackberry.
c. If he didn't download spam,	**3.** I would have given him one.
d. If you surfed more on the Net,	**4.** they would have been depressed.
e. If I wasn't so poor,	**5.** he wouldn't have viruses.
f. If you had told me,	**6.** you'll catch up with progress.
g. If he hadn't bought a smartphone,	**7.** I would have helped you.
h. If they hadn't had access to the files,	**8.** you'll be a computer wizard.

EXERCISE 3

Translate the sentences into English.

a. S'il passait moins de temps sur les réseaux sociaux, il se porterait mieux.
b. S'il n'était pas si timide, il aurait plus d'amis.
c. Si j'étais toi, je n'utiliserais pas cette technologie.
d. Si vous aviez besoin d'un ordinateur, je vous prêterais le mien.
e. Que ferait-il s'il n'avait pas de connexion internet ?
f. Quels conseils lui donneriez-vous si vous étiez à ma place ?
g. Si ces étudiants parvenaient à se connecter, ils pourraient mettre à jour les fichiers.

CORRIGÉ

Exercise 1

1. a. is 2. a. develops 3. c. would favour 4. a. keep 5. b. would 6. c. were 7. b. would die 8. c. would destroy 9. b. had updated 10. c. would buy

Exercise 2

a6. – b8. – c5. – d1. – e2. – f7. – g3. – h4.

Exercise 3

a. If he spent less time on the social media, he would be better off. b. If he was not so shy, he would have more friends. c. If I were you, I wouldn't use this technology. d. If you needed a computer, I would lend you mine. e. What would he do if he had no Internet connection? f. What advice would you give him if you were in my place? g. If these students managed to log on, they would be able to update the files.

quiz
Des questions pour réviser
foucherconnect.fr/23tersti2d18

4 Learning with mind map

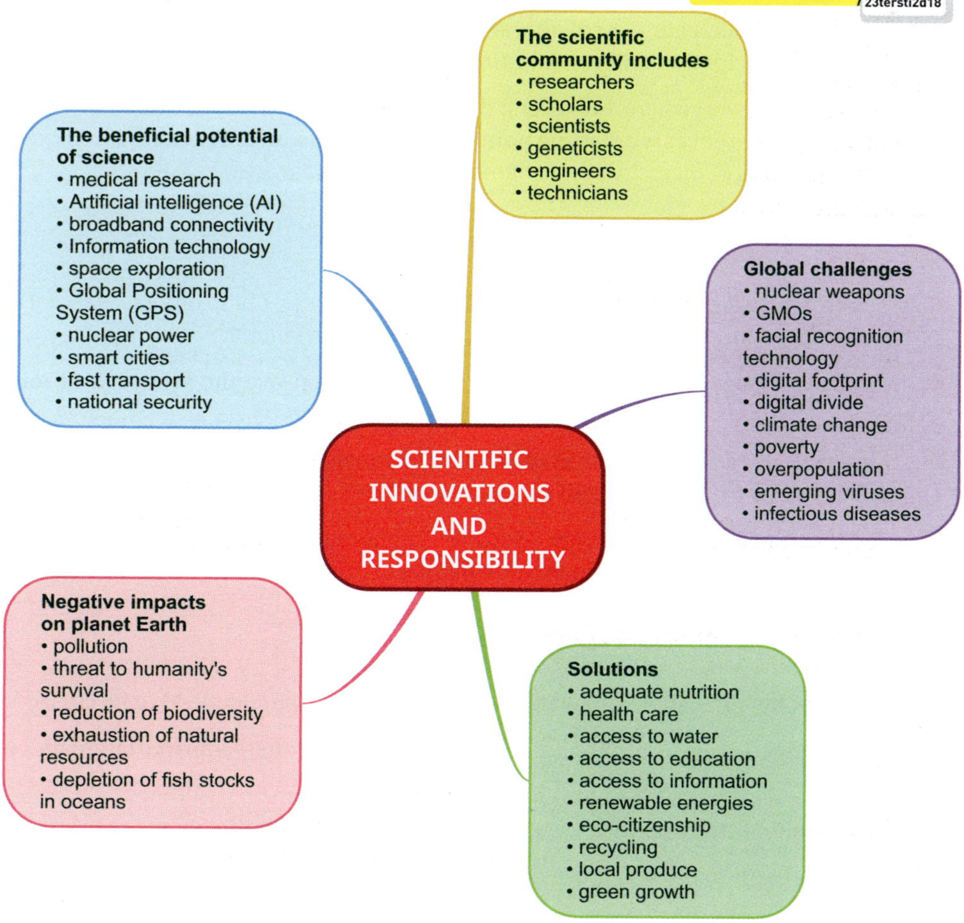

ANGLAIS

7 Diversity and inclusion

On December 10th, 1948, the United Nations voted the International Declaration of Human Rights to secure fundamental rights for all human beings on planet Earth: the right to life, liberty, personal security, freedom from discrimination, slavery and torture, and freedom of belief and religion, of speech and of the press.

1 First steps

A Definitions

- **Diversity** means understanding and accepting differences between people, including race, ethnicity, gender, age, religion or disability.
- **Inclusion** means creating a collaborative, supportive and respectful environment that increases the participation and contribution of all.
- Diversity exists everywhere, however it does not mean that inclusion follows. Acceptance of each other's differences is a starting point, but **true inclusion** only occurs when the benefits and advantages of diversity are recognised and valued.

B What has been done so far

- In **schools**, kids are encouraged to be inclusive by reaching out to others, as social exclusion can impact emotional wellbeing and academic achievements.
- Many **universities** have developed programmes to improve the inclusion of minority students.
- **Companies** pay attention to diversity and inclusion because it is a way to attract the right employees with the best minds and skills.
- In the **European Union**, diversity education is offered to small and medium-sized businesses to develop their capacity to include people of different countries and cultures.

C What still needs to be done

- **Gaps** in health, education and wages between men and women need to be closed.
- **Disadvantaged communities** should have access to adequate transportation and housing.
- **Sport** should be more inclusive and understand the benefits that diversity brings.
- **Disabled people** should be given easier access to public places.
- **Migrants** should be more readily accepted because they are key drivers in economic growth across the world.

2 Useful words

a bias *un préjugé*
abuse *la maltraitance*
affirmative action *des mesures antidiscriminatoires*
to bring about change *apporter des changements*
a charity *une organisation caritative*
broad-minded *large d'esprit*
compulsory *obligatoire*
defenceless *sans défense*
disabled people *les handicapé(e)s*
discriminatory *discriminatoire*
to empower *donner du pouvoir à*
entitled to *qui a droit à*
excluded *exclu(e)*
to exploit *exploiter*
the gender gap *le fossé entre les sexes*
the glass ceiling *le plafond de verre*
grass roots *de base, de terrain*
to harm *faire du mal à*
heavy labour *du travail pénible*
illiteracy *l'illettrisme*
inequality *l'inégalité*
to lodge a complaint *porter plainte*
to look up to a role model *admirer un modèle*
a low-income family *une famille aux revenus modestes*
marginalised *marginalisé(e)*
a plight *une situation désespérée*
poorly-paid *peu payé(e)*
poverty *la pauvreté, la misère*
a preconceived idea *une idée préconçue*
a prejudice *un préjugé*
to raise awareness *rendre conscient(e) de*
to segregate against *mettre à part*
to voice demands *exprimer des revendications*
a volunteer *un(e) bénévole*

3 Improve your grammar

POINT GRAMMATICAL

Comment relier deux noms

- On utilise **of** lorsque deux noms entretiennent des relations de :

– contenant/contenu : **a glass of water** *un verre d'eau* ;
– partie/tout : **part of the problem** *une partie du problème* ;
– activité/objet : **conditions of employment** *les conditions d'emploi* ;
– quantité : **the majority of the time** *la plupart du temps*, **a lot of players** *beaucoup de joueurs* ;

- On forme un **mot composé** quand **le premier nom qualifie le deuxième** à la manière d'un adjectif. Le premier nom est toujours au singulier. Ils sont très nombreux en anglais. L'identification se fait par :

– le lieu : **the US team** *l'équipe des États-Unis* ;
– le moment : **a daydream** *un rêve éveillé*, **a night shift** *une équipe de nuit* ;
– la matière : **leather shoes** *des chaussures en cuir* ;
– la valeur : **a million-dollar player** *un joueur valant un million de dollars* ;
– le type : **gender discrimination** *la discrimination entre les sexes*, **the labour code** *le Code du travail*, **human rights violations** *les violations des droits de l'homme*, **a sport event** *un événement sportif*, **the soccer league** *la fédération de football*.

- On utilise un **cas possessif** (ou génitif ou **'s**) si le premier nom est :

– une personne : **the volunteers' opinion** *l'opinion des bénévoles* ;
– un groupe de gens : **the world's population** *la population du monde* ;
– une unité de temps : **today's paper** *le journal d'aujourd'hui*, **a day's work** *une journée de travail*.

ANGLAIS

EXERCICES CORRIGÉS

EXERCISE 1

Translate into English using *of* or *'s*.

a. les conséquences de leur action **b.** la déclaration du porte-parole **c.** le pouvoir de solidarité **d.** la vie des joueuses **e.** l'augmentation du nombre de bénévoles **f.** un voyage de six jours **g.** le sens de la vie **h.** les demandes des entraineurs **i.** un avenir de changement **j.** la nécessité d'une vision commune **k.** un certain nombre de gens **l.** le respect des Droits de l'Homme

EXERCISE 2

Make compound nouns.

a. ethics in sports **b.** aid for development **c.** leaders of a club **d.** organisations that are anti-globalisation **e.** a project for development **f.** a style of life **g.** a conference for the press **h.** issues of health

EXERCISE 3

Choose the right answer.

1. The ... has increased fast.
a. support's fans **b.** support of fans' **c.** fans' support **d.** fans support
2. The ... on women players has increased.
a. proportion of spending **b.** spending proportion **c.** spend proportion **d.** proportion's spend
3. Megan Rapinoe is ... .
a. the best soccer player the world **b.** the world best soccer player **c.** world best soccer player **d.** the world's best soccer player
4. Money will begin flowing before ... .
a. end of year **b.** the end of year **c.** the end-year **d.** the year's end
5. Was the ... commitment genuine?
a. volunteers's **b.** volunteers **c.** volunteer **d.** volunteers'
6. The ... can do much to solve problems.
a. creative information use **b.** information creative use **c.** creative use of information **d.** information use creative.
7. The ... is quite different from other countries.
a. development American soccer system **b.** Americans soccer development system **c.** American development system soccer **d.** development of the system of American soccer

CORRIGÉ

Exercise 1

a. the consequences of their action **b.** the spokesperson's announcement **c.** the power of solidarity **d.** women players' lives **e.** the increase of the number of volunteers **f.** a six days' travel **g.** the meaning of life **h.** coaches' demands **i.** a future of change **j.** the necessity of a common vision **k.** a certain number of people **l.** respect of Human Rights

Exercise 2

a. sports ethics **b.** development aid **c.** club leaders **d.** anti-globalisation organisations **e.** a development project **f.** a lifestyle **g.** a press conference **h.** health issues

Exercise 3

1. **c.** fans' support **2.** **a.** proportion of spending **3.** **d.** the world's best soccer player **4.** **d.** the year's end **5.** **d.** volunteers' **6.** **c.** creative use of information **7.** **d.** development of the system of American soccer

4 Learning with mind map

DIVERSITY AND INCLUSION

Diversity is accepting differences of:
- race
- ethnicity
- gender
- age
- religion
- disability

Difficulties
- **Social exclusion** impacts emotional wellbeing and academic achievements.
- **Gender gap** in health, education, sport and wages.
- **Disabled people** have limited access to public places, transportation and housing.
- **Migrants and refugees** are often excluded exploited, marginalized or discriminated against.

Solutions to bring about inclusion
- **Awareness campaigns** about social cohesion, solidarity and respect of human rights.
- **Affirmative action** to improve the inclusion of minority students in schools and universities.
- **Inclusive hiring practices** in companies.

Inclusion
is recognizing and valuing the benefits of diversity.

 # quiz
Des questions pour réviser
foucherconnect.fr/23tersti2d18

ANGLAIS

8 Territory and memory

What does it mean to identify with a particular place or nation and have a sense of belonging in an increasingly globalised world? When a group has lived and died on a particular area of land for years, decades, or centuries, it is easy to imagine that their essence is passed into the land.

1 First steps

A Cultural heritage

- **Cultural heritage** is an expression of the ways of living developed by a community and passed on from generation to generation. It includes customs, practices, places, objects, artistic expressions and values

- **Each society chooses** what is worthy of being preserved for future generations and what is not for both cultural and political reasons. So, cultural heritage is the result of a process of memory and oblivion that characterizes every human society.

- **All cultural heritages** must be respected and safeguarded because all peoples contribute to the culture of the world.

B Individual memory is part of collective history

- **Basic historical documents** are useful to write history, but they cannot give it a flow and an emotional meaning. What matters is the memory of how events and their consequences have impacted personal individual or collective lives.

- Even if **individual memory** or **family memory** do not feature historical facts and characters, they present accounts that capture a historical period and context.

2 Useful words

an Aborigine *un(e) Aborigène*
an account *un compte-rendu*
an ancestor *un(e) ancêtre*
an ancient site *un site antique*
to belong *appartenir*
a bond *un lien*
collective memory *la mémoire collective*
concern *l'inquiétude*
cultural heritage *le patrimoine culturel*
a disease *une maladie*
disrespect *le manque de respect*
to impact *frapper*
knowledge *la connaissance*
a phenomenon(a) *un (des) phénomène(s)*
to preserve *conserver*
recognition *la reconnaissance*
remembrance *le souvenir*
to retain *garder*
to safeguard *sauvegarder*
scorn *le mépris*
a tribe *une tribu*
unrest *l'agitation*
values *les valeurs*
to voice *exprimer, faire savoir*

3 Improve your grammar

POINT GRAMMATICAL

La forme interrogative

- Une **question fermée** commence par un auxiliaire. On ne peut y répondre que par **yes** ou **no**. L'intonation est montante.

Do they preserve the rainforest? *Préservent-ils la forêt tropicale ?*

- Une **question ouverte** commence par un pronom interrogatif. La réponse comporte une précision de lieu, date, âge, nom... L'intonation est descendante.
- Pronoms interrogatifs :

What does it mean? *Qu'est-ce que cela veut dire ?*
What did he want it for? *Pour quelle raison l'a-t-il voulu ?*
When will they preserve the forest? *Quand préserveront-ils la forêt ?*
Where were you born? *Où es-tu né ?*
Which generation do you prefer? *Quelle génération préfères-tu ?*
Who is threatening you? *Qui vous menace ?*
Whose turn is it? *À qui le tour ?*
Why is he concerned? *Pourquoi est-il inquiet ?*
How are you? *Comment allez-vous ?*
How far is the reservation? *À quelle distance se trouve la réserve ?*
How deep is the crisis? *Quelle est la profondeur de cette crise ?*
How long have they lived here? *Depuis combien de temps habitent-ils ici ?*
How many residents are there? *Combien de résidents y a-t-il ?*
How much is it? *Combien cela coûte-t-il ?*
How often do they meet? *À quelle fréquence se rencontrent-ils ?*
How old are you? *Quel âge avez-vous ?*

EXERCICES CORRIGÉS

EXERCISE 1

Ask someone questions about...

a. his name **b.** his age **c.** his place of residence **d.** his job **e.** his working hours **f.** his place of work **g.** his salary

EXERCISE 2

Write the questions to get these answers.

a. This celebration occurs once a year.
b. They're going to share the event.
c. We only stayed a few hours.
d. It was their community.
e. It was a ten o'clock when they started.
f. The one with white and blue stars.
g. Their cultural heritage was recognised years ago.
h. They have lived in the rainforest for years.
i. Millions of people came.

ANGLAIS

CORRIGÉ

Exercise 1

a. What's your name? **b.** How old are you? **c.** Where do you live? **d.** What's your job/what do you do? **e.** How many hours do you work? **f.** Where do you work? **g.** How much do you earn?

Exercise 2

a. How often does the celebration occur? **b.** What are they going to share? **c.** How long did you stay? **d.** Whose community was it? **e.** What time was it when they started? **f.** Which one was it? **g.** When was their cultural heritage recognised? **h.** How long have they lived in the rainforest? **i.** How many people were there?

4 Learning with mind map

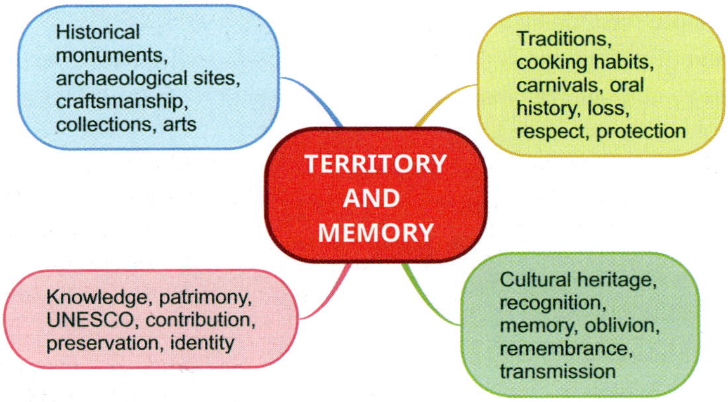

 # quiz

Des questions pour réviser

foucherconnect.fr/23tersti2d18

1 IDENTITIES AND EXCHANGES

COMPRÉHENSION DE L'ÉCRIT

Read the text and answer the questions in your own words.

The Perspective of Home and Identity

In 2008, The Pew Research Center conducted a survey of 2,260 American adults. They asked participants to identify "the place in your heart you consider to be home." Thirty-eight percent of the respondents did not identify the place that they were currently living to be "home"; 26 percent reported that "home" was where they were born or raised; 22 percent said that it was where they lived now; 18 percent identified home as the place that they had lived the longest; 15 percent felt that it was where their family had come from, and 4 percent said that home was where they had gone to high school.

The researchers concluded that home is "the place closest to their heart, the place where they can maintain their identity, integrity, and way of living." It sheds some light on the connection between "home" and "identity." Since elderly immigrants are more likely to depend on memories rather than thoughts of the future for comfort, their perceptions of home are quite important to their wellbeing. Although ideas about what constitutes a home tend to be formed in early childhood, culture and changes to life circumstances in adulthood affect its ultimate perceptions.

Other factors influencing assimilation can be religion, level of education, language fluency, receiving some sort of education in the new society, and forming memories shared with members of the new community, and of course, the flexibility of the new community in absorbing new members. The more an individual has in common with the population of their host country, the higher the chances of assimilation, therefore the higher the likelihood of considering the new community home.

Some immigrants do not get the chance to visit their place of origin for several decades, if they do at all. Their memory of what this early "home" feels like, tends to be tied in nostalgia, stuck in time, and connected only to the memories of the last time they had contact with it. However, since communities are dynamic, they never stay the same. When the opportunity to visit arises, those individuals often discover, to their shock, that the picture of "home" they have in their memory is never the same when they return.

Often this triggers a significant sense of loss. Suddenly, those individuals lose what they hold on to as a reference for their identity and become, what can feel like, emotionally homeless. This inner crisis can have a significant impact on one's wellbeing and can manifest itself with mood changes that range from subtle, mild, but persistent low mood to clinical depression.

The Perspective of Home and Identity, by Angelina Rodriguez, August 17, 2020

1. What is the main idea of the text?
2. What are the best chances for a migrant to be quickly assimilated?
3. Do migrants always feel that going back to their native country is a positive experience?
4. How can you explain a feeling of "loss" experienced sometimes?

EXPRESSION ÉCRITE

What would you say the positive and negative aspects of migration are. You can illustrate with a few examples if you want. (200 words)

USEFUL PHRASES

It enables to share experiences. *Cela permet de partager des expériences.*
It can be a rewarding experience. *Cela peut être une expérience enrichissante.*
Diversity is an asset. *La diversité est un atout.*

COMPRÉHENSION DE L'ORAL

Listen to the video *Life in Europe not as expected: hundreds of Iraqis return home* and answer the questions.

1. Which country are these Iraqis leaving?
2. Quote the reasons for their departure.
3. What did Iraqi airways have to do?
4. What are the consequences for these people?
5. What is offered to those who cannot afford the airfare?

 # vidéo
Life in Europe not as expected: hundreds of Iraqis return home
foucherconnect.fr/23tersti2d74

EXPRESSION ORALE

What are your reactions after reading the following passage?

A thread that often runs through discrimination against migrants is the idea that people of other cultures threaten one's own cultural identity Not only Arab Americans but even Sikhs (who wear turbans) were harshly discriminated against culturally after 9/11. People of Italian, German, and Japanese descent suffered in the first half of the 20th century. Asian Americans and Pacific Islanders were attacked during the COVID pandemic because of their perceived association with China.

Cultural Effects of Migration © StudySmarter

2 PUBLIC AND PRIVATE SPHERES

COMPRÉHENSION DE L'ÉCRIT

Read the text and answer the questions in your own words.

Thousands gather worldwide for annual march against Monsanto

Since 2013, environmental activists and other protesters have organised the annual March Against Monsanto in cities in France and across the world, demanding an agriculture free of pesticides and toxic agrochemicals. The "bee rebellion against Bayer-Monsanto", as signs read, took to the streets of Hamburg and Basel (Germany), Porto (Portugal), Toronto (Canada), Austin (Texas), San Diego (California), Santiago (Chile), Perth (Australia) and in some 30 cities in France on Saturday, urging governments for a greener and healthier agriculture. The protests seem to have gained momentum[1] lately as Monsanto faces a wave of lawsuits worldwide over its glyphosate-based weed killers and pesticides, which have been widely used for years. [...]

In April, the chemicals giant lost a third-round appeal in France over the poisoning of Paul François, a farmer who suffered neurological damaged after inhaling fumes from the now-banned weed killer Lasso in 2004. In 2012, a first ruling of the farmer's case marked the first time Monsanto was found guilty. In January, France also banned Roundup weed killer.

As for the United States, the group lost its third lawsuit over the harmful effects of Roundup on Monday. A jury found the pesticide to be carcinogenic, awarding almost €2 billion to a couple who used the chemical on their property, making it the largest glyphosate litigation to date. By owning Monsanto, Bayer faces lawsuits from over 13,400 plaintiffs in the US.

Around a hundred local and international NGO's organised the Parisian march against Bayer-Monsanto, including Greenpeace, Good Planet Foundation and Climate Action Network, as protestors walked with signs reading "No to Monsanto, yes to my health."

NGOs seem somewhat sceptical on the politician's speech. "We've been hearing a lot about environment during this EU parliament campaign, but there is no time for promises any more, we want action. What we are denouncing is the commodification of living species, the ecological genocide by agrochemicals and shady lobbying policies. Victims must be compensated, we demand a new kind of agriculture."

"Thousands gather in France, worldwide for annual march against Monsanto",
by Aude Mazoué, france24.com, May 19th, 2019.

1. monter en puissance

1. What are the claims against Monsanto?
2. What happened to Paul François and why?
3. What did NGOs organise in Paris and why?
4. What do NGOs demand?

EXPRESSION ÉCRITE

Bob Marley wrote and sang a song that said "Get up, stand up, stand up for your rights". Comment on these lyrics and say to what extent NGOs' role is dedicated to this purpose. Try to name a few NGOs. (150 words)

USEFUL PHRASES

They put pressure on... *Ils mettent la pression sur...*
They fight against the violation of human rights. *Ils se battent contre la violation des droits de l'homme.*
They provide humanitarian assistance. *Ils offrent de l'assistance humanitaire.*

COMPRÉHENSION DE L'ORAL

Watch the video *An NGO rescues children in a sweatshop* and answer the questions.

1. What did members of the NGO do?
2. How old were the children?
3. What does the man say about the children's living conditions?
4. How much did the children earn?
5. Where is their boss?
6. Will anybody be arrested?
7. What big brand's name can you hear at the end of the video?

vidéo
An NGO rescues children in a sweatshop
foucherconnect.fr/23tersti2d27

EXPRESSION ORALE

If specific protection (Basic Human Rights) is valid for all persons, some people are more in need of protection against violations than other. Discuss. Quote a few examples.

ANGLAIS

3 ART AND POWER

COMPRÉHENSION DE L'ÉCRIT

Read the text and answer the questions in your own words.

Challenging Trump's idea of a "big, beautiful wall"

Ever since he started campaigning for the United States presidency in 2016, Donald Trump has been promising to build a "big, beautiful wall" along the US-Mexico border. In response to this pledge[1], Enrique Chiu, a Mexican artist and a former immigrant to the US, embarked on a large-scale mural project on the existing border fence to challenge Trump's notion of a "beautiful wall".

Since Election Day in the US in December 2016, Chiu has been working with more than 3,800 volunteers to paint uplifting[2] messages of peace and togetherness along the Mexico-facing side of the US-owned border fence. Once completed, the "Mural of Brotherhood" will stretch for a mile in Tijuana in the West of Mexico, and will continue through shorter segments across Tecate, Mexicali, Ciudad Juarez, and Nacozari, to finally reach Reynosa in the south.

"The murals spread messages of peace to people crossing the border by car or on foot", Chiu wrote in an email. "They're also intended to be a final glimpse of hope for migrants risking danger as they cross northward." The existing fence and proposed wall "are a sign of rejection and exclusion. The Mexican people, the Hispanics and Latinos are the ones that hit that wall. A wall of incomprehension".

Chiu speaks out of his own personal experience as an immigrant. Born in Guadalajara, Mexico, he crossed the border with the US with his mother when he was eight. The two lived in Los Angeles without legal status for one year before returning to Mexico. Later in his life, Chiu returned to the US to attend California State University, Long Beach, on a student visa and remained in the country for 12 years. "When I was living in California, I was living the American dream. I went to school, I had my business, I had my house, my gallery, my studio, three cars. I had everything there", he said.

In 2009, he decided to return to Mexico to become part of Tijuana's flourishing arts scene. "You can live the American dream in Mexico, too, and you can do whatever you want", he said.

"3,800 Volunteers Have Joined an Artist to Challenge Trump's Idea of a 'Big, Beautiful Wall' on the US-Mexico Border",
by Hakim Bishara, hyperallergic.com, June 24th, 2019.

1. promesse, serment 2. stimulants

1. Say who Enrique Chiu is and describe his project.
2. What is Enrique Chiu's goal?
3. According to Enrique Chiu, what messages does the mural bring?
4. What do we learn about Enrique Chiu's personal experience as an immigrant?
5. Which elements of the American dream does Enrique Chiu refer to?
6. Why did Enrique Chiu return to Mexico?
7. Why is Enrique Chiu happy with his move?

CIVILISATION

In 2017, the Trump administration tested eight wall prototypes in San Diego, California. They were graded by their effectiveness and their aesthetics on their side facing the US. Yet none of these prototypes passed the US military's penetrability test. In 2018, eight improved models finally passed the penetrability tests. However, a battle between Trump and the Democrats in Congress over money for the wall stopped the President from carrying out his plan.

EXPRESSION ÉCRITE

Do you agree with Enrique Chiu when he says that art can bring peace and togetherness? Quote specific examples. (180 words)

USEFUL PHRASES

to be a testimony to *témoigner de*
the savagery and misery of war *la sauvagerie et le malheur de la guerre*
a tool to foster social change *un outil pour créer le changement social*

COMPRÉHENSION DE L'ORAL

Watch the video "New mural in Boyle Heights honors groundbreaking women" and answer the questions.

1. When did Isabel Peinado start painting the mural "Empowerment" in Boyle Heights, Los Angeles?
2. What does Isabel's mural celebrate?
3. Name some of the 16 role models that Isabel chose to represent.
4. What does Richelle Huizar say the mural is a tribute to?
5. According to Council member José Huizar, where did the mural movement start?
6. Why was the mural movement stopped?
7. When was the ban lifted?
8. How long did it take Isabel to complete the mural?

 # vidéo
New Mural In Boyle Heights Honors Groundbreaking Women
foucherconnect.fr/23tersti2d20

EXPRESSION ORALE

Look at the official portraits of two famous American presidents: President Franklin Delano Roosevelt and President Barack Obama. Describe the paintings and say what differences you can notice between the two.

 # picture
President Franklin Delano Roosevelt by Frank O. Salisbury
foucherconnect.fr/23tersti2d21

 # picture
President Barack Obama by Kehinde Wiley
foucherconnect.fr/23tersti2d22

COMPRÉHENSION DE L'ÉCRIT

Read the text and answer the questions in your own words.

How Gen Z and TikTok are shaping politics

As the war in Ukraine escalated, many Gen-Zers[1] used TikTok to learn about what was going on. It became a key news source, even offering some of the first glimpses of the Russian invasion, as young Ukrainian creators documented what was happening in their hometowns. However, Russian sympathisers have also used TikTok to spread harmful misinformation. This is why Joe Biden's government identified top content creators who would then be able to share accurate information with their millions of followers. TikTok influencers have the power to educate swiftly en masse, which is vitally important as events move quickly. [...]

In 2020, after the murder of George Floyd, many young people took to TikTok to spread awareness of the Black Lives Matter protests. There was an outpouring[2] of support for the Black community on TikTok, and the #BlackLivesMatter hashtag now has over 30 billion views. Content creators posted videos highlighting protests, running through the history of the Black Lives Matter movement, and explaining effective allyship[3]. It led to CNN declaring TikTok a "hub[4] for #blacklivesmatter activism". [...]

Political activism surrounding the climate crisis and sustainability is a hot topic for young people on TikTok. This topic appears across all micro-communities on the app – from fashion accounts recommending sustainable clothes lines, to makeup gurus sharing ethical products. Climate change is a big concern for Gen Z, with one survey finding that 83% of them are concerned about the health of the planet. With that in mind, it's no surprise that there are some users leveraging[5] TikTok to educate and advocate for greener policies – and their audiences are engaged, educated, and growing. [...]

Ahead of a Trump rally in Tulsa, K-pop fans took to TikTok to deliver a masterclass on registering for the event and selling out tickets – with no intention of ever showing up to see President Trump. The result? A million ticket reservations, but only 6,200 actual attendees, (less than half the 19,000 venue capacity). "Political Tiktok" made its views visible through empty seats. Naturally it also led to a series of high-profile news articles underlining this powerful show of online activism.

Another organisation using TikTok to enact direct action in the political sphere is Tok the Vote. This group was described as a "creator-led effort" to get Gen Z registered to vote for the US presidential elections in November 2020 and, according to the campaign group, its TikTok-specific tool had been used by around 3,500 TikTokers "to register, check their status or request an absentee ballot". Voter registration continues to be a lively topic on TikTok, where #registertovote has over 62 million views, and popular content creators can be relied on to encourage their followers to register to vote whenever elections roll around. Perhaps consequently, Gen Z voter turnout was at an all-time high...

TikTok Politics & Activism: How Gen-Z and TikTok are Shaping Politics © fanbytes.co.uk. D.R.

1. nés entre 1997 et 2010 2. déluge 3. soutien aux communautés 4. centre d'activité 5. profitant de

1. Give the reason why Joe Biden's administration identified the most prominent influencers on TikTok.
2. Say why the American news channel CNN declared TikTok a "hub for #blacklivesmatter activism".
3. List the forms of political activism surrounding the climate crisis and sustainability on TikTok.

4. What were the results of the anti-Trump action launched by K-pop fans on TikTok?
5. What are the aim and the results of the group Tok the Vote?

EXPRESSION ÉCRITE

Do you believe TikTok is an appropriate platform for political activism? (200 words)

USEFUL PHRASES

to foster open discussions *engendrer des discussions ouvertes*
It goes to prove how... *Cela tend à prouver à fuel point...*
It just happens to be... *C'est tout simplement...*
It remains to be seen if. *Il reste à voir si...*

COMPRÉHENSION DE L'ORAL

Watch the video "Digital Literacy: Digital Citizenship" and answer the questions.

 # vidéo
Digital Literacy: Digital Citizenship
foucherconnect.fr/23tersti2d23

1. According to Alma, why do young people need to control the negative aspects of technology? (0.00 to 0.16)
2. What did Alma realise when she looked up herself in Google? (0.26 to 0.44)
3. Say what the danger is of letting so much information about you on social media. (0.44 to 1.03)
4. Describe Alma's reaction after she attended a digital citizenship class? (1.03 to 1.12)
5. Why is cyberbullying especially dangerous for young people? (1.12 to 1.50)
6. Mention Alma's advice to young people when they are the victims of cyberbullying. (1.50 to 2.13)

EXPRESSION ORALE

As you see it, what are the main benefits of digital education?

5 FICTION AND REALITY

COMPRÉHENSION DE L'ÉCRIT

Read the text and answer the questions in your own words.

How *Star Wars*' Jedi were inspired by the Knights[1] Templar

What many might not know is the idea of the Jedi was heavily influenced by the real history of the Knights Templar. The Knights Templar were a medieval religious order of knights created in the early 12th century following the First Crusade. The Order was created in 1119 by French knight Hugh de Payne but would consist of knights from all over Europe. The Templar knights originally patrolled the roads and protected pilgrims in the newly created Christian states in the Holy Land but became rich and powerful over the next two centuries. The Templars' sudden downfall[2] in the early 14th century at the hands of a French King who sought[3] their riches fuelled[4] popular imagination for centuries – including, it seems, Star Wars. The Jedi are an ancient order of guardians who protect the peace and justice in the Galactic Republic in *Star*

ANGLAIS

Wars. The Jedi Order operated independently, much like the Knights Templar – who answered only to the Pope. The Jedi lived by the Jedi code, while the Knights Templar lived by a monastic rule, known initially as the Primitive Rule, which was bestowed[5] on them by prominent leaders of the Church at the Council of Troyes in 1129. These were a strict set of rules by which the Templars lived their dual lives as warriors and monks[6] and which bears a resemblance to the Jedi code. Although the *Star Wars* films do not detail the content of the Jedi's code, similarities in the philosophies can be seen. For example, in *Revenge of the Sith* (2005), Yoda tells Jedi knight Anakin Skywalker "attachment leads to jealousy; the shadow of greed that is". Both the Jedi and Templars were ended by conspiracies led by tyrants. In the climax of the prequel[7] trilogy, the Jedi were the last obstacle left to prevent the villainous Darth Sidious from completing his plan to rule the galaxy. So Darth Sidious falsely accused the Jedi of treason and had his soldiers massacre the unsuspecting Jedi. Both the Jedi and the Templars also suffered an attack on their temples. In *Revenge of the Sith*, the Jedi are murdered when Darth Vader leads an army into the Jedi Temple, while the Templars were arrested in a dawn raid by French soldiers at their Paris Temple on the infamous Friday the 13th in 1307.

How Star Wars' Jedi were inspired by the Knights Templar,
by Patrick Masters, 7 july 2022 © The Conversation France.

1. chevaliers, 2. chute, 3. recherchaient, 4. alimentaient, 5. accordé, 6. moines, 7. préquelle (une œuvre dont l'histoire précède celle d'une œuvre antérieurement créée)

1. Who did the Templar influence centuries later?
2. What do the Templars and the Jedi have in common?
3. Who is the Jedi's main enemy?
4. What happened to the Templars and the Jedi in the end?

EXPRESSION ÉCRITE

What is your opinion about science-fiction movies? Illustrate with examples. (180 words)

USEFUL PHRASES

It stimulates the imagination. *Cela stimule l'imagination.*
It often extrapolates a possible future. *Cela extrapole souvent un avenir possible.*
Science-fiction has influenced many of the technological advances that we have today. *La science-fiction a influencé nombre des avancées technologiques que nous avons aujourd hui.*
There is relationship between ... and .... *Il y a un lien entre... et...*
They make us realise that... *Ils nous font comprendre que...*
It is different/differs from ... in so far as... *C'est différent de ... dans la mesure où...*

COMPRÉHENSION DE L'ORAL

Watch the video *The Matrix – Artificial intelligence and humans* and answer the questions.
In the science-fiction movie *Matrix*, the Matrix is a simulated reality inside which millions of people are trapped.

1. What was the first Matrix meant to be?
2. Did the first Matrix succeed? Explain why.
3. Why was the Matrix redesigned?
4. What is the conclusion given at the end of the video?

 # vidéo
The Matrix – artificial intelligence and humans
foucherconnect.fr/23tersti2d24

EXPRESSION ORALE

Can you quote a film in which humans lost their power to control machines?

6 SCIENTIFIC INNOVATIONS AND RESPONSIBILITY

COMPRÉHENSION DE L'ÉCRIT

Read the text and answer the questions in your own words.

Residents fight back against facial recognition technology

Last year, residents of Atlantic Plaza Towers, a rent-stabilized apartment building[1] in Brooklyn, found out that their landlord was planning to replace the key fob entry system[2] with facial recognition technology. The goal, ostensibly, was to modernise the building's security system.

But some residents were immediately alarmed by the prospect: they felt the landlord's promise of added security was murky at best[3], and didn't outweigh[4] their concerns about having to surrender sensitive biometric information to enter their own homes.

Last week, lawyers representing 134 concerned residents of the building filed an objection[5] with the state housing regulator. It is the first visible opposition in New York City to the deployment of such technology in the residential realm. "We're calling ourselves the Rosa Parks of facial recognition in residential buildings", said Icemae Downes, a resident who has lived in the building since 1968 and was part of a residents' protest last week. "We're standing up to say: 'No, we don't feel this is right.'" [...]

Nelson Management said that the technology is intended to boost security, and that it has "engaged a leading provider of security technology for proposed upgrades, which has assured ownership that data collected is never exposed to third parties and is fully encrypted."

The building complex already has a security guard and its common areas are wired with several security cameras. And the residents say they already feel heavily watched. Last month, when some of them gathered in the lobby to discuss the facial recognition system, building management sent them a notice with pictures taken from a security camera and a warning that the lobby was not "a place to solicit, electioneer, hang out or loiter." Landlords, however, don't have the authority to ban peaceful assembly in this way.

"The Tenants Fighting Back Against Facial Recognition Technology",
by Tanvi Misra, Citylab.com, May 7th, 2019.

1. un immeuble à loyer réglementé 2. système de badge électronique 3. au mieux louche 4. contrebalançait 5. déposer une plainte

1. Why does the landlord plan to install facial recognition technology in the Atlantic Plaza Towers?
2. What are the reasons why the residents object to the project?
3. Why do the residents compare themselves to Ms Rosa Parks?
4. What argument in favour of the project is used by Nelson Management, the company that will install the facial recognition technology in the Atlantic Plaza Towers?
5. Why do residents already have the feeling that they are heavily monitored?

CIVILISATION

Ms Rosa Parks (1913-2005) is known for her role in the boycott of the buses in Montgomery, Alabama. In December 1955, she refused to give up her seat to a white passenger. The National Association for the Advancement of Colored People (NAACP) led by reverend Martin Luther King Jr, went to her defence after her arrest for civil disobedience in violating Alabama segregation laws. She became an international icon of passive resistance to racial segregation.

ANGLAIS

EXPRESSION ÉCRITE

Do you agree that new technologies are a tool of empowerment for people around the world or do you see them as a threat to their privacy? (160 words)

USEFUL PHRASES

to look forward to + V-ing *attendre avec impatience de*
it can help make their lives easier *cela peut aider à rendre leurs vies plus faciles.*
to breach the right to privacy *enfreindre le droit à la vie privée*

COMPRÉHENSION DE L'ORAL

Watch the video on CBC news and answer the questions.

vidéo
Toronto's waterfront could show the future of data collection
foucherconnect.fr/23tersti2d25

1. What does Sidewalk Labs (owned by Google's parent company Alphabet) intend to do in Toronto?
2. What kind of data would be collected in this smart city?
3. What is the question raised by the collection of data?
4. What argument does Rohit Aggarwaia of Sidewalk Labs oppose to citizens' concerns?
5. What is the project's greatest challenge?
6. Name the three cities that have similar projects of using AI (artificial intelligence).

EXPRESSION ORALE

Comment on this quote by Esther Harold, CEO of the consulting firm Privacy Professor: "The rise of connected smart speakers means that we are now handing over more data than ever before about our daily lives to technology companies."

7 DIVERSITY AND INCLUSION

COMPRÉHENSION DE L'ÉCRIT

Read the text and answer the questions in your own words.

Equal pay lawsuit

The United States Soccer Federation (USSF) is a not-for-profit entity that employs more than 500 people, current and former members of the men's and women's national teams. The players depict the USSF as engaged in gender discrimination on the basis of pay and other conditions of employment, including allegedly substandard travel accommodations and training conditions. Although the magnitude of pay disparity depends on method of calculation and context of the data, United States Women's National Team (USWNT) players have been paid less than male counterparts on the United States Men's National Team (USMNT). In certain situations, the complaints contends[1], USWNT players earn just 38% of what USMNT players earn. [...]

As the case develops, USSF will raise a number of defences. One defence will be that, even if the pay disparities between the USWNT and USMNT are morally or societally "unfair", their unfairness was accepted as part of a larger employment deal where both sides give and take.

A second defence will be that any disparity in pay reflects market realities and consumer preferences rather than USSF discrimination. While the USWNT is undoubtedly more successful than the USMNT as a team, the global market for men's soccer is more lucrative and thus, arguably, warrants[2] higher wages. The USSF could acknowledge that this disparity might reflect sexism on the part of soccer fans, but it could also contend that it is not responsible for such sexism. Instead, the USSF could explain, it is simply responding to the market *as it is*, rather than as it ought to be.

Don't expect the players to accept such a defence. In the complaint they appear to anticipate it by claiming, "the USSF admits to such purposeful gender discrimination even during times when the USWNT earned more profit, played more games, won more games, earned more championships, and/or garnered higher television audiences."

"Inside USWNT's New Equal Pay Lawsuit vs. U.S. Soccer and How CBA, EEOC Relate", by Michael McCann, www.si.com, March 8th, 2019.

1. soutenir 2. garantit

1. What do women soccer players accuse the United States Soccer Federation (USSF) of?
2. What are the two arguments that USSF will use for its defence?
3. Say why is it particularly difficult to understand why female soccer players are less paid than their male counterparts.

EXPRESSION ÉCRITE

Do you agree that diversity in sport is important? How could sports be made more inclusive? (180 words)

USEFUL PHRASES

to respect one another *se respecter les uns les autres*
to break down barriers *faire tomber les barrières*
to focus on educating players and fans *se concentrer sur l'éducation des joueurs et des supporters*

COMPRÉHENSION DE L'ORAL

Watch the interview with Taylor Twellman, a retired American international soccer player.

vidéo
Twellman: U.S. Soccer Needs To Address 'Pay-To-Play' System
foucherconnect.fr/23tersti2d26

1. What does a report advise US soccer to do with its $100 million surplus?
2. Why does Taylor Twellman criticise the pay-to play system of US soccer?
3. What does he advise to do with the $100 million surplus?
4. What is the second important point according to Taylor Twellman?
5. How much can it cost to go through coaching education?

EXPRESSION ORALE

As you see it, how can you promote inclusion in the workplace?

COMPRÉHENSION DE L'ÉCRIT

Read the text and answer the questions in your own words.

The Amazon rainforest was once a human success story

A season of intense, human-caused wildfires in the Amazon rainforest has scorched[1] thousands of square miles of forest, blackened the skies over São Paulo, and sparked international concern about the fate of the most biodiverse landscape on the planet.

Tens of thousands of independent wildfires have been deliberately set by humans in the Amazon this summer, making the destruction of the rainforest a purely anthropogenic phenomenon egged on[2] by the far-right regime of Brazilian President Jair Bolsonaro. [...]

Amazonian tribes were decimated by diseases and genocide in the wake of[3] European colonization. Some populations have begun to recover in recent decades, and roughly one million Indigenous people live in the Brazilian Amazon today.

Many of the crops[4] favored by Indigenous populations are particularly adept at sucking carbon out of the atmosphere. "The Amazon forest can be considered a natural-cultural heritage site of global importance. We have a lot to learn from Indigenous societies who have developed such sophisticated practices of fire management without causing large-scale deforestation."

It is an amazing example of local traditions producing global benefits. Sadly, many of the ancient sites that show strong signs of Indigenous influence are clustered[5] in the southern Amazon, which is now undergoing a very different type of anthropogenic transformation: rapid deforestation and harsh wildfires.

Bolsonaro ran a campaign that was openly hostile to the rights of tribes and communities that live in the rainforest. "Bolsonaro has this terrible reputation across the world and he deserves to have it because he's a terrible person", said Eduardo Góes Neves, an archeologist at the University of São Paulo.

"We say no to mining in our lands, no to deforestation", said O-É Kaiapo Paiakan, a member of the Xinguan Indigenous group. "No more invasions and disrespect. No more pesticides in our rivers and foods. No more criminal fires in the forest. We are with you, standing for the Amazon."

Neves had just returned from the field and had seen the harrowing effects of the deforestation and wildfires up close. However, he also felt encouraged by how the disaster has galvanized Brazilians to support the natural and cultural preservation of the rainforest. "I see a lot of destruction and fire, mostly in the southwest Amazon, but also you see a lot of people doing wonderful things like agroforestry, or Indigenous people getting politically stronger and having their voices heard", Neves noted. "Indigenous people are the ones who can show us the way to have this wonderful forest back", he said. "I think there is hope."

"The Amazon Rainforest Was Once a Human Success Story. It Could Be Again",
by Becky Ferreira, vice.com, September 9th, 2019.

1. brûlé 2. exacerbé 3. à la suite de 4. cultures 5. rassemblés

1. Who is to be held responsible for the wildfires in the rainforest?
2. What impact do wildfires have on Indigenous tribes living in the rainforest?
3. How did Indigenous tribes living in the rainforest react?
4. What was the reaction of Brazilians?

EXPRESSION ÉCRITE

How important is the preservation of the rainforest and other places in the world inhabited by local tribes? Give examples to illustrate your point of view. (150 words)

USEFUL PHRASES

To question ourselves *Nous interroger*
How can we preserve and treasure this cultural heritage? *Comment pouvons-nous préserver et chérir ce patrimoine culturel ?*
We have so much to learn. *Nous avons tant à apprendre.*

COMPRÉHENSION DE L'ORAL

Watch the video "I'm Aboriginal but I am not..." and answer the questions

1. What is Alice Springs?
2. What are the living conditions of the 40.0000 Aborigines?
3. What is the reality of Aborigines' life compared with?
4. What are the most severe evils Aborigines suffer from?
5. What is the life expectancy of the Indigenous population compared with that of white Australians?

vidéo
I'm Aboriginal, But I'm Not...
foucherconnect.fr/23tersti2d71

CIVILISATION

Aboriginal Australians have a special bond to the land and country. A current theory holds that they came out of Africa about 70,000 years ago, which would make Aboriginal Australians the oldest population of humans living outside Africa. Today, about three per cent of Australia's population has Aboriginal heritage. Aboriginal Australians still struggle to retain their ancient culture and fight for recognition—and restitution—from the Australian government.

EXPRESSION ORALE

Would you say that cultural heritage is in crises because of wars, trafficking, natural disasters, climate change and tourism? Discuss and illustrate with examples.

corrigé
foucherconnect.fr/23tersti2d19

GRAND ORAL

GRAND ORAL

1 Présentation de l'épreuve du Grand Oral 416
2 Se préparer à l'épreuve du Grand Oral 417

1 Présentation de l'épreuve du Grand Oral

Le Grand Oral fait partie des épreuves finales du baccalauréat. Il est noté sur 20 points et son coefficient est 14.

1 Les objectifs

■ Conformément au *BO* spécial n°2 du 13 février 2020, on attend de l'élève des qualités d'expression orale, d'argumentation et de synthèse.

■ L'élève doit être capable de s'exprimer en public, debout, de convaincre et d'interagir avec son jury. Celui-ci est composé de deux professeurs, dont un de spécialité et un de l'enseignement général. Durant l'épreuve du Grand oral, il doit être capable de proposer au jury les solutions à deux problématiques en lien avec l'enseignement de spécialité pour lequel le programme prévoit la réalisation d'une étude approfondie.

 # doc
BO n °2 du 13 février 2020
foucherconnect.fr/23tersti2d09

2 L'organisation de l'épreuve

■ Le candidat devra choisir au cours de l'année deux questions qui portent sur ses enseignements de spécialité. Le jour de l'épreuve, il sera interrogé par le jury sur l'une des deux questions.

■ Le candidat a alors 20 minutes de préparation. Il dispose de brouillons qu'il remettra au jury pour lui exposer un schéma ou encore le plan de l'exposé s'il le désire.

■ L'épreuve se présente en trois parties :
- **première partie** : 5 minutes d'exposé oral ininterrompu ;
- **deuxième partie** : 10 minutes de questionnement et d'échanges entre le candidat et le jury. Les questions portent sur des connaissances liées au sujet traité dans le cadre de ses enseignements de spécialité ;
- **troisième partie** : 5 minutes d'échanges avec le jury afin de souligner la cohérence entre l'exposé fourni et le projet d'études supérieures du candidat envisagé via la procédure *Parcoursup*, voire son projet professionnel.

 # grand oral
Vidéos pour préparer l'épreuve
foucherconnect.fr/23tersti2d78

2 Se préparer à l'épreuve du Grand Oral

Durant l'épreuve du Grand Oral, l'étudiant sera interrogé sur l'une des deux questions portant sur les enseignements de spécialité. Il devra les choisir durant son année de terminale pour préparer au mieux sa présentation.

1 Se préparer à l'épreuve au cours de l'année

A Bien définir ses questions

L'étudiant dispose de l'année pour déterminer ses deux questions, distinctes l'une de l'autre. Pour bien les choisir, ces dernières doivent :
- éclairer l'un des grands enjeux du programme de spécialité ;
- être suffisamment claires pour pouvoir apporter une explication aisée et riche ;
- amener à une réflexion autour du projet d'orientation et/ou professionnel du candidat.

B La structure de l'exposé oral

■ Il est conseillé aux élèves de présenter un exposé structuré à l'aide d'un raisonnement logique. L'exposé se compose de trois parties : l'**introduction**, le **développement** et la **conclusion**.

■ L'introduction présente le sujet. Elle comprend une accroche, la question et le plan de l'exposé.

■ La conclusion fournit des pistes de réflexion autour du sujet abordé.

C Les conseils pour préparer l'épreuve

■ Pour chacun des deux questionnements, choisissez un sujet qui vous plaît, qui attise votre curiosité.

■ Fournissez un travail personnel régulier pour acquérir suffisamment de connaissances et de recul sur vos sujets en accord avec votre professeur encadrant. Prenez le temps de travailler au CDI, dans une bibliothèque et bien sûr grâce aux outils numériques dont vous disposez.

■ Organisez vos idées au fur et à mesure de vos recherches en vue d'un exposé structuré.

■ Entraînez-vous à l'oral, si possible à plusieurs, et chronométrez-vous pour atteindre les 5 minutes réglementaires d'exposé.

■ N'oubliez pas que les meilleurs exposés sont ceux qui ont été préparés suffisamment tôt et qui ont occasionné un travail approfondi. L'élève doit être en mesure de bien répondre aux questions et de montrer qu'il maîtrise son sujet.

Exemples de questions en terminale ST2S

- En quoi l'harmonisation des étiquettes alimentaires est-elle une contribution à la santé ?
- Si l'addiction à l'écran est un problème de santé, le télétravail est-il un problème de santé ?
- Quelle réponse à la violence domestique en temps de confinement ?
- Quels sont les enjeux des gestes barrière dans la protection de la santé ?

2 Le jour J

A Le temps de préparation

Le candidat dispose de 20 minutes pour se préparer. Durant ce temps, il est important de ne pas tout écrire sur les brouillons. Il est conseillé d'indiquer l'introduction, la conclusion et les notions clés. Ces dernières doivent être rédigées de manière organisée.

B L'exposé

- Lors de l'exposé, il est important d'adopter une attitude convenable devant le jury. En effet, maîtriser son sujet ne suffit pas, l'attitude est primordiale pour faire bonne impression. Pour cela :
  - parlez distinctement et utilisez un vocabulaire précis et éviter le registre familier ;
  - n'hésitez pas à faire des pauses pour rythmer votre exposé et ainsi le rendre dynamique afin d'éviter la monotonie, ce qui peut ennuyer le jury.
- Évitez de réciter par cœur les contenus appris. Adoptez une démarche orale de réflexion, d'analyse.
- N'essayez pas non plus de tout expliquer, tout dire. Le temps à disposition vous oblige à être synthétique. Parler durant 5 minutes équivaut à 3 000 ou 4 000 signes, ce qui correspond à une page et demie seulement.

C Les questions du jury

- Dans un premier temps, le jury peut revenir sur ce qui a été dit lors de la présentation. Il est alors possible pour le candidat d'anticiper quelques questions lors de l'élaboration de l'exposé afin d'éviter toute surprise.
- Lors de l'échange avec le jury, il est important de montrer que vous êtes à l'écoute lorsqu'il vous pose une question. Aussi, n'hésitez pas à signaler lorsqu'une question n'est pas claire ou si vous désirez davantage de précision afin d'éviter le hors sujet.
- Les questions du jury peuvent également porter sur l'ensemble du programme de terminale.

D Les critères d'évaluation

Lors de l'épreuve, différents critères seront pris en compte pour évaluer le cand
effet, le jury portera une attention particulière à :
- sa qualité à s'exprimer ;
- sa prise de parole en continu ;
- ses connaissances sur son sujet ;
- sa capacité à interagir avec le jury ;
- sa capacité à construire une argumentation.

E Perfectionnez votre préparation

Scannez le QR code et consultez les vidéos suivantes pour préparer votre épreuve du Grand Oral :
- 1. Travailler sa voix
- 2. Travailler sa posture et sa gestuelle
- 3. Prendre conscience de l'importance du regard
- 4. Faire une bonne première impression
- 5. Se préparer à deux pour gagner en détermination
- 6. Parler sans notes avec naturel
- 7. Savoir attirer l'attention
- 8. Savoir écouter pour bien argumenter
- 9. Se préparer physiquement
- 10. Se préparer mentalement
- 11. Se préparer par la respiration
- 12. Faire le calme en soi
- 13. Apprendre à réguler ses émotions

 # grand oral
Vidéos pour préparer l'épreuve
foucherconnect.fr/23tersti2d78

ÉPREUVE DU GRAND ORAL

COURS

e.
cio.
dobe.
k.adobe.
dobe.com
p. tock.adobe.
com
p. 90 : ph © L k.adobe.com
p. 92 : ph © Del stock - stock.
adobe.com
p. 104 : ph © Anita Gren
p. 105 : ph © 008melisa - stock.adobe.
com
p. 106 : ph © Nady - stock.adobe.com
p. 151 : ph © Lehuen, Agnes & Beaudoin, Lucie/Inserm
p. 152 : ph © BSIP/Docstock/Kage ; Garo/Phanie/CHU Nancy/Service de diabétologie
p. 156 a : ph © Phototake/Pasteur/BSIP
p. 156 b : ph © Deloche/BSIP
p. 156 c : ph © Phototake/Kundel/BSIP
p. 156 d : ph © Phototake/Kundel/BSIP
p. 156 e : ph © Alfred Pasieka/SPL/Cosmos
p. 156 f: ph © Phototake/Camazine/BSIP
p. 156 g : ph © Girand/GJM/BSIP
p. 156 h : ph © Chris Bjornberg/BSIP
p. 156 i : ph © Stem Jems/BSIP
p. 156 j : ph © IMA/BSIP
p. 159 : ph © jarun011 - stock.adobe.com
p. 162 : ph © Michael Ross/BSIP
p. 177 : ph © D. Hantaz-Ambroise/Inserm
p. 186 g : ph © Alix/Phanie
p. 186 d : ph © Chassenet/BSIP
p. 200 g : ph © Laurent/Doineau H.AM/BSIP
p. 200 d : ph © Mendil/BSIP
p. 254 : ph © DR
p. 269 : ph © Vera & Arturo Schwarz Collection of Dada and Surrealist Art / Bridgeman Images © Association Marcel Duchamp / Adagp, Paris 2020
p. 271 : ph © Christie's Images / Bridgeman Images © Succession Brancusi - All rights reserved / Adagp Paris 2020
p. 298 : ph © commons.wikimedia.org
p. 313 : ph © SPPS/Rue des Archives
p. 317 : ph © Keystone-France/Gamma Rapho
p. 327 : ph © Matty Symons - stock.adobe.com
p. 338 : ph © Yurii - stock.adobe.com
p. 339 : ph © Suphanat - stock.adobe.com
p. 349 : ph © Karel Miragaya - stock.adobe.com
p. 352 : ph © Andrea Izzotti - stock.adobe.com
p. 359 : ph © Yann Arthus-Bertrand/hemis.fr
p. 363 g : coll. Archives Hatier
p. 363 d : coll. Blavatnik archives

IMPRIM'VERT
Votre imprimeur agit pour l'environnement

PAPIER À BASE DE FIBRES CERTIFIÉES

FOUCHER s'engage pour l'environnement en réduisant l'empreinte carbone de ses livres.
Celle de cet exemplaire est de :
1.8 kg éq. CO_2
Rendez-vous sur
www.editions-foucher-durable.fr

Achevé d'imprimer en Italie par L.E.G.O. S.p.A. - Lavis (TN)
Dépôt légal : 16998-6/01 - Juin 2023

SG-MCM/SM